Joyce Carol Oates

Les Chutes

roman

TRADUIT DE L'ANGLAIS (ÉTATS-UNIS)
PAR CLAUDE SEBAN

Philippe Rey

Titre original :
The Falls
© 2004 by The Ontario Review, Inc. All rights reserved.
Published by arrangement with ECCO,
a division of HARPERCOLLINS PUBLISHERS INC. New York

Pour la traduction française
© 2005, Éditions Philippe Rey
15 rue de la Banque, 75002 Paris
www. philippe-rey.fr

À Nancy Van Goethem et Larry Joseph

Remerciements

Les ouvrages de Lois Marie Gibbs, *Love Canal: My Story* (1982) et *Love Canal: The Story Continues* (1998) ont été consultés pour la préparation de ce roman.

« The Gatekeeper's Testimony » (« Le témoignage du gardien ») a paru dans une édition spéciale limitée publiée par les Rainmaker Editions, en 2003.

« The Fossil-Seeker » (« Le chercheur de fossiles ») a paru dans *Conjunction* en 2002.

Des passages de la troisième partie ont paru sous le titre « Stonecrop » dans *Raritan* en 2002.

Un extrait de la troisième partie, intitulé « Juliet », a paru dans *Narrative* à l'automne 2003.

La beauté cruelle des Chutes
Et son envoûtant appel :
Capitule !

M. L. Trau
« La ballade du Niagara », 1931

Les Chutes du Niagara, qui comprennent les American Falls, la Bridal
Veil et les gigantesques Horseshoe Falls, exercent sur une partie de la
population, qui atteint peut-être les quarante pour cent (d'adultes), un
effet mystérieux dit hydracropsychique. *On a vu cet état morbide miner*
temporairement jusqu'à la volonté d'hommes actifs et robustes dans la
fleur de leur âge, comme s'ils se trouvaient sous le charme d'un hypno-
tiseur malveillant. Ces individus, attirés par les rapides turbulents en
amont des Chutes, peuvent passer de longues minutes à les contempler,
comme paralysés. Parlez-leur du ton le plus ferme, ils ne vous entendront
pas. Touchez-les, ou tentez de les retenir, il se peut qu'ils repoussent votre
main avec colère. Les yeux de la victime envoûtée sont fixes et dilatés.
Il existe peut-être une mystérieuse attirance biologique pour la force ton-
nante de la Nature représentée par les Chutes – qualifiées trompeusement
par romantisme de « magnifiques », « grandioses », « divines » – de sorte
que l'infortunée victime se précipite à sa perte si elle n'en est empêchée.
Avançons une hypothèse : sous le charme des Chutes, le malheureux indi-
vidu cesse d'exister tout en souhaitant devenir immortel. Une nouvelle
naissance, non sans rapport avec la promesse chrétienne de la Résurrec-
tion des corps, est peut-être le plus cruel des espoirs. Silencieusement, la
victime déclare aux Chutes : « Oui, vous avez tué des milliers d'hommes
et de femmes mais vous ne pouvez pas me tuer. Parce que je suis moi. »

Dr Moses Blaine,
Journal d'un médecin de Niagara Falls 1879-1905

En 1900, à la consternation de ses habitants et des promoteurs d'une
industrie touristique florissante, Niagara Falls avait acquis la réputation
de « Paradis du suicide ».

Une brève histoire de Niagara Falls, 1969

Note de l'auteur

Quoique de nombreux éléments soient historiquement et géographiquement exacts dans cette description de Niagara Falls (État de New York), il convient de souligner que le tableau de la ville et de ses environs est, au bout du compte, imaginaire.
En particulier, toute ressemblance avec des personnes existant ou ayant existé ne saurait être que fortuite.

PREMIÈRE PARTIE

VOYAGE DE NOCES

Le témoignage du gardien

12 JUIN 1950

À ce moment-là inconnu, anonyme, l'individu qui devait se jeter dans les Horseshoe Falls apparut au gardien du pont suspendu de Goat Island vers 6 h 15 du matin. Il serait le premier visiteur de la journée.

Si j'ai compris tout de suite ? Pas vraiment. Mais avec le recul, oui, j'aurais dû savoir. J'aurais peut-être pu le sauver.

Si tôt ! On aurait vu que c'était l'aube, si des murs mouvants de brouillard, de brume, des nuages tourbillonnants d'embruns n'étaient montés continûment des gorges du Niagara, masquant le soleil. On aurait senti le début de l'été, si, près des Chutes, l'air n'avait été agité et humide, abrasif comme une fine limaille de fer dans les poumons.

Le gardien supposa que l'individu, étrangement agité et pressé, venait directement de l'un des vieux hôtels prestigieux de Prospect Street à travers Prospect Park. Le gardien nota que l'individu avait «les traits tirés, un visage à la fois vieux et jeune»; «une peau de poupée de cire»; «des yeux enfoncés, un peu hagards». Ses lunettes à monture d'acier lui donnaient un air d'écolier impatient. Un mètre quatre-vingts environ, dégingandé, mince, il avait «les épaules légèrement arrondies de quelqu'un qui a passé sa vie courbé sur un bureau». Il se hâtait, d'un pas décidé mais à l'aveuglette, comme si on l'appelait. Ses vêtements étaient classiques, sombres, sans rapport avec la tenue type du touriste des Chutes. Une chemise élégante en coton blanc, col ouvert, un manteau noir déboutonné et un pantalon à la fermeture Éclair coincée,

« comme si le malheureux les avait enfilés à toute vitesse, dans le noir ». Des chaussures habillées elles aussi, en cuir noir verni, « le genre qu'on porte à un mariage ou à un enterrement ». Ses chevilles luisaient, blanches et cireuses, sans chaussettes.

Pas de chaussettes! Avec des chaussures chic comme ça. C'était un signe.

Le gardien le héla; l'homme l'ignora. Il n'était pas seulement aveugle, mais sourd. Il n'entendait pas, en tout cas. On voyait qu'il avait l'esprit fixé sur une idée, telle une bombe programmée pour exploser: il fallait qu'il arrive quelque part, et vite.

D'une voix plus forte, le gardien cria: « Hé! monsieur, c'est cinquante *cents* le billet », mais cette fois encore l'homme ne parut pas entendre. Dans l'arrogance de son désespoir, il ne sembla même pas remarquer le poste de péage. Il courait presque maintenant, sans beaucoup de grâce, et il tanguait, comme si le pont suspendu s'inclinait sous ses pieds. Le pont était à un mètre cinquante des rapides, et son tablier de planches était mouillé, traître; l'homme s'agrippait au garde-fou pour conserver l'équilibre et avancer tant bien que mal. Les semelles lisses de ses souliers dérapaient. Il n'avait pas l'habitude de l'exercice physique. Ses lunettes rondes glissaient et seraient tombées s'il ne les avait repoussées contre l'arête de son nez. Ses cheveux brun terne, clairsemés sur le sommet cireux de son crâne, voletaient autour de son visage en vrilles pâles et humides.

À ce moment-là, le gardien s'était décidé à quitter sa guérite pour suivre l'inconnu. En criant: « Monsieur! Hé, monsieur! Attendez, monsieur! » Il avait déjà vécu des suicides par le passé. Plus souvent qu'il ne souhaitait se le rappeler. Il avait trente ans de service dans le tourisme des Chutes. À plus de soixante ans, il n'avait pas la force de rattraper le jeune homme. Il implorait: « Monsieur! Non! Bon Dieu, je vous en supplie: *non!* »

De sa guérite, il aurait dû composer le numéro d'urgence. À présent il était trop tard pour rebrousser chemin.

Une fois sur l'île, le jeune homme ne s'arrêta pas près du garde-fou pour regarder la rive canadienne, de l'autre côté du fleuve; il ne s'arrêta pas pour contempler les eaux furieuses, tumultueuses, comme l'aurait fait n'importe quel touriste normal; il ne s'arrêta même pas pour essuyer son visage ruisselant ni écarter de ses yeux ses cheveux en bataille. *Sous le charme des Chutes. Aucun mortel ne pouvait l'arrêter.*

Mais il faut bien intervenir, ou essayer. Impossible de laisser un homme – ou une femme – commettre un suicide, le péché impardonnable, sous vos yeux écarquillés.

À bout de souffle, au bord de l'étourdissement, le gardien courut, boitant, criant, après l'inconnu qui se dirigeait sans hésitation vers la pointe sud de la petite île, Terrapin Point, à la verticale des Horseshoe Falls. L'endroit le plus dangereux de Goat Island, en même temps que le plus beau et le plus envoûtant. Là, les rapides sont pris de frénésie. Une eau blanche bouillonnante, écumeuse, fuse à cinq mètres dans les airs. Aucune visibilité, ou presque. Un chaos de cauchemar. Les Horseshoe Falls sont une gigantesque cataracte de huit cents mètres de long, trois mille tonnes d'eau se précipitent chaque seconde dans les gorges. L'air gronde, vibre. Le sol tremble sous vos pieds. Comme si la terre même commençait à se fendre, à se désintégrer, jusqu'à son centre en fusion. Comme si le temps avait cessé d'être. Qu'il ait explosé. Comme si vous vous étiez approché trop près du cœur furieux, battant, rayonnant, de toute existence. Là, vos veines, vos artères, la précision et la perfection minutieuses de vos nerfs se désintégreront en un instant. Votre cerveau, dans lequel vous résidez, ce réceptacle unique de votre *moi*, sera martelé jusqu'à être réduit à ses composants chimiques : cellules grises, molécules, atomes. Toute ombre et tout écho de souvenir abolis.

C'est peut-être cela, la promesse des Chutes ? Le secret ?

Comme si nous en avions assez de nous-mêmes. L'humanité. L'issue est là, seuls quelques-uns le pressentent.

À trente mètres du jeune homme, le gardien le vit poser un pied sur le barreau inférieur du garde-fou. Un pied hésitant, sur le fer forgé glissant. Mais ses mains agrippaient le barreau supérieur, poings serrés.

« Non ! Monsieur ! Bon Dieu… »

Les Chutes noyèrent les paroles du gardien. Les lui renvoyèrent au visage comme un crachat froid.

Près de tomber, lui aussi. Ce serait son dernier été à Goat Island. Le cœur douloureux, peinant à envoyer de l'oxygène à son cerveau stupéfié. Et les poumons douloureux, à cause des embruns irritants du fleuve mais aussi de l'étrange odeur métallique de l'air dans la ville industrielle, à l'est et au nord des Chutes, où le gardien avait vécu toute sa vie. *On s'use. On voit trop de choses. Chaque respiration fait mal.*

VOYAGE DE NOCES

Le gardien jurerait ensuite qu'il avait vu le jeune homme faire un geste d'adieu juste avant de sauter : un salut moqueur, plein de défi, celui que pourrait adresser un écolier impertinent à un aîné, par provocation ; mais un adieu sincère aussi, comme on saluerait un inconnu, un témoin à qui on ne veut pas de mal, que l'on souhaite absoudre du sentiment de culpabilité qu'il pourrait éprouver à vous laisser mourir, alors qu'il aurait pu vous sauver.

Et l'instant d'après, le jeune homme, qui monopolisait l'attention exclusive du gardien, avait purement et simplement... disparu.

Le temps d'un battement de cœur, disparu. Dans les Horseshoe Falls.

Pas le premier pauvre bougre que j'aie vu, mais, Dieu merci, ce sera le dernier.

Lorsque le gardien accablé retourna à sa guérite pour appeler les services d'urgence du comté de Niagara, il était 6 h 26, une heure environ après l'aube.

La mariée

1

« Non. Je t'en supplie, mon Dieu. Pas ça. »

La douleur. L'humiliation. La honte inexprimable. Pas de chagrin, pas encore. Le choc était trop immédiat.

Lorsqu'elle découvrit le mot énigmatique que son mari lui avait laissé, appuyé contre un miroir de la chambre à coucher de leur suite nuptiale du Rainbow Grand Hotel, à Niagara Falls, État de New York, Ariah était mariée depuis vingt et une heures. Lorsque le même jour, en début d'après-midi, elle apprit de la police de Niagara Falls qu'un homme ressemblant à son époux, Gilbert Erskine, s'était jeté dans les Horseshoe Falls, tôt ce matin-là, et avait été emporté – « disparu sans laisser de traces, jusqu'à présent » – au-delà des rapides du Trou du Diable, ainsi qu'était appelée cette attraction naturelle en aval des Chutes, elle était mariée depuis un peu moins de vingt-huit heures.

Tels étaient les faits bruts, cruels.

« Je suis une mariée devenue veuve en l'espace d'un jour. »

Ariah parlait tout haut, avec étonnement. Elle était la fille d'un ministre presbytérien très révéré, ce qui aurait sûrement dû compter pour quelque chose aux yeux de Dieu, autant qu'à ceux des autorités séculières ?

Ariah se frappa soudain le visage de ses deux poings. Elle avait envie de marteler, meurtrir ces yeux qui en avaient trop vu.

«Aide-moi, mon Dieu! Tu ne peux pas être cruel à ce point… Si?»

Si. Bien sûr que si, femme imbécile. Qui es-tu, pour que Ma justice te soit épargnée?

Avec quelle rapidité était venue la réponse! Un sarcasme qui résonna si distinctement dans le crâne d'Ariah qu'elle crut presque que les inconnus apitoyés qui l'entouraient l'entendaient.

Restait une consolation: jusqu'à ce que le cadavre de Gilbert Erskine soit retrouvé et identifié, sa mort était théorique et non officielle.

Ariah n'était pas encore une veuve, mais toujours une jeune mariée.

2

… Se réveillant ce matin-là pour affronter le fait grossier et irréfutable qu'elle, qui avait dormi seule toute sa vie, était de nouveau seule le lendemain du jour de ses noces. Se réveillant seule bien qu'elle ne fût plus Mlle Ariah Juliet Littrell, mais Mme Gilbert Erskine. Plus la fille célibataire du révérend et de Mme Thaddeus Littrell, demeurant à Troy, État de New York, professeur de piano et de chant au conservatoire, mais la jeune épouse du révérend Gilbert Erskine, récemment nommé ministre de la Première Église presbytérienne à Palmyra, État de New York.

Se réveillant seule, au même instant elle sut. Mais sans parvenir à croire, sa fierté l'en empêchait. Sans se permettre de penser *Je suis seule. Non?*

Un tintamarre de cloches nuptiales l'avait suivie jusque-là. Des centaines de kilomètres. Des cercles de douleur lui enserraient le crâne comme un étau. Elle avait les intestins dérangés, comme si les viscères mêmes étaient corrodés, en décomposition. Dans ce lit inconnu qui sentait les draps moites, la chair moite et le désespoir. Où donc était-elle, quel était le nom de cet hôtel où il l'avait amenée, un paradis pour jeunes mariés, et Niagara Falls était la capitale mondiale de la lune de miel, un pouls dans sa tête battait si violemment qu'elle ne pouvait réfléchir. Mariée depuis trop peu de temps pour connaître grand-chose aux maris, mais il lui semblait plausible (elle se le disait comme une enfant effrayée se raconterait une histoire afin d'écarter le danger) que Gilbert se fût simplement glissé hors du lit pour se rendre dans la salle de bains. Parfaitement immobile, elle tendit l'oreille, guettant un bruit de robinets, de bain qui coule, de chasse tirée, espérant entendre alors même que ses nerfs sensibles se refusaient à le faire. La gêne, la honte d'une telle intimité étaient nouvelles pour elle, autant que l'intimité du mariage. Le « lit conjugal ». Nulle part où se cacher. L'odeur âcre de la brillantine Vitalis de Gilbert en collision avec celle coquettement sucrée de son eau de Cologne au muguet. Rien qu'Ariah et Gilbert que personne n'appelait Gil seuls ensemble haletant et souriant et déterminés à se montrer aussi gais, agréables, polis l'un envers l'autre qu'ils l'avaient été avant d'être unis par les liens sacrés du mariage sauf qu'Ariah devait savoir que quelque chose n'allait pas, elle s'était réveillée en sursaut de son sommeil torpide avec cette certitude.

Parti. Il est parti. Impossible qu'il soit parti. Où ?

Bon Dieu ! Elle était une nouvelle mariée timide. Le monde la percevait ainsi, et le monde ne se trompait pas. Au bureau de la réception de l'hôtel, elle avait signé, pour la première fois, *Mme Ariah Erskine*, et ses joues s'étaient enflammées. Vierge, à vingt-neuf ans. Ayant aussi peu l'expérience des hommes que s'ils appartenaient à une autre espèce. Bien qu'au supplice, elle n'osait même pas tendre le bras dans le lit immense de peur de le toucher.

Elle n'aurait pas voulu qu'il interprète mal son geste.

Il lui fallait presque se rappeler son nom. « Gilbert ». Personne ne l'appelait « Gil ». Aucun des membres de la famille Erskine qu'elle avait rencontrés. Peut-être certains de ses amis du séminaire d'Albany l'avaient-ils appelé « Gil » mais c'était un côté de lui qu'Ariah n'avait pas encore vu et ne pouvait prétendre connaître. C'était comme de discuter foi religieuse avec lui : il avait été ordonné ministre de l'Église presbytérienne à un très jeune âge, si bien que la foi était son domaine professionnel et pas celui d'Ariah. Désigner un tel homme par le diminutif populaire de « Gil » aurait été trop familier de la part d'Ariah, sa fiancée qui venait tout juste de devenir son épouse.

À sa façon guindée et timide, il l'avait appelée « ma chère Ariah ». Elle l'appelait « Gilbert » mais avait prévu que, dans un moment de tendresse, comme dans les films romantiques de Hollywood, elle se mettrait à l'appeler « chéri »… peut-être même « Gil, mon chéri ».

À moins que tout cela ne fût changé. Cette possibilité.

23

VOYAGE DE NOCES

Elle avait bu une coupe de champagne à la réception de mariage, et une autre coupe – ou deux – dans leur chambre d'hôtel, rien de plus, et pourtant jamais elle ne s'était sentie aussi assommée, aussi dévastée. Ses cils lui semblaient collés ensemble par de la glu, elle avait un goût d'acide dans la bouche. Une idée lui était insupportable : elle avait dormi ainsi, comateuse, la bouche ouverte et béante comme celle d'un poisson.

Avait-elle ronflé ? *Gilbert avait-il entendu ?*

Elle tendit l'oreille. Des canalisations vétustes geignaient et gargouillaient, mais pas à proximité. Pourtant Gilbert était certainement dans la salle de bains. Sans doute s'efforçait-il de bouger en silence. Pendant la nuit, il était allé aux toilettes. En tâchant de masquer ses bruits. De faire couler de l'eau pour masquer... À moins que ce fût Ariah, ouvrant à fond les deux robinets du lavabo ? Ariah dans sa chemise en soie ivoire tachée, titubant et essayant de ne pas vomir mais finissant par vomir tout de même dans le lavabo, secouée de sanglots.

Non. N'y pense pas. Personne ne peut t'y forcer.

La veille, à leur arrivée en début de soirée, Ariah s'était étonnée qu'au mois de juin l'air fût aussi *froid*. Aussi *humide*. Saturé d'humidité au point que le soleil couchant ressemblait à un réverbère réfracté dans de l'eau. Vêtue d'une robe en popeline à manches courtes, Ariah frissonna et serra ses bras contre sa poitrine. Gilbert, qui regardait dans la direction du fleuve, sourcils froncés, n'y fit pas attention.

Il avait conduit sans interruption depuis Troy, plusieurs centaines de kilomètres à l'est ; il avait insisté. Il avait dit à Ariah que voyager en passager dans sa propre voiture – une Packard 1949 noire, admirablement briquée – le rendait nerveux. À plusieurs reprises pendant le trajet, il s'était excusé et mouché avec bruit. En se détournant. Son visage semblait brûlant de fièvre. Elle espérait qu'il n'avait pas pris froid, avait murmuré Ariah deux ou trois fois, comme Mme Erskine, mère de Gilbert et maintenant belle-mère d'Ariah, en avait exprimé la crainte lors du déjeuner.

Gilbert était sujet aux maux de gorge, aux infections respiratoires et aux sinusites, avait prévenu Mme Erskine. Il avait un « estomac délicat » qui ne supportait pas les aliments épicés ni l'« agitation ».

Mme Erskine avait refermé ses bras grassouillets autour d'Ariah, qui

LA MARIÉE

avait cédé avec raideur à son étreinte. Mme Erskine avait prié Ariah de l'appeler « mère » – comme Gilbert.

Ariah murmura oui. Oui, mère Erskine.

En pensant *Mère ! Qu'est-ce que ce mot fait de Gilbert et de moi, un frère et une sœur ?*

Ariah avait multiplié les efforts. Ariah était résolue à être une mariée idéale, et une belle-fille idéale.

Un tintamarre de cloches d'église. Dimanche matin !

Dans un lit inconnu, dans une ville inconnue, et perdue.

Une voix réprobatrice de femme à son oreille, et l'odeur de la poitrine talquée de mère Erskine. *Si vous n'avez jamais bu plus fort que du cidre doux, Ariah, croyez-vous qu'il soit sage de prendre un deuxième verre de champagne... si vite après le premier ?*

Peut-être n'était-ce pas la mère de Gilbert mais celle d'Ariah. Ou alors les deux, à des moments distincts.

Une mariée gloussante et frissonnante. En satin et dentelle de Chantilly, petits boutons de nacre tarabiscotés, voile de tulle, et longs gants de dentelle qui, retirés après le déjeuner, avaient laissé sur sa peau sensible de légères marques en forme de diamants évoquant une éruption exotique. Pendant le déjeuner, servi dans la grande demeure lugubre des Littrell attenante à l'église, on vit la mariée porter nerveusement sa coupe de champagne à ses lèvres. Elle mangea peu, et sa main tremblait si fort qu'elle fit tomber une bouchée de pièce montée. Ses yeux en amande, plutôt petits, vert galet, ne cessaient de s'embuer, comme sous l'effet d'une allergie. Elle quitta plusieurs fois la table pour se rendre aux toilettes. Elle raviva son rouge à lèvres, brillant comme un néon ; elle s'était trop souvent poudré le nez et, de près, on discernait des particules de poudre. En dépit de ses efforts pour être gracieuse, elle était aussi empruntée et gauche qu'une cigogne. Coudes pointus, nez crochu. À sa voix râpeuse et inaudible, jamais on ne l'aurait crue chanteuse accomplie. Malgré tout, certains déclarèrent qu'elle était « charmante », « une ravissante épousée ». Et pourtant : ces seins comme des gobelets en carton ! Elle savait bien que tout le monde regardait sa poitrine dans l'exquis corsage de dentelle Chantilly, et la plaignait. Elle savait bien que tout le monde plaignait Gilbert Erskine d'avoir épousé une vieille fille.

Une autre coupe de champagne ?

Elle avait gracieusement refusé. À moins qu'elle ne l'eût prise. Juste pour boire quelques petites gorgées.

Mme Littrell, la mère-de-la-mariée, à peu près aussi soulagée qu'anxieuse, avait concédé que, oui, cela pouvait paraître étrange, tout un corset pour contenir les minuscules seins 85 A, les cinquante-cinq centimètres de tour de taille et les quatre-vingts centimètres de tour le hanche, oui mais *c'est un mariage, le jour le plus important de ta vie.* Et le corset est muni d'un porte-jarretelles pour tes bas de soie les plus fins.

Ariah rit sauvagement. Ariah arracha quelque chose, une longueur de soie, à la couturière stupéfaite, et se moucha dedans.

Mais elle avait cédé, bien sûr. Jamais Ariah n'aurait désobéi à Mme Littrell sur ces questions de protocole féminin.

Plus tard, le matin de la cérémonie, habillée par Mme Littrell et par la couturière, elle avait prié en silence *Mon Dieu, fais que mes bas ne plissent pas sur les chevilles. Nulle part où cela se voie.*

Et, quand la cérémonie avait débuté : *Mon Dieu, fais que je ne transpire pas. Je sais que ça commence, je le sens. Fais que des demi-lunes de transpiration n'apparaissent pas sous mes bras. Dans cette belle robe. Je t'en prie, mon Dieu !*

Ces prières ferventes de petite fille avaient été exaucées, pour autant qu'Ariah le sût.

Elle se sentait prendre des forces, peu à peu. Elle se contraignit à murmurer : « Gilbert ? » Comme on murmurerait d'une voix endormie à son époux, en se réveillant. « Gilbert, où… où es-tu ? »

Pas de réponse.

À travers ses yeux mi-clos, elle vit : personne dans le lit à côté d'elle.

Un oreiller de travers. Une taie de lin froissé. Un drap rabattu – avec soin, semblait-il. Mais personne.

Ariah se força à ouvrir les yeux. Oh !

Une pendule allemande en céramique sur une tablette de cheminée et des chiffres dorés brillants auxquels, l'espace de quelques pénibles secondes, les yeux plissés d'Ariah ne trouvèrent aucun sens. Puis le cadran de la pendule indiqua 7 h 10. Au-dehors le brouillard s'estompait, il semblait que ce fût le matin et non le crépuscule.

Ariah n'avait donc pas gâché la journée.

LA MARIÉE

Elle n'avait pas perdu son mari. Pas si vite !

Car si Gilbert n'était pas dans la salle de bains, sans doute était-il ailleurs dans l'hôtel. Il lui avait fait savoir qu'il se levait tôt. Peut-être dans le hall victorien, avec ses boiseries sombres, ses canapés de cuir et son sol de marbre luisant ; ou en train de boire un café dans la véranda majestueuse qui donnait sur Prospect Park et, au-delà, sur le Niagara et les Chutes. En lisant, le sourcil froncé, la *Niagara Gazette*, le *Buffalo Courier-Express*. Ou, son stylo d'argent à la main – un cadeau d'anniversaire d'Ariah elle-même – il prenait peut-être des notes en feuilletant des cartes, des dépliants, et des brochures touristiques intitulées : LES CHUTES DU NIAGARA : UNE DES SEPT MERVEILLES DU MONDE.

Il attend que je le rejoigne. Que je glisse ma main dans la sienne.

Ariah imaginait son jeune mari. Il était assez séduisant à sa manière austère. Ces lunettes clignotantes, un long nez aux narines anormalement larges et profondes. Aria lui sourirait gaiement, le saluerait d'un petit baiser sur la joue. Comme s'ils se conduisaient ainsi, avec cette décontraction, cette intimité, depuis longtemps. Mais Gilbert dissiperait cette impression en se levant très vite, avec gaucherie, bousculant la petite table en rotin et renversant le café, car il avait été élevé à ne jamais rester assis en présence d'une femme. «Ariah ! Bonjour, ma chère.

– Je suis navrée d'être aussi en retard. J'espère…

– Garçon ? Un autre café, s'il vous plaît.»

Dans de charmants fauteuils à bascule en osier blanc, côte à côte. Le couple de jeunes mariés. Parmi combien de centaines de couples semblables, en juin, à Niagara Falls ? Le serveur noir en uniforme s'approche en souriant… Ariah grimaça en descendant du lit. C'était un lit victorien à colonnes avec des montants de cuivre et un dais au crochet ressemblant à une moustiquaire ; le matelas était à une hauteur anormale du sol. Comme une personne au dos brisé en plusieurs endroits, elle se déplaça avec précaution. Remontant une bretelle de sa chemise de nuit en soie, tombée sur son épaule, ou arrachée. (Et comme cette épaule était douloureuse, décolorée… Une meurtrissure couleur prune était apparue pendant la nuit.) Ses cils s'étaient décollés, mais à peine. Elle avait dans les yeux des particules de mucus sec pareilles à du sable. Et cet horrible goût acide dans la bouche.

« Oh ! Mon Dieu. »

Secouant la tête pour s'éclaircir les idées, ce qui était une erreur. Du verre brisé ! Des éclats de miroir qui bougent, glissent, scintillent dans son cerveau.

Ainsi, la semaine précédente, elle avait laissé tomber par maladresse sur le tapis de la chambre à coucher de ses parents un miroir de nacre qui, avec perversité, avait rebondi sur le parquet de bois dur où il s'était aussitôt fendu, fracassé… sous le regard de la mariée effrayée, de la mère-de-la-mariée pétrifiée, consternées par ce mauvais présage auquel, presbytériennes pieuses, elles n'avaient le droit de croire ni l'une ni l'autre. « Oh ! mère. Je suis désolée. » Ariah avait parlé avec calme bien que se disant avec une résignation stoïque *Cela va commencer maintenant. Ma punition.*

Maintenant le tonnerre sourd des Chutes était entré dans son sommeil.

Maintenant le tonnerre sourd des Chutes, menaçant comme les marmonnements indéchiffrables de Dieu, était entré dans son cœur.

Elle avait épousé un homme qu'elle n'aimait pas et ne pouvait aimer. Pis encore, elle avait épousé un homme dont elle savait qu'il ne pouvait l'aimer.

Les catholiques, dont la religion baroque épouvantait et fascinait les protestants, croyaient en l'existence de *péchés mortels.* Il y avait les *péchés véniels* mais les *péchés mortels* étaient ceux qui comptaient. Ariah savait que c'était sûrement un *péché mortel,* punissable de la damnation éternelle, que d'avoir fait ce qu'elle et Gilbert Erskine avaient fait. Unis par les liens sacrés du mariage, par un contrat légal les engageant à vie. D'un autre côté, sans doute cela arrivait-il très souvent à Troy, État de New York, et ailleurs. C'était quelque chose dont on « se remettait avec le temps ».

(Une expression qu'affectionnait Mme Littrell. La mère d'Ariah la prononçait au moins une fois par jour, trouvant apparemment que c'était une pensée réconfortante.)

Ariah oscillait sur un épais tapis vieux rose. Elle était pieds nus, en sueur mais grelottante. Elle fut soudain prise de démangeaisons. Au creux de ses aisselles moites, entre les jambes. Une démangeaison brûlante comme une attaque de minuscules fourmis rouges dans la région de l'aine.

LA MARIÉE

Ma punition. Ariah se demandait si elle était encore vierge.

Ou si dans la confusion de la nuit, dans un délire de semi-nudité et de draps froissés, de baisers bruyants et de halètements, de tâtonnements frénétiques, elle avait pu se faire... il se pouvait qu'elle fût... enceinte ?

Ariah pressa ses poings contre sa bouche.

« Mon Dieu, non. Je t'en prie. »

Ce n'était pas possible, et elle n'y penserait pas. *Ce n'était pas possible.* Naturellement, Ariah voulait des enfants. Elle le disait. Elle l'avait assuré à mère Erskine et à sa propre mère. Bien souvent. Une jeune femme normale veut des enfants, une famille. Une bonne chrétienne.

Mais *avoir un bébé* !... Ariah se rétracta de dégoût.

« Non. Je t'en prie. »

Ariah frappa timidement à la porte de la salle de bains. Si Gilbert était à l'intérieur, elle ne tenait pas à l'interrompre. La porte n'était pas verrouillée. Avec précaution, elle l'ouvrit... Un miroir rectangulaire fixé au dos de la porte pivota vers elle telle une caricature railleuse : une femme au teint jaunâtre, échevelée, dans une chemise de nuit déchirée. Elle détourna vite le regard et les fins éclats de verre dans son crâne remuèrent, scintillants de douleur. « Oh ! Mon Dieu. » Mais la salle de bains était vide. Une pièce spacieuse, luxueuse, d'une blancheur aveuglante, avec éléments en cuivre luisant, savonnettes parfumées sous emballage clinquant, serviettes monogrammées coquettement disposées. Une énorme baignoire en porcelaine aux pieds griffus, vide. (Gilbert avait-il pris un bain ? Une douche ? Il n'y avait pas trace d'humidité dans la baignoire.) La pièce sentait franchement le vomi, et plusieurs des épaisses serviettes éponge blanches avaient servi. L'une d'elles gisait sur le sol. Au-dessus de l'élégant lavabo encastré, la glace en cœur était tachée d'éclaboussures.

Ariah ramassa la serviette sale et la rangea. Elle se demanda si elle reverrait jamais Gilbert Erskine.

Dans la glace flottait une femme fantôme, mais elle évita son regard pitoyable. Elle se demanda si elle n'avait pas tout imaginé : les fiançailles (« Ma vie a changé. Je suis sauvée. Merci, mon Dieu ! ») ; la cérémonie dans l'église même de son père, et les vœux sacrés du mariage. Le film préféré d'Ariah était *Fantasia* de Walt Disney, qu'elle avait vu plusieurs fois, et il n'y avait pas si loin de *Fantasia* à l'état de mariée.

29

Si l'on est la fille célibataire du révérend et de Mme Thaddeus Littrell de Troy, État de New York. Une rêveuse!

«Gilbert? fit-elle d'une voix plus forte, chevrotante. Es-tu... quelque part?»

Silence.

Outre la salle de bains, la suite nuptiale Bouton-de-rose – ainsi était-elle nommée – consistait en une chambre à coucher, un salon et deux penderies. L'ameublement était d'un style victorien agressif, coussins, tentures, abat-jour et tapis couleur vieux rose. Plusieurs coussins avaient la forme de cœurs. Ariah ouvrit chacune des penderies, le visage crispé par la migraine. (Pourquoi cette conduite absurde? Pourquoi Gilbert se serait-il caché dans une penderie? Elle ne voulait pas y penser.) Elle vit les vêtements de son mari, disposés avec soin sur les cintres, pendus à leur place. S'il s'était enfui, il les aurait emportés, non?

Elle ne voulait pas penser à la Packard, se demander si elle était toujours là. C'était un cadeau que les Erskine avaient fait à Gilbert, quelques mois auparavant.

Le salon! Un mauvais souvenir planait dans cette pièce. Sur une table à plateau de marbre se trouvaient un vase de roses rouges un peu fanées et une bouteille vide de champagne français, tous les deux offerts par le Rainbow Grand. *Félicitations, M. et Mme Gilbert Erskine!* La bouteille était couchée sur le côté. Ariah éprouva un brusque sentiment de honte. Un goût doux-acide lui monta à la bouche comme de la bile. Gilbert s'était contenté de siroter son champagne avec prudence. Il n'ingérait d'alcool – comme il disait – que rarement; même pendant la réception de mariage, il avait été sobre. Mais pas Ariah.

La gueule de bois. Voilà ce qu'elle avait. Aucun mystère de ce côté-là.

La gueule de bois! Le lendemain matin du jour de ses noces.

Une honte. Par bonheur aucun de leurs parents ne savait.

Car Gilbert n'en parlerait jamais. Même pas à mère Erskine qui l'adorait.

Dégoûtant. Franchement tu me dégoûtes.

Jamais. Il était trop poli. Et il avait sa fierté.

C'était un gentleman, même s'il était aussi un gamin immature. Jamais un gentleman ne ferait de peine à sa femme, surtout une femme nerveuse et excitable. Son épouse depuis moins de vingt heures. *Gilbert était donc forcément ailleurs dans l'hôtel.* Dans le hall ou dans le café ; sur la véranda devant la pelouse ou en train de se promener dans le parc de l'hôtel, attendant qu'Ariah le rejoigne. (Gilbert ne serait pas allé voir les Chutes, pas sans elle.) Et il était encore tôt, pas tout à fait 7 heures et demie. Il avait pris ses vêtements et ses chaussures et s'était habillé discrètement dans le salon. En veillant à ne pas réveiller Ariah qu'il savait... épuisée. Il n'avait pas allumé la lumière. Il s'était déplacé pieds nus.

Résolu à s'enfuir coûte que coûte. Sans se faire remarquer.

« Non ! Je ne peux pas le croire. »

C'était étrange d'être aussi *seule.* Dans cette suite à la décoration absurde même la voix d'Ariah faisait *seule.* Elle avait supposé que le mariage serait différent.

On commence par un souhait, puis le souhait se réalise, et on ne peut plus y mettre fin.

Comme «L'apprenti sorcier», cette séquence comico-cauchemar-desque de *Fantasia.* Mais l'épreuve vécue par Mickey Mouse, l'infortuné apprenti du sorcier, se terminait bien, lorsque le sorcier rentrait chez lui et rompait le charme. La situation d'Ariah était très différente.

Où était le chez-soi d'Ariah, d'ailleurs ? Ils devaient «s'installer» à Palmyra. Dans une haute maison de brique austère attribuée à Gilbert en même temps que sa charge de pasteur. Elle n'avait pas vraiment réfléchi à cette résidence et n'allait pas le faire maintenant.

Maintenant : où était *maintenant*?

Niagara Falls ?

Quelle idée ! Des plaisanteries vulgaires. Comme si Ariah et Gilbert faisaient tout pour être des nouveaux mariés américains types.

En fait, curieusement, c'était Gilbert qui avait voulu se rendre aux Chutes. Il s'intéressait depuis longtemps à l'«histoire glaciaire ancienne», à la «préhistoire géologique», dans cette partie de l'État de New York. Pour l'un de leurs rendez-vous, ils s'étaient retrouvés au musée d'histoire naturelle d'Albany et, pour un autre, à Herkimer Falls, où un colonel à la retraite ouvrait au public sa collection de fossiles et d'objets indiens. Des conversations de Gilbert avec son père, bien plus animées et plus intéressantes que celles de Gilbert avec elle-même, Ariah avait déduit qu'à ses yeux sa «tâche prédestinée» était peut-être de concilier les preuves supposées apportées par les découvertes de fossiles du XIXᵉ siècle avec le récit biblique de la création du monde.

Le révérend Littrell, la cinquantaine robuste et la mâchoire carrée, l'air aussi rassis que Teddy Roosevelt sur les vieilles photos, se moqua de cette idée. Lui croyait que le diable avait laissé ces prétendus fossiles dans la terre pour que de crédules imbéciles les y trouvent.

Gilbert avait tiqué à cette remarque mais, en gentleman, n'avait pas formulé d'objection.

La voie de la science et la voie de la foi. Ariah ne pouvait qu'admirer son fiancé pour cette ambition.

Elle avait toujours considéré la Genèse comme une version hébraïque d'un conte de Grimm. Essentiellement, il s'agissait d'un avertissement : désobéis à Dieu le Père, et tu seras chassé du jardin d'Éden. Fille d'Ève, la punition sera double : *Tu enfanteras avec douleur, et tes désirs se porteront vers ton mari, mais il dominera sur toi.* Voilà qui était assez clair !

Ariah n'avait pas plus l'intention d'avoir des débats théologiques avec Gilbert qu'elle n'en avait eu avec son père. Que ces hommes pensent ce qu'ils veulent, se disait-elle. C'est pour notre bien à nous aussi.

Elle décida d'appeler la réception. Courageusement elle souleva le récepteur de plastique rose et composa le zéro. Elle demanderait si... si un homme relativement jeune se trouvait dans le hall ? Ou... sur la véranda ? Au café ? Elle souhaiterait lui parler, s'il vous plaît. Un grand jeune homme maigre pesant dans les soixante-dix kilos, une peau pâle couleur parchemin qui semblait trop tendue sur les os du visage, des lunettes rondes à monture d'acier, habillé avec soin, courtois, ayant une manière bien à lui de paraître attendre patiemment qu'on le satisfasse ; ou de montrer à quel point il pouvait être charitable, prêt à en rabattre sur ses attentes, quoique secrètement mécontent... Mais lorsque la téléphoniste dit d'un ton enjoué : «Bonjour, madame Erskine, que puis-je pour vous ? », Ariah resta muette. Il faudrait qu'elle s'habitue à ce qu'on l'appelle *Mme Erskine.* Mais était surtout saisie de constater qu'une inconnue connaissait son identité ; le numéro de sa chambre avait dû s'allumer sur le standard. D'un ton humble, elle dit : «Je... je me demandais juste qu... quel temps il faisait ? Je ne sais pas quoi mettre ce matin. »

La standardiste eut un rire amical bien rodé.

« Nous avons beau être en juin, madame, vous êtes à Niagara Falls. Habillez-vous chaudement jusqu'à ce que le brouillard se lève. » Elle marqua une pause pour produire son effet. « S'il se lève. »

3

7 h 35. Ariah n'avait toujours pas découvert le mot d'adieu, sur une feuille de papier vieux rose à l'en-tête du Rainbow Grand, soigneusement pliée et appuyée contre le miroir de la coiffeuse. C'était une petite glace ovale au cadre doré dans laquelle, bouleversée comme elle l'était, Ariah ne pouvait se résoudre à se regarder.

Non, mon Dieu. Épargne-moi. Ce que Gilbert doit avoir vu, pendant que je dormais.

Bien entendu, que Gilbert Erskine ne fût pas à proximité était un soulagement.

Après la cohue frénétique de la veille, cette multitude de visages oppressants tout près du sien, et un délire cauchemardesque de sourires, et l'intimité du lit partagé…

Un bain. Vite, vite, avant que Gilbert revienne !

Ariah aurait pris un bain de toute façon. D'ordinaire elle en prenait un tous les soirs avant de se coucher, mais elle ne l'avait pas fait la veille ; lorsqu'elle manquait son bain du soir, elle se rattrapait sans faute le lendemain matin. Parfois, dans l'humidité poisseuse des étés de l'État de New York, en ces temps d'avant la climatisation, Ariah prenait deux bains par jour ; sans être jamais convaincue pour autant qu'elle ne *sentait* pas.

Rien ne lui faisait plus envie qu'un bain. Un long bain brûlant dans la salle d'eau somptueuse, dans une baignoire luxueuse qu'elle n'aurait pas à nettoyer ensuite avec de l'Old Dutch et une brosse à récurer ; un bain parfumé et moussant grâce aux sels de bain au lilas, gracieusement offerts par le Rainbow Grand. Des larmes de gratitude lui montèrent aux yeux.

Donne-moi une autre chance ! Mon Dieu, je t'en prie. Il y avait encore de l'espoir, bien entendu. Ariah ne croyait pas sérieusement que Gilbert Erskine se fût *enfui*. Car *où*, après tout, un pasteur presbytérien de vingt-sept ans, fils et beau-fils de pasteurs presbytériens, aurait-il pu s'enfuir ?

« Il est pris au piège. Comme moi. »

Ariah fit couler l'eau des gros robinets de cuivre jusqu'à embuer toutes les glaces de la salle de bains. Un air chaud délicieux, suffocant et parfumé ! Et une eau aussi brûlante qu'elle pouvait le supporter, pour laver la sueur séchée et les autres saletés de son corps. Les odeurs de son corps.

Et les siennes à lui. Là où elle l'avait maladroitement touché. Par accident. À moins que, dans la confusion, elle l'eût frôlé, ou se fût pressée contre lui… Elle ne se rappelait pas précisément. Et ce qui s'était passé, le liquide laiteux jaillissant du machin élastique de l'homme sur son ventre, et sur les draps, *non elle ne se rappelait pas.*

Le cri aigu, stupéfait, de l'homme. Un cri de chauve-souris. Ses convulsions, la façon dont il avait geint dans ses bras. Elle ne se rappelait pas *et ce n'était pas sa faute.*

Ariah se laverait aussi les cheveux. Ils étaient emmêlés et poisseux sur la nuque. Ses cheveux vaguement bouclés d'un roux fané, si fins et maigres qu'il fallait sans cesse s'en occuper. Les relever avec des pinces, des bigoudis en caoutchouc mousse. (Elle en avait apporté un stock pour ce voyage de noces, dissimulé dans sa valise. Mais évidemment elle ne pouvait mettre un attirail pareil *au lit.*) Ce matin-là, elle n'aurait pas le temps de boucler ses cheveux, elle les ramasserait en un « élégant chignon à la française », comme disait sa mère, et ferait bouffer sur son front sa frange languissante. En espérant ressembler davantage à une ballerine qu'à une vieille fille bibliothécaire ou institutrice.

Dans le chignon elle piquerait un bouton de rose.

Elle se maquillerait très peu, n'appliquerait pas sur son visage le masque cosmétique qui paraissait requis la veille. Un rouge à lèvres rose corail et non rouge vif. *Une féminité différente. Séduisante.*

Et donc quand Gilbert reverrait Ariah, vêtue d'une robe-chemisier à fleurs, un cardigan blanc sur les épaules, les cheveux relevés en un élégant chignon à la française, un rouge sage sur la fine courbe de ses lèvres incurvées, il l'admirerait de nouveau. Il la respecterait de nouveau. (C'était le cas naguère, non ? Pendant quelque temps ? La fille « musicienne » du révérend Thaddeus Littrell, et son aura de bonne société de province ?) Il lui sourirait avec timidité, en rajustant ses lunettes. Il la regarderait en clignant les yeux, comme ébloui par une lumière vive.

LA MARIÉE

Je te pardonne, Ariah. Si fort que tu m'aies dégoûté cette nuit, et que je t'aie dégoûtée.

Je ne peux pas t'aimer. Mais je peux te pardonner.

Ariah laissa glisser sur le carrelage sa chemise de nuit en soie ivoire aux larges bretelles et au corsage de dentelle. Elle portait des taches de mucosités séchées. Et des taches sombres… Pas question de regarder. Par bonheur, des nuages de vapeur lui brouillaient la vue. Avec prudence, elle entra dans la baignoire aux pieds griffus, qui n'était encore qu'en partie remplie. «Oh!» L'eau était bouillante. Mais elle la supporterait. La baignoire était plus grande, plus disgracieuse que celle des Littrell. Un abreuvoir pour éléphants. Et pas aussi étincelante de propreté qu'elle l'avait cru : minces cercles de rouille autour des robinets de cuivre, poussières et petits poils frisés dans l'eau savonneuse.

Ariah s'immergea avec précaution. Elle était si menue qu'elle semblait presque flotter. *Ne regarde pas. Ce n'est pas la peine.* Sa peau cireuse meurtrie. Des petits seins durs comme des poires vertes. Et sur ces seins des petits mamelons raides comme des embouts de caoutchouc. Il lui fallait bien se demander si Gilbert avait été déçu… Sa clavicule saillait sous la peau pâle, presque translucide, semée de pâles taches de son. Petite fille, Ariah avait osé fourrer un doigt dans son petit nombril serré, en se demandant si c'était un acte «sale». Comme tant d'actes en rapport avec le corps féminin.

À la fourche de ses jambes, une bande couleur rouille de ces poils dits pubiens.

Embarrassant! Quelques années auparavant, alors qu'elle présentait des élèves lors d'un récital scolaire, Ariah avait trébuché sur le mot *public* et semblé dire *pubis*. Très vite, elle s'était corrigée – «*pu*blic». Elle s'adressait à une assistance composée essentiellement des parents et des voisins de ses élèves, et son visage s'était enflammé : chacune des taches de rousseur qui constellaient son visage était devenue une minuscule étoile rougeoyante.

Par bonheur, Gilbert Erskine ne faisait pas partie de l'assistance, ce jour-là. Elle imaginait sa grimace, le plissement de ses yeux.

Par gentillesse, personne n'avait jamais fait allusion au lapsus d'Ariah.

(Mais les gens avaient dû rire dans leur for intérieur. Comme Ariah

VOYAGE DE NOCES

l'aurait sans doute fait si quelqu'un d'autre avait commis une bévue de ce genre.)

À Troy, État de New York, on passait beaucoup de choses sous silence, semblait-il. Par tact, par gentillesse. Par pitié.

Ariah examinait un ongle cassé. Il entamait la chair tendre de son doigt.

Une égratignure sur l'épaule de Gilbert? Sur son dos ou...

Gilbert Erskine n'est-il pas trop jeune pour toi, Ariah? Voilà ce que les cousines et les amies d'Ariah n'avaient pas demandé une seule fois, pendant les huit mois de leurs fiançailles. Même avec une innocence espiègle, personne n'avait posé la question.

Quelqu'un avait-il demandé à Gilbert *Ariah Littrell n'est-elle pas trop vieille pour toi?*

Ils faisaient la paire, ma foi! Ils avaient semblé du même âge, la plupart du temps. Ils avaient le même tempérament intelligent, studieux, nerveux, peut-être un peu égotiste. Ils étaient enclins à l'impatience, à l'exaspération. Enclins à avoir une bonne opinion d'eux-mêmes et une moins bonne opinion de presque tous les autres. (Encore que, en fille respectueuse, Ariah sût dissimuler ces traits de caractère.)

Deux paires de parents avaient pleinement approuvé leur union.

Difficile de juger lequel des quatre avait été le plus soulagé: Mme Littrell ou Mme Erskine; le révérend Littrell ou le révérend Erskine.

Quoi qu'il en soit, Ariah s'était fiancée juste à temps. Vingt-neuf ans, c'était le bord du précipice, du gouffre de l'oubli: trente ans. Ariah n'avait que mépris pour ces idées conventionnelles, et pourtant les années descendantes de sa troisième décennie, après la ligne de partage des vingt-cinq ans, lorsque tous les gens qu'elle connaissait ou dont elle entendait parler se fiançaient, se mariaient, faisaient des enfants, avaient été terribles, cauchemardesques. *Envoie-moi quelqu'un mon Dieu. Fais que ma vie commence. Je t'en supplie!* À certains moments, à sa grande honte, Ariah Littrell, pianiste, chanteuse et professeur de musique accomplie, aurait volontiers échangé son âme contre une bague de fiançailles, c'était aussi simple que cela. L'homme lui-même était un problème secondaire.

Et puis le miracle avait eu lieu: les fiançailles.

Et maintenant, en juin 1950, le mariage. Comme les poissons et

36

LA MARIÉE

les pains du Christ, ou mieux encore la résurrection de Lazare, cet événement lui avait paru tenir du miracle. Elle n'aurait plus à être Ariah Littrell la fille du pasteur; la «fille» que tout le monde à Troy déclarait admirer. Elle pourrait se réjouir avec une fierté innocente d'être l'épouse d'un jeune ministre presbytérien ambitieux qui, à vingt-sept ans seulement, avait déjà son église à Palmyra, agglomération de 2 100 habitants.

Ariah avait eu envie de rire à voir la tête de ses amies devant la bague de fiançailles. «Vous ne pensiez pas que je me fiancerais un jour, avouez-le!» avait-elle failli dire d'un ton moqueur, ou accusateur. Mais elle s'en était abstenue, bien entendu. Ses amies auraient tout bonnement nié.

Le mariage lui-même lui avait fait l'effet d'un rêve. Ariah n'avait assurément pas bu de champagne avant la cérémonie religieuse et pourtant, le pas mal assuré, elle s'était appuyée sur le bras robuste de son père lorsqu'il avait conduit sa grande fille rousse jusqu'à l'autel, et qu'un flamboiement de lumière l'avait aveuglée, des lumières qui palpitaient comme des étoiles maniaques. *Ariah Littrell, jurez-vous solennellement. Aimer honorer obéir. Jusqu'à ce que la mort…* Pas de champagne, bien sûr, mais elle avait avalé quelques aspirines avec du Coca, un remède familial fréquent. Qui lui faisait cogner le cœur et lui déshydratait la bouche. Gilbert aurait sans doute désapprouvé. À son côté devant l'autel, la dominant de la taille, immobile et sur ses gardes, tâchant de ne pas renifler, il avait récité sa partie d'une voix grave. *Je vous reçois comme épouse, Ariah.* Deux jeunes gens tremblants bénis devant l'autel comme des bêtes qu'un boucher commun va abattre. Liés par la terreur mais étrangement indifférents l'un à l'autre.

Ce qui attendait Ariah, l'épreuve «physique» de sa nuit de noce – et des nuits suivantes –, elle appréhendait d'y penser. Elle n'avait jamais été une jeune fille très tentée par les pensées interdites, non plus que par les actes interdits. Quoique étonnamment passionnée dans ses interprétations tonnantes des mouvements tumultueux des grandes sonates pour piano de Beethoven, ou lorsqu'elle chantait certains lieder de Schubert, Ariah était généralement guindée et timide en société. Elle rougissait facilement, se rétractait au moindre contact. Ses yeux vert galet brillaient d'intelligence et non de chaleur. Les quelques petits amis qu'elle avait eus étaient des garçons lui ressemblant. Des garçons

37

comme Gilbert Erskine, à la fois jeunes et vieux, enclins à se voûter dès l'adolescence. Bien entendu Ariah s'était régulièrement rendue chez le médecin de famille des Littrell, mais on pouvait compter sur ce praticien âgé pour ne pas employer d'instruments gynécologiques de façon excessive, et pour battre en retraite lorsque Ariah poussait un gémissement de douleur et de gêne, ou lui lançait un coup de pied sous l'effet de la panique. Par embarras et délicatesse féminine, Mme Littrell avait évité le sujet conjugal et, naturellement, le révérend Littrell aurait préféré mourir que de parler de questions «intimes» à sa fille virginale et crispée. Il avait laissé cette tâche épineuse à sa femme et n'y avait plus pensé.

Sous l'effet du bain chaud, la tête d'Ariah lui tournait. Ou sous l'effet de ses pensées. Elle remarqua que son sein gauche flottait dans l'eau, en partie ocre comme plongé dans l'ombre. Il avait pressé, pincé. Elle supposait qu'elle avait des meurtrissures sur le bas du ventre et les cuisses. Entre ses jambes irritées, la sensibilité était moindre, comme si cette partie de son corps était engourdie.

Le cri de chauve-souris qu'il avait poussé! Son visage de petit garçon empourpré et brillant, déformé comme celui de Boris Karloff dans *Frankenstein*.

Il n'avait pas dit *Je t'aime, Ariah*. Il n'avait pas menti.

Pas plus qu'elle n'avait dit *Je t'aime, Gilbert* ainsi qu'elle avait prévu de le faire, couchée dans ses bras. Car elle savait que ces mots l'offenseraient, à ce moment-là.

Étendue dans la baignoire, alors que l'eau perdait sa chaleur vaporeuse et commençait à se couvrir d'une mousse de savon, Ariah se mit à pleurer en silence. Des larmes lui piquèrent les yeux, déjà douloureux, roulèrent sur ses joues et tombèrent dans l'eau. Elle avait imaginé que, pendant qu'elle prendrait son bain, elle entendrait la porte de la suite s'ouvrir et se refermer, et la voix de Gilbert – «Ariah? Bonjour!» Mais elle n'avait entendu aucun bruit de porte. Elle n'avait pas entendu la voix de Gilbert.

Elle pensait à ce jour – bien longtemps avant sa rencontre avec Gilbert Erskine, alors qu'elle était encore au lycée – où elle s'était enfermée dans la salle de bains et «examinée» dans un petit miroir. Oh! elle avait failli s'évanouir. C'était aussi terrible que de donner son sang.

38

Elle avait vu, entre ses cuisses minces, sous le buisson bouclé et humide des poils pubiens, une curieuse petite excroissance charnue pareille à une langue, ou à l'un de ces organes glissants que l'on prend soin d'ôter d'un poulet avant de le rôtir ; et, alors qu'elle regardait avec une fascination horrifiée, elle remarqua un petit trou pincé à la base de cette excroissance, plus petit que son nombril. Comment l'«engin» d'un homme pouvait-il se loger dans un espace aussi minuscule ? *Pis encore, comment un bébé pouvait-il sortir d'un orifice aussi minuscule ?*

Cette révélation l'avait laissée défaillante de terreur, d'appréhension, de dégoût, pendant des heures. Peut-être ne s'en était-elle pas encore remise.

4

Il était là. Le message. Si visible. Comme un cri. Appuyé contre le miroir de la coiffeuse. Ariah ne comprendrait jamais comment, ou pourquoi, elle ne l'avait pas remarqué plus tôt.

Sur le papier à en-tête rose de l'hôtel, tracés d'une écriture hâtive, gribouillée, dans laquelle Ariah n'aurait pas tout de suite reconnu celle de Gilbert, il y avait ces mots :

> Ariah je regrette… je ne peux pas…
> J'ai essayé de t'aimer
> Je vais où ma fierté doit me conduire
> je sais… tu ne peux pardonner
> Dieu ne pardonnera pas
>
> Je nous libère ainsi tous les deux de notre serment.

Sur le tapis, au-dessous, un stylo en argent marqué d'un monogramme. Il avait dû être jeté en hâte sur la coiffeuse et rouler sur le sol.

Très longtemps (cinq minutes ? dix ?) Ariah resta pétrifiée, tenant le message d'une main tremblante, le cerveau vide. Puis elle se mit enfin à pleurer, de vilains sanglots rauques qui la déchirèrent.

Comme si, en fin de compte, elle l'avait aimé ?

Le chercheur de fossiles

Cours, cours! Ton salut en dépend.

L'aube arriva enfin. Toute la nuit le fleuve tonnant l'avait appelé. Tout au long de la nuit, tandis qu'il priait pour rassembler les forces qui lui seraient nécessaires, le fleuve l'appelait. *Viens! La paix est ici.* La rivière du Tonnerre, ainsi l'avaient nommée les Tuscarora des siècles auparavant. Les chutes du Tonnerre. Les Indiens d'Ongiara l'appelaient l'Eau-qui-a-faim. Elle dévorait les imprudents et les victimes offertes en sacrifice. Ceux qui se jetaient dans ses eaux bouillonnantes pour être emportés vers l'oubli et la paix. Combien d'âmes torturées répudiées par Dieu avaient trouvé la paix dans ces eaux, combien avaient été anéanties et rendues à Dieu, il n'en avait aucune idée. Sûrement des centaines d'hommes comme lui, peut-être des milliers. Depuis le début de l'histoire écrite dans cette partie de l'Amérique du Nord, vers 1500. Beaucoup étaient des païens, mais Jésus aurait pitié d'eux. Jésus aurait pitié de lui. Jésus lui accorderait l'oubli, comme l'oubli Lui aurait été accordé sur la croix s'Il l'avait souhaité. Mais Il n'avait pas eu besoin de cette consolation parce qu'Il était le fils de Dieu, né sans péché, sans même la capacité d'aspirer au péché. Jamais Il n'avait touché à une femme, jamais Il ne s'était abandonné dans un cri d'extase aux caresses grossières de la femme.

C'était l'aube, il était temps. Il avait vécu trop longtemps. Vingt-sept ans, trois mois! On le disait jeune, on le traitait en prodige, mais il savait à quoi s'en tenir. Il avait vécu un jour et une nuit de trop. *Acceptez-vous de prendre cette femme pour épouse. Jusqu'à ce que la mort vous sépare* et donc il ne pouvait supporter une heure de plus. Se coulant hors du lit. Hors des draps qui sentaient l'odeur de leurs corps. Tandis que la femme qui était Mme Erskine *l'épouse légitime* dormait d'un sommeil lourd, sur le dos comme si elle était tombée d'une grande hauteur, sans connaissance, décervelée, les mains levées dans une geste de stupéfaction, la bouche ouverte comme celle d'un poisson et au fond de cette bouche une respiration entrecoupée, mouillée, idiote, qui l'exaspérait, lui donnait envie de refermer les doigts autour de sa gorge et de serrer. Cours, cours! Sans te retourner. Il ramassa ses vêtements, ses chaussures, gagna sur la pointe des pieds le salon où une pâle lumière froide exposait la pièce rose peluche à la décoration surchargée. *Suite nuptiale, paradis pour deux. Luxe et intimité. Des heures idylliques que vous n'oublierez jamais!* Se débattant avec les boutons, marmonnant tout bas tandis qu'il s'habillait en hâte, fourrait ses pieds nus dans des chaussures à demi lacées et fuyait.

Cours, cours! Pour ton salut.

Trop agité pour attendre un ascenseur, il prit l'escalier de secours. Cinq volées de marches. À sa montre Bulova (offerte par ses parents pleins de fierté lorsqu'il était sorti premier de sa promotion du séminaire d'Albany) qu'il n'avait pas manqué d'attacher à son poignet, car G. était homme à observer certains rituels routiniers même dans la dernière heure exaltée de son existence, il était à peine un peu plus de 6 heures. Le hall de l'hôtel était quasiment désert. Quelques employés en uniforme, qui ne firent guère attention à lui. Dehors, l'air était froid et très humide. Juin, le mois des mariages. Juin, la saison de l'amour en fleur. Juin, une farce. Si d'après la montre de G. c'était l'heure de l'aube, d'après le ciel au-dessus des gorges du Niagara c'était une heure hors du temps, ensevelie dans la brume, blafarde comme le fond d'un récipient récuré et sentant une odeur sulfureuse, métallique. *Niagara! Capitale mondiale de la lune de miel.* Il avait su dès le début, peut-être. Il ne s'était jamais vraiment fait d'illusions. Présenté à la femme rousse, désireux de se faire accepter par son père influent, le révérend Thaddeus Littrell de Troy, État de New York. Présenté à la femme rousse dont les lèvres minces avaient ébauché un sourire hésitant, plein d'espoir, alors même qu'elle fixait sur lui des yeux vert galet, brillants et inflexibles comme du verre. Et il avait pensé, dans sa sottise, sa vanité, son désespoir *Une sœur! Quelqu'un qui me ressemble.*

Il marchait vite. Pieds nus dans d'élégantes chaussures de cuir, et ses talons s'échauffaient. Une erreur de ne pas avoir enfilé de chaussettes mais il n'avait pas le temps. Il fallait qu'il arrive au fleuve, qu'il arrive *là-bas. Là-bas* seulement, peut-être, pourrait-il respirer. Une averse avait laissé des flaques sur les larges trottoirs de Prospect Street. Les pavés luisaient d'humidité. Il descendit sur la chaussée et au même instant un tramway ferraillant fonça sur lui, une trompe hurlante retentit et il dissimula son visage pour que personne ne puisse le reconnaître plus tard en voyant son portrait dans les journaux locaux. Car il savait que la honte et le désespoir de son acte lui survivraient, et que son courage serait tu, mais il s'en moquait car il était temps, Dieu ne lui pardonnerait jamais mais Dieu lui accorderait la liberté. Telle était la promesse des Chutes. Toute la nuit il avait entendu leur murmure grondant et maintenant, à l'air libre, il l'entendait plus nettement, il sentait le sol sous ses pieds vibrer de leur puissance. *Viens! Ici seulement se trouve la paix.*

Quelle fierté, quelle fièvre triomphante. Dix mois auparavant.

Au téléphone annonçant d'une voix tremblante *Je suis fiancé, Douglas.* Et son ami avait répondu avec chaleur, avec spontanéité. *Félicitations, Gil!* Et il avait dit presque en se vantant : *Tu viendras à mon mariage? Il est prévu pour juin prochain.* D. répondit : *Bien sûr, Gil. C'est une excellente nouvelle. Je suis très heureux pour toi.* G. dit : *Je suis heureux, moi aussi. Je suis... heureux.* D. dit : *Gil?* et G. dit : *Oui, Douglas?* et D. demanda : *Qui est-ce?* Et, perdu un instant, G. bégaya : *Qui cela?* Et D. dit, en riant : *Ta fiancée, Gil. Quand la verrai-je?*

D. avait été impressionné (non?) lorsqu'il avait appris qui était sa fiancée. La fille de. Professeur de musique, pianiste et chanteuse.

Au séminaire, ils étaient si opposés de tempérament. Pourtant ils avaient discuté avec passion jusque tard dans la nuit : de la vie et de la mort, de la mortalité et de la Vie éternelle. Jamais ils n'avaient parlé du suicide. Jamais du désespoir. Car pourquoi de jeunes chrétiens se préparant au pastorat auraient-ils désespéré? Ils étaient eux-mêmes

LE CHERCHEUR DE FOSSILES

porteurs de bonnes nouvelles. Avec la ferveur de la fin de l'adolescence, ils parlaient donc d'amour – l'«amour mature», l'«amour entre un homme et une femme», «ce que devrait être un mariage chrétien en ce milieu de XXᵉ siècle». Bien entendu, ils avaient parlé d'avoir des enfants.

Ils jouaient aux échecs, le jeu de D. Ils partaient en randonnée et cherchaient parfois des fossiles dans les ravins argileux et le lit des ruisseaux, ce qui était le jeu de G. depuis l'enfance.

D. n'avait pu assister au mariage de G. G. se demandait s'il assisterait à son enterrement. S'il peut y avoir enterrement en l'absence de corps. Car peut-être ne retrouverait-on jamais le sien. L'idée le faisait sourire. Parfois, en tombant dans les Chutes, un être humain était perdu à jamais. On avait même vu de petites embarcations se désintégrer au point que leurs morceaux n'étaient jamais récupérés ni identifiés.

La paix de l'oubli.

G. n'avait pas laissé de message pour D. Il n'avait griffonné un mot que pour A., son épouse. Poussé par un sentiment d'obligation qui (espérait-il, car il n'était pas cruel) ne laissait rien transparaître du dégoût qu'il éprouvait pour cette femme. Mais D. lui pardonnerait. Il le croyait.

D., dans la simplicité et la bonté de son cœur. Un chrétien né. Il pleurerait G., mais lui pardonnerait.

D. avait sa propre vie indépendante, à présent. Depuis des années. Il était l'assistant du pasteur d'une grande église prospère de Springfield, dans le Massachusetts. Il était fier d'être marié et père de petites jumelles de deux ans. Faire de lui un genre de complice même au deuxième ou troisième degré aurait été un péché. Faire de lui le dépositaire d'un secret aussi honteux. À moins que ce ne fût un beau secret. *Je ne peux aimer aucune femme, j'ai essayé, Dieu m'en soit témoin. Je ne peux aimer que toi.* D. avait accompagné G. dans ses randonnées à la recherche de fossiles. Enfant, il avait commencé par collectionner des pointes de flèche et des objets indiens, mais les «fossiles» l'avaient vite fasciné davantage. Ces vestiges délicats d'une époque perdue et à peine imaginable, précédant l'histoire humaine. Des œuvres d'art mystérieuses, aurait-on dit, les empreintes schématiques d'organismes ayant vécu des millions d'années – soixante-cinq millions d'années! – avant le Christ. Un monde de temps lent où mille ans n'étaient qu'un instant, et

43

soixante mille ans une période trop courte pour être mesurable par les méthodes de datation géologique. À treize ans, G. avait fabriqué un filet à mailles fines attaché à un cadre en bois afin de pouvoir passer au crible la molle boue noire des lits de ruisseaux et d'y rechercher des fragments d'os et de roches fossilifères, les dents de raies et de requins millénaires ; la forme de vieux calmars calcifiés, durs comme l'ambre. À Troy, si loin de la mer ! G. ne pouvait croire, comme son père, que le diable avait dissimulé de prétendus fossiles dans la terre pour induire l'humanité en erreur ; pour jeter le doute sur le récit de la création de la Genèse – selon lequel Dieu avait créé la terre, les étoiles et toutes les créatures de la terre en sept jours et sept nuits, il y avait tout au plus six mille ans. (Six mille ! G. souriait quand il y pensait.) Il ne pouvait cependant souscrire aux principes mêmes de l'« évolution ». Hasard, accident. Non ! Impossible.

Et pourtant : serait-il être vrai que quatre-vingt-dix-neuf pour cent de toutes les espèces, flore et faune, ayant jamais existé aient disparu, et que des espèces disparaissent continuellement ? Quotidiennement ? Pourquoi Dieu créait-il autant de créatures, à seule fin de les laisser se battre frénétiquement entre elles pour leur existence, et s'anéantir ensuite dans l'oubli ? L'humanité disparaîtrait-elle un jour, elle aussi ? *Était-ce le dessein de Dieu ?* Car il y avait sûrement un dessein. Le christianisme devait essayer de comprendre et d'expliquer. Le père de G. refusait de discuter de ces questions avec lui. Il avait décidé depuis longtemps que la science était une religion fausse, superficielle, et que seule comptait, en fin de compte, une foi profonde et robuste. « Tu le comprendras, mon fils. Avec le temps. » Quelques-uns des jeunes professeurs de G. au séminaire avaient été plus ouverts à la discussion, mais leurs réponses étaient néanmoins limitées et leurs connaissances scientifiques restreintes. Pour eux, il n'y avait guère de différence entre six mille ans, soixante-cinq ou cinq cents millions d'années. La foi, la foi ! « Que vaut la "foi" si elle est fondée sur l'ignorance ? protestait G. Je veux *savoir*. » Mais D. répondait : « Écoute, Gil. La foi est une affaire pratique, quotidienne. Je ne doute pas davantage de l'existence de Dieu et de Jésus que de celle de ma famille ou de la tienne. Ce qui compte, ce sont les rapports que nous avons avec eux et entre nous. Et c'est tout ce qui compte. »

LE CHERCHEUR DE FOSSILES

Cette réponse émouvait G. Sa simplicité, et le bon sens fondamental d'une telle attitude. Il doutait cependant de pouvoir s'en satisfaire. Il voulait toujours davantage…

« C'est peut-être ta destinée particulière, Gil. Trouver un sens à tout cela. Réconcilier la science et la "foi". Tu y as déjà pensé ? »

D. paraissait tout à fait sérieux. Il semblait penser que G., diplômé d'un séminaire protestant de province, dépourvu de toute formation scientifique ou presque, pouvait être capable d'une telle tâche.

Personne d'autre que D. n'avait eu de telles ambitions pour G.

Personne d'autre que D. ne l'avait appelé *Gil.*

Tout cela était fini, à présent. G. laisserait sa collection de fossiles derrière lui, dans la maison de ses parents. Dans la chambre de son enfance, rangée dans des tiroirs et des cartons. Au collège, il s'était mis à les apporter à ses professeurs de sciences, qui avaient tenté de les identifier et de les dater. Il se demandait s'ils en savaient davantage que lui. Il avait voulu le penser. Ils lui avaient affirmé que les fossiles avaient à coup sûr des millions d'années. Des centaines de millions ? Il y avait la période cambrienne, et il y avait la période crétacée. Dans cette région de l'État de New York, les fossiles pouvaient dater de l'ère glaciaire. L'ère des dinosaures. L'ère de l'homme de Néanderthal. Penser que ces objets mystérieux avaient fini en sa possession l'avait fasciné. Il n'y a pas de hasard dans les desseins de Dieu, et, G. le savait, Il avait voulu qu'il soit pasteur ; puisque Dieu lui avait permis de trouver ces fossiles, c'était qu'il y avait également une raison. Un jour, il la connaîtrait. Il avait eu l'intention de prendre des cours de paléontologie, de paléo-zoologie, dans une grande université telle que celle de Cornell… Pour une raison ou une autre, il ne l'avait jamais fait. Il se demandait s'il avait eu peur de ce qu'il aurait pu apprendre.

Que tu n'as pas de destinée particulière. Ni toi, ni l'humanité.

À cette heure matinale, un dimanche matin, la ville était presque déserte. Des cloches semblaient pourtant sonner sans interruption. Une clameur bruyante. Il avait envie de se boucher les oreilles. Jamais il n'avait remarqué à quel point sa religion était envahissante. Nous sommes là ! Les chrétiens ! Nous vous cernons ! Nous apportons des nouvelles des Évangiles ! De bonnes nouvelles ! Venez faire votre salut !

45

VOYAGE DE NOCES

Il trouvait bien plus séducteur le grondement monosyllabique des Chutes.

Il se força, haletant, à marcher d'un pas normal. Car un agent de police pouvait le voir, deviner ses intentions. Son visage. Son visage ravagé. Son visage de gamin qui avait vieilli de plusieurs années en une seule nuit. Ses yeux enfoncés. Il craignait que brille de façon flagrante sur son visage la délivrance qu'il recherchait.

Il lui était pourtant difficile de simuler le calme. Il se sentait comme une bête sauvage en laisse. Si quelqu'un lui faisait obstacle ou essayait de l'arrêter, si cette femme avait essayé de l'arrêter, il les aurait repoussées avec rage.

Ce n'était pas du désespoir qu'il éprouvait. Pas du tout. Le désespoir suppose humilité, passivité, renoncement. Mais Gilbert Erskine ne renonçait à rien. Un autre homme serait retourné dans la suite de l'hôtel retrouver *l'épouse légitime*. Le lit, la toison rouge-rouille de l'entrejambe. La bouche gémissante de poisson, les yeux révulsés et les bébés qui s'ensuivraient, une puanteur confortable de couches. Tel était le véritable destin de Gilbert Erskine. La haute maison austère de Palmyra, briques couleur de boue, toit de bardeaux pourris et une congrégation de moins de deux cents personnes, en majorité quinquagénaires ou plus âgées, devant qui le jeune pasteur devrait «faire ses preuves». Dont il devrait «gagner» la confiance, le respect et finalement l'amour. Oui? Mais non.

Pas pour G. Il agissait par courage, conviction. Dieu ne lui pardonnerait pas. *Mais Dieu me connaîtra tel que je suis.*

Le grondement des Chutes. Comme le grondement du sang dans les oreilles. Pénétrant son cerveau fiévreux tandis qu'il était allongé dans ce lit, incapable de dormir. Se rappelant la futilité de leur première rencontre. Il avait cru voir dans cette femme une «sœur»… Quelle plaisanterie cruelle, grossière. Cette rencontre. Maintenant il savait. Elle avait été habilement arrangée par leurs parents, maintenant il comprenait. Les Littrell voulaient à tout prix marier leur vieille fille laide et guindée, et les Erskine marier leur vieux garçon laid et guindé. (Peut-être s'interrogeaient-ils sur sa virilité? Le révérend Erskine, du moins.) Et donc «Ariah» et «Gilbert» n'étaient que des pions sur l'échiquier dont ils s'étaient imaginés les joueurs!

46

LE CHERCHEUR DE FOSSILES

La nuit précédente. Sa vie vertigineuse comme s'il était déjà en train de se noyer dans le fleuve. Brisé dans les Chutes comme une poupée en plastique bon marché. À côté de lui la femme comateuse et ses ronflements. La femme ivre. Sa nuit de noces, et une femme ivre. Cours, cours ! Il lui fallait se jeter dans les chutes les plus monstrueuses, les Horseshoe. Rien de moins ne suffirait. Dans son état euphorique, il redoutait de survivre. Il redoutait qu'on ne le retire des eaux tumultueuses au bas des Chutes, brisé et estropié. Des équipes de sauvetage seraient-elles de service, d'aussi bonne heure ? Il souhaitait une disparition totale, l'anéantissement. Effacer à jamais de sa vue le visage avide, barbouillé, de la femme rousse. Pendant les longs mois de leurs fiançailles, elle avait été chaste, virginale, fraîche au toucher comme un glaçon. Et ce sourire mince, ces manières gauches… Eh bien, il s'était laissé abuser. Comme une dupe du diable, il s'était laissé abuser. Lui, Gilbert Erskine ! Le plus sceptique des séminaristes. Le plus « libre penseur ». Lui qui se flattait de déjouer depuis des années les ruses de femmes minaudières et sans cervelle. Prêtes à tout pour se marier. Toutes autant qu'elles étaient, prêtes à tout pour être « fiancées » ; courant sans honte après une bague qu'elles puissent porter, exhiber. *Vous voyez ? Je suis aimée. Je suis sauvée.* Mais Ariah Littrell lui avait paru différente. D'une autre espèce. Une jeune femme qu'il pourrait respecter comme épouse, une femme qui était son égale socialement et presque son égale intellectuellement

Il regrettait amèrement que D. ne lui eût pas demandé *Tu aimes cette femme, Gil ?*

Il comptait répondre *Autant que tu aimes la tienne.*

L'occasion ne s'était pas présentée. En fait, personne n'avait demandé à G. s'il aimait cette femme.

Peut-être G. lui avait-il murmuré que oui. Il l'aimait. Peut-être, frappé de timidité. D'embarras. Et gênée à son tour, raide, yeux vert miroir vacillant, évitant les siens. Peut-être avait-elle murmuré, à son tour *Moi aussi, je t'aime.*

Ainsi, la décision avait été prise. Il avait glissé l'anneau à son doigt fin.

Cours, cours !

Des embruns sur son visage pareils à des crachats. Le grondement

47

des Chutes n'avait cessé de s'amplifier. Ses lunettes étaient embuées, il voyait à peine le trottoir devant lui. Ce pont. Le pont suspendu de Goat Island. *Aime-moi pourquoi ne peux-tu pas m'aimer pour l'amour du ciel pourquoi. Fais-le, FAIS-LE!* C'était Goat Island qu'il voulait. Qu'il avait marquée sur sa carte touristique. Avec le petit stylo en argent qu'elle lui avait offert, orné de ses initiales *GS*. La fierté que lui inspirait cet objet! *Je suis aimé, je suis sauvé.*

Leurs baisers timides, tâtonnants, bouches sèches. Le raidissement de son corps, le petit squelette robuste qui la tenait droite lorsqu'il la touchait, l'entourait de ses bras. *Comme dans les films. Fred Astaire, Ginger Rogers, dansons! C'est si facile.*

Il avait su qu'elle ne l'aimait pas. Bien sûr.

Pourtant il avait cru (presque!) qu'il l'aimait. *Qu'il finirait par l'aimer, elle, son épouse légitime. Avec le temps.*

Comme son père avait fini par aimer sa mère, supposait-il. Comme tous les hommes finissaient par aimer leurs épouses.

Car Dieu n'avait-Il par ordonné à l'humanité de *Croître et multiplier.*

Cours! Sinon la honte le paralyserait.

Champagne pendant la réception et dans la chambre d'hôtel. Il n'avait pas su. N'avait pas deviné. Cette femme délicate buvant avec l'avidité d'un ouvrier journalier. N'écoutant pas quand il lui avait suggéré avec tact qu'elle avait peut-être assez bu. Pouffant, essuyant sa bouche barbouillée de rouge sur le dos de sa main. Envoyant voler ses chaussures. Lorsqu'elle avait essayé de se lever, elle avait vacillé, prise de vertige; il avait bondi pour la soutenir. Elle avait manqué tomber, s'était serrée contre lui. Quelle différence avec la fille de pasteur guindée qu'il connaissait. Ariah Littrell avec ses chemisiers blancs ruchés, ses cols Claudine, ses robes chemisiers et ses jupes de flanelle impeccablement repassées. Escarpins à talons hauts bien cirés et gants blancs immaculés. Qu'Ariah eût près de trois ans de plus que lui arrangeait secrètement G. C'était une sorte d'atout, car il savait qu'elle devait lui être reconnaissante de l'avoir choisie. Et il ne voulait pas d'une femme immature pour épouse, il comprenait que ce serait lui le conjoint immature. Ariah prendrait soin de lui comme sa mère l'avait fait avec adoration pendant vingt-sept ans. S'il était froissé, bouibeur, irritable, déçu, Ariah comprendrait et pardonnerait. S'il piquait des colères

enfantines, elle pardonnerait. Voilà sur quoi il comptait. Un jeune
pasteur ambitieux a besoin d'une épouse économe, mûre, responsable.
Séduisante mais pas trop. Et Ariah avait des dons cachés, comme on
en a dans les villes de province : il avait été impressionné par son jeu
au piano, et par la qualité de sa voix de soprano. Lors d'un récital de
Noël, Ariah Littrell avait si exquisement chanté «Douce nuit, sainte
nuit» qu'on l'avait trouvée jolie. Sa peau cireuse rayonnait! Ses yeux
verts, plutôt craintifs et froids, scintillaient comme des émeraudes! La
petite bouche pincée s'ouvrait avec grâce pour former des mots d'une
incomparable douceur. *Douce nuit, sainte nuit...* Assis près du révérend
et de Mme Littrell, G. avait été pris au dépourvu. Il ne s'attendait pas
à trouver beaucoup de plaisir à ce récital mais, dès qu'Ariah entra
en scène, adressa un signe de tête à son accompagnatrice et se mit à
chanter, il éprouva un frisson... de quelque chose. Fierté? Convoitise?
Attirance sexuelle? Cette belle jeune femme, calme et assurée, qui
chantait devant un public d'admirateurs dans une tenue saisissante,
longue jupe de velours lie-de-vin et corsage de soie blanche à manches
longues. Yeux levés comme si elle s'adressait au ciel. Doigts fuselés
pressés contre sa poitrine dans une attitude de prière. Ses cheveux qui,
dans une lumière ordinaire, étaient ternes, fanés, flasques, chatoyaient
dans l'éclairage de la scène. De subtiles taches de rouge animaient son
visage. *Dans les cieux, l'astre luit...* G. serra les poings en se disant que
oui, oui il aimerait cette femme remarquable. il la ferait *sienne*.

Cours, ton salut en dépend.

La cérémonie de mariage était passée dans un brouillard comme
un paysage aperçu par la vitre d'un véhicule fonçant à toute allure.
Quoique D. ne fût pas présent, n'ait pu venir, G. s'obstinait à le voir du
coin de l'œil. D., souriant, l'encourageant de la tête. *Oui! Bien! Je l'ai
fait, Gil, tu peux le faire aussi!* Au cours de la réception elle avait commencé à boire et pendant le trajet en voiture de Troy à Niagara Falls elle
s'était endormie, tête ballant contre son épaule d'une façon qui l'avait
irrité, c'était si intime et en même temps inconscient, idiot. Et dans
leur chambre d'hôtel elle avait bu presque toute la bouteille de champagne qui les attendait. Elle bavardait avec nervosité, la diction pâteuse.
Elle pouffait et s'essuyait la bouche. Du rouge à lèvres sur les dents, la
mise débraillée. Quand elle se redressa, la tête lui tourna et elle perdit

VOYAGE DE NOCES

l'équilibre ; il avait dû se lever d'un bond pour la soutenir. «Ariah, ma chère!» Avant de se coucher, elle pouffa, hoqueta et s'avança vers lui en trébuchant. Lorsqu'il s'inclina pour embrasser ses lèvres entrouvertes, humides, il leur trouva un goût d'alcool et de panique. Son cœur faisait des embardées, battait par à-coups. Le lit était ridiculement grand, le matelas si loin du sol qu'Ariah insista pour qu'il lui «fasse la courte échelle». Partout des coussins de velours en forme de cœur, des couvre-lit en dentelle pareils à des filets pour poissons imprudents. C'était un temple consacré à... quoi? Dans ce lit, en chemise de soie ivoire, empruntée comme une loutre de mer, Ariah hoquetait, pressait ses poings contre sa bouche et tâchait de ne pas éclater de rire. Ou peut-être en sanglots hystériques.

Il n'avait pas su à quoi s'attendre, n'avait pas voulu y penser à l'avance, mais, Seigneur, il ne s'était pas attendu à cela. Elle l'attira à genoux près d'elle excité et tremblant comme dans un rêve fiévreux d'avilissement. Sous son poids hésitant, elle se tordit et geignit. Ses bras se refermèrent soudain autour de son cou... serrés!... serrés comme des tentacules de poulpe... et elle l'embrassa à pleine bouche. Était-ce là Ariah Littrell, la fille du pasteur? Gauchement séductrice, une paupière à demi fermée. Insupportables pour lui, ses mains brûlantes courant sur lui à l'aveuglette. Elle murmura son nom, obscène dans sa bouche. Frôla à tâtons sa poitrine, son ventre et son bas-ventre. Son pénis! Qu'une femme le touche là, comme cela... Implorant dans un gémissement guttural *Aime-moi pourquoi ne peux-tu pas m'aimer pour l'amour du ciel pourquoi. Fais-le, FAIS-LE!* Gencives découvertes, dents humides découvertes. Une bande irrégulière de poils couleur rouille entre l'étau de ses cuisses. Il la trouvait laide, répugnante. *Bon Dieu s'il te plaît qu'est-ce que tu as FAIS-LE!* Poussant son bas-ventre contre le sien. Son bassin osseux. Il avait envie de la frapper de ses poings, de la bourrer de coups jusqu'à ce qu'elle perde connaissance et ne sache plus rien de lui. Lui aussi gémissait, suppliait *Arrête! Non! Tu me dégoûtes.* En fait, il l'avait peut-être giflée, pas vraiment du plat de la main, en se débattant instinctivement pour se défendre, pour la repousser contre les énormes oreillers. Mais elle n'avait fait qu'en rire. À moins qu'elle eût pleuré. Le lit de cuivre oscillait, craquait, roulait et tanguait comme un bateau ivre. Son coude frotta contre son sein. Il y avait quelque chose de

50

repoussant, d'obscène, dans ces petits seins durs dont les pointes semblaient enflammées. Il cria et lui cracha à la figure de le laisser tranquille
mais elle s'accrocha aveuglément à lui, ses doigts de fer empoignèrent
son pénis comme dans le plus lubrique des fantasmes adolescents. Avec
horreur, il entendit un cri aigu saccadé lui échapper à l'instant même
où sa semence laiteuse jaillissait hors de lui douce et perçante comme
un essaim d'abeilles. Il s'écroula alors sur elle, haletant. Son cerveau
était éteint, telle une flamme que l'on a soufflée. Son cœur battait dangereusement. Leurs corps poisseux de sueur adhéraient l'un à l'autre.

Plus tard il l'entendrait hoqueter et vomir dans la salle de bains.

Un délire de sommeil le submergea comme une eau sale mousseuse.
Dans la confusion d'un rêve, il crut qu'il avait peut-être assassiné la
femme dont il ne pouvait se rappeler le nom. *Épouse légitime. La mort
vous sépare.* Il lui avait brisé le cou. L'avait étouffée avec les draps malodorants. Frappée et griffée entre les jambes. Il essayait d'expliquer à
son père, et à son ami D. qu'il avait trahi. Il ne pouvait pas le supporter.
Plus jamais.

Cours, cours!

Franchissant le pont de planches au-dessus des rapides. Ses pieds
nus lui faisaient mal dans les chaussures de cuir. Il s'était habillé à la
hâte, n'importe comment. Sa fermeture Éclair s'était coincée. Une voix
retentit derrière lui : « Hé! monsieur, c'est cinquante *cents* le billet. »
Quelqu'un le hélait. Cinquante *cents*! G. ne jeta pas un regard en arrière.
Il avait eu la réputation au séminaire, une réputation dont il était fier,
d'être assez distant et même arrogant. D. était son unique ami, D. était
véritablement bon, christique. D. comprendrait son désespoir et lui
pardonnerait même si Dieu ne le faisait pas. Il n'avait pas un sou pour
le billet. Là où il allait, fièrement, il n'avait pas besoin du moindre
sou. Et peut-être était-ce le diable qui se moquait de lui déguisé en
gardien grisonnant. Comme c'était peut-être le diable qui se moquait
de l'humanité en plaçant des « fossiles » dans la terre. Pour lui inspirer
la tentation de rebrousser chemin. La tentation de la lâcheté. Mais G.
dans sa course vertigineuse ne succomberait pas parce que G. avait juré
d'aller jusqu'au bout. Il l'avait juré à Dieu. Il l'avait juré à Jésus-Christ
(dont il reniait le salut). À une heure noire de la nuit, un peu avant
l'aube, aux environs de 5 heures d'après sa montre Bulova en or, il

s'était agenouillé sur le faux marbre douloureusement dur de la salle de bains. En se blindant contre l'odeur de la femme. Vomissures, sueur. Odeur de chair femelle malpropre. Il avait mis son âme à nu devant son Créateur, pour qu'Il l'extirpe par les racines. Car il n'avait plus besoin d'âme, maintenant. Cet acte serait sa crucifixion. La mort d'un homme et non d'un lâche. D. verrait. Le monde entier verrait.

D. aurait le cœur brisé, enfin. Le monde aurait le cœur brisé.

Et aucune possibilité de survie.

Derrière lui le gardien criait. G. entendait à peine sa voix, couverte par le grondement des Chutes. À sa gauche, le Niagara sauvage, assourdissant. On pouvait penser, comme les tribus indiennes de la région, que c'était un être vivant qu'il fallait apaiser par des sacrifices. Un fleuve affamé et insatiable. Sa source devait être inconnaissable. Et les chutes massives en aval. Les Chutes s'incurvant en fer à cheval aussi loin que porte le regard à travers les rideaux de brume et d'embruns. (De petits arcs-en-ciel flirteurs, papillotants, apparaissaient et disparaissaient au milieu des embruns. Comme des bulles, ou des papillons ; donnant au spectateur l'envie de regarder avec étonnement, admiration ; donnant au spectateur l'envie de sourire. Une beauté si inutile, au sein de ce chaos !) À peine si G. y voyait mais il savait que les Chutes étaient devant lui. C'était un endroit appelé Terrapin Point qu'il cherchait, sachant d'après la carte qu'il se situait à la pointe sud de la petite île. Le vacarme des Chutes était maintenant si fort qu'il hypnotisait, calmait. Des nuages d'embruns l'aveuglaient mais il n'avait plus besoin de voir. Ces fichues lunettes qui glissaient sur son nez. Il avait toujours détesté les lunettes, affligé de myopie dès l'âge de dix ans. Le destin de G. ! Dans un geste dont il n'avait jamais été capable pendant sa vie, il empoigna ses lunettes et les jeta dans l'espace. Bon débarras ! Fini !

Brusquement il arriva au garde-fou.

À Terrapin Point.

Si vite ?

Ses mains tâtonnèrent et se refermèrent sur le barreau supérieur. Il leva le pied droit, une chaussure à la semelle glissante, faillit perdre l'équilibre mais se rétablit, se hissant sur le garde-fou comme un acrobate alors même qu'une partie de lui-même protestait incrédule et stupéfaite

Tu n'es pas sérieux, Gil! C'est ridicule, tu es sorti du séminaire premier de ta promotion, on t'a offert une voiture neuve, tu ne peux pas mourir. Mais dans sa fierté il était déjà de l'autre côté du garde-fou, et dans l'eau, emporté instantanément par un courant tumultueux aussi puissant qu'une locomotive et en quelques courtes secondes son crâne fut brisé, son cerveau à la voix apparemment incessante et immortelle anéanti à jamais, comme s'il n'avait jamais été ; en dix courtes secondes son cœur s'était arrêté, comme une montre au mécanisme fracassé. Sa colonne vertébrale fut cassée, recassée et cassée encore, comme le bréchet décharné d'une dinde que se disputent des enfants hilares, et son corps fut précipité inerte, poupée de chiffon, au pied des Horseshoe Falls, bondit, retomba et bondit encore parmi les rochers, puis fut englouti dans l'eau tumultueuse au milieu de minuscules arcs-en-ciel papillotants, invisible désormais aux yeux horrifiés de l'unique témoin de Terrapin Point – quoique régurgité peu après par les Chutes et emporté par le courant un kilomètre plus bas, au-delà des rapides et dans le Devil's Whirlpool, l'Entonnoir du Diable, où il disparaîtrait, aspiré au fond et pris au piège de l'eau tourbillonnante – le cadavre brisé tournoierait comme une lune démente en orbite jusqu'à ce que, dans Sa miséricorde ou Sa fantaisie, Dieu consente que le miracle de la putréfaction gonfle le corps de gaz, le fasse monter à la surface de la gyre écumante, et le libère.

La Veuve blanche des Chutes

LES RECHERCHES

1

Damnée, dirait-elle d'elle-même.
Oui cela se voyait. Dans ses yeux. La pauvre femme!
Aucun des membres du personnel du Rainbow Grand ne pourrait
déclarer avec certitude quand elle était apparue dans le hall : la jeune
femme rousse qui deviendrait bientôt, dans l'imagination populaire, la
Veuve des Chutes. Il était environ 10 h 30, le 12 juin 1950, lorsque certains d'entre eux commencèrent à remarquer sa présence, mais sans lui
prêter d'attention particulière. Le hall du Rainbow Grand était vaste et
bondé. Un groom qui passait avait peut-être croisé sa trajectoire incertaine et manqué la heurter, s'excusant sur-le-champ mais poursuivant
tout aussitôt son chemin. Une serveuse du café dirait l'avoir vue – ou
vu «quelqu'un exactement comme elle» – à peu près à cette heure-là.
Mais on était en juin, la saison des mariages. La saison des voyages de
noces à Niagara Falls, et le hall du vieil hôtel victorien de Prospect
Street grouillait d'une foule joyeuse, composée surtout de couples. On
faisait la queue au bureau de la réception, orné de volutes dorées tara-
biscotées, et surmonté d'une horloge en forme de soleil soutenue par
un Cupidon souriant. AMOR VINCIT OMNIA. Dans le hall central,
assis jambes croisées dans des fauteuils d'osier garnis de coussins, des
hommes fumaient le cigare, la pipe. La consommation de cigarettes
était générale. Le hall communiquait aussi avec la Rainbow Terrace, un

54

restaurant luxueux où l'on servait le brunch dominical. Au fond du hall, au Café, un endroit décontracté mais élégant, entouré d'arbres et de fleurs tropicales en pot, on servait petits déjeuners tardifs et boissons ; sur une estrade, une jeune harpiste éthérée aux cheveux longs jouait des airs irlandais – « Danny Boy », « The Rose of Tralee », « An Irish Lullaby ». Très souvent, une voix masculine désincarnée appelait des clients par haut-parleur. Quel vacarme ! On aurait dit le bourdonnement rassurant d'une ruche. Ou le murmure grondant, vibrant, des Chutes.

On pouvait presque dériver et tournoyer dans cet espace, hypnotisé, le cerveau vide de pensées. On pouvait tomber sous le charme des longues notes délicates, caressantes, de la harpe, à peine audibles dans le brouhaha. On pouvait se retrouver cloué sur place sans savoir où l'on était ni pourquoi.

Elle était seule. C'est ce que l'on remarquait. Tous les autres accompagnés de quelqu'un, ou pressés d'aller quelque part. Mais pas elle.

La Veuve blanche, à première vue, ne ressemblait pas à une jeune mariée, et encore moins à une veuve. Elle portait une robe-chemisier en organdi à jupe évasée et motifs de fleurs, une robe de lycéenne un jour de cérémonie de fin d'année. Une robe ceinturée d'un large ruban cramoisi au nœud un peu lâche. Ses boutons de nacre étaient boutonnés jusqu'au cou, méticuleusement mais de travers, comme si la jeune femme avait froid. Elle avait enfilé un gant blanc et tenait l'autre à la main. Ses cheveux, d'une teinte rouille fanée, avaient été ramassés en un chignon maladroit et se dénouaient déjà ; elle y avait piqué un bouton de rose, qui pendait. Ses bas, trop larges d'une taille ou deux pour ses jambes extrêmement minces, plissaient sur les chevilles. Elle portait des souliers vernis blancs à talons moyens : des souliers du dimanche. Elle avait un visage cireux, semé de taches de rousseur pareilles à des gouttes de pluie sales ; par moments, il semblait brouillé, à demi effacé, évoquant un portrait au pastel. Ainsi que le raconterait ensuite le concierge de l'hôtel à Clyde Colborne, propriétaire du Rainbow Grand, cette figure étrange, solitaire, se déplaçait avec lenteur et hésitation, « comme une somnambule », dans le tohu-bohu du hall. Pendant quelque temps, debout près des ascenseurs, elle regarda avec anxiété les portes s'ouvrir – on aurait pu croire qu'elle attendait

VOYAGE DE NOCES

quelqu'un; au bout d'une vingtaine de minutes, lorsque la harpiste fit une pause, la femme rousse sembla se réveiller et promena autour d'elle un regard dérouté. Elle quitta aussitôt la zone du Café et disparut. Un peu plus tard, cependant, elle était de nouveau dans le hall central, côté salon où, debout et assis, des clients s'attardaient, lisaient des journaux, fumaient. Là, on vit la femme rousse dévisager avec une intensité enfantine, mais d'un regard aveugle, certains des clients de sexe masculin, qui en éprouvèrent de l'embarras. Plusieurs de ces hommes lui adressèrent la parole, poliment à n'en pas douter. La jeune femme rousse s'écarta aussitôt en secouant la tête: non, elle s'en rendait compte à présent, cette personne n'était pas quelqu'un qu'elle connaissait ou cherchait. «Je voyais bien qu'elle ne leur faisait pas de propositions. Rien de ce genre. Aucun d'eux ne s'est plaint.» (Après coup, cependant, plusieurs de ces hommes, se rappelant cette rencontre, accorderaient des interviews aux médias locaux. *Oui, ça se voyait. C'était son mari qu'elle cherchait. Mais elle était trop timide pour le dire. Pour dire son nom. À moins que, peut-être, elle ait oublié son nom. Mais elle savait qu'il était mort. Elle était en état de choc. J'avais de la peine pour elle!*)

Des grooms raconteraient ensuite que la femme rousse était réapparue dans le couloir des ascenseurs où, debout un peu à l'écart, la tête détournée, elle avait regardé furtivement les allées et venues des clients, qui passaient autour d'elle comme une eau rapide autour d'un rocher. Plus tard, elle dériva jusqu'à l'entrée de la Rainbow Terrace, où le maître d'hôtel lui adressa la parole – «J'avais l'impression de parler à un zombi. Elle était polie, mais au fond de ses yeux, absente.» Lorsqu'il la vit s'engager dans l'escalier moquetté montant à la mezzanine, puis hésiter, apparemment prise de vertige, le concierge chargea un assistant d'aller lui demander si elle avait besoin d'aide, mais lorsqu'il le fit, la femme rousse refusa de la tête – «vraiment aimable, visiblement désolée de me décevoir». De nouveau elle disparut (cette fois dans les toilettes pour dames, comme le raconterait plus tard la préposée) pour réapparaître quelques minutes plus tard, le visage lavé, à l'entrée du hall; là, elle se posta à quelques mètres de la porte à tambour, qui ne cessait de tourner.

«On aurait dit qu'elle attendait que quelqu'un entre par cette porte. Tout en sachant qu'il ne viendrait pas. Alors… elle restait là.»

LA VEUVE BLANCHE DES CHUTES - LES RECHERCHES

À ce moment-là – midi passé –, il y avait plus d'affluence que jamais au Rainbow Grand où les clients pratiquants revenaient de l'église pour le célèbre brunch dominical, le bouton de rose pendouillant était tombé de sa coiffure. Le chignon maladroit laissait échapper mèches et touffes de cheveux fins. Le gant blanc qu'elle tenait à la main avait disparu. Quoique probablement épuisée, la femme rousse restait debout avec la détermination d'un mannequin de grand magasin – «elle ne cillait même pas» – les yeux fixés sur la porte à tambour. Combien de temps elle serait demeurée là, solitaire, si le concierge ne l'avait enfin abordée, il préférait ne pas y penser.

«Madame? Excusez-moi? Vous êtes une cliente de l'hôtel?»

La femme rousse ne sembla pas l'entendre. Lorsqu'il entra dans son champ de vision, elle fit un pas de côté, pour continuer à contempler la porte à tambour. On aurait dit qu'«elle était hypnotisée... et ne voulait pas être réveillée». Le concierge répéta sa question, avec politesse mais fermeté, et cette fois la femme rousse lui jeta un regard et hocha la tête imperceptiblement... Oui.

«Puis-je vous être utile, dans ce cas?

– Utile.» D'une voix râpeuse presque inaudible, elle prononça ce mot avec lenteur, comme un mot étranger, déroutant.

«De l'aide? Puis-je vous aider?»

Les yeux de la femme rousse s'élevèrent vers le visage du concierge aussi lentement que des yeux de verre tournant dans la tête d'une poupée. La peau, sous ces yeux, était décolorée, bleuâtre. Elle avait une marque rouge sous son menton frêle, peut-être s'était-elle ou avait-elle été blessée. («On aurait dit des doigts d'homme. Ça en avait la forme. Comme s'il l'avait empoignée, essayé de l'étrangler. Mais peut-être que non. Peut-être était-ce mon imagination. Ensuite, les marques se sont sans doute effacées.») La femme plissa les yeux et rajusta ses bagues. Avec un air d'excuse, elle fit non de la tête.

«Non, madame? Je ne peux pas vous aider?

– Merci, mais personne ne peut m'aider. Je crois que je suis... damnée.»

Le concierge fut choqué. Au même moment, une famille exubérante pénétra dans l'hôtel, une véritable girandole de feu d'artifice, et il ne fut pas sûr d'avoir entendu ce qu'il avait entendu, ni de vouloir l'entendre.

57

« Pardon, madame ? Quoi ?

– Damnée. »

Ses lèvres remuaient lentement. Elle parlait d'une voix monocorde. Elle se serait détournée si le concierge ne lui avait touché le poignet, ne l'avait conduite dans un coin plus tranquille du hall. Il était évident que cette femme était souffrante. Bouleversée, dérangée. Elle était d'un bon milieu, cela se voyait. Pas riche mais solidement bourgeois, ou un peu plus. Des patriciens de province. Son accent ne trompait pas : elle venait de l'État de New York, mais pas de l'ouest de l'État. De quelque part dans l'est, ou peut-être dans le nord. Une femme mariée, une femme bien élevée. Il lui était arrivé ou on lui avait fait quelque chose et le concierge espérait ardemment que, en tout cas, cela ne s'était pas produit dans l'enceinte de l'hôtel. Ou que, du moins, la responsabilité du Rainbow Grand ne serait pas engagée.

« J'aimerais que vous me disiez ce qui vous arrive, madame ? Pour que je puisse essayer de vous aider ? »

La femme rousse demanda avec sérieux : « Ce qui m'arrive ? Ou ce qui *lui* arrive ?

– *Lui*, qui est-ce ?

– Mon mari.

– Ah ! Votre mari s'appelle… ?

– Le révérend Erskine.

– Le *révérend* Erskine ? Je vois. »

Ainsi qu'il le dirait à M. Colborne, le concierge se rappela alors qu'il avait vu cette femme en compagnie d'un homme relativement jeune, la veille, à leur arrivée à l'hôtel. Il n'avait toutefois pas adressé la parole au couple et ne connaissait pas leur nom.

« Il lui est arrivé quelque chose ? »

(Le concierge éprouvait une certaine appréhension. On s'attendait au pire, évidemment. Ouvrir une porte dans les étages, découvrir un homme pendu à un lustre. Un homme qui s'est tranché les veines dans la baignoire. Ce ne serait pas la première fois qu'un homme se suicidait au Rainbow Grand, avec ou sans épouse, même si l'on restait très discret sur ce genre d'incident.)

La femme rousse dit dans un murmure, en faisant tourner ses bagues autour de son doigt :

« Je ne sais pas. Vous comprenez… je l'ai perdu.

– "Perdu" … comment cela ?

– Là où se perdent les choses. Il est parti.

– Juste… parti ? Où ?

– Comment pourrais-je le savoir ? fit la femme rousse, avec un rire triste. Il ne me l'a pas dit.

– Depuis quand le révérend Erskine a-t-il disparu ? »

La femme regarda la montre à son poignet mince sans paraître comprendre ce qu'elle voyait. Au bout d'un instant, elle dit : « Il a peut-être pris la voiture. Elle est à lui. Il a quitté notre chambre un peu avant l'aube. Je crois. Ou peut-être… » Elle s'interrompit.

« Il est parti ? Sans rien dire ?

– Il m'a peut-être parlé. Et parce que j'étais, je dormais, parce que je dormais, vous comprenez, je… ne l'ai pas entendu. » Elle sembla sur le point de fondre en larmes mais se ressaisit. Elle s'essuya les yeux de ses doigts gantés. « Je ne le connais pas vraiment bien. Je ne connais pas ses… habitudes.

– Mais votre mari est peut-être juste sorti de l'hôtel, madame. L'avez-vous cherché dehors ?

– Dehors ? » Mme Erskine secoua lentement la tête, comme si l'idée d'une telle immensité l'accablait. « Je ne saurais pas où chercher. Je ne saurais pas par où commencer. La voiture est à lui. Il y a le monde entier.

– Peut-être est-il simplement dans la véranda, en train de vous attendre ? Allons voir. » Le concierge parlait d'un ton plein d'entrain. D'espoir. Il aurait entraîné Mme Erskine dans la porte à tambour si elle ne s'était reculée avec une expression apeurée en levant le bras pour le repousser.

« Je… je ne suis pas sûre que cela lui plairait, vous comprenez. S'il était dehors. Sur la véranda.

– Mais pourquoi ?

– Parce qu'il m'a quittée.

– Mais pourquoi croyez-vous que votre mari vous a quittée, madame, s'il ne vous a pas laissé de mot ? Alors qu'il est peut-être tout simplement dehors ? N'est-ce pas un peu excessif ? Il est peut-être allé visiter la ville. Voir les gorges.

– Oh non! dit très vite Mme Erskine. Gilbert n'irait pas faire du tourisme sans moi pendant notre voyage de noces. Il avait coché ce que nous devions voir. Il est pointilleux sur ces choses-là. Très bien organisé. C'est, ou c'était, un collectionneur. Les fossiles! Et il ne ferait pas les choses à moitié. S'il est parti, il est parti.»

Voyage de noces. Cette précision parut de mauvais augure au concierge.

«Mais le révérend Erskine n'a pas laissé de message, vous dites? Il est parti sans explication?

– Sans explication.»

Avec quelle résignation stoïque elle dit cela.

«Rien dans votre chambre, vous avez bien regardé? Rien à la réception?

– Je ne pense pas.

– Vous vous êtes assurée qu'il n'y avait rien à la réception, madame Erskine?

– Non.

– Non?

– Ce n'est pas là qu'il m'aurait laissé un mot, pas dans une boîte aux lettres ouverte. Ça n'était pas le genre de Gilbert. S'il avait quelque chose de personnel à me dire.»

Le concierge la pria de l'excuser et se rendit à la réception pour vérifier. Pas de message pour la chambre 419? Il demanda aux employés de service s'ils avaient parlé ou vu le «révérend Erskine» mais ils lui répondirent que non. Il demanda à consulter le registre, et ils étaient bien là: *Révérend Gilbert Erskine, Mme Ariah Erskine, Troy, New York.* Était également mentionnée une Packard 1949. Le couple avait réservé la suite nuptiale Bouton-de-rose pour cinq nuits.

Voyage de noces. Ce n'était pas seulement de mauvais augure, c'était pathétique.

«Appelez M. Colborne, voulez-vous? Laissez-lui un message. Pas d'urgence à proprement parler. Une femme bouleversée qui pense que son mari a disparu.

– Disparu? Un type s'est jeté dans les Horseshoe Falls, ce matin.»

Le concierge se rappellerait ensuite avoir entendu cette remarque, lancée par l'un des réceptionnistes au moment où il se détournait, et l'avoir chassée de son esprit dans le même instant. À moins qu'il ne l'eût pas bien entendue. Ou pas voulu l'entendre.

On n'imagine pas un pasteur se suicider dans les Chutes. Surtout pas pendant son voyage de noces. C'est tout bonnement *inimaginable*.

La femme rousse ne parut pas étonnée qu'il n'y eût aucun message pour elle à la réception. Elle laissa cependant le concierge la conduire à l'extérieur. Dans l'air pâle, ensoleillé, du début d'après-midi, elle battit des paupières, comme aveuglée. Son visage taché de son brillait, comme si elle l'avait frottée avec énergie. Elle paraissait étrangement jeune, mais lasse, épuisée. Ses yeux étaient d'un vert translucide particulier, assez petits, étirés. Elle n'était pas belle, avec ces sourcils et ces cils d'un roux si pâle qu'ils semblaient incolores, et une peau translucide qui laissait apparaître un réseau de petites veines bleutées sur les tempes. Elle avait cependant quelque chose de farouche et d'implacable. Une ténacité, presque un rayonnement. « Elle avait l'air blessée, très profondément. Humiliée. Mais décidée à aller jusqu'au bout, jusqu'à la dernière goutte. »

Et donc elle montra de la répugnance à lever les yeux vers les invités exubérants qui se pressaient sur la véranda, une élégante structure qui enveloppait les trois quarts de l'hôtel. Le concierge lui prit le bras lorsqu'elle trébucha. Ils marchaient sur une allée de gravier au-dessous de la véranda, entre l'hôtel, une pelouse en terrasse et une roseraie. Des clients déjeunaient en plein air, et dans un kiosque victorien couleur lavande qui semblait sortir d'un livre pour enfants. Quelques-uns les regardèrent passer avec curiosité.

« Vous ne voyez votre mari nulle part, madame Erskine ?

– Oh ! nous ne le trouverons pas. Je vous l'ai dit. Il est parti.

– Comment pouvez-vous en être aussi sûre ? demanda le concierge, en tâchant de rester patient. Puisqu'il n'a pas laissé de mot ? Il s'agit peut-être simplement d'un malentendu. »

La femme rousse hocha la tête avec gravité. « Oui. Je crois que c'est cela. C'était. Un tragique malentendu. »

Le concierge aurait aimé lui demander s'ils s'étaient querellés mais ne pouvait se résoudre à poser la question.

Ils dépassèrent les courts de tennis. Ils dépassèrent des joueurs de badminton, de croquet. Des hommes entre deux âges en vêtements de sport qui riaient bruyamment, buvaient de la bière, fumaient. Dans et autour de la grande piscine découverte, une foule de gens nageaient, prenaient le soleil. L'atmosphère était gaie, voire tapageuse. Des amplis diffusaient une musique populaire. La femme rousse se protégea les yeux comme si elle souffrait.

« Nous devrions aller vérifier si votre voiture est là, madame. Juste pour savoir. »

C'est ce que le concierge aurait fait immédiatement à la place de Mme Erskine, mais elle ne semblait pas y avoir pensé.

« Vous rappelez-vous où elle est garée, madame ? » demanda-t-il lorsqu'ils approchèrent du parking, situé derrière l'hôtel, en contrebas, et elle répondit d'un ton rêveur :

« C'est Gilbert qui l'a garée, bien sûr. Il ne voulait pas que je la conduise. Il ne m'aurait jamais laissée la conduire, je pense. Bien que j'aie mon permis depuis l'âge de seize ans. Mais c'était *sa voiture*, évidemment. *C'est* sa voiture. Là, près de la clôture… vous voyez ? La Packard. »

Que la vue de la voiture de son mari ne l'étonne que modérément et ne la rassure aucunement était révélateur de l'état de choc où se trouvait la femme rousse. En fait, le concierge nota qu'elle restait figée sur place, le regard rivé sur l'automobile, et ne s'en approchait pas. Comme si la Packard noire scintillante était une nouvelle énigme qu'il lui fallait affronter ce jour-là, et qu'elle n'en fût pas capable.

Le concierge essaya d'ouvrir les portières et le coffre… fermés à clé. Il regarda par les vitres, un intérieur gris pâle, d'une propreté parfaite. Pas un vêtement ni un bout de papier sur la banquette arrière. Le concierge ne savait pas si la présence de cette voiture, dont Mme Erskine avait paru certaine qu'elle aurait disparu, était bon signe, ou pas. Peut-être était-il arrivé malheur au pasteur, peut-être avait-il fait de « mauvaises rencontres ». La ville de Niagara Falls comptait des éléments considérés comme dangereux.

Il dit d'un ton enjoué : « Eh bien, vous voyez ! Il ne peut pas être allé très loin à pied, madame Erskine. À notre retour à l'hôtel, il sera probablement là, en train de vous attendre. »

La journée était devenue si douce, après la brume et la fraîcheur du matin, que cette déclaration optimiste semblait s'imposer. Mais

Mme Erskine frissonna. « Dans la chambre ? La suite "Bouton-de-rose" ? Non. »

Les sourcils froncés, elle faisait tourner ses bagues avec nervosité autour de son doigt, comme si elle voulait les ôter.

Le concierge s'efforça de la réconforter, lui prit le bras pour la ramener à l'hôtel, mais elle se mit à parler avec rapidité. « Je vous en prie, inutile de vous occuper de moi ! Vous avez été très aimable. J'espérais ne mêler personne à cette histoire, surtout pas des inconnus, mais je ne sais pas quoi faire, en réalité. Où chercher. Où attendre. » Elle s'interrompit, les lèvres tremblantes. Elle essayait de choisir ses mots avec soin. « Surtout si Gilbert est parti et qu'il ne revienne pas. Je ne peux pas affronter ses parents. Ni les miens. Ils penseront que c'est ma faute. Et c'est ma faute, je sais. Mais il faut que je sois réaliste. Je n'ai plus l'âge de rêver. J'aurai trente ans en novembre. J'ai des économies sur un compte en banque à Troy, poursuivit-elle avec sérieux. J'ai de quoi payer la suite. Si la direction a des inquiétudes à ce sujet, qu'elle se rassure. *Je paierai.* » Mme Erskine pleurait tout bas. À moins qu'elle ne fût en train de rire. Un tic contractait ses lèvres pâles.

Le concierge, qui travaillait depuis quatorze ans au Rainbow Grand, avait le cœur serré de pitié pour cette femme ; il aurait aimé la consoler mais ne savait que dire. *Que dit-on à une jeune mariée que son mari abandonne pendant leur voyage de noces ?* Le fatalisme troublant de Mme Erskine commençait à le contaminer, tel un poison à action lente.

Il dit bravement, la prenant par le bras avec douceur : « Nous allons vous retrouver votre mari, madame Erskine, je vous le promets. Ne vous tracassez pas.

– Que je ne me "tracasse" pas ! » Son rire tinta avec un bruit de verre qui se brise. « C'est mon *voyage de noces.* »

2

Où diable était son patron Clyde Colborne ? Le concierge était anxieux, épuisé. Comme un employé d'hôtel qui transporte une chaise en surnombre sans trouver où la mettre. On trimballe ce satané meuble de pièce en pièce, et il est lourd. Que quelqu'un d'autre s'en charge !

« Nous allons essayer encore une fois au rez-de-chaussée. Ensuite, votre chambre. Vous en sentez-vous la force, madame Erskine ? »

La femme rousse inclina la tête, baissa les yeux. Son mouvement semblait dire *Oui, oui! Est-ce que j'ai le choix?*

De nouveau, le concierge alla demander à la réception s'il y avait un message pour Mme Erskine, chambre 419 – «Désolé, monsieur. Rien». Avec patience ensuite, en homme guidant une enfant fantasque et imprévisible, le concierge parcourut avec Mme Erskine le hall principal, plus bondé et plus bruyant qu'auparavant, envahi d'une fumée épaisse; puis le Café animé (où un pianiste jouait à présent des airs pétillants de comédies musicales); et enfin la Rainbow Terrace, où des clients bien habillés, massés autour d'un buffet extraordinairement généreux qui s'étirait contre un mur entier revêtu de miroirs tel un banquet des dieux, jetèrent sur le pâle visage ravagé de Mme Erskine des regards curieux. En baissant la voix, le concierge demanda bien inutilement: «Vous ne le voyez nulle part, madame, je suppose?»

Son hochement de tête fut presque imperceptible.

Non. Bien sûr que non. Ici? Comment pourrais-je le voir, s'il est parti?

À ce moment-là, presque tout le personnel de l'hôtel avait été mis au courant de la situation de Mme Erskine. Les grooms avaient reçu pour instruction de chercher son époux dans les toilettes pour messieurs, les salles de réunion privées donnant sur la mezzanine, les escaliers de secours, les resserres et les coins reculés du bâtiment. On avait appelé le médecin de l'hôtel, le Dr McCrady, pour le cas où Mme Erskine aurait une crise de nerfs ou un malaise. On avait téléphoné à la police de Niagara Falls et aux autorités fluviales, unité de sauveteurs de la Coast Guard comprise. Un collègue prit le concierge à part pour l'informer qu'un «individu non identifié» s'était effectivement jeté dans les Horseshoe Falls de bonne heure ce matin-là; un gardien du pont de Goat Island avait essayé de l'arrêter. Des équipes de secours patrouillaient sur le fleuve, mais le corps n'avait pas encore été trouvé et la mairie, en accord avec la puissante Commission touristique du Niagara, espérait «étouffer» l'affaire le plus longtemps possible.

Le concierge frémit. Oh! il l'avait pressenti! Quelque chose de terrible.

Je crois que je suis... damnée.

Oui, la description du suicidé laissait penser qu'il pouvait s'agir du révérend Erskine.

Le concierge vit la femme rousse qui attendait gauchement près du bureau de la réception, sans prêter beaucoup d'attention aux conseils répétés du médecin de l'hôtel qui la pressait de s'asseoir dans l'un des confortables fauteuils voisins. À sa façon distraite, placide, elle observait un jeune et séduisant couple de jeunes mariés qui, enlacés, signaient le registre en plaisantant et riant avec le réceptionniste. Elle s'était aperçue que son chignon se dénouait et, maladroitement, tâchait de le refaire. Elle rajusta le nœud lâche de sa ceinture cramoisie. Parmi toutes les personnes présentes dans le hall du Rainbow Grand, qui semblait devenu un simulacre cauchemardesque du vaste univers au-delà de l'hôtel, cette femme, Mme Ariah Erskine, semblait se détacher, comme extérieure ; celle qui était de trop, non désirée ; celle qui n'avait nulle part où *être*.

« On ferait mieux de lui dire, non ? De l'emmener au commissariat.

– Mais s'ils n'ont pas encore le corps, elle ne pourra pas l'identifier. Et ce n'est peut-être pas le révérend. Seigneur, ce serait cruel de bouleverser cette pauvre femme plus qu'elle ne l'est déjà, si… si le mort n'est pas son mari.

– Mais s'il l'est ?

– Dale, où diable est M. Colborne ?

– En route. À ce qu'il dit. »

Clyde Colborne, propriétaire du Rainbow Grand, était un employeur affable, sérieux mais pas toujours fiable, qui déléguait l'essentiel de ses responsabilités à son personnel. Il avait hérité de l'élégant hôtel de Prospect Street, fondé par son grand-père en 1881, une ère d'expansion touristique opulente, exubérante, à Niagara Falls ; l'hôtel était toujours prestigieux, mais, de même que les autres vieux hôtels de style victorien des Chutes, construits à une époque où les clients ne voyageaient pas en voiture mais en train, et où ils exigeaient des services de luxe incluant le logement de leurs serviteurs, le Rainbow Grand commençait à souffrir de la concurrence des motels et des « tourist cabins » qui poussaient comme des champignons vénéneux aux lisières de la ville. Si M. Colborne était très conscient de cette menace, il n'en parlait que rarement, et de façon elliptique : « Les gens rechercheront toujours la qualité. Le Rainbow Grand leur offre cette qualité. C'est cela l'Amérique. »

VOYAGE DE NOCES

Pour autant que son personnel le sache, Clyde Colborne passait une bonne partie de son temps à naviguer sur le fleuve et sur les Grands Lacs, à faire du golf au Country Club de l'Isle Grand par temps chaud, et à jouer aux cartes avec ses amis, des hommes qui lui ressemblaient beaucoup.

La gérante de l'hôtel, une femme nommée Dale, assistante de M. Colborne depuis une dizaine d'années, proposa d'aller faire un tour dans la suite de Mme Erskine avant de l'emmener au commissariat. La situation était terrible pour toutes les parties concernées, mais il leur fallait penser aux relations publiques. Aux autres clients de l'hôtel, venus au Rainbow Grand pour passer un bon moment. Si la pauvre Mme Erskine faisait brusquement une crise de nerfs, quel scandale ce serait! «Nous sommes au mois de juin. Un dimanche de juin où, pour une fois, il ne pleut pas. C'est la saison des voyages de noces, bon Dieu. *Une saison où l'on est heureux à Niagara Falls.*»

Ils persuadèrent donc Mme Erskine de monter dans la chambre 419. La femme rousse répétait d'un ton plaintif que son mari ne s'y trouverait pas – «C'est le seul endroit au monde où je puisse vous garantir qu'il *n'est pas.*»

Ariah Erskine se déplaçait alors de façon si hésitante, avait l'air si égarée, qu'elle donnait l'impression aux employés du Rainbow Grand de ne pas avoir conscience de ce qui l'entourait. Lorsque la porte de l'ascenseur s'ouvrit au troisième étage, il fallut la presser gentiment de descendre. Elle assurait pourtant au Dr McCrady, presque avec agacement, qu'elle se sentait «bien», n'éprouvait aucun «malaise». Elle avait toutefois égaré sa clé de chambre. Par chance, Dale avait un passe-partout.

À la porte de la chambre 419, le concierge frappa fort, nerveuse-ment. Pour le cas où il y aurait quelqu'un à l'intérieur. «Bonjour? Il y a quelqu'un? Direction de l'hôtel.»

Pas de réponse.

L'extérieur très orné de la porte était couvert de peluche cramoisie. Une plaque en cuivre indiquait SUITE NUPTIALE BOUTON-DE-ROSE.

Dale ouvrit avec sa clé, les employés de l'hôtel et la femme rousse entrèrent avec hésitation. Aucun vide ne se compare tout à fait au vide d'une chambre d'hôtel inoccupée. À travers des stores vénitiens en partie relevés brillait un soleil pâle, comme filtré. Quelque part à l'étage au-dessus, un aspirateur vrombissait. La première pièce, le salon à la décoration surchargée, était manifestement désert. Des cartes et des dépliants touristiques éparpillés, un vase de roses flapies, une bouteille de champagne vide couchée sur le côté ; et deux coupes, vides aussi toutes les deux, à distance l'une de l'autre.

Le concierge ouvrit la porte de la chambre à coucher : rien, là non plus. Mme Erskine y pénétra à contrecœur, les yeux presque fermés. «Personne. Il n'y a personne.» Elle parla si bas qu'il n'était pas certain qu'elle eût parlé du tout. Le lit de cuivre à colonnes avec son dais crocheté avait, semblait-il, été retapé à la hâte, le couvre-lit tiré sur des draps froissés et des coussins en forme de cœur posés dessus. L'impression immédiate, erronée, était que le dessus-de-lit recouvrait peut-être quelqu'un ou quelque chose. Le concierge vit dans ce lit refait un signe de délicatesse : Mme Erskine s'était attendue à des visiteurs et avait voulu que tout soit présentable. Mais l'air sentait nettement le renfermé. Une huile capillaire masculine, une eau de Cologne féminine, une odeur de draps utilisés, salis…

Que s'est-il passé dans ce lit ? Quel choc, quelle souffrance. Quelles révélations.

La femme rousse détourna le regard. Un périlleux instant, elle vacilla sur ses jambes.

Le concierge demanda avec politesse, mal à l'aise : «Puis-je jeter un coup d'œil dans la salle de bains, madame Erskine ?

– Oui. Bien sûr. Il n'y a personne.»

Une lumière brillait dans la pièce, mais elle était vide. Des serviettes humides avaient été replacées sur leurs supports, et le rideau de douche rentré dans la grande baignoire aux pieds griffus. Dans le lavabo, quelques cheveux noirs : pas ceux de Mme Erskine. Et sur la tablette à côté du lavabo, une trousse de toilette d'homme, fermée, banale. Mais elle était là.

Pas très bon signe, se dit le concierge.

La femme rousse dit soudain avec un rire voilé : «Sa brosse à dents est dedans, j'ai vérifié. On aurait pensé qu'il l'emporterait, non ? Mais je suppose qu'il est facile d'acheter une brosse à dents. Où qu'on aille.»

VOYAGE DE NOCES

Ils ouvrirent ensuite la penderie où M. Erskine avait accroché ses vêtements, et Mme Erskine dit que rien n'avait été déplacé, pour autant qu'elle pût en juger. Ils regardèrent dans le tiroir du haut de la commode, où M. Erskine avait rangé des boxer-shorts et des maillots de corps blancs bien pliés, des chaussettes de soie noire, plusieurs mouchoirs de coton blanc frais lavés et une paire de boutons de manchette. Sur un meuble se trouvait la valise de M. Erskine, vide, exception faite d'un livre de poche intitulé *Les Gorges du Niagara : histoire et préhistoire*, et – autre mauvais signe – d'un portefeuille en cuir.

« Madame Erskine, puis-je… ?

– Oui, bien sûr. Prenez-le. »

Avec embarras, le concierge examina le portefeuille, qui contenait la carte d'identité du pasteur, son permis de conduire, plusieurs chèques en blanc détachés de leur carnet, une demi-douzaine de pièces de monnaie et des billets de différentes valeurs, dont certains de cinquante dollars. La photo d'identité montrait un jeune homme aux cheveux bruns, au nez un peu crochu et au visage étroit, qui portait des lunettes d'intellectuel et ne souriait pas. C'était donc lui, le révérend Gilbert Erskine ? Le mari disparu de la jeune mariée rousse ?

Un fanatique. Le pli de cette bouche. Ces yeux !

Exactement le genre d'homme, selon le concierge, à aller se jeter dans les Horseshoe Falls.

« Puis-je prendre cette photo de votre mari, madame ? Les autorités en auront besoin. Et vous feriez bien de garder ce portefeuille sur vous. Il ne faut jamais laisser d'objet de valeur dans une chambre d'hôtel. »

La femme rousse accepta le portefeuille les yeux baissés, d'un air gêné. Elle ne fit pas mine de compter les billets qui, d'après l'estimation rapide du concierge, représentaient plusieurs centaines de dollars.

Ils retournèrent dans le salon, et Mme Erskine alla à la fenêtre où elle regarda au loin d'un air absent. Avait-elle les yeux tournés vers les Chutes ? Ou… vers le ciel ? De profil, elle avait une sorte de beauté antique. Son visage semblait à la fois éthéré et résolu, comme un profil de médaille. De nouveau le concierge vit, ou crut voir, de légères marques rouges, l'empreinte de doigts d'homme, sur sa délicate gorge pâle.

Le révérend. Forcément. Qui d'autre ?

Tandis que le concierge et quelques employés se livraient à une

68

nouvelle fouille rapide de la pièce, Mme Erskine resta immobile à la fenêtre. Comme si elle pensait tout haut, elle dit, d'un ton rêveur : « Les Chutes. Est-ce que c'est un singulier pour vous ? Ou… y a-t-il plusieurs Chutes ?

– Nous disons juste "les Chutes", répondit Dale. Cela désigne le fleuve, en fait. Pas seulement le site, la chute américaine, la Bridal Veil et la… Horseshoe. Mais les rapides aussi, et le Devil's Whirlpool. Et les gorges. En fait, toute la portion du fleuve, six kilomètres environ, où les eaux sont dangereuses. L'Eau-qui-a-faim, disaient les Indiens. C'est aussi l'esprit du lieu.

– L'esprit du lieu. Oui. »

Il leur semblerait ensuite que d'une certaine façon la femme rousse *savait*. Ce qui était arrivé à son mari.

Ils ne trouvèrent rien de significatif dans le salon. Des dépliants et des cartes touristiques annotées. Un prospectus vantant les excursions du *Maid of the Mist* au bas des American et Horseshoe Falls. Il était touchant de penser au couple de jeunes mariés projetant cette excursion, à Troy. « Vous dites ne pas avoir trouvé de message, madame ? demanda une dernière fois le concierge. Rien qui puisse être considéré comme… un mot d'adieu ? » Il se rendit compte qu'il contemplait fixement une corbeille, poussée sous un secrétaire victorien pour dames, où avaient été jetées des papiers en boule.

La femme rousse sembla se réveiller, en partie seulement, d'une transe. « Quoi ? Non. Pas d'adieu. Je regrette. »

Le visage empourpré, le concierge se baissa pour prendre ce qui se trouvait dans la corbeille… deux serviettes en papier froissées, dont l'une tachée de rouge à lèvres. C'était tout.

3

« Un client de *mon* hôtel ? Dites-moi que ce n'est pas vrai ! »

Lisant dans les yeux de son personnel, avant que quiconque osât parler, que les nouvelles étaient mauvaises.

Au moins l'hôtel n'était-il pas en feu : il le saurait déjà.

Au moins personne n'avait-il été assassiné sur les lieux : la police aurait été là, l'allée principale encombrée de voitures de patrouille et de véhicules de secours.

VOYAGE DE NOCES

À 14 h 20, ce 12 juin 1950, juste à temps pour accompagner Ariah Erskine au commissariat de Niagara Falls, Clyde Colborne était enfin arrivé au Rainbow Grand.

C'était un homme de trente-cinq ans, massif et affairé. D'une amabilité agressive, le crâne prématurément dégarni et d'un poli opaque de statue romaine. Ses petits yeux sagaces, toujours en mouvement, étaient profondément enfoncés dans un visage ridé par des années de yachting, de ski nautique et de golf. Il avait les mains et les pieds grands, remuants, agités. Il produisait une impression, forte comme un after-shave, d'inaction frénétique et bien intentionnée. Il parlait et riait haut, avec une énergie excessive. Ce jour-là, il était vêtu comme s'il était allé à l'église – complet de crépon, chemise habillée ouverte au col et borsalino de paille; souvent, dans ce genre d'occasion, lorsqu'il faisait un saut à son hôtel le dimanche, il laissait ses employés penser, de façon assez erronée, qu'il avait assisté au culte avec sa famille dans l'Ile (ainsi qu'on appelait l'Isle Grand), alors qu'en réalité il s'était simplement arrêté chez lui, pendant que sa famille était à l'église, afin de s'y doucher, de s'y raser et de se changer en vitesse après une soirée-marathon de poker et de beuverie sur le yacht d'un ami ancré au large de Buckhorn Island, dans le canal de Tonawanda.

Colborne n'était pas séparé de sa femme, à ce moment-là. Il habitait chez lui, même s'il lui arrivait souvent de passer la nuit dans sa suite du Rainbow Grand. La veille, lorsque la partie-marathon s'était terminée, aux environs de 5 heures du matin, il avait dormi cinq ou six heures d'un sommeil comateux sur le yacht, où il était toujours le bienvenu. Il avait perdu de l'argent au poker et se sentait coupable, dépravé, et contrarié que lui, Clyde Colborne, un homme pesant des millions de dollars, du moins en investissements et en biens immobiliers, un homme aimé et admiré par d'autres hommes quoique blâmé par une épouse et une belle-famille bégueules, en fût réduit à éprouver ce genre de sentiments. *Marié trop jeune! Marié trop longtemps.* Son ami d'enfance Dirk Burnaby qui ne s'était jamais marié du tout, qui avait accueilli les joueurs de poker sur son yacht et gagné 1 400 dollars à Colborne pendant la nuit, disait que la domestication du mâle de l'espèce *Homo sapiens* était la «grande énigme irrésolue» de l'évolution.

Non seulement les femmes nous ont domestiqués pour leur propre béné-
fice, mais elles essaient de nous culpabiliser à outrance lorsque la domesti-
cation ne prend pas.

Avant d'arriver au Rainbow Grand, Colborne avait entendu dire
qu'il y avait eu un suicide dans les Chutes. Depuis, la rumeur était sans
doute devenue information. Sur son yacht, Burnaby avait une radio
de la police (non officielle, non autorisée) qu'il écoutait parfois – surtout tard dans la nuit lorsqu'il n'arrivait pas à dormir – par «curiosité
congénitale», disait-il. (Burnaby était avocat en même temps que
yachtman, joueur, fanatique de sport et «responsable local» spora-
dique.) Ils avaient donc entendu la fâcheuse nouvelle: un gardien du
pont de Goat Island avait vu un homme, non identifié encore, «se
jeter» dans les Horseshoe Falls de bonne heure ce matin-là. Encore un
suicide! Au plus fort de la saison touristique, alors que des visiteurs du
monde entier venaient passer leur lune de miel aux Chutes. Bon Dieu
de suicides, pensait Colborne avec écœurement. Combien y en avait-il
eu, rien que cette année-là? Trois, quatre, à la connaissance des autorités. Nul doute qu'il n'y en ait eu davantage, dont les corps disloqués
n'avaient jamais été découverts.

Burnaby disait mystérieusement qu'il n'apprenait jamais que quelqu'un s'était jeté dans les Chutes sans ressentir un pincement au cœur.
«Sans la grâce de Dieu, et la chance pure et simple, cela aurait pu être
vous.» Mais Colborne n'éprouvait rien de semblable. Lui était un
homme d'affaires, et il vendait les Chutes. Il vendait l'idée des Chutes.
Pas l'idée d'un tordu névrosé se jetant dans les Chutes.

Cela dit, c'étaient surtout les suicides masculins qui l'exaspéraient.
Colborne concédait que les femmes qui sautaient étaient désespérées
pour des raisons liées à leur sexe. Une sorte de défaut de naissance: être
femme. Les suicides féminins étaient plus pitoyables que condamnables,
même si l'église les condamnait. Il s'agissait en majorité de filles jeunes,
désespérées, enceintes et abandonnées par leurs amants. D'épouses
maltraitées ou abandonnées par leurs maris. Leurs enfants étaient
morts. Peut-être les avaient-elles tués. Elles étaient malades, dérangées.
Ce n'étaient *que des femmes*. Au plus fort de la mode romantique des
suicides de femmes à Niagara Falls, au milieu du XIXe siècle, toutes
les suicidées étaient jeunes, belles, «tragiques»… du moins dans les

VOYAGE DE NOCES

portraits qu'en faisaient les journaux. Au milieu du XXe siècle, les choses avaient changé. Énormément. Les suicidées étaient maintenant des filles et des femmes pitoyables, et non les héritières ou les maîtresses dédaignées d'hommes fortunés, et les médias ne romançaient plus leurs morts.

Mais les hommes! Des fils de pute égoïstes. Des lâches, forcément, qui choisissaient la solution de facilité. Salissaient la réputation des Chutes. Des exhibitionnistes. *Regardez, regardez-moi! Je suis là.*

Sauf que: Colborne savait à quoi ressemblait un cadavre après être passé dans les Chutes. Lorsqu'il remontait à la surface du fleuve, des jours et parfois des semaines plus tard. Des kilomètres en aval, dans le lac.

Les Chutes exerçaient néanmoins un charme maléfique, qui ne faiblissait jamais. Lorsque vous grandissiez dans la région du Niagara, vous saviez. L'adolescence était l'âge dangereux. La plupart des gens du cru se tenaient à l'écart des Chutes et ne risquaient donc rien. Mais si vous approchiez trop près, même par curiosité intellectuelle, vous étiez en danger: vous commenciez à avoir des pensées qui ne vous ressemblaient pas, comme si le tonnerre des eaux pensait pour vous, vous dépossédait de votre volonté.

Clyde Colborne aimait se dire qu'il était à l'abri de ce genre de pensées. Comme l'avait remarqué Dirk Burnaby un jour, il fallait avoir une âme profonde, mystérieuse, pour vouloir se détruire. Plus on était superficiel, moins on courait de risques.

Colborne avait dit en riant: «Je bois à ça.»

Les Chutes étaient bonnes à une chose: rapporter de l'argent.

Ce que lui apprenaient ses employés était donc une mauvaise nouvelle, ou n'avait en tout cas rien de réjouissant. Le personnel ne parlait que de cela. Un certain révérend Erskine avait disparu, et tout semblait indiquer que c'était l'homme qui avait sauté ce matin-là; la femme rousse au visage pâle et à l'air égaré, son épouse depuis à peine plus de vingt-quatre heures, l'avait cherché dans l'hôtel, avant de signaler sa «disparition». Le couple venait de Troy, à l'autre bout de l'État; ils avaient réservé la suite nuptiale Bouton-de-rose pour cinq jours.

«Ils se sont mariés *hier*! Seigneur.»

Colborne était incrédule, indigné. Il avait une fille de douze ans.

Une mère qui l'adorait, qui lui pardonnait ses fautes. Il était sentimental concernant les femmes. Qu'un homme, un pasteur de surcroît, puisse se conduire de façon aussi égoïste pendant son voyage de noces, le rendait furieux.

«Il aurait au moins pu attendre d'avoir été marié quelque temps. Laisser une chance à leur mariage. Quelques semaines. Des mois. Comme nous l'avons tous fait, bon sang.»

Présenté à la jeune veuve, Colborne avança la main avec brusquerie pour prendre la sienne. Il était tendu comme un ressort. Il mourait d'envie de boire un verre. Les doigts de la jeune femme étaient glacés, et sans force; il éprouva le désir impulsif de les réchauffer énergiquement dans ses deux mains. «Bonjour! Bonjour! Je suis Clyde Colborne, madame Erskine, le propriétaire du Rainbow Grand. Je suis au courant de votre situation et je vais vous emmener au commissariat central. Vous avez appelé votre famille, je présume? Et celle du révérend Erskine? Et naturellement, madame, dans ces pénibles circonstances, il va de soi que vous pouvez rester au Rainbow Grand, aux frais de la direction, jusqu'à ce que…» Colborne s'interrompit, le rouge aux joues. Il comptait dire jusqu'à ce que le corps soit retrouvé, identifié et rapatrié. Mais Mme Erskine ne savait pas encore qu'un homme s'était jeté dans les Chutes. «… Aussi longtemps que nécessaire.»

La femme rousse leva vers lui ses étranges yeux vert translucide. Bien que les employés de l'hôtel lui eussent certainement dit qui il était, et où il allait l'emmener, elle semblait avoir oublié. D'une voix râpeuse, songeuse, elle répéta: «Aussi longtemps que nécessaire.» Comme si c'étaient des mots étrangers ou une devinette.

Pendant le court trajet jusqu'au commissariat de Niagara Falls, situé dans South Main, Clyde Colborne, au volant de sa nouvelle voiture tapageuse (une Buick bleu pastel avec pneus à flancs blancs, transmission automatique, sièges de cuir beige doux comme des cuisses de femme) se sentit mal à l'aise en compagnie d'Ariah Erskine, raide comme un I à côté de lui, mains gantées jointes sur les genoux. (Ariah avait pris une nouvelle paire de gants blancs, faits au crochet, dans sa chambre d'hôtel.) Colborne se creusa la tête pour trouver quelque chose à lui dire. Le silence entre les êtres humains l'effrayait. Il préparait la façon dont il raconterait cette malheureuse histoire à son vieil ami

Burnaby. *Seigneur! J'aurais sacrément mieux fait d'aller à l'église avec ma famille.* Ce ne fut qu'au moment où il garait sa voiture que la femme dit doucement : « Je n'ai pas encore appelé mes parents. Ni les siens. Je n'ai rien à leur dire. Ils me demanderont où est parti Gilbert, et pourquoi. Et je n'ai pas de réponse. »

4

Femme imbécile, qui es-tu pour que Ma justice t'épargne ?

La voix de Dieu, railleuse. À l'intérieur de son crâne. Dans ce lieu où des inconnus la dévisageaient. Avec pitié et suspicion.

« Mais en quoi est-ce juste, mon Dieu ? Pourquoi ai-je mérité cela ? » Elle attendit. Dieu ne daigna pas répondre.

Cela semblait si loin, à présent, un autre monde. Elle était debout, bras minces levés comme une crucifiée, tandis qu'on ajustait sur elle, à la façon d'une exquise camisole de force, la robe de satin blanc aux mille boutons de nacre, plis, replis et ingénieux ornements de dentelle. Mme Littrell avait tenu au corset. Ariah parvenait à peine à respirer. *Je vous reçois comme époux, Gilbert.* Un éternuement aurait mis en pièces le corset – et le mariage.

Au commissariat, la jeune épouse de l'homme « tombé » était manifestement coupable.

Ariah s'était lavé la figure. Rincé la bouche, où la panique avait laissé un goût de pièces de cuivre. Comme Gilbert aurait été contrarié de voir qu'une fois de plus son « chignon à la française » (comme l'appelait sa mère) s'était défait. Des touffes et des mèches de cheveux que l'air humide des Chutes faisaient misérablement friser. Ariah constata avec consternation qu'elle avait l'air d'émerger du sommeil.

Dans ce lit-porcherie.

Tu me dégoûtes. J'ai essayé de t'aimer.

Je nous libère ainsi tous les deux.

Dans ce nouvel endroit impersonnel. Pas le luxe m'as-tu-vu de l'hôtel pour lune de miel, mais une pièce hideuse à l'éclairage fluorescent où des inconnus lui parlaient d'un ton pressant. « Madame Erskine ? » Et de nouveau, comme si c'était son nom : « Madame Erskine ? Nous avons quelque chose à vous dire, préparez-vous, je vous prie. » L'homme bien élevé dont elle avait oublié le nom avait apparemment disparu et elle était maintenant avec ces inconnus, qualifiés d'agents de police bien qu'ils ne soient pas en uniforme. L'un d'eux, étonnamment, était une femme : une « surveillante ». Il fallait sans doute une femme policier pour s'occuper des criminelles, des victimes de sexe féminin. Celle-ci, entre deux âges, avait un visage pareil à une hache émoussée, une ombre de moustache noire sur la lèvre, et elle portait un costume de serge grise qui moulait son corps massif. Elle disait… quoi donc ? Ariah essaya d'écouter, en dépit du grondement dans ses oreilles.

Gilbert Erskine était peut-être « tombé » dans… quoi ? Où ?

« Les Horseshoe Falls, selon un témoin. Vers 6 heures et demie, ce matin. »

Ariah entendit chaque mot mais eut du mal à leur trouver une signification. Et, chose surprenante, la femme policier avait elle aussi la photographie du portefeuille de Gilbert. (Comment avait-elle mis la main sur cette photo de Gilbert, exactement identique à celle qu'Ariah avait en sa possession ?) Ariah dit, avec lenteur : « Mon mari ne serait pas allé faire du tourisme sans moi. Il m'a peut-être quittée, mais il ne serait pas allé faire du tourisme sans moi. Nous préparions ce voyage depuis des semaines. Lui, surtout. Il avait coché les attractions touristiques et "géologiques" que nous irions voir, il les avait même numérotées dans l'ordre où nous devions les voir. » Elle dit, avec entêtement : « Il faut connaître Gilbert Erskine pour savoir qu'il n'aurait pas fait une chose pareille. »

La femme en costume de serge grise, forte de poitrine et large d'épaules, tâchait de ne pas se montrer contrariante, cela se voyait. Mais une discussion s'annonçait.

« Nous comprenons, madame Erskine. Mais cette photo de M. Erskine a été identifiée avec "quasi-certitude" par le témoin qui a vu l'homme sur Goat Island, ce matin. Peu après l'heure où, selon vos déclarations, M. Erskine a disparu de votre chambre d'hôtel.

– J'ai dit ça, moi ? Comment ai-je pu dire une chose pareille ? demanda Ariah avec agitation. Je suis sûre d'avoir dit que je ne savais pas l'heure. Je n'avais aucune idée de l'heure. Je me moquais de l'heure puisque je dormais. Quelqu'un doit mentir.

– Personne ne ment, madame. Pourquoi quelqu'un mentirait-il ? Nous voulons seulement vous aider.

VOYAGE DE NOCES

– Si mon mari est parti, il est parti. Que peut-on y changer ? Comment pourriez-vous m'aider ?

– Étant donné que votre mari a disparu et que l'on a vu un homme aux Horseshoe Falls… "tomber" dans le fleuve…

– Gilbert ne ferait pas une chose pareille. Je sais ce que vous dites : par "tomber", vous entendez "sauter". Je sais ce que vous voulez dire. Mais Gilbert n'aurait jamais commis un acte aussi désespéré, c'est un homme de Dieu.

– Nous comprenons, madame. Mais…

– Vous ne comprenez pas ! Gilbert m'a tourné le dos, mais il n'aurait pas tourné le dos à Dieu. »

Le ton d'Ariah était catégorique. Il lui semblait que ces inconnus ignorants la provoquaient délibérément. Pour lui faire admettre sa complicité dans le sort de Gilbert. Pour qu'elle avoue.

L'un des agents dit, après s'être raclé la gorge : « Madame Erskine, votre mari et vous vous étiez-vous… querellés ? »

Ariah secoua la tête. « Jamais.

– Vous ne vous êtes jamais querellés. À aucun moment.

– À aucun moment. Jamais.

– Était-il préoccupé ?

– Préoccupé de quelle façon ? Gilbert gardait ses sentiments pour lui, c'était un homme très secret.

– Vous a-t-il paru préoccupé ? Pendant les heures qui ont précédé sa "disparition" ? »

Ariah s'efforça de réfléchir. Elle revit le visage contracté, suant, de son mari. Ses dents serrées, sa grimace de citrouille de Halloween. Elle entendit de nouveau le cri de chauve-souris qui lui avait échappé. Elle ne pouvait le trahir, sa honte était aussi profonde que la sienne.

Ariah secoua la tête avec dignité.

« Et il n'a pas laissé de mot, avez-vous dit ?

– Pas de mot.

– Aucune indication de… la raison pour laquelle il aurait pu souhaiter vous quitter ? De l'endroit où il aurait pu aller ? »

Ariah secoua la tête, écartant une mèche de cheveux de son visage brûlant. Oh ! elle transpirait. Vulgairement parlant, elle suait. Comme une coupable pendant un interrogatoire. Des heures durant elle avait

76

été transie, grelottante. À présent, brusquement, l'air était confiné et très chaud. Les entrailles de la terre exhalant des vapeurs, des gaz moites. Ariah constata avec un sourire interdit qu'elle portait les gants blancs au crochet que sa vieille grand-tante Louise lui avait donnés pour son trousseau.

Son trousseau! Ariah se mordit les lèvres pour ne pas rire.

«Avant votre voyage de noces à Niagara Falls, lorsque vous prépariez votre mariage, par exemple, n'y a-t-il eu aucun soupçon de... désaccord? De mécontentement du côté de M. Erskine ou du vôtre?»

Ariah écouta à peine cette question grossière. *Non.*

Les agents de police l'étudiaient d'un air neutre. Il semblait à Ariah qu'ils échangeaient des regards entre eux, si discrètement qu'elle n'arrivait pas à les surprendre. Naturellement, ils étaient entraînés à cela. Interroger des coupables. Ils y étaient devenus aussi habiles qu'un trio de musiciens. Un trio à cordes. Ariah était la soliste invitée, la soprano qui ne cessait de faire des fausses notes.

«Nous avons diffusé un communiqué d'urgence concernant votre mari, madame. Et des équipes de secours patrouillent le long du fleuve, sur les deux rives, à la recherche du corps de... l'homme tombé.» La femme au costume de serge grise marqua une pause. «Souhaiteriez-vous que nous informions votre famille, à présent? Et celle de M. Erskine?»

Son ton était bienveillant, mais Ariah éprouva une furieuse envie de gifler son visage ingrat de gendarme.

«Vous n'arrêtez pas de me le demander, dit-elle sèchement. Non. Je ne veux informer personne. Je ne supporterai pas d'avoir un troupeau de parents autour de moi. J'ai jeté ce satané corset à la poubelle. *Je ne retournerai pas à cela.*»

Un silence interdit suivit ses paroles. Cette fois, il fut beaucoup plus évident que les policiers échangeaient des regards entendus.

«"Corset", madame Erskine? Je ne comprends pas.»

Parce que corsetée elle-même, elle ne pouvait comprendre comment Ariah avait échappé au sien.

«Gilbert a choisi de me laisser seule, et je resterai seule.»

Mais la femme policier était aussi têtue qu'Ariah et impossible à dissuader. «Nous n'avons pas le choix, madame Erskine, dit-elle. Vous aurez besoin du soutien de votre famille, et nous devons avertir immé-

VOYAGE DE NOCES

diatement la famille de M. Erskine. C'est la procédure normale dans un cas comme celui-ci. »

Dans un cas comme celui-ci.

Ce fut alors que la lourde tasse glissa des mains d'Ariah et tomba sur le sol, l'éclaboussant d'eau et se brisant en morceaux. Ariah voulait protester, dire à ces inconnus qui la blâmaient, la plaignaient et essayaient de la manipuler qu'elle n'était pas « un cas comme celui-ci » – et Gilbert Erskine non plus –, mais le sol s'inclina soudain sous ses pieds, et elle ne parvint pas à garder l'équilibre. Des lumières fluorescentes fulgurèrent comme des éclairs de chaleur et malgré ses yeux grands ouverts Ariah ne voyait rien.

Femme imbécile, ne désespère pas. Ma justice est Ma miséricorde.

5

« Bonjour, Burnaby. Dieu merci, tu es là ! »

Il appelait d'un téléphone public dans le hall. Il avait besoin d'aide. D'un verre. De soutien moral. Dirk Burnaby était l'homme à consulter dans ce genre de situation désastreuse. Juste pour parler, peut-être. Demander des conseils avisés. Un réconfort. À n'importe quelle heure du jour ou de la nuit. Le pauvre type était insomniaque depuis la guerre. Il aimait avoir des nouvelles de ses copains. Un célibataire se sent presque aussi seul qu'un homme marié. Burnaby était le plus jeune de leur bande, et l'unique célibataire. Il avait toujours des femmes, dont de superbes girls du Casino Elmwood, ou des mannequins. Un sacré veinard, mais un jour la chance le lâcherait.

Corlborne regrettait de ne pas avoir emporté sa flasque de poche, il mourait de soif. Ils avaient tous pas mal bu la veille, sur le yacht de Burnaby. Le *Walkyrie*. Un beau douze mètres d'un blanc étincelant. Ancré sur le fleuve en amont de l'Isle Grand, face au domaine des Burnaby, à la pointe sud-est de l'île. Burnaby n'habitait pas la vieille demeure familiale, d'ailleurs. Burnaby un peu ivre, remarquant par plaisanterie qu'il était le Hollandais volant des Chutes. Ce qui signifiait ?

Colborne disait : « La pauvre femme. Une cliente du Rainbow. Je me sens une sorte de responsabilité envers elle. Jusqu'à l'arrivée de sa famille. Apparemment, son mari s'est tué. Ce matin même. Tu m'écoutes, Dirk ? Un pasteur presbytérien. »

LA VEUVE BLANCHE DES CHUTES - LES RECHERCHES

À l'autre bout du fil, Burnaby émit un grognement évasif.

« Nous sommes au commissariat, ils essaient de l'interroger. Je lui ai assuré qu'elle pouvait garder la suite aussi longtemps qu'elle en aurait besoin. » Colborne marqua une pause. *Bon pour notre image de marque,* pensait-il. Mais c'était aussi un acte charitable. Il voulait que Dirk Burnaby le comprenne. Dans leur groupe, Burnaby dépensait avec générosité, voire avec extravagance. Il prêtait de l'argent en sachant qu'on ne le rembourserait pas. Il acceptait des clients qu'il savait incapables de le payer, et des affaires qu'il savait ne pouvoir gagner, ou pas de façon lucrative. Burnaby n'était pas croyant, mais se comportait comme un bon chrétien est censé le faire, ce qui mettait Colborne, un bon chrétien, mal à l'aise. Voilà pourquoi il voulait que Burnaby soit au courant pour la chambre. « Elle est dans une suite nuptiale, ajouta-t-il. Ce n'est pas donné. »

Ce détail éveilla l'intérêt de Burnaby.

« Nuptiale ? Pourquoi ?

– Ils étaient en voyage de noces. Mariés hier. »

Burnaby rit.

« Hé ! Burn, ça n'a rien de drôle, bon sang ! s'exclama Colborne avec indignation. Elle se retrouve toute seule ici, en état de choc, et elle dit qu'elle ne veut même pas voir sa propre famille. J'ai promis de l'aider mais... qu'est-ce que je suis censé faire, bon Dieu ?

– Eh bien, est-ce qu'elle est jeune ? Belle ?

– Non ! fit Colborne, outré. Mais c'est une dame. »

À l'autre bout de la ligne, un silence de mauvais augure lui répondit.

Pourquoi Colborne téléphonait-il à son ami Burnaby, pourquoi du commissariat – il faut supposer qu'il était anxieux. La veille sur le *Walkyrie* il avait perdu au poker, 1 400 dollars, et presque entièrement au profit de Burnaby. Il avait signé un chèque à son ami avec panache et bonne humeur. Colborne avait joué avec habileté et sérieux, mais les cartes avaient été contre lui. Le jeu, c'était Burnaby qui l'avait eu. Qu'il distribue ou pas. Burnaby était un homme chanceux, ses amis avaient fini par le reconnaître. La plupart des membres de leur groupe se connaissaient depuis le début des années 30, depuis le lycée privé de garçons de Mount St. Joseph, à Niagara Falls. Burnaby était deux classes derrière Colborne, Wenn, Fitch et Howell, mais il avait joué

79

dans les mêmes équipes qu'eux, principalement au football américain et au basket. Lorsqu'il gagnait, il gagnait avec grâce ; lorsqu'il perdait, il perdait avec grâce. Mais il perdait rarement. Peut-être ses amis étaient-ils un peu jaloux de ses succès féminins. Burnaby était un polygame en série, disaient-ils en plaisantant. Non qu'il épousât jamais aucune de ces femmes, ni ne se laissât même entraîner à des « fiançailles ». On ne sait comment, il s'en sortait sans une attache. Et il restait en bons termes avec les femmes, du moins en général.

Dès Mount St. Joseph, Dirk Burnaby avait été le Conciliateur. C'était un des prêtres de l'établissement qui lui avait donné ce surnom. En fait, Burnaby avait son caractère. Mais ses colères passaient vite, il était toujours plus réfléchi, plus intelligent que les autres garçons. Plus profond. Plus spirituel, peut-être. Il avait l'étrange habitude de s'excuser avec une telle sincérité que l'on éprouvait un frisson de bonheur à l'avoir mis dans son tort, même si, souvent, il n'y était pas vraiment. Il semblait lui être pénible qu'on puisse ne pas l'aimer et que ses amis puissent ne pas s'aimer. *Et si l'un de nous mourait ?* disait-il. Et il le pensait ! C'était un type qui voulait que ses amis soient amis. Et comme vous vouliez lui faire plaisir, vous cédiez. Pour faire plaisir à Burn, vous vous montriez meilleur que vous n'étiez en réalité. C'était encore le cas aujourd'hui. L'âge adulte ne les avait guère changés. Une dizaine de fois en vingt ans, Colborne avait appelé Burnaby à l'aide. Quelques années auparavant, lorsque Irma lui avait ordonné de quitter la maison, qu'elle avait demandé le divorce en invoquant ses infidélités. Ses infidélités ! Comme si ces femmes avaient compté pour Colborne. *Pas du tout.* Il semblait impossible de faire entrer dans le crâne d'Irma que *pas du tout.* Les femmes comme elle étaient lentes à pardonner. Avares de pardon. Colborne s'était retrouvé dans un triste état. Il logeait dans une suite de l'hôtel (et tâchait de ne pas entendre ses employés ricaner derrière son dos), buvait trop. Mangeait trop. Perdait de l'argent aux courses. Les femmes qu'il avait fréquentées n'étaient pas disponibles lorsqu'il n'avait pas d'argent à dépenser pour elles, ce n'étaient pas vraiment des call-girls (ou peut-être que si, à franchement parler), mais elles savaient flairer une cause perdue. En dix-huit mois, il avait dilapidé plus de cinquante mille dollars sans en avoir tiré autre chose qu'une irritation génitale et une tendance à vomir sans avertissement. Clyde était malade d'inquiétude à l'idée que ses enfants se retournent contre lui, tout en reconnaissant qu'ils avaient peut-être de bonnes raisons de le faire. Une fille, deux fils. Il n'était pas digne de ses gosses. Irma les empoisonnait avec ses larmes, son amertume, et Clyde adorait ses gosses, mais du diable (jurait-il) s'il se mettrait à ramper pour implorer pardon, *pas question*. Cette histoire le déchirait! Voilà pourquoi, un soir, il ouvrit son cœur ulcéré à Dirk Burnaby, en sachant que Dirk arrangerait tout. Burnaby avait une belle clientèle à Niagara Falls et à Buffalo en raison de sa capacité à aider d'autres avocats dans des affaires trop compliquées pour eux, ou qu'ils avaient carrément sabotées. Burnaby, l'homme providentiel. Un homme qui ne trahissait pas vos secrets. Colborne alla donc le trouver et lui confia sa situation. Et Burnaby l'écouta et passa aussitôt à l'action. Il dit à Colborne d'arrêter de boire, et Colborne obéit (jusqu'à un certain point). Il dit à Colborne de ne plus fréquenter le champ de courses de Fort Érié dans l'Ontario, et Colborne obéit. Il dit à Colborne quel comportement – «chaleureux, sincère, comme si tu les aimais» – avoir avec les membres de sa famille, et Colborne obéit. Et Burnaby consacra du temps à Irma, en tête à tête. Ce qui était flatteur pour elle. Burnaby lui expliqua que Colborne l'aimait tellement qu'il avait dû mettre cet amour à l'épreuve. Mais qu'il ne la blesserait plus jamais. Et de la sorte la crise passa. Les Colborne se réconcilièrent. Par moments, Clyde n'était pas du tout certain que ce fût une bonne chose, mais sans doute, se disait-il. Forcément.

Le mariage, la famille. Qu'y avait-il d'autre? Il fallait bien devenir adulte. Il fallait bien l'accepter. Pour Burnaby, Colborne ferait en sorte que son mariage marche. Il le lui devait. Irma éprouvait le même sentiment. *Nous devons à Burnaby de rester ensemble.*

À présent, Colborne suppliait presque: «Dirk? Viens, je t'en prie. Au commissariat de South Main. Nous raccompagnerons Mme Erskine à l'hôtel et nous prendrons un verre au bar. Nous deux, je veux dire. Pas elle.»

Il crut entendre un soupir à l'autre bout de la ligne.

«Entendu, Clyde. Je serai là dans dix minutes.»

6

Trente-trois ans, et funambule. Au-dessus d'un gouffre aussi profond que les gorges du Niagara.

Il savait : il était apparenté à ces risque-tout flamboyants, manifestement toqués, des années 1800. Qui s'exposaient à la mort pour éblouir les foules en traversant les redoutables gorges du Niagara sur un fil ou, plus follement encore, en se précipitant dans les Chutes dans des tonneaux, des kayaks, des engins ingénieux de fabrication artisanale. *Regardez, regardez-moi ! A-t-on jamais vu mon pareil !*

Il descendait de l'un de ces énergumènes. Son célèbre ancêtre REGINALD BURNABY LE GRAND avait marché sur un fil de deux cent cinquante mètres de long tendu au-dessus des American Falls, en 1869, le jour de la fête de l'Indépendance. On estimait que plus de huit cents spectateurs avaient regardé avidement REGINALD BURNABY LE GRAND (diversement considéré comme un prêtre catholique défroqué de Galway, un ex-détenu de Liverpool, voire un prisonnier évadé de ce port de mer) effectuer la périlleuse traversée en une vingtaine de minutes, aidé d'un balancier de bambou de trois mètres cinquante aux extrémités duquel flottaient des drapeaux américains. Pendant cette traversée, des femmes s'évanouirent ; une au moins ressentit les premières douleurs. À en juger d'après un daguerréotype de Reginald Burnaby pris la veille de sa prouesse, c'était un bel homme mince et basané d'environ vingt-huit ans, aux allures de gitan, le cheveu ras, la moustache en guidon de vélo, le regard théâtral, farouche, et avec un très léger strabisme. Sur son fil, il portait une capote de lieutenant de l'Union (lui appartenant ?), des collants noirs d'acrobate de cirque, et son exploit audacieux fut célébré jusque dans les journaux de San Francisco, Londres, Paris et Rome. La deuxième fois que Burnaby risqua sa vie au-dessus des gorges, en juin 1871, parrainé par un luxueux hôtel de Niagara Falls, il attira une foule encore plus considérable. La traversée avait ceci de nouveau que Burnaby était ligoté dans une camisole de force dont il réussit à se libérer à mi-parcours ; elle eut ceci de dramatique qu'un vent contraire se mit soudain à souffler de la rive canadienne, accompagné de quelques gouttes de pluie, ce qui contraignit Burnaby à s'accroupir sur son fil et, « désespéré, astucieux comme un singe », ainsi que l'écrivit le correspondant du *Times* de Londres, à effectuer péniblement la traversée de Prospect Point à Luna Island en une quarantaine de minutes. Pour la troisième traversée de Burnaby, en août 1872, l'affluence augmenta encore, plus de deux mille personnes du côté américain, selon les estimations, et au moins la moitié de ce nombre du côté canadien. Cette traversée-là fut organisée par le risque-tout lui-même, qui, disait-on, manquait d'argent pour entretenir son épouse et son enfant nouveau-né. Une traversée très controversée – de Prospect Point à Luna Island au-dessus des American Falls, et de Luna Island à Goat Island au-dessus des Bridal Veil Falls –, pour laquelle Burnaby avait enfilé des collants de soie rouge et reproduit sur son visage, et son crâne rasé, les « peintures de guerre » d'un brave iroquois. Dès le début de l'événement, rapporta-t-on, l'ambiance fut indisciplinée et impertinente. La brume qui montait des gorges, particulièrement épaisse, gênait la vue des spectateurs, ce qui contribua au mécontentement général et suscita des accusations d'« escroquerie ». Le risque-tout, de son côté, paraissait moins sûr de lui. Il était plus maigre et semblait avoir perdu l'exubérance téméraire de sa jeunesse et de l'été précédent. Au bout de vingt-cinq minutes d'une progression lente, laborieuse, pour une raison quelconque, Burnaby tomba dans les chutes. (Personne ne fut jamais arrêté, mais le bruit courut que, sur la rive américaine, un jeune homme non identifié avait déchargé un lance-pierre sur le risque-tout qu'il avait atteint dans le dos.) Devant la foule horrifiée, Burnaby fit un plongeon de près de soixante mètres dans les eaux bouillonnantes des Chutes ; puis au grand ravissement du public, qui maintenant hurlait et se bousculait pour mieux voir, Burnaby réapparut à la surface de l'eau au bout de quelques minutes, apparemment « indemne », comme le rapporteraient les journalistes. Un « cri de joie unanime » s'éleva lorsque le risque-tout au crâne rasé et peinturluré nagea vers la rive ; des candidats sauveteurs lui tendaient déjà la main quand, à moins de trois mètres du bord, un courant rapide et puissant l'entraîna au fond de l'eau verte. Des témoins affirmeraient qu'au moment d'être englouti, Burnaby avait crié : « Au revoir, chérie ! Embrasse le bébé pour moi ! » à sa jeune épouse qui, désespérée, leur nourrisson de huit mois dans les bras, regardait la scène debout sur une estrade de Goat Island.

Ce nourrisson serait un jour le père de Dirk Burnaby.

VOYAGE DE NOCES

Le corps brisé, malmené, de Reginald Burnaby, reconnaissable seulement aux peintures voyantes de la tête et du visage, ne fut découvert que plusieurs jours plus tard, lorsqu'on le repéra enfin à vingt-cinq kilomètres en aval, au nord de Lewiston. Tiré sur la rive, il reçut une sépulture chrétienne grâce à un groupe d'habitants de Niagara Falls qui les avait pris en pitié, lui et sa jeune famille.

Après la fin tragique de REGINALD BURNABY LE GRAND, largement commentée par la presse, traverser les gorges du Niagara sur une corde raide fut officiellement interdit.

« Pauvre idiot. Tu as fichu ta vie en l'air, une vie précieuse, et pour quoi ? »

Sur un mur de sa maison de Luna Park étaient accrochés plusieurs daguerréotypes de son grand-père risque-tout. Dirk Burnaby les contemplait souvent, amusé par la moustache en guidon de vélo qui donnait à ce visage mince, plein d'espoir, un côté bravache. Sur l'une des photos, Reginald Burnaby avait un sourire forcé, et l'on voyait qu'il avait de mauvaises dents, irrégulières et décolorées. Sur une autre, en maillot et collant moulants, une tenue d'artiste de cirque, il avait les poings sur les hanches et une expression crâneuse *Je suis quelqu'un, hein ?* Là, on voyait que Burnaby était un petit homme musclé et compact, au torse, aux cuisses et aux jambes très développés. (Dirk Burnaby avait lu que son grand-père mesurait à peine un mètre soixante-sept, et qu'il pesait moins de soixante-huit kilos au moment de sa mort.) On devinait qu'il était sans doute coléreux, agité, pétri de vanité, recherché par les femmes, condamné à mourir jeune. Oui, il avait été courageux, et après ?

Qui a envie d'être intrépide, et posthume ?

Physiquement, Dirk Burnaby, ne ressemblait en rien à son aïeul. Il avait atteint la taille respectable d'un mètre quatre-vingt-huit dès son adolescence. (Il en était ravi ! Dominer ses camarades de classe et la plupart des adultes. Il en avait gardé un fond d'assurance et d'invincibilité dans lequel il puiserait toute sa vie, comme dans un compte en banque illimité.) Il n'avait pas un teint basané de gitan mais la peau claire, et pas le moindre soupçon de coquetterie dans l'œil. Il détestait les moustaches et les barbes, qui irritaient sa peau sensible. Il était séduisant,

84

pourquoi le cacher ? Sans doute pas très courageux. Il ne risquerait jamais sa vie s'il pouvait l'éviter.

« Je préfère vivre, merci. »

Dans l'armée américaine, où il avait été soldat d'infanterie pendant deux ans, principalement en Italie, il avait dû se faire violence pour tirer sur l'ennemi, incapable de dire s'il avait jamais atteint une cible humaine, sans parler de la tuer. Il ne voulait pas *avoir tué*. Au moment crucial, lorsqu'il faisait feu, il fermait souvent les yeux. Il lui était arrivé de ne pas viser ou même de ne pas appuyer sur la détente. (Des années plus tard, Dirk apprendrait qu'un pourcentage étonnamment élevé de soldats avaient agi comme lui, ne voulant pas *avoir tué*, et pourtant, on ne sait comment, la guerre avait été gagnée.) Dirk Burnaby avait été blessé et hospitalisé plusieurs semaines dans un hôpital militaire près de Naples, il avait des médailles prouvant qu'il s'était conduit avec bravoure pendant les événements confus et chaotiques portant le nom de Seconde Guerre mondiale, il était fichtrement heureux que les Alliés l'aient emporté sur les puissances démentes et criminelles de l'Axe, il parlait avec passion de la folie de Hitler, de Mussolini, de Tojo, et des millions d'êtres humains qui avaient acquiescé à leur folie, mais de son expérience personnelle de la guerre il ne retenait pas grand-chose sinon un soulagement immense qu'elle fût finie et lui en vie.

« Voilà ce que tu as manqué, grand-père. La vie ordinaire. »

Ce que cela ne fut pas : un coup de foudre.

Il n'y croyait pas. Il ne croyait pas aux romans d'amour, aux coïncidences sentimentales, à des « causes » imaginées de toutes pièces. Il ne croyait assurément pas au destin, quand on est joueur de nature, on sait que le destin n'est qu'un hasard que l'on essaie de manipuler à son avantage.

La première vision qu'il eut d'Ariah Erskine lui fit pourtant impression. La femme rousse, en robe de collégienne à fleurs, était accompagnée par son ami Clyde Colborne, qui l'aidait à descendre, telle une convalescente, les marches du commissariat principal de Niagara Falls. Elle se dégagea avec brusquerie du bras de Colborne, comme s'il avait fait une remarque qui la contrariait. Ou pour montrer qu'elle était capable de marcher sans l'aide d'un homme, merci !

Dès qu'il vit Burnaby, Colborne le salua avec empressement et le présenta à «Mme Ariah Erskine», qui le regarda un instant avec intensité avant de fermer à demi les yeux. (Troublée par le chagrin, la pauvre femme s'était-elle demandé, ce bref instant, si l'inconnu n'était pas en fait le mari disparu?) Il trouva Mme Erskine farouche, ordinaire et hautaine comme ces femmes-filles rousses, très droites, que l'on voit dans certaines aquarelles de Winslow Homer. La petite institutrice guindée, debout au tableau, de profil, indifférente à l'œil admiratif de l'observateur; la jeune fille rousse à la robe orange qui lit un livre, couchée dans l'herbe, indifférente à qui la regarde. Le visage de cette femme-ci, pâle et taché de son, brillait comme si elle l'avait frotté avec vigueur. Ses cheveux d'un roux fané tombaient en rouleaux et en mèches raides, peut-être avait-elle renoncé à s'en occuper. Des demi-cercles de transpiration marquaient les aisselles de sa robe d'organdi, et ses bas plissaient aux chevilles. Elle avait les yeux humides, fuyants, injectés de sang. Elle était à mille lieues de la femme en pleurs que Dirk Burnaby s'était attendu à rencontrer, et beaucoup plus intéressante. Tandis que Clyde Colborne racontait avec nervosité ce que la police lui avait appris, ce qui était et serait fait, elle regardait ostensiblement ailleurs, accordant aussi peu d'attention à Colborne qu'à son ami Burnaby, immense à côté d'elle, blond, séduisant et galant en blazer bleu marine à boutons de cuivre et pantalon de toile blanc bien repassé, gravure de mode virile et élégante tout droit sortie d'*Esquire*. Lui, Dirk Burnaby, que les femmes adoraient, y compris des femmes riches et heureusement mariées, être ignoré par celle-ci! Il y avait de quoi sourire. Ariah Erskine interrompit Colborne pour lui dire qu'elle n'avait pas l'intention de rentrer sur-le-champ à l'hôtel et comptait se rendre aux gorges du Niagara. Si Colborne ne voulait pas l'y conduire, elle prendrait un taxi. Ou elle marcherait. On lui avait dit que, selon les autorités, son mari était «tombé» dans le fleuve, ce matin-là, et que des équipes de secours le cherchaient. Un garde-côte patrouillait sur le Niagara. Il fallait qu'elle puisse procéder à l'identification, si l'homme «tombé» était bien le révérend Erskine.

«Ce n'est pas une bonne idée, madame, dit Colborne, choqué. Il n'est pas souhaitable que vous soyez là. Pas si…

– Ils cherchent un homme. Un corps. Je ne pense pas qu'il puisse s'agir de Gilbert, mais il faut que je sois là.» Mme Erskine s'efforçait de parler d'une voix neutre, où Burnaby, pourtant, perçut un tremblement. La tête tournée de côté, elle se refusait à croiser leurs regards. «Il faudra que je sois témoin si... s'ils trouvent cet homme. Il faudra que je *sache*.

— Mais il serait bien préférable que vous attendiez à l'hôtel jusqu'à...

— Non. Rien n'est "préférable". Si Gilbert est mort, il faudra que je *sache*.»

Colborne jeta un regard implorant à Dirk Burnaby, qui contemplait cette femme obstinée avec une sorte de fascination. Il ne savait que penser d'elle : il avait la tête vide. Une idée bizarre lui traversa l'esprit : elle était si menue, quarante kilos tout au plus, qu'un homme pouvait la soulever, la jeter sur son épaule et l'emporter. Et qu'elle proteste ! Il s'entendit dire : «Je ne pense pas que vous ayez saisi mon nom, madame Erskine ? Je suis l'ami de Clyde, Dirk Burnaby. Avocat. J'habite à trois kilomètres d'ici environ, à Luna Park, près des gorges. Je ferai l'impossible pour vous aider. Considérez que je suis à votre disposition.» C'était une remarque totalement inattendue. Une heure plus tard, il ne croirait même pas l'avoir prononcée. Colborne le regarda, bouche bée, et la femme rousse se tourna vers lui, le dévisagea en plissant les yeux comme si elle ne se rappelait pas vraiment sa présence. Elle ouvrit la bouche pour parler mais ne dit rien. Son rouge à lèvres était effacé, ses lèvres minces semblaient sèches et gercées. Impulsivement, Burnaby lui pressa la main.

C'était une main délicate, pas plus grosse qu'un moineau, et cependant, même sous le gant blanc au crochet, on la sentait brûlante, ardente.

La Veuve blanche des Chutes

LA VEILLE

Pendant sept jours et sept nuits, elle veilla.

Pendant sept jours et sept nuits, on vit la Veuve blanche au bord des gorges du Niagara, sur Goat Island ou sur les rives du fleuve ; elle se joignit aux équipes de secours qui cherchaient le « disparu » et accompagna une équipe de gardes-côtes dans sa patrouille en aval, au-delà de Lewiston et de Youngstown, jusqu'au lac Ontario. Dans l'embarcation, Ariah Erskine était la seule femme, et sa présence mettait les hommes mal à l'aise. Fiévreuse, dans un état second, elle fixait de ses yeux rougis les vagues clapoteuses, onduleuses, comme si, à tout instant, le corps d'un homme pouvait apparaître et mettre un terme à sa quête. D'une voix basse, rauque, elle répétait à qui voulait bien écouter : « Je suis la femme de Gilbert Erskine et, si je suis devenue sa veuve, il faut que je sois présente lorsqu'on le trouvera. Je dois m'occuper de mon mari. » Les officiers du garde-côte échangeaient des regards peinés : ils savaient à quoi ressemblerait le cadavre d'un homme tombé dans les Chutes.

« Pourquoi me suis-je intéressé à cette femme ? Elle est folle. »

Pire encore, Ariah Erskine semblait à peine savoir qui était Dirk Burnaby. Selon toute apparence, elle le confondait avec Clyde Colborne, son ami. Dirk avait pourtant offert de se mettre à sa disposition aussi longtemps qu'il le faudrait. Il avait appelé son bureau et parlé à son assistante : tout travail devait être suspendu, temporairement.

(«Dites à nos clients qu'il s'agit d'une urgence.») Les autorités de Niagara Falls connaissaient bien Burnaby et appréciaient sa présence, car personne ne savait comment s'y prendre avec Ariah Erskine, qui refusait de se conduire comme on souhaitait qu'elle se conduise. Même ses parents étaient incapables de la raisonner.

Dirk Burnaby surprit une conversation pitoyable: «Ariah, ma chérie? Rentre à l'hôtel avec ton père et moi. Tu es épuisée, chérie. Tu es malade. Regarde cette robe! Tes cheveux! Je t'en prie, Ariah, *écoute ta mère.*»

Mais Ariah, boudeuse et butée, ne voulait pas écouter.

«Vous avez voulu que je me marie avec Gilbert Erskine. Et je l'ai fait. Je suis donc son épouse. C'est ce qu'une épouse doit faire, mère! Allez-vous-en et laissez-moi tranquille.»

Elle joue un rôle, se disait Dirk avec désapprobation. Celui de pèlerin des Chutes, la Veuve blanche des Chutes, ainsi que la désignait la presse. Mais peut-être était-il vrai qu'elle n'avait pas le choix.

Pendant la durée de sa veille, on constata qu'Ariah Erskine était obsédée par le fleuve, par sa surface mouvante, turbulente, pareille à des flammes touchées de vert, mais se montrait à peu près indifférente à tout le reste. Elle n'avait qu'une conscience vague des gens qui l'entouraient et omettait souvent de répondre lorsqu'on lui adressait la parole. Elle n'aurait rien avalé si on ne l'avait pas servie et obligée à manger.

Lorsque Ariah se réveillait de son sommeil exténué, elle semblait hébétée, absente, aussi vulnérable qu'une enfant sortant d'un mauvais rêve. En l'espace de quelques secondes, cependant, elle retrouvait sa volonté de fer, cette volonté qui impressionnait tant Dirk Burnaby parce qu'il n'en avait jamais vu de pareille, et elle déterminait où elle était et pourquoi. *Le mauvais rêve se trouvait au-dehors d'elle, dans le monde réel. Il lui fallait le vaincre là ou nulle part.*

Il est de fait – un fait rapporté avec empressement par la presse – que tous les matins, durant sa veille, Ariah Erskine, la Veuve blanche, apparut aux abords des gorges à 6 heures du matin. Souvent elle se hâtait, craignant sans doute d'être en retard. À cette heure matinale, l'atmosphère était froide, humide, nappée de brume. Au milieu des vrilles de brume montant du fleuve comme une vapeur, Ariah refaisait

VOYAGE DE NOCES

le trajet prétendument suivi par l'homme encore non identifié qui s'était jeté dans les Horseshoe Falls le matin du dimanche 12 juin : vêtue d'un ciré et d'une capuche jaunes, fournis par le propriétaire des bateaux d'excursion *Maid of the Mist*, elle traversait l'étroit pont piétonnier de Goat Island, en regardant avec intensité le cours rapide des eaux vertes, sa main gantée de blanc glissant sur le garde-fou. Ses lèvres remuaient. (Priait-elle ? S'adressait-elle à son mari perdu ?) Dans son ciré jaune vif et luisant elle ressemblait à une fleur folle sur le fond des brumes sulfureuses qui montaient continûment des gorges du Niagara.

(« Montant sans trêve comme les âmes des damnés en quête de salut », dit Ariah à Dirk Burnaby, dans l'un des rares moments où elle remarqua sa présence. Son sourire mélancolique et figé le fit frissonner.)

Sous son ciré Ariah portait des robes d'été, des robes-chemisiers en coton aux couleurs claires ou à motifs de fleurs ; sur ses jambes, des bas que les embruns avaient vite fait de tremper, comme ils trempaient son visage et ses cheveux. Elle ne semblait pas s'en rendre compte. Des journalistes et des photographes, puis, les jours passant, un mélange disparate de badauds curieux ou morbides traînaient dans son sillage, mais à une distance respectueuse – Dirk Burnaby y veillait. Il détestait ces parasites, bien qu'Ariah elle-même parût indifférente à leur présence. Son attention était tout entière concentrée sur le fleuve. Lorsqu'un inconnu l'interpellait – « Madame Erskine ? S'il vous plaît, madame Erskine ? », « Bonjour, madame Erskine. Je travaille à la *Niagara Gazette*, puis-je vous parler cinq minutes ? » –, elle ne semblait pas entendre. Elle ne faisait cependant aucun effort pour dissimuler son visage ou se déguiser, alors que cela lui aurait été facile. Sur certaines des photos de la Veuve blanche, son visage menu, mouillé d'embruns, avait l'éclat pâle et lisse du marbre blanc, de sorte qu'elle semblait pleurer sans interruption, comme pourrait le faire une statue, avec un air calme et résigné.

Dirk savait qu'Ariah Erskine ne pleurait pas. C'était une femme économe qui ménageait ses larmes. Elle aurait bientôt besoin de toutes celles qu'elle pourrait verser.

Dans le Niagara, on retrouvait généralement les cadavres au bout d'une semaine. S'ils avaient coulé, les effets terribles de la putréfaction finissaient par les transformer en «flotteurs». Ce n'était qu'une question de temps.

Une fois sur Goat Island, Ariah gagnait Terrapin Point par la boucle orientale du sentier, celle qu'avait prise le suicidé. Elle y restait parfois immobile une longue demi-heure, silhouette solitaire et mélancolique dans son ciré à la couleur incongrue de gaieté, envoûtée par le tonnerre des Horseshoe Falls. À mesure que la lumière grandissait, l'étrange aura, vert translucide, des Chutes devenait plus distincte. De pâles arcs-en-ciel apparaissaient, frémissants dans la brume. Le grondement de la cataracte était si fort à Terrapin Point qu'il pénétrait votre être même, en chassait toute pensée cohérente. On était incapable de se rappeler son nom dans ce vacarme, et on ne le souhaitait pas. On se sentait à un battement de cœur du noyau primordial de l'existence : énergie pure, anonyme et inviolée. Les photographies de la Veuve blanche à Terrapin Point, le lieu du suicide, avaient beaucoup de succès, même si la plupart ne montraient la femme éplorée que de dos, tête et visage dissimulés par la capuche à large bord. Dirk Burnaby se tenait à quelques mètres d'elle, mal à l'aise, guettant le moindre mouvement, le moindre geste inconsidéré. Si Ariah se pressait un peu trop contre le garde-fou, se penchait par-dessus, il faisait aussitôt un pas en avant, prêt à l'empoigner, à l'entourer de ses bras, à l'arracher au danger. Il comprenait le charme primitif, maléfique, des Chutes : il commençait à éprouver de nouveau l'attirance sinistre qu'il avait ressentie des années auparavant, à l'adolescence, lorsque ses émotions étaient plus brutes, plus proches de la surface. Cette impression de dissolution, de perte, de panique, très voisine de ce que l'on ressent lorsque l'on tombe amoureux contre sa volonté.

Les Chutes ! *On ne parvient pas à croire qu'elles peuvent vous tuer. Alors qu'elles sont pur esprit.*

Après sa station à Terrapin Point, Ariah se détournait, comme quelqu'un qui se réveille lentement et à contrecœur d'un sommeil profond, et, suivant la boucle occidentale du sentier, dépassait les Bridal Veil Falls et Luna Island, Bird Island et Green Island ; bien que le suicide ne se fût pas produit de ce côté-là de l'île, Ariah s'attardait près du garde-fou, regardait le fleuve avec mélancolie, avec intensité, comme si le corps de son mari perdu pouvait en surgir. Tant de choses semblent possibles lorsque l'on regarde en amont et que l'on voit les vagues

VOYAGE DE NOCES

violentes, plongeantes, se mouvoir vers soi en un flot qui semble remonter jusqu'à l'horizon, jusqu'à l'infini. Là, à la source du fleuve, se trouve l'avenir : dans votre dos, il devient le passé. Seul le moment bref, éphémère, de son passage est vivant, et vivant en vous.

Ariah Erskine retraversait ensuite le pont, sans prêter attention au gardien qui dans sa guérite la regardait avec inquiétude et appréhension (il avait été le témoin du suicide, il tremblait qu'elle le reconnût) ; elle passait à côté des American Falls et regardait longuement les eaux plongeantes à sa base ; puis elle prenait le sentier qui longeait le Niagara, s'arrêtant de temps à autre, toujours de façon imprévisible, pour s'appuyer au garde-fou et se perdre dans la contemplation des rapides bouillonnants. Ainsi, au cours d'une matinée, la Veuve blanche dépassait la Tour d'observation, le ponton d'embarquement du *Maid of the Mist,* où se pressaient les touristes, puis le site de la grotte du Vent, pour arriver enfin à l'Entonnoir du Diable, qui pouvait retenir son attention pendant une heure entière.

L'Entonnoir du Diable ! Dirk Burnaby se dirait ensuite qu'elle avait su. Qu'elle avait senti. La présence du mort. Pris au piège de la force centrifuge. D'une gyre infernale.

Il en était presque arrivé à partager la fascination morbide de cette femme pour le fleuve. La possibilité que, à tout moment, le Niagara dégorge le corps du mort. Il espérait que cela ne se produirait pas, il ne l'aurait pas supporté, pas en présence d'Ariah Erskine.

Il aurait voulu se tenir à côté d'elle près du garde-fou et passer un bras autour de sa taille. Il aurait voulu pour lui cette férocité d'attention, cette fidélité. Il ne pouvait croire que le révérend Gilbert Erskine la méritât. Il le haïssait, le détestait de pouvoir, même mort, captiver cette femme à ce point. Tout en pensant *Elle est au-delà de la douleur. Au-delà de l'amour d'un homme.*

Un photographe s'approchait hardiment d'Ariah Erskine, qui se penchait sur le garde-fou pour regarder l'Entonnoir du Diable, et Dirk Burnaby intervint, arracha l'appareil des mains de l'homme et le jeta dans le fleuve. Lorsque le photographe voulut protester, que sa bouche s'ouvrit comme celle d'un brochet, Dirk dit avec calme : « Fichez le camp, si vous ne voulez pas suivre le même chemin. »

Le photographe dit qu'il appartenait à l'Associated Press. Qu'il le dénoncerait à la police.

« Je suis la police, répondit Dirk Burnaby. Un policier en civil chargé de protéger cette dame contre les importuns. Alors allez-vous-en ou je vous arrête. »

La paume contre la poitrine du photographe, le forçant à reculer.

Ils ne comprenaient pas ce qui était arrivé, disaient-ils. Ni à Gilbert. Ni à Ariah. On aurait dit que quelque chose de terrible – de démoniaque – avait saisi ces jeunes gens dès qu'ils s'étaient mariés et avaient commencé leur voyage de noces à Niagara Falls. « Pourquoi Ariah a-t-elle ce comportement étrange, monsieur Burnaby? Pourquoi ne veut-elle pas passer un seul instant avec nous? » Mme Littrell, une femme d'une soixantaine d'années aux chairs amollies, au visage marqué et au regard apeuré, implorait Dirk Burnaby d'intercéder auprès de sa fille, tandis que le révérend Littrell les observait d'un air sombre, en se frottant le menton. Peut-être prenaient-ils Burnaby pour un responsable du Rainbow Grand, l'ayant vu en compagnie de Clyde Colborne; peut-être le prenaient-ils pour un genre de fonctionnaire de Niagara Falls, chargé de réconforter dans leur douleur les proches des disparus et des suicidés. Dirk les plaignait et en voulait à Ariah de les traiter aussi grossièrement; d'un autre côté, il était ravi de constater qu'elle ne ressemblait quasiment pas à ses parents. La jeune femme rousse était une « originale »... il le savait depuis le début!

Il dit avec gentillesse aux Littrell qu'Ariah était en état de choc et qu'ils ne devaient pas interpréter contre eux son comportement étrange. Il leur dit qu'au cours de sa vie il avait eu l'occasion d'observer des conduites similaires chez d'autres – lorsqu'ils subissaient sans avertissement une perte irréparable. (Il pensait à une ou deux filles avec qui il avait eu des liaisons, qui n'avaient pas apprécié d'être larguées par Dirk Burnaby et en avaient fait toute une histoire. Il pensait également à sa mère, qui, à la cinquantaine, lorsqu'elle avait perdu sa beauté, avait glissé dans un égocentrisme morbide, se refusant à quitter sa maison de l'Isle Grand même pour voir de vieux amis. Même pour voir ses enfants!) « Les gens ont des comportements extrêmes dans les situations extrêmes, expliqua Dirk. On ne sait toujours pas avec certitude si son

VOYAGE DE NOCES

mari est bien l'homme qui a été vu… euh, aux Chutes. Ariah est donc en suspens, elle ne sait pas.» Il vit à l'expression déroutée et effrayée des Littrell qu'ils refusaient de comprendre précisément ce qu'il leur disait ; eux aussi conservaient l'espoir que leur beau-fils n'était pas mort, qu'il avait simplement «disparu». (Et «réapparaîtrait»?) Ils étaient si émouvants! Dirk se sentit de la compassion pour eux ; pour ce qu'avait de désespéré leur souhait de croire qu'il y avait encore de l'espoir, et que leurs prières, très littérales, seraient exaucées par un Dieu vigilant. Il dit avec gentillesse, comme s'il connaissait plus intimement Ariah Erskine que ce n'était le cas : «Dans ces circonstances, il vaut mieux que votre fille s'active, je pense. Au lieu d'attendre passivement à l'hôtel sans rien faire.»

Comme les femmes sont censées attendre, pensait-il.

Mme Littrell protesta. «Mais, pour autant que nous le sachions, Ariah ne dort même pas à l'hôtel, monsieur Burnaby. Où peut-elle bien être? Elle ne prend pas ses repas ici. Elle a averti les Erskine et nous-mêmes qu'elle ne pouvait rester en notre compagnie, qu'elle "n'avait pas le temps". Les parents de Gilbert sont très anxieux, mais Ariah refuse de les voir. Je l'ai aperçue dans cet horrible ciré jaune dans… Prospect Park, c'est cela? Mais lorsque je l'ai appelée, elle s'est enfuie. Et il y a des photographes et des journalistes partout. Des gens de la radio qui espèrent nous interviewer, nous!» Mme Littrell frémit. «Vous avez vu ce qu'on écrit sur elle, monsieur? C'est la même chose dans les journaux chez nous, à Troy. "La Veuve blanche des Chutes". Notre unique enfant. Mariée depuis samedi à peine.» Tout en parlant, Mme Littrell cherchait du regard le soutien du révérend, mais son mari semblait à peine l'entendre. Dirk voyait que le pauvre homme était désorienté, inerte. Son corps massif semblait perdre sa définition, comme en train de fondre. Il portait un costume sombre passe-partout, à larges revers, une chemise blanche amidonnée, et une cravate «habillée», lugubre. Derrière ses lunettes à double foyer, ses yeux parcouraient nerveuse-ment la pièce (ils se trouvaient dans la chambre des Littrell au Rainbow Grand, Dirk était passé leur parler à la place d'Ariah), cherchant peut-être une confirmation de l'endroit où il se trouvait, de la signification de ce qu'il vivait. Dirk se sentit désolé pour lui. Car c'était visiblement un homme habitué à l'autorité et, sans «autorité», il était aussi indéfini

94

qu'un drapeau par calme plat. Mme Littrell dit : « Monsieur Burnaby, pourrez-vous dire à Ariah que nous… pensons constamment à elle ? Que nous nous faisons du souci pour elle ? Que nous espérons, quand ce sera fini, qu'elle rentrera avec nous ? Ch… chez nous ? »

Mme Littrell sait donc que son beau-fils est mort, se dit Dirk.

Un bon signe.

Mais lorsque Dirk prit congé des Littrell, le révérend sortit dans le couloir avec lui, comme pour lui parler d'homme à homme. « Avez-vous dit que vous connaissiez… ah non, vous ne connaissiez pas Gilbert ? Vous ne le connaissiez pas. Je vois. Vous ne saviez donc pas qu'il avait cet intérêt curieux, malsain – un hobby – pour… comment les appelle-t-on déjà… les "fossiles" ? Des petits squelettes, d'escargots ou de grenouilles par exemple, que l'on trouve dans les rochers. Il affirmait qu'ils avaient des millions d'années, mais il est impossible de prouver qu'ils ont plus de six mille ans, en fait. Et pourquoi de prétendus scientifiques leur accordent autant d'importance, que peuvent-ils prouver concernant la création divine et l'histoire de la terre… je n'en sais vraiment rien. Et vous, monsieur Burnaby ? »

Dirk secoua poliment la tête. Non, aucune idée.

« Je n'ai rien d'un scientifique, mon révérend. Je suis avocat. »

Le révérend Littrell dit, les sourcils froncés : « Mon gendre a peut-être voulu qu'Ariah l'accompagne dans un genre d'expédition à la recherche de ces… "fossiles". Qu'elle patauge avec lui dans des lits de ruisseau et des marécages. Et ma fille, qui a un côté têtu, comme vous avez pu le voir, a peut-être refusé… Je me dis, j'espère, que c'est ça. Rien de plus. Qu'en pensez-vous, monsieur Burnaby ? »

Dirk Burnaby murmura qu'il ne savait pas trop. Il ne savait pas trop que penser.

Dirk comprenait pourquoi Ariah Erskine souhaitait éviter ses parents le plus longtemps possible. Et ses beaux-parents ! Le révérend et Mme Erskine lui sautèrent quasiment dessus lorsqu'ils le virent, aussi rapaces que des visons affamés. Il dut leur déclarer d'emblée qu'il n'avait aucune nouvelle de leur fils. Il ne faisait pas partie de la police de Niagara Falls ni des gardes-côtes, prit-il la précaution d'expliquer, il n'était qu'un simple citoyen qui tâchait de se rendre utile. Mais les

VOYAGE DE NOCES

Erskine ne parurent pas entendre. «A-t-on des nouvelles de mon fils?» demanda le révérend, une nuance de reproche dans le ton. Lorsque Dirk lui répondit que non, il ne pensait pas, pas pour l'instant, le révérend Erskine dit: «Mais *pourquoi*? Un homme a disparu, sa jeune épouse bouleversée se donne en spectacle, et il n'y a aucune nouvelle? Je ne comprends pas.»

Les Erskine avaient à peu près le même âge que les Littrell, cinquante-cinq, soixante ans, mais tension et insomnie les faisaient paraître plus vieux. Mme Erskine était une femme silencieuse, d'apparence soumise, avec le visage maigre et oblong de Gilbert Erskine sur sa photographie, mais sans l'air d'intelligence maussade de son fils; le révérend Erskine était un homme énergique dont la voix était faite pour retentir du haut d'une chaire, occuper le volume d'une église de taille moyenne. Dans la chambre d'hôtel, elle était trop forte au goût de Dirk Burnaby, qui devait résister à l'envie de se boucher les oreilles. Il se sentait aussi un peu intimidé par l'animosité du révérend. «Ce que l'on peut imprimer, monsieur Burnaby! Même dans le journal de notre ville natale! Et ici, dans la *Gazette* et le *Buffalo News*... Des responsables trop lâches pour donner leurs noms qui avancent que Gilbert est l'homme qui "s'est jeté" dans les Horseshoe Falls. Alors qu'ils n'en ont aucune preuve! C'est de la diffamation, monsieur Burnaby. Informez-en vos amis, je vous prie.»

Dirk protesta faiblement que ces gens-là n'étaient pas ses amis.

«Ce qu'ils disent de notre fils n'est pas vrai. Jamais Gilbert ne ferait une chose pareille... "se jeter" dans les Chutes!» Le ton du révérend Erskine était méprisant. Maigre comme un clou, de taille tout juste moyenne, il était nettement plus petit que Dirk Burnaby mais semblait pourtant le dominer, féroce dans son indignation. Les verres de ses lunettes étincelaient. Il avait de la salive aux commissures des lèvres. Dirk supposa que Gilbert Erskine avait quitté ce monde sur les ordres de son père le révérend, sans que ni l'un ne l'autre le sût. *Pour échapper au courroux de Dieu. Dieu ici présent!*

Dirk dit doucement en jetant un regard d'excuse à Mme Erskine: «Il arrive que les gens nous surprennent. Des gens que nous croyons connaître.»

Le révérend répondit avec brusquerie: «Oui. Mais pas notre fils. Gilbert n'est pas "les gens".»

96

LA VEUVE BLANCHE DES CHUTES

À cela, Dirk n'avait rien à répondre.

« Jamais Gilbert ne mettrait… fin à ses jours. Jamais. »

Dirk fixa la moquette de peluche rouge d'un air morne.

« J'attends de ces journaux qu'ils publient des rétractations. Des excuses. *Jamais Gilbert ne ferait cela.* »

Non sans réticence, Dirk avait laissé Ariah Erskine endormie à l'arrière de sa voiture, garée derrière sa maison de Luna Park. La jeune fille rousse (Ariah était devenue si frêle et si mélancolique pendant ces jours de veille que Dirk avait du mal à voir encore en elle une femme mûre, adulte) avait refusé d'entrer chez Dirk pour y faire un brin de toilette et y dormir. Elle avait refusé de l'accompagner au Rainbow Grand. *Elle aussi a peur de ces vieux. C'est son instinct de survie.*

Lorsque Dirk quitta la chambre d'hôtel des Erskine, ce fut Mme Erskine qui le raccompagna à la porte et lui pressa anxieusement la main. Elle avait les doigts moites et froids, mais d'une force étonnante. « Monsieur Burnaby ? Dirk ? Je ne sais pas qui vous êtes ni pourquoi vous êtes si bon pour Ariah – et pour nous –, mais je tiens à vous remercier, et que Dieu vous bénisse. Quoi qu'il soit arrivé à Gilbert – elle chercha le regard de Dirk, les yeux brillants de terreur –, il vous remercierait, lui aussi. »

Dirk murmura des paroles de consolation, ou de commisération. Comme il détestait le suicidé ! *Espèce de salopard égoïste.*

Il fit à pied le kilomètre le séparant de sa maison de grès brun de Luna Park. Il avait le cerveau en ébullition ! Il était un homme à l'imagination et au tempérament ardents, et on lui reprochait parfois d'accorder une importance aussi subite qu'exagérée à des gens et à des événements, comme à des images agrandies sur un écran. Plus tard, les uns et les autres pouvaient se réduire à la dimension de têtes d'épingle. Ils pouvaient disparaître.

Voilà de quoi on l'avait accusé. Souvent, au cours de son existence relativement courte. « Comme si c'était ma faute. Mais en quoi ? » Sincèrement, Dirk ne comprenait pas.

Elle avait refusé d'entrer chez lui, de dormir dans un vrai lit, ou même sur un lit. Pas une fois elle ne l'avait appelé « Dirk »… ni même « monsieur Burnaby ». *Elle ne connaissait pas son bon Dieu de nom.*

97

VOYAGE DE NOCES

En regardant Ariah Erskine dormir paisiblement sur le siège rembourré de sa Lincoln Continental, une fille à la peau fine meurtrie, à la bouche molle baveuse, maigre comme un rat musqué, les genoux ramenés sur une poitrine plate, les ongles rongés, les cheveux roux fané d'une propreté douteuse, il se dit avec fureur *Non tu n'es pas. Pas en train de tomber amoureux. Non.*

«Excusez-moi, monsieur Burnaby? Les gardes-côtes ont trouvé le cadavre.»

Pas le *mort.* Le *cadavre.*

Dirk se féliciterait qu'Ariah Erskine n'eût pas entendu la remarque brutale de ce policier de Niagara Falls.

C'était le 19 juin en milieu de matinée. Des cloches sonnaient: dimanche.

Sept jours et sept nuits avaient passé comme un flot vertigineux.

Au moment de la découverte, la Veuve blanche n'était pas en train de dormir; elle était entrée dans des toilettes pour femmes de Prospect Park.

L'estomac noué, Dirk dit: «Seigneur! Où cela?

– L'Entonnoir.»

L'Entonnoir du Diable! Il en avait eu la prémonition.

De longues journées de vaines recherches le long du Niagara, jusqu'au lac Ontario et retour, alors que le corps du défunt n'avait pas quitté l'Entonnoir, situé à moins de cinq kilomètres en aval des Horseshoe Falls. Il avait été emporté par le courant, aspiré par le tourbillon et retenu prisonnier. L'Entonnoir du Diable était un phénomène naturel aussi extraordinaire que les Chutes. Un gigantesque bassin circulaire, profond de soixante mètres, où une eau tumultueuse, écumeuse, tournoyait dans un vortex forcené. Des objets de diverses tailles y restaient parfois piégés pendant des jours, des semaines. Il était rare qu'un corps y fût retenu aussi longtemps que celui d'Erskine, mais le cas n'était pas sans précédent.

Aspiré sous la surface, invisible de la rive, le cadavre avait tourné, tourné, tourné sans trêve dans l'Entonnoir pendant sept jours et sept nuits.

Dirk n'éprouvait plus de haine pour le suicidé. Il n'était plus jaloux de lui. Il espérait que le pauvre homme était bien mort lorsque son corps avait pénétré dans l'Entonnoir.

«Vous ne pouvez pas faire ça, Ariah. C'est impossible.
– Je le ferai. Je le dois.
– Non, Ariah.»
Dirk parlait avec rudesse, à la manière d'un frère aîné. Ariah léchait ses lèvres minces gercées. Elle avait la peau si fine et si tendue sur les os de son visage qu'elle semblait risquer de se déchirer au moindre geste ou mouvement brusque.
«Mais je le *dois*.»
Elle joue un rôle, se disait Dirk. Et elle tient à le jouer jusqu'au bout.

Les autorités ne purent que s'incliner. Puisqu'il était probable qu'elle fût la veuve du mort, Ariah Erskine avait le droit de voir le cadavre sur-le-champ et de procéder à son identification.

Sur la rive, près de l'Entonnoir du Diable, une petite foule s'était rassemblée. Plus que le contingent habituel de journalistes et de photographes. À contrecœur, les secouristes laissèrent Ariah s'approcher du corps. À une dizaine de mètres, elle échappa soudain à Burnaby et se mit presque à courir. On rabattit la toile qui recouvrait le mort. Oh! mais quelle était donc cette odeur? Cette puanteur? Une expression de perplexité enfantine se peignit sur le visage de la Veuve. Le corps était un «flotteur» classique. Personne n'avait préparé la Veuve à ce spectacle. Pas même Dirk Burnaby, qui n'en avait pas eu le cœur ni l'estomac.

Les restes de Gilbert Erskine, âgé de vingt-sept ans, étaient grotesquement boursouflés par les gaz intestinaux, et il était presque impossible de reconnaître là un être humain. Ce corps naguère mince était un corps ballon, nu, sans poils, sans ongles. Une langue noire et enflée sortait d'une bouche bizarrement souriante et d'une mâchoire pendante. Les yeux, laiteux, n'avaient plus d'iris, plus de paupières. Les organes génitaux étaient boursouflés eux aussi, pareils à des prunes éclatées. Plus hideux encore, la couche superficielle de la peau s'était détachée, révélant un derme brun-rouge, sillonné de capillaires éclatés. Une puanteur plus virulente que celle du gaz sulfureux montait du cadavre.

VOYAGE DE NOCES

Ariah poussa un cri ressemblant à un rire. Un rire d'enfant terrible, teinté de peur, d'indignation.

Elle reconnaissait son mari, affirma-t-elle, au «sourire furieux» du cadavre. Et à l'alliance en or blanc, identique à la sienne, autour de laquelle l'annulaire noirci avait gonflé de plusieurs fois sa taille.

«Oui. C'est Gilbert.»

Elle le dit dans un murmure. Alors seulement sa remarquable résistance et sa force abandonnèrent la Veuve blanche. Sept jours et sept nuits de veille s'achevèrent. Ses yeux se révulsèrent comme ceux d'une poupée secouée et elle serait tombée si, maudissant son sort, Dirk Burnaby ne l'avait prise dans ses bras.

La demande en mariage

1

Subitement elle disparut des Chutes, et de la vie de Dirk Burnaby.

«Dieu merci! Quel cauchemar!»

C'était un souvenir de nature à alimenter ses insomnies. Comme un grand charognard au plumage noir lui lacérant les entrailles. Il ne se serait pas cru aussi vulnérable. Car il avait fait la guerre, après tout, il avait vu des choses horribles... Par moments, une sensation de vertige, de nausée l'envahissait, pas un souvenir exactement, mais l'émotion d'un souvenir, tandis qu'il jouait au golf avec ses amis sur le beau parcours vallonné du Country Club de l'Isle Grand ou qu'il naviguait sur le fleuve, et il se rendait alors compte que son bonheur n'était que le résultat du hasard et de la chance : car pour combien de millions d'autres personnes, moins chanceuses que Dirk Burnaby, la vie avait-elle été pénible, atroce, prématurément écourtée ? Il revoyait à présent le cadavre boursouflé, décoloré, sur la rive, et cette fille rousse impétueuse qui lui échappait avant qu'il puisse la retenir, qui se jetait en avant pour affirmer son droit.

Eh bien, elle l'avait regretté. Il le supposait.

Pas amoureux. Pas mon type. Il n'avait plus entendu parler d'elle. Évidemment. À quoi s'était-il attendu ? À rien. Une fois le corps identifié et les jours de veille terminés, le rôle de Dirk Burnaby dans ce drame avait pris fin. Il avait vu Ariah Erskine emmenée en ambulance à

VOYAGE DE NOCES

l'hôpital, prostrée, mais on avait ensuite prévenu sa famille, qui s'était occupée d'elle. Le corps avait sans doute été expédié à Troy, et l'enterrement du défunt révérend Gilbert Erskine avait dû suivre aussitôt.

On parlerait sans doute d'«accident». L'imprudent jeune homme, passionné d'«exploration scientifique», était «tombé» dans le Niagara. Les journaux locaux seraient discrets. Le coroner conclurait à une «mort accidentelle». Car en l'absence d'un motif de suicide précis, d'un mot d'explication...

Il n'avait jamais été à Troy. Une ville sans attrait particulier, à quatre cent cinquante kilomètres à l'est sur la rivière Mohawk, au-delà d'Albany.

Pas amoureux. C'était un fait: si Dirk Burnaby avait aperçu Ariah Erskine dans une soirée, son regard aurait glissé sur elle sans s'arrêter. Lorsque ses amis l'interrogèrent à propos de la jeune femme, il se montra évasif, déclara seulement avec énergie qu'il n'avait eu aucun contact avec elle depuis, qu'il avait agi sur une impulsion et rien de plus. Elle ne l'avait jamais remercié. Elle n'avait jamais paru le voir. «Elle m'a dit qu'elle était damnée, remarqua Clyde Colborne. À voir son expression, ce n'est pas moi qui l'aurais contrariée.»

Damnée? Dirk ne posa pas de question. Il était en train de distribuer les cartes, un acte que ses mains habiles exécutaient à la perfection, sauf qu'une carte lui échappa soudain et tomba par terre. Ses amis sourirent sans rien dire. Ce soir-là (la partie de poker avait lieu chez Tyler Wenn, sur le fleuve) Dirk gagna 3 100 dollars qu'il rendit à ses amis. Il n'en voulait pas, il en avait assez du poker, dit-il. Il connaissait ces hommes depuis vingt ans ou davantage: Buzz Fitch, Stroughton Howell, Clyde Colborne, Wenn. Il les considérait comme des frères, et se moquait comme d'une guigne de ne jamais les revoir.

Pas amoureux. Pas Burnaby! Feuilletant journaux et revues, s'arrêtant sur les photographies, les titres. Il savait que cela le dégoûterait, mais il ne pouvait s'en empêcher.

LA VEILLE DE LA VEUVE BLANCHE DES CHUTES
LES SEPT JOURS DE VEILLE DE LA VEUVE BLANCHE
S'ACHÈVENT TRAGIQUEMENT
LE CORPS D'UN PASTEUR DE TROY ÂGÉ DE VINGT-SEPT ANS
RETROUVÉ DANS LES GORGES DU NIAGARA

Disparu depuis sept jours
Recherché par sa jeune épouse

Life, Time et *The Saturday Evening Post* avaient publié des articles compatissants. Le mot *suicide* n'était mentionné nulle part.

Dirk accordait peu d'intérêt aux articles, c'étaient les photographies qui retenaient son attention. À se voir sur certaines d'entre elles, il fronçait les sourcils. Une silhouette vague, indistincte. On reconnaissait Dirk Burnaby si on le connaissait déjà, il avait une certaine stature, un profil carré, séduisant, des cheveux blonds bouclés, souples, coiffés en arrière. Sur la photo granuleuse d'un journal, il était en mouvement, flou, comme saisi au moment où il essayait d'empêcher le photographe de prendre Ariah Erskine, debout devant un garde-fou avec ciré et capuche, immobile comme une statue. UNE FEMME DE VINGT-NEUF ANS ORIGINAIRE DE TROY PARTICIPE AUX RECHERCHES MENÉES POUR RETROUVER SON MARI DANS LES GORGES DU NIAGARA. Dirk trouvait profondément étrange de voir les mille actions et impressions de cette longue veille réduites à des phrases de cette simplicité. Et pas une des photos ne montrait Ariah Erskine telle qu'il s'en souvenait.

La Veuve blanche était devenue une légende de plus sur le Niagara, mais personne ne se rappellerait son nom.

Mme Burnaby, la mère de Dirk, n'était pas dans un de ses bons jours. Elle avait soixante-trois ans, et les bons jours se faisaient rares.

«Tu ne viens jamais me voir, Dirk. Je finirais presque par croire que tu m'évites.»

Mme Burnaby eut un rire cruel. Un son bien connu de son fils, celui d'un pic en argent perçant la glace. Car elle savait bien que Dirk

VOYAGE DE NOCES

l'évitait et que, pour prouver le contraire, il venait à l'Isle Grand plus souvent qu'il ne l'aurait fait spontanément s'il n'avait pas espéré l'éviter.

« Mon chéri! Ta mère sait, et pardonne. »

Claudine Burnaby habitait seule, avec une gouvernante, le « manoir » de vingt-trois pièces que le père de Dirk, enrichi par des investissements dans les entreprises locales et dans l'immobilier, avait fait bâtir en 1924 sur l'Isle Grand. Avec ses deux hectares de terrain de première valeur en bordure du fleuve, la maison des Burnaby était une réplique en plus modeste d'une grande propriété campagnarde du Surrey. Construite dans une pierre calcaire rose foncé, elle se dressait sur un tertre donnant sur le canal Chippawa (face à l'Ontario). Les jours de soleil, ses hautes fenêtres majestueuses s'animaient de l'intérieur sous l'éclat de vies mystérieuses. Lorsque le temps était plus typiquement celui du climat de Niagara Falls, couvert et pesant, le calcaire ressemblait à du plomb, écrasé par les toits d'ardoise pentus. Comme d'autres demeures bâties sur l'île dans les années 20, elle était affublée d'un nom romantique et prétentieux : « Shalott ». Dirk avait fui Shalott à l'âge de dix-huit ans pour l'université de Colgate et la faculté de droit de Cornell ; il n'était jamais revenu y passer plus de quelques jours d'affilée, mais sa mère tenait son ancienne chambre toujours prête, à la manière d'un sanctuaire. En fait, c'était maintenant une suite, un appartement rénové et élégamment meublé. Le père de Dirk était mort (brutalement, d'une crise cardiaque) en 1938, douze ans auparavant, et, peu après, sa mère avait commencé à se retirer du monde, de façon inattendue et têtue.

Elle lui avait assuré bien des fois que ce serait lui, et non ses sœurs aînées mariées, qui hériterait de Shalott. Naturellement, il y habiterait et y élèverait ses enfants. Et puisque cela arriverait un jour – raisonnait Mme Burnaby avec une logique sans faille –, pourquoi pas tout de suite ? Pourquoi ne se mariait-il pas, ne se rangeait-il pas comme tous les hommes de son âge ? Claudine continuerait à vivre à Shalott, dans « sa » partie de la maison, et Dirk et sa famille occuperaient le reste, bien assez vaste. Il y avait le fleuve, la vedette dont plus personne ne se servait, le voilier que Dirk avait adoré dans sa jeunesse et que ses fils adoreraient eux aussi. Leur papa les emmènerait sur le fleuve, leur apprendrait la voile...

104

LA DEMANDE EN MARIAGE

«Le seul hic, c'est que je ne suis pas encore marié, mère. Ni même fiancé.» Souligner ce détail embarrassait Dirk. «Tu sembles l'oublier.»

Avec froideur, Claudine répondait: «Non, Dirk. Je n'oublie jamais.»

Claudine était devenue une mère qui flirtait avec son fils, sans quitter pour autant un air de réprobation morale. Elle pouvait lui dire ce qu'aucun autre être vivant ne pouvait lui dire; et Dirk devait le supporter et continuer de l'adorer.

Claudine Burnaby était désormais une belle araignée exotique, à l'affût dans sa toile de Shalott.

Jadis, en 1907, elle avait fait ses débuts dans le monde, à Buffalo. Suivant la mode du temps, elle avait eu une poitrine plantureuse, la taille étranglée, la silhouette d'un sablier; ses cheveux étaient naturellement blonds, son visage enfantin, ses lèvres charnues et boudeuses. Elle avait épousé un entrepreneur du nom de Virgil Burnaby, le fils (adoptif) d'habitants fortunés de Niagara Falls. Comme à la plupart des femmes belles et riches, on lui avait pardonné ses défauts et ses faiblesses de caractère, et ce n'était qu'après avoir commencé à perdre sa légendaire beauté qu'elle s'était désespérément efforcée, durant un an ou deux, d'être «bonne». Peut-être était-il trop tard, ou peut-être la «bonté» l'ennuyait-elle. La religion, en tout cas, l'ennuyait. Si le service du dimanche ne lui offrait pas l'occasion de se montrer à un public admiratif, à quoi bon y assister? Veuve relativement jeune, elle avait eu de nombreux amis, cavaliers, amants (?), mais aucun n'avait duré plus de quelques mois. À la cinquantaine, son apparence, les effets du vieillissement sur sa peau fine et pâle s'étaient mis à l'obséder et, des années durant, elle avait envisagé un lifting, assommant sa famille de ses inquiétudes, car l'opération ne risquait-elle pas de mal se passer, le résultat de ne pas être bon? Il ne servait à rien que ses enfants lui assurent qu'elle était toujours une belle femme, ce qui était le cas: elle était une belle femme, entre deux âges. Claudine refusait toute consolation. «Je déteste ça. Je *me* déteste. Je déteste *me* regarder dans la glace.» Car Claudine savait mieux que quiconque ce que le miroir aurait dû refléter et ne reflétait plus.

De l'avis de Dirk, il y avait pourtant là un réel chagrin. Autrefois très sociable, sa mère se transformait en recluse. Lorsqu'elle acceptait l'invitation de vieux amis, elle les quittait souvent de bonne heure, sans

105

VOYAGE DE NOCES

un mot d'explication ni un au revoir. Dans les clubs privés, très fermés, de l'Isle Grand, de Buffalo et de Niagara Falls, dont son défunt mari et elle avaient été des membres en vue pendant des dizaines d'années, elle se plaignait d'être devenue invisible. « Les gens regardent dans ma direction mais personne ne me *voit* vraiment. »

La plainte d'une enfant, dans la bouche d'une femme mûre.

Les sœurs de Dirk, Clarice et Sylvia, protestaient : pour elles et pour ses petits-enfants, Claudine n'était pas invisible. Au regard morne et éteint de leur mère qui leur répondait, on comprenait qu'être visible pour ces yeux-là lui était indifférent.

Clarice et Sylvia se plaignaient avec amertume à Dirk. Elles se rappelaient que, lorsqu'elles étaient enfants, leur mère n'avait pas mis beaucoup d'empressement à s'occuper d'elles, estimant que les nurses faisaient très bien l'affaire. Claudine avait en revanche pris un grand plaisir à son fils Dirk, un beau garçon vigoureux au caractère agréable. Ses sœurs disaient avec écœurement : « C'est uniquement l'attention des hommes qui manque à mère. Chez elle, tout est sexuel. »

Non, pensait Dirk à part soi. Chez Claudine, rien n'est, rien n'a jamais été sexuel. Il s'agit purement et simplement de vanité.

Il avait toujours éprouvé un sentiment de culpabilité à cause de la préférence flagrante que lui marquait sa mère. Elle lui donnait de l'argent, lui faisait des cadeaux en douce, ce qu'il trouvait tout naturel dans son adolescence. Et même plus tard, lorsque, âgé d'une vingtaine d'années, il faisait mine d'être financièrement indépendant…

Un peu avant la soixantaine, passée une période de dépression, Claudine décida sur un coup de tête de se faire faire ce fameux lifting. Après l'opération, sa peau sensible resta meurtrie et enflée pendant des semaines ; elle avait les yeux injectés de sang, le côté gauche du visage paralysé et sans expression. Elle n'osait plus manifester une émotion ni risquer un sourire, parce qu'ils ne s'imprimaient que sur une moitié de son visage. « Un zombi ! Voilà ce que je suis devenue. Au-dehors et au-dedans, disait-elle avec un amertume teintée de satisfaction. C'est ma punition. Virgil rirait bien. "Tu croyais que tu allais te remarier ? Tu croyais qu'un autre homme allait t'aimer ?" Je n'ai que ce que je mérite. Une vieille femme, essayer d'être jeune ! »

Dirk apprit que le résultat de l'opération était irrévocable. Des nerfs

LA DEMANDE EN MARIAGE

avaient été endommagés, des tissus «traumatisés» sans remède sur le visage même de Claudine et derrière les oreilles. Et elle avait signé une décharge préalable lui interdisant toute possibilité de procès pour faute professionnelle.

Vinrent alors des périodes de maladie. Bronchite, anémie, fatigue. Quelle fatigue! Claudine qui abhorrait toutes les formes d'exercice, se sentait parfois épuisée au point d'être à peine capable de s'habiller. Elle dormait souvent douze heures de rang. Lorsque, après avoir insisté des semaines, Claudine avait convaincu Dirk de lui amener à Shalott, pour la lui présenter, une séduisante jeune femme qu'il allait peut-être (avait-il cru) épouser, elle leur avait fait dire par l'intermédiaire d'Ethel – la gouvernante qui travaillait pour elle depuis plus de trente ans –, qu'«elle était souffrante et les priait de l'excuser».

Claudine ne quittait plus Shalott que rarement. Il était rare qu'elle y invite des visiteurs, parents compris. Ses petits-enfants, bruyants, lui tapaient sur les nerfs, ses filles étaient querelleuses et ennuyeuses. Dirk se rendait compte qu'elle cultivait sa blessure comme s'il s'agissait d'une valeur spirituelle; elle était devenue la martyre de sa propre vanité, qu'elle interprétait comme une volonté de cruauté des autres, puisqu'ils lui refusaient l'adulation qui lui avait si longtemps paru aller de soi. Elle disait, furieuse: «J'envie les femmes ordinaires. Les jolies femmes qui n'étaient que cela – jolies – et rien de plus. Elles ne savent pas ce qu'elles ont manqué, alors que moi, si.»

Fin juin, Dirk se rendit dans l'île pour passer le week-end à Shalott. L'épreuve vécue aux Chutes l'avait épuisé. L'insomnie le cernait comme un incendie dans sa maison de Luna Park. Les gorges du Niagara étaient si proches qu'on entendait le grondement des Chutes mêlé à celui de son propre sang, et que le vent du nord en apportait les embruns, même en été. Non sans appréhension, Dirk chercha refuge à Shalott où sa mère l'attendait, araignée noire veloutée frémissant au coin de sa toile.

Mais Claudine lui fit signe par l'entrebâillement de la porte de sa chambre à coucher.

Car ce n'était pas un de ses «bons» jours. Elle refusa de laisser son fils la saluer, sans parler de l'embrasser. Quoiqu'elle fût ravie de son arrivée. À sa consternation, Dirk ne fut autorisé à bavarder avec elle qu'en s'asseyant dos tourné à la chaise longue où elle était étendue, des linges humides sur le front pour prévenir une migraine. D'une voix tremblante, chargée de reproche, elle dit : « Tu peux tout à fait me parler sans me dévisager, mon chéri. Il n'est pas indispensable que nous soyons toujours *face à face.* »

Obsédée par son visage. Dirk eut envie de rire, mais était-ce drôle ?

Plus tard dans la soirée, lorsque Claudine se sentirait plus forte, ils dîneraient aux chandelles dans une pièce du rez-de-chaussée plongée dans la pénombre. Mais, là encore, Dirk aurait interdiction de la *dévisager.*

À l'exception d'Ethel, personne, manifestement, n'était plus autorisée à la voir *face à face.*

Dirk détestait que sa mère séduisante, sensée, sombre dans ces bizarreries. À soixante-trois ans à peine !

Claudine l'assaillit de questions, comme toujours. Tous deux burent une quantité appréciable de l'âpre vin rouge que Dirk leur servait. C'était devenu une plaisanterie entre eux, l'étonnement récurrent que manifestait Claudine devant son verre vide.

Dirk fit allusion à l'« épreuve » qu'il avait vécue aux Chutes. Les recherches menées pendant sept jours pour retrouver un jeune homme qui avait sauté dans les Horseshoe Falls. En qualité de volontaire, Dirk y avait participé… dans une certaine mesure.

Claudine dit, avec un frisson désapprobateur : « Cela te ressemble bien, mon chéri, de t'occuper d'inconnus. Et dans une aventure exécrable de ce genre. » Née dans la région de Niagara Falls, elle éprouvait la plus grande indifférence pour les Chutes et méprisait les touristes « du monde entier » qui s'y pressaient en masse ; il se pouvait même qu'elle ne les eût jamais visitées. (« J'ai vu des cartes postales, en tout cas. Impressionnant, si l'on aime ce genre de choses. ») Comme tous les autochtones, Claudine avait toujours entendu parler des suicides, mais elle les attribuait à des échecs amoureux ou professionnels, ou à la folie pure et simple ; ils n'avaient rien à voir avec elle. Si elle connaissait l'existence de son légendaire risque-tout de beau-père, Reginald Burnaby, qui avait fait un plongeon mortel dans les gorges en 1872, elle n'y faisait jamais allusion, même par plaisanterie.

Le père de Dirk, Virgil Burnaby, avait été élevé dans des conditions inhabituelles : sa jeune mère et lui avaient été recueillis par un banquier et philanthrope de Niagara Falls, un officier de la Christian Charities Alliance, nommé MacKenna.

Cela ressemblait bien à Claudine de ne montrer qu'un intérêt limité pour les épreuves récentes subies par son fils. Dirk savait que ses sœurs avaient envoyé à leur mère des coupures de journaux et de revues, et qu'elles n'avaient sûrement pas manqué de lui indiquer sa silhouette indistincte sur certaines photos. Mais Claudine avait sans doute tout jeté sans rien lire. « "La Veuve blanche des Chutes"… j'ai vu ce titre vulgaire. Cela m'a suffi. »

Plus tard, lorsque Dirk essaya de ramener la conversation sur les Chutes, Claudine réagit avec irritation : « Un suicide de plus ou de moins, quelle importance ? Je t'en supplie, Dirk, ne gâche pas ce charmant dîner en mettant ces horreurs sur le tapis comme un vieux chat. »

Dirk sourit. Claudine n'était pas du genre à supplier.

Encore plus tard, alors qu'elle abordait le sujet habituel, mélancolique, du mariage de Dirk, de son installation à Shalott avec sa femme et ses enfants, Dirk signala en passant qu'il avait rencontré une femme la semaine précédente, à Niagara Falls.

« Une fille de pasteur. Elle habite Troy. Pas très religieuse, cela dit. Un professeur de musique, en fait. » Mais Claudine, qui sirotait un whisky allongé d'eau, ne parut pas entendre.

Ce soir-là pourtant, avant de monter se coucher, elle remarqua sèchement : « Nous n'avons jamais connu personne à Troy, Dirk. Jamais. »

Lorsque Dirk se rendait à Shalott, il buvait toujours plus qu'il n'en avait l'intention. Il emportait une bouteille de whisky dans sa chambre avec la bénédiction de Claudine. *On ne vit qu'une fois*, telle était la philosophie de sa mère. Ses mâchoires tressaillaient d'une joie sombre lorsqu'elle prononçait ces mots ; Dirk avait juste le temps de s'en apercevoir, avant qu'elle ne voile son visage.

Oui, ce visage était à moitié figé. Mais avec Claudine, il était impossible de deviner quelle moitié.

À Shalott, Dirk appréciait la beauté des lieux. Pas le manoir prétentieux (qu'il n'aimait pas par principe : ses goûts étaient modernes, pas pseudo-européens, américains, à la Frank Lloyd Wright) mais le parc, l'aménagement paysager, le fleuve. Le fleuve de son enfance. Le Niagara qui se divisait à l'Isle Grand comme, des kilomètres en aval, avant les Chutes, il se diviserait autour de l'île beaucoup plus petite de Goat Island. On disait le Niagara dangereusement pollué par les industries de Buffalo, mais moins dans le canal Chippawa, à l'ouest de l'Isle Grand, que dans le canal oriental de Tonawanda, qui longeait la banlieue industrielle de North Tonawanda. *Mieux vaut ne pas penser à la pollution. Tant qu'on ne la sent pas, qu'on ne la voit pas.* Beaucoup des amis de Dirk Burnaby étaient propriétaires d'usines ou investisseurs, nombre de ses clients appartenaient aussi à cette classe, c'était donc une zone qu'il avait appris à contourner. Quand on contemplait le fleuve, les voiliers et les yachts qui y naviguaient, c'était sa beauté qui frappait ; la grâce des objets de fabrication humaine qui semblaient, dans le soleil déclinant d'une journée d'été, des éléments naturels. On ne pensait pas davantage à l'eau polluée qu'aux chutes mortelles en aval. Ici, le Niagara ressemblait à n'importe quel autre fleuve large et rapide. Par temps clair, il reflétait un ciel bleu cobalt ; à d'autres moments, il avait la couleur du plomb, mais un plomb mouvant, scintillant, une peau vivante qui tressaille. Les rapides ne commençaient que bien plus loin. À Goat Island, où le fleuve bifurquait, le courant devenait traître. Trois kilomètres en amont des Chutes, on entrait dans la zone dite «de non-retour».

Si un bateau pénétrait dans cette zone, ses passagers étaient perdus.

Si un nageur se laissait entraîner dans cette zone, il était perdu.

La zone de non-retour. Dirk but son scotch, et réfléchit à la signification de ces termes.

À Shalott, il était forcé de se rappeler avec embarras que, jusqu'à près de trente ans, exception faite des années passées à l'étranger dans l'armée américaine, il avait eu avec sa mère des relations qui lui faisaient honte. Non qu'il ne lui ait pas consacré beaucoup de temps. Mais il avait accepté qu'elle lui donne de l'argent en secret. À l'insu de son père, qui aurait désapprouvé. Claudine avait insisté à sa façon excessive pour rembourser l'emprunt de 12 000 dollars souscrit par Dirk afin de payer ses études à la faculté de droit de Cornell ; puis étaient venus ses frais de subsistance, ses dettes de jeu… Pendant des

LA DEMANDE EN MARIAGE

années, Dirk avait parié de grosses sommes aux courses de Fort Érié. C'était une drogue, il avait fini par s'en rendre compte. Le besoin de jouer, pas celui de gagner. Il était plus doué au poker, fort heureusement. Il perdait rarement au poker. Jeune célibataire mondain très recherché, il avait acheté une maison dans le quartier résidentiel de Luna Park, une voiture de luxe, un voilier neuf et un yacht de douze mètres. Il était devenu membre des clubs auxquels appartenaient ses parents et amis, et il y avait souvent invité. Les mères de débutantes recherchaient sa compagnie avec avidité. Leurs pères l'invitaient à jouer au golf, au squash, au raquetball, au tennis. Au poker. Dirk était un joueur innocemment cordial, son sourire gamin et son regard franc dissimulaient son esprit de compétition, on aurait pu croire qu'il gagnait par hasard. Il s'était acquis une réputation de jeune homme chanceux, béni des dieux. (Peu de gens étaient au courant des pertes qu'il avait subies à Fort Érié. Depuis 1949, il se limitait à de petits paris ne dépassant pas les trois chiffres.) Dirk Burnaby avait fini par gagner de l'argent dans sa profession d'avocat, mais ses dépenses l'emportaient sur ses gains et Claudine, loin de désapprouver, semblait l'encourager. « On ne vit qu'une fois. Tu n'as pas été tué en Italie. Tu ressembles à Alan Ladd en plus grand et en plus viril. Pourquoi tout le monde ne t'adorerait-il pas ? » Dirk avait accepté l'argent de sa mère en secret, en partie parce qu'il savait lui faire plaisir ; et si peu de choses faisaient encore plaisir à Claudine. Mais il en éprouvait un sentiment de culpabilité. Il avait redouté que son père ne découvrît ces transactions et, plus tard, ses sœurs. (Clarice et Sylvia savaient sûrement, maintenant. Rien n'échappait à leurs yeux vigilants de vautours.) Quoique son père fût mort depuis plus de dix ans, Dirk avait le vague sentiment qu'il savait aussi, et que son fils l'écœurait. Il en était venu à détester cette complicité de conspirateurs entre Claudine et lui. *On ne vit qu'une fois*, cela voulait dire quoi, au juste ?

À présent, Dirk n'acceptait plus d'argent de Claudine. Mais jamais il ne lui avait rendu celui qu'elle lui avait donné.

Claudine aurait été profondément blessée s'il s'y était risqué. Furieuse comme une femme éconduite. Elle en aurait fait toute une histoire et les aurait démasqués tous les deux.

111

« Je vais peut-être me marier, mère. Ou essayer. »

C'était un petit déjeuner dominical tardif et paresseux. Œufs brouillés, saumon fumé, bloody mary. Ils se tenaient sur la terrasse dallée donnant sur le fleuve et Claudine portait un large chapeau de paille agrémenté d'un fine voilette de dentelle, pour dissimuler aux yeux de son fils son visage ravagé.

Il y eut un moment de silence. Claudine se pencha en avant comme si elle avait mal entendu.

« Comment, Dirk ?

– Peut-être. Je vais peut-être le faire. »

Se disant *Elle ne voudra pas de toi. Pourquoi voudrait-elle de toi ?*

Il sentit quelque chose de nauséeux glisser en lui. Il avala une grande rasade de vodka, déguisée en jus de tomate épicé.

Claudine eut un rire grêle. « Qui… épouserais-tu ?

– Rien n'est encore sûr.

– Ce n'est pas sérieux, alors. » Claudine parlait avec prudence, d'un ton de regret.

« Sans doute pas.

– C'est Elsie ?

– Non.

– Gwen ?

– *Non.*

– Ah ! cette petite blonde… "June Allyson"…

– Harriet Trauber.

– C'est elle ? » Claudine affichait un enthousiasme tempéré. Harriet Trauber faisait partie des débutantes de Buffalo, lors d'une saison passée.

« Non, mère. Pas Harriet Trauber. »

Claudine poussa un soupir. Elle buvait son bloody mary à petites gorgées méditatives, en soulevant délicatement sa voilette. « Pas une de tes girls du casino Elmwood, j'espère. »

Offensé, Dirk ne répondit pas.

Claudine feignit le soulagement. « Ma foi, mon chéri, tu as bel et bien un côté extravagant, et du goût pour les femmes exotiques et extravagantes. »

Dirk haussa les épaules. Il ne se sentait ni exotique ni extravagant en cet instant précis.

112

Abruti plutôt, après la nuit qu'il avait passée.

Les yeux endoloris par des heures d'insomnie. Protégés à présent de l'éclat liquide du fleuve par des verres teintés.

Claudine demanda, avec un détachement étudié : « Les femmes sexy sont-elles plus *sexuelles* ? Concrètement ?

– Comment cela pourrait-il être autre chose que "concret", mère ? répondit Dirk, avec un rire embarrassé.

– L'attrait sexuel pourrait être purement superficiel. Un jeu, une simulation. Mais en fait, il pourrait… » Claudine s'interrompit, comme gênée. Dirk remarqua qu'elle touchait, caressait, la cicatrice derrière son oreille droite. « … ne rien y avoir du tout. »

Sur le fleuve, plusieurs grands voiliers blancs passaient, l'un d'eux très bousculé par le vent. Dirk l'observa, espérant qu'il n'y aurait pas d'accident.

Ethel arriva de la cuisine avec des petites brioches chaudes et beurrées, de grands verres de thé glacé, des quartiers d'agrumes agrémentés de chantilly. En dépit de sa voilette, Claudine parvenait à manger et à boire sans gêne apparente. C'était l'antique consolation de la nourriture. Mère-et-enfant, mère-et-nourriture. Mère procurant de la nourriture à son fils. Claudine n'avait guère aimé le rôle de mère mais elle avait pris plaisir à certains rituels, au respect et à la déférence qui les accompagnaient.

Dirk se rappelait des scènes similaires vécues dans son enfance. Longtemps auparavant. Ou pas si longtemps. Claudine présidant le brunch dominical, en été. Mais les convives étaient nombreux. Le père de Dirk, ses sœurs, des parents, des invités. Un après-midi de voile sur le fleuve jusqu'à Fort Érié et Buffalo, puis, après le Peace Bridge, sur l'espace ouvert et venté du lac Érié, aussi vaste qu'une mer intérieure. Claudine blonde et rieuse dans une robe d'été translucide à demi boutonnée sur un deux-pièces rose à fleurs. Notre Betty Grable, disait-on de Claudine Burnaby pour la taquiner. Claudine au premier étage de la maison, en train de se changer, et elle appelait Dirk auprès d'elle ; il avait treize ans, seize, ou peut-être même dix-huit ans, étudiant, de retour chez lui pour quelques jours. Interdiction de regarder sa mère parce qu'elle se changeait. Interdiction de voir. De sa voix de téléphone enjouée, Claudine interrogeait Dirk – où avait-il passé la matinée ? avec

113

qui? où pensait-il aller? quand pouvait-elle compter qu'il rentrerait, ce soir-là? – un feu roulant de questions oiseuses. Ces échanges avaient laissé Dirk nerveux et anxieux, sexuellement excité et écœuré, impatient de fuir la pénombre, l'air parfumé, de la chambre à coucher de sa mère.

Il avait eu des petites amies, certaines «plus âgées» de quelques années décisives. Ces soirs-là, il avait satisfait son désir sexuel avec elles. À l'époque, il était trop jeune pour comprendre. À présent, adulte, bouillant de contrariété et d'impatience, il pensait comprendre.

Elle aurait voulu le garder jeune garçon. Un mâle immature au sang chaud. Il était un séducteur, un conquérant sexuel. Les rivales de Claudine étaient vaincues par son désir et par son indifférence à l'égard des objets de son désir. Lui, adulte sexuellement émancipé, il était néanmoins une sorte d'eunuque, un eunuque-pantin de sa mère.

«Non. Il faut que je parte.»

Elle l'implorerait pourtant de rester encore un peu, de rester pour la nuit. Comme elle le faisait chaque fois que Dirk s'apprêtait à partir, bien qu'ils fussent convenus au préalable du moment de ce départ. C'était une conversation qui, pour être comiquement habituelle et prévisible, n'en était pas moins pénible.

Il avait du travail, dit-il. Il s'était absenté de son bureau plusieurs jours pour se porter volontaire aux Chutes.

Claudine fronça le nez avec répugnance. Elle savait qu'il y avait eu un suicide, et se refusait à poser de questions. Elle ne demanderait pas à son fils s'il avait fait partie de ceux qui avaient découvert ou touché le corps.

Et elle ne poserait pas de questions sur… quelle ville, déjà?… une petite ville du nord de l'État où les Burnaby ne connaissaient personne.

Claudine accompagna Dirk à sa voiture. Elle portait son chapeau de paille à voilette, un chapeau très séduisant, orné d'un ruban de velours bleu et de fleurs artificielles, et une robe bain de soleil bleue à imprimé floral qui flottait autour de son corps vieillissant. En lui disant au revoir, Dirk éprouva un pincement de pitié, et de contrariété, à voir Claudine continuer de se cacher sous cette voilette ridicule. Elle jouait le rôle de la recluse blessée, et peut-être était-elle prisonnière de ce rôle.

LA DEMANDE EN MARIAGE

La Dame de Shalott attendant d'être secourue. Attendant un amant qui la libérerait de l'enchantement; ou qui, au moins, déchirerait la voilette.

Sur une impulsion, il tira dessus. «Mère, je t'en prie! Tu n'as absolument rien à cacher.»

Claudine poussa un cri de surprise et de colère, et résista. Elle s'écarta brutalement, et Dirk suivit. Elle s'agrippait au chapeau des deux mains, et Dirk le fit basculer en riant. Était-ce un jeu? D'accord: un jeu. Adroitement, il ôta le chapeau – et le voile – et découvrit une femme au teint pâle, à l'air hébété, qui fixait sur lui des yeux un peu injectés de sang; ses cheveux blond fané tirés en arrière, lui faisaient un visage lisse mais cireux, figé et effrayé, à la bouche violemment rouge. Furieuse, Claudine le gifla, puis, comme il ne faisait qu'en rire, lui griffa la joue gauche de ses ongles. «Comment oses-tu, bon Dieu! Fiche le camp! *Je te hais!*»

Dirk quitta Shalott en riant, et en tremblant.

Il était hanté par son expression de douleur, de désarroi, de fureur, de dépit. Et par son visage, dont la jeunesse inattendue l'avait troublé.

2

Dix-huit jours après la période de veille à Niagara Falls, Dirk Burnaby s'apprêta à traverser dans toute sa largeur le paysage sculpté par les glaciers de l'État de New York pour se rendre à Troy.

Il n'avait pas de plan précis. Il était surexcité, euphorique et néanmoins d'un fatalisme morbide. *Qui vivra verra. On ne vit qu'une fois.* Jeune avocat plaidant d'avenir, il était passionné de stratégie juridique; ce matin-là pourtant, alors que sa vie était en jeu, à peine s'il avait pensé à emporter l'adresse de la famille Littrell, fournie par le directeur du Rainbow Grand Hotel. Il avait aussi un numéro de téléphone mais il n'avait pas appelé la jeune femme rousse qui s'était tenue devant lui mais avait refusé de le regarder. Peut-être souhaitait-il simplement la contraindre, une dernière et première fois, à le regarder.

C'était un voyage de plus de quatre cent cinquante kilomètres. Il portait des vêtements neufs qu'il ne se rappelait pas avoir achetés. Un blazer bleu marine à boutons de cuivre, une chemise sport à rayures, un

115

VOYAGE DE NOCES

pantalon de toile blanc et une casquette de yachtman, blanche également. Une ceinture de chanvre avec une petite boucle rectangulaire en cuivre. Des chaussures de toile bleu marine.

Dirk Burnaby, une gravure de mode du magazine *Esquire*.

Obligé cependant, alors qu'il longeait la Mohawk, de s'arrêter plus d'une fois au bord de la route pour se soulager. Se dissimulant à la vue des voitures à proximité des villages d'Auburn, de Canastota, de Fort Hunter. (Nerveux! Il se sentait la vessie contractée.) Une insomnie qui tremblotait et dansait comme une flamme bleue malveillante même maintenant, à l'état de veille.

« Bon sang. Ça suffit. Assez! »

Aux abords du village d'Amsterdam, un champ de marguerites agitées par le vent attira son regard. C'étaient en fait des fleurs dotées d'yeux. Il éclata de rire : sa vie semblait si simple. Il avança dans les herbes hautes, ramassa des fleurs par grappes et par touffes échevelées, pour la fille rousse, pour faire qu'elle le regarde. Il tira sur les tiges d'une fleur sauvage robuste, fibreuse (des chicorées ? avec de petits pétales bleus ?), empoigna des plantes rampantes, des plantes épineuses, qui lui piquèrent les mains. Des églantiers, boutons rose pâle et blancs. Mais ses mains saignaient! Il ramassa davantage de marguerites, et des touffes de boutons d'or. Du moins des petites fleurs jaune d'or qu'il pensait être des boutons d'or. Dans un fossé, il découvrit des fleurs pâles ressemblant à des anémones qui lui rappelèrent le teint de la fille rousse, et naturellement il les arracha avec leurs racines. Dans le coffre de sa voiture, il trouva un bocal de verre d'un kilo qu'il remplit de l'eau du fossé, et dans lequel il fourra le plus de fleurs posssible. Une gros bouquet disgracieux. Au moins une centaine de tiges. Son cœur battait vite, agité d'un espoir absurde.

À Albany, il s'arrêta pour boire une verre. Dans un magasin de vins et spiritueux, il acheta une bouteille de champagne. « Attendez, dit-il au vendeur souriant. Mettez-en deux.

– Deux Dom Pérignon ? Tout de suite, monsieur. »

Peu après, il franchit l'Hudson et pénétra dans la ville vallonnée de Troy où il apprendrait que la fille du révérend et de Mme Littrell n'habitait plus avec eux le presbytère jouxtant la première église presbytérienne de Troy. Ce fut Mme Littrell qui ouvrit la porte, le souffle court

116

LA DEMANDE EN MARIAGE

et les yeux clignotants, et elle reconnut Dirk. Sa fille louait à présent un appartement près du conservatoire de Troy, où elle vivait seule.

C'était un bon signe, se dit-il. Non?

Dirk traversa la ville et finit par trouver le vieux conservatoire néo-classique, et la maison de brique rouge d'Ariah, à une rue de là. Dans l'allée de gravier qui menait à l'entrée, il s'arrêta en entendant une femme chanter. Le son semblait venir d'en haut; levant la tête, il vit une fenêtre ouverte au premier étage. Immobile, serrant entre ses mains le bocal débordant de fleurs, il écouta avec intensité. Une voix de soprano pure, claire et douce quoiqu'un peu hésitante, interprétant de façon inattendue un chant de bataille passionné:

> *Mine eyes have seen the glory*
> *of the coming of the Lord!*
> *He has trampled out the vintage*
> *where the grapes of wrath are stored!*
> *He has loosed the fateful lightning*[1]...

Et pourtant, comme cela ressemblait bien à Ariah! Impulsivement Dirk poursuivit, d'une voix non travaillée mais profonde: «... *Of His terrible swift sword*[2]!»

Il n'avait pas chanté assez fort pour qu'Ariah l'entende, il en était certain. Pourtant, elle n'attaqua pas le refrain, il n'y eut pas de *Glory, glory hallelujah*, mais un silence soudain.

Arrivé sur le perron, Dirk sonna. En feignant de ne pas remarquer la femme qui l'observait d'une fenêtre à l'étage.

Elle répondra ou ne répondra pas. Et cela décidera de ma vie.

Dirk Burnaby se sentait très calme. C'était bien, c'était juste. Il avait remis sa vie entre les mains de cette femme qu'il connaissait à peine.

Ce fut cependant un choc inattendu lorsque Ariah ouvrit finalement la porte.

---

1. «Mes yeux ont vu la gloire de l'avènement du Seigneur;/Il foule la vendange des raisins de Sa colère;/Il déchaîne la fulgurance...» Battle Hymn of the Republic, chant de la guerre de Sécession. (*N.d.T.*)
2. «... De Son épée redoutable» (*N.d.T.*)

117

VOYAGE DE NOCES

Tous deux se regardèrent, incapables un long moment de parler.

La première impression de Dirk fut qu'Ariah ne ressemblait plus du tout à la Veuve blanche. Ses cheveux roux fané, duveteux, comme ébouriffés par le vent, bouclaient et vrillaient de façon charmante autour de son mince visage. Dans la lumière impitoyable du soleil, ils semblaient sillonnés de minuscules éclairs d'argent. La fille rousse grisonnait!

Malgré tout elle n'avait rien d'une femme en deuil. Sa jupe était légère, estivale, ornée de perroquets vert vif aux becs dorés; son tee-shirt était blanc, frais repassé, un tee-shirt simple et sport d'adolescente. Elle avait les jambes et les pieds nus. Rien sur son visage lisse taché de son n'exprimait le chagrin, le regret; ses joues étaient empourprées, une rougeur qui lui montait du cou dans le trouble du moment. Ses yeux, ombrés de fins cils roux pâle, n'étaient plus injectés de sang, ils avaient ce vert pur translucide, couleur de fleuve, qui avait tant obsédé Dirk Burnaby. Ces yeux s'écarquillèrent aussitôt en le reconnaissant.

Dirk s'entendit bégayer : «Madame Erskine...?

– Non. Plus maintenant.» Elle parlait avec calme, quoique paraissant effrayée. Ses doigts aux ongles courts, rongés, tripotaient un pli de sa jupe perroquet. «Je m'appelle de nouveau Ariah Littrell. Je n'ai jamais vraiment été cette autre.»

Elle prononça *cette autre* avec un air détaché et perplexe, comme s'il s'agissait d'une expression étrangère pas tout à fait compréhensible.

Éloquent et convaincant dans son métier d'avocat, aussi dangereux qu'un pit-bull dans un tribunal, Dirk Burnaby avait du mal à déglutir, la bouche sèche comme du sable. Oh! que lui arrivait-il donc? Il avait conscience d'avoir renversé de l'eau sur son élégant blazer bleu marine. «Vous vous... souvenez de moi? Dirk B... Burnaby. J'étais celui qui... ou plutôt, je suis...

– Bien sûr que je me souviens de vous, dit Ariah en riant.

– Ah... *oui*? Je... ne l'aurais pas pensé...»

Quelle ânerie, pourquoi disait-il une chose pareille? Ariah Littrell parut cependant lui pardonner sa gaucherie et l'invita à entrer.

De plus en plus maladroit, comme dans un film de Bob Hope, il tendit à Ariah le bocal de fleurs dégoulinant, étonnamment lourd. «Cela ne vous ennuie pas, j'espère? marmonna-t-il d'un ton d'excuse.

118

– Oh. Merci. »

Certaines des fleurs tombaient du bocal. Des marguerites aux tiges cassées, une branche d'églantines rose pâle, piquetée d'épines minuscules. Il y avait des racines dénudées, des morceaux de terre. Des herbes mêlées aux fleurs des champs. Des insectes sous les feuilles de chicorée. Mais Ariah murmura : « Elles sont belles. »

Ils étaient dans le petit salon. Un Steinway droit avait été poussé contre un mur. Sur le piano se trouvaient des partitions de Mozart, Chopin, Beethoven, Irving Berlin. Par terre, un tapis touffu dans lequel, on ne sait pourquoi, les chaussures de toile à semelles de caoutchouc de Dirk ne cessaient de s'accrocher. Le vert pomme éclatant de la jupe aux perroquets qui frôlait les jambes nues et pâles d'Ariah brouillait la vue de Dirk. Une voix masculine caverneuse prononça : « J'avais à faire à Albany et je me suis dit… que j'allais passer vous voir. Ariah. J'aurais dû téléphoner, mais… je n'avais pas votre numéro. » Il se tut. Un pouls battait dans son crâne, parodiant subtilement un rythme cardiaque normal. « Je vous ai entendue chanter à l'instant. Dans l'allée. »

Je voulais dire que j'étais dans l'allée quand je vous ai entendue chanter. Qu'est-ce que je raconte ?

Ariah murmura quelque chose que Dirk n'entendit pas, et disparut dans la pièce voisine, une petite cuisine vieillotte, équipée d'un horrible évier et de robinets rouillés. Dirk la suivit sans réfléchir. Arrivée à l'évier, Ariah se retourna, saisie de le voir aussi près d'elle. Dirk comprit alors qu'il aurait dû rester dans le salon, mais il était trop tard : s'il battait en retraite, il aurait l'air encore plus idiot. Il effleura discrètement les traces humides sur son blazer. Oh ! mon Dieu. Certaines semblaient des taches de sang laissées par ses doigts écorchés.

Ariah avait posé le bocal de fleurs dans l'évier et cherchait à attraper un vase sur une étagère, en équilibre instable sur la pointe de ses pieds nus. Des pieds si pâles, si fins ! Dirk les regarda fixement. Il eut l'idée confuse de se baisser pour les toucher ; pour les prendre dans ses mains et soulever Ariah dans les airs – car il était assez fort, sûrement –, comme Fred Astaire aurait pu saisir les pieds de Ginger Rogers dans la scène de danse éblouissante d'un film non encore tourné ; à moins qu'il l'ait été et que ce soit un souvenir ? Sous le fin tee-shirt de coton d'Ariah il vit les petits os blancs des vertèbres se tendre comme les jointures d'un poing serré, un spectacle si intime qu'il eut un moment de vertige. «Attendez. Permettez.» Il descendit le vase de cristal de l'étagère. Un des vases de Mme Littrell, il semblait le savoir. Un cadeau de mariage. Il le vit échapper à ses doigts humides et se fracasser sur le sol de la cuisine mais, non, curieusement cela n'arriva pas, le vase fut déposé intact dans l'évier. Ainsi Ariah prendrait des mains tremblantes de Dirk tout ce qu'il lui confierait, et le mettrait en sécurité. «Vous avez une belle voix, Ariah, disait-il. Elle m'a tout de suite frappé.»

Ce qui signifiait? Que Dirk avait assez d'oreille pour reconnaître une belle voix, ce qui était discutable, ou qu'il avait tout de suite reconnu la voix d'Ariah? Ce qui était également discutable.

Ariah eut un rire gêné. «Oh. Ne vous croyez pas obligé de me faire des compliments, monsieur Burnaby.

– Dirk, je vous en prie.

– Dirk.»

Quel prénom étrange et peu mélodieux! Dirk ne l'avait encore jamais vraiment entendu. C'était sa mère qui l'avait choisi, sans aucun doute. Il lui semblait savoir que «Dirk» était un prénom familial, du côté de sa mère, pas de son père.

«Ma voix n'est pas belle, dit Ariah, c'est…

– Pour notre partie de l'État de New York, elle l'est. Oui!»

Il n'avait pas eu l'intention d'être aussi tonitruant, tranchant. Sa voix caverneuse retentissait dans la cuisine exiguë comme une radio en plastique bon marché réglée trop fort.

«… C'est à peine une *voix*.» Son ton était triste mais neutre.

C'était elle la musicienne, elle qui savait.

Ariah se débattait avec les fleurs dans l'évier. Toutes ces tiges cassées, comment était-ce arrivé? Pourquoi Dirk n'avait-il pas acheté un bouquet à Albany? *L'idée ne m'a pas traversé l'esprit.* Il y avait sur toutes les tiges des marguerites de petits amas de terre qu'Ariah devait ôter avec un éplucheur. Celles des chicorées étaient presque trop dures pour être coupées. Comment Dirk les avait-il arrachées de terre à mains nues? Ariah fit tomber l'une de ces fleurs sauvages, et Dirk et elle se baissèrent en même temps pour la ramasser. Il vit avec émotion que les doigts minces de la jeune femme étaient dépourvus de tout ornement: pas de bagues.

Il avait oublié : le Dom Pérignon dans sa voiture.

« Pardonnez-moi. Ariah. Je… je reviens tout de suite. »

Alors qu'il sortait de la maison, Dirk se demanda si Ariah n'allait pas croire qu'il partait pour de bon ; il ne lui avait pas donné d'explication. Peut-être s'attendait-elle qu'il s'en aille aussi soudainement qu'il était arrivé ? Peut-être valait-il mieux qu'il le fasse ? Il avait apporté les fleurs, c'était peut-être assez. Tout se passait à la vitesse vertigineuse d'un tour de montagnes russes, cet après-midi-là, et Dirk Burnaby se défiait d'une telle vitesse. Il n'y avait rien qu'il détestait davantage que la sensation vertigineuse de glisser, déraper, tomber.

Il empoigna le sac contenant les bouteilles. Pour tout dire, il mourait d'envie de boire un verre.

Lorsqu'il revint dans la cuisine, Ariah était parvenue à disposer la plupart des fleurs dans le vase de cristal. Elle avait coupé les tiges et mis de côté les fleurs cassées. Elle tenta d'écraser une grosse araignée dodue qui, détalant d'une branche d'églantier, fila sur le plan de travail pour aller se réfugier dans une fente du mur.

« Champagne ! s'écria Dirk. Fêtons ça. »

La bouche d'Ariah s'ouvrit en signe de protestation, d'inquiétude ou de simple étonnement.

Suivirent quelques minutes pendant lesquelles Dirk Burnaby se débattit en transpirant avec une fourchette, un éplucheur, un pic à glace, avant d'ouvrir enfin à la main la première bouteille de Dom Pérignon ; car bien sûr, comme il aurait dû le prévoir, Ariah n'avait pas d'instruments adéquats dans sa cuisine. Elle n'avait pas non plus de coupes à champagne ni même de verres à vin. Mais elle avait des verres à jus de fruit étincelants de propreté dans lesquels Dirk versa le liquide pétillant. Ces verres furent ensuite choqués l'un contre l'autre, très délicatement, pour un toast solennel : « À nous ! » Dirk rit. Il avait imaginé que les verres seraient heurtés trop rudement et se briseraient en répandant du champagne sur Ariah et sur lui, *mais cela ne s'était pas produit.*

Leur humeur était électrique, imprévisible. Y avait-il de la musique ? Dirk l'entendait vaguement. Pas la mélodie mais le rythme entraînant des percussions. Glen Miller. « String of Pearls ». À la façon dont Ariah regardait autour d'elle, l'air dérouté et ravi, on aurait cru qu'elle l'entendait aussi.

VOYAGE DE NOCES

Sans savoir comment, ils se retrouvèrent dans le salon, cherchèrent gauchement un siège. Dirk avait ôté son blazer, il avait trop chaud. Il se retrouva installé sur un tabouret de piano bancal, entre des piles d'exercices de Czerny à couvertures jaunes et la *Technique du piano pour grands débutants*. Ariah était assise non loin de lui sur une chaise à dossier de rotin. Ses orteils nus remuaient. Elle avait posé le vase de fleurs des champs sur le piano, d'où il les dominait tous les deux.

Dirk dit avec réticence, comme si le champagne avait sur lui l'effet d'un sérum de vérité : « Je ne suis pas venu à Albany pour affaires. Je n'ai rien à faire à Albany. Je suis venu à Troy pour vous voir, Ariah. »

Elle leva aussitôt son verre et huma le liquide pétillant. Ses cils pâles battirent. Elle était peut-être troublée par cette déclaration, ou si elle n'était pas étonnée du tout, peut-être préférait-elle ne pas y répondre. Elle dit seulement, si bas que Dirk dut tendre l'oreille : « Je n'ai bu du champagne que deux autres fois dans ma vie. Mais chaque fois pour le même événement. Il était beaucoup moins bon que celui-ci. »

Elle rit, frissonnante. Dirk la regardait avec fascination. Bizarrement, sa petite bouche parfaite lui rappelait le corps translucide, mauve rosé, d'un beau poisson tropical ; l'un de ces poissons délicats, longs de deux centimètres, qu'il avait achetés pour son aquarium d'enfant à Shalott. Ces mystérieuses petites créatures aux queues et aux nageoires fines comme de la dentelle fondaient sur la nourriture que Dirk saupoudrait à la surface de l'eau, puis battaient en retraite presque dans le même instant, dotées d'une vie magique minuscule entièrement inaccessible à l'imagination du garçon penché sur elles comme un demi-dieu malhabile.

Il poursuivit : « Je suis amoureux de vous, Ariah. C'est la seule raison de ma présence ici. Vous devez le savoir, je pense ? » Il entendit ces mots avec incrédulité. Il avait eu l'intention de dire tout autre chose, de parler de son désir de la revoir. Comme elle fixait son verre d'un air sombre, il se sentit obligé d'ajouter : « Ne vous méprenez pas, Ariah, je vous en prie. D'ordinaire, le lundi est un jour très chargé pour moi. Je travaille du lundi au vendredi. Je n'ai pas l'habitude de me balader d'un bout à l'autre de l'État de New York. Je suis un avocat. Un avocat qui plaide. J'ai une clientèle privée, un associé, un cabinet à Niagara

Falls et un autre à Buffalo.» (Devait-il donner sa carte à Ariah? Il en avait un paquet dans son portefeuille.) Il continua en bredouillant: «La semaine que j'ai prise pour être avec vous à Niagara Falls était... n'était pas... une semaine ordinaire pour moi. Je ne suis pas un secouriste bénévole. En temps normal, j'aurais travaillé tous les jours. Et mes journées sont bigrement longues. Ce que je veux dire...» Sa langue était trop grosse pour sa bouche. Il n'avait pas la moindre idée de ce qu'il racontait. «Je suis amoureux de vous, Ariah, et je veux vous épouser.»

Voilà. C'était dit.

Il avait parcouru plus de quatre cent cinquante kilomètres pour faire cette déclaration absurde à une femme qui continuait à regarder fixement son verre. Son petit nez se plissa comme si elle s'empêchait d'éternuer.

Finalement, elle déclara d'un ton sévère: «M'épouser! Mais vous ne me connaissez même pas.

– Je n'ai pas besoin de vous connaître, dit-il faiblement. Je vous aime.

– C'est ridicule.

– Pourquoi? C'est l'amour.

– Vous me quitteriez. Comme l'autre.»

Elle s'était exprimée d'un ton pensif et but une gorgée de champagne.

«Pourquoi diable est-ce que je vous quitterais? Je ne vous quitterai jamais.»

Ariah secoua la tête et se frotta les yeux. Elle semblait soudain au bord des larmes.

«Je sais que vous avez vécu une terrible épreuve, dit-il avec douceur. Mais je ne ressemble en rien à...» Il s'interrompit, ne voulant sous aucun prétexte faire allusion à *l'autre*; il espérait, s'il pouvait l'éviter, ne jamais faire allusion à *l'autre* dans leur vie commune. «Je ne ressemble à personne. À personne que vous ayez rencontré. Si vous me connaissiez, chérie, vous le sauriez.»

Cette remarque audacieuse flotta dans l'air comme le parfum pollinisé des fleurs sauvages posées sur le piano.

«Mais je ne vous connais pas, monsieur Burnaby.

– Appelez-moi Dirk, Ariah, je vous en prie. Vous n'y arrivez pas?

– Monsieur Dirk Burnaby. Je ne vous connais pas.

– Vous apprendrez à me connaître. Nous pouvons rester fiancés aussi longtemps que vous le souhaiterez. Et nous avons déjà passé cette semaine ensemble. La semaine de cette veille. C'était une très longue semaine, je trouve. »

Comme une enfant têtue, Ariah fronça les sourcils. Elle sembla sur le point de répliquer, puis se ravisa et but une autre gorgée de champagne. Ses cils frissonnèrent de plaisir.

L'amour que Dirk éprouvait pour cette femme imprévisible l'envahit avec une telle force qu'il sentit le sol bouger sous ses pieds. Un instant, il put se croire sur le fleuve, dans une embarcation trop petite pour qu'il lui fût possible de la voir ou de la sentir.

« Puis-je vous embrasser, Ariah ? Juste une fois. »

Elle parut ne pas entendre. Elle secoua la tête, comme pour tâcher de s'éclaircir les idées. « Le champagne a des effets étranges sur moi.

– C'est-à-dire ?

– Des effets pervers.

– J'espère bien », fit Dirk taquin.

Ariah eut un rire étrange. Dirk se rappela avec malaise son éclat de rire lorsqu'elle avait découvert le cadavre boursouflé de son défunt mari.

« Mais je suis presque trop vieille pour vous. Les hommes préfèrent des filles plus jeunes… non ?

– Je ne suis pas "les hommes", riposta Dirk, avec contrariété. Je suis moi. Et je ne veux pas une jeune fille, je vous veux, vous. »

Ariah but un peu de champagne. Ariah eut un sourire impénétrable.

« La fameuse "Veuve blanche des Chutes". Vous êtes très courageux, monsieur.

– Je veux une femme que je puisse respecter sur le plan intellectuel. Une femme plus intelligente, plus sensible que moi, et plus solide. Une femme douée dans des domaines où je ne le suis assurément pas. »

Si pugnace ! Dirk se faisait l'effet d'un homme luttant pour sa vie.

« Mais peut-être me quitteriez-vous aussi, dit Ariah, d'un ton songeur. Pendant notre voyage de noces. »

Ce que cette femme pouvait être exaspérante ! Dirk entrevit une vie entière de combat.

124

LA DEMANDE EN MARIAGE

«Pourquoi vous quitterais-je, Ariah? Je vous adore. Vous êtes mon *âme.*»

Il se pencha soudain en avant, prit le petit visage brûlant d'Ariah entre ses mains et embrassa ses lèvres qu'il trouva étonnamment souples, chaudes, accueillantes. Il fut un peu surpris qu'elle réponde à son baiser dans le temps même où elle paraissait se moquer de lui.

7 juillet 1950

Elle dirait oui. Oui avec son petit corps ardent de chat maigre épousant celui de l'homme. Oui à son beau visage pareil à une lune. Oui à ses yeux nickel étonnés. Oui à sa voix, un baryton profond et naturel. Oui à ce qu'elle percevait finement comme la bonté de cet homme, sa droiture. Oui à sa bouche qu'un mot inconsidéré de sa part pouvait blesser. Oui à son courage. À son audace. Car elle avait été mariée à un autre homme, même si elle n'avait pas été sa femme. Un autre homme l'avait épousée, même s'il ne l'avait pas aimée. Elle était vierge en amour et vierge dans sa chair quoiqu'elle eût senti la semence de son jeune mari couler acide et brûlante comme de la bile sur son ventre, et dans les poils humides et broussailleux, entre ses jambes. Mais oui, elle épouserait Dirk Burnaby. Oui au bouquet de fleurs des champs. Oui aux caresses de ses grosses mains douces, et de sa langue. Oui à la chaleur, à la solidité, à la taille et au poids étonnants de son pénis. Cette pensée aurait paru à Ariah une heure auparavant, avant deux rapides verres de champagne, la plus interdite de toutes. À présent, c'était la plus luxuriante, la plus charmante des pensées. Oui aux baisers, aux morsures de sa bouche. Oui à ses épaules, ses cuisses, son dos musclés-un-peu-empâtés. Oui à ses cheveux tombant sur son visage, et sur le sien. Oui bien qu'une partie d'elle-même sût qu'il la quitterait, lui aussi. Oui bien qu'une partie d'elle-même sût qu'elle était damnée. Oui bien qu'étant damnée, elle ne méritât pas un tel bonheur. Oui bien

7 JUILLET 1950

qu'étant damnée, elle se moquât pas mal de savoir si elle méritait le bonheur ou si elle était damnée. Oui à l'intelligence évidente de cet homme. Oui à ses bonnes manières et à son sens de l'humour. Oui parce qu'il les faisait rire tous les deux, sans en avoir l'intention. Oui parce que son rire était un rire franc et profond qui empourprait son visage gamin. Oui à son poids se coulant sur le sien. Oui à cette fluidité, qu'elle n'aurait pu prévoir. Qu'elle n'aurait pu imaginer. Oui au risque de grossesse, qui ne préoccupait pas davantage Ariah dans la soudaineté du moment qu'il n'aurait préoccupé n'importe quelle être femelle dans le feu de la première copulation. Dans le feu du premier amour. Dans le feu, la frénésie, la folie du premier amour. Oui bien que (dans sa morbidité) elle vécût dans la terreur d'être déjà enceinte des suites de sa désastreuse nuit de noces. De cet unique jaillissement de sperme acide et brûlant comme de la bile. Mais oui au désir nu de cet homme pour elle. Oui à son odeur de pain au four. Oui à ce qui brillait dans ses yeux, son amour pour elle. Oui au fait (elle le savait!) qu'il la connaissait à peine. Oui à cette sensation dans ses reins comme une flamme. Oui au fait qu'elle montait plus haut, toujours plus haut, comme le jet d'une fontaine. Oui au fait que cela la fît gémir, crier. Oui bien que sa bouche dût être hideuse, béante ainsi. Les lèvres retroussées sur ses dents serrées. Oui à l'homme qui lui faisait si agréablement l'amour, comblant son corps qui était à la fois petit et infini, inépuisable.

DEUXIÈME PARTIE

MARIAGE

Ils se marièrent…

1

Ils se marièrent.

Un mariage précipité, fin juillet 1950.

«Pas le temps pour des fiançailles. Dirk et moi ne croyons pas à ces usages bourgeois.»

Ariah parlait d'un ton haletant, se mordant la lèvre pour ne pas rire.

Et, comme le disait Dirk Burnaby, la mine plus sombre: «Quand il s'agit d'un coup de foudre, autant se rendre. On est condamnés.»

Condamnés au bonheur! Les amoureux y croyaient.

Ils se marièrent, à l'étonnement de tous ceux qui les connaissaient. Et notamment des parents, amis et relations des Littrell à Troy, État de New York. «Personne n'approuve, bien entendu, disait Ariah, mais nous avons décidé de nous en moquer.» Elle avait envie dire *nous avons décidé de nous en contreficher* mais elle retenait sa langue.

Amoureuse de Dirk Burnaby, si heureuse en amour, Ariah devait souvent se mordre la langue pour ne pas parler inconsidérément. Pour ne pas parler avec insolence. Pour ne pas parler avec sincérité.

Dans sa trentième année, Ariah avait découvert non seulement l'amour, mais les rapports sexuels. Non seulement les rapports sexuels, mais les rapports sexuels avec Dirk. *Faire l'amour*, disait-on. Ah! que l'expression était bien choisie. Cela pouvait vous inciter à parler brutalement, à choquer et à offenser. À dire des choses que vous n'aviez jamais imaginé dire avant, lorsque vous faisiez l'effort (la plupart du temps, en tout cas, vous essayiez de faire l'effort) d'être convenable, bien élevée, une fille de pasteur, une «dame».

Dirk dit: «Nous ne pouvons pas tenir compte de la désapprobation des autres. Ta famille, ma mère.» Il s'interrompit, contemplant soudain avec trop d'intérêt une tache sur le sol. Car il pensait à *l'autre*. Au *premier mari*. Aux *Erskine*. «Non. Nous ne pouvons pas, et nous ne le faisons pas. Nous sommes mariés, un point c'est tout.»

– Non. Un point, c'est *ça*.»

Caressant son mari comme elle savait le faire. Cette «chatouille secrète» qu'elle avait presque portée à la perfection. Le regard de Dirk, qui se voulait sévère, sérieux, s'embruma d'un désir soudain.

Ils se marièrent, et Ariah dit en riant: «Nous pouvons faire ça tout le temps, alors? Mon Dieu.

– Mon diable, tu veux dire.»

La chatouillant à sa façon secrète, qui la faisait haleter, crier, implorer grâce, comme elle ne l'avait jamais fait ni n'avait imaginé le faire, fille de pasteur à Troy, dans l'État de New York.

Ils se marièrent et vécurent à Niagara Falls dans la maison de grès brun de Luna Park. Là, ils firent l'amour tout le temps. Ou presque.

Il la quitterait un jour, elle le savait. Mais elle n'y pensait jamais, si heureuse.

N'y pense pas. Ne sois pas morbide.

Voilà ce que s'ordonnait Ariah. Elle comptait, dans ce mariage miracle, être une femme pratique, terre-à-terre.

Elle comptait être une femme aimante, sans inhibition. Tous les soirs au dîner il y avait du vin, servi par Dirk dans des verres en cristal étincelants.

Cette sensation honteuse, délicieuse. Courant dans les veines d'Ariah comme du miel liquide. «Je t'aime t'aime t'aime.» Parfois, il la soulevait de terre en riant, la jetait sur son épaule, la portait jusqu'à leur chambre.

Elle n'était pas encore enceinte. Ou peut-être que si?

Ne sois pas morbide, Ariah!

Souvent elle emportait la bouteille dans leur chambre. Surtout le chianti. Du moment qu'il était ouvert et n'avait pas été entièrement fini, autant éviter qu'il aigrisse.

Ils se marièrent et ne revinrent jamais sur le passé.

Ce lit de cuivre branlant-grinçant au deuxième et dernier étage du 7, Luna Park! Dans la chambre de célibataire aux murs tendus de soie française et au tapis chinois de haute laine vert menthe où il était si délicieux d'enfoncer ses orteils nus. Dans la maison de style néo-géorgien située à moins de huit cents mètres des gorges du Niagara. Dans la maison où, les nuits d'été, fenêtres ouvertes, lorsque des phalènes se jetaient contre les moustiquaires telles de petites pensées palpitantes, ils entendaient au loin le murmure incessant des Chutes.

Ils se marièrent et devinrent jeunes.

Plus jeunes qu'ils ne se rappelaient l'avoir été dans leur enfance.

« J'ai grandi à Shalott.

– Et moi au presbytère.

– Nous étions privilégiés, nous avions de l'argent.

– Et nous donc! Nous avions Dieu. »

Ils riaient, frissonnaient, se serraient l'un contre l'autre. Ils étaient nus comme des anguilles. Que d'orteils (vingt!) sous les couvertures au pied du lit.

Ni l'un ni l'autre ne voulaient penser à ce qu'avait d'accidentel le fait qu'ils se fussent rencontrés, aimés et mariés.

Ni l'un ni l'autre ne voulait imaginer le vide de sa vie si *l'autre* mari ne s'était pas jeté dans les Horseshoe Falls.

Non. Tu ne seras plus jamais morbide.

Ils se marièrent, et chacun devint le meilleur ami de l'autre.

Et se rendit compte qu'il n'avait pas véritablement eu de meilleur ami jusque-là.

MARIAGE

Ils se marièrent. Les insomnies légendaires de Dirk Burnaby disparurent.

Bien qu'il fût un homme grand et fort – qui forcirait encore grâce à la délicieuse cuisine d'Ariah –, Dirk se découvrit le don de se blottir dans la courbe osseuse au flanc de sa femme; le don de pousser et d'enfouir son visage contre son cou; le don de glisser béatement dans le sommeil, sans que la moindre pensée (son métier, ses finances, sa mère de plus en plus excentrique) le tourmente. Ah! la vie était si simple. La vie, c'était cela.

Ariah, éveillée, le tenait dans ses bras. Elle voulait demeurer éveillée, pour se délecter de lui. Se régaler de lui. Son mari! Son homme! Jamais elle n'avait rencontré d'homme plus merveilleux. Encore moins en avait-elle connu. Caressé, embrassé. Jamais une jeune fille de Troy n'aurait pu rêver d'un homme plus merveilleux. Elle remarquait la façon dont les femmes le suivaient du regard dans la rue. Elle serait peut-être jalouse un jour, mais pas encore.

Tendrement, elle caressait ses épaules, son front, son menton râpeux. Elle aimait que Dirk Burnaby soit un homme grand et fort, qu'il occupe autant d'espace dans son existence. Elle se rappelait avec confusion ce que sa vie avait été avant lui. *Ce n'était pas une vie. Elle n'avait pas encore commencé.* Elle lui caressait les cheveux, les écartait de ses yeux. Ses cheveux blond filasse, épais et souples, où elle ne pouvait découvrir le moindre cheveu gris. Elle en éprouvait parfois un pincement d'envie. Car ses cheveux à elle, que l'on disait roux, se fanaient vite. Envahis de gris, d'argent et même de blanc. On voyait bien (on supposait) qu'elle devait avoir subi un choc. Un visage de jeune fille mais des cheveux striés de gris. Bientôt elle ressemblerait à une dame blanche, à une *banshee*. Mais elle était trop vaniteuse pour se teindre. (Ou peut-être pas assez?)

Dirk dormait et, en dormant, semblait se faire plus lourd. Il respirait par la bouche, avec un son mouillé, sifflant. Elle aimait ce bruit. Elle lui embrassait le front. Elle l'entendait murmurer dans son sommeil, des mots pas entièrement audibles ni intelligibles mais où elle entendait *'Riah je t'aime*. Puis il sombrait de nouveau dans le sommeil. Rarement moins de huit heures par nuit. Maintenant qu'ils étaient solidement mariés. Ariah tâchait de dégager son corps nu-collant, de

134

trouver une position où son bras, sa jambe, son côté, ne s'engourdissent pas, la circulation coupée par le poids de son mari. Elle aimait ce poids. Lorsqu'il lui faisait l'amour, elle souhaitait être écrasée, aplatie. Suffoquée. «Oh! viens. Plus profond.» Curieusement, alors qu'il la pénétrait, il semblait cependant envelopper son corps. Il était étrange qu'ils soient si parfaitement adaptés l'un à l'autre, une main dans un gant, alors que n'importe qui remarquait au premier coup d'œil que leurs tailles ne s'accordaient pas.

Le murmure lointain des gorges. Le murmure de leur sang.

Peut-être était-elle enceinte? Quelle surprise ce serait pour Dirk.

Ou peut-être pas. Ils n'avaient pris aucune précaution chez Ariah, à Troy, et ils ne prenaient aucune précaution depuis. Ils devaient être d'accord pour avoir des enfants?

On ne vit qu'une fois. Cette phrase piquée à Dirk, qu'elle trouvait à la fois fataliste et optimiste.

On ne vit qu'une fois. Ariah souriait, cette phrase semblait vous autoriser à tout ce que vous souhaitiez.

Ils se marièrent, et chaque nuit devint une aventure.

Cet homme était si nouveau dans la vie intérieure, secrète d'Ariah qu'il n'avait pas toujours un nom.

Mari faisait l'affaire.

Elle étreignait étroitement ce mari. Ses bras, légèrement tachés de son, étaient minces mais forts. La force de la ruse et du désespoir. Elle jouait du piano depuis l'âge de huit ans, donc faisait des gammes inlassablement, fanatiquement, ce qui fortifie les bras, les poignets et les doigts. Elle s'émerveillait d'avoir retenu, dans ces bras-là, un homme aussi remarquable. Mais elle était humble, aussi. Peut-être même avait-elle peur. Car elle savait d'expérience que Dieu (en qui elle ne croyait pas, du moins pas pendant la journée) pouvait le lui reprendre à tout moment.

Ils faisaient l'amour le jour, et ils faisaient l'amour la nuit. Peu à peu, si progressivement que le changement serait presque imperceptible, les étreintes de la journée (avec leur côté illicite, comme des chocolats avant un repas) pâliraient, comme doit pâlir la nouveauté agitée de la vie conjugale, mais les étreintes nocturnes, passionnées et déférentes, se

MARIAGE

poursuivraient un certain temps. Après l'amour, Ariah berçait son mari, qui se blottissait contre elle, bienheureux comme un nourrisson ; elle caressait son corps magnifique, écartait ses cheveux bouclés de ses yeux, murmurait *Je t'aime! Mon mari.* Elle ne pouvait croire qu'une femme eût jamais adoré un mari à ce point. Elle ne pouvait croire que sa mère et son père, avec qui elle était maintenant brouillée, se fussent jamais adorés à ce point. Les Littrell avaient toujours été entre deux âges. Ariah les plaignait. Ariah était effrayée par leur exemple. *Cela ne nous arrivera jamais. À cet homme et à moi.*

Elle pensait en souriant à la petite fille maussade, boudeuse, irritable, qui avait grandi dans le presbytère sous le regard vigilant de ses parents, une écolière à la langue acérée et aux coudes pointus, toujours la meilleure de sa classe, qui s'ennuyait (secrètement) et s'agitait à l'église pendant les sermons de son propre père. Pourtant, qui savait pourquoi, alors qu'elle le méritait si peu, elle était maintenant *heureuse.*

Une nuit, alors qu'elle n'était Mme Dirk Burnaby que depuis quinze jours à peine, elle vit par le treillis de la fenêtre de leur chambre un croissant de lune cligner comme un œil à travers des colonnes de brume. Elle tenait dans ses bras son mari profondément endormi. Elle comptait le protéger toujours! Ses paupières se mirent pourtant à papilloter. Ses yeux se fermaient. Elle les ouvrit tout grands pour voir son mari traverser les immenses gorges du Niagara sur… quoi donc? Une corde raide? *Une corde raide?* Il lui tournait le dos. Ses cheveux blonds volaient dans le vent. Il portait un costume noir, pastoral. Il tenait une perche de bambou de trois mètres cinquante pour s'équilibrer. C'était un numéro digne d'un cirque mais, ici, mortel. Et il y avait le vent. Pourquoi faisait-il une chose pareille, pourquoi, alors qu'ils s'aimaient si fort?

Sur la rive, Ariah se penchait par-dessus le garde-fou qui lui sciait la taille et criait d'une voix terrifiée. *Reviens! Je t'aime! Tu ne peux pas me quitter!*

2

Ils se marièrent, avec amour et précipitation.

Dans les chuchotements, les murmures, les accusations. Les larmoiements désapprobateurs. *Comment peux-tu? À quoi penses-tu? Seulement à toi? Si vite après la mort de Gilbert? Tu n'as donc pas de pudeur?*

ILS SE MARIÈRENT...

Une courte cérémonie civile, pas de mariage à l'église. Et pas dans la ville natale de la mariée, Troy, mais à Niagara Falls. Une mariage dans l'intimité à la mairie, et aucun parent invité. *Quelle honte!*

Le cœur d'Ariah battait à tout rompre. Du diable si elle pleurerait. Elle était décidée à ne plus jamais pleurer, elle était trop heureuse.

Avec dignité, elle expliqua : « La honte, en effet, ça existe. Elle couvre le monde comme un tas d'ordures pourrissantes. Les camps de concentration ? Vous vous rappelez les camps de concentration nazis ? Les cadavres empilés comme du bois de chauffage. Les "survivants" réduits à l'état de squelettes. Vous avez vu les mêmes photographies que moi dans *Life*. Vous avez vécu la même histoire que moi. Cela, c'est honteux. Et plus que honteux. Mais Dirk Burnaby et moi n'avons pas part à cette honte, vous voyez. Nous nous aimons et nous ne voyons aucune raison de feindre le contraire. Et surtout, nous ne voyons aucune raison de prétendre que notre conduite privée regarde quelqu'un d'autre que nous. »

C'était une petit discours brillant, prononcé presque impeccablement. Un léger tremblement de sa lèvre inférieure trahissait une certaine émotion.

Mme Littrell tomba malade. Le révérend Littrell, furieux comme le Christ chassant les marchands du Temple, interdit à sa fille de jamais remettre les pieds au presbytère.

Ils se marièrent, sans avoir à promettre *Jusqu'à ce que la mort nous sépare.*

Ils se marièrent, et Dieu n'eut rien à voir avec leur bonheur.

Ils se marièrent, et peut-être la mariée était-elle enceinte.

Dans l'euphorie du premier amour, Ariah tâcha de ne pas penser aux conséquences. Dans ces premiers jours, ces premières semaines, l'amour enfiévrait son esprit. Elle était une jeune fille ivre qui dansait! dansait! dansait! toute la nuit, sans se fatiguer jamais.

Je ne pouvais pas dire à mon mari : je suis peut-être enceinte. Tu n'es peut-être pas le père. Pas plus que je ne pouvais lui dire : je sais que tu me quitteras un jour. Je sais que je suis damnée. Mais, jusque-là, je compte être ton épouse aimante.

137

MARIAGE

Ils se marièrent, et dans le mariage on s'attend à avoir des enfants. Tôt ou tard.

Mariés, c'est-à-dire *accouplés*. L'*accouplement* était la conséquence physique du *mariage*, et cela n'avait pas grand-chose d'abstrait.

«Il faut que je sois réaliste.»

Ainsi se gourmandait Ariah. Dans sa félicité conjugale, il lui fallait cependant ruminer certains faits qui ne disparaîtraient pas.

Entre autres: elle n'avait pas eu de «règles» depuis des semaines. (Comme elle détestait ce mot! Son nez s'en plissait de répugnance.) Ses dernières «règles» dataient d'avant Pâques: le 15 avril. Bien avant la période désastreuse où elle avait été Mme Erskine. Ariah en était certaine, c'était l'effet de la panique et de l'appréhension qu'elle avait éprouvées à l'idée de son mariage. Elle avait maigri, elle n'avait jamais été ce que les textes médicaux qualifient de «normale». Sa puberté (encore un mot hideux) avait été tardive, Ariah n'avait commencé à avoir des seins, des hanches, à être indisposée (ce mot hideux qu'elle détestait plus que tous) qu'à l'âge de seize ans. La dernière (ou en tout cas, l'une des dernières) de sa promotion, au lycée. Et même ensuite, elle n'avait jamais été «régulière». (Encore un mot affreux et humiliant!) Si Mme Littrell, femme aux hanches et aux seins généreux, s'était inquiétée de l'état physique de sa fille, elle avait dû être trop gênée pour en parler. Lorsque Ariah se mit à sauter des «cycles» au lycée, Mme Littrell l'emmena chez leur médecin de famille qui marmonna, les yeux fixés sur le presse-papiers posé sur son bureau, qu'Ariah, comme «certaines filles qui sont lentes à grandir, lentes à mûrir», avait tendance à l'*aménorrhée*.

Aménorrhée! Le terme le plus laid à ce jour.

Dans le cabinet du Dr Magruder, morte de honte, Ariah contemplait fixement ses mains, avec leurs taches de son, leurs ongles rongés, sur ses genoux.

Aménorrhée. Ce cas concernait presque toujours des filles trop maigres, dit le Dr Magruder avec gêne, des filles «lentes» à mûrir.

Oui, autrement dit, Ariah aurait peut-être du mal à concevoir, lorsqu'elle finirait par se marier.

138

ILS SE MARIÈRENT…

(Ou cela signifiait peut-être, comme Ariah le supposait maintenant, qu'il serait difficile de déterminer le début d'une grossesse. À moins de se précipiter chez un médecin pour demander un test, ce qu'Ariah n'était pas près de faire.)

(Oh! mon Dieu. Elle aurait eu honte de parler à Dirk Burnaby de problèmes féminins aussi vulgaires. Des «affaires de femmes». Les Burnaby étaient un couple romantique à la Fred Astaire et Ginger Rogers. Lorsque l'un d'eux entrait dans la pièce où l'autre l'attendait, une musique dansante se mettait à jouer.)

Ils se marièrent, et devinrent donc *mari, femme*.

Ces rôles les attendaient au 7, Luna Park comme les robes de chambre à leurs initiales dans lesquelles ils se glissèrent avec bonheur. Et reconnaissance.

Dirk dit, impressionné : «Je n'imagine pas quelle vie j'ai menée avant toi, Ariah. Elle devait être bien superficielle… Une vie sans oxygène.»

Ariah essuya les larmes qui lui venaient aux yeux mais ne sut que répondre. Elle se rappelait parfaitement sa vie avant Dirk, sa vie bien rangée, affairée et circonscrite de fille de pasteur, comme un tablier noué serré autour de son corps. Elle avait eu sa musique, bien sûr. Ses élèves. Ses parents, sa famille. Et cependant, en pensant à cette vie, elle sentait sa gorge se contracter ; elle se sentait près d'étouffer. Pas d'oxygène!

Elle courut vers son mari (elle était pieds nus, ils s'habillaient dans leur chambre à coucher, un matin d'août moite et brumeux) et pressa son petit corps nerveux entre ses bras étonnés, lui enlaça la taille.

Le cœur de cet homme, de la taille d'un poing, battant contre son oreille comme un métronome.

Dirk. Chéri, je crois que je suis… il se pourrait que je sois… cette sensation que j'éprouve quelquefois, je suis peut-être… enceinte?

Mais non. Ariah ne pouvait parler de sa crainte et risquer de voir apparaître une expression alarmée sur le visage de son mari. Pas encore.

MARIAGE

Ils se marièrent, et le restant de leur vie serait une lune de miel. Ils en étaient sûrs !

Ils se marièrent, et Dirk Burnaby offrit à son épouse rousse le présent le plus exquis qu'elle eût jamais reçu : un Steinway d'appartement en bois de cerisier. Il avait allumé des bougies dans la salle de séjour, et de petites flammes dansaient sur le bois poli.

« Mais pourquoi ? Qu'ai-je fait pour le mériter ? »

La réaction d'Ariah prit son mari au dépourvu : elle paraissait si effrayée.

C'était un cadeau d'anniversaire, expliqua-t-il. Trois mois jour pour jour qu'« ils s'étaient vus pour la première fois ».

Trois mois. Ariah ne calculerait pas ce que cela pouvait signifier.

Trois mois. Non, elle n'y penserait pas.

Elle se sentait faible, étourdie, elle avait le tournis. Mais c'était sans doute le chianti.

Et cette sensation de chaleur, cette douceur de miel dans le bas-ventre. Le chianti.

Ariah embrassa son mari, l'étreignit si fort qu'il rit. « Holà ! » Il l'écarta avec douceur. Il voulait qu'elle joue pour lui, dit-il. Elle n'avait pas joué une seule note depuis ce jour où il était allé à Troy la faire sienne.

Ariah s'assit donc au piano et joua pour son mari. Buvant un peu de vin entre les morceaux, dans un verre en cristal étincelant. Jamais elle n'avait touché un plus bel instrument que ce piano, sans parler d'en jouer. Des larmes lui montèrent aux yeux et roulèrent sur ses joues. Écoutée avec gravité par Dirk, dont la grosse tête, inclinée, battait la mesure, Ariah le régala d'un concert des morceaux préférés de sa jeunesse. Un menuet de Mozart, des valses et des mazurkas de Chopin, « Traümerei » de Schumann, « Clair de lune » de Debussy. À la fin de chaque morceau, Dirk applaudissait à tout rompre. Il était profondément et sincèrement ému. Il croyait vraiment que sa femme était une pianiste de talent, et pas seulement une amateur modérément douée de Troy, État de New York. Il allait souvent assister à des concerts au Kleinhan's Music Hall de Buffalo, dit-il. Il avait entendu des artistes jouer à Carnegie Hall, à Manhattan. Il était allé au Metropolitan Opera

140

ILS SE MARIÈRENT...

où il avait vu des productions spectaculaires de *Carmen* et de *La Traviata*. Son père, le défunt Virgil Burnaby, qu'Ariah ne connaîtrait jamais, possédait des disques de Caruso que Dirk avait souvent écoutés dans son enfance. Caruso dans *Le Barbier de Séville*, *Le Vaisseau fantôme*. Caruso dans *Otello*.

Ariah ne voyait pas très bien comment sa technique soignée, sérieuse, les avait conduits au grand Caruso, mais le rapprochement était flatteur.

Il m'aime. Il croirait n'importe quoi.

Une vérité étrange et précieuse. Comme d'ouvrir la main et d'y découvrir un œuf de rouge-gorge, minuscule et tacheté.

Ils se marièrent. Soudainement et sans excuse. Sans avertissement. Sans se préoccuper de *ce qui se fait*. Ou *ne se fait pas*. « Au moins, nous ne nous sommes pas enfuis ensemble », dit Ariah.

Dirk, avec une feinte contrariété, jeta le journal qu'il était en train de lire.

« Bon Dieu, Ariah, pourquoi n'y as-tu pas pensé au moment voulu ? »

Ils se marièrent, et quelques semaines plus tard arriva au 7, Luna Park une lettre manuscrite adressée à *Mme Ariah Burnaby* par *Mme Edna Erskine*. Le timbre de trois cents était collé à l'envers sur l'enveloppe.

« La mère de Gilbert. Oh mon Dieu. Elle veut savoir. Si je suis enceinte. Non, ce n'est pas possible ! »

Lâchement Ariah jeta la lettre sans l'ouvrir.

Ils se marièrent, et la femme qui était la belle-mère d'Ariah, Claudine Burnaby, fit savoir par l'entremise des sœurs de Dirk, Clarice et Sylvia, qu'elle « envisageait sérieusement de déshériter » son fils renégat.

Ils se marièrent, et habitèrent le 7, Luna Park, la maison de Dirk Burnaby, où il apparut peu à peu à Ariah que d'autres femmes lui avaient rendu visite de temps à autre, sans toutefois y demeurer. Elle le sut parce que des voisines se chargèrent de le lui apprendre. Mme Cotten qui habitait la maison voisine, Mme Mackay qui habitait de l'autre côté du parc. *Des femmes très glamour, parfois ! Des girls, manifestement.*

141

MARIAGE

Les sœurs aînées de Dirk qu'Ariah n'avait rencontrées que deux fois s'étaient chargées de l'informer. *Nous n'aurions jamais pensé que Dirk craquerait et se marierait un jour. Notre petit frère a toujours été un enfant gâté immature.*

« "Clarice et Sylvia", disait Dirk, comme s'il lisait des noms gravés dans la pierre. Deux des trois Parques. Et Claudine est la troisième. »

De temps à autre pendant leurs premières semaines à Luna Park, lorsque le téléphone sonnait et qu'Ariah décrochait, un silence réprobateur lui répondait à l'autre bout de la ligne. « Vous êtes chez les Burnaby, allô ? » (Car Ariah se sentait peut-être un peu seule dans cette nouvelle maison. Dans cette ville au bord des gorges du Niagara où la Veuve blanche avait un jour captivé l'imagination du public mais où Ariah Burnaby était inconnue.) « Je sais que vous êtes là. Je vous entends respirer. Qui êtes-vous ? » La main d'Ariah tremblait sur le combiné. Non, elle n'était pas effrayée : elle était contrariée. C'était sa maison, et ce numéro de téléphone était tout autant le sien que celui de son mari. Elle devinait une respiration féminine à l'autre bout de la ligne. « Si c'est à Dirk Burnaby que vous voulez parler, je crains qu'il ne soit absent. » Ariah avait envie, mais se retenait, d'ajouter *Il est marié maintenant. Je suis sa femme.*

Ces appels se produisaient parfois lorsque Dirk était là. Ariah était résolue à ne pas écouter. À ne pas même « entendre ». (Elle ne serait pas ce genre de femme. Elle savait que son mari avait mené une vie de célibataire avant de la rencontrer mais c'était longtemps auparavant. Des mois auparavant.) Il y avait quelqu'un d'obstiné nommé Gwen, et quelqu'un de très obstiné nommé Candy. (« Candy » : un nom de *girl* s'il en fût un.) Une ou deux fois, quelqu'un nommé Vi, qui se présenta à Ariah avant de demander poliment à parler à « votre mari, l'avocat ». Une lettre parfumée, couleur lavande, postée à Buffalo, arriva pour *M. Dirk Burnaby*, envoyée par une personne de sexe manifestement féminin dont les initiales étaient *H.T.*, mais Ariah ne vit pas son mari l'ouvrir. (Si, d'ailleurs, il l'ouvrit. Peut-être, par respect pour Ariah, l'avait-il jetée.) Lorsque le téléphone se mit à sonner obstinément de bon matin et que, tiré de son sommeil, grincheux, Dirk répondit : « Allô, *allô* ? » et « Si c'est qui je pense, arrête, je t'en prie, ce n'est pas une conduite digne de toi », il fut enfin temps pour Dirk

142

Burnaby de changer de numéro et de faire mettre le nouveau sur liste rouge.

Les appels mystérieux cessèrent brutalement. Et plus de lettres parfumées.

Assise devant le Steinway, frôlant ses touches d'ivoire parfaites, Ariah relevait la tête en entendant, ou en imaginant entendre, la sonnerie du téléphone. Mais non.

3

Aménorrhée. Lente à mûrir.

Se disant que cela ne signifiait rien, ces semaines de retard.

Des mois de retard, en fait…

Elle avait toujours été mince, voire maigre. Une de ces filles nerveuses tout en coudes. Ces filles-là *ne tombent pas enceintes.*

Pourtant : Ariah devait concéder qu'elle prenait du poids. Son ventre était étrangement ballonné. Ses pingres petits seins grossissaient et leurs pointes devenaient sensibles, elle devait en convenir bien que ce fût absurde et qu'elle *refusât d'y penser.*

Elle avait été vierge. Gilbert avait répandu son sperme acide, furieux et brûlant à l'extérieur (*pas* à l'intérieur) du corps de sa jeune épouse. Elle le savait! Elle l'aurait juré! Elle avait été un témoin involontaire.

«Cela n'a pas pu faire un bébé. Je ne crois pas.»

Tu ne serais pas aussi cruel, mon Dieu! Merci mon Dieu.

On était en 1950. Ariah Burnaby restait chez elle.

Elle était *épouse* qui restait à la maison tandis que tous les matins de semaine *mari* se rendait en ville à son cabinet.

Dirk Burnaby était un avocat réputé. Un avocat qui plaidait. Il n'avait pas une grande passion pour le droit, il le reconnaissait, mais c'était une profession qui lui convenait, et la compétition lui réussissait.

Ariah n'était pas timide de nature mais elle entendit sa voix se faire douce, hésitante, le soir où elle demanda pendant le dîner: «Verrais-tu un inconvénient à ce que je donne des leçons de piano à la maison, mon chéri? Et des leçons de chant? Je me sens un peu seule pendant la journée, mes élèves me manquent et il me faut une occupation en attendant...»

Ariah se tut, épouvantée. Elle avait failli dire *en attendant le bébé.*

Dirk n'entendit pas, bien sûr. Les paroles non dites d'Ariah.

Elle se demanda si elle n'avait pas fait une bévue, malgré tout. À voir la façon dont son mari la contemplait. C'était le regard qu'il avait lorsqu'elle jouait pour lui, tout récemment la sonate en *ut* dièse mineur dite «Au clair de lune», dont elle savait que Dirk Burnaby raffolerait, ce premier mouvement lent et rêveur notamment, il avait dit ne jamais rien avoir entendu d'aussi beau, et il était sincère. Mais Ariah se demandait maintenant si elle n'était pas allée trop loin. On était en 1950, pas en 1942. Les Américaines ne travaillaient pas. Les femmes mariées du milieu social d'Ariah, en particulier, ne travaillaient pas. Elle imaginait la réaction de son père si sa mère avait fait une suggestion de ce genre. Aucune femme ne travaillait chez les Littrell. Absolument aucune. (Exception faite d'une ou deux tantes célibataires, institutrices. Elles ne comptaient pas.)

Mais à son grand étonnement, Dirk lui prit la main, l'embrassa et dit avec un enthousiasme enfantin : «Fais ce que tu as envie de faire, Ariah, je t'en prie. Tout ce qui te rend heureuse me rend heureux. Je suis absent si souvent, tu dois te sentir bien seule ici. Tu es une femme qui a un "métier"... je le savais. Je suis fier de toi. Je vais en parler en ville. J'ai beaucoup d'amis, ils ont des ambitions pour leurs enfants, et de quoi leur payer des leçons. Tu peux déjà te considérer au travail, chérie.» Il leva son verre de vin, et Ariah leva le sien. Ils burent. Ils s'embrassèrent. Dirk dit : «Jusqu'à ce que nous ayons des enfants, en tout cas.»

Pas si cruel, mon Dieu. Pas deux fois.

Selon la logique d'Ariah, plus elle attendait, plus Dirk Burnaby et elle faisaient l'amour, plus il y aurait de chances que le bébé qu'elle attendait peut-être (ou peut-être pas) soit de son mari et non de *l'autre.*

Elle ne pouvait se résoudre à aller voir un médecin. Impossible. Car alors elle saurait, inévitablement. Elle saurait si elle était enceinte (ou non) et elle devrait en parler à Dirk, et que pourrait-elle lui dire au juste ?

ILS SE MARIÈRENT…

Elle savait que cela la rendait un peu folle. Ces ruminations!
Son pâle visage fatigué dans la glace. Ses mèches argentées de *banshee*.
Pétrissant la chair pâle et tendue de son ventre. Pinçant ses seins.
(Il fallait le reconnaître, ses seins étaient plus pleins. Toujours petits,
mais plus pleins. Et sensibles. Peut-être parce que son ardent mari en
embrassait, léchait, tétait les pointes comme un gros bébé espiègle.
Avec douceur, elle devrait l'en dissuader.)
   Au piano, elle s'entendait jouer ces lents nocturnes exquis de
Chopin. Endormants, comme des berceuses.

   Ils étaient mariés, on était en 1950 et *mari* était absent une bonne
partie de la journée, du lundi au vendredi. *Épouse* était à la maison.
Épouse commençait à se sentir seule, même après s'être remise à donner
des leçons de musique.
   (Uniquement des leçons de piano, et à des élèves très jeunes. Elle
en avait eu de plus âgés et de beaucoup plus talentueux à Troy, et ils lui
manquaient. À Niagara Falls, personne ne la connaissait dans le milieu
musical.)
   Dirk téléphonait consciencieusement de son bureau en fin de
matinée, en milieu d'après-midi et parfois, s'il devait travailler tard ou
aller prendre un verre avec un client, vers 18 heures. «Allô, ma chérie!
Tu me manques.» Son ton était tendre, plein d'amour, de regret. Il était
sincèrement désolé d'être en retard pour le dîner. Ariah lui disait de
ne pas s'inquiéter, qu'elle l'attendrait. Dès qu'elle entendait sa voiture
s'arrêter dans l'allée, elle préparait son apéritif: un martini on the rocks.
   Et un autre pour Ariah. Elle commençait à prendre goût à ces petites
olives!
   Sa voix à elle était basse, séductrice. Elle s'entendait murmurer au
téléphone des paroles qu'elle n'aurait jamais osé prononcer devant son
mari.
   «Oh, chérie.» Dirk gémissait, comme un homme qui se tortille
dans ses vêtements. «Moi aussi.»

   Dirk insistait parfois pour qu'Ariah prenne un taxi et vienne le
rejoindre. Au Boat Club, dans l'un des hôtels chic de Prospect Street,
ou au restaurant pizzeria Chez Mario. Ils passaient alors la soirée

MARIAGE

dehors, apéritifs et dîner. Ariah était mal à l'aise parmi les amis de Dirk Burnaby (il en avait tant qu'elle ne se donnait guère la peine de retenir leurs noms, elle commençait à avoir la réputation d'être distante), mais c'était l'occasion pour elle de porter ses nouvelles tenues élégantes achetées chez Berger, à Buffalo, ses chaussures à talons hauts et son maquillage. Elle faisait bouffer ses cheveux et essayait de trouver de l'exotisme à ses mèches argentées. À Troy, elle se serait fait l'effet d'un monstre endimanché ; dans cette nouvelle vie, au bras de Dirk Burnaby, elle se sentait glamoureuse. (Se l'imaginait-elle, ou ses lèvres naguère minces et pincées étaient-elles plus pleines ? Gonflées à force de baisers.) Dirk la soulevait de terre pour l'embrasser : « Tu es plus jolie que Susan Hayward, et tu es *à moi*. »

Susan Hayward ! Ariah supposait que oui, elle percevait une certaine ressemblance.

Animé, bruyant, Chez Mario était le restaurant le plus prisé des habitants de Niagara Falls, et notamment des hommes d'affaires, des politiques, des gens en rapport avec le tribunal et la municipalité. Des yachtmen et des joueurs. Tout le monde semblait au courant des liens qu'entretenait Mario avec une famille mafieuse de Buffalo. (Ariah n'avait jamais entendu cette expression curieuse avant de faire la connaissance de Dirk Burnaby : « famille mafieuse ». Le langage faisait du crime quelque chose d'étrangement intime, voire de tendre.) Chez Mario, tout le monde connaissait Dirk Burnaby. Sa photographie signée se trouvait sur un mur du bar, parmi une galerie de célébrités locales. Le maître d'hôtel se précipitait à sa rencontre. Le propriétaire, Mario lui-même, lui serrait la main et l'accompagnait à sa table préférée dans un coin discret de la salle principale. Les serveuses, en uniformes moulants de soie noire, lui souriaient et dévisageaient Ariah. Elles n'étaient pas les seules.

Le rouge aux joues, Ariah les entendait, ou presque. *Elle ? Cette sauterelle rousse, qu'est-ce que Dirk Burnaby peut bien lui trouver ?*

Elle serrait plus fort le bras de Dirk. Il lui pressait la main.

Il était encore plus déstabilisant d'être présentée aux vieux, très vieux amis de Dirk. Qui regardaient Ariah en clignant les yeux comme s'ils essayaient de la situer. Il flottait chez Mario un brouillard âcre de fumée bleuâtre qui la faisait larmoyer et ne facilitait pas la perception.

146

ILS SE MARIÈRENT...

Elle savait que Dirk tenait beaucoup à ce qu'elle aime ses amis, et tenait beaucoup à ce que ses amis l'aiment. Par chance, la plupart de ces hommes se réunissaient chez Mario sans leurs épouses. Les meilleurs amis de Dirk était une bande de buveurs braillards qui jouaient au poker ensemble depuis le lycée de Mount St. Joseph, avec une interruption pendant la guerre. C'étaient des hommes au regard sagace, un peu plus âgés que Dirk. Ils respiraient la richesse et les privilèges, un fait qui amena Ariah à voir son mari sous un nouveau jour. *Il est l'un d'entre eux. C'est à eux que va sa fidélité.*

Courageusement, Ariah s'efforça de distinguer ces hommes les uns des autres, avec des résultats mitigés. Il y avait Clyde Colborne, massif et déplumé, qui lui donnait une impression énervante de déjà vu, évoquait un personnage secondaire de la bande dessinée Dick Tracy ; il y avait Harold («Buzz») Fitch, un officier supérieur du service de police de Niagara Falls ; il y avait Stroughton Howell, grassouillet et l'œil larmoyant, un «collègue avocat», qui serra la main d'Ariah avec empressement et la félicita de son mariage ; il y avait Tyler «Spooky» Wenn, sociable et comique à la façon de l'acteur Ed Wynn, lieutenant dans les marines pendant la guerre, décoré du Purple Heart («pour remplacer mon cœur à moi, flingué à jamais») et qui venait d'être élu contrôleur des comptes du comté du Niagara. Il fallait à Ariah un verre ou deux pour se sentir à peu près à l'aise avec ces hommes qui parlaient haut et riaient fort. Leur conversation l'excluait le plus souvent. Parmi eux, Dirk Burnaby se montrait assez réservé. Il était le frère cadet aux cheveux blonds dont ils étaient fiers. Ils aimaient le toucher, le pousser du coude. Aucune plaisanterie ne valait d'être racontée si Dirk n'écoutait pas. Ariah comprit que, parce qu'elle était sa femme, ils la respecteraient et se montreraient aimables avec elle ; un ou deux cherchèrent même à flirter avec elle. Mais elle savait aussi qu'ils ne la jugeraient jamais digne de Dirk Burnaby.

Ariah comprenait, elle n'était pas jalouse. Pas encore.

En revenant à Luna Park après sa première soirée chez Mario, une longue soirée étourdissante qui n'avait pris fin qu'à une heure du matin, Ariah murmura, la tête posée sur l'épaule de Dirk : «Ce gros homme chauve... Colborne ? Est-ce que je suis censée le connaître, chéri ? Il s'est conduit comme s'il me connaissait.»

147

MARIAGE

Un autre soir, chez Mario, un frémissement parcourut la salle de restaurant à l'entrée d'un homme brun entre deux âges, d'apparence quelconque, escorté par d'autres hommes : Ariah entendit murmurer le nom de *Pallidino*.

Plus tard, elle dit à Dirk : « J'ai remarqué que tu n'avais pas serré la main de cet homme. Lorsqu'il est passé près de notre table.

— Rien ne t'échappe, mon ange, répondit-il. Je n'aurais pas cru que c'était aussi visible.

— Est-ce qu'il est mauvais ? Est-ce qu'il appartient à cette "famille" ? »

Elle avait parlé sur une impulsion. La tête lui tournait un peu. Dirk roulait sur le Rainbow Boulevard, et les phares des véhicules venant en sens inverse tournoyaient et éclataient contre ses yeux telles des explosions silencieuses.

« Lui, il se dirait homme d'affaires. Mais ce n'est pas mon genre d'affaires. »

Un autre soir chez Mario, après avoir dévoré avidement quelque chose de pâteux et de délicieux appelé gnocchi, avoir avalé un martini et deux verres et demi de vin, Ariah dut s'excuser et quitter précipitamment la table pour gagner les toilettes où, par intermittence, pendant dix pénibles minutes, elle vomit tout.

Tout, c'était l'impression que l'on avait !

Après quoi, bien que pâle, tremblante et épuisée, elle se sentit beaucoup mieux.

Ne sois pas ridicule. Prends rendez-vous, va voir un médecin. Si tu es enceinte, c'est de Dirk. De qui d'autre ?

4

Ils étaient mariés. Pourquoi cela ne suffisait-il pas ?

Quel besoin avaient-ils d'une famille, de beaux-parents ?

Ariah était secrètement ravie que son mari eût été « déshérité » à cause de son mariage. Elle le respectait d'avoir haussé les épaules en riant lorsqu'il l'avait appris. On ne se marie pas par intérêt, mais par amour. On se marie pour la vie.

Il est vrai que ses parents lui manquaient, parfois. Oh ! pas vraiment...

148

ILS SE MARIÈRENT...

Elle n'aurait pu discuter de son problème avec sa mère, de toute manière. Et avec le révérend Littrell? Jamais.

Dans ses moments de faiblesse, Ariah se rappelait les paroles cinglantes de son père.

Vous ne serez pas les bienvenus ici. Ni lui ni toi. C'est terrible ce que tu fais. Épouser si vite un homme que tu ne connais pas. Alors que ce pauvre Gilbert est disparu depuis moins d'un mois. Honte à toi, Ariah!

Ariah avait eu envie de lui crier qu'elle ne connaissait pas non plus Gilbert Erskine et qu'ils l'avaient pourtant poussée à l'épouser.

Non. Pas de justifications, pas d'excuses. Mieux valait quitter le presbytère avec dignité. Adieu à la vie de fille obéissante.

Mme Ariah Burnaby n'était pas encombrée de parents. En 1950, c'était plutôt remarquable, comme de se promener avec un œil en moins ou un membre manquant qui, singulièrement, ne vous manque pas.

Et néanmoins, voilà que tous les deux, Ariah et Dirk, se rendaient à Shalott – « Shalott! » Quel nom prétentieux pour une maison! – un dimanche de septembre piqueté de nuages.

On ne sait pourquoi, Claudine Burnaby semblait être revenue sur sa décision de déshériter son fils renégat. Et elle était curieuse de connaître sa belle-fille. Finalement.

Au premier coup d'œil, elle saura. Elle pensera que c'est pour cela que nous nous sommes mariés aussi vite.

Pour cette visite vouée à l'échec, Ariah portait une robe de lin rose si pareille à un suaire que les manches semblaient traîner derrière elle. Les poignets qui en sortaient étaient d'une maigreur alarmante. Elle avait poudré les taches de rousseur de son visage, et appliqué sur ses lèvres un rouge éclatant.

« Oh! Dirk, je meurs de peur que ta mère ne m'aime pas.

– Oh! Ariah, je meurs de peur que tu n'aimes pas ma mère. »

Ariah était sincère, Dirk était moqueur. Mais elle voyait les mâchoires contractées de son mari. L'éclat stoïque de son regard. Avec un certain malaise, elle se dit que, tout en désapprouvant son caractère difficile, Dirk Burnaby aimait sa mère.

Il souhaiterait que sa femme l'aime aussi.

149

MARIAGE

Dirk avait montré à Ariah des photographies de Claudine Burnaby : une blonde d'une beauté saisissante au menton volontaire, au regard intense et au sourire ironique. Un côté tendu à la Joan Crawford dans cette bouche, comme si elle contenait trop de dents. Quel avait été l'étonnement d'Ariah quand Dirk avait dit, avec un rire léger : « Ne te laisse pas abuser par ses airs d'ange, ma chérie. »

C'était la première visite d'Ariah à l'Isle Grand, qui semblait flotter sur les eaux rapides du Niagara à mi-chemin entre Niagara Falls et Buffalo. Shalott avait été construite face à la province canadienne de l'Ontario, à l'extrémité sud-est de cette île en forme de cube, essentiellement rurale.

(L'Ontario ! Ariah se rappela pour la première fois depuis la mort de Gilbert Erskine qu'il avait programmé de passer une partie de leur voyage de noces dans l'Ontario : à l'ouest de Niagara Falls, en bordure de la Thames, dans une région déserte que l'on disait riche en fossiles.)

Ariah se rongea l'ongle du pouce, discrètement croyait-elle, jusqu'au moment où son mari, sans même quitter la route du regard pour lui faire les gros yeux, allongea le bras et lui donna une tape sur la main. « Ariah ! Un mot de toi, et je rebrousse chemin sur-le-champ. Je ne supporte pas de te voir aussi anxieuse.

– Anxieuse ? Je ne suis pas anxieuse. » Ariah regarda fixement par le pare-brise ce qu'elle était censée voir : des champs, des bois, le fleuve dans le lointain. Et des maisons. Quelles maisons ! Impossible de ne pas les qualifier de « demeures ». M'as-tu-vu. « Consommation ostentatoire ». Une partie d'elle-même se rebiffait contre cet étalage de richesse matérielle. Elle était la fille d'un pasteur de province, elle savait ce qu'était la vanité. « Je suis fascinée. De découvrir comment tu vivais, enfant. »

Dirk eut un rire embarrassé. Comme s'il n'avait jamais pensé à lui-même en ces termes-là.

Lorsqu'il tourna dans la longue allée qui menait à Shalott, elle se mordit la lèvre. Quelle absurdité, tout de même ! Une maison aussi grande ! Elle décida que Mme Burnaby lui déplaisait par principe.

Ils avaient été invités à midi pour un brunch, mais à midi et demi Mme Burnaby ne s'était toujours pas montrée. Une table à plateau de verre avait été dressée pour trois au milieu d'une terrasse dallée donnant sur le fleuve. « Mme Burnaby descendra dans un instant, elle s'excuse de vous faire attendre », venait leur dire de temps en temps une vieille femme en uniforme de gouvernante. Ils étaient priés de se mettre « à l'aise ». De prendre amuse-gueules et apéritifs : du jus de tomate dans une cruche rafraîchie qui se révéla ne pas être du jus de tomate mais du bloody mary. Un cocktail délicieux auquel Ariah n'avait encore jamais goûté et qui lui plut beaucoup.

« Méfie-toi, Ariah, dit Dirk. La vodka peut être mortelle. »

Ariah rit gaiement. Nauséeuse ce matin-là au point de rien avaler, pas même un déjeuner léger, elle se sentait soudain étrangement affamée et dévorait de minuscules croissants au crabe, des radis trempés dans une sauce aigre. Elle avait cessé de se ronger les ongles du pouce. Elle s'aperçut dans la vitre d'une fenêtre et reprit courage. Elle avait vraiment l'air jolie : l'amour de son mari avait produit ce miracle.

« Tu ne vas pas cesser de m'aimer, n'est-ce pas, Dirk ? Mon chéri ? Tu ne vas pas te réveiller un matin et changer d'avis ?

— Ne dis pas de bêtises, Ariah.

— Parce que si tu le fais, je risquerais de m'éteindre. Comme une lumière. »

Dirk regarda autour de lui avec gêne, comme s'il craignait qu'on les entende. Les fenêtres donnant sur la terrasse étaient protégées du soleil par des persiennes blanches derrière lesquelles on pouvait regarder sans être vu, et la plupart de ces fenêtres étaient ouvertes. Il avait allumé une cigarette et entamait son deuxième verre. Où diable était Claudine ?

Dirk descendit la pelouse avec Ariah, la conduisit jusqu'au fleuve et au ponton, et lui parla, assez distraitement, des bateaux de son enfance. De son amour pour la voile et pour le fleuve. Lorsque son père était encore en vie. « J'étais un garçon imprudent, je crois. Je me suis fait quelques frayeurs. » Il parlait d'un ton mélancolique. Ariah se demanda s'il regrettait sa conduite passée, ou le passé lui-même. Le vent qui soufflait du fleuve était frais et merveilleusement revigorant. Non loin d'eux, des voiliers glissaient sur l'eau sans effort apparent. Ici, sur le ponton de Shalott, on n'entendait pas le tonnerre menaçant des Chutes ; elles étaient à des kilomètres en aval. On pouvait plonger de ce ponton, le courant n'était pas dangereux. On ne risquait pas d'être emporté, en hurlant, vers une mort certaine. *Je pourrais vivre ici. Nos enfants aussi. Pourquoi n'hériterions-nous pas?* C'était une pensée inattendue, indigne d'elle. Ariah ne savait qu'en faire.

Le ponton, en mauvais état, bougeait et craquait de façon perceptible sous leur poids. Une seule embarcation y était amarrée, un vieux voilier qui avait un jour été blanc. L'idée d'y monter, d'être ballottée et secouée par le fleuve, remplissait Ariah d'appréhension, mais elle s'appuya pourtant contre le bras de son mari en disant d'un ton aguicheur : « Ton vieux voilier a l'air abandonné. Pourquoi ne pas m'emmener faire une promenade, Dirk ? Après le brunch.

– Oui. Ce serait bien. »

Il parlait avec un enthousiasme forcé. Ariah voyait qu'il était distrait, il ne cessait de jeter des coups d'œil à sa montre, de regarder vers la maison. Cela ne lui ressemblait pas de ne pas concentrer son attention sur elle, en sa présence. Elle sentait l'attraction de l'autre femme, dans cette maison.

« Je pense que ta mère est sortie. Est-ce que ce n'est pas…

– Non. C'est Ethel, qui se demande où nous sommes. »

Il était presque 13 heures. Maussade et boudeur, les cheveux ébouriffés par le vent, Dirk ramena Ariah vers la terrasse. Pas tout à fait à la verticale, le soleil était étonnamment chaud. Dans ce climat, des nuages se formaient sans cesse, vaporeux et humides, traversés de temps à autre par un soleil blanchâtre. Entre les deux Grands Lacs, Érié et Ontario. Toujours le ciel était mouvant, incertain. Dans cette lumière pâle, on voyait que la pelouse de Shalott était sèche, brune, envahie de mauvaises herbes par endroits. Les rosiers étaient piquetés de taches noires. La propriété faisait négligé, comme si la vie s'en retirait. Et la majestueuse demeure de grès, vue de derrière, comme depuis des coulisses, paraissait dégradée par les intempéries. La pierre était fissurée. Une mousse d'un vert visqueux s'étirait tel un long serpent grêle dans la gouttière rouillée qui courait sur toute la largeur de la maison.

« Peut-être nous sommes-nous trompés de dimanche, Dirk ? remarqua Ariah, avec un rire nerveux.

– C'est ce que je suis en train de me dire. »

Ariah n'avait jamais vu son mari séduisant, sûr de lui, aussi distrait, aussi nerveux. Furieux. Ils regagnèrent la terrasse, et Claudine n'était toujours pas là. La gouvernante embarrassée s'excusa une fois de plus.

Dirk dit : « Si ma mère pense que je vais aller la trouver pour la supplier de se joindre à nous, elle commet une erreur. » Ariah, qui picorait des amuse-gueules, s'efforçait de ne pas écouter. Dirk semblant peu disposé à le faire, elle se resservit elle-même un peu de ce délicieux cocktail poivré couleur de sang. Elle mangea des croissants au crabe, arrosés de bloody mary. L'eau lui vint à la bouche, elle mourait de faim, en dépit de la légère nausée qui naissait dans son estomac.

Dirk dit soudain : « Nous partons, Ariah. Où est ton sac ? »

Ariah se figea, respira profondément. Elle surmonterait ce moment de faiblesse. Elle ne succomberait pas. Ses paupières battirent. Elle ne voulait pas voir le voilier solitaire et abandonné qui se balançait le long du ponton, ce mouvement perpétuel, idiot à force de répétition. La nausée ressemblait au mal de mer. Elle détourna le regard du fleuve et vit, ou crut voir, à trois ou quatre mètres, un visage fantomatique à une fenêtre. Mais ce visage fut aussitôt dissimulé par un store baissé.

Elle espéra que Dirk n'avait rien remarqué.

« Ethel ? Vous direz à votre maîtresse qu'elle est d'une impolitesse intolérable. Et qu'il est inutile qu'elle réinvite jamais ma femme et moi dans cette maison. »

Il empoigna Ariah par le bras. Il ne l'avait jamais serrée aussi fort ! Elle allait protester, trébuchant sur ses souliers à talons, quand soudain, à sa grande horreur, elle fut prise de hoquets, de haut-le-cœur. Soudain, elle fut malade comme un chien. Secouée de spasmes incontrôlables, elle vomit tout ce qu'elle avait si imprudemment bu et dévoré, salissant le devant de sa robe de lin rose, éclaboussant la table à plateau de verre et la terrasse dallée.

« Bon sang, Ariah, dit Dirk d'un air malheureux, je t'avais pourtant prévenue. »

5

On était en 1950, et tout le monde était enceint.

Les nausées d'Ariah, surtout le matin, se firent plus fréquentes.

Trois mois, douze semaines et deux jours après son mariage avec Dirk Burnaby, Ariah alla enfin voir un médecin. Un nom choisi dans l'annuaire de Niagara Falls : Piper.

« Bonne nouvelle, madame Burnaby ! »

MARIAGE

Ariah fondit en larmes. Oh! elle avait répété ce moment, son sourire et son stoïcisme, elle portait même des vêtements élégants afin d'impressionner le Dr Piper et son infirmière, mais maintenant que le moment était venu, fonçant sur elle comme une locomotive, elle n'avait plus de force, plus de résistance. Elle enfouit son visage brûlant entre ses mains. Le Dr Piper, un vieux gentleman digne qui avait un cabinet dans le centre de Niagara Falls, à quinze bonnes minutes de marche de Luna Park, la regarda avec stupéfaction.

«Ne me dites pas depuis combien de temps je suis enceinte, docteur, implora Ariah. Ne me dites pas quand l'enfant doit naître. Non!

– Mais, madame…»

Ariah essaya de s'expliquer. Non, elle ne le pouvait pas. Elle pleurait, elle se mouchait. Oh! pourquoi cet homme ne s'était-il pas suicidé avant leur nuit de noces plutôt qu'après? Elle bégaya:

«Docteur, oui… je suis heureuse. Je suis mariée, et je suis heu… heureuse. J'aime mon mari… nous nous sommes mariés en juillet… et nous voulons des enfants… mais je ne sais pas vraiment… je ne veux pas savoir… qui est le père.»

S'apercevant que le Dr Piper la regardait maintenant avec horreur, comme le révérend Littrell l'avait regardée avec horreur, Ariah tâcha d'expliquer son premier mariage, sa brièveté, la «tragédie»… En se tortillant de gêne, elle lui dit que son mari avait «éjaculé» sur elle, entre ses jambes. Oh! elle était vierge… mais elle savait que des vierges pouvaient être fécondées. Au lycée, ce genre d'informations pratiques de base circulait, même la fille d'un ministre presbytérien pouvait les surprendre, avec stupéfaction et appréhension, et les classer pour référence ultérieure en pensant *Mais pas moi. Jamais moi. Oh non!*

«Je ne veux pas savoir, docteur. Si je suis enceinte depuis seize semaines, mon premier mari est… serait… aurait été… le père. Si je suis enceinte depuis seulement douze semaines, mon second mari est le p… père. Le bébé naîtra peut-être avant terme? Il naîtra peut-être avec retard?» Ariah ne pouvait se résoudre à regarder le Dr Piper, sachant que le pauvre homme était pétrifié d'embarras, et sachant que, à cause du débraillé de son être féminin, elle était coupable. «Je vous en prie, docteur, il n'est pas nécessaire que je sache exactement, n'est-ce pas? Il n'est pas nécessaire que mon mari sache?»

154

ILS SE MARIÈRENT…

Le Dr Piper poussa une boîte de Kleenex vers Ariah, qui en prit un avec reconnaissance. Certaines des remarques précédentes du médecin laissaient penser qu'il connaissait le nom de Burnaby, sinon le mari d'Ariah en personne, et que ce nom l'impressionnait. Il parla avec plus d'autorité qu'elle ne s'y attendait, et elle fut aussitôt rassurée : « Le bébé que vous attendez n'a pas plus de treize semaines, madame. C'est mon estimation, et je me trompe rarement. Il peut y avoir quelques jours de décalage, une semaine, mais pas davantage. M. Burnaby est donc le père de cet enfant. Vous accoucherez au mois d'avril de l'année prochaine. Je pourrai être plus précis lors de votre prochaine visite, si vous le souhaitez.

– Non, docteur, dit Ariah d'une voix faible. C'est assez précis. Avril. »

Le Dr Piper se leva et serra la main d'Ariah qui était une main de femme morte, froide et moite, et avait besoin d'être ranimée. Il dit avec bonté : « Je vous conseille d'oublier ces suppositions ridicules, madame. Ne dites à personne ce que vous m'avez dit. Annoncez la bonne nouvelle à votre mari, sortez fêter l'événement, et je vous revois bientôt. Toutes mes félicitations. »

Ils étaient mariés, et enceints. Ils fêtèrent l'événement.

Premier-né

1

D'après le calendrier, j'étais un bébé printanier.
Né une semaine avant terme. Peut-être deux.

À ceci près que fin mars, à Niagara Falls, État de New York, il gelait, ventait et neigeait comme il n'avait cessé de le faire depuis Thanksgiving. Les perce-neige et les crocus qui, au 7, Luna Park et de l'autre côté de la rue, dans le petit parc clos de grilles, avaient osé fleurir prématurément s'étaient vus brutalement recouverts d'une nouvelle couche de neige grisâtre.

On insistait beaucoup sur le fait qu'il était tombé deux mètres soixante-quatorze de neige dans la région, cet hiver-là. La majeure partie de cette neige n'avait pas encore fondu le 26 mars.

Alors qu'ils revenaient de l'hôpital, dans le feu de son exaltation, Ariah demanda à Dirk de passer par le fleuve pour que leur fils d'une semaine, Chandler, voie les Chutes.

« S'il te plaît, mon chéri ? Il s'en rappellera peut-être toute sa vie. Ce sera peut-être son premier souvenir visuel. »

Dirk hésita peut-être un court moment. Les humeurs de sa femme étaient capricieuses et impénétrables, mais néanmoins – il avait pu s'en rendre compte – déterminées par une logique souterraine aussi solide et inflexible que les poutres d'acier sous le béton coulé d'un pont. Et Dirk

PREMIER-NÉ

était si hébété de joie, d'émerveillement, de soulagement, par la naissance d'un fils en bonne santé que, naturellement, il céda.

Il était rasé de près. Il avait fait couper ses cheveux hirsutes. Pendant plusieurs jours, il avait été un homme échevelé, égaré. Mais c'était fini.

À cette période de l'année, les Chutes étaient aussi désertes que la lune. À l'exception d'un chasse-neige municipal solitaire qui progressait péniblement dans Prospect Park en crachant une fumée noire, il n'y avait personne.

« Pas de touristes ! Quel plaisir ! »

Dirk entra dans le parc et se gara à Prospect Point. Il laissa le moteur allumé et le chauffage à fond. L'arrière de la Lincoln Continental était presque entièrement occupé par des fleurs, tulipes, hyacinthes, narcisses, un peu trop épanouies mais encore parfumées, festives. C'étaient les fleurs de la chambre d'hôpital d'Ariah, et la plupart lui avaient été apportées par Dirk.

Fred Astaire apportant des fleurs à sa chère Ginger Rogers. Sa partenaire rousse, qui ne dansait plus pour l'instant. Mais qui revivrait bientôt.

Rapportant à la maison un bébé si petit, et pourtant, en dépit de ses deux kilos trois cents, si parfaitement formé, que Dirk savait que sa vie serait désormais comblée. Oui, pour toujours !

Un vent du nord soufflait du Canada, et ce qu'ils voyaient du ciel avait le bleu vif céramique de l'hiver. Encore affaiblie et pâle après l'épreuve subie, onze heures de travail, des pertes de sang alarmantes, une infection nosocomiale courte mais fébrile, Ariah gazouillait et embrassait le bébé rougeaud. « Tu vois, mon chou ? Papa et maman t'ont amené aux Chutes. » Elle rit et souleva Chandler, les bras légèrement tremblants. (Dirk la surveillait de près. Il l'aiderait à tenir le bébé, si nécessaire. À l'hôpital, en proie à une fièvre délirante, Ariah avait crié certaines choses. Des avertissements, pouvait-on dire. Il serait donc averti et vigilant.)

Chandler était douillettement emmailloté dans une petite couverture de cachemire bleu, et ses mains miniatures, remuantes, protégées par des moufles de la même couleur. L'air perplexe, il regardait par le large pare-brise de la voiture, minuscule bouche de poisson baveuse, et yeux ronds protubérants. Il clignait et plissait les yeux. Son visage était

157

MARIAGE

un petit visage de poupée caoutchouteux avec un front étrangement incliné, pareil à une portion de fromage, trouvait Ariah, et un menton fuyant qui faisait penser à quelque chose de fondu, mais c'était un beau bébé, leur bébé à Dirk et à elle, et il valait bien tout ce sang perdu.

« Il voit, fit Ariah avec animation. Il n'a pas seulement les yeux ouverts, je veux dire. Il digère ce qu'il voit. On a l'impression qu'il dévore le paysage avec ces yeux-là. »

On aurait presque cru, en effet, que Chandler comprenait ce qu'il voyait. Là où la brume montait des gorges, des filigranes de glace s'étaient formés sur les chênes et les ormes dénudés de la rive, scintillant au soleil tels des trilles de Mozart. Comme dans un conte de fées, un pont de glace s'était formé au-dessus du Niagara, et des arcs-en-ciel fantomatiques apparaissaient et disparaissaient en l'espace d'un clin d'œil. Même par ce froid glacial, une brume vaporeuse, brûlante semblait-il, continuait de s'élever.

C'étaient les American Falls qu'ils regardaient. Les Horseshoe Falls, plus imposantes, étaient plus loin, au sud et à l'ouest de Goat Island, invisibles de la voiture de Dirk, sinon sous la forme d'un brouillard confus.

Pendant plusieurs minutes, ils restèrent silencieux.

Chandler gigotait, murmurait. Ses petits poings gantés battaient l'air. Ce serait un bébé curieux, enclin à la nervosité, aux pleurnicheries. Il avait le visage plissé par une sorte d'anxiété animale. Sa bouche de poisson béait. Bientôt il exigerait d'être nourri de nouveau : allaité. *Allaiter* était une expérience nouvelle, étonnante et intense pour Ariah, une expérience *amoureuse* à laquelle la jeune mère n'avait pas été préparée.

Elle souriait d'un air rêveur en y pensant.

Au bout d'un moment, elle dit : « Qu'est-ce qui nous a amenés ici, à ton avis, Dirk ? Tous les trois. »

Son ton était neutre, prosaïque. Elle aurait pu être une cliente posant une question pratique à son avocat. Elle pressait le poids tiède de Chandler contre sa poitrine, appuyait ses lèvres un peu gercées contre son crâne. Il portait un petit bonnet tricoté que des parents de Dirk leur avait offert, mais la chaleur de sa peau montait jusqu'aux lèvres d'Ariah.

« Ce qui nous a amenés ici... ? Littéralement parlant, ma chérie, c'est moi. À ta demande. »

Dirk parlait d'un ton léger, parce que c'est ainsi qu'il faut parler à une jeune mère dans un moment comme celui-là.

Mais Ariah s'obstina, car Ariah s'obstinait toujours. « Qu'est-ce qui nous a amenés tous les trois à cet endroit-ci, voilà ce que je veux dire. Et à ce moment-ci ? Alors qu'il y a tout l'univers et une infinité d'instants ? »

Il était un peu pénible pour Ariah de parler aussi longuement. À l'hôpital, dans sa chambre particulière aux murs blancs où s'amoncelaient les fleurs, et dans la salle d'accouchement, elle avait hurlé, imploré, menacé. Elle avait la gorge à vif après les cris et les gémissements gutturaux, les cris d'animal à l'agonie, qui lui avaient été arrachés.

Dirk dit, du même ton léger et insistant : « Tu sais ce qui nous a amenés ici : l'amour.

– L'amour ! Oui, je suppose. » Elle réagit comme si cette idée ne l'avait pas effleurée. Caressant la main d'Ariah, en coupe sous la tête du bébé, l'aidant à tenir la tête du bébé de sa grosse main un peu maladroite, son mari la contempla de côté, à la dérobée, comme il l'avait regardée dans son lit d'hôpital, et sentit son cœur se contracter. L'amour qu'il éprouvait pour elle et pour leur enfant le submergea avec une telle force qu'il ne put parler.

« L'amour n'est pas une force inférieure à celle de la gravité dans l'existence, n'est-ce pas ? poursuivit Ariah, les sourcils froncés. La "gravité" ne se voit pas non plus.

– Chandler et toi, vous êtes visibles, dit Dirk en souriant. Moi aussi, je suis tout ce qu'il y a de visible. »

Il se tapota le ventre. Il avait perdu près de cinq kilos depuis l'entrée d'Ariah à l'hôpital, mais il aurait supporté sans problème d'en perdre cinq de plus.

Ariah s'obstina. « L'amour est une question de chance, un coup de dés.

– Une partie de poker, plutôt. Les cartes te sont distribuées, mais un bon joueur en obtient toujours de bonnes. Et un bon joueur sait quoi en faire. »

Ariah lui sourit, ravie de cette réponse.

MARIAGE

« Un bon joueur sait quoi en faire. »

Elle tira par jeu sur les doigts de Dirk, réunis en coupe sous la tête de Chandler. La paume seule de cette main était assez grande pour tenir leur bébé, sans autre soutien. Elle dit, de sa nouvelle voix, rauque, méditative : « Tu ne me quitteras pas avant un moment, maintenant, je pense ? Maintenant que Bébé est là.

– Pourquoi dis-tu des choses pareilles, Ariah ? »

Offensé, Dirk s'écarta.

Ariah regarda son mari avec un étonnement innocent. Son large et séduisant visage, fatigué par l'épreuve de la semaine écoulée, le visage d'un gamin américain forcé de grandir trop vite, était plissé de contrariété. Ariah ne comprenait sincèrement pas pourquoi.

À cet instant précis, Chandler commença à gigoter et à babiller avec plus d'insistance, emplit d'air ses minuscules poumons et se mit à brailler. Par chance, c'était l'heure de la tétée.

Et donc un bébé vint habiter au 7, Luna Park. Un bébé !

C'était un bébé angélique, parfois. À d'autres moments, un petit démon écarlate et rugissant. Maman et papa le contemplaient avec étonnement. S'il ne s'était pas extirpé de son corps par un trou beaucoup trop petit, Ariah aurait juré qu'il venait d'une autre planète. Krypton ? Où les lois naturelles diffèrent des nôtres.

Étonnant ce qu'il aimait crier, exercer ses poumons de bébé. Furieux, déterminé, comme un de ces fous tyranniques, ces leaders fascistes, Hitler, Mussolini, que l'on voyait aux actualités s'adresser en hurlant à des foules hypnotisées, massées sur des places publiques. Ariah faillit dire en plaisantant : « Il va peut-être vouloir une chaire pour son premier anniversaire, il pourra commencer à prêcher jeune. » C'était une allusion au révérend Littrell, bien sûr. Mais Ariah se mordit la lèvre et se tut.

Les nuits étaient moins romantiques au 7, Luna Park, dans l'ancienne chambre de célibataire de Dirk Burnaby. Les nuits étaient une équipée mouvementée sur un fleuve noir, agité, turbulent, qui vous laissait hébété, nauséeux. Soupirant après l'aube. « Au moins, toi, tu peux partir "travailler". C'est ce que font les papas. » Ariah essayait de prendre les choses avec humour. Dirk protestait qu'il resterait volontiers à la

160

maison pour l'aider si elle le souhaitait. Et il engagea une nurse pour s'occuper du bébé lorsque Ariah était totalement épuisée. Mais Ariah n'appréciait guère la présence de la nurse, parce que le petit Chandler était *son* enfant.

(Elle n'en aurait jamais d'autre, elle le jurait. Oh! que cela avait fait mal. On dit qu'on oublie les douleurs de l'accouchement mais elle, Ariah, n'était pas près d'oublier. Jamais.)

Un bébé angélique, un bébé démon. Qui se réveillait cinq ou six fois par nuit. Qui hurlait de faim. Exigeait le sein. Les deux seins. Souillait ses couches de caca de bébé. (Que, abrutie par le manque de sommeil, moins intraitable qu'à son habitude, Ariah en viendrait presque – si étrange que cela paraisse – à ne pas détester. «Ça ne sent pas vraiment mauvais. On s'y habitue. Ça sent... eh bien, Bébé.»)

Un volcan, s'émerveillait Dirk, actif aux deux extrémités.

Et puis il y avait la tétée.

La tétée! À laquelle Mère et Bébé se livraient ensemble, chaque fois que Bébé le souhaitait. Une affaire privée. La petite bouche de poisson affamé de Bébé tétant son sein gonflé de lait. *Une autre façon de faire l'amour*, pensait Ariah. *Mais nous ne le dirons pas à papa.*

Non, mieux valait que papa ne sache pas.

Non que papa n'adorât pas Bébé, mais il n'aurait pas vraiment aimé considérer Bébé comme un rival.

Merci, mon Dieu. Ma faute a été rachetée et je ne Te demanderai plus jamais rien.

2

«Il semble que l'on m'ait pardonné, finalement. Les presbytériens, en tout cas.»

Quelques semaines plus tard, Mme Littrell vint seule à Niagara Falls, en train, pour voir son petit-fils. «Oh! Ariah. Oh! mon petit.» Ce fut une réconciliation larmoyante, là, dans la gare bruyante de Niagara Falls, une scène digne d'un film sentimental mais généreux des années 40, tourné dans un noir et blanc de temps de guerre. À présent femme mariée et mère, et diablement fière de se débrouiller si bien, Ariah se composa un visage de fille émue lorsqu'elle étreignit sa mère,

MARIAGE

surprise par l'opulence et la chaleur de son corps, mais elle ne réussit pas à verser plus d'une larme ou deux. *Jamais! Jamais je ne vous pardonnerai de m'avoir abandonnée quand j'avais besoin de vous.* «Pourras-tu me pardonner, un jour, ma chérie?» demanda Mme Littrell d'un ton anxieux, et Ariah répondit aussitôt, en serrant dans les siennes les deux mains grassouillettes de sa mère: «Oh! mère. Bien sûr. Il n'y a rien à pardonner.» Dirk Burnaby, radieux, serra la main de Mme Littrell avec galanterie et gentillesse. Et il y avait Bébé Chandler dans sa poussette, qui, les doigts fourrés dans la bouche, regardait en clignant les yeux cette femme entre deux âges, larmoyante et intimidée. Mme Littrell se pencha sur lui comme sur un abîme qui lui donnait le vertige. Elle bégaya: «Oh! c'est un miracle. Ce bébé est un miracle. N'est-ce pas que c'est un miracle, oh quel beau petit bébé.» Ariah eut envie de corriger sa mère, Bébé Chandler n'était pas vraiment beau, inutile d'exagérer, mais oui, peut-être semblait-il tel à sa grand-mère. Mme Littrell supplia Ariah de lui permettre de le prendre dans ses bras et, bien entendu, Ariah consentit. «Chandler, voici ta grand-mère.

– "Grand-maman", j'espère qu'il m'appellera. Oh! comme il est beau!»

Mme Littrell ne comptait passer que deux nuits à Niagara Falls, dans la chambre d'ami du 7, Luna Park, mais elle finit par en passer six.

«En un sens, c'est plus facile lorsque les gens ne vous adressent plus la parole», dit Ariah d'un ton ironique. (Mais elle était secrètement ravie du triomphe remporté par Bébé Chandler. Il y avait là une vengeance délicieuse.)

Mme Littrell avait apporté deux grandes valises, dont l'une remplie d'affaires pour Bébé. Des affaires «neuves et usagées» dont certains des propres vêtements d'enfant d'Ariah, vieux de trente ans. «Tu te souviens, ma chérie? Ce petit bonnet que ta grand-mère avait tricoté pour toi.» Ariah sourit et dit que oui, il lui semblait se souvenir, alors qu'en fait pas du tout. Ces vieilles nippes auraient pu appartenir à n'importe qui; sa mère les avait peut-être même achetées à une vente de charité! L'église ne cessait d'organiser des ventes de ce genre au sous-sol. Pendant cette réconciliation idyllique, Ariah fut prise d'un soudain accès de rage: sa mère n'avait aucun droit de revenir dans sa vie, alors qu'Ariah se débrouillait si bien sans elle, et sans le révérend Littrell.

162

PREMIER-NÉ

Mme Littrell n'avait pas davantage le droit de revenir dans la nouvelle vie d'Ariah que ne l'aurait eu Gilbert Erskine, ressuscité des morts.

Gilbert Erskine. Ariah ne pensait plus jamais à lui. Pourtant, dans un rêve d'une singulière laideur, il était venu la trouver : en frappant avec entêtement à la porte de sa nouvelle maison. Lâchement, Ariah s'était cachée sous les couvertures et avait envoyé Dirk ouvrir à sa place.

À coup sûr, pour apporter au jeune couple autant d'affaires, neuves et d'occasion, Mme Littrell n'avait aucune idée de la situation financière de Dirk Burnaby. Ariah ne lui avait quasiment rien dit de sa vie conjugale à Niagara Falls ; elle lui avait seulement envoyé un faire-part de naissance et quelques photos de Chandler. Visiblement, Luna Park intimidait l'épouse du pasteur de Troy. Les élégantes maisons de brique dans ce quartier résidentiel verdoyant, en bordure du fleuve ; les demeures de style néo-géorgien donnant sur le parc, avec leurs petites pelouses méticuleusement tondues et leurs grilles noires en fer forgé ; l'ameublement sobre et moderne des appartements de célibataire de Dirk Burnaby ; le splendide Steinway d'Ariah…, tout prit Mme Littrell au dépourvu. Sans parler de la nurse irlandaise, de la gouvernante et du cuisinier, un Français que Dirk mettait à contribution plusieurs fois par mois pour des dîners d'affaires. Et il y avait un nègre qui s'occupait de la pelouse, pourtant toute petite. Mme Littrell semblait désorientée, comme si elle s'était égarée dans la maison de la fille mariée d'une autre femme, mais elle n'était nullement pressée d'en partir.

À plusieurs reprises, elle murmura à l'oreille d'Ariah : « Tu dois être si heureuse, ma chérie, ta coupe déborde ! »

La troisième fois que Mme Littrell prononça cette observation haletante, alors que Dirk soulevait Chandler de terre pour montrer à grand-maman le remarquable « numéro de l'hélicoptère » qu'exécutait son fils en agitant bras et jambes, la méchante Ariah riposta : « Crois-tu ma coupe si petite, mère ? Pour qu'elle déborde aussi facilement ? »

Avant la fin de l'année, le révérend Littrell commença à accompagner Mme Littrell à Niagara Falls. Le père d'Ariah tomba lui aussi sous le charme de la famille Burnaby.

Et tout particulièrement sous le charme du bébé.

Le père d'Ariah semblait avoir vieilli au cours de l'année écoulée.

163

MARIAGE

Ariah supposait qu'elle en était responsable. C'était un homme fier, en dépit de son humilité chrétienne en chaire, et la conduite d'Ariah l'avait scandalisé. Il avait le visage profondément ridé, et son menton à la Teddy Roosevelt avançait avec moins d'assurance. Il paraissait plus petit. Son ventre se voyait davantage. Il avait acquis la manie énervante de se racler la gorge avant de parler, et après l'avoir fait, comme pour brouiller ses paroles. Contrairement à la mère larmoyante d'Ariah, il ne fit pas vraiment d'excuses à Ariah, et ne la serra pas non plus dans ses bras. Tout au plus parvint-il à déclarer lorsqu'ils furent seuls tous les deux, comme s'il s'agissait d'une révélation biblique : «Agir à la hâte n'est pas toujours agir imprudemment, je vois. Dieu t'a comblée dans ton mari et ton fils. Je Le remercie toutes les heures de ma vie que les choses aient tourné pour toi comme elles l'ont fait, Ariah.

– Merci, père», dit doucement Ariah.

En ayant envie d'ajouter avec un sourire espiègle *Oui mais je suis toujours damnée. Cela ne changera pas.*

Ariah était reconnaissante, au fond. Que son père eût prononcé ces paroles, même à contrecœur. À un moment de sa vie où elle n'en avait plus besoin.

(Pourquoi aurait-elle dû se soucier de quiconque, en fait ? Maintenant qu'elle avait son bébé. Bien à elle.)

«Tes parents sont vraiment des gens bien.» Dirk parlait avec son enthousiasme habituel, et Ariah ne détecta pas la moindre trace d'ironie dans son ton, ni sur son visage souriant. Elle savait qu'il pensait *Si différents de ma mère* et donc bien sûr les Littrell pouvaient lui paraître des beaux-parents idéaux.

«Eh bien, ce sont des chrétiens, cela ne fait pas de doute.»

Elle parlait d'un ton léger. Non, elle n'était pas sarcastique !

En fait, elle était heureuse, très heureuse, que son mari, en hôte toujours courtois, se montre aussi aimable avec ses parents. Cela lui permettait de se taire lorsqu'elle le souhaitait. Cela lui donnait la possibilité de s'éclipser avec Chandler pour aller faire un petit somme.

Elle aimait qu'en présence de son gendre, grand, plein d'assurance, qui parlait avec désinvolture et autorité d'affaires, de politique, d'éco-

164

PREMIER-NÉ

nomie, de droit, et qui semblait en savoir long sur le développement imminent de l'«hydroélectricité» dans la région du Niagara, le révérend Littrell eût tendance à se montrer respectueux. «Oui. Je vois. Ah! je vois.» Alors qu'à Troy il aurait affirmé sa personnalité, ici à Luna Park il était réservé. Dirk Burnaby appartenait à une classe sociale inconnue des Littrell, ses croyances religieuses étaient indéfinies, et son sens de l'humour difficile à décoder. Même Chandler était imprévisible. Le plus souvent, lorsqu'il rivalisait avec grand-maman Littrell pour capter l'attention fantasque de son petit-fils, grand-papa perdait. L'enfant dévisageait le vieil homme avec curiosité, sans sourire, en clignant lentement les yeux. Quelquefois, il repoussait grand-papa avec frénésie. Sur le visage de son père, Ariah voyait alors apparaître une expression sincèrement désemparée.

Le pouvoir qu'a un enfant inconscient de rejeter. De survivre.

C'est ainsi qu'une génération en enfonce une autre dans la terre. La réduit en os, en poussière. L'enfouit dans l'oubli. Avec un sourire cruel, Ariah se disait que la promesse du ciel devait compter bien peu lorsqu'on avait perdu la terre.

«Chandler! Vilain garçon. Grand-papa va te faire la lecture, tu vois? Tiens, voilà le livre du Grand Lion, ton préféré.» Gaiement, Ariah traînait son fils jusqu'à son père et le déposait sur le canapé à côté du vieil homme, qui souriait gauchement.

Ariah avait peur sur l'eau, et n'aimait guère être ballottée sur le *Walkyrie*, remonter et descendre le fleuve agité jusqu'au lac Érié et retour; pour l'amour de Dirk, cependant, elle feignait de prendre plaisir à ces excursions, ou à peu près. Elle prévoyait un temps où elle resterait à la maison, et laisserait Dirk et Chandler naviguer ensemble; mais ce temps n'était pas encore tout à fait venu.

Ce fut toutefois une fête lorsque Dirk invita ses beaux-parents à une promenade en yacht jusqu'au lac Érié, à huit kilomètres au sud, puis à un dîner sur la splendide terrasse du Yacht Club de Buffalo. Ariah éprouva une sorte de fierté en voyant l'impression produite sur son père par le grand yacht blanc aux lignes pures, lorsqu'il le découvrit dans la marina. Elle supposa qu'il se demandait combien il pouvait coûter. (Jamais il n'aurait pu le deviner.) Mme Littrell était agitée, inquiète. Il

165

MARIAGE

y avait tant d'autres embarcations sur le fleuve par cette belle journée
ventée, des voiliers, des yachts, des vedettes, ne risquait-on pas une collision, les vagues n'allaient-elles pas submerger et retourner leur bateau ?
Elle était réellement effrayée, parlait bas, d'un ton gêné, par crainte que
son gendre n'entende. « Impossible, mère, dit Ariah avec désinvolture.
Dirk est un yachtman expérimenté. » *Yachtman !* Avec quelle facilité elle
prononçait ce mot, elle qui, avant Dirk Burnaby et sa nouvelle vie
aux Chutes, n'avait jamais vu un navire comme le *Walkyrie*, sans parler
de monter sur un pont aussi luxueusement équipé. En tout cas, une
fois sur le fleuve, Ariah et Mme Littrell restèrent dans la cabine avec
Chandler. Le vent était incessant sur le Niagara ; Dirk tenait à naviguer
à une certaine allure ; il détestait « se traîner » ; lorsque des nuages
obscurcissaient le soleil, la température baissait de plusieurs degrés.
Ariah regardait avec inquiétude les nuages qui s'amoncelaient au-dessus
du lac vers lequel ils se dirigeaient, mais elle ne dit rien à sa mère,
bien entendu. Dans la région des Grands Lacs, le temps changeait vite :
les météorologues se trompaient en permanence. Chandler adorait
le grand bateau de papa mais, à force de surexcitation, il se fatiguait
vite. Il devenait alors grincheux, irritable, pleurnicheur, capricieux.
« C'est un enfant nerveux et sensible, dit Mme Littrell d'un ton protecteur. Il tient de sa mère.

– C'est comme ça que tu me vois, mère ? fit Ariah en riant.
Nerveuse, sensible ? » Elle ne savait pas si elle devait s'estimer flattée
ou insultée. Elle se sentait diablement fière d'elle-même, depuis qu'elle
était mère.

Pendant quelque temps après la naissance de Chandler, elle n'avait
pas été elle-même, pouvait-on dire. Épuisée, mélancolique. Avec l'envie
de se blottir dans un nid de couvertures et de s'y cacher. Mais elle
ne l'avait pas fait, hein ? Ses petits seins durs s'étaient gonflés de lait
comme des ballons, un lait délicieux qui exigeait d'être tété.

Mme Littrell disait : « Mais très douée aussi, Ariah. Très… intelligente.
Un peu mystérieuse. C'est ce que ton père et moi avons toujours
pensé. »

Mystérieuse ! Voilà qui plaisait mieux à Ariah.

« Et en quoi Chandler ressemble-t-il à son père, d'après toi ? demanda-
t-elle.

166

– À son père? Eh bien… il a ses yeux, je crois. Et il a quelque chose de Dirk dans la bouche. La forme de la tête.» Mais elle semblait hésitante.

«Lorsqu'il est né, Chandler avait les cheveux bruns, dit Ariah. Des mèches noires pareilles à des algues. Maintenant ils deviennent plus clairs, comme ceux de Dirk. Je crois qu'il lui ressemblera en grandissant. Il aime les chiffres, et Dirk dit que lui aussi jouait avec les chiffres à son âge. D'après la mère de Dirk, Chandler ressemble beaucoup à son fils au même âge.» C'était un mensonge si stupéfiant qu'Ariah ne parvenait pas tout à fait à croire qu'elle en était l'auteur. «Chandler est né quelques semaines avant terme, bien sûr, et il a du retard à rattraper. Mais il le fera.»

Dieu merci, Ariah ne se faisait plus de souci sur l'identité du père de son bébé. Elle ne se rappelait plus que vaguement ses inquiétudes, comme une scène confuse d'un film vu longtemps auparavant. En observant Dirk en compagnie de Chandler, on savait qu'ils étaient père et fils. Chandler adorait son papa, et papa l'adorait. Rétrospectivement, Ariah voyait dans son anxiété un symptôme de sa grossesse, au même titre que les nausées matinales ou les envies alimentaires (bouillie d'avoine froide, sandwiches aux pickles, *fish fingers* à la moutarde, brioche de la boulangerie DiCamillo). Les mères qui attendent leur premier enfant imaginent le pire, lui avait assuré le Dr Piper. Elles imaginent qu'elles risquent de donner le jour à des bébés difformes, à des monstres. Ariah, au moins, n'avait pas été folle à ce point.

Grognon, Chandler avait repoussé son jeu de chiffres et fini par s'assoupir. Mme Littrell regardait par le hublot de la cabine, fouetté d'embruns, les deux hommes sur le pont. «Je n'aurais jamais cru voir de mon vivant ton père porter un gilet de sauvetage, remarqua Mme Littrell. Comme un capitaine au long cours.» Elle tâcha de rire, bien que, dans le sillage d'une énorme péniche des Grands Lacs passée dangereusement près, le *Walkyrie* commençât à tanguer. Avec un sourire livide, Mme Littrell dit: «Tu as épousé un homme vraiment merveilleux, Ariah. Tu as eu raison de ne pas désespérer.»

Ne pas désespérer? Était-ce donc cela son amour pour Dirk?

«Oui, mère. Ce n'est pas la peine d'en discuter.»

Ariah ferma les yeux. Ce damné bateau! Qui tanguait, roulait. C'était le mal de mer qu'elle redoutait, plus que la noyade.

167

MARIAGE

Mais Mme Littrell s'obstina, éleva la voix pour couvrir le bruit du moteur. «Oh! Ariah. Les voies de Dieu sont impénétrables, comme dit la Bible.

– Dieu a peut-être tout simplement un sens de l'humour tordu», dit Ariah.

Les Littrell ne parlaient jamais à Ariah des Erskine, qu'ils connaissaient bien; ils ne lui parlaient jamais de Gilbert Erskine. On aurait dit, lorsque les Littrell étaient en visite à Luna Park, sous le charme de la famille Burnaby, qu'une partie du passé avait cessé d'exister.

Le soir de la sortie en yacht jusqu'au lac Érié et retour, alors qu'ils se déshabillaient et parlaient de l'excursion, qui, pour Dirk, s'était très bien passée, Ariah éprouva le désir soudain de ne plus jamais revoir ses parents, ni personne d'autre. Elle avait l'âme élimée et souillée comme une vieille serviette usagée. Elle s'entendit dire d'un ton comique : «Eh bien, il semble que l'on m'ait totalement pardonné, maintenant. Le rôle du *Walkyrie* a été décisif, dans le cas du révérend.» En s'observant dans une glace, elle se découvrit plusieurs nouveaux cheveux argentés, très visibles. Ils ressemblaient à des pensées mélancoliques, de celles que l'on a envie d'éliminer à la racine. «Mais tu sais quoi? Je suis toujours la même pécheresse.»

Avec un petit rire, Dirk l'attira contre lui : «J'espère bien, ma chérie.»

3

SANS AVERTISSEMENT!

En octobre 1953, un après-midi de semaine, trop tôt pour qu'il s'agisse de son élève de piano, la sonnette retentit et Ariah alla ouvrir. Elle n'éprouvait qu'une légère inquiétude. À cette heure-là, ce n'était ni le facteur ni non plus un livreur. Ariah n'était pas en assez bons termes avec ses voisins de Luna Park pour que l'un d'eux lui rende visite à l'improviste et sans invitation. (Elle avait la réputation, supposait-elle, d'être froide, distante. Et peut-être n'était-ce pas faux.) En dehors de quelques leçons de piano par semaine, Ariah passait ses journées avec Chandler. Elle était une mère dévouée, consacrée. Elle avait renvoyé la nurse irlandaise que Dirk avait engagée pour elle, et

168

PREMIER-NÉ

diminué les heures de travail de la gouvernante de Dirk. «C'est ma maison. Je déteste la partager avec des inconnus.» Elle aimait observer Chandler à distance, regarder l'enfant jouer de longs moments en oubliant entièrement la présence de sa mère. Il marmottait, discutait, riait tout seul, fabriquait avec patience des tours, des ponts, des avions remarquablement compliqués, puis, après une petite phrase laconique («Fini, maintenant!») imitant la voix de papa, il les faisait s'écraser, se désintégrer, s'effondrer.

Ce jeu avait un nom secret, qu'il murmurait à l'oreille de maman si elle promettait de ne rien dire: «Tremblement de terre».

À deux ans et sept mois, Chandler était maigre, enclin à la surexcitation nerveuse, timide et méfiant en présence des autres enfants. Il avait un petit visage triangulaire de furet. Ariah lui trouvait aussi des yeux de furet… fuyants, toujours en mouvement. «Regarde-*moi*, Chandler. Regarde *maman*.» Et il lui arrivait alors de le faire, mais on voyait que son petit cerveau fiévreux était concentré sur des affaires plus urgentes.

Avant qu'Ariah eût atteint la porte, la sonnette retentit de nouveau, impérieuse. Ariah était contrariée lorsqu'elle ouvrit. «Oui. Que voulez-vous?» Sur le perron se tenait une femme d'un certain âge, élégamment vêtue, parfumée, familière comme un mauvais rêve à demi effacé. Quelqu'un qu'Ariah n'avait jamais vu mais que néanmoins elle connaissait (elle le savait!).

En bougeant bizarrement les lèvres, cette femme lui annonça, avec une diction volontairement recherchée, une voix qui semblait ne pas avoir servi depuis un certain temps: «Ariah, bonjour. Je suis la mère de Dirk, Claudine Burnaby.» Feignant de ne pas remarquer la stupéfaction et la consternation d'Ariah, elle lui tendit une main molle et gantée. La pression de ses doigts fut quasi inexistante. Elle regardait Ariah derrière des lunettes de soleil si sombres qu'on ne voyait même pas briller ses yeux. Sa bouche était d'un rouge ardent de voiture de pompier, mais récalcitrante au sourire.

Elle! La belle-mère.

Un long et terrible moment, Ariah resta figée. C'était le genre de rencontre improbable, invraisemblable, qu'une belle-fille à l'esprit morbide avait peut-être déjà imaginée, en plus de trois ans de mariage,

169

MARIAGE

mais maintenant qu'elle se produisait, elle se produisait manifestement pour la première fois ; et la belle-mère menait le jeu.

Garée le long du trottoir, aussi solennelle qu'un corbillard, une voiture avec chauffeur.

Ariah entendit sa voix trébucher comme celle d'une chanteuse amateur. Elle cherchait des notes inexistantes. « Madame Burnaby ! B... bonjour. Entrez... je vous prie. »

La femme eut un rire aimable. « Oh ! voyons, ma chère... nous ne pouvons être "Mme Burnaby" toutes les deux. Pas en même temps. »

Ariah réfléchirait après coup à cette remarque, comme quelqu'un examine des coupures et des bleus qui lui ont été faits sans qu'il s'en rende vraiment compte.

Ariah bégaya que Dirk n'était pas là, qu'il serait désolé de l'avoir manquée, quoiqu'elle sût, dans un coin de son esprit, que Mme Burnaby avait délibérément choisi une heure où Dirk serait absent, pourquoi donnait-elle d'elle-même l'image de quelqu'un de naïf, d'obtus ? Elle proposa à Mme Burnaby de la débarrasser, prit maladroitement son manteau, une cape de laine en fait, moelleuse, d'une couleur exquise de fleurs de bruyère, assortie au tailleur que Mme Burnaby portait au-dessous ; un tailleur qui évoquait la mode du milieu des années quarante, épaules carrées, taille étroite et jupe évasée tombant à mi-mollet. Sur ses cheveux raides d'un blond métallique, Mme Burnaby portait un chapeau de velours noir, orné d'un petite voilette vaporeuse. Une odeur de gardénias fanés et d'antimite flottait autour d'elle. Ariah était profondément humiliée d'apparaître à cette femme comme quelqu'un qui s'était beaucoup laissé aller depuis son mariage. Elle portait un vieux cardigan, un pantalon informe et des « mocassins » si usés au talon que c'étaient en fait des sortes de mules. Elle avait encore sur les revers de son pantalon des taches qui dataient d'une séance de peinture d'œufs de Pâques vieille de plusieurs mois. Et bien entendu ses cheveux (grisonnants) étaient tirés en arrière de la manière la moins seyante, et avaient besoin d'un shampooing. Elle avait l'intention de faire un brin de toilette avant l'arrivée de son élève à 5 heures...

Mme Burnaby semblait toutefois à peine consciente de la présence d'Ariah ; elle regardait ostensiblement autour d'elle. « Cela fait des années. Dirk ne m'invite jamais. Il a toujours été un enfant étrange, vindicatif, gâté dès le berceau. Personne ne s'attendait qu'il se marie. Il y a des raisons de se marier, bien sûr, et certaines sont bonnes. Vous avez changé le papier peint, je vois. Et le carrelage est neuf. Avant vous, aucune d'elles n'a vraiment habité ici, pour autant que je sache. Remarquable. "Dirk se marie, mère", voilà ce que mes filles m'ont dit. "Tu ne devineras jamais avec qui parce que tu ne lis pas les journaux." C'est l'idée qu'elles se font de l'humour. Et qui avons-nous là ? » Sur ses escarpins à hauts talons, vacillant très légèrement, Mme Burnaby entra dans la salle de séjour, où, surpris, Chandler, qui jouait avec son jeu de construction Tinkertoy, leva les yeux. La femme bavarde aux cheveux d'un blond métallique, à la bouche rouge vif et aux lunettes noires miroitantes se dressait au-dessus de lui comme une apparition.

« C'est… Chandler ? dit-elle, en prenant un ton gai. Je pense que oui. »

Ariah courut s'accroupir près de Chandler qui regardait Mme Burnaby en silence, les yeux écarquillés. En faisant mine de le caresser, elle arrangea sa tenue et lissa ses très fins cheveux rebelles. « Chandler, c'est grand-maman Burnaby. La maman de papa. Dis bonjour à… »

Mme Burnaby coupa d'un ton aimable mais ferme : « "Grand-mère Burnaby", si vous n'y voyez pas d'inconvénient. Je ne me sens la "grand-maman" de personne. »

Ariah bafouilla : « G… grand-mère Burnaby. Dis bonjour, Chandler. »

Chandler fourra ses doigts dans sa bouche, pressa son petit corps maigre contre sa mère comme s'il voulait se cacher dans le creux de son bras, regarda sa grand-mère en clignant les yeux et murmura, d'une voix à peine audible, quelque chose comme « B'jour ».

Avec sa voix de maman, Ariah dit, comme si c'était une nouvelle étonnante, merveilleuse, que Chandler ne pouvait apprendre qu'avec ravissement : « Cette dame est ta grand-mère Burnaby, Chandler. Tu n'as jamais rencontré grand-mère Burnaby, n'est-ce pas ? Quelle agréable surprise qu'elle soit venue nous voir ! Qu'est-ce que tu dis quand des gens viennent te voir, chéri ? Un petit peu plus fort, mon biquet… "Bonjour". »

Chandler essaya de nouveau, en se recroquevillant. « B'jour.

– Bonjour, Chandler, dit Mme Burnaby. Tu es un grand garçon, maintenant, n'est-ce pas ? Presque quatre ans ? Ou… pas tout à fait ?

Et qu'as-tu construit là, Chandler? Une ingénieuse petite ville faite de *bouts de bois*?» La respiration de Mme Burnaby était audible, comme si elle venait d'entrer en courant dans la pièce. Elle portait un sac à main en cuir et un autre sac contenant des paquets-cadeaux; elle le tendit à Ariah comme on tendrait un objet encombrant à une domestique, sans la regarder. «Mais pourquoi joues-tu ici, Chandler? Tu dois bien avoir ta chambre de jeux au premier? Il y a sûrement une nursery dans la maison? Cela ne doit pas être très commode pour tes parents ni très agréable pour toi de jouer ici? Tu dois les gêner? Et les meubles doivent te gêner aussi, Chandler, n'est-ce pas?»

La question semblait si pressante, Mme Burnaby parlait soudain avec tant d'inquiétude et d'irritation qu'Ariah se sentit obligée de répondre, tandis que Chandler se tortillait contre elle: «Oh! Chandler joue où il veut. Il joue en haut, et il joue ici. Parfois je joue avec lui, n'est-ce pas, Chandler? Et il se sert aussi des meubles d'une façon très maligne. Vous voyez, madame Burnaby…

– Appelez-moi "Claudine", je vous en prie. Comme je le disais, tout le monde ne peut pas être Mme Burnaby en même temps.

– C… Claudine.»

Ariah eut envie de dire que c'était un beau nom, parce qu'elle le pensait sincèrement, mais sa gorge se contracta, s'y refusa.

«Et vous êtes Ariah. La femme de Dirk, originaire de Troy. J'ai égaré le nom de famille, pardonnez-moi. Votre père est prédicateur?

– Pasteur. Presbytérien.

– Mais il prêche aussi, non? À moins que l'on ne prêche pas dans cette secte?

– Eh bien, oui. Mais…

– Bien. Nous nous rencontrons enfin. J'ai vu des photos de vous, naturellement. Mes filles m'en ont montré.» Mme Burnaby marqua une pause, une pause appelant un sourire, ou un froncement de sourcils pensif. Mais le visage de Mme Burnaby demeura inexpressif. «Vous êtes différente sur chaque photo, ma chère; et maintenant que je vous vois, eh bien… vous êtes encore quelqu'un d'autre.»

Dirk et Ariah ne rendaient pas souvent visite aux sœurs mariées de Dirk et à leurs familles. Ariah redoutait ces rencontres, généralement centrées autour d'une fête: Thanksgiving, Noël, Pâques. Dès le début

PREMIER-NÉ

elle avait senti la désapprobation, voire l'antipathie, de ses belles-sœurs Clarice et Sylvia, et décidé de s'en moquer. À présent elle n'osait penser à ce qu'elles avaient pu dire d'elle à leur mère.

Et comme c'était étrange que Claudine Burnaby parût à peine plus âgée que ses filles, qui avaient la quarantaine.

À plusieurs reprises, Ariah avait invité sa belle-mère à s'asseoir mais, chaque fois, celle-ci avait feint de ne pas entendre ; elle avait proposé de lui servir un thé, mais Mme Burnaby semblait préférer rôder dans les pièces du rez-de-chaussée, en demandant si telles tentures ou tels meubles étaient nouveaux, et si Ariah les avait choisis ; elle déclara admirer le piano, qui croulait sous les manuels d'exercices ; elle plaqua quelques accords sonores, et Ariah grinça des dents comme si elle entendait des ongles crisser sur un tableau. «Je jouais autrefois. Il y a longtemps. Avant la naissance des enfants.» Elle passa ensuite dans la salle à manger, et jeta un coup d'œil au jardin de derrière par les portes-fenêtres ; elle resta quelques minutes dans la cuisine, tandis qu'Ariah attendait avec anxiété sur le seuil, consternée par l'état de l'évier, de la cuisinière et du réfrigérateur. *La femme de ménage vient demain* avait-elle envie de dire mais, bien que ce fût vrai, cela avait l'air d'un mensonge. *Ne me jugez pas sur les apparences!* avait-elle envie de protester.

De retour dans la salle de séjour, Mme Burnaby s'assit à côté de son petit-fils, avec la raideur d'un mannequin de cire dont les membres inférieurs n'ont qu'une flexibilité limitée. Elle tenta de nouveau d'engager la conversation avec Chandler. Elle sortit de son sac l'un des cadeaux gaiement emballés, comme pour le tenter, mais Chandler se serra contre Ariah, avec le même mouvement de recul que la première fois. Mère et fils semblaient savoir à l'avance, à leur taille et leur relative légèreté, que les cadeaux de Mme Burnaby étaient peu prometteurs. Des vêtements, des animaux en peluche. Ariah appréhendait que Chandler se tortille entre ses bras et lui échappe. Interrompu dans ses jeux, il devenait parfois grognon, et parfois étrangement blessé, craintif. Il détestait tout particulièrement être interrogé comme il l'était en cet instant par Mme Burnaby. Et cette grand-mère était si étrange, si différente de son autre grand-mère ; elle l'observait à travers des lunettes noires opaques et attendait qu'il lui sourie alors qu'elle même ne lui souriait pas. La peau papier-de-verre de son visage était lisse mais cireuse, et sa bouche

173

MARIAGE

était trop rouge, dessinée pour exagérer le renflement de ses lèvres ou masquer leur minceur. Lorsqu'elle parlait, on avait l'impression qu'elle avait dans la bouche des billes qu'elle essayait de ne pas laisser échapper. Quand elle se penchait en avant pour lui caresser les cheveux, Chandler reculait. Il aurait glissé hors de sa portée sur son derrière, se serait esquivé dans l'autre pièce, si sa mère ne l'avait rattrapé avec un petit rire gai.

«Il est timide, madame Burnaby. Il est…»

La visiteuse émit un son railleur, comme si «timide» était un code qu'elle savait déchiffrer.

«Est-il timide avec son autre grand-mère? Celle de Troy?

– Il est très jeune, madame. Il n'aura trois ans qu'au printemps prochain.

– Trois ans, répéta Mme Burnaby avec un soupir. Il verra le XXIe siècle. Vous ne trouvez pas étrange qu'on puisse être aussi jeune, et être humain? Mais il est né avant terme, m'a-t-on dit.»

Ariah ne releva pas. Entendre Claudine Burnaby parler aussi familièrement de Chandler, comme si c'était sa prérogative, la mettait mal à l'aise.

Elle proposa de nouveau du thé ou du café et, cette fois, Mme Burnaby dit: «Un whisky soda. Merci.» Ariah se réfugia dans la cuisine pour préparer le whisky de sa belle-mère et, pour Chandler et elle-même, une *root beer*. Quel soulagement d'être seule! Elle entendait Mme Burnaby qui, d'une voix forte, exubérante, encourageait Chandler à ouvrir ses cadeaux, mais aucune réponse audible de son fils.

Pourquoi es-tu ici? Que nous veux-tu? Va-t'en, retourne dans ta toile d'araignée.

Ariah se disait toutefois, bravement, que cette femme était la grand-mère de Chandler et qu'elle avait peut-être certains droits. Il fallait laisser à Chandler l'occasion d'acquérir une parente fortunée. Non? C'était une question d'ordre pratique. Ariah devait mettre ses préjugés de côté.

Mais mes préjugés, c'est moi! J'aime mes préjugés.

Si forte, l'odeur du scotch de qualité de Dirk. Ariah envisagea un instant de se préparer un whisky soda. Ou d'avaler une gorgée de scotch pur en vitesse, là, dans la cuisine. Mais, dans son état d'énerve-

174

PREMIER-NÉ

ment, les conséquences risquaient d'être fâcheuses. Cette sensation pareille à une flamme, provoquée par le whisky, si merveilleuse, trop merveilleuse peut-être, qui donnait envie à Ariah de se serrer contre Dirk, et de faire l'amour. Ou alors elle aurait envie de pleurer parce qu'elle se sentait seule. Elle aurait envie de se mettre en quête d'un prêtre catholique (elle n'avait jamais parlé de sa vie à un prêtre catholique) pour lui confesser ses péchés. *Je suis damnée, pouvez-vous me sauver? J'ai poussé mon premier mari au suicide. Et je me suis réjouie de sa mort!* Elle avait envie d'appeler Dirk à son cabinet, de dire à sa secrétaire à la voix veloutée (amoureuse de Dirk Burnaby, Ariah le savait) que c'était urgent, puis, quand elle l'aurait en ligne, de hurler: *Rentre à la maison! Cette horrible femme est ta mère, pas la mienne. Au secours!* Elle avait préparé le whisky soda de Claudine Burnaby d'une main tremblante, et il sentait si bon qu'Ariah but une gorgée, une toute petite gorgée à la bouteille avant de revisser le bouchon.

Cette sensation exquise, comme une flamme dans la gorge. Et plus bas.

Depuis la visite ratée à Shalott de l'été 1950, plus de trois ans auparavant, Claudine Burnaby et le jeune couple n'avaient eu que peu de contacts. À la naissance de Chandler, Ariah avait adressé un faire-part à Mme Burnaby, qui avait répondu en envoyant des cadeaux luxueux à son petit-fils, dont un coûteux landau imitant un modèle victorien, lourd, massif, tarabiscoté et malcommode, que Dirk avait aussitôt descendu à la cave. Et elle avait envoyé des cadeaux à Chandler pour Noël et Pâques. C'étaient invariablement des paquets emballés directement par le magasin et adressés à M. CHANDLER BURNABY. Il n'y avait pas de mot à l'intérieur, rien qui reconnût l'existence des parents de Chandler. «Elle pense peut-être qu'il vit seul dans l'ancien repaire de célibataire de son père», disait Ariah. Elle plaisantait (bien sûr) mais Dirk, susceptible sur le sujet de sa mère, le prenait mal. «Ma mère ne se porte pas bien. J'ai essayé de l'accepter, et tu devrais faire de même. Elle n'est pas délibérément impolie. Elle vit dans son propre univers confiné, comme une tortue dans sa carapace.» Mais une tortue ne vit pas dans un univers confiné, objectait Ariah, une tortue vit avec d'autres tortues et communique sûrement avec elles. Les tortues ne contrôlent pas d'énormes sommes d'argent qu'elles n'ont pas gagnées

175

MARIAGE

mais seulement héritées. C'était toutefois une opinion qu'Ariah n'était pas près d'exprimer devant son irritable mari.

Elle s'agaçait de ce que les sœurs de Dirk, Clarice et Sylvia, ne cessent de donner à leur frère des nouvelles de leur mère de nature à le contrarier. Claudine était devenue une « incorrigible hypocondriaque ». Elle était « pitoyable, pathétique ». Parfois pourtant, elle semblait être véritablement malade, souffrir de migraines, d'infections respiratoires, de calculs biliaires. (Personne ne peut imaginer des calculs, si ?) Claudine cherchait à « manipuler » tous les Burnaby, à les plier à sa volonté. Elle n'avait « strictement rien » sinon qu'elle était « cruelle et vindicative comme une impératrice romaine ». Les deux sœurs (et leurs maris) avaient la conviction que Claudine Burnaby jouait avec elles et avec leurs avocats, qu'elle les poussait à présenter une requête devant un tribunal de district pour lui extorquer une procuration afin de pouvoir, à ce moment-là, les traîner en justice et faire un scandale. Outre Dirk et ses sœurs, un certain nombre d'autres Burnaby et d'associés avaient part aux affaires de la famille, sur lesquelles Ariah ne savait pas grand-chose, et désirait en savoir encore moins. Biens immobiliers, investissements dans des usines locales, une société de gestion de biens à Niagara Falls. Des brevets ? Dirk disait d'un ton grincheux : « Nous n'avons pas besoin d'un sou de plus que ce que me rapporte mon métier d'avocat. Et je ne veux pas en discuter. »

Ariah, qui n'avait aucune envie d'en discuter, se mettait sur la pointe des pieds pour embrasser le visage exaspéré, empourpré, de son mari et enlaçait ce qu'elle pouvait de sa taille.

Oh ! elle l'aimait. Aucun doute là-dessus.

Se disant à présent qu'elle pourrait peut-être se montrer polie, sinon charmante, envers Claudine Burnaby ; peut-être même (en faisant appel à son entraînement à l'amour chrétien, aux cours de catéchisme donnés infatigablement par sa propre mère) réussirait-elle à éprouver de l'affection pour cette femme. « Je vais essayer ! » Encore une petite – très petite – gorgée du whisky moelleux de Dirk, et Ariah retourna dans la salle de séjour où Mme Burnaby avait « aidé » son petit-fils à ouvrir deux de ses cadeaux, qui contenaient effectivement des vêtements, destinés à un enfant plus jeune. Chandler ne faisait qu'un effort minime pour feindre de s'y intéresser, et montrait peu de curiosité pour

PREMIER-NÉ

les autres présents. Ariah espéra pouvoir rattraper la situation. Mme Burnaby accepta son whisky soda sans commentaire et but avidement, comme si c'était sa récompense, tandis qu'Ariah s'accroupissait près de Chandler pour partager sa *root beer* avec lui. Mais quelque chose avait changé dans l'atmosphère pendant l'absence d'Ariah.

Mme Burnaby dit d'un ton ironique : « Lorsqu'on apporte des cadeaux, c'est soi-même que l'on apporte. On montre ses sentiments, comme on dit. Mais ils ne sont pas toujours les bienvenus. »

Ariah ouvrit la bouche pour protester. Mais le whisky qu'elle avait avalé si vite dans la cuisine lui donnait soudain envie de rire.

Mme Burnaby poursuivit : « Je jouais du piano autrefois, mais pas Chopin, Mozart ni Beethoven. Je n'avais pas la technique. On me préparait à être une débutante... j'étais une "beauté"... pour employer une expression de l'époque. Voilà au moins qui vous aura été épargné, Ariah. »

Ariah rit, cette fois : l'insulte était si maladroite. À moins que ce ne fût pas du tout une insulte, mais un compliment détourné ? Mme Burnaby remuait son whisky de l'index. « Mes filles et leurs maris espèrent hériter de Shalott et du terrain qui va avec, mais Shalott doit revenir à Dirk. À un fils. Dirk est le seul de mes enfants qui soit de taille à occuper cet espace. Vous comprenez ? Même s'il m'a brisé le cœur. Même s'il n'est pas un fils – ni probablement un mari – sur lequel on puisse compter. Comme vous vous en rendrez compte, ma chère. »

Piquée, Ariah répondit doucement : « Je ne crois pas avoir envie de discuter de mon mari avec vous, madame. Surtout en présence de son fils ! Vous le comprenez, j'espère ? »

Mme Burnaby but une autre rasade de whisky, sans prêter attention à sa remarque. « D'après mes filles, vous êtes une pianiste amateur de talent. Elles, elles vous ont entendue, manifestement. Voulez-vous jouer pour moi ?

– Eh bien, un jour, peut-être. Pour le moment...

– Et vous "donnez des leçons" dans cette maison, comme vous en "donniez" à Troy ? Avez-vous une raison pour cela, ma chère ?

– Pour donner des leçons ? J'aime enseigner aux jeunes élèves. Et puis il... il me faut quelque chose à faire. En plus d'être épouse et mère.

177

MARIAGE

– En plus d'être épouse et mère! Et qu'en pense Dirk?

– Pourquoi ne pas le lui demander, madame Burnaby? Je suis sûre qu'il vous le dira.

– Vous enseigniez la musique avant votre mariage, m'a-t-on dit. Avant votre premier mariage. Je sais que vous avez été mariée plus d'une fois, Ariah. Un veuvage prématuré. C'était plus courant pendant la guerre. Étant donné les revenus de mon fils, il semble un peu étrange que sa femme "donne" des leçons de piano, mais il se peut que je ne sache plus rien des revenus de Dirk. Il a cessé de m'en tenir informée. Il a ses raisons, que personne ne connaît. Cet insouciant garçon me doit encore douze mille dollars mais, comme je ne lui fais pas payer d'intérêts, rien ne presse l'emprunteur de rembourser sa dette. Oh! vous paraissez étonnée, Ariah? Mais il est inutile d'interroger Dirk sur le sujet, il ne vous dira rien. Il ne s'est jamais confié à aucune femme. Il a un goût morbide pour le secret. Il joue une femme contre l'autre. Certaines d'entre elles venaient me trouver… les femmes respectables, j'entends. Le cœur brisé, et furieuses bien évidemment, même si elles ne le savaient pas sur le moment. Je ne m'en suis jamais directement mêlée – ni le père de Dirk, il faut que vous le sachiez – mais il y a parfois eu des arrangements, des arrangements "médicaux", pour tirer Dirk des situations embarrassantes où il se trouvait. Et où il trouvait les autres. Vous me suivez, Ariah? En dehors de vos taches de rousseur, que je trouve très séduisantes, vous êtes d'un lisse…»

À ce moment-là, Chandler, ou peut-être Ariah elle-même, renversa de la *root beer* sur le tapis, et il fallut le tamponner frénétiquement avec une serviette.

Mme Burnaby poursuivit: «Je me demande si Dirk se rend toujours à Fort Érié? Vous a-t-il emmenée à l'hippodrome, ma chère?

– Le… l'hippodrome?» Ariah savait bien entendu qu'il y avait à Fort Érié un champ de courses, célèbre dans la région; mais la question de Mme Burnaby la prenait au dépourvu.

«Je vois que non. Ma foi.»

Un pouls battait douloureusement dans le crâne d'Ariah. Le whisky, si moelleux lorsqu'elle l'avait avalé, lui barbouillait maintenant l'estomac. Elle avait l'impression que son élégante belle-mère au chapeau de velours noir et aux lunettes opaques s'était penchée nonchalamment

178

pour lui donner un coup dans le sternum. Et elle constata avec consternation que Chandler enregistrait tout. Généralement indifférent aux conversations entre adultes, il écoutait, bouche bée, le regard fixé sur sa grand-mère. « Si tu allais une minute dans la pièce d'à côté, mon chéri ? Maman te rejoint tout de suite…

– Non, non. Ce n'est pas nécessaire, ma chère. Je m'en vais. »

Ariah suivit Claudine Burnaby en trébuchant, marcha dans son sillage parfumé. N'eut pas la présence d'esprit d'aller chercher la cape de Mme Burnaby, si bien que Mme Burnaby dut la retirer elle-même de la penderie du vestibule. « Embrassez Dirk pour moi, je vous en prie. Je ne sais pas quand je quitterai de nouveau l'Isle Grand. J'ai si peu de raisons de le faire, semble-t-il, et cela me coûte tant d'efforts. Et ma santé est franchement mauvaise. » À la porte, elle tendit de nouveau sa main gantée, non pour prendre celle d'Ariah mais simplement pour l'effleurer, en guise d'adieu. En baissant la voix, elle dit : « Ne vous inquiétez pas, ma chère. Votre secret mourra avec moi.

– Mon s… secret ? Quel secret ?

– Voyons, cet enfant n'est pas de Dirk, vous le savez, et je le sais. Il n'est pas mon petit-fils. Mais, comme je le disais, ne vous inquiétez pas. Je ne suis pas une femme vindicative. »

Bouche bée, Ariah regarda sa belle-mère descendre l'allée sur ses talons trop hauts, rejointe par le chauffeur qui s'empressa de l'aider à monter dans la limousine.

Lorsqu'elle revint dans la salle de séjour, Chandler était de nouveau absorbé dans son jeu de construction. À côté de lui, la pile de paquets-cadeaux, intouchés.

Ariah emporta la bouteille de whisky dans la chambre à coucher, et c'est là que Dirk la trouverait ce soir-là, dans un lit encore défait, lorsqu'il rentrerait de son travail.

La petite famille

1

Ce n'était que logique, non?

Sachant que votre premier-né peut vous être arraché n'importe quand par un caprice divin, vous devez avoir un deuxième enfant. Et si vous ne parvenez pas à aimer votre premier-né autant qu'une mère devrait aimer, il faut assurément que vous en ayez un deuxième, pour arranger les choses.

« Même si certaines choses sont sans doute impossibles à arranger. »

La même logique veut que, si vos deux premiers enfants sont des garçons, vous soyez obligée d'essayer de nouveau dans l'espoir d'avoir une fille.

Une fille. « Ma vie serait parfaite, alors. Je ne Te demanderais plus rien, mon Dieu, je le promets. »

Ce n'était que logique. Sachant que votre mari peut vous quitter un jour, ou vous être arraché, il vous faut au moins avoir plusieurs enfants.

Ce n'était que logique. Ariah Burnaby était une femme logique. Elle deviendrait, avec le temps, une femme qui s'attendait au pire pour échapper à l'anxiété de l'espoir. Elle deviendrait une femme aux principes calmes, fatalistes, qui prévoyait sa vie avec la sérénité d'un météorologue. Elle risquerait (elle pensait le savoir, car même dans ses

LA PETITE FAMILLE

moments les plus névrotiques elle demeurait une femme intelligente) de s'aliéner son mari à force d'attendre qu'il «disparaisse» un jour de sa vie.

Même lorsqu'elle le tenait serré dans ses bras. Et pourtant jamais assez serré.

Ce n'était que logique, non? Combien de fois pourtant au cours des dix années suivantes jaillirait d'elle, qui ne croyait pas aux prières, cette prière étranglée:

«Tu ne serais pas aussi, cruel, mon Dieu... si? Fais que je sois enceinte cette fois-ci. Oh! s'il Te plaît.»

C'était un souhait logique. Pourtant, des années passeraient.

«Tu m'aimes vraiment, Dirk? N'est-ce pas?»

De sa voix mélancolique, elle posait la question. La nuit, dans la stupeur du demi-sommeil, lorsque nous disons des choses que nous ne dirions pas le jour.

Il était trop enlisé dans le sommeil pour répondre. Sinon en enroulant son corps, lourd, chaud, consolant, autour du sien. Elle reposait au creux de son bras, et complotait. Un autre bébé!

Ils ne s'aimaient pas moins (en tout cas Ariah le croyait-elle) mais avec le temps ils faisaient l'amour moins fréquemment. Et avec moins de passion. Ils s'étonnaient moins souvent. Il dut y avoir un jour, une heure, où ils firent l'amour en plein jour pour la dernière fois; où pour la dernière fois ils firent l'amour impulsivement ailleurs que dans leur grand lit confortable; où Ariah pressa sa bouche angoissée contre la poitrine moite de Dirk pour ne pas crier trop fort.

Et lorsque Ariah décida qu'*elle ne devait jamais, jamais plus boire* après cette terrible visite de Claudine Burnaby, pas même un verre de son vin rouge préféré à dîner, pas même une coupe de Dom Pérignon pour fêter un précieux anniversaire de mariage, cette délicieuse sensation de désir au bas de son ventre s'estompa comme si elle n'avait jamais existé et elle se mit à étreindre son mari avec moins de désir, et parfois sans désir du tout, sinon celui, féminin, têtu, de concevoir, d'être enceinte, d'avoir un enfant.

D'avoir un enfant.

181

Peut-être n'était-il pas logique, ce souhait. Mais il le paraîtrait rétrospectivement, après la naissance des enfants.

Car rétrospectivement on peut faire que le coup de dés le plus aléatoire, le plus désespéré, paraisse inévitable.

Combien d'années. «Mais je n'ai jamais douté. Jamais.»

Et c'est ainsi que je naquis. Et pourquoi?

2

Un miracle! Ariah conçut enfin un deuxième enfant, à qui elle donna le jour en septembre 1958. Elle avait trente-sept ans.

«Presque trop tard. Mais pas tout à fait!»

Cette grossesse, Ariah se la rappellerait baignée de bonheur comme d'une lumière dorée permanente. Quelle différence avec le cauchemar de sa première grossesse, si longtemps auparavant! Royall Burnaby naquit exactement à la date prévue, un vigoureux bébé de neuf mois et trois kilos qui avait les cheveux filasse et les yeux bleu cobalt de son père. Né en suscitant chez sa mère la pensée involontaire *Celui-ci est vraiment à nous. Ce bébé-ci, nous pouvons l'aimer.*

Né à un moment où son papa surfait sur une vague de prospérité économique à Niagara Falls.

Né à un moment de l'histoire où il semblait que l'univers lui même fût en expansion, à l'infini.

Si le mariage d'Ariah commençait à «battre de l'aile», à «se défaire» – c'étaient des mots qui venaient à l'esprit, moins cruels que d'autres –, la naissance de Royall Burnaby arrangerait les choses, pour quelque temps.

«Maintenant tu ne peux vraiment plus me quitter, hein, Dirk?… Maintenant que nous en avons deux.» Voilà les plaisanteries que faisait Ariah, en s'essuyant les yeux avec rudesse.

Dirk tiquait. Il ne savait jamais que penser des plaisanteries de sa femme, sinon qu'il ne les aimait pas beaucoup. Mais il se gardait bien de lui répondre avec brusquerie.

Il soulevait Royall qui gigotait dans les grandes mains de papa. Il soulevait Royall, un bébé robuste, débordant d'énergie, dont la personnalité se définissait déjà. Une personnalité très différente de celle de

Chandler. Ariah, qui les regardait, savait que Dirk ne pouvait penser *Celui-ci est de moi, mon vrai fils* et pourtant c'était exactement ce que suggérait l'amour extasié, blessé, peint sur son visage.

Les années 50. Une époque de «boom économique».

Une époque comparable aux années 1850 à Niagara Falls, affirmaient les historiens locaux. Mais cette fois, au lieu du tourisme, ce serait l'industrie qui se développerait. En 1960, la population de la région aurait doublé et dépasserait les 100 000 habitants.

En 1970, la région posséderait la plus importante concentration d'usines chimiques des États-Unis.

À côté du Niagara et de ses chutes fantastiques enveloppées de brumes, la ville de Niagara Falls et ses banlieues connaissaient un développement agressif. Le monde de Royall Burnaby.

S'il y en avait un autre, il n'en saurait rien.

Ariah n'avait qu'une idée confuse de ce qui se passait, car elle s'intéressait peu à la «politique locale». (En fait, elle s'intéressait très peu à la politique. À quoi bon? On était dans un monde d'hommes.) Mais même Ariah finit par se rendre compte que les terres boisées ou cultivées en lisière de la ville étaient défoncées, nivelées, transformées en sites industriels couvrant des centaines – non, plutôt des milliers – d'hectares. «Qu'est-il arrivé, papa? Où sommes-nous?» demandait Chandler, dérouté, quand, pour leur promenade dominicale, papa emmenait sa petite famille au nord de la ville, le long du fleuve, ou à l'intérieur des terres, du côté de Lockport. (Chandler s'intéressait au canal de l'Érié et aux gigantesques écluses de Lockport.) Les paysage familiers devenaient méconnaissables, éventrés et bouleversés comme par un tremblement de terre Tinkertoy.

«C'est le *progrès* que tu as devant les yeux, Chandler», disait Dirk, en montrant le pare-brise de la voiture. À l'arrière, Royall sur les genoux, Ariah roucoulait et chantonnait à son oreille.

C'était un fait profond : la terre devenait ciment. Les arbres étaient renversés, sciés et emportés. Il y avait partout des grues et des bulldozers géants. On avait élargi la vieille route à deux voies conduisant à Lockport. Des autoroutes faisaient leur apparition dans les champs du jour au lendemain. Il y avait de nouveaux ponts, d'un gris acier brutal.

MARIAGE

Ariah observait avec dégoût, et à distance. Le « progrès » avait lieu à des kilomètres de Luna Park, pourquoi aurait-elle dû s'en préoccuper ? Luna Park était situé dans le secteur de Rainbow Avenue et de la 2ᵉ Rue, le quartier d'habitation le plus ancien de la ville ; les changements se produisaient tous à l'est et au nord, après Hyde Park, vers Buffalo Avenue, Veterans' Road, Swann Road, autour de la 100ᵉ Rue et au-delà… des endroits qui auraient tout aussi bien pu se trouver sur la lune, du point de vue d'Ariah.

Un no man's land, où l'on installait usines, entrepôts, parkings pour employés. Fabricants de pièces détachées et de groupes frigorifiques, usines chimiques, usines d'engrais. Il y avait des fabriques de plâtre. Des tanneries et des usines d'articles en cuir. Des usines de détergents, décolorants, désinfectants et nettoyants industriels. Asphalte, amiante. Pesticides, herbicides. Nabisco, Swann Chemicals, Dow Chemical, United Carborundum, NiagChem, Occidental Chemical (« OxyChem »). On construisait des centrales hydroélectriques géantes le long du fleuve dans l'intention, très médiatisée, d'« exploiter » jusqu'à un tiers de la force hydraulique des Chutes. Ariah lut dans la *Niagara Gazette* qu'une entité appelée Burnaby, Inc. avait vendu des centaines d'hectares de terres de première qualité à Niagara Hydro, et elle en fut si frappée qu'elle laissa le journal glisser par terre.

« Mon Dieu, c'est nous ? Nous sommes riches ? »

Cette possibilité l'emplissait d'appréhension.

À ce moment-là, Royall était un bébé de cinq mois, débordant d'appétit et d'énergie, qui tétait le sein d'Ariah. Chandler, âgé de sept ans, un enfant un peu gauche rendu encore plus timide et plus gauche par l'arrivée d'un petit frère, se tenait à la porte de la nursery et regardait sa mère avec anxiété. Devant son air étonné et perturbé, il lui demanda ce qui n'allait pas, et Ariah répondit aussitôt : « Oh ! mon chéri, r… rien ! Rien du tout. »

Depuis la naissance de Royall, Ariah semblait souvent déconcertée par la présence de Chandler. Elle l'aimait, naturellement, mais elle avait tendance à l'oublier. L'esprit brouillé par le manque de sommeil, elle pensait à lui comme à *l'autre*, oubliant temporairement son nom.

Ariah s'était juré de ne pas aimer Chandler moins que Royall. Mais ce serment-là aussi, elle avait tendance à l'oublier.

184

LA PETITE FAMILLE

Bien qu'elle ne fût pas superstitieuse, Ariah éprouvait une sorte de terreur. Car il lui semblait confusément qu'il était dangereux d'«exploiter» les Chutes. De dévier des millions de tonnes d'une belle eau tumultueuse afin de les convertir en électricité pour des «consommateurs».

Traînant Royall dans la chambre à coucher, où il y avait un téléphone, elle appela Dirk à son cabinet. Oh! pourquoi n'était-il jamais à la maison! Jamais à la maison lorsqu'elle avait besoin de lui. La secrétaire à la voix de velours lui dit avec froideur que «M. Burnaby» était à la mairie, en réunion avec le maire et avec la commission de zonage dont il était un membre de fraîche date. (Ariah était-elle censée le savoir? Avait-elle oublié?) «Et comment puis-je le joindre là-bas? S'il vous plaît.» La secrétaire à la voix de velours parut hésiter, mais donna à Mme Burnaby le numéro du bureau du maire; ce maire, récemment élu, était Tyler («Spooky») Wenn; Ariah estimait avoir le droit de téléphoner à son mari, puisque lui-même n'appelait plus que rarement, contrairement à son habitude lorsqu'ils étaient nouveaux mariés et que Chandler était bébé. La main d'Ariah tremblait. Royall se tortillait sur les genoux de maman, agitait ses petits poings en donnant des signes d'énervement; à n'en pas douter, il avait encore trempé ses couches. Ariah se rongea l'ongle du pouce en se demandant si elle devait appeler le bureau de Wenn et exiger de parler immédiatement à son mari, en disant que c'était urgent; c'était un stratagème auquel elle avait eu recours par le passé, peut-être un peu trop souvent; mais elle ne pouvait s'en empêcher parfois, seule avec deux jeunes enfants et sujette à des émotions qui l'alarmaient.

Elle avait été heureuse pendant ces neuf mois où elle avait été enceinte de Royall. Ils ne savaient pas que ce serait un garçon, bien entendu. Ariah était folle d'amour pour Royall mais ne pouvait se défendre de penser que son bonheur serait complet si elle avait eu une fille à sa place.

«Ariah? Bonjour? Que se passe-t-il?»

La voix de Dirk résonnait à son oreille, forte et pressante. Ariah ne se rappelait pas lui avoir téléphoné. La respiration haletante, Royall se préparait à hurler. En hâte, elle lui fourra son sein dans la bouche, son mamelon douloureux, irrité, qui semblait avoir été cruellement pincé, et Royall se mit à téter.

«Ariah? Ma chérie? Quelque chose ne va pas?»

MARIAGE

Il devait l'aimer, alors. Ariah entendait l'inquiétude monter dans sa voix.

Elle tripota le récepteur et tâcha de parler mais ses mots roulèrent de sa bouche comme des cailloux. Elle savait avoir dérangé Dirk pendant une réunion avec le maire de Niagara Falls pour une raison précise mais du diable si elle se rappelait laquelle. Elle dit : «Il y avait un problème… le bébé ne respirait pas bien… mais ça s'est arrangé maintenant, il va bien.

– Je ne t'entends pas, chérie. Le bébé ne va pas bien ?

– Il ne respirait pas bien. Mais maintenant, ça va. Excuse-moi de t'avoir dérangé. Je ne savais pas quoi faire.

– Il va bien, maintenant ? Royall va bien ?

– Très bien. Écoute.»

Ariah plaça le combiné devant la petite bouche mouillée de Royall et le chatouilla pour le faire glousser, gargouiller. L'un des sons qu'il émit ressemblait au cri perçant du paon.

«Ariah ? C'est… Royall ? Royall va bien ?»

Il semblait désemparé, comme un aveugle qui s'efforce de voir.

«Royall va très bien, mon chéri. C'est le bébé le plus merveilleux du monde.

– Il va bien ? Tu en es sûre ?

– J'en suis sûre, répondit Ariah, avec un rire irrité. Si tu doutes de moi à ce point, rentre à la maison t'en assurer par toi-même.»

Un silence interloqué suivit ses paroles.

«Ah ! Tu m'as fait une sacrée peur pendant un moment.»

Dirk choisissait ses mots pour ne pas la contrarier davantage. Ariah savait : son prudent avocat de mari ne voulait pas contrarier son épouse instable. Dans le bureau de Dirk, il y avait un daguerréotype jauni de son grand-père Reginald Burnaby, le fameux funambule, photographié alors qu'il traversait les gorges fumantes du Niagara, un balancier de trois mètres cinquante sur les épaules pour garder l'équilibre. Ariah comprenait la précarité de cet équilibre.

Tandis que Royall tétait et tirait sur son sein, Ariah ressentit soudain un coup de poignard dérangeant au creux du ventre, un désir brut, humide, qui la fit gémir tout haut. «Oh ! Dirk. Tu me manques. Rentre à la maison me faire l'amour, mon chéri.

186

LA PETITE FAMILLE

– Ariah ? Que dis-tu ?

– Tu me manques, Dirk. J'ai envie de faire l'amour avec toi. Comme avant. Avant les bébés. Tu te souviens ? »

Nouveau silence. Ariah entendit la respiration accélérée, inquiète, de son mari.

« Je suis en réunion, chérie. Une réunion importante. Si je ne suis pas là pour le vote, Dieu sait ce qui se passera. Alors, il vaut mieux que je te quitte, Ariah, si le bébé et toi allez bien ? » Dirk marqua une pause, comme s'il essayait de penser à quelque chose. « Et Chandler ? »

Ariah rit de la vigueur avec laquelle Royall tétait, lui causant une douleur au sein et cette sensation brûlante entre les jambes. « Ton fils est un amant de choc, Dirk. Tu vas le regretter. » Du lait coulait de la petite bouche féroce de Royall et dégoulinait sur son menton. Un lait aqueux, sembla-t-il à Ariah, clair comme du lait écrémé. Peut-être n'était-ce pas un bon lait. Un lait de bonne mère. Peut-être manquait-il de vitamines. Dirk disait quelque chose, lui posait une question, et les bruits de succion, les gargouillis du bébé, l'empêchaient d'entendre. Dans la confusion de ses idées, Ariah se rappela soudain la raison de son appel. « Cet article en première page de la *Gazette* ? Sur les usines hydroélectriques ? Pourquoi notre nom y figure-t-il ?

– Cette affaire n'a rien à voir avec nous, chérie, répondit aussitôt Dirk. Il s'agit d'une branche de la famille avec qui je n'ai pas de relations. Ne t'inquiète pas. Ce n'est rien du tout.

– Rien du tout. Je vois.

– Je détiens quelques actions de Burnaby, Inc. Mais je ne suis pas concerné, j'ai ma vie à moi. Mes revenus. »

L'excitation d'Ariah devenait si forte, si dérangeante, qu'elle osa retirer son sein de la bouche avide du bébé qui, l'espace d'un instant, ahuri, continua à téter l'air, le visage dépourvu d'expression. Ses petits yeux bleu cobalt humides, bordés de fins cils pâles, semblaient n'accommoder sur rien : il était pur appétit contrarié. À l'autre bout de la ligne, le père du bébé disait qu'il devait retourner à sa réunion, qu'il espérait être rentré vers 22 heures. « Les enfants et toi allez bien, n'est-ce pas ? Je vous aime.

– Eh bien, moi, je te déteste. »

Ariah rit avec colère et raccrocha avant que Dirk pût lui expliquer

MARIAGE

pourquoi, une fois de plus, il rentrerait tard ce soir-là, après un dîner en compagnie de ses riches relations d'affaires chez Mario, au Boat Club ou au Rainbow Grand Terrace.

Chandler avait pris la *Gazette* et lisait avec concentration l'article sur Niagara Hydro. C'était un lecteur précoce, qui avait apparemment appris tout seul avant d'aller à l'école et qui était maintenant, au dire de son instituteur, le meilleur en lecture du cours élémentaire. Mais il lisait souvent sous un éclairage trop faible, et Ariah avait peur qu'il ne s'abîme la vue. Il dit : « Maman, est-ce que c'est notre nom… "Burnaby", ou quelqu'un d'autre ?

– Quelqu'un d'autre. »

À ce moment-là, Royall hurlait de fureur. Écarlate comme un diable. Ariah sentait sa température monter et imagina un instant avec frayeur un homard qui rougit, jeté dans l'eau bouillante. Elle trouvait soudain Royall terrifiant. Pourquoi avait-elle tenu à toute force à avoir un autre enfant, alors qu'elle était trop âgée ? Alors que son mari pouvait la quitter à tout moment ? Elle poussa un cri et laissa tomber Royall sur… quoi donc ?… le bord du lit. Une surface matelassée et pourtant, dans sa rage infantile, Royall se trémoussa et gigota si bien qu'il rebondit et roula sur le sol ; heurta le sol moquetté à la fois avec son derrière langé rembourré et avec la base de son crâne. Une fraction de seconde le silence régna dans la pièce, le bébé bouilli avait cessé de respirer, puis il emplit ses poumons minuscules d'une énorme quantité d'air et se mit à pleurer, crier, hurler jusqu'à ce qu'Ariah, anéantie, plaque les mains sur ses oreilles.

Chandler courut relever son petit frère gigoteur et le déposa avec précaution sur le lit où il continua à hurler sans interruption. Ariah battit en retraite, pieds nus, dans un coin de la pièce. Elle sentait le lait couler de ses deux seins, ruisseler sur sa peau brûlante ; elle était nue sous son peignoir douteux. Chandler dit avec sérieux : « On pourrait le rapporter, hein, maman ? Là où tu l'as pris ? »

3

Maintenant il y avait deux petits garçons dans la famille Burnaby, et Ariah se sentait plus seule que jamais : il lui manquait une fille.

Ce désir lui vint peu après que Royall eut été sevré. Oh ! allaiter un

188

enfant lui manquait! *Donne-moi une fille*, implorait-elle. *Une fille qui me rachète, qui arrange les choses.*

Car il lui semblait que d'une certaine façon elle avait échoué. Elle était une femme (manifestement!) et pourtant pas une femme féminine, pas une «bonne» femme.

Ariah devint si émotive à mesure que les mois passaient, les mois et les années, et elle était si terrorisée à l'idée de ne plus pouvoir avoir d'enfants, qu'elle faillit se confier à sa mère. «Est-ce que tu éprouvais la même chose, mère? Est-ce que tu voulais une fille?» Mais Mme Littrell se contenta de sourire en secouant la tête: «Ma foi, je "voulais" ce que Dieu m'envoyait, Ariah. Et ton père aussi.»

Une imbécile contente d'elle-même. Ariah la détestait.

(Non, Ariah n'était pas «proche» de sa mère, bien que les Littrell viennent souvent à Niagara Falls séjourner au 7, Luna Park, et que les Burnaby se rendent à Troy au moins une fois par an pour une «fête» ou une autre. Ariah serrait les dents et jouait son rôle de Fille devenue Mère, avec l'approbation de ses parents. Sans doute Mme Littrell croyait-elle qu'Ariah et elle étaient «proches», mais c'était une erreur de sa part. Ariah en avait parlé raisonnablement avec Dirk: «Il faut des grands-parents à Chandler et à Royall, et ceux-là leur sont très attachés. Je pense donc que nous devrions continuer à les voir pour le bien des enfants.» Dirk parut choqué par cet argument. «Mais je croyais que nous avions de l'affection les uns pour les autres, Ariah? Je croyais que nous étions d'accord pour être tous amis?» Ariah secoua la tête, déconcertée par l'affabilité de son mari. «Bien sûr que nous étions "d'accord", chéri. Je suis toujours d'accord. Mais les choses ne sont pas ainsi. Nous faisons ce que nous faisons pour le bien des enfants.»

(Au moins n'y avait-il aucune possibilité de malentendu du côté de Claudine Burnaby. Voilà une femme qui s'était coupée entièrement d'Ariah. Quel soulagement!)

Deux petits garçons dans la famille Burnaby. L'un, le plus jeune, tenait manifestement de son père; l'autre, l'aîné, ressemblait peut-être à sa mère. Par le caractère, au moins.

Chandler travaillait très bien à l'école. Il avait de bonnes notes mais ne semblait jamais s'en satisfaire. À l'école primaire déjà, il rendait

MARIAGE

souvent des devoirs supplémentaires à ses instituteurs, généralement sur des sujets scientifiques tels que la période glaciaire, les mammouths laineux et les tigres à dents de sabre, l'homme de Néanderthal, la comète de Haley, le système solaire. (Pour représenter le système solaire, Chandler fabriqua à l'aide de colle et de fil de fer une maquette ingénieuse où le soleil était un pamplemousse, et les planètes des fruits plus petits – le dernier, Pluton, étant un grain de raisin. Pour représenter l'orbite de la comète de Haley, Chandler conçut une maquette mobile encore plus ingénieuse où la comète était une bougie de voiture, et la Terre une balle peinte en caoutchouc. Cela lui valut de gagner un prix à la Science Fair du comté du Niagara, où concouraient des enfants de dix ans et moins. Dirk était fier de Chandler, et Ariah pensait l'être aussi. Mais elle le trouvait si agaçant ! Il avait beau ne pas avoir une once de talent musical, il était sans arrêt au piano, par désir d'imiter les jeunes élèves d'Ariah. Elle se bouchait les oreilles en le suppliant d'arrêter. « Mes élèves ne jouent pas mieux que toi, mon chéri, mais au moins, quand maman les écoute, elle est payée pour ça. » Les chemises de Chandler étaient souvent boutonnées de travers, même lorsque Ariah pouvait jurer les avoir boutonnées elle-même, et avec soin. Il revenait de l'école débraillé comme un gamin des rues, le pantalon couvert de vieilles taches de nourriture séchées, alors qu'Ariah l'y avait envoyé avec des habits lavés et repassés de frais. Ses chaussures étaient toujours crottées de boue, semblait-il, même par beau temps. Ses lacets étaient souvent défaits, ses pieds démesurément longs le faisaient trébucher ; il tomba un jour dans l'escalier et se fit au menton une terrible coupure qui se transforma peu à peu en une cicatrice blanchâtre, évoquant un fossile. Dans ce climat de ciels perpétuellement changeants, de pluies soudaines, de neige fondue, de grêle, où les natifs en bonne santé semblaient produire des anticorps contre les rhumes et les grippes, ce pauvre Chandler ne cessait d'attraper des maladies respiratoires et des grippes intestinales. Il avait de soudaines poussées de fièvre, par pure perversité, sachant la peur qu'avait sa mère de la méningite et de la polio. Mais même avec 39° de fièvre, Chandler insistait pour aller à l'école, pour faire huit pâtés de maisons sous la pluie, parce qu'il craignait de « prendre du retard » ; il y mettait tant de virulence qu'Ariah devait céder. « Mais si tu attrapes une méningite

LA PETITE FAMILLE

ou la polio, monsieur Chandler Burnaby, tu pourras aller tout seul aux urgences, et tu pourras creuser tout seul ta petite tombe, sur laquelle tu graveras : MONSIEUR JE-SAIS-TOUT. Moi, je m'en lave les mains. »

Dirk reprochait à Ariah de trop couver Chandler, d'accorder trop d'attention à sa santé, ce qui lui était facile à dire, Royall et lui débordaient de santé. Ariah protestait : « Qui d'autre va couver cet enfant sinon sa mère ? Qui sinon sa mère se soucie le moins du monde qu'il vive ou meure ? Parce que c'est elle qu'on blâmera s'il ne le fait pas. S'il ne vit pas. » Dirk se moquait d'elle, elle était plus drôle que l'actrice Lucille Ball à la télé, une rousse elle aussi mais moins batailleuse et moins brillante qu'Ariah. « Oh ! Ariah, que peut-il arriver à Chandler ? C'est un bon petit garçon en parfaite santé. Le torse un peu maigrichon, peut-être. » Ariah s'emportait : « Tu me reproches la maigreur de ton fils ? Tu penses qu'il est mal nourri ? Il ne mange rien, il a toujours le nez dans les livres. Il a peut-être le ver solitaire. »

Pis encore, Chandler était un enfant distrait. Alors que Royall vous regardait avec intensité, souriait et agitait la tête, alors qu'il s'était mis à « parler » à vingt mois et que, à trois ans, il savait serrer la main des visiteurs et leur demander comment ils allaient, Chandler déambulait souvent, perdu dans un brouillard de pensées intérieures ; on entendait presque ronronner son cerveau. Il partait vagabonder en ville ou près du fleuve au lieu de rentrer directement de l'école, et était ramené chez lui par une voiture de police ou par des inconnus immatriculés dans d'autres États. Les sentiers longeant le Niagara étaient interdits aux jeunes enfants non accompagnés, et notamment le pont menant à Goat Island, mais c'était évidemment là que l'on trouvait Chandler Burnaby ; il expliquait ensuite qu'il était « juste en train d'explorer, pour voir ce qu'il y avait autour ». À partir de son entrée au cours moyen, il fit également son apparition dans la bibliothèque publique de Niagara Falls, où les bibliothécaires ne le découvraient pas dans la salle des enfants où il aurait dû être mais entre les rayonnages pour adultes, « rôdant » parmi des livres qui « n'étaient pas faits pour les yeux d'un enfant ». Bien entendu, on demandait à sa mère embarrassée de venir le chercher. Ariah était furieuse contre Chandler mais pensait saisir le comique de la situation. « Si tu veux vraiment t'enfuir de la maison,

191

MARIAGE

monsieur, il va falloir que tu ailles beaucoup plus loin que le centre-ville. » Chandler s'excusait, mais si doucement et de façon si vague qu'Ariah savait qu'il écoutait à peine ses propres paroles.

Ce qui l'exaspérait le plus, c'était de le surprendre en train de lire alors qu'il était censé dormir. Chandler se faisait une petite tente de ses couvertures et, blotti dessous avec une lampe de poche, il lisait et, à n'en pas douter, s'abîmait les yeux. «S'il te faut des lunettes, un jour, tu ne viendras pas ronchonner. Et si tu deviens aveugle, monsieur, tu pourras te trouver une sébile et aller mendier dans les rues. Ne viens surtout pas pleurer dans mon gilet!»

Chandler se recroquevillait, effaré par sa sa fureur. Mais aussitôt Ariah souriait et le serrait contre son cœur. «Hé! petit, t'en fais pas. Maman t'aime.»

4

Une fille. Parmi ces mâles rapaces. Et notre petite famille sera au complet.

Ariah attendait.

5

«Ridicule! Pire qu'un conte de fées!»

De temps à autre, lorsqu'elle promenait le bébé dans Luna Park, qu'elle s'arrêtait sous les grands platanes splendides pour bavarder avec d'autres mères ou avec des bonnes d'enfants, imitant la volubilité joviale d'une Lucille Ball pour masquer le dédain secret que lui inspiraient non seulement les gens qu'elle fréquentait dans ces moments-là (tandis que son mari avocat sociable en fréquentait de très différents), mais sa personnalité factice, modifiée, Ariah entendait raconter l'histoire de la Veuve blanche des Chutes. Personne ne se rappelait le nom de la belle mariée rousse qui avait cherché sept jours et sept nuits son époux perdu, condamné, qui s'était précipité dans les Horseshoe Falls. Personne ne savait dire avec certitude si la tragédie s'était produite quelques années plus tôt, vingt-cinq ans ou cent ans plus tôt.

Une jeune bonne hongroise assura à Ariah que le fantôme de la Veuve blanche poursuivait sa veille. «Les soirs de brume. Et uniquement au mois de juin. Il paraît que, si on la voit, il ne faut pas lui parler parce qu'elle s'enfuira, mais que, si on garde le silence, elle peut venir à vous. »

Ariah rit. Il lui sembla qu'un éclat de glace lui pénétrait le cœur, tant c'était absurde.

Ariah rit, le visage dans les mains. Dans son beau landau, le petit Royall s'agita et gigota.

Poliment, Ariah demanda à la Hongroise si elle avait jamais vu la Veuve blanche. La jeune fille secoua ses tresses épaisses avec vigueur. «Je suis catholique, et on nous apprend à ne pas croire aux fantômes. C'est un péché de croire aux fantômes. Si j'en voyais un, je fermerais les yeux. Si je les rouvrais et qu'il soit toujours là, je m'enfuirais à toutes jambes. »

Elle sourit et frissonna, tant cela avait de réalité pour elle.

Gentiment sceptique, Ariah dit, comme si elle parlait à un très jeune enfant : « Mais pourquoi, Lena ? Pourquoi vous enfuir ? Cette pauvre Veuve est morte, non ?

– Le fantôme est mort, oui, mais elle n'est pas là où elle devrait être. Donc c'est une âme damnée. C'est ça, un fantôme. Voilà pourquoi je m'enfuirais, madame Burnaby, oh oui !»

Ariah devait reconnaître qu'elle ferait la même chose. Si elle avait le choix.

Chandler revenait de l'école primaire de Luna Park avec des histoires qui donnaient la chair de poule à Ariah.

Il y avait fort longtemps, les Indiens d'Ongiara faisaient des sacrifices dans le Niagara en amont des gorges. Chaque printemps, ils amenaient une fille de douze ans au-dessus de Goat Island, à la hauteur des rapides, du «point de non-retour», comme on disait dans la région, ils la mettaient dans un canoë vêtue de ses habits de noces, puis, après qu'un prêtre de la tribu l'avait bénie, ils lâchaient le canoë, qui filait vers les Horseshoe Falls ; la fille devenait alors l'épousée du dieu du Tonnerre qui vivait dans les Chutes.

«Voilà pourquoi il y a des fantômes dans les Chutes, disait Chandler avec surexcitation. On peut les voir dans la brume, quelquefois. C'est pour ça que les gens ont envie de se jeter dans les Chutes, c'est à cause du dieu du Tonnerre. Il a faim. »

Ariah frissonnait. C'était vrai, bien sûr. Ou cela l'avait été un jour.

Mais elle tournait vers son fils impressionnable un visage railleur. On l'aurait crue furieuse contre *lui*. « Tu parles ! C'est moins romantique et "mythique" quand on sait que les victimes sacrifiées étaient sans doute des gosses dont personne ne voulait : des orphelins, des enfants bizarres ou infirmes. Des femmes en trop. » Ariah parlait avec passion. Chandler la regardait, bouche bée. Une intelligence adulte dirigée avec férocité contre un enfant de neuf ans, un obusier réduisant un colibri en bouillie. Mais il y a des colibris empoisonnants qui méritent d'être réduits en bouillie. « "Sacrifice rituel", "meurtre rituel", "épouse du dieu du Tonnerre", c'est une façon enjolivée de qualifier un *meurtre* pur et simple. Une pratique ignorante, primitive, superstitieuse. Comme de marier une vierge de douze ans à un homme adulte, mais en pire. On aurait dû balancer les "braves" Indiens dans le fleuve en même temps, pour voir s'ils étaient si braves que ça, ces salopards. Ils auraient pu tenir un grand *powwow* avec leur pote le dieu du Tonnerre, dans l'Entonnoir. » Ariah fit mine de cracher d'irritation et de dégoût.

C'était déconcertant : les yeux de Chandler n'avaient absolument aucune couleur. Ils étaient parfois incolores et scintillants comme des écailles de poisson, parfois d'un marron boueux ou d'un brun-vert de marécage. Lorsque Ariah regardait son visage, dans des moments comme celui-ci, l'iris même de ses yeux semblait rétrécir. (Oh ! elle le savait. Il devenait myope. Pour la contrarier.) « Tu comprends, chéri ? Maman cherche juste à t'entraîner. À ne pas croire aux bêtises que tu vas entendre toute ta vie. »

Chandler hochait la tête comme pourrait le faire un chien qui a reçu un coup de pied. Au moins apprenait-il. Il apprenait à ne pas se contenter de décrocher les meilleures notes à l'école mais à être réfléchi, sceptique. Il apprenait à ressembler à sa mère qui était damnée.

6

C'étaient des moments de bonheur. Ariah savait.

Au printemps, lorsqu'il faisait bon, elle sortait se promener avec Royall. À Luna Park, Prospect Park, et au bord des gorges brumeuses du Niagara qui semblait jeter l'enfant dans un ravissement sans fin. Déjà, à l'âge de dix mois, il savait «marcher» si Ariah le tenait fermement par la main. Ils faisaient fièrement le tour du pavillon victorien qui occupait le centre de Luna Park; le petit garçon potelé aux cheveux filasse titubait, trébuchait et hurlait d'excitation à côté de sa mère qui ne cessait de lui murmurer des mots d'encouragement. «Oui, mon chéri. Comme ça. Très bien. Oups! Allez, on se relève, Royall. Royall est un grand garçon, il sait bien marcher.» Le regard de Royall s'éclairait – sans exagération – lorsqu'un observateur le récompensait de ses efforts par des applaudissements et des éloges.

Très vite les autres mères et les bonnes d'enfants de Luna Park connurent Royall par son nom.

Royall, le beau petit Burnaby béni des dieux.

Ariah avait le cœur gonflé d'amour pour son enfant. Maintenant qu'il était sorti de sa petite enfance pénible, maintenant qu'il acquérait une personnalité distincte, elle éprouvait pour lui une tendresse qu'elle n'avait jamais vraiment ressentie pour son frère aîné. Alors que Chandler avait paru se rétracter face au monde, comme accablé par sa profusion, Royall regardait, clignait les yeux, riait et en redemandait.

Il impressionnait Ariah. Cet enfant semblait savoir que le monde lui était bienveillant. L'adorait. Lui offrirait toujours davantage.

Lorsqu'elle quittait la maison avec Royall pour leurs expéditions matinales, Ariah entendait parfois Chandler demander: «Maman? Je peux venir, moi aussi?» Elle avait oublié que c'était l'été et que Chandler n'avait plus école. Ou elle avait oublié qu'il était à la maison. Elle éprouvait un pincement de culpabilité et disait aussitôt: «Bien sûr, mon chéri. Nous ne pensions pas que cela t'intéresserait. Tu pourras pousser la voiture.» Aussi longtemps que Royall en avait la force, il marchait à côté d'Ariah; lorsqu'il se fatiguait, Ariah l'attachait dans la poussette et poussait. À moins d'avoir une leçon de piano prévue,

MARIAGE

elle n'était pas pressée de rentrer au 7, Luna Park. Si le téléphone ou la sonnette retentissaient en son absence, quelle importance?

Dirk se plaignait d'avoir parfois du mal à joindre Ariah. Elle avait décidé qu'elle ne voulait personne pour l'«aider». Pas même une nurse pour Royall, non merci. Ariah était la seule nurse dont Royall ait besoin.

Un jour d'automne froid et éclatant, Ariah se sentit attirée vers Prospect Park. Elle se promenait avec ce petit chien fou de Royall qui se précipitait en avant et devait être retenu; devait être porté par les bras musclés d'Ariah quand ils traversaient des rues et dans les montées, pendant que Chandler poussait la poussette avec compétence. C'étaient maman et ses deux fils. Manquaient papa et la petite fille.

Juliet, voilà le nom que lui donnerait Ariah. Y a-t-il jamais eu plus beau prénom que *Juliet*?

Au lycée, Ariah était convaincue que sa vie avait commencé à aller de travers quand ses parents l'avaient affublée de ce prénom ridicule. Celui d'une tante célibataire de son père, morte depuis longtemps.

Ils n'avaient pas marché une demi-heure qu'Ariah sentit des ampoules se former à ses deux talons. Zut! elle n'avait pas mis les chaussures qu'il fallait. Dans l'herbe, elle pouvait marcher pieds nus; sur les trottoirs, elle se méfiait des mégots de cigarette encore fumants, des cailloux et des bouts de verre. Et il y avait de telles nuées de touristes près des garde-fous donnant sur le fleuve qu'elle risquait de se faire marcher sur les pieds. Ariah s'assit donc à une table de pique-nique avec Royall, tandis que Chandler courait leur acheter des *root beers.* C'était leur habitude pendant ces expéditions. Ils étaient près des rapides du cours supérieur du Niagara, à côté du pont pour piétons de Goat Island. Des nouveaux mariés se faisaient photographier sur le pont. Une famille d'individus massifs comme des moissonneuses-batteuses passa en riant et en parlant avec l'accent du Midwest. Ariah eut envie de leur dire de ne pas sous-estimer les Chutes simplement parce qu'il était midi et qu'il y avait du bruit. Sous ce bruit, on entendait quelque chose de plus subtil, comme une vibration. Si l'on regardait bien, on voyait des arcs-en-ciel fantômes clignoter et chatoyer au-dessus du fleuve. Ariah frissonna, et sourit. Le grondement des American Falls, tout proche, semblait pénétrer son âme.

C'est ton moment de bonheur. Trente-neuf ans. Tu n'auras pas toujours ces jeunes enfants ravissants.

(Dieu avait-il parlé à Ariah, cette fois ? Elle le pensait. Mais elle ne pouvait en être sûre.)

Quoi qu'il en soit, c'était vrai. Les enfants grandissaient vite. Presque tous les gens qu'Ariah rencontrait en société, les amis et associés de Dirk, avaient des enfants beaucoup plus vieux que ceux des Burnaby. Certains de ces enfants étaient presque adultes.

Ariah imagina la désapprobation de ces gens, la répugnance qu'ils éprouveraient pour la femme excentrique de Dirk Burnaby s'ils savaient à quel point elle désirait un autre bébé. Oh ! encore un autre !

Chandler revint avec leurs *root beers* fraîches. Mais Royall était trop surexcité pour boire plus de quelques gorgées. Débordant d'énergie, il se mit à courir en rond dans l'herbe, cria et trébucha et tomba et se releva, puis décrivit un autre cercle, infatigable. Ses fins cheveux filasse brillaient dans la lumière pâle du soleil. Ses petits bras potelés, parfaits, s'agitaient, l'aidant à conserver son équilibre précaire. Cet enfant était pur instinct, fascinant à regarder. La flamme de la vie semblait toujours à la surface de son être ; sa peau était colorée par la course soutenue et ferme de son sang. Personne ne pouvait le prendre pour une petite fille, en dépit de ses cheveux bouclés. Ariah se rappela le bain du soir qu'elle lui avait donné, la veille ; il l'avait taquinée en faisant gicler de l'eau sur le sol, et sur elle. Tandis qu'elle le lavait, elle s'était surprise – ce n'était pas la première fois – à contempler rêveusement son petit pénis qui flottait dans l'eau savonneuse. Si net, parfaitement formé. Et les minuscules sacs de chair qui lui servaient de coussins. (Étaient-ce ces sacs qui, chez l'adulte mâle, contenaient la semence... le sperme ? Ariah n'en savait pas assez sur l'anatomie masculine. Elle aurait pu poser la question à Dirk, à une époque.) Étrange que Royall eût le pouvoir de troubler sa mère, alors que Chandler ne l'avait pas eu. C'est que le sexe de Chandler n'était qu'un appendice de son corps maigre et gauche, un corps qui rappelait à Ariah le sien propre, tandis que, chez Royall, le sexe était le centre de son petit corps compact. Le sexe était sa raison d'être, ou le serait un jour. La virilité de son père, ressuscitée. Mais étrange et dérangeante chez un garçon aussi petit.

« Royall ! Tu vas attraper la fièvre. »

MARIAGE

Royall se lassa enfin de courir en rond et d'aboyer comme un chiot fou mais, toujours agité, il repoussa Ariah lorsqu'elle voulut le prendre dans ses bras pour qu'il fasse un somme à côté d'elle sur le banc. Non, non! Royall n'était pas prêt à dormir. Chandler proposa donc de le promener en poussette dans le parc, et Ariah l'attacha dans la voiture et ajusta sa petite casquette de base-ball à visière, car, comme son papa, Royall attrapait facilement des coups de soleil; Ariah recommanda à Chandler de ne pas pousser son frère trop vite, de ne pas aller trop loin et, surtout, de ne prendre aucune descente. «Et ne te perds pas, cria-t-elle encore. Tu m'entends?» Mais le grondement des Chutes, vers lesquelles se dirigeait Chandler, était si fort qu'il était déjà hors de portée de voix.

En quelques secondes, Chandler et la poussette avaient disparu au milieu d'un troupeau de touristes bardés d'appareils photo qui se rendaient au ponton du Maid of the Mist. Non loin d'Ariah, un drapeau américain haut perché claquait dans le vent au bord des gorges.

Grâce à Dieu, ces bénédictions.

Ariah soupira, bâilla, s'étira au soleil comme un gros chat paresseux et s'allongea sur le banc. Remua ses orteils blancs et nus. Oh! c'était divin. Elle méritait ce moment. Si fatiguée! De comètes dansaient derrière ses paupières closes.

L'allée cimentée longeant le fleuve était humide d'embruns. Mais il y avait des garde-fous, bien sûr. Mêlés à des familles de touristes, Chandler et la poussette sembleraient des leurs. Personne ne verrait en lui un enfant solitaire de neuf ans promenant son frère cadet dans une poussette, sans maman à proximité. Les réglementations du parc ne s'appliquaient pas à un enfant mûr et rusé comme l'était Chandler.

Ariah se sentit glisser dans un sommeil léger. Elle descendait le fleuve en canoë, dans un courant modérément rapide. De temps à autre, elle entendait des gens passer, des voix et des rires. Une langue qu'elle ne put identifier, du français? (Ces inconnus la regardaient-ils? Faisaient-ils sur elle des remarques grossières? Une femme rousse au visage tavelé et aux traits austères qui semblait mince et jeune jusqu'à ce que, en s'approchant, on voie ses cheveux striés de gris et les fines rides blanches de son visage. Les tendons sur son cou blanc. Et pourtant cette femme souriait, non?) Pensant à ce jour, combien d'années

LA PETITE FAMILLE

auparavant, plus de neuf, où, jeune mariée naïve et confiante, elle avait été amenée à Niagara Falls. Ne sachant rien de l'amour, de la sexualité. Ne sachant rien des hommes.

Depuis ce jour, depuis la mort de son premier mari qu'elle ne pouvait plus – et ne souhaitait pas – se rappeler avec précision, Ariah avait reçu plusieurs lettres de sa mère, Mme Edna Erskine. Ariah n'avait pas répondu à ces lettres. À sa grande honte, elle ne les avait même pas ouvertes. Elle n'avait pas osé. La dernière, reçue lorsqu'elle était enceinte de Royall, l'avait tellement effrayée – comme une missive envoyée par les morts – qu'elle avait écrit sur l'enveloppe en majuscules N'HABITE PAS À L'ADRESSE INDIQUÉE et l'avait jetée dans une boîte aux lettres.

Elle n'avait rien dit à Dirk bien entendu. Comme toutes les épouses, elle vivait sa vie secrète, silencieuse, inconnue aussi bien de son mari que de ses enfants.

Son mari ! Dirk Burnaby était son mari, pas *l'autre*.

Il y avait pourtant des moments comme celui-ci, quand elle glissait irrésistiblement dans le sommeil, où Ariah ne semblait pas très bien savoir qui était *le mari*.

Non, son mari était assurément Dirk Burnaby. Un homme beaucoup plus réel qu'Ariah elle-même, si l'on mesurait sa taille, son embonpoint, sa position dans le monde.

Ariah n'avait pas parlé à Dirk de la terrible visite de Claudine. Pas même pour expliquer son agitation. L'état de stupeur alcoolique dans lequel il l'avait trouvée. Elle n'avait pas non plus parlé des accusations de Claudine. À savoir que Dirk lui devait de l'argent, qu'il jouait, qu'il avait eu des maîtresses pour qui il avait fallu prendre des « arrangements médicaux »… *Une fille. Donne-moi une fille avant qu'il soit trop tard.*

Dans les bras forts et charnus de Dirk, la nuit précédente. Elle avait veillé pour l'attendre. Oh ! il était rentré tard : après minuit. Et il avait bu. Ariah savait, et Ariah pardonnait. Quelque chose préoccupait son mari, et Ariah trouvait réconfortant de savoir qu'il ne l'y mêlerait pas. Car Dirk Burnaby aussi devait avoir sa vie privée. Sa vie secrète. Et son travail d'avocat, qui avait fort peu d'intérêt pour Ariah, constituait une grande partie de cette vie-là. Elle n'était pas la femme qu'il aurait dû épouser, manifestement. Elle avait vu son expression lorsque, en

MARIAGE

compagnie de ses amis et de leurs épouses, elle, Mme Burnaby, faisait une de ses remarques énigmatiques ou, plus déroutant encore, ne parlait pas du tout. Ariah était capable de passer tout un dîner à regarder dans le vide en tambourinant sur la table (en fait, elle faisait des exercices de piano, sur un clavier invisible) pendant que les conversations tournoyaient autour d'elle. Au Country Club de l'Isle Grand, la dernière fois qu'elle y était allée, Ariah avait laissé les autres à leur soirée et trouvé un piano dans une salle de bal sur lequel elle avait joué doucement, rêveusement, les morceaux qu'elle avait aimés dans sa jeunesse et pour lesquels on l'avait complimentée avec outrance, le premier mouvement de la *Sonate au clair de lune*, un menuet du jeune Mozart, des mazurkas sublimes de Chopin, et Ariah se perdit si bien qu'elle oublia où elle était ; et fut rudement réveillée par les applaudissements moqueurs des amis de Dirk, Wenn et Howell, qui se tenaient debout derrière elle, un sourire railleur aux lèvres. Par chance, Dirk entra lui aussi dans la pièce à ce moment-là. Blessée, humiliée, Ariah s'était tout bonnement enfuie. *Mais je me vengerai. Un jour.*

La veille, elle était d'humeur pleureuse. Pas malheureuse, juste pleureuse. Elle savait par les autres mères du parc (beaucoup plus jeunes qu'Ariah pour la plupart) que tout le monde avait envie de pleurer de temps en temps, lorsqu'on est une femme, c'est permis. En fait, Ariah était heureuse. Dans les bras de Dirk, elle pleura de pur bonheur. Pourquoi ? Leurs fils étaient de si beaux enfants. Personne ne mérite d'aussi beaux enfants. « Mais, chéri, murmura Ariah, en pressant son visage contre le col du pyjama en flanelle de Dirk, il nous faut aussi une fille. Une petite fille. Oh ! nous ne pouvons pas renoncer. Il nous faut une fille pour que notre famille soit complète. » Raide, tâchant de ne pas trembler, Ariah attendit la réponse de Dirk. Car ils avaient souvent discuté de cette question. En prélude à des étreintes très différentes de celles des premières années de leur mariage, où elles avaient été spontanées, ludiques, ardentes. À présent, lorsqu'ils faisaient l'amour, Ariah s'accrochait à Dirk avec un air de détermination, de désespoir. Son visage tendu laissait voir l'ossature sous la peau. Sa bouche était anxieuse, ses yeux se révulsaient. Dans ces moments-là, Dirk semblait presque avoir peur d'elle. Un homme effrayé par une femme qui se trouvait être son épouse. Il avait soupiré et caressé le front brûlant d'Ariah comme pour l'apaiser. Si profondément amoureux d'Ariah qu'il parvenait à peine à la voir ; comme on est incapable de voir son propre reflet dans un miroir, tenu trop près. « J'aimerais beaucoup avoir une fille, moi aussi. Mais crois-tu qu'il soit sage d'essayer ? À notre âge ? Et si nous avions un autre fils ? » Ariah se figea. Ariah rit. « À mon âge, tu veux dire. » Le ton léger, pour dissimuler qu'elle était blessée.

Au matin, elle dirait, en l'embrassant avec ardeur : « Un autre fils, pourquoi pas ? On formera une équipe de basket. »

Ariah souriait, dérivant au fil de l'eau sous le soleil. Pensant à cela.

Car ils avaient fait l'amour, en fin de compte. Elle, la femme, résolue à concevoir, avait eu gain de cause une fois encore.

Une fille ! Prends mes fils et donne-moi une fille à leur place, je ne Te demanderai jamais plus rien, mon Dieu, je le jure.

« Madame ? Réveillez-vous, madame. »

Une voix âpre, insistante. Qui était-ce ?

Ariah était réveillée mais, bizarrement, elle avait les yeux fermés. Comme son cœur peinait tandis qu'elle s'efforçait de gravir les parois de granit verticales, lisses et luisantes, des gorges ! Quelqu'un lui parlait, d'une voix forte.

« Madame ? *S'il vous plaît.* »

Ariah sentit qu'on lui touchait l'épaule. Comment ! Un inconnu osait la toucher dans cet endroit public où elle était allongée sur un banc, sans défense. Ses yeux s'ouvrirent tout grands.

Elle bégaya, affolée : « Que... qu'y a-t-il ? Qui êtes-vous ? »

C'est arrivé. Et maintenant.

Un inconnu lui parlait avec sérieux, tandis qu'elle parvenait à se redresser, à se lever. (Mais pourquoi était-elle pieds nus ? Où étaient ses chaussures ?) Hâtivement elle rajusta sa tenue et passa les deux mains dans ses cheveux en broussaille. Un homme assez jeune en uniforme vert foncé, un gardien de parc, lui parlait avec sévérité, ce qu'elle trouvait très impoli, il était plus jeune qu'elle. « Madame ? Ce sont vos enfants ? Ils étaient sur Goat Island, sans surveillance. »

Chandler se glissa près de sa mère, l'épaule basse, la mine piteuse. Et dans la poussette, ceinture attachée, petite casquette de base-ball de travers, il y avait le bébé. Oh ! comment s'appelait-il : Royall. *Un nom*

MARIAGE

que j'ai choisi dans le journal parce que sa sonorité m'a frappée. Royall Mansion, un pur-sang primé. Ariah dévisagea ses enfants comme si elle ne les avait pas vus depuis longtemps. Mais où étaient-ils allés traîner ? Combien de temps s'était-il écoulé ? Pourquoi Ariah, l'épouse de Dirk Burnaby, était-elle pieds nus dans ce lieu public en train de se faire réprimander par un inconnu impertinent ? « Oui, bien sûr que ce sont mes enfants, dit-elle avec feu. Où étais-tu passé, Chandler ? Je me suis fait un sang d'encre. Je t'avais *dit* de ne pas t'éloigner. »

Chandler marmotta des excuses, tandis que le gardien les regardait d'un air dubitatif. À le voir, on avait presque l'impression qu'il ne croyait pas qu'Ariah était la mère de ces garçons. La chemise écossaise rouge mal boutonnée de Chandler et son pantalon kaki étaient mouillés d'embruns. On aurait dit un gamin des rues, et non le fils de Dirk Burnaby de Luna Park ! Ariah avait envie de le secouer comme un prunier. Et Royall ne ressemblait pas à Royall mais à n'importe quel bébé, le nez luisant de morve et la bouche baveuse. Son visage était une pâte à pain molle qui avait perdu sa forme. Son énergie de petit démon semblait l'avoir quitté, il était groggy, abruti, avait du mal à garder les yeux ouverts.

Oh ! mon Dieu. Malgré la protection de la casquette, le petit nez retroussé de Royall semblait avoir pris un coup de soleil.

Ariah grondait Chandler. Il lui avait encore désobéi, il s'était éloigné. Impossible de lui faire confiance ! Le gardien écoutait avec un air exaspérant de sévérité, et secouait la tête. Pour qui se prenait-il, pour le FBI ? Ariah en conclut que, s'il avait eu le pouvoir de l'arrêter ou de l'assigner à comparaître, il l'aurait déjà fait, ce qui était réconfortant. Royall se réveilla de sa transe et se mit à crier : « Ma-man ! Ma-man ! »

Ariah s'agenouilla aussitôt près de lui et le prit dans ses bras.

« Maman est ici, chéri. »

Et c'était le cas.

Maman et Chandler poussèrent ensemble la poussette jusqu'à Luna Park, en chantant la berceuse « Little Baby Bunting ». Épuisé à force de pleurer, Royall dormait.

7

«Madame Burnaby, bonne nouvelle!»

Oh! mais était-ce si sûr? Le cœur d'Ariah devint sec, poreux, et se craquela comme une motte de vieille glaise.

«Docteur. Oh mon Dieu. Merci.»

Naturellement elle était stupide de surprise, de joie.

Ariah calculerait qu'elle était déjà enceinte ce jour où elle avait lézardé au soleil dans le parc. Rêvé, dérivé. On ne sait comment, elle avait su: elle avait su quelque chose. Déjà la source la plus profonde de son bonheur avait commencé à couler.

Juliet naîtrait fin mai 1961.

Ma petite famille, au complet.

Avant…

Un vautour, voilà à quoi elle lui faisait penser. À l'affût en lisière de son champ de vision. Perchée, voûtée, le regardant d'un œil qui ne clignait pas. Attendant.

Elle était la Femme en noir. Elle l'observait, guettait une occasion de l'arrêter au passage. Elle était patiente, implacable. Elle l'attendait. Attendait que Dirk Burnaby faiblisse. Elle avait son nom, et elle avait son numéro. Il redoutait qu'elle ne vînt chez lui, à Luna Park.

Bien que sa secrétaire lui eût dit son nom à plusieurs reprises, Dirk l'avait oublié presque aussitôt.

C'était ainsi qu'il imaginait la Mort. Un vautour à l'œil infaillible et à la patience infinie. C'était ainsi qu'il imaginait sa conscience, à une certaine distance de sa vie.

Ne t'en mêle pas. Pour l'amour du ciel.

Tu n'as vraiment pas besoin de ça, Burnaby.

« Je vous en prie, Madelyn, expliquez encore une fois à cette femme que je suis "sincèrement désolé". Que je "regrette profondément" de ne pouvoir la voir et de ne pouvoir envisager de m'occuper de son affaire. Pas pour l'instant. Pas avec toutes ces affaires qui s'amoncellent. "Ce genre de litige pour dommages corporels n'est pas la partie de M. Burnaby." »

Madelyn, qui était la secrétaire de M. Burnaby depuis onze ans, connaissait bien le mot *partie*… son employeur l'employait beaucoup ces

AVANT…

temps-ci. *Partie* désignant une spécialité, un métier, un domaine dans lequel on excelle. *Partie* désignant ce que l'avocat Dirk Burnaby savait pouvoir faire avec son talent et son habileté habituelles, et pouvoir gagner.

Une fois encore, il dit : «Madelyn. Non. Rendez-lui ces documents, je vous prie. Expliquez-lui une fois encore que "M. Burnaby regrette sincèrement" etc. Ce n'est pas mon genre de litige et, de toute façon, j'ai du travail par-dessus la tête. Pour des années.»

Madelyn hésita. Elle ferait évidemment ce que M. Burnaby lui demandait. Elle était son employée, après tout. Amoureuse de lui, depuis toujours. Mais son amour était de ceux qui n'attendent pas d'être payé de retour ni même reconnu. «Mais elle va me demander si vous avez lu sa lettre, monsieur, si vous avez au moins regardé les photos. Que dois-je lui répondre ?

– Dites-lui : non.

– "Non"… juste "non" ?

– Non. Je n'ai pas lu sa lettre, et je n'ai pas regardé les photos.»

Il était exaspéré, contrarié. Il commençait à perdre son sang-froid Burnaby. À se faire l'effet d'un homme pourchassé. Ce qui l'étonnait le plus était que Madelyn le regarde avec cet air d'excuse et de reproche ; comme si, indépendamment de lui, elle s'était formé sa propre opinion sur le sujet.

«Oh, monsieur, elle ne veut vous voir que quelques minutes. Elle le promet. Peut-être devriez-vous… accepter ? C'est une femme si… – Madelyn marqua une pause, rougissant de son audace, cherchant le mot le plus exact et le plus convaincant – … sincère.

– Il n'y a pas plus dangereux que les femmes sincères. Dieu nous en préserve !»

En battant en retraite, en se réfugiant dans son bureau, Dirk réussit à faire rire Madelyn. Mais c'était un rire ténu, mélancolique. Un rire vous-me-décevez-monsieur-Burnaby.

Le Vautour. La Femme en noir. Elle avait pris l'habitude d'attendre Dirk Burnaby dans le hall de l'immeuble où il exerçait. Sur les marches extérieures. Sur le trottoir. Même s'il pleuvait un peu, même au crépuscule les soirs où il avait travaillé tard sans intention de l'éviter, simplement parce qu'il avait travaillé tard, absorbé par sa tâche.

205

MARIAGE

À la lisière de son champ de vision il la voyait, la silhouette sombre à l'affût, il se refusait à regarder plus attentivement, se refusait à croiser son regard, avant qu'elle ait pu prononcer son nom, il s'était détourné, il s'éloignait d'un pas rapide.

Il savait. Ne pas s'en mêler. Ne pas se laisser aller à la compassion ou à la pitié.

Si elle le hélait, il n'entendait pas.

Non. Je ne le ferai pas. Je ne peux pas.

Depuis qu'il était tombé amoureux d'Ariah et l'avait épousée, il avait cessé de se considérer comme un funambule solitaire et romantique marchant sur une corde raide. Une corde raide tendue au-dessus d'un abîme! Terminé, il n'était plus cet homme-là. Il ne l'avait jamais été. Le destin de son grand-père Reginald Burnaby, mort dans les Chutes, ne serait pas le sien. On était en 1961, pas en 1872. Dirk Burnaby n'était plus seul, il ne le serait jamais plus. Il avait scellé son destin. Ou son destin l'avait scellé.

Ariah lui confiait: «Maintenant nous ne craignons plus rien, mon chéri! Même si nous en perdions un, il nous en resterait deux. Si tu me quittes – elle riait de son rire rauque, se moquant de sa propre crainte – j'en aurais trois.»

Dirk riait, car ces remarques lui étaient présentées comme fantasques, destinées à amuser. Il était de tradition entre eux que Dirk secoue la tête avec une feinte sévérité. «Ariah! Tu dis de ces choses.

– Ma foi. Il faut bien que quelqu'un les dise.»

Elle répondait avec entrain, courage. Ses yeux d'un vert translucide, sa pâleur de rousse qui lui donnaient, à quarante ans, l'air d'être jeune et de ne pas avoir connu d'épreuves. Après plus de dix ans de vie commune, Dirk se disait qu'il comprenait moins Ariah que lorsqu'il avait fait sa connaissance. Il se demandait si la même chose se serait produite avec n'importe quelle femme.

Naturellement, Ariah n'était pas «n'importe quelle femme».

Il pensait à ses paroles: «Maintenant nous ne craignons plus rien.» Qu'est-ce qu'elle voulait dire? S'agissait-il du principe de base de la vie conjugale, du terrible besoin de propager l'espèce? Le souhait humain, comme dans un conte de fées, de vivre plus longtemps que sa vie à travers ses enfants. De vivre plus longtemps qu'il ne vous est imparti, et de compter. De compter profondément pour quelqu'un.

206

AVANT...

De ne pas être seul. D'échapper à la possibilité de se connaître soi-même, dans la solitude.

Il était un homme marié de quarante-cinq ans, un homme profondément amoureux de sa femme. Un homme qui avait engendré des enfants qu'il aimait. Un citoyen responsable de son temps et de son pays. *Il n'y a pas de doute sur qui je suis. Plus maintenant. Je sais.*

Parfois cet amour le submergeait avec un telle force qu'il avait du mal à respirer. Il sentait sa poitrine se contracter. Ses jeunes fils, sa petite fille. L'expression de triomphe dans les yeux de leur mère ; mais un triomphe inquiet, précaire. *Ce sont eux ma corde raide maintenant,* pensait Dirk avec tendresse. *À moins qu'ils ne soient mon abîme.*

Cette femme, la Femme en noir, s'était adressée à d'autres avocats de Niagara Falls. Pendant des semaines, elle avait fait le tour des cabinets d'avocats. Étrange qu'elle fût venue trouver Dirk Burnaby aussi tard : elle savait sans doute ne pas avoir les moyens de payer ses honoraires, il était peu probable qu'elle fût en mesure de payer aucun des avocats ayant leur cabinet dans l'immeuble de Dirk. Le 2, Rainbow Square, ainsi qu'on appelait cette nouvelle tour de bureaux. Au cœur de la ville, au coin de Rainbow Boulevard et de Main Street.

Elle avait exposé son affaire au Service de la santé et de l'hygiène publiques du comté. Elle avait essayé d'entrer en contact avec le rédacteur en chef de la *Niagara Gazette*, et avait tout de même réussi à parler à un journaliste. Les nouvelles se répandaient vite à Niagara Falls, qui, en dépit d'une population croissante d'ouvriers et de manœuvres, était une petite communauté unie. Son noyau, les individus qui avaient du pouvoir et qui comptaient, se composait de moins de cinquante personnes, tous des hommes. Dirk Burnaby en faisait partie, naturellement. La plupart de ces hommes étaient ses amis, ou des relations amicales. Ceux de la génération précédente avaient été les amis ou les relations de son père, Virgil Burnaby. Dirk appartenait aux mêmes clubs privés qu'eux. Leurs épouses l'adoraient.

Comment aurait-il pu expliquer à la Femme en noir *Mes amis sont vos ennemis. Mes amis ne peuvent être mes ennemis* ?

Dirk ne connaissait pas les détails de l'action que cette femme désespérée souhaitait intenter contre la ville de Niagara Falls ; il savait seule-

MARIAGE

ment qu'une telle action n'avait aucune chance d'aboutir à son avantage, ni même d'être prise en considération sérieusement par un juge. Le bruit courait que la famille de cette femme avait de graves problèmes de santé, qu'elle avait peut-être fait des fausses couches ; ou qu'en tout cas elle le prétendait. Elle tâchait d'organiser en association les propriétaires de son quartier, situé dans les environs de la 99ᵉ Rue et de Colvin Boulevard, afin de protester contre les conditions d'hygiène dans l'école primaire locale. Il avait lu dans la *Niagara Gazette* un article court, neutre, paru sous le titre trompeur DES PARENTS S'ORGANISENT POUR PROTESTER CONTRE L'ÉCOLE DE LA 99ᵉ RUE.

Le maire de Niagara Falls, « Spooky » Wenn, un vieil ami de Dirk, croyait fermement que la Femme en noir – dont lui aussi avait du mal à se rappeler le nom – était une « communiste connue ». En fait, elle était la fille d'un communiste « notoire », recruteur syndical de la CIO dans les années 30, mort à North Tonawanda lors d'un affrontement avec des briseurs de grève et des policiers. « Ces gens-là » avaient causé des tas d'ennuis par le passé. Cette femme, et son mari qui était soi-disant ouvrier à la chaîne dans une usine de matières plastiques, étaient des « agitateurs professionnels ». Manifestement, ils étaient juifs. Ils « prenaient leurs ordres de Moscou ». Ils avaient participé à des manifestations à Buffalo au moment de l'exécution des Rosenberg. Ils n'étaient sans doute pas mariés mais juste « en ménage » et membres d'une « communauté ». Tout le monde savait que les communistes étaient des « sans-Dieu »… c'était un fait. Ce couple avait acheté à crédit un bungalow dans un lotissement de la 99ᵉ Rue à titre de « couverture ». Ils étaient de New York, ou peut-être de Detroit. La femme avait des antécédents de « maladie mentale ». L'homme avait un « casier judiciaire ». Des enfants vivaient avec eux qu'ils prétendaient les leurs. La femme prétendait également qu'elle avait fait des fausses couches, et que c'était la faute de la ville et non la sienne propre. Elle prétendait que ses enfants étaient malades à cause de l'eau, du sol ou de l'air de la ville, ou de la cour de récréation de l'école primaire de la 99ᵉ Rue… Qui pouvait tenir le compte de ses revendications ? Elle avait fait un esclandre à l'école et au Service de la santé publique du comté du Niagara. Wenn parla longuement, avec véhémence, comme s'il avait été personnellement menacé par la Femme en noir. C'était un dimanche, à

208

AVANT...

2 heures du matin, et ils faisaient une pause entre deux parties de poker dans la maison blanche de style colonial que Stroughton Howell avait récemment achetée face à Buckhorn Island. Étaient également présents Clyde Colborne, Buzz Fitch, Mike MacKenna, Doug Eaton dont le frère aîné était marié à Sylvia, la sœur de Dirk, et Dirk lui-même. Wenn dit : « Ces rouges ! Comme les Rosenberg, ils rêvent de renverser le gouvernement américain pour le remplacer par des communautés et par l'amour libre. Voilà le véritable but de cette "plainte". La fin justifie les moyens. C'est clair comme le jour dans le *Mein Kampf* de ce vieux Marx. » Stroughton Howell échangea un regard avec Dirk, éclata de rire et dit : « Et aussi dans le *Das Kapital* d'Adolf.

– Ils ne cachent pas leurs intentions, voilà ce que je veux dire, riposta Wenn avec feu. C'est quand ils passent dans la clandestinité en feignant d'être des « citoyens ordinaires » qu'ils sont dangereux. »

Dirk Burnaby était d'humeur affable. Il buvait du bon scotch et avait eu plus que sa part de bonnes cartes au cours de la soirée, des cartes juste assez bonnes pour que ses amis ne se démoralisent pas et ne lui en veuillent pas de gagner à chaque coup. Il s'apprêtait à sauter une partie. Il sentait lorsque la chance risquait d'abandonner le bout de ses doigts. Avec une sagacité d'homme de loi, il dit : « Ce que veulent "ces gens-là", ce sont des dédommagements... un règlement à l'amiable. Renverser le gouvernement américain, ils s'en moquent. »

Pensait-il cette remarque désinvolte ? Sans doute.
Et regretterait-il l'avoir faite ?

La Femme en noir ! Le Vautour.
Avant que cette femme eût un nom, avant qu'elle fût entièrement humaine pour lui. Elle avait été une menace. L'avait fait jurer à mi-voix. *Bon Dieu, pas question. Quel âne je serais, sinon.*

Jamais Dirk n'aborderait le sujet de la Femme en noir avec Ariah. Pas volontairement. Il se gardait bien – il avait appris depuis le temps ! – de discuter d'un point problématique avec son excitable épouse. Leurs conversations pouvaient commencer de façon tout à fait normale mais, au bout de quelques minutes, l'inquiétude, l'agitation, gagnaient

MARIAGE

Ariah. Ces dernières années, le vaste monde à l'extérieur de leur maison de Luna Park lui inspirait une angoisse croissante. Elle refusait de lire les premières pages de la *Gazette* – « C'est obscène d'en savoir trop lorsque l'on ne peut rien y faire ». Elle appréhendait toute mention des nouvelles « étrangères » parce qu'elles étaient toujours préoccupantes. Elle refusait de regarder les journaux télévisés et, parmi les revues qu'ils recevaient à domicile, préférait le *Saturday Evening Post*, le *Ladies' Home Journal* et le *Reader's Digest* à *Life* et *Time*. Elle quittait la table en s'excusant avec brusquerie lorsque, dans une soirée, la conversation dérivait sur des sujets désagréables, tels que les souvenirs de guerre de Dirk et de ses amis. (Une des connaissances de Dirk, ancien GI, était entré dans Dresde après les fameuses « bombes incendiaires ». Un autre, un banquier propriétaire d'une maison en bord de fleuve dans l'Isle Grand, avait assisté à la « libération » d'Auschwitz.) Ariah écoutait avec une concentration morbide, en se rongeant l'ongle du pouce jusqu'au sang, lorsque Chandler lui décrivait les exercices *duck-and-cover* (la conduite à suivre en cas d'attaque atomique soviétique) organisés à l'école primaire de Luna Park. Même apprendre que les enfants étaient sortis en rang de l'établissement lors d'un exercice d'évacuation classique la perturbait. Elle reconnaissait pourtant la sagesse de ces procédures – « Il faut se préparer au pire ». Néanmoins, si Dirk se mettait à parler de ses clients d'un air préoccupé, s'il parlait de son métier sur un ton autre que celui de la conversation la plus légère, le visage d'Ariah se crispait. Dirk pouvait l'amuser, Ariah adorait être amusée. Elle voulait qu'on lui dise qu'en dehors du 7, Luna Park le monde se composait d'idiots et de coquins. Lorsqu'on n'était ni l'un ni l'autre, on s'abstenait d'y avoir part. On se tenait à l'écart, au-dessus de la mêlée. Dans ces conditions, il était possible d'amuser Ariah, de la faire rire aux éclats. Elle adorait que Dirk parodie les juges locaux, les hommes politiques, ses collègues et rivaux. Elle avait un sens de l'humour délicieusement malicieux. Mais si Dirk se mettait à parler sérieusement, elle se raidissait. Elle ne lui demandait jamais comment s'étaient conclues ses affaires, de peur, supposait-il, de s'entendre répondre de temps à autre qu'il avait perdu ; ou n'avait pas gagné de façon aussi spectaculaire que ses clients et lui auraient pu le souhaiter. Elle craignait son échec, son humiliation professionnelle, sa faillite. Elle craignait que sa mère ne le

210

AVANT...

«déshérite» (même si, comme le répétait souvent Dirk, il ne désirait pas l'argent de sa mère et s'estimât déjà «déshérité».) Plus que tout, elle semblait craindre qu'il ne meure subitement (crise cardiaque, accident de voiture), qu'il ne «disparaisse»... « s'évanouisse».

Comme le premier mari, supposait Dirk.

Sauf que, curieusement, Ariah ne paraissait plus se rappeler avoir eu un mari avant Dirk Burnaby.

Après la naissance de leur deuxième fils, qui occupait tant de place grâce à sa capacité pulmonaire et à son infatigable énergie, l'élégante maison de ville du 7, Luna Park devint trop petite. Dirk passa outre aux protestations d'Ariah et acheta, quasiment en face, au 22, Luna Park, une maison plus grande, dotée de cinq chambres à coucher. Elle était de la même époque, les années 20, avec de grandes pièces à l'étage et au rez-de-chaussée, bâtie en grès, sur un demi-hectare de terrain bordé d'ormes et de pins sylvestres, une propriété de première qualité dans cette partie de la ville. Ariah avait néanmoins renâclé à déménager. Elle avait été irritable et nerveuse pendant des semaines. Elle détestait notamment n'avoir d'autre solution, dans cette nouvelle maison, que de laisser son mari engager une femme de ménage et bonne d'enfants à plein temps. «Il faut croire que nous sommes riches, remarqua-t-elle sèchement. Comme tous les Burnaby. Nous tentons le sort.»

Dirk dit : «Le "sort" nous arrive de toute façon, Ariah. Que nous soyons riches ou pauvres.»

Ariah frissonna. Elle donna une tape à Dirk, enfonça ses ongles courts et rongés dans son bras. En matière de morbidité, elle ne voulait pas de concurrence.

Ce qui comptait, c'était que la nouvelle maison des Burnaby, comme l'ancienne, était à des kilomètres de la 99ᵉ Rue et de Colvin Boulevard ; et l'école primaire de Luna Park, où Chandler était en cours moyen, à des kilomètres de l'école de la 99ᵉ Rue.

... Et après

Et pourtant cela arriverait : en septembre 1961, Dirk Burnaby se chargerait finalement de l'affaire « perdue d'avance ». L'action en justice d'abord connue sous le nom d'affaire Olshaker ; puis, de façon plus notoire, sous celui de « Love Canal ».

Très vite – avec incrédulité ! – la nouvelle se répandit dans Niagara Falls. Dans la petite communauté juridique étroitement soudée où tout le monde connaissait tout le monde, ou souhaitait le croire ; à la mairie et aux tribunaux municipal et de comté ; dans le milieu social auquel Dirk Burnaby appartenait, ou aurait appartenu si sa femme rousse excentrique avait été plus sociable. Certains accueillirent la nouvelle avec incrédulité, d'autres avec indignation.

« Dirk Burnaby ? Est-ce qu'il est fou ? Il doit savoir que c'est ingagnable. »

Et : « Burnaby ! Ce type a du cran, il faut lui reconnaître ça. »

Et : « Burnaby ! Ce salopard. Traître à sa classe. C'est la fin de sa carrière. »

Love Canal. Comme le dirait Dirk Burnaby : « Ce n'est pas un canal. Cela n'en a jamais été un. Et cela n'a rien à voir avec l'amour. »

Il croyait avoir pris sa décision : ne pas parler à la Femme en noir. (Dont il semblait incapable de se rappeler le nom.) Il fuyait cette femme impétueuse lorsqu'elle osait s'approcher de lui à la sortie de son cabinet et il refusait de répondre aux appels qu'elle passait à son bureau

212

... ET APRÈS

et à la mi-juin 1961 elle avait cessé d'essayer de le contacter. Elle avait cessé de lui apparaître à la façon furtive d'un vautour, des apparitions qui s'insinuaient dans son sommeil ; qui contaminaient ses rêves et le faisaient gémir tout haut comme un enfant effrayé. Lorsqu'elle l'entendait, Ariah le secouait en exigeant de savoir ce qui n'allait pas, s'il faisait un cauchemar, une crise cardiaque ? En pleine nuit, dans leur lit tout en haut de la maison, Ariah posait une main anxieuse sur sa poitrine, sur les poils rudes de son torse, sur sa peau moite de la sueur des cauchemars ; où, quelques centimètres à l'intérieur, son cœur cognait comme le battant d'une cloche.

Dirk murmurait : « Non, Ariah. Ce n'est rien. Rendors-toi, chérie. »

Il avait pris une décision, croyait-il. Quoi qu'il en soit, la Femme en noir avait disparu de sa vie. Si elle avait fini par trouver un avocat, Dirk n'en savait rien. Il redoutait de le découvrir.

Puis, fin juin, un jour où il rentrait chez lui sous un orage soudain, sous un ciel assombri et mouvementé, Dirk attendait que le feu passe au vert à l'intersection des rues Main et Ferry, près de l'hôpital St. Anne, quand il vit une jeune femme et une petite fille blotties sous un parapluie, à un arrêt de bus. Elle n'avaient pas d'imperméables, portaient de simples vêtements d'été. L'orage était arrivé soudainement, comme d'habitude : en l'espace de quelques minutes, la température clémente du mois de juin avait chuté d'une dizaine de degrés. La pluie fouettait comme des rafales de mitraillette, les caniveaux roulaient une eau sale. Courbée au-dessus de l'enfant, la femme tentait d'incliner le parapluie de façon à la protéger mais sans grand succès. Une pluie violente, presque horizontale, les cinglait. Dirk se gara le long du trottoir et dit : « Je peux vous déposer quelque part ? Montez. » La femme n'hésita qu'un instant avant de prendre place sur le siège de la grande voiture de luxe, d'installer la petite fille grelottante sur ses genoux et de replier le parapluie. Sa respiration était précipitée et elle semblait un peu désorientée. « Dis merci au gentil monsieur, Alice ! Vous êtes un vrai Samaritain, monsieur. » Elle essuyait le visage de la petite fille, écartait de ses yeux des mèches de cheveux mouillés couleur caramel. Les siens étaient très noirs, tortillonnés et trempés. Elle devait avoir dans les vingt-huit ans, donnait une impression de vigueur, d'énergie ; elle avait une peau pâle olivâtre, ne portait pas de maquillage ; ses yeux

213

MARIAGE

étaient sombres, vifs et scintillants comme des minéraux ; des cernes pareils à des meurtrissures marquaient ses yeux mais, cela mis à part, elle avait plutôt bonne mine. Étant donné les circonstances.

Elle, ou la petite fille, sentait une odeur fruitée de chewing-gum ou de sucette Popsicle, à laquelle se mêlait une odeur désagréable de désinfectant.

Dirk demanda poliment où il pouvait les déposer, et la femme lui donna une adresse en s'excusant que ce fût si loin. « Pourquoi ne pas nous emmener simplement à la gare des bus, monsieur ? Ce serait très aimable à vous. » L'adresse fit grimacer Dirk. C'était une partie de Niagara Falls qu'il ne connaissait pas, des kilomètres à l'est de la ville. Ce no man's land de nouveaux lotissements, d'usines et d'entrepôts, de terre éventrée et d'arbres arrachés. Mais il ramènerait cette pauvre femme et sa fille chez elles, bien entendu. C'était le moins qu'il puisse faire, dans sa coûteuse Lincoln Continental vert d'eau dernier modèle, avec ses pneus à flancs blancs, sa boîte automatique, son intérieur capitonné de velours qui donnait l'impression à Ariah, comme elle en avait souvent fait l'observation, d'être dans un cercueil de luxe. Il plaignait cette femme séduisante et sa fille, elles sortaient sûrement de l'hôpital, obligées de prendre les bus de la ville par un temps pareil. Il remarqua une alliance au doigt de cette femme ainsi qu'une bague de fiançailles ornée d'une pierre de la taille d'un pois, et éprouva un pincement de désapprobation, presque de répugnance morale, à l'idée qu'un homme, un mari, ne puisse pourvoir un peu mieux aux besoins de sa femme et de son enfant.

Voyons, Burnaby : les gens pauvres n'y peuvent rien.

Il devait souvent se rappeler ce fait. Si c'en était un. Sous l'orage violent, Dirk suivit Ferry Street en direction de l'est, dépassa la 10e Rue, Memorial Parkway, Hyde Park qui semblait flotter comme une île d'un vert lumineux dans la lumière déclinante, puis pénétra dans cette partie de sa ville natale qu'il connaissait si peu, où l'air commençait à sentir, en plus intense et en plus décapant, le curieux parfum de ses passagers. Une odeur douceâtre avec, au-dessous, quelque chose de désagréablement chimique. Les essuie-glaces de la Lincoln peinaient à nettoyer le vaste pare-brise. Dirk sentait avec gêne le regard insistant de la jeune femme brune sur son profil.

Avec un étonnement enfantin dans la voix, elle dit : « Monsieur B… Burnaby ?

– Oui ? Vous me connaissez ? »

Les yeux de la jeune femme s'écarquillèrent. Elle eut un magnifique sourire. « Si je vous connais ! Je suis cette femme culottée qui a essayé pendant des semaines d'obtenir que vous lui parliez. Vous vous rappelez ? »

Dirk la regarda avec stupéfaction. La Femme en noir ! Et il ne l'avait pas reconnue.

Elle s'appelait Nina Olshaker, elle n'était pas en noir, mais portait des vêtements d'été ordinaires, une chemise et un pantalon en coton, des sandales de paille à ses pieds nus, trempées par la pluie. Il n'y avait rien de réprobateur dans son attitude, rien qui évoque un vautour, juste de l'ardeur et de l'appréhension.

Dirk avait honte de s'être exagéré à ce point la menace représentée par cette pauvre femme. Elle avait porté une robe noire ou des vêtements sombres, plus cérémonieux, chaque fois qu'elle était venue à son cabinet, une tenue de femme en deuil. Parce qu'elle *était* en deuil.

Après ce coup d'œil qu'il lui avait jeté, des semaines plus tôt, Dirk n'avait pas voulu en voir davantage. Il avait su qui elle était ou avait cru le savoir. Il avait su ce qu'elle voulait de lui ou l'avait cru. Et comme un lâche il avait évité de croiser son regard.

« Je vous dois des excuses, je pense.

– À moi ? Me devoir des excuses ? Non, monsieur Burnaby. »

Il était trop embarrassé pour s'expliquer, et il acquiesça donc à son destin. Cela se ferait très vite. Plus tard il se rappellerait qu'il avait eu la possibilité de laisser cette femme à la gare des bus, en ville ; il avait eu la possibilité, arrivé chez elle, de la déposer à sa porte en refusant son invitation à entrer. Et après être entré et avoir écouté son plaidoyer passionné, il avait eu la possibilité de lui dire qu'il réfléchirait à son affaire, et de battre en retraite. Autant de possibilités qu'il avait laissées passer dans son empressement à bien agir.

Car cette femme l'avait touché au cœur. Elle, et la belle petite fille pâle aux cheveux caramel qui semblait anormalement léthargique et passive.

Quelle différence avec son fils de trois ans, Royall, à l'énergie et à la bonne humeur illimitées !

215

MARIAGE

Donc, Dirk raccompagna Nina Olshaker et sa fille chez elles, un petit bungalow à charpente en bois situé 1182, 93ᵉ Rue, près de Colvin Boulevard et d'un cours d'eau saumâtre appelé Black Creek. Jaune pâle avec des fenêtres et une porte vert foncé, la maison se dressait au fond d'une étroite cour tronquée, tout près de la rue, dans un quartier, ou plutôt un lotissement, de pavillons à bas prix. On aurait dit un jouet ou une maquette, tant elle était compacte. Elle aurait tenu sans mal dans le garage double du 22, Luna Park.

« Colvin Heights », tel était le nom de ce lotissement à l'est de Niagara Falls. Dans les années et les décennies qui suivaient, cependant, par une sorte de raccourci brutal, on appellerait ce quartier et le phénomène qu'il représentait : « Love Canal ». À l'époque de sa visite, Dirk ne savait rien de ce canal ; aucun canal n'était visible. Aucun canal n'existait. Colvin Heights semblait de construction récente, il poussait peu d'arbres dignes de ce nom dans les quadrilatères identiques des propriétés, et ceux que vit Dirk avaient l'air rabougris, des feuilles fines comme du papier. Il avait conscience d'une atmosphère marécageuse, d'une odeur douceâtre de soufre, comme s'il descendait peu à peu dans sa grande Lincoln luxueuse, une gondole vert d'eau faite pour flotter. Lorsqu'il quitta le sanctuaire de sa voiture, une pluie noire cinglante le frappa au visage, mais il poussa une exclamation enjouée et rit comme si c'était un jeu réjouissant, puis fit le tour de la voiture avec son grand parapluie de golf noir pour tenter d'abriter Nina Olshaker et sa fille jusqu'à la porte de leur maison.

Une maison où Dirk resterait près de deux heures. Dans son empressement à agir bien, en gentleman.

« Ariah ? C'est moi. Je vais rentrer tard, ma chérie. Une urgence. »

Ariah éleva un peu la voix, comme si elle se trouvait à des centaines de kilomètres, et non à moins de dix. « Une urgence ?

— Rien de grave, dit aussitôt Dirk. Rien de personnel.

— Bon, très bien, alors. Rentre quand tu peux, Dirk. Les enfants dormiront sans doute. Je garderai ton dîner au chaud. »

Dirk éprouva une vague nausée. Pas d'appétit !

« C'est très gentil de ta part, ma chérie. Merci beaucoup. »

216

Ariah rit. « Eh bien, nous sommes mariés. Je suis ta femme. C'est mon devoir de garder les choses au chaud, non ? »

Dirk apprendrait : Nina Olshaker était mariée depuis dix ans à Sam Olshaker, qui travaillait de nuit à l'usine Parish Plastics, l'une des plus importantes du comté. Ils s'étaient installés à Colvin Heights six ans auparavant. Ils avaient un fils de neuf ans, Billy, la petite Alice qui avait six ans, et ils avaient eu une autre fille, Sophia, morte de leucémie en mars 1961, à l'âge de trois ans. « Cet endroit l'a empoisonnée, monsieur Burnaby. Je ne peux pas le prouver, les médecins ne veulent pas le dire, mais je sais. »

Les familles de Nina et de Sam étaient de la région. Sam était né à Niagara Falls, et son père travaillait pour Occidental Petroleum ; Nina était née à North Tonawanda où son père avait travaillé vingt-cinq ans à l'usine Tonawanda Steel et était mort d'emphysème l'été précédent, à l'âge de cinquante-quatre ans. Elle dit, avec amertume : « Et la mort de mon père aussi. De minuscules bouts d'acier dans les poumons. Il toussait du sang. Il pouvait à peine respirer, à la fin. Il savait à quoi c'était dû, tous les ouvriers de l'aciérie le savent, ils y sont résignés. La paie est bonne, c'est ça le piège. Peut-être aussi que tout en sachant ce qui leur arrive, ils n'y croient pas vraiment. C'est ce qui s'est passé pour nous avec Sophia. Elle était de plus en plus faible, elle maigrissait, ses globules blancs baissaient, mais on continuait à prier et à penser qu'elle finirait par aller mieux. Pareil pour ma fausse couche. Je me disais, c'est juste celle-là. Quelque chose s'est mal passé, juste cette fois. Un coup de malchance. La prochaine fois, ce sera différent. Lorsque Sophia est morte, je voulais qu'on l'autopsie, je croyais que je le voulais, en tout cas, mais quand on m'a expliqué ce qu'est une autopsie j'ai changé d'avis. Aujourd'hui, je me demande si j'ai bien fait. Si c'était juste une leucémie, quelque chose qu'on hérite dans le sang, comme le Service de la santé du comté nous l'a dit, ou s'il y avait aussi autre chose ? Un poison, ici, dans le quartier ? Moi, je le sens. Quand le temps est humide comme aujourd'hui. Mais on nous a dit qu'il n'y avait rien, pas de poison dans l'air ni dans l'eau potable, on a fait des tests. C'est ce qu'ils prétendent, en tout cas. Oh ! je me fais un souci terrible pour Alice, monsieur Burnaby. Elle ne grossit pas, elle n'a pas beaucoup d'appétit,

MARIAGE

je l'emmène faire des analyses de sang et elle a une "baisse fluctuante du nombre des globules blancs"... Qu'est-ce que ça veut dire? Et Billy attrape des migraines à l'école, il a mal aux yeux et il tousse beaucoup. Et Sam... » Elle se tut brusquement, en pensant à Sam.

Dirk murmura des condoléances. Il était navré, profondément navré. Mais sa voix était bien faible, tandis que Nina poursuivait d'un ton impatient:

« Je ne veux que la justice, monsieur Burnaby. Je ne veux pas d'argent, je veux que justice soit rendue à Sophia. Je veux que Billy et Alice soient protégés. Je veux que ceux qui sont responsables de la mort de Sophia, de la maladie et de la mort d'autres enfants de ce quartier, reconnaissent leur responsabilité. Je sais qu'il y a quelque chose qui ne va pas, ici. On le sent, il y a des moments où ça vous brûle les yeux et les narines. Dans le jardin de derrière, dans beaucoup de jardins ici, une espèce de boue noire dégoûtante monte du sol, un peu comme du pétrole, mais plus épaisse. Je vous montrerai, il y en a dans la cave. Quand le temps est humide, elle suinte des murs. Si vous appelez la municipalité, vous tombez sur une secrétaire ou sur quelqu'un d'autre qui vous dit d'attendre, et quand vous avez bien attendu, ça coupe. Alors, vous allez à l'hôtel de ville, et vous attendez. Vous pouvez attendre des semaines, des mois. Vous pourriez attendre des années, je crois, si vous viviez assez longtemps. À l'école de la 99e Rue, monsieur Burnaby, les gamins se rendent compte que l'eau potable a un goût qui n'est pas normal. Quand ils jouent à l'extérieur, dans la cour de récréation, leurs yeux, leur peau, les brûlent. Il y a un champ à côté de l'école, et un fossé, et quand les garçons vont y jouer, ils se brûlent. Billy a rapporté ces "pierres brûlantes" à la maison, un genre de pierre phosphorescente de la taille d'une balle de base-ball. Quand on les jette par terre, elles claquent comme des pétards et elles fument. Vous trouvez normal que des gosses jouent avec ça? J'ai parlé au directeur. Il n'est pas sympathique, pas compréhensif du tout. On pourrait s'attendre qu'il se soucie de la santé des élèves de son école, hein, mais non, il est presque grossier avec moi, comme si j'étais une mère teigneuse, déséquilibrée, dont il n'a pas le temps de s'occuper. Il dit que Billy doit rester dans l'enceinte de l'école et ne pas aller jouer dans ce fossé et ce champ, mais en fait,

218

quand les enfants jouent dans la cour de récréation, cette boue noire remonte par les fissures. J'ai des photos de tout ça, monsieur Burnaby. J'ai des photos de Sophia que je voudrais que vous voyiez. Billy ? Viens ici, Billy. »

Un garçon renifleur aux cheveux cendrés, qui hésitait sur le seuil de la salle de séjour, s'avança à contrecœur pour saluer M. Burnaby... « Ce monsieur est avocat, Billy. Un avocat célèbre. »

Dirk fit la grimace. Célèbre !

« Je voudrais faire transférer Billy dans une autre école, mais ils refusent. Parce que pour céder à un seul parent, il faudrait qu'ils admettent qu'il y avait une raison de céder, et ils ne veulent pas le faire. Parce que alors tout le monde voudrait faire transférer ses enfants dans une école plus sûre. Parce que alors ils seraient peut-être "responsables" devant la loi... l'administration scolaire, le Conseil de l'éducation, le maire ? Ils se protègent tous les uns les autres, on voit bien qu'ils se défilent et qu'ils mentent, comme au Service de la santé, mais comment faire ? Nous habitons ici, nous arrivons tout juste à payer les mensualités de la maison et de la voiture et s'il y a des dépenses médicales supplémentaires – pour emmener Alice à l'hôpital St. Anne par exemple, et pas là où ils veulent qu'on aille faire des analyses, à la clinique médicale du comté –, tout s'additionne, le salaire de Sam n'y suffit pas et, si quelque chose lui arrive, il y a l'assurance maladie de Parish Plastics, et la retraite, Sam a peur que, si nous causons des ennuis, l'usine exerce des "représailles" contre lui... est-ce que c'est possible, monsieur Burnaby ? Même avec le syndicat... l'AFL ? »

Dirk fronça les sourcils, feignant de réfléchir. Mais il savait : oui, c'était possible. Parish Plastics était l'un des employeurs coriaces de la région, Dirk connaissait le vieux Hiram Parish, un ami de Virgil Burnaby, comme Mme Parish avait été une relation appréciée de Claudine, il connaissait la réputation des usines Parish, Swann, Dow, OxyChem et de quelques autres. L'économie locale avait beau être en plein boom, les syndicats n'avaient pas obtenu de ces sociétés les contrats qu'ils souhaitaient. Dirk Burnaby ne s'occupait pas des négociations salariales, mais il avait des collègues qui le faisaient : payés par les sociétés. Si Dirk avait choisi le droit du travail, qui ne l'avait jamais tenté, il serait peut-être en train de travailler pour Parish, Inc. Il dit :

219

MARIAGE

«C'est possible, madame. Il faudrait que j'examine le contrat de votre mari pour en avoir une idée.»

Était-ce là le premier pas fatal? se demanderait Dirk. Le geste involontaire. L'entrée de *moi*, Dirk Burnaby, dans la vie d'inconnus.

«Monsieur Burnaby! Merci.»

Nina Olshaker posait sur lui ses yeux-minéraux à l'éclat sombre, souriant comme si les paroles de Dirk Burnaby signifiaient davantage que ce qu'elles signifiaient en réalité.

Dirk garderait du reste de sa visite le souvenir de fragments décousus tels ceux d'un rêve interrompu. Nina lui parla d'un ton animé et agressif, comme si quelque chose avait été décidé entre eux.

Elle lui raconta l'«erreur tragique» de la maison: ils avaient pris un crédit de trente ans. Une maison qu'ils avaient d'abord adorée, dans un quartier «agréable», «chaleureux», «amical», habité par des couples comme eux, beaucoup d'enfants, Billy pouvait aller à pied à l'école, il y avait un jardin assez grand pour que Sam y fasse un potager. «Ça le rend si heureux, si vous le voyiez. Ça doit être un gène, non? Moi, je ne l'ai pas, en tout cas. Quand je plante des graines, je me dis qu'elles ne vont sûrement pas pousser. Et si par hasard elles poussent, que des bestioles vont finir par les avoir.» D'un geste à demi conscient, Nina passa une main sur son ventre. Elle pensait à sa fausse couche, peut-être. Ou à la petite fille qui était morte.

Dirk écoutait. Il posa peu de questions, ce soir-là. Il était fasciné par Nina, qui ne ressemblait à aucune femme qu'il eût fréquentée de près. Ses cheveux étaient si noirs et si mats qu'elle avait peut-être du sang tuscarora dans les veines. Ses yeux, cernés de fatigue et d'inquiétude, brillaient cependant d'un savoir sombre et scintillant qui captivait Dirk. Elle avait l'attitude nerveuse et combative d'un garçon manqué. Sa peau brune était un peu granuleuse mais attirante. Oh! Dirk Burnaby trouvait Nina Olshaker attirante. Il devait le reconnaître. Elle était singulière, se pensait singulière. Elle avait une mission; même dans la défaite elle aurait une mission. Ces vêtements d'été bon marché, pieds nus au milieu du désordre douillet de sa maison et aussi peu embarrassée par ses pieds (pas très propres) que par le désordre, le nez coulant de ses enfants ou les odeurs prenantes de moisi et de pourriture qui flottaient dans l'air : elle raconta son histoire à Dirk Burnaby sans avoir aucune conscience d'être d'un genre et d'une classe qui lui étaient d'ordinaire invisibles.

Ce qui ne signifiait pas que Dirk Burnaby ne croyait pas à la démocratie. Que tous les hommes, et quelques femmes, naissaient égaux. Aux yeux de Dieu. (Sinon de l'économie.) Nantis du droit, garanti par la constitution des États-Unis, à la vie, à la liberté et à la poursuite du bonheur. Sinon au bonheur lui-même. (Quoi que soit le bonheur. Une maison douillette faite d'un matériau compacté imitant la brique.)

Comme le remarquait Claudine Burnaby avec un humour narquois *Ces gens-là n'existent pas. Et s'ils existent, quel rapport ont-ils avec nous ?*

Nina était en train de dire que la maison s'était transformée en piège, elle avait rendu Sophia malade, elle les rendait tous malades, et maintenant certains voisins s'en prenaient à Nina en disant qu'avec le tapage qu'elle avait fait à l'école elle effrayait les gens, elle encourageait l'« hystérie » et « faisait baisser la valeur de leurs maisons »… ils allaient même jusqu'à accuser Sam et elle d'être communistes. « Vous vous rendez compte, monsieur ? Sam et moi ? Vous ne trouvez pas ça absurde ? Nous sommes catholiques. »

Dirk dit : « Oui. C'est absurde.

– C'est vraiment absurde ! Ce sont des idioties. Tout ce que nous voulons, c'est des réponses honnêtes à nos questions, pas des mensonges. En quoi est-ce que ça fait de nous des communistes, bon Dieu ? »

Dirk pensait avec un certain malaise aux épithètes lancées aux avocats qui avaient défendu les hommes et les femmes mis sur liste noire ou « soupçonnés de subversion » au début des années 50. Les rares professeurs de l'université de Buffalo qui avaient refusé de signer des serments de loyauté. Un pasteur protestant, un chroniqueur de la *Gazette*, des responsables syndicaux locaux. Ils n'étaient pas nombreux. Les avocats qui les avaient défendus s'étaient vus traités de *cocos,* de *rouges,* de *Juifs.*

Dirk dit avec entrain : « Mais nous sommes en 1961, aujourd'hui, Nina. Nous sommes bien plus avancés. »

Nina Olshaker montra ensuite à Dirk un portfolio. Les yeux humides, tremblante. Elle avait envoyé Billy et Alice manger un ragoût réchauffé et regarder la télé dans une autre pièce, elle ne voulait pas qu'ils voient ces photos. Dirk s'arma de courage pour regarder une succession de photos de la jolie Sophia disparue. Nouveau-née, faisant ses premiers pas, petite fille toute en jambes dans les bras musclés bronzés de son papa qui la soulevait dans les airs avec fierté. (Sam, un jeune homme maigre et nerveux, souriant au soleil; une casquette de baseball sur la tête, en tee-shirt et short. Dirk éprouva une pointe de jalousie sexuelle.) Sur les photos suivantes, l'enfant était sur un lit d'hôpital, peau blanche translucide, yeux bleu pâle voilés. Puis elle était morte, une poupée à la peau cireuse dans un cercueil tapissé de satin blanc. Dirk ferma à demi les yeux, sans plus écouter la voix tremblante de Nina Olshaker.

Il pensait à sa fille, Juliet. Âgée de six semaines à peine. La gorge serrée, parcouru par un frisson de terreur.

Dirk avait déjà oublié qu'il n'avait pas eu très envie d'un autre enfant. Il avait été épouvanté par le désir cru de sa femme. Elle lui avait fait un peu peur.

Fais-moi l'amour! Pour l'amour du ciel, fais-le! Fais-le!

Pas Ariah, mais la femelle féroce, vorace. Pas l'Ariah qu'il avait épousée, mais une autre à sa place.

Pourtant: Juliet était née de cette union.

« J'ai une fille, moi aussi.

– Ah oui! Comment s'appelle-t-elle?

– Juliet.

– Quel joli prénom! Qu… quel âge a-t-elle?

– Elle vient de naître. »

Bizarre qu'il eût dit cela! Ce n'était pas tout à fait vrai. La vie d'un nourrisson lui paraissait soudain si fragile. Sa survie si précaire. Tétant le sein de sa mère ou un biberon, entièrement dépendant des autres, sans force, sans mobilité ni langage. Un court instant, il éprouva la peur absurde que, en son absence, pour le punir de ne pas être rentré directement chez lui, quelque chose arrive à sa fille.

Nina lui montrait des photos qu'elle avait prises à l'école de la 99ᵉ Rue. La cour de récréation où une « boue » noire remontait par les fentes de l'asphalte. Le fossé à la « boue nauséabonde ». Le champ de mauvaises herbes et de chardons, imbibé d'une eau fétide. Les yeux rougis et gonflés de Billy Olshaker, ses mains « brûlées » et les mains «brûlées» d'autres enfants. «Le directeur nous a dit: "Veillez à ce que vos enfants se lavent les mains, et vous n'aurez plus de problèmes"», remarqua Nina avec colère. Elle étala sur la table beaucoup d'autres photos, prises dans le quartier, et dans la cave et le jardin de derrière des Olshaker. Dirk les étudia avec consternation. Au cours des années précédentes, des plaintes avaient été déposées contre certaines sociétés chimiques, Dow, Swann, Hooker, OxyChem, des actions pour dommages corporels engagées par des ouvriers et qui étaient presque toujours rejetées par les juges de district ou réglées à l'amiable pour des sommes non divulguées, jamais très élevées. Il était entendu que vous couriez un risque en travaillant dans certaines usines et, pour ce risque, on vous payait.

Pas assez, bien entendu. Jamais assez. Mais c'était une autre question.

La pollution d'un quartier, de la terre, du sol, de l'eau, et ses effets ultérieurs sur les individus, était quelque chose de très différent, et de nouveau. Dirk Burnaby n'y avait jamais vraiment réfléchi. Sa pratique du droit n'avait rien à voir avec ce genre d'affaire informe. Il était entraîné à plaider des points mineurs mais dévastateurs en s'appuyant sur le droit écrit de l'État de New York. Ses clients étaient d'ordinaire des hommes d'affaires fortunés qui souhaitaient protéger ou améliorer leur statut. De temps à autre, Dirk représentait un client en faillite et, de temps à autre, il faisait gratuitement un travail caritatif. Mais ce n'était pas sa partie. Il était un maître ès échecs sur un échiquier qu'il connaissait intimement et sur lequel lui-même était connu, respecté et redouté.

Il éprouva un frisson d'excitation et d'appréhension. Un nouveau jeu! Celui-là aussi, Dirk Burnaby s'en rendrait maître.

«Dans ma propre ville natale.»

Il avait dû parler tout haut, car Nina Olshaker dit, la mine sombre: «Oui! Dans votre ville natale.»

Certaines des photos étaient tombées par terre, et Dirk les ramassa. Le sang lui battait le visage. Nina poursuivait: «Ça devrait être des preuves, vous ne pensez pas, monsieur Burnaby? Dans un tribunal, si les jurés les voyaient, elles devraient compter. Les enfants devraient compter. La vie des gens devrait compter.» Dirk se disait que non, ce qui compterait, ce dont on pourrait tirer parti, ce seraient les preuves scientifiques, le témoignage de médecins. Le témoignage à la barre d'une mère affligée mais calme qui décrirait ces événements, qui décrirait la mort de sa petite fille, les maladies dont souffraient ses enfants et elle.

«Monsieur Burnaby! Venez par là. Avant de partir.» Nina prit Dirk par le bras et le conduisit dans la cuisine, fit couler l'eau des deux robinets dans un verre, lui demanda de sentir, de goûter. Dirk sentit mais refusa de goûter, quoique (à son avis) l'eau n'eût pas une odeur très différente de celle que sa famille et lui buvaient à Luna Park. Nina rit et vida le verre dans l'évier. «Pourquoi la boiriez-vous, effectivement? Ce n'est pas moi qui vais vous le reprocher.» Puis Nina l'entraîna dans la cave, Dieu! quelle puanteur dans cet escalier, et les marches de bois mal ajustées grinçaient sous leur poids. Dans la lumière brutale de l'ampoule, la cave était une horrible grotte qui sentait les égouts bouchés et une odeur écœurante de goudron. Sur le sol, un entrelacs de traînées sombres, qui luisaient. Des ruisselets d'eau de pluie, de petites flaques. Les murs de béton, hauts d'un mètre quatre-vingts à peine, sécrétaient une espèce de saleté visqueuse. Une pompe aspirante fonctionnait bruyamment, comme un cœur près d'éclater. «Lorsqu'il pleut fort comme aujourd'hui, l'eau inonde la cave. C'est Sam qui s'occupe de la pompe mais le temps qu'il rentre elle sera peut-être cassée. Zut!» Nina haletait d'indignation. Elle serrait le bras de Dirk comme pour l'empêcher de s'enfuir. «Vous voyez, monsieur Burnaby? Je n'imagine rien. Les gens du quartier disent que c'est "juste ce qui se passe" à Niagara Falls quand il pleut, même Sam essaie de dire ça, il dit qu'il est né ici, que ç'a toujours été comme ça, personne ne veut admettre que c'est quelque chose de différent, ils ont peur de faire "baisser la valeur des propriétés"... Des conneries! Ce qu'on a là, c'est autre chose que de l'eau de pluie et de la terre, autre chose que des égouts qui refoulent, il faudrait que ce soit analysé, la terre et l'eau, ici, à Colvin Heights, devraient être analysées, je me tue à le dire aux gens. Je n'ai jamais été quelqu'un de maladif. Je ne suis pas quelqu'un de maladif mais j'attrape des migraines à vivre ici, j'ai de l'asthme comme ce pauvre Billy et comme Sam, je ne parle pas beaucoup de moi parce qu'on s'en moque, ce n'est pas de moi, c'est des enfants qu'on devrait s'occuper, vous ne croyez pas? Sam s'énerve contre moi, il dit que j'imagine tout

… ET APRÈS

ça mais je n'ai pas imaginé ma fausse couche, hein ? Je n'ai pas imaginé la leucémie de ma fille, hein ? *Hein ?* »

Nina s'essuyait les yeux, bouleversée. Le chagrin, la rage lui déformaient le visage. Dirk, qui s'efforçait de ne pas respirer dans cet endroit fétide, ne put la réconforter, il dut remonter précipitamment l'escalier, au sommet duquel il trouva le petit Billy, accroupi.

Bon Dieu ! Il l'avait échappé belle, un peu plus et il vomissait. Un mal de tête soudain s'était déclaré entre ses yeux. Et ses yeux lui cuisaient.

Nina le rejoignit dans la cuisine et s'excusa. « Je suis habituée à l'odeur, je suppose. Je n'ai aucune idée de l'effet que ça peut faire à quelqu'un d'autre. » Elle eut un rire gêné.

Lorsque Dirk partit, pressé à présent de s'échapper, Nina l'accompagna. La pluie tombait moins fort. Dirk ne prit pas la peine d'ouvrir son parapluie. Dieu merci, on respirait de nouveau. Après la puanteur de cette cave, qu'il n'était pas près d'oublier, l'air visqueux d'East Niagara Falls semblait presque revigorant.

Et c'était un air, un début de soirée, qui avait une étrange luminescence, où dominaient des odeurs de goudron, de marécage. Marbré de nuages, le ciel se dégageait un peu à l'ouest, du côté canadien, où le soleil commençait à décliner. C'était le début de l'été, le solstice d'été, et la nuit tombait lentement dans cette zone urbaine, avec ses cheminées cerclées de flammes, ses vastes étendues semées de lumières.

Devant la voiture de Dirk, Nina continua à lui parler, plus rapidement, comme si elle sentait qu'elle l'avait peut-être offensé, qu'elle l'avait peut-être chassé. « Les gens disent qu'il y a par ici un vieux canal que l'on a comblé, personne ne sait exactement où il se trouve. Près de l'école, à mon avis. Et il traverse Colvin Heights. Il a été comblé avant que le promoteur commence à construire le lotissement, après la guerre, et je me dis… avec quoi a-t-il été comblé, ce canal ? Peut-être avec autre chose que de la terre ? Avec des déchets ? Des produits chimiques ? Swann Chemicals se trouve à deux pas de Colvin Boulevard, de l'autre côté de Portage Road. Personne ne veut nous parler de ça. J'ai posé la question au Service de la santé et à la municipalité. J'ai posé la question à la *Gazette*. Voilà pourquoi j'essaie d'intéresser un avocat à cette affaire.

225

MARIAGE

Tout le monde dit que vous êtes le meilleur avocat de Niagara Falls, monsieur Burnaby.»

Dirk fronça les sourcils. C'était peut-être vrai. Sur son échiquier, en jouant selon les règles qu'il connaissait, Dirk Burnaby était probablement imbattable, au zénith de sa carrière comme il l'était de sa vie.

«Je sais que nous ne pouvez pas dire "oui" tout de suite, monsieur Burnaby. Mais ne dites pas "non", s'il vous plaît. Je vous en prie! Je sais que vous devez réfléchir à tout ça. Et je sais que vous savez que nous n'avons pas beaucoup d'argent. Nous pourrions réunir tant bien que mal, avec ceux des voisins que ça intéresse… autour de deux mille dollars. Je sais que vous prenez beaucoup plus. Cette gentille femme, à votre cabinet, a essayé de me l'expliquer. Mais je voulais vous parler, et je l'ai fait. Merci!

– Je reprendrai contact avec vous, madame Olshaker. Vous m'avez donné matière à réflexion.»

Hardiment, Nina prit sa main dans les deux siennes et la serra fort. Dans ses yeux minéraux scintillait une sorte de désespoir charmeur. En baissant la voix, elle dit: «J'ai un aveu à vous faire, monsieur Burnaby. Ne soyez pas fâché! Ne m'en veuillez pas! J'ai prié pour ça, vous comprenez. Cette soirée. J'ai prié pour vous. *Dieu vous a envoyé à moi.*»

L'autre monde

Jamais d'adultère. Jamais un mari adultère. Et je ne suis pas non plus tombé amoureux de cette femme.

Et pourtant il se détruirait, et détruirait son mariage, pour la cause perdue de Love Canal.

1

Ariah savait, et pourtant ne savait pas. Comme une épouse ne sait pas, et pourtant sait.

Ou croit savoir.

Ce fut la fin de l'été 1961, puis ce fut l'automne et le début d'un autre hiver à Niagara Falls, près des gorges du Niagara. Un nouveau bébé dans la maison du 22, Luna Park! La vie mystérieuse et palpitante de la maison, voilà ce qu'était cette petite fille aux yeux d'Ariah, sa mère. Une mère triomphante, quoique épuisée. Il y avait Chandler et Royall qu'elle aimait, mais c'était Juliet qui était son âme même.

«Nos yeux. Nous avons les mêmes yeux. Oh! Bridget. Regardez.»

Soulevant le bébé aux grands yeux, au sourire baveux, à hauteur de sa tête, se pavanant devant la glace. Des yeux vert galet, des yeux vert translucide un peu vermiculés de sang, la nurse irlandaise récemment engagée regardait une paire d'yeux après l'autre, passait de Bébé à Mère, puis, comme elle était irlandaise, et fine, savait dire avec son accent

MARIAGE

exubérant: «Oh! madame Burnaby! Sûr qu'elle ressemble comme deux gouttes d'eau à sa mère, Dieu vous a bénies toutes les deux.»

Et pourtant.

Mon mari m'aime. Jamais il ne me serait infidèle. Il sait que cela me détruirait. Et il m'aime.

Zut! Le téléphone sonnait. Ariah avait oublié de décrocher le combiné. Interrompue pendant sa leçon de piano du jeudi 5 heures (son élève était une petite fille de douze ans, jolie-joufflue, moyennement douée, pour qui elle avait une certaine affection), Ariah cria sans quitter son tabouret: «Royall, mon chou, tu veux bien décrocher le téléphone? Tu ne dis pas un mot à la personne qui appelle, tu décroches juste le combiné et tu le poses doucement à côté. Tu seras un ange.»

Mais Royall, étant Royall, n'obéissait jamais à sa mère sans lui désobéir en même temps. C'était le jeu de Royall. Il avait trois ans et il débordait d'idées de jeux. Il prit le combiné à deux mains et jacassa dans le micro comme un singe en folie: «Pas maman! Pas maman, r'voir!» En pouffant, il laissa tomber le récepteur, qui heurta le sol moquetté avec un bruit sourd, puis il recula, les mains pressées contre la bouche, avec un air de vilain garçon hilare. Ariah pouvait difficilement le gronder, la personne qui était au bout du fil aurait entendu.

Les leçons de piano d'Ariah étaient censées être, pour elle, des oasis de sérénité, de calme relatif, et même, oui, de beauté, au milieu des énergies bouillonnantes de la famille Burnaby, mais ce n'était pas toujours le cas.

Avec un soupir, Ariah reporta son attention sur son élève, qui peinait sur un exercice compliqué d'arpèges (brisés) de 7e dominante de *si* majeur, dont ses petits doigts boudinés étaient presque capables, mais pas tout à fait. La petite avait cependant du talent. Ou ce qui passait pour du talent dans la carrière d'enseignante d'Ariah, à Niagara Falls. Avec son enthousiasme habituel, Ariah dit: «Très bien, Louise! Très prometteur! Maintenant recommençons, en veillant que les notes soient bien fluides, c'est une mesure à quatre temps...»

C'était une sorte de consolation, curieusement. La fréquence avec laquelle, lorsqu'on enseignait le piano, on s'entendait murmurer *Très bien! Très prometteur! Maintenant recommençons.*

228

L'AUTRE MONDE

Sa belle-famille et ses connaissances trouvaient cela excentrique, Ariah le savait. Que la femme de Dirk Burnaby donne des leçons de piano. À 5 dollars de l'heure. Une femme qui avait trois jeunes enfants. Comme une vieille fille de bonne famille en mal de revenus. Ariah avait dit en écarquillant des yeux innocents aux sœurs réprobatrices de Dirk : « Oh! je m'entraîne pour une époque future où je serai peut-être abandonnée et démunie, et où il me faudra subvenir à mes besoins et à ceux de mes enfants. Toutes les épouses ne devraient-elles pas en faire autant? » Cela en avait valu la peine, rien que pour l'expression prise par leurs visages maquillés constipés. Vraiment drôle. Ariah souriait à ce souvenir.

Quoique Dirk n'eût pas trouvé cela très amusant. En fait, il avait été furieux contre elle.

Ariah avait eu envie de protester *Mais toutes les épouses ne devraient-elles pas en faire autant?*

Louise jouait consciencieusement ses arpèges, qui, au lieu d'être rapides, légers, étincelants comme une eau ruisselant sur la roche, étaient laborieux, mal égrenés, chaque note pareille à un minuscule maillet. « Pensez à la mesure : quatre temps par mesure, et une noire vaut un temps. » Ariah tapait avec son crayon. Elle avait acquis un don ambiauditif, pouvait écouter ses élèves d'une oreille tout en écoutant de l'autre ce qui se passait dans le reste de la maison. La nouvelle maison que Dirk avait tenu à acheter était terriblement grande, il y avait quantité de pièces où les enfants pouvaient s'aventurer, celle qui avait été baptisée « salle de piano de maman » était un ancien salon communiquant avec la salle de séjour, et voisin d'un couloir qui menait à la cuisine et à l'escalier. Où était Bridget? Peut-être dans la cuisine avec le bébé. La nurse était également censée garder un œil sur Royall mais, bien entendu, Royall n'était pas facile à surveiller. Ariah espérait que la personne qui avait appelé avait maintenant raccroché.

Oui, apparemment Bridget était dans la cuisine. En train de nourrir le bébé avec ces roucoulements doucereux qui déplaisaient à Ariah. *Elle veut être la mère de ce beau bébé. Mais c'est moi qui suis sa mère.*

Ariah n'aimait pas non plus la façon dont Royall se pressait contre la nurse irlandaise. La manie qu'avait la nurse irlandaise de caresser ses beaux cheveux blonds, de s'extasier sur ses yeux bleus, de le serrer dans

MARIAGE

ses bras. De bavarder avec lui dans un langage enfantin apparemment gaélique. Ariah se demandait s'ils complotaient et riaient ensemble, s'ils cachaient des secrets à maman.

Chandler était trop vieux pour que Bridget le couve comme cela. Et il n'était jamais à la maison. Une chance! Ariah aimait les téléphones débranchés. Elle se sentait protégée, en sécurité. Les téléphones qui sonnaient la rendaient nerveuse. Elle s'en éloignait parfois très vite, les mains plaquées sur les oreilles. À supposer que ce soit Dirk, ou Madelyn, cette secrétaire à la voix de velours qu'elle méprisait, qu'apprendrait-elle sinon que Dirk allait de nouveau être en retard pour le dîner, ou absent pour le dîner, et pourquoi Ariah serait-elle allée au-devant de nouvelles aussi désagréables? Mieux valait ne pas savoir. Voir venir. Ôter le combiné de son support et attendre que la tonalité soit coupée, comme elle finit toujours par l'être. Sauf que parfois la gouvernante s'en mêlait, ou même Bridget, à qui personne ne demandait de jouer les bonnes. Le téléphone sonnait, brisant la tranquillité de la maison et on entendait crier: «Madame Burnaby? Le téléphone, madame.»

Mais où était «madame»? Dans sa salle de bains du premier, les deux robinets grands ouverts. En train de fredonner bien fort.

Les leçons de piano d'Ariah duraient toujours plus longtemps lorsqu'elle n'avait pas d'autre élève ensuite, et cette leçon-là se poursuivit donc jusqu'à six heures et quart. Louise semblait mal à l'aise, incertaine. Elle s'était si mal débrouillée du petit rondo de Mozart qu'elle travaillait depuis des semaines qu'Ariah avait dû le rejouer pour elle. Un morceau vraiment charmant, gai, précis, tout en surfaces scintillantes, sans profondeur ni intervalles de méditation. «Essayez encore, Louise. Je sais que vous en êtes capable.» Mais Louise commença, frappa sa première fausse note et secoua la tête. «Je... il faut que je parte, madame.» Gauchement, la petite fille se leva, rassembla ses partitions. Ariah était perplexe. L'air penaud, Louise dit: «C'est ma dernière leçon de piano avec vous, je pense. Je regrette.»

Ariah fut si étonnée qu'elle ne sut comment réagir. «Que dites-vous, Louise? Votre dernière leçon...?

– Ma m... mère dit...

– Votre mère?

L'AUTRE MONDE

– C'est mon père qui le lui a dit, je pense. Plus de leçon de piano après aujourd'hui. »

Écarlate, évitant le regard d'Ariah, la gamine s'enfuit.

Ariah la suivit jusqu'à la porte d'entrée, referma sans bruit derrière elle, puis resta plusieurs minutes immobile dans le vestibule, étourdie comme si on lui avait donné un coup sur la tête. Louise Eggers était l'une de ses élèves les plus prometteuses. Les Eggers habitaient de l'autre côté du parc, dans une belle maison de style colonial où les Burnaby avaient été invités à plusieurs reprises, ces dernières années. Ariah avait été plutôt réservée, à son habitude, face à la sociabilité de Mme Eggers, mais elle avait toujours supposé que celle-ci l'appréciait. Son mari, directeur général de Niagara Hydro, était une relation d'affaires et un ami de Dirk.

Ou avait paru l'être.

« Oh ! *zut.* » Ariah eut une grimace de douleur.

Quelqu'un devait avoir reposé le combiné sur son support. Le téléphone sonnait.

L'enquiquineuse bien intentionnée du comté de Galway appela « madame » au téléphone de son accent lyrique et chantant. Hébétée, Ariah prit l'appel dans le bureau de Dirk. « Oui. » Elle n'avait même pas la force de poser une question rituelle.

Mais quel choc ! C'était la belle-sœur d'Ariah, Clarice.

Clarice ! L'aînée des sœurs Burnaby, et celle qui faisait le plus peur à Ariah. Une Joan Crawford au regard glaçant, dont les cheveux permanentés ressemblaient à de minuscules saucisses et qui avait la manie de faire la moue à Ariah dans le temps même où elle lui souriait avec une feinte chaleur. Clarice, âgée d'une cinquantaine d'années, était une femme impassible, avec quelque chose de l'air hautain et réprobateur de Claudine Burnaby. « Ariah ? Vous êtes là ?

– Oh ! Oui. »

Elle avait répondu d'une voix faible, presque inaudible. Elle essayait de rassembler assez de force pour adopter le comportement – mais quel était ce comportement ? – que le monde arrogant qualifie de normal.

Oh ! mon Dieu. Les pensées d'Ariah filèrent dans toutes les directions. Dirk et elle avaient-ils été invités avec les enfants à se rendre chez

MARIAGE

Clarice dans l'Isle Grand, et avaient-ils omis d'y aller? Encore une fois? (À la grande honte d'Ariah, c'était arrivé à Pâques de cette année-là. Ariah reconnaissait que c'était sa faute, elle avait oublié de noter la date sur son calendrier.) Deux ou trois fois par an, pour l'une ou l'autre des «fêtes», les sœurs de Dirk faisaient l'effort charitable d'être amicales, et invitaient chez elles leur frère et sa petite famille en expansion. Ariah redoutait ces invitations et parfois, plaidant une migraine ou un changement d'horaire dans ses leçons de piano, s'y dérobait. Claudine Burnaby, maintenant septuagénaire, obstinément recluse et devenue, disait-on, une fanatique religieuse, ne se rendait jamais chez ses enfants qui, néanmoins, parlaient et se préoccupaient d'elle de façon si obsessive qu'Ariah avait envie de se boucher les oreilles et de quitter la pièce en courant.

(En quoi était-il «excentrique» de rester cachée chez soi si l'on en avait envie? Si l'on en avait les moyens financiers? Si surtout on habitait une propriété comme Shalott, avec vue sur le Niagara?)

Poliment Clarice demanda à Ariah comment elle allait, comment allaient les enfants; Clarice estropiait invariablement le nom des enfants, mais Ariah ne prenait jamais la peine de la corriger. Ariah lui répondit aussitôt que bien, bien, tout le monde allait bien, quoique dans sa confusion et son embarras elle n'eût pas la moindre idée de ce qu'elle disait: si Chandler avait disparu de la maison depuis des jours, si Royall avait frotté des allumettes dans la cave et mis le feu à la maison, si Bridget avait pris la fuite avec la belle petite Juliet, Ariah aurait répondu d'un ton enjoué: «Oh! *très bien.*» Mais elle n'eut pas la force de demander à Clarice comment allait sa famille.

«Si je vous appelle, Ariah, dit Clarice, d'une voix pareille à du béton coulé, c'est pour vous demander si vous avez entendu courir les mêmes vilains bruits que moi.» Une pause théâtrale. Ariah pressa le combiné contre son oreille, comme si ces bruits étaient à l'intérieur du téléphone et qu'elle fût censée les entendre.

Clarice poursuivit, inexorable: «Sur mon frère Dirk.»

Ariah tenta désespérément de plaisanter: «Ah! sur votre frère Dirk. Pas sur mon mari Dirk. Quel soulagement.

– J'espère que vous allez trouver cela amusant, ma chère Ariah.

– J'espère bien, Clarice, répondit Ariah en riant. J'ai donné trois

L'AUTRE MONDE

leçons de piano cet après-midi, et je suis d'humeur à rire de quelque chose.

– Mais pas de cette nouvelle-ci : Dirk a une liaison. »

Liaison! Quelle expression curieuse.

«Ariah? Vous m'avez entendue? On dit que Dirk voit une autre femme.»

Ariah souriait dans une nappe de brouillard qui s'était introduite dans la pièce on ne sait comment. Elle flottait sur les objets, dont elle masquait les formes. Elle avait le goût de la brume humide et froide au pied des Chutes.

«Oh! bonté divine. Dirk n'arrête pas de "voir" des femmes, Clarice. Il aurait dû mal à faire autrement, non? Avec ses yeux?» Ariah rit, le son que pourrait émettre un poulet dont on tord le cou. «Qu'est-ce que cela a d'in... in... habituel?

– Vous êtes assise, Ariah? Asseyez-vous. »

Ariah secoua la tête d'un air buté. Elle ne s'assiérait pas! Comme Royall qui désobéissait par principe. Elle avait au moins autant de fierté que son propre fils de trois ans. Elle était debout devant le bureau à cylindre de Dirk, s'appuyait contre lui par faiblesse. Elle n'avait pas la coordination motrice requise pour tirer le lourd fauteuil de Dirk et s'y asseoir. Il était rare qu'elle entre dans le bureau de Dirk. Il était censé être «interdit» aux enfants. Et Ariah n'éprouvait pas le moindre intérêt pour les documents financiers, chèques oblitérés, reçus et feuilles d'impôts. Depuis son mariage, elle n'avait pas réglé une seule facture, ni même ouvert une lettre contenant une facture; tout ce qu'envoyaient le comté du Niagara, l'État de New York ou le gouvernement fédéral des États-Unis, elle le repoussait avec un frisson, sachant que son mari capable et bienveillant se chargerait de ces horreurs.

Ses narines sensibles palpitaient dans cette pièce. Elle y percevait l'odeur faible, consolatrice, des cigares que Dirk fumait de temps à autre. Sa lotion capillaire, son eau de Cologne. Une bouteille d'eau de Cologne française pour homme qu'Ariah lui avait offerte. *Il m'aime. Sait que cela me détruirait.*

Ariah entendit Bridget monter Juliet au premier dans la nursery, roucouler et chantonner en gaélique. Il était temps de changer bébé! Ariah éprouva un terrible sentiment de perte. Couches, pipi de bébé et caca de bébé! Elle était en train de manquer la petite enfance de sa fille. Dans l'escalier, Royall s'élança derrière Bridget en babillant, martelant les marches comme un soldat à la parade. Ariah avait une envie irrésistible de les rejoindre. Elle bégaya : « C… Clarice ? Il faut que je raccroche, mes enfants m'appellent. »

D'un ton féroce, Clarice dit : « Non. Surtout ne raccrochez pas, Ariah ! Vous avez fait l'autruche bien assez longtemps. Ces vilaines rumeurs ne concernent pas que vous, elles concernent aussi les Burnaby. Nous tous. Ma pauvre mère, qui ne se porte pas bien et qui serait désespérée si elle apprenait la conduite de son fils, de son enfant "préféré". Et en public. Comme s'il n'était pas déjà assez pénible que Dirk ait une liaison avec une femme du peuple, une femme mariée qui a des enfants, il présente pour elle des requêtes grotesques devant le tribunal, il n'a plus aucun discernement ni sur le plan juridique ni sur le plan moral, il a perdu la tête apparemment, et vous, sa femme, qui vous êtes toujours piquée d'être si intelligente, si cultivée, si supérieure à nous tous, vous n'avez rien remarqué ? Seriez-vous aveugle, Ariah ? »

La brume semblait s'étendre. Ariah se frotta les yeux. Peut-être devenait-elle aveugle ? Un grondement à ses oreilles, comme le bruit lointain d'une chute d'eau.

Sur le mur au-dessus du bureau de Dirk étaient accrochés des daguerréotypes encadrés de son grand-père risque-tout, Reginald Burnaby le Grand. Un jeune homme sexy, brun comme un gitan, maigre comme un lévrier, qui avait les cheveux courts, des moustaches en guidon de vélo et des yeux noirs intenses, brillants comme des billes. Ariah sentait son regard railleur. *Toi aussi, sur ta corde raide ! Toi, qui rêvais que tu étais en sécurité sur la terre ferme.*

Depuis bien des années, Ariah se taquinait et taquinait son mari en plaisantant sur son départ. Mais maintenant.

Clarice disait : « Interrogez mon frère sur "Nina" lorsqu'il rentrera. "Nina Olshaker". S'il rentre. Demandez-lui pourquoi il se suicide professionnellement pour elle. En intentant une action contre la ville de Niagara Falls, le Conseil de l'éducation, Swann Chemicals et je ne sais plus qui d'autre ! Ses amis, me semblait-il ! Des hommes avec qui il est allé au lycée ! Les amis de nos parents ! Certains des personnages les plus puissants de Niagara Falls et de Buffalo ! Et tout cela pour une femme

L'AUTRE MONDE

qui n'est même pas jolie, paraît-il. Son mari est un ouvrier d'usine et un agitateur communiste, et ils ont deux enfants, attardés mentaux tous les deux. Mais les Olshaker sont séparés maintenant, Dirk a installé cette femme dans une maison à Mt. Lucas, elle y vit à ses frais et vous, Ariah, son épouse, vous n'en savez rien, n'est-ce pas ? Vous vous cachez la tête dans le sable et jouez de votre précieux piano ! De votre "Steinway" ! La maîtresse de votre mari a un peu de sang tuscarora dans les veines, dit-on. Pire encore, elle est catholique. »

Ariah gémit comme un petit animal qu'on tourmente. « Je ne vous crois pas ! Laissez-moi tranquille. » Elle coupa la voix rapace de sa belle-sœur en raccrochant avec violence. Sur le mur, Reginald Burnaby le Grand sourit et lui fit un clin d'œil.

« Ce n'est pas vrai. Pas Dirk. »

Ariah se mit à fouiller le bureau de Dirk à l'aveuglette. Elle cherchait… quoi ? Les secrets de son mari. Ce bureau était un beau meuble ancien en acajou sculpté, si lourd qu'il laissait des marques profondes dans le tapis ; Dirk ne l'avait pas hérité de son père Virgil Burnaby, mais du bienfaiteur fortuné de son père, Angus MacKenna. Ariah savait peu de chose de ces morts, et souhaitait en savoir encore moins. Elle avait épousé Dirk, pas sa famille. Elle détestait sa famille ! Oh ! un bureau à cylindre était un nid de secrets. De secrets masculins. Il y avait quantité de casiers, de tiroirs. Éparpillés sur le bureau, des cigares enveloppés de cellophane, des Sweet Corona pour la plupart. Des liasses de chèques oblitérés, des reçus, des factures entourées d'élastiques. Des relevés de compte, des formulaires du fisc, des lettres d'affaires, des polices d'assurance. (Pas de courrier personnel ? C'était suspect.) Gémissant tout bas comme un chien battu, Ariah ouvrit des tiroirs, fourragea à l'intérieur avec frénésie. *Ce n'est pas moi. Ce n'est pas Ariah.* La brume des Chutes avait pénétré dans la pièce, froide comme un crachat. Ariah avait du mal à voir. Elle feuilleta maladroitement le chéquier de Dirk. Des preuves ? Des preuves de la trahison d'un mari ? Elle avait oublié le nom de cette femme. *Mais il ne peut pas y avoir de femme.*

De son écriture soignée Dirk avait noté avoir établi des chèques de 500 dollars à l'ordre de « N. Olshaker » en août, septembre, octobre et, enfin, novembre 1961. Ariah était haletante, hébétée. « N. Olshaker ». Si c'est sa cliente, pourquoi est-ce lui qui la paie ?

MARIAGE

En échange de quoi?

Services rendus?

Il y avait d'autres notations mystérieuses – suspectes. Des paiements mensuels de 365 dollars à la société de gestion de biens Burnaby. Pourquoi Dirk faisait-il des chèques à une affaire familiale? Quel sens cela avait-il? «Une maison à Mt. Lucas. Où il a installé sa maîtresse. Oh! mon Dieu.»

Ariah perçut un mouvement derrière elle; elle se retourna, se sentant prise en faute, et vit sur le seuil de la pièce un garçon au visage anguleux à qui on ne pouvait donner d'âge, trop sérieux pour être un enfant, trop petit de taille pour être un adolescent, une peau cireuse ridée, et des yeux inquiets, scintillants comme des écailles de poisson derrière des lunettes à monture d'acier. (Ah! ces maudites lunettes! Elles n'avaient que quelques semaines et Ariah ne les voyait jamais sans avoir envie de les arracher du nez de l'enfant et de les casser en deux.) Sa chemise de flanelle était froissée et déboutonnée et il y avait des taches aux deux genoux de son pantalon, alors qu'à n'en pas douter ces deux vêtements avaient été lavés et repassés de frais lorsqu'il les avait mis ce matin-là. Un moment, affolée, Ariah fut incapable de se rappeler le nom de cet enfant.

C'est le mien, ma pénitence.

Le garçon demanda d'un ton anxieux si quelque chose n'allait pas.

Cette voix râpeuse: si le papier de verre pouvait parler, il parlerait comme cela.

Ariah parvint à se ressaisir, jusqu'à un certain point: «Pour l'amour du ciel, Chandler. Tu m'as fait une de ces peurs. Quelle idée de te glisser derrière moi comme une… une tortue!» Ariah joignit les mains pour les empêcher de trembler. Son visage devait être livide, ses taches de rousseur ressortir comme des points d'exclamation. Elle s'adressait pourtant à Chandler de son ton réprobateur habituel, comme si l'enfant n'en méritait, et n'en aurait pas compris, d'autre.

Chandler dit, avec hésitation: «Je… je t'ai entendue pleurer, mère. Je t'ai entendue… crier.»

Ariah dit avec virulence: «Tu ne m'as pas entendue crier, Chandler. Ne dis pas de bêtises. *Ce n'était pas moi.*»

2

Je descendis alors dans l'autre monde. Où il est impossible de voir, de respirer. Où l'on suffoque dans une boue noire. Dans la honte.

Ces semaines, ces mois. Des journées épuisantes et cependant exaltantes qui pour Dirk Burnaby commençaient tôt le matin et finissaient tôt le matin. Il négligeait ses autres clients, ses clients payants, pour l'affaire de Love Canal.

Il était vrai que Dirk présentait des requêtes devant le tribunal de district du comté du Niagara. Au service de ses clients, il partait en guerre contre la ville de Niagara Falls, le Service de l'hygiène et de la santé publiques de Niagara Falls, le Conseil de l'éducation de Niagara Falls, Swann Chemicals, le Bureau du maire et celui du médecin examinateur de Niagara Falls. Jamais il n'avait écrit une prose aussi éloquente, aussi convaincante. Mais il était surtout un explorateur qui, en voiture et de temps à autre à pied, descendait dans l'autre monde.

Il se faisait parfois penser à l'un de ces premiers explorateurs condamnés qui s'étaient aventurés en canoë sur le large fleuve reliant deux lacs gigantesques, ne se rendant compte que trop tard que le courant s'accélérait et qu'ils avaient pénétré dans la zone de «non-retour»... les rapides turbulents, écumeux, juste en amont de Goat Island. Vous croyez d'abord que c'est votre action qui propulse votre petite embarcation à cette vitesse; puis vous vous apercevez que vous n'êtes pour rien ni dans la propulsion ni dans la vitesse. C'est quelque chose qui vous arrive.

Dirk se réveillait des états seconds dans lesquels il avait glissé, souvent aux archives du comté, ou dans sa grosse voiture de luxe qui telle la barque de Charon franchissait le Styx pour aborder dans une région qui lui était inconnue.

Dans cette autre région, la ville industrielle de Niagara Falls. Si différente de la ville touristique lumineuse en bordure du fleuve. La ville pittoresque au bord des célèbres gorges du Niagara. La Merveille du monde, la Capitale mondiale de la lune de miel. Prospect Avenue avec ses vieux hôtels prestigieux d'une autre époque que commençaient à remplacer, en ce début des années 60, des hôtels et «motels» plus modernes. Et Prospect Park et ses jardins. Et la brume et le gronde-

MARIAGE

ment perpétuels des Chutes. Dirk ne voyait pas le rapport que pouvait avoir cette deuxième ville, cette région souterraine qui s'étirait, interminable, à l'est, avec les demeures en bord de fleuve. C'était une jumelle, mais une jumelle difforme. Il y avait les Chutes, et il y avait la ville de Niagara Falls. D'un côté, beauté et terreur de la beauté; de l'autre, utilité pure et laideur de fabrication humaine.

Poison de fabrication humaine, mort.

«Lorsque c'est délibéré, c'est du meurtre. Il ne s'agit plus de négligence mais d'"indifférence coupable à la vie humaine."»

Le seul lien entre les Chutes et la ville industrielle prospère était l'énorme quantité d'eau détournée des premières pour faire fonctionner certaines des industries de la seconde. Encore fallait-il savoir que ce lien existait, incarné par une société pesant des millions de dollars : Niagara Hydro. Pour l'observateur non averti, ces liens étaient invisibles.

Pour l'observateur non averti, beaucoup de choses étaient invisibles.

«Ils n'ont aucune conscience. Mes pairs.»

Ces *pairs* que Dirk Burnaby allait découvrir à chaque pas.

Alors que Nina Olshaker s'était heurtée à des rebuffades grossières, des obstacles et des mensonges, Dirk Burnaby réussit beaucoup mieux. Il était un avocat autorisé à exercer dans l'État de New York, et il connaissait les droits des citoyens comme ceux des avocats. Il exigea de voir les archives du comté, les actes de propriété. Il exigea de voir les dossiers médicaux du comté. Et les comptes rendus des réunions de la commission de zonage du comté du Niagara. Il connaissait comme sa poche les bâtiments administratifs de la municipalité et du comté, le tribunal du comté du Niagara, le bureau du procureur de district de Niagara Falls. Il posa des questions et insista pour obtenir des réponses. Il ne se contenta pas de menacer de citer des témoins à comparaître, il le fit. Il n'était pas du genre à se laisser «mener en bateau» par des subordonnés et des larbins, fussent-ils les assistants du maire. Fussent-ils ses collègues avocats, payés par le gouvernement local, par les cadres administratifs et le conseil d'administration de Swann Chemicals, Inc.

Le principal avocat de Swann Chemicals s'appelait Brandon Skinner, un homme que Dirk connaissait de loin et dont il se méfiait. Et vice versa. Il y avait entre eux un respect mutuel, quoique aucune chaleur.

238

L'AUTRE MONDE

Skinner, un homme fortuné, possédant une propriété en bord de fleuve, non loin de Shalott, avait dix ou douze ans de plus que Burnaby.

«Au moins, nous n'avons jamais prétendu être amis. Je n'ai pas à faire semblant.»

Dirk se sentait plein d'espoir. Optimiste. Il connaissait les symptômes : l'excitation précédant un bon combat à la loyale.

Naturellement il savait que Skinner et les autres avocats atermoieraient à l'infini. Il connaissait les ficelles, il les avait utilisées plus souvent qu'à son tour. Les ficelles sont l'élément de base de la profession juridique, l'équivalent des instruments chirurgicaux pour un chirurgien. Mais la défense ne pourrait pas le rouler. Elle ne pourrait pas non plus casser les reins des plaignants en les contraignant à engager des frais de justice ruineux parce que lui, Dirk Burnaby, travaillait gratuitement.

Peut-être même, il commençait à s'en rendre compte, finirait-il par payer les dépenses de sa propre poche.

«Peu importe. Je suis riche.»

Dans cet autre monde. Où je me noierai.

Car vint le jour où Dirk découvrit le nom d'«Angus MacKenna» dans une proximité étonnante avec celui de «Hiram S. Swann». Angus, le bienfaiteur de Virgil Burnaby! Ce vieil homme apparemment bienveillant avait été le grand-père de Dirk, autrefois.

Et vint le jour où Dirk découvrit que MacKenna Laboratories, Inc., une société dont Virgil Burnaby était actionnaire, avait été rebaptisée MacKenna-Swann Chemicals, Inc. en 1939; en 1941, Swann avait racheté les parts de MacKenna, et la société s'était dès lors appelée Swann Chemicals, Inc. Elle deviendrait, avec l'explosion des industries de guerre, une des sociétés les plus prospères de cette partie de l'État de New York.

«Pourquoi n'ai-je jamais rien su de tout cela? Mon père...»

Mais le père de Dirk abordait rarement ces sujets-là avec Dirk. Dans les dernières années de sa vie, il semblait avoir perdu tout intérêt pour les affaires et la vie publique, ou les avoir prises en aversion. Bateau, golf et pêche occupaient sa vie. Boire occupait sa vie, un alcoolisme mondain affable qui masquait (Dirk le supposait aujourd'hui : à l'époque il n'en

239

avait pas eu la moindre idée) une profonde mélancolie. Les parents de Dirk avaient mené des vies de plus en plus séparées avec l'âge, une vie agressivement sociale pour Claudine, obstinément retirée pour Virgil. Dirk se rappelait avec une netteté particulière ces excursions en voilier avec son père où, seuls ensemble, ils avaient communiqué sans échanger une parole, comme réduits à une identité commune par le fleuve venté, agité, où tout pouvait arriver. Autrement, Virgil Burnaby était souriant, distant. *Un homme qui a vécu la vie d'un autre homme.*

Des années plus tard, Dirk se demandait si son père, membre du Country Club de l'Isle Grand, marié à une héritière, avait eu honte de Reginald Burnaby le Grand. Ce risque-tout moustachu qui était mort dans les Chutes pour la gloire et pour quelques centaines de dollars. Ou si, secrètement, il en avait été fier. Dirk ressentait comme une perte le fait que son père ne lui eût jamais rien dit de sa vie personnelle et affective.

Dans sa jeunesse, Dirk avait vaguement su que son père était associé dans différentes entreprises avec Angus MacKenna et avec ses fils Lyle et Alistair. La mise au point d'insecticides et d'herbicides avait été un de leurs succès ; les laboratoires MacKenna détenaient plusieurs brevets qu'ils avaient conservés lorsque la société avait été vendue, et grâce auxquels les héritiers de Virgil touchaient encore des royalties. (Et des royalties importantes.) Deux ans avant que Swann désintéressât MacKenna et ses associés, la société avait acheté aux enchères le canal inachevé de onze kilomètres portant le nom de Love Canal afin d'y entreposer des déchets. Ce mystérieux canal n'avait jamais servi de voie navigable. Son percement avait été entrepris en 1892 par un promoteur local du nom de William T. Love, qui avait le projet ambitieux de relier le haut et le bas Niagara en contournant les gorges. Mais Love avait fait faillite, et le canal avait été abandonné à moitié creusé. Il était situé dans un no man's land, à la lisière orientale de ce qui était à l'époque une ville de vingt mille habitants dont le développement industriel ne faisait que commencer. Comme dans la ville portuaire bien plus importante de Buffalo, et dans les banlieues industrielles de North Tonawanda et de Lackawana, le boom économique coïnciderait avec le début de la guerre, en 1941. Véhicules militaires, avions, munitions, conserves, bottes, gants, uniformes et même drapeaux ! Et produits chimiques en tous genres. La guerre fut une aubaine pour Niagara Falls, meilleure encore que le tourisme des années 1850.

Dirk se rappelait l'enthousiasme avec lequel, à cette époque-là, âgé de vingt-quatre ans, il avait couru s'engager dans l'armée américaine avec ses amis. Il ne lui était pas venu à l'esprit que, pour les Américains qui restaient au pays, dont Virgil Burnaby et ses associés, la guerre était une très bonne chose.

De 1936 à 1952, Love Canal, un fossé à ciel ouvert, servit de décharge municipale et chimique. Swann Chemicals y déversa des tonnes de déchets, et vendit à la municipalité le droit d'y jeter ses ordures, puis, dans les années 40, celui à l'armée américaine de s'y débarrasser de déchets chimiques secrets (radioactifs) en rapport avec le projet Manhattan[1]. En 1953, Swann Chemicals cessa brusquement d'utiliser le fossé, recouvrit les déchets dangereux de terre et vendit ces onze kilomètres de terres contaminées au Conseil de l'éducation de Niagara Falls pour la somme d'un dollar. Un dollar!

Et le contrat stipulait que Swann Chemicals, Inc. était dégagé *à perpétuité* de toute responsabilité concernant les éventuelles conséquences – «dommages corporels ou décès» – de ces dépôts de déchets dangereux.

Dirk lut et relut, effaré.

Comment cela avait-il pu se produire? Et si récemment, en 1953? Huit ans après Hiroshima, Nagasaki. Alors que certaines des conséquences de la radioactivité étaient connues.

Swann Chemicals était le principal pollueur, mais la décharge avait commencé à servir à l'époque MacKenna-Swann. Insecticides, herbicides, poisons. Produits chimiques. Les royalties perçues par les Burnaby provenaient de là. De ces brevets dont il assurait se moquer mais qui, pour lui comme pour le reste de sa famille, allaient de soi.

Il se sentait écœuré, honteux. Il était impliqué dans cette affaire, lui aussi.

Toute sa vie il avait été impliqué, en toute ignorance.

(Mais jusqu'où allait cette ignorance?)

1. Nom de code donné au projet de recherche qui aboutira à la mise au point de la première bombe atomique. (*N.d.T.*)

MARIAGE

Dans un murmure réprobateur, Ariah parlait des «riches Burnaby». Dirk ne savait pas très bien si c'était de la taquinerie ou de la raillerie. Si ses remarques étaient plaisantes ou cruelles. Elle arborait en tout cas un air de supériorité morale exaspérant. (Pas étonnant que Clarice et Sylvia n'aiment pas leur belle-sœur. Dirk ne pouvait pas vraiment leur en vouloir.) Mais Ariah méprisait l'argent parce qu'elle avait épousé Dirk Burnaby, qui assurait à elle et à ses enfants une vie confortable. Où était la supériorité morale, là-dedans?

C'était le jugement de Nina Olshaker qu'il redoutait, si elle découvrait que lui, Dirk Burnaby, était impliqué le moins du monde dans l'affaire de Love Canal. Même indirectement, même en toute innocence.

(Mais jusqu'où allait cette innocence?)

Après avoir acheté le terrain pollué pour un dollar, le Conseil de l'éducation de Niagara Falls en avait aussitôt revendu une bonne partie à un promoteur de la région nommé Colvin, et entrepris la construction d'une école primaire. Lorsque l'établissement de la 99e Rue avait ouvert ses portes, à l'automne 1955, Colvin Heights était presque entièrement bâti et bon nombre de ses petits bungalows à charpente de bois avaient été vendus. Dirk supposait que l'administration et le personnel enseignant de l'école ne savaient rien du chantier de construction, du fait qu'ils travaillaient sur une décharge de déchets toxiques. Même le directeur ne devait rien savoir. Le Conseil de l'éducation avait certainement gardé secret l'accord passé avec Hiram S. Swann et ses associés. Colvin, le promoteur, avait dû faire de même, car lui savait forcément, non?

Selon les dossiers médicaux du comté, les habitants de Colvin Heights s'étaient plaints presque sur-le-champ – odeurs nauséabondes, «boue noire», caves suintantes, pelouses spongieuses, enfants et animaux domestiques «brûlés»; tonneaux contenant une espèce de goudron particulièrement virulent qui «faisaient surface» dans leurs jardins. Colvin et la ville de Niagara Falls avaient fait en sorte de nettoyer les endroits les plus touchés. Un secteur en forme de croissant, adjacent à l'usine de Swann Chemicals, trois kilomètres à l'est, fut déclaré impropre à l'habitation et laissé à l'état de terrain vague. (Mais il avait beau être clôturé, les enfants y jouaient. Les habitants s'en servirent

242

L'AUTRE MONDE

vite de décharge sauvage pour vieux matelas, appareils ménagers hors d'usage, gravats et arbres de Noël combustibles.) En 1957, des enquêteurs médicaux du Service de la santé du comté «examinèrent» le site de l'école de la 99e Rue et le déclarèrent «sans risque pour la santé». Ils examinèrent les habitants du lotissement atteints de troubles, et ne trouvèrent «aucun motif» d'inquiétude. Leur conclusion fut unanime : il n'y avait aucun problème à Colvin Heights, et s'il y en avait eu un, il avait été réglé.

Dirk étudia les archives de 1952 du Conseil de l'éducation. À l'époque de la vente du terrain par Swann Chemicals, ce conseil était présidé par un homme d'affaires du nom d'Ely, décédé depuis ; Dirk se rappelait qu'Ely, ou quelqu'un portant ce nom, avait été un associé de Hiram Swann. C'était sûrement une relation des MacKenna et de Virgil Burnaby.

Voilà pourquoi le Conseil de l'éducation avait accepté les conditions sans précédent – immunité *à perpétuité* – fixées par Swann. On avait là des amis qui aidaient des amis. Des hommes qui appartenaient aux mêmes clubs privés, qui étaient liés par des liens de familiarité et peut-être même de mariage et de parenté. Il se pouvait aussi que de l'argent eût changé de mains. Ely avait peut-être secrètement investi dans le lotissement qui prendrait le nom de Colvin Heights. Il avait peut-être été un partenaire de poker de Hiram Swann. Ou un partenaire de golf des MacKenna. Il avait très vraisemblablement dîné à Shalott. On était membre du Conseil de l'éducation parfois pour des raisons politiques, parfois pour des raisons philanthropiques. Il n'y avait pas de salaire. Le titre de président était honorifique.

Dirk était assis, la tête dans les mains. Une tête lourde, embrumée. Il ne savait pas très bien où il se trouvait, dans quel bâtiment municipal il était entré, des heures plus tôt, rôdeur solitaire parmi des rayonnages d'aluminium sonores, encrassés de poussière, où n'étaient pas rangés des livres mais des documents. Il avait pris des notes avec une telle fureur qu'il avait la main droite ankylosée. À peine s'il pouvait tenir un stylo. Il se sentait l'intérieur du nez, de la bouche et de la gorge irrité, comme s'il avait respiré les fumées d'un four d'usine. Qu'allait-il dire à Nina Olshaker ? Car il fallait qu'il lui parle. Comme il aurait aimé être sur le fleuve ! Le fleuve de son enfance. Le ciel au-dessus du fleuve, des

243

nappes de béton craquelé cédant la place, sous son regard, sous le souffle du vent, à un pâle soleil d'automne. Mais c'était tout de même le soleil. Et le vent de l'Ontario était frais, lui dégageait les narines. Son père et lui étaient sur le pont mouillé et glissant du chris-craft de neuf mètres de Virgil Burnaby, *Luxe II*. Un élégant bateau blanc, beau aux yeux de Dirk, qui, dans sa jeunesse, préférait cependant de beaucoup le voilier de son père. Mais pendant les dernières années de sa vie, Virgil hésitait à sortir en voilier, c'était trop d'efforts pour un homme affaibli comme lui. (Une maladie de cœur? Dirk n'avait jamais su.) Ils étaient seuls, quel soulagement d'être seuls. C'était leur plus longue expédition ensemble, des centaines de kilomètres, la traversée de l'immense lac Érié, puis la remontée du lac Huron, étonnamment long, jusqu'à Sault-Sainte-Marie dans le nord de l'État du Michigan, à la frontière du Canada. Virgil Burnaby, Dirk Burnaby. Père et fils. La main en visière sur les yeux, Dirk observait son père qui, à l'avant du bateau, contemplait le lac et l'horizon brumeux. Quelque chose dans la position de son père, l'affaissement des épaules, l'inclinaison de la tête, mettait Dirk mal à l'aise. «Papa? appela-t-il, les mains en porte-voix. Hé! papa?» Il avait une voix jeune et désespérée. Mais, avec le bruit du moteur et celui du vent, Virgil Burnaby n'entendit pas.

3

Pas amoureux de Nina Olshaker. Et pourtant.

Instinctivement Ariah évitait son contact. Son haleine. Son cerveau surchauffé rongé de culpabilité. Comme on fuirait une odeur subtilement toxique. Une aura radioactive invisible mais palpable. Dirk ne parlait pas à Ariah de Love Canal parce qu'il savait qu'elle ne voulait rien savoir de sa vie la plus profonde, dont elle et leurs enfants étaient exclus. Elle était devenue une mère farouchement protectrice. Son instinct était infaillible, toujours en alerte. N'avait-elle pas remarqué – si, forcément! – que Dirk travaillait plus tard le soir et souvent le dimanche, qu'il avait perdu beaucoup de son exubérance et de son appétit. Il fumait davantage. Il dormait moins. Chez lui, il était enfermé dans son bureau et au téléphone longtemps après que les enfants et Ariah s'étaient couchés. Plus étonnant encore, il avait laissé tomber ses soirées de poker, une tradition datant de 1931. Depuis son mariage, il en avait réduit le nombre à une par mois environ. Mais, à présent, il semblait y avoir entièrement renoncé. Juliet et Royall absorbaient Ariah au point qu'elle semblait à peine faire attention à son mari, sinon pour murmurer, avec son petit sourire blessé : « Eh bien ! Nous sommes honorés que vous soyez revenu passer quelques heures à Luna Park, monsieur Burnaby. » Elle plaisantait avec les enfants en sa présence : « Vous connaissez celle de l'avocat hors de prix et de son client. Le client téléphone et, quand l'avocat répond, le client dit : "Bonjour ! Comment allez-vous ?" et l'avocat dit : "Cinquante dollars." » Ariah riait de bon cœur, un signal adressé aux enfants, qui riaient invariablement. Juliet, tout bébé, agitait ses petits poings dodus. Ha, ha, ha ! Dirk riait, lui aussi.

Comme tous les avocats, il aimait les blagues sur les avocats. Plus elles étaient injustes, plus elles étaient drôles.

Certains soirs, avec son regard pénétrant, Ariah devait remarquer les cernes de fatigue sous les yeux souriants de Dirk, et elle devait remarquer que son haleine sentait le whisky. Mais elle ne lui demandait jamais où il avait été, ni avec qui. S'il avait passé ces longues heures dans son bureau à travailler. À boire seul.

Ariah avait apparemment peu d'amis et aucune amie intime. Elle n'était donc pas au courant des rumeurs. Dirk Burnaby, disait-on, négligeait ou tardait à s'occuper de ses clients payants ; plusieurs l'avaient quitté, lassés, et d'autres s'apprêtaient à les imiter. Non seulement Dirk Burnaby ne prenait pas de clients payants, mais c'était maintenant lui qui payait, les frais d'une affaire unique et difficile qui s'avérait exiger bien plus de travail qu'il ne l'avait prévu en juillet. Mais Ariah n'y faisait pas attention, dans son monde accaparant et réconfortant, étroitement circonscrit aux enfants, à la maison et aux leçons de piano.

Parfois, la nuit, ils s'enlaçaient. Ariah se pressait comme un singe espiègle dans les bras musclés de son mari, et tous deux étaient silencieux, étrangement satisfaits, au bord du sommeil comme d'un abîme profond. Une habitude ancienne, cette étreinte. Ariah glissait dans le sommeil tandis que Dirk, sa vieille insomnie aigre déferlant de nouveau sur lui comme des vagues dépossédées, se retrouvait en train de penser à... qui cela ? La Femme en noir ?

C'était ridicule d'avoir pensé à Nina Olshaker en ces termes. Nous diabolisons vite ce que nous ne connaissons pas, et qui nous fait peur.

245

MARIAGE

Dirk se rappelait avec honte qu'il avait été bien près de rejeter Nina, comme l'avaient fait tous les autres avocats de la ville.

Qu'il avait été bien près de la perdre.

« Je n'échouerai pas. Je ne peux pas. »

Endormie dans les bras de Dirk, Ariah entendait ce murmure et frétillait de plaisir comme une enfant.

« Mmm, chéri. Moi aussi, je t'aime. »

Le jour, Ariah évitait de répondre au téléphone. Elle triait les lettres en piles bien nettes sur la table du vestibule, mais tardait souvent à ouvrir son propre courrier, pourtant rare. (Une lettre de sa mère, par exemple. Le révérend Littrell était mort subitement d'une attaque, à l'automne, et Mme Littrell, qui se sentait seule et inutile à Troy, insinuait qu'elle aimerait vraiment beaucoup venir vivre à Luna Park – « Pour t'aider avec les enfants » – mais Ariah n'était pas encourageante.) Elle ne regardait jamais les informations télévisées ni ne lisait les premières pages des journaux où risquaient de figurer des nouvelles « perturbantes ». Tout de suite, elle passait aux articles de fond, aux pages féminines ou culturelles, aux bandes dessinées. Elle, Royall et Juliet aimaient beaucoup les bandes dessinées : les Katzenjammer Kids, Li'l Abner et Donald Duck étaient leurs préférés. Si elle avait lu certaines pages de la *Gazette* ou du *Buffalo Evening News*, elle aurait découvert des articles, des interviews et même des éditoriaux sur l'affaire controversée de la plainte en justice déposée par les propriétaires de Colvin Heights, et elle aurait découvert le nom de Dirk Burnaby. Mais elle ne le faisait et ne le ferait pas. Parfois, en tournant très vite les pages du journal, Ariah fermait les yeux et se mordait la lèvre. Non, non ! Les nouvelles régionales ne la tentaient pas davantage que celles d'un terrible tremblement de terre au Mexique, d'un accident d'avion de la compagnie American Airlines dans la baie de la Jamaïque, d'un incendie qui avait tué onze enfants dans un immeuble des quartiers pauvres de Buffalo, d'une invasion clandestine de Cuba par des réfugiés cubains armés par les États-Unis (« La baie des Cochons ? s'étonnerait innocemment Ariah pendant des années. Ils n'auraient pas pu lui donner un autre nom ? »), de l'insurrection, de la guerre civile ou de l'invasion – quel que fût le nom approprié – qui s'aggravait à l'autre bout de la terre en… comment s'appelait ce pays, déjà ? Un endroit asiatique, aussi éloigné que la lune.

246

L'AUTRE MONDE

Mais il y avait Chandler, l'infatigable Chandler, lecteur appliqué de journaux. Si prompt à repérer le nom de «Burnaby» dans les colonnes imprimées. «Papa? C'est de toi qu'on parle dans le journal, hein?» Sa voix vibrait d'excitation.

Dirk se raidit. «Burnaby» n'avait pas invariablement bonne presse à Niagara Falls depuis quelque temps.

LES PROPRIÉTAIRES DE COLVIN HEIGHTS
CONTRE LA VILLE ET SWANN CHEMICALS
accusés d'«indifférence coupable»

«Oui, Chandler.

– Ce "Love Canal", ce n'est pas un vrai canal, n'est-ce pas?

– Non, cela n'en a jamais été un.

– Il est loin de chez nous?

– À une quinzaine de kilomètres. Par là, ajouta Dirk, le doigt pointé.

– Quinze kilomètres, c'est près?»

Chandler fronçait les sourcils, le front plissé. On voyait à quel point il lui était nécessaire de savoir, au-delà de l'énoncé des faits, ce que les faits voulaient dire.

«Trop près, à mon avis. Mais pas dangereusement près, non.»

Dirk sourit pour rassurer Chandler. Quoique son sourire fût moins assuré que le sourire Burnaby d'antan.

Chandler dit, en baissant timidement la tête: «Papa? Est-ce que je pourrais… t'aider?

– M'aider? Comment?

– Je ne sais pas, moi. Comme "assistant".

– Non, Chandler, répondit Dirk en riant. Tu es un peu trop jeune. Et pas tout à fait formé. Mais merci de me l'avoir proposé, c'est gentil.»

Dirk était touché. À onze ans, Chandler était un garçon sombre, à l'air perplexe, qui faisait précocement responsable et adulte. Ses yeux myopes avaient la teinte troublante de la brume et semblaient voir flou, même avec ses nouvelles lunettes. En classe de quatrième, ses notes étaient excellentes (Dirk le savait par Ariah), mais il n'avait pas beaucoup d'amis et n'était pas entièrement à son aise à l'école. Il avait un sourire prompt, timide, hésitant. Il semblait toujours demander à ses parents

247

MARIAGE

Vous m'aimez? Vous savez qui je suis? Ariah accordait tellement plus d'attention aux deux plus jeunes, Royall et Juliet, que Chandler avait tendance à être négligé. Dirk, qui passait si peu de temps seul avec lui, eut soudain envie de le toucher, de le prendre dans ses bras ; envie de le rassurer *Mais oui bien sûr que ton papa t'aime.* Il avait si peur de se mettre à ressembler à son propre père…

D'une voix plus basse, Chandler dit : « Ne t'inquiète pas, papa. Je n'en parlerai pas à maman. Je ne lui parle jamais de ce que je lis sur toi dans les journaux. »

L'audience préliminaire de l'affaire de Love Canal devait avoir lieu mi-février dans le tribunal de district du comté du Niagara. Mais elle fut reportée de plusieurs semaines à la demande de la défense, puis reportée une seconde fois à la fin avril. Le Service de la santé publique du comté du Niagara mettait à jour ses conclusions pour la défense. L'avocat des plaignants exprima son mécontentement devant ces atermoiements inadmissibles bien qu'il en éprouvât secrètement un grand soulagement. La requête écrite par Dirk était la plus longue et la plus documentée de sa carrière, et cependant (il le reconnaissait) elle aurait pu être plus longue, plus solidement documentée.

« Oh ! monsieur Burnaby ! Pourquoi les gens sont-ils aussi mauvais ? »

Nina Olshaker faisait si jeune ! Elle essuyait des larmes de chagrin et d'indignation. Sa question était légitime. Dirk Burnaby, dont la profession lucrative reposait sur les mots, fut incapable de trouver quoi lui répondre.

Bon, il y avait l'Holocauste. Il avait découvert certains faits sur la nature humaine à la lumière de ce qu'il savait de l'Holocauste, et il était certain de ne pas savoir tout ce qu'il y avait à savoir sur le sujet. Le rôle des scientifiques, des médecins, des infirmières, des administratifs obligeants, voire des enseignants ct (surtout) des juristes. Des leaders messianiques, des mystiques. On ne pouvait même pas dire que certains de ces individus étaient égoïstes, car l'« ego » ne semblait pas vraiment le problème. On ne pouvait pas dire que les nazis étaient fous, car les documents montraient qu'ils étaient en pleine possession calculatrice de leurs moyens. Au service de la folie, et pourtant sains d'esprit.

248

L'AUTRE MONDE

Devant un tribunal, sains d'esprit de façon démontrable. Les brutes grossières et cruelles, les sadiques, les assassins et les bourreaux nés, on pouvait comprendre, mais pas ces autres. Comment comprendre ces autres!

Mes pairs dans certains cas. Oh! évidemment.

Prenons les essais atomiques au Nevada. Avant et après Hiroshima, Nagasaki. Les années 50 avaient été la décennie des essais nucléaires (secrets). On voulait être patriote. On éprouvait le besoin d'être patriote, c'était la conséquence glorieuse d'une guerre juste. Une guerre qui (tout le monde en convenait) devait être faite, ne pouvait pas ne pas être faite, et qui l'avait été, et avait été gagnée. Et lui, Dirk Burnaby, avait contribué à cette victoire. Et ne souhaitait donc pas en savoir trop sur ce gouvernement pour lequel il avait combattu. Il n'était jamais bon pour un patriote d'en savoir trop. De savoir par exemple, ainsi que Dirk l'avait appris d'un journaliste du *Buffalo Evening News* qui n'avait pu publier ses informations, qu'en 1952 et 1953, au Nevada, sur le site d'essais nucléaires de Nellis, certains soldats avaient reçu des équipements de protection et d'autres pas. On les avait filmés en train d'« assister » aux explosions à des distances diverses. Des véhicules de l'armée de l'air avaient conduit certains soldats, avec et sans équipement de protection, dans la zone de l'épicentre, aussitôt après des explosions de la bombe A; d'autres avaient été placés à des distances calibrées. À partir de quand était-on « en sécurité »? Jusqu'où était-on « en danger »? Scientifiques et politiques tenaient à le savoir.

Mes pairs dirigeaient ces opérations. Des officiers de haut rang, des scientifiques privilégiés et bien payés. Dirk savait.

Pourquoi alors cet étonnement devant l'affaire de Love Canal? Pourquoi cette naïveté, malvenue chez un homme intelligent et expérimenté de quarante-cinq ans?

Il partageait pourtant la consternation, l'écœurement de Nina Olshaker. Il essayait, essayait sacrément dur, jamais Ariah n'aurait pu se douter à quel point, de se détacher de cette « affaire ». De ne pas se laisser emporter par ses sentiments. Il était l'avocat de Nina Olshaker, pas son protecteur. Il ne serait pas son amant.

Jamais. Cela n'arrivera pas. Ce serait de la folie.

Cette femme remarquable, différente de toutes celles qu'il avait connues. Bien que souffrant de migraines, de toux et d'infections chro-

249

MARIAGE

niques, d'un début d'asthme et de «nerfs fragiles», Nina sortait quotidiennement rendre visite aux habitants de Colvin Heights. Sans beaucoup d'aide, elle avait organisé l'Association des propriétaires de Colvin
Heights, qui regroupait environ soixante-dix personnes sur les trois
cent cinquante qu'elle aurait pu compter. Nina était infatigable, ou le
paraissait. Elle était énergique, optimiste, dévouée à sa cause. Si elle
était écœurée par ce qu'elle découvrait, elle essayait de ne pas se laisser
démoraliser. Au contact de Dirk, elle commençait à apprendre l'habileté. Ou la ruse. Il lui avait ainsi fourni un magnétophone pour qu'elle
enregistre ses entretiens avec ses voisins, au lieu de prendre des notes
d'écolière qui pourraient être récusées plus tard par un tribunal. Aidée
par un assistant juridique employé par Dirk, elle établissait une liste des
cas de maladies, d'affections chroniques et de morts relevées dans
le lotissement de Colvin Heights depuis 1955. Elle interrogeait les
parents d'enfants qui fréquentaient l'école de la 99e Rue, et elle essayait
d'interroger les professeurs. Le directeur lui avait interdit de «mettre
les pieds dans l'enceinte de l'école». Il arrivait que des portes lui soient
fermées au nez. On l'accusait d'être une «fauteuse de troubles», une
«agitatrice», une «rouge». Son association et elle «faisaient chuter le
prix des propriétés», leur «faisaient une publicité négative». Son avocat
et elle cherchaient à «réussir un beau coup», à «s'en mettre plein les
poches». Nina disait à Dirk: «Certains des gens qui refusent de me
parler sont dans un état pitoyable. Ils toussent, ils ont les yeux gonflés
et rouges comme ceux de Billy. Dans la 99e Rue, il y a un type qui ne
doit pas avoir plus de cinquante ans et qui tremble de partout comme
s'il avait respiré des gaz neurotoxiques. Il y en a qui marchent avec des
béquilles. D'autres qui sont en fauteuil roulant! Un type qui travaille
chez Dow respire avec un masque à oxygène. Emphysème. "À cause du
tabac", a dit le médecin.»
    Mais Nina Olshaker amassait des données, sur une partie du terri-
toire que le Service de la santé publique du comté prétendait avoir couvert quelques années auparavant. Ces données étaient accablantes,
de l'avis de Dirk. N'importe quel juge impartial et, surtout, n'importe
quelle sélection type de jurés, seraient impressionnés. Nina se concen-
trait sur le secteur allant de la 108e Rue à la 89e. De Colvin Boulevard à
Veterans' Road. On y trouvait d'étranges bouquets de maladies dans les

250

L'AUTRE MONDE

rues qui coupaient Love Canal (caché, enfoui), et la fréquence de ces maladies était nettement disproportionnée par rapport au nombre de cas observés ailleurs dans la ville, et dans la population des États-Unis en général. Fausses couches, décès et difformités à la naissance. Désordres neurologiques, attaques d'apoplexie. Problèmes cardiaques et respiratoires. Emphysème. Problèmes de foie, de reins, de vésicule biliaire. Et encore des fausses couches. Des cancers ! Des cancers de tous les types. Une surabondance de cancers. Poumons, côlon, cerveau, seins, ovaires, col de l'utérus, prostate, pancréas. (Le cancer du pancréas était rare, mais pas à Colvin Heights.) Leucémie. Leucémie infantile. (Sept fois plus fréquente que la moyenne.) Tension artérielle, hypotension pathologique. Néphrose, néphrite. (Des maladies extrêmement rares chez les enfants, mais pas à Colvin Heights.)

Et des fausses couches.

Nina disait : « Je me sens moins seule, maintenant, avec tout ce que j'apprends. J'ai plutôt l'impression d'avoir le droit d'être en colère. »

Un autre jour, elle dit : « Je sais ce que je fais, monsieur Burnaby. Tout ça. » Son ton était agressif, elle fixait sur lui un de ses regards sombres, intenses, dont on avait l'impression qu'il devait lui faire mal aux yeux.

« "Ce que vous faites"… que voulez-vous dire, Nina ?

– Ça a un rapport avec Sophia. Je pleure ma petite fille, je crois. C'est pour ça que j'ai du mal à arrêter, à rentrer à la maison. Même si je suis fatiguée. Sam dit que je deviens barge avec cette histoire et que j'empire les choses, mais si je n'ai pas la tête occupée par ça, essayer de raisonner les gens, essayer de leur faire comprendre que c'est pour leur bien, je me remets à penser à elle, vous comprenez ? À Sophia. Et ça ne peut pas lui faire de bien, et à Billy et Alice non plus. »

En janvier, Billy était devenu si allergique à l'école de la 99ᵉ Rue, nauséeux, les yeux larmoyants et gonflés, sujet à des crises d'asthme, que Nina refusa de l'y envoyer plus longtemps, « contrevenant » ainsi aux lois de l'État. Elle fut citée à comparaître, menacée d'arrestation. « Ils ne peuvent pas me forcer, monsieur, si ? Cet endroit rend Billy malade. Je m'en rends compte chaque fois que nous allons là-bas. Vous croyez qu'ils vont me mettre en prison ? Qu'est-ce que je peux faire ? » Dirk passa lui aussi quelques coups de téléphone menaçants et régla le

MARIAGE

problème. Il loua un bungalow à Mt. Lucas, au nord-ouest de Niagara Falls, une petite ville entre banlieue et campagne, où Nina pouvait séjourner avec ses enfants lorsqu'elle voulait échapper à Colvin Heights. (Sam restait dans leur maison de la 93e Rue, située à dix minutes de l'usine Parish Plastics. Sam estimait qu'en partir revenait à «capituler».) Mais Nina était coriace, Nina persévérait. Dirk était en admiration devant sa ténacité. Il était habitué à des clients qui ne levaient pas le petit doigt pour avancer leur affaire, qui se contentaient de le payer. Il était habitué à des clients qui ne se battaient pas pour leur vie. Il se demanda un moment s'il ne devrait pas proposer aux Olshaker de racheter leur maison, de rembourser leur crédit et de les aider à en acquérir une autre, ailleurs à Niagara Falls. Mais il savait que Sam n'accepterait pas cet acte de charité, Sam avait sa fierté, déjà menacée par la présence de Dirk Burnaby dans la vie de Nina. Et la fierté avait sa raison d'être.

À moins que je veuille que Nina quitte son mari. Temporairement!

Des scandales que découvrait Nina, celui qui la bouleversa le plus fut le récit d'une femme au foyer habitant la 99e Rue, derrière l'école. Elle raconta le «nettoyage d'urgence» opéré dans la cour de récréation au printemps 1957 quand, après des pluies torrentielles, une boue noire fétide avait recouvert une grande partie de l'asphalte. Un matin, cette femme avait vu un véhicule de la ville s'arrêter, et une équipe de travailleurs en descendre, vêtus comme des cosmonautes: casques, bottes, gants; il y en avait même qui portaient des masques à gaz. Des masques à gaz! Malgré cela, quelques jours plus tard, l'école rouvrait et les enfants jouaient de nouveau dans la cour. La voix tremblante, Nina dit: «C'est là que vont nos enfants! Dans cette école! C'est là que nous vivons! Et ces adultes, qui travaillent pour la ville, avaient peur de respirer notre air! Mais tout le monde nous ment. Le maire nierait cette opération. Le Service de la santé. Ils disent que tout est parfait ici, que c'est notre faute si nous sommes malades, parce que "nous fumons trop, nous buvons trop". Voilà ce qu'ils disent. Ils se contrefichent que nos enfants vivent ou meurent, ils se contrefichent de nous, monsieur Burnaby, pourquoi les gens sont-ils aussi *mauvais*?» À bout de tension, la jeune femme se mit à sangloter, et à tousser. Dirk la prit dans ses bras, avec une certaine raideur. Il éprouvait pour elle une émotion

252

indéfinie, pas du désir, ou pas seulement, mais de la sympathie, une peur animale partagée de ne pas être assez fort, d'être vaincu par l'ennemi. Si l'ennemi était *mauvais*, il les vaincrait.

Ils étaient dans la maison de Mt. Lucas qu'il avait louée pour Nina et ses enfants. Il était onze heures du soir, les enfants étaient couchés. Dirk et Nina se trouvaient dans la cuisine brillamment éclairée où ils avaient étalé la carte de Colvin Heights sur la table. Sam travaillait à Parish Plastics. Dirk était à une trentaine de kilomètres de Luna Park et de sa propre maison, de sa famille. Il tenait Nina Olshaker dans ses bras et sentait la chaleur fiévreuse dégagée par sa peau. Une odeur un peu moisie de sueur féminine, de rage. Il sentait les battements irréguliers de son cœur. Il voulait aimer cette femme, mais il ne pouvait pas. N'osait pas. Il la tenait avec raideur, gauche comme si Dirk Burnaby n'avait jamais tenu une femme en pleurs dans ses bras, une femme autre que son épouse, qui manifestement le désirait, ou désirait qu'il la réconforte.

Sa profession reposait sur les mots, mais du diable si un seul lui venait en cet instant.

«Dirk. Bonjour.»

Ce salut glacé. La voix de Clarice grinçait à son oreille comme une lime rouillée sur la pierre.

C'était le lendemain de la crise de larmes de Nina Olshaker. Dirk pensait à elle, à la question qu'elle avait posée et se sentait aussi impuissant ce matin-là que la veille. *Vais-je échouer, non, sûrement pas.*

La sœur aînée de Dirk lui avait téléphoné à son bureau, en exigeant de Madelyn qu'elle lui passe «son employeur» sur-le-champ. Même s'il était déjà en ligne. Était-ce urgent, oui ça l'était.

Quand Dirk avait-il parlé à un membre de sa famille pour la dernière fois? Il ne s'en souvenait pas. Des mois. Il avait négligé de rappeler ses sœurs (il savait que cette affaire de Love Canal les exaspérerait contre lui) et il avait négligé d'appeler Claudine, sans parler d'aller lui rendre visite.

Un jour, il se sentirait coupable, il le savait. Après la mort de Claudine. Mais pas encore tout de suite.

Après un préambule expédié où Clarice s'enquit pour la forme de la

MARIAGE

santé de Dirk et de sa famille sans écouter ses réponses polies, elle passa brutalement à l'attaque. «Cette fille avec qui tu as une liaison, cette femme, elle est mariée, elle a des enfants, c'est une Indienne tuscarora, n'est-ce pas?... Une *squaw*? Au vu et au su de tout le monde, mon frère a le culot de vivre à la colle avec une *squaw*?»

Abasourdi par ce flot de paroles, par la vulgarité d'une femme qu'il avait toujours crue pudibonde, puritaine, Dirk resta un instant sans voix.

Clarice poursuivit, avec fureur: «Bon Dieu, Dirk, tu m'écoutes? Tu es réveillé ou tu es ivre? Es-tu en train d'essayer de détruire la famille Burnaby sur un coup de folie?»

Ébranlé, Dirk parvint à dire: «De quoi diable parles-tu, Clarice? "Une *squaw* tuscarora"? Je ne vais pas écouter ce genre de foutaises.

– Ne raccroche pas! Je t'interdis de raccrocher! Il est impossible de te joindre, impossible de parler à ta femme. Vous êtes tous les deux dans votre petit monde, vous vous moquez bien de nous, vous nous faites honte, ta conduite et elle... "Ariah"... ce nom ridicule, un nom que personne n'a jamais entendu... elle et toi, quel couple parfait vous faites... l'adultère et l'épouse qui ne voit ni n'entend rien...

– Que vient faire Ariah là-dedans? Je t'interdis de parler d'Ariah.

– Ben voyons! "Je t'interdis de parler d'Ariah!" Et cette autre femme, "Nina"? Tu m'interdis aussi de parler d'elle?

– Oui. Je vais raccrocher, Clarice.

– Très bien! Parfait! Bousille ta vie! Ta carrière! Fais-toi des ennemis qui te détruiront! Si père te voyait aujourd'hui, s'il voyait ce qu'est devenu son "fils préféré"!

– Nous en parlerons une autre fois, Clarice. Il n'y a rien entre Nina Olshaker et moi, je ne te dirai rien de plus. Au revoir.

– Ariah m'a raccroché au nez, elle aussi. Cette femme est aveugle, aussi aveugle que toi. Aussi égoïste. Mère dit d'elle que c'est un démon. Quel beau couple vous faites tous les deux! Un couple uni en enfer.

– Tu es hystérique, Clarice. Au revoir.»

Dirk raccrocha le combiné d'une main tremblante. Il ne se rappellerait que quelques-uns des mots hurlés par sa sœur. *Ariah m'a raccroché au nez, elle aussi.*

254

« Je ne suis l'"amant" de personne, chérie. Je suis ton mari. »

Dirk essayait de s'expliquer, avec douceur. Une migraine commençait à faire rage derrière ses yeux.

Oui, il s'occupait d'une affaire civile compliquée, la plus délicate de toute sa carrière. Non, il n'avait pas de liaison avec Nina Olshaker, la principale plaignante.

Il représentait Mme Olshaker, oui. Il n'était pas l'amant de Mme Olshaker.

« Je suis son avocat. Je me suis engagé. Ce n'est pas une affaire différente des autres, sauf que… » Dirk hésita, sa voix trembla un peu. Car bien entendu cette affaire était différente de toutes celles dont il s'était occupé. « Sauf qu'elle est plus compliquée. Elle a demandé beaucoup plus de préparation. »

C'était bien trompeur de la part de Dirk Burnaby de parler de Love Canal comme si tout était presque terminé. Comme si l'énorme travail de préparation était achevé.

Ariah écoutait avec attention, les yeux baissés. Elle avait un visage de jeune fille, taillé dans un marbre pâle qui avait commencé à se craqueler finement. À l'angle des yeux fuyants, et de chaque côté de la bouche qui semblait avoir rétréci aux dimensions d'un escargot recroquevillé dans sa coquille.

Dirk poursuivit son explication qui n'était pas – car pourquoi l'aurait-elle été ? – une justification. La journée avait été longue, et plutôt déprimante, car un autre des experts pressentis par Dirk était revenu sur sa promesse de témoigner pour le plaignant et, au téléphone, Dirk avait cajolé, imploré, tonné avec indignation, à en avoir la gorge à vif ; à présent, cependant, il parvenait à parler avec mesure, avec calme. Sans manifester de culpabilité parce qu'il n'en éprouvait pas. (Vraiment ? Personne ne l'aurait cru, à le voir. Pour cette conversation nocturne avec sa femme, il était allé jusqu'à se raser et à frictionner de lotion ses joues irritées. Il avait ôté son manteau en poil de chameau. Il avait ôté sa cravate en soie. Il avait ôté ses boutons de manchette en or gravées de ses initiales et remonté les manches de sa chemise amidonnée en coton blanc, pour attester de sa franchise conjugale.) Il expliquait qu'il n'avait jamais « trompé » Ariah d'aucune façon, quoi qu'ait pu dire Clarice. Ariah lui avait donné des raisons de supposer que l'affaire de Love

MARIAGE

Canal ne l'intéressait pas, et il la comprenait. («C'est un cauchemar. Mieux vaut que tu ne saches rien.») Il avait des raisons de supposer, à des remarques souvent faites par Ariah, que les détails de sa vie professionnelle ne la passionnaient pas; et dans cette affaire, qui exigeait beaucoup plus de travail que celles dont il s'était occupé jusque-là, il avait tout particulièrement veillé à l'épargner.

«Vraiment!»

C'était murmuré d'une voix voilée qui aurait pu se vouloir charmeuse.

Ariah se conduisait très bizarrement. Comme si c'était elle, et non Dirk, qui avait été «dénoncée» par Clarice. Comme si, informée de la trahison de son mari et ne lui en ayant rien dit depuis des mois, elle était complice de son crime.

Dirk dit d'un ton embarrassé: «Ariah, ma chérie? Tu n'es pas contrariée, n'est-ce pas?

– "Contrariée".

La bouche escargot remuait à peine. Le ton d'Ariah était si monocorde que sa remarque n'avait aucune signification.

«Chérie.»

Dirk lui toucha le bras, mais elle se déroba avec grâce. Comme une chatte se dérobe à la caresse de quelqu'un par qui elle ne veut pas être touchée à ce moment précis, mais qu'elle ne souhaite pas offenser parce qu'il pourrait être utile plus tard.

Pieds nus Ariah se déplaça vite. Frôlant Dirk, elle quitta la pièce sans un mot d'explication et descendit l'escalier.

La scène s'était déroulée dans leur chambre à coucher, éclairée par une unique lampe de chevet. Dirk avait parlé à voix basse. Ariah avait passé un peignoir de satin sur sa chemise de nuit dès que Dirk était entré dans la pièce obscure, s'était excusé de la réveiller et avait allumé la lumière. Il s'était excusé de nouveau, quoique Ariah eût indiqué que non, pas la peine, elle ne dormait pas. Elle l'attendait. En jouant des mazurkas de Chopin sur le bout de ses doigts, comme elle le faisait souvent dans ce lit. Les excuses étaient inutiles!

Au rez-de-chaussée, Ariah alla tout droit au bar de la salle à manger. Avec l'assurance et la vivacité de qui tord le cou d'un poulet, de qui a tordu quantité de cous de poulet, elle dévissa le bouchon de la bouteille

256

L'AUTRE MONDE

de Black & White de Dirk et se servit à boire dans un verre à vin pris à la hâte sur une étagère.

« Ariah ! Chérie. »

Dirk resta abasourdi devant ce spectacle. Qu'Ariah eût pris un verre à vin rendait d'une certaine façon son geste plus poignant.

Ariah but, en fermant les yeux. Dirk eut l'impression de voir une flamme percer sa gorge mince, remonter dans ses narines. Ariah prit une inspiration bruyante, tremblante, mais demeura stoïque et maîtresse d'elle-même.

« Ne sois pas bouleversée, Ariah, je t'en prie. Il n'y a aucune raison, je t'assure ! »

Mais Ariah continua d'éviter son regard. Ses yeux étaient enfoncés et bridés comme si des larmes secrètes les avaient usés. Et ses taches de rousseur avaient disparu, avec sa jeunesse. D'une main mal assurée, elle leva son verre à vin et but une autre petite gorgée de scotch. Ses paupières papillotèrent et se fermèrent.

Dirk reprit : « Je ne sais pas ce que ma sœur t'a raconté, Ariah. Je n'ai aucune idée de ce qu'elle t'a dit, mais ses terribles accusations ne reposent sur rien. » Dirk marqua une pause, ne sachant trop quelles accusations avaient pu proférer Clarice. Il ne voulait pas faire de bévue inutile. « Ma famille est en colère contre moi, les Burnaby mais aussi les parents du côté de ma mère. Toute l'Isle Grand. Selon eux, je "trahis ma classe"... comme Roosevelt. Ils n'ont jamais eu bonne opinion de lui ! Rien de ce que Clarice a pu te dire sur Mme Olshaker n'est vrai, Ariah. Mes relations avec elle sont purement professionnelles, je le jure. »

C'était si peu convaincant : *je le jure.*

L'affirmation de tous les menteurs.

« Et Nina Olshaker n'est pas une Tuscarora. Et même si elle l'était... » Sur la défensive, hésitante, sa voix s'éteignit. Qu'était-il en train de dire, au juste ?

Ariah semblait à peine l'écouter. Peut-être avait-elle préparé sa question depuis un bon moment. Doucement, elle demanda : « Une maison à Mt. Lucas ? Pourquoi ?

– Pour des raisons de santé, répondit aussitôt Dirk. Celle des enfants, surtout. Billy Olshaker, qui a neuf ans, souffre d'asthme et de réactions

MARIAGE

allergiques violentes à cause de son école, qui se trouve sur cette décharge de Love Canal que nous avons dénoncée. Et son plus jeune enfant, une petite fille, a un nombre de globules blancs insuffisant et des problèmes respiratoires. J'ai engagé des experts pour faire un rapport sur certains des produits chimiques, benzène et dioxine par exemple, qui comptent parmi les deux cents produits chimiques déversés dans Love Canal depuis 1936, et qui provoquent la leucémie chez les jeunes… »

Ariah secoua légèrement la tête comme pour chasser un fragment de rêve désagréable. « Oui, mais où est le mari ? M. Olshaker est-il à Mt. Lucas avec sa famille ?

– Parfois, le week-end. »

Dirk n'était pas sûr que ce fût vrai. Mais cela paraissait plausible.

« Sam Olshaker travaille chez Parish Plastics, dit-il. C'est à dix minutes de leur maison de Colvin Heights. S'il restait à Mt. Lucas, le trajet serait beaucoup plus long.

– Pourquoi n'as-tu pas cherché un endroit plus commode, dans ce cas ? »

Quel avocat habile Ariah aurait fait. Soumettant à un contre-interrogatoire un témoin qui ne comprend pas vraiment qu'il s'enferre. Et de cette petite voix pincée exaspérante.

Dirk dit, dérouté : « Un… endroit plus commode ? Commodément situé ? C'est que nous voulions… je voulais… un endroit à la campagne, pour éloigner Nina et ses enfants de l'air d'East Niagara Falls. » Il parlait rapidement à présent, et de façon convaincante. « East Niagara Falls est très différent de Luna Park, Ariah. Tu n'as pas idée. Il doit y avoir des années que tu n'es pas allée par là-bas. Nous habitons si près du fleuve, des gorges, du Canada, que l'air est presque toujours sain, ici. Mais à quelques kilomètres à l'est…

– Les Olshaker sont-ils officiellement séparés ?

– Ils ne sont pas *séparés*. Non.

– Mais ils ne vivent pas ensemble.

– Une partie du temps… la plupart du temps, si, ils vivent ensemble. Sauf… pour des raisons de santé…

– Oui, tu l'as déjà dit. Es-tu amoureux de Nina Olshaker ?

– Ariah. » Dirk fut choqué par la question et par le calme avec

258

lequel elle était formulée. « Comment peux-tu penser une chose pareille de moi. Ton mari ! Tu me connais. »

Les yeux voilés d'Ariah croisèrent fugitivement les siens. Elle ne semblait pas furieuse, mais perplexe. « Ah oui, tu crois ?

– Bien sûr que tu me connais, Ariah, dit Dirk, blessé. Personne ne connaît mieux mon cœur que toi. » Avec gêne, il remua ses larges épaules, comme si sa chemise était trop étroite. Il tira sur son col, déjà ouvert, déjà déboutonné, qui lui irritait le cou. « J'ai toujours pensé que tu me connaissais mieux que je ne me connais moi-même, chérie. Que j'étais nu devant toi, un livre ouvert.

– Quel cliché ! fit Ariah, avec un petit rire. "Mieux que je ne me connais moi-même". Le mariage est une *folie à deux* *[1] prolongée. Cela revient à marcher sur une corde raide sans filet de sécurité et sans regarder en bas. Plus on se connaît, par conséquent, moins cela a d'importance. Tu es un avocat, monsieur Burnaby, un des meilleurs. Alors, tu sais. »

Dirk fut consterné par ce petit discours froid. Il commençait à espérer qu'elle se montrerait compréhensive. Or voilà qu'elle l'accusait. Et de quoi au juste l'accusait-elle ?

« Je ne comprends pas, Ariah. Qu'est-ce que je sais ?

– Ce sont les mots séparément que tu ne comprends pas, ou leur sens général ?

– Leur sens.

– Tu sais ce qu'est une *folie à deux**?

– Notre mariage n'est pas une *folie à deux**! C'est ridicule. C'est grossier et cruel. Nous nous connaissons depuis presque douze ans. »

Ariah répéta avec entêtement : « Tout mariage… tout amour… est forcément une *folie à deux**. Sinon il n'existerait ni mariage ni amour. »

Dirk avait les joues en feu. Il avait envie d'empoigner les épaules étroites de sa femme et de la secouer de toutes ses forces. Jamais depuis qu'ils étaient mariés, il n'avait eu un geste de colère ni même d'impatience à son égard ; il avait rarement élevé la voix, même lorsqu'elle le poussait à bout. Comme maintenant. Il y avait une suffisance fatale

---

1. Les mots en italiques suivis d'un astérisque sont en français dans le texte. (*N.d.T.*)

MARIAGE

dans la façon qu'avait Ariah de s'autocondamner. «Qu'importe que je me fasse des illusions! Mettons que ce soit le cas. Aucun problème. Il se trouve que je suis persuadé de t'aimer et de ne pas être amoureux de...» Il hésita, répugnant soudain à utiliser le nom de Nina Olshaker de cette façon, pour argumenter contre son épouse exaspérante. «... Cette autre femme. Quoi que Clarice ait pu te dire. Sylvia et elle ne t'ont jamais aimée, tu le sais sûrement. Elles seraient ravies de saper notre mariage.»

Ariah réfléchit à cette remarque. Elle savait que c'était vrai, bien sûr.

Dirk lui effleura le poignet. Un geste doux, hésitant, qu'Ariah ne refusa ni n'accepta. Il dit: «Je t'aime et j'aime ma famille, chérie. Vous êtes ce qu'il y a de plus vrai dans ma vie.

— Ah oui?

— Bien sûr.» Dirk se demandait s'il ne pourrait pas retirer la bouteille de Black & White des mains d'Ariah. Quelque chose dans la façon dont elle agrippait la bouteille l'inquiétait. Et il aurait volontiers bu un verre, lui aussi. Il en avait pris un ou deux chez Mario avant de rentrer chez lui mais ils lui semblaient bien loin.

Dirk dit d'un ton humble: «Je sais que j'ai été très occupé par mon travail. Et ça ne va pas, ne peut pas, s'arranger tout de suite. Si nous perdons lors de l'audience préliminaire, je vais certainement faire appel. Mais si nous gagnons, vers le début de l'été, disons, l'autre camp va nécessairement faire appel, et...

— Les avocats ont le chic pour se donner du travail les uns aux autres! Vous êtes tous des prêtres au service du même dieu. Pas étonnant que vous vous adoriez les uns les autres.

— En ce moment, personne ne m'adore beaucoup à Niagara Falls, je t'assure.»

Dirk parlait d'un ton léger, sans amertume. Il était en train de devenir un paria parmi ses collègues. En avait-il quelque chose à fiche? Fichtre non! Mais il voulait au moins l'amour et le soutien de sa femme. Il méritait au moins ça. Il dit, comme s'il avait été interrompu au milieu d'un argument capital: «Lorsque nous finirons par gagner cette affaire, Ariah, ce dont je suis convaincu, au moins à l'automne prochain...

— L'automne de quelle année? Celle-ci?»

260

L'AUTRE MONDE

La question d'Ariah le laissa sans voix. C'était un sarcasme à peine voilé, il le savait ; et pourtant, *de quelle année* ? Il était possible que le cas de Love Canal ne soit pas réglé avant très, très longtemps.

« C'est une affaire compliquée, Ariah. Très compliquée. J'ai consulté des experts, engagé des médecins, des scientifiques, pour m'aider à la préparer. Nous essayons de réunir des données pour contrer le Service de la santé publique qui affirme qu'il n'y a "aucun problème" à Love Canal ; ou que, s'il y en avait eu un, il a été réglé. Mais j'ai rencontré de la résistance parce que certains médecins d'ici, et même de Buffalo et d'Amherst, ont peur de témoigner contre leurs collègues de l'American Medical Association. Un spécialiste de chimie organique de l'université de Buffalo, que je croyais avoir convaincu, a soudain décidé qu'il ne pouvait risquer de témoigner en faveur des habitants de Love Canal parce que son laboratoire dépend des subventions de l'État de New York. Et je n'arrive pas à obtenir l'aide du département de la Santé de l'État, ces salopards refusent de coopérer. » Tandis que Dirk parlait avec une animation croissante, Ariah, silencieuse, enfonçait ses orteils nus dans la moquette.

Il poursuivit d'un ton pressant : « C'est une question de confiance, Ariah. Tu dois savoir que je t'aime et que j'aime les enfants plus que tout au monde, chérie, et… »

Ariah ouvrit les yeux et, pour la première fois, regarda Dirk dans les yeux, sans ciller. « Et pourtant tu nous mets en danger. Tu mets en danger notre mariage. Notre famille.

– Non, Ariah.

– Tu vas chercher en dehors de la famille… je ne sais pas très bien quoi : quelque chose que tu veux et dont tu as besoin. Nous ne te suffisons pas. »

Ariah s'éloigna, en tenant fermement la bouteille de Black & White. Elle flottait, telle une sylphide. Dirk ne put que la suivre. Avec l'envie de la saisir par le bras pour l'obliger à s'arrêter, à l'écouter. Pieds nus, Ariah s'engagea dans le couloir sombre qui menait aux pièces de devant. La maison du 22, Luna Park était grande, et ce couloir était long. De l'autre côté des fenêtres à petits carreaux du vestibule brillait une lune pâle éblouissante, et un vent étonnamment brutal et musclé agitait les arbres. Le vent perpétuel des gorges du Niagara ! Dirk se dit qu'il usait

261

toute résistance. On pouvait devenir pareil à une pierre, poli par le temps, impersonnel, inaccessible à la souffrance.

Dehors, les beaux ormes de Luna Park étaient secoués par ce vent. Des siècles d'ormes et des siècles de vent et pourtant en cette nouvelle décennie les ormes commençaient à faiblir, imperceptiblement. Leurs branches majestueuses commençaient à se dessécher, à se fracturer.

Ariah dit, cette fois d'un ton implorant : « Je veux que tu laisses tomber Love Canal. Là, tout de suite, ce soir, je... je crois qu'il le faut.

— Non, Ariah ! protesta Dirk. Que me demandes-tu, chérie ? Je ne peux pas.

— Tu ne "peux" pas ?

— Non, et je ne veux pas. Ces pauvres gens ont besoin de mon aide. Ils méritent que justice leur soit rendue. Tout le monde leur ment, et je ne vais pas en faire autant. Je ne vais pas les abandonner.

— Tu ne "peux" pas. Tu ne "veux" pas. Je vois.

— Aucun avocat qui se respecte ne laisse tomber une affaire comme celle-ci. Pas dans des circonstances aussi terribles, avec des plaignants aussi désarmés.

— Et qui paie les frais de justice ? Pas ces plaignants "désarmés", je suppose ?

— Eh bien, non.

— M. et Mme Olshaker ?

— Sam Olshaker fait les trois huit à l'usine Parish Plastics, répondit Dirk avec impatience. Il a une femme et deux enfants à nourrir. Il gagne moins en un an que moi en... » Dirk s'interrompit, hésitant. (Il n'avait pas eu l'intention de se vanter. Ces derniers temps, d'ailleurs, Dirk Burnaby ne gagnait rien du tout. Sur son compte professionnel, les mouvements d'argent ne se faisaient que dans un sens.) « Ils n'ont pas d'économies. Ils doivent payer des frais médicaux qui dépassent de beaucoup ce que couvre l'assurance-santé de Parish. Ils ont acheté une maison à crédit sur trente ans et, comme leurs voisins de Colvin Heights, ils y sont pris au piège, à moins que Swann Chemicals, le comté ou l'État ne soient contraints à leur verser des dédommagements. À moins que quelqu'un ne rembourse leur emprunt à leur place. Et dans l'intervalle, leur santé se détériore. Essaie d'avoir pitié de ces gens, Ariah. Si tu les voyais, si tu voyais leurs enfants... »

262

L'AUTRE MONDE

Ariah dit aussitôt : « Mais je ne les ai pas vus. Et je ne veux pas les voir. Je n'ai rien à faire avec eux, et réciproquement. Il y a des gens qui meurent de faim en Chine, en Inde, en Afrique ! C'est de mes enfants que je dois m'occuper, c'est eux que je dois protéger. Ils viennent en premier et... rien ne vient en second !

– C'est honteux de dire ça, Ariah. C'est indigne de toi.

– Ce n'est pas digne de ta femme, peut-être. Mais c'est digne de *moi*. »

Mais son ton était hésitant, comme si elle regrettait la dureté de ses paroles. Elle leva de nouveau son verre et but avidement. Dirk savait qu'il ne fallait pas la provoquer davantage. Dans l'état émotionnel où elle était, il devait se montrer prudent. Depuis la mort de son père, elle était devenue moins prévisible, plus instable ; malgré le peu de chagrin qu'elle avait montré, la légèreté avec laquelle elle avait repoussé les témoignages de sympathie de Dirk, elle avait été profondément affectée par cette mort, il le savait. Et le veuvage et la solitude de sa mère devaient également la préoccuper. Dirk savait qu'il lui fallait battre en retraite, avec précaution. Ou rester près d'elle sans prononcer une parole. À titre de consolation. Quoi que fût un mari. Quel que fût ce lien mystérieux et inexprimé entre eux.

Quelque part au-dessus de leur tête, un plancher craqua. Ou sembla craquer. D'un ton sec, Ariah lança : « Chandler ! Retourne immédiatement te coucher. »

Mais le silence régnait au premier étage. Même le tic-tac solennel, sonore, de l'horloge de parquet, dans le vestibule, parut marquer une pause dramatique avant de reprendre.

Dirk effleura le dos raide et tremblant d'Ariah, et essaya de la prendre dans ses bras. Surprise, elle le repoussa du coude d'un mouvement réflexe. Elle s'écarta, le souffle court. Dirk dit avec tristesse : « Je ne peux pas abandonner Love Canal, Ariah. Ne me le demande pas. Je me suis engagé envers tant de gens. Ils comptent sur moi. Ce n'est pas un litige ordinaire, il ne s'agit pas d'enrichir des gens déjà riches, c'est de leur vie qu'il est question. Si j'arrêtais maintenant...

– La fierté de Dirk Burnaby en souffrirait ? Je vois.

– ... Ce serait les laisser tomber. Les trahir. Et nos adversaires méritent d'être dénoncés. Punis. En les frappant au seul endroit qui leur fasse mal : le portefeuille. J'adorerais ruiner Swann et ses associés ! Ces salopards. Et la ville, le comté, le Conseil de l'éducation et le Service de la santé, ces deux organismes sont complices depuis des années. Le procureur, les juges. Je suis le seul avocat qui accepte de s'occuper de cette affaire jusqu'au bout, semble-t-il. Je ne pourrais pas vivre avec moi-même si…

– Alors avec qui vivras-tu ? Avec *elle* ? »

Elle tournait vers lui un visage défait. Un visage qui déconcerta Dirk, tant il était décomposé par la fureur.

« Je te l'ai déjà dit, Ariah. Je ne suis pas amoureux de Nina Olshaker.

– Mais elle est amoureuse de toi.

– Non ! Absolument pas. »

Il parlait avec une telle véhémence, un tel écœurement, que l'on voyait qu'il devait dire la vérité.

Ariah se détourna. Elle, qui n'avait pas bu depuis des années, pas même du vin pour autant que Dirk le sût, se resservit du whisky et vida son verre dans un geste désespéré et théâtral. Cet alcool fort altérait son jugement, la coordination de ses mouvements, Dirk le voyait bien. Il hésitait cependant à lui prendre la bouteille. Quelle enfant têtue c'était, aussi capricieuse que Royall. Mais cette façon de se faire mal, de jouir de sa souffrance, n'appartenait qu'à elle. Ces embardées fatales d'une intelligence par ailleurs lucide. Dirk se rappelait ce jour, des années plus tôt, où, au Country Club de l'Isle Grand, Ariah avait quitté la pièce où ils dînaient avec des amis et trouvé un piano dans une salle de bal vide, et lorsqu'on l'y avait découverte en train de jouer et qu'on l'avait applaudie, elle s'était enfuie comme un chien battu. L'admiration des amis de Dirk était sincère, mais Ariah avait apparemment entendu, ou souhaité entendre de la raillerie dans leurs applaudissements. Et toutes les explications et les excuses n'y avaient rien changé.

Ariah dit, d'une voix tremblante : « Très bien alors, monsieur Burnaby. Emménage avec "Nina Olshaker" – ce parangon de souffrance et de vertu presque assez jeune pour être ta fille – et avec ses précieux enfants. Plus précieux à tes yeux que les tiens propres. Emménage dans ce nid d'amour pastoral de St. Lucas. Nous n'avons pas besoin de toi. Nous ne te voyons jamais, de toute façon. Je peux subvenir à nos besoins avec mes leçons de piano. Allez, va-t'en.

L'AUTRE MONDE

– Ne dis pas ça, Ariah. Tu ne parles pas sérieusement, c'est impossible.

– Tu es sorti de la famille. Tu nous as trahis. »

Dirk chercha à la retenir au moment même où elle se détournait ; il ne parvint à saisir que la bouteille de whisky. Ariah s'élança en gémissant dans l'escalier moquetté. « Va-t'en, va-t'en ! Je te déteste, nous te détestons tous, *va-t'en*.

– Ariah… »

Suant, le souffle court, Dirk s'arrêta au pied des marches. Il entendit sa femme bouleversée se précipiter, d'un pas maintenant lourd et sans grâce, dans la nursery…Était-ce bien là qu'elle allait ? Non, elle était entrée dans la chambre de Royall, à côté. Elle tirerait le petit garçon hébété de son sommeil abyssal et, moitié le portant, moitié le traînant, l'emmènerait dans la chambre du bébé où elle stupéfierait la nounou irlandaise en fermant et verrouillant la porte derrière elle, comme si Royall et elle étaient poursuivis par un démon. Elle arracherait le bébé endormi de son berceau, réconforterait en chantonnant les enfants qu'elle terrorisait, et interdirait à la nurse effrayée de s'approcher de la porte, et si Dirk osait monter l'escalier pour venir frapper doucement et raisonnablement à la porte de la nursery (mais il ne le ferait pas, il la connaissait), Ariah crierait contre lui avec la fureur d'une mère oiseau protégeant ses petits.

Le pauvre Chandler se trouvait peut-être dans le couloir. Pieds nus lui aussi, dans son pyjama de flanelle froissé. Peut-être aurait-il eu le temps de mettre ses lunettes, mais sans doute pas. Chandler contemplant, les yeux plissés et papillotants, son père bouleversé, mis à la porte de la nursery par la farouche Ariah.

Mais Dirk se garda bien de courir après Ariah. Bouteille à la main, il s'enfuit du 22, Luna Park.

En se demandant s'il y reviendrait jamais ? Si Ariah et si lui-même le souhaiterait ; s'il aurait la force de reprendre la vie commune, et de continuer à s'occuper de l'affaire Love Canal ? Il ne pouvait renoncer ni à l'une ni à l'autre. En cet instant, alors qu'il appuyait sur l'accélérateur de sa voiture, il n'aurait su dire où il allait, ni les conséquences qu'aurait cette épuisante conversation avec Ariah. Même son intuition de joueur l'avait abandonné.

Dans la nuit souffletée de vent. Dans la quarante-sixième année de sa vie. Il était au bord de la zone de non-retour. Il sentait le courant rapide s'accélérer toujours davantage. Impossible de revenir en arrière, ni même de faire une embardée sur le côté. Au volant de sa grande voiture américaine luxueuse qui dans ces moments-là lui rappelait un bateau, un bateau gouverné par Dirk Burnaby lui-même, sur le Styx. Il roulerait, roulerait... Il ne dormirait pas. À l'opposé des Chutes, en direction de l'est et de l'intérieur des terres. Quelque chose l'attirait comme un aimant. Pas la femme mais quelque chose qui n'avait pas de nom. Les clins d'œil lubriques, les lumières aguicheuses de Dow Chemical, Carborundum, OxyChem, Swann Chemicals. Alliance Oil Refinery. Allied Steel. Des fumées pâles pareilles à des bandes flottantes de gaze. Et du brouillard. Et de la brume, voilant le ciel éclairé de lune. East Niagara Falls était une région de bruine perpétuelle. D'odeurs devenues visibles. Œufs pourris, aigres et douceâtres et pourtant astringentes comme un désinfectant. Un goût d'éther. Dirk roulait, fasciné. Il supposait qu'il devait être à proximité de Love Canal. Au coin de la 101e Rue et de Buffalo Avenue. Il ferait demi-tour dans Buffalo Avenue, prendrait Veterans'Road. Il avait toute la nuit. Il n'était pas pressé. Il n'avait pas de destination. Il portait la bouteille de whisky à ses lèvres, avec reconnaissance. Cette consolation sur laquelle un homme sait pouvoir compter.

Dans cet autre monde qui s'ouvrait pour me recevoir.

3

L'un après l'autre, à la fin de l'hiver et au début du printemps 1962, ses frères se détournèrent de lui.

Il y eut le jour où, à la mairie, Tyler «Spooky» Wenn regarda Dirk Burnaby avec froideur et le dépassa sans lui dire un mot. «Bonjour, monsieur le maire!» lança Dirk à son dos raide, entouré d'une phalange d'autres dos raides, les compagnons du maire. Avec dans la voix une moquerie parfaitement modulée.

Il y eut le jour où Buzz Fitch l'ignora. Ou presque. S'arrêta à la table de Dirk au Boat Club, le visage fermé. Un signe de tête bref. La voix grave rocailleuse de Fitch. «Burnaby.» Dirk leva les yeux et se força à sourire. Mais il sut ne pas tendre une main qui aurait été repoussée. «Fitch. Monsieur le directeur de police adjoint. Félicitations!»

(Fitch portait-il une arme, lorsqu'il était en costume-cravate et dînait au Boat Club en compagnie d'amis? Dirk supposait que oui.)

Il y eut le jour où Stroughton Howell l'ignora: son ancien camarade de la faculté de droit, récemment nommé juge au tribunal de district du Niagara, dans sa belle robe noire de juge portée avec une élégance théâtrale. Il y avait pourtant – Dirk se le rappellerait ensuite – un regret peiné dans le regard humide que Howell lui jeta, alors qu'il se dirigeait vers un ascenseur en grande conversation avec un de ses assistants dans le hall imposant du tribunal, et que Dirk Burnaby s'apprêtait à en sortir par une porte latérale. Howell le dévisagea, et Howell murmura quelque chose comme «Dirk!», et parut sur le point d'en dire davantage mais se ravisa, et s'éloigna. «Bonjour, monsieur le juge», lança Dirk.

Mais Howell, qui entrait dans l'ascenseur, ne se retourna pas.

Félicitations pour votre nomination, monsieur le juge. Je suis sûr que vous la méritez encore davantage que vos estimés collègues du siège.

Et il y eut cette pénible soirée au Rainbow Grand, où il était allé boire un verre avec son vieil ami Clyde Colborne. À la fin d'une ses longues journées. D'une de ses très longues journées. Et Clyde Colborne dit doucement: «J'espère que tu sais ce que tu fais, Burn.» Et Dirk répondit avec irritation: «Non, Clyde. Dis-le-moi.»

Clyde secoua la tête avec gravité. Comme si Dirk en demandait trop, même d'un ami.

«Ce que je fais, Clyde, c'est suivre mon instinct pour une fois. Pas l'odeur de l'argent. Ma conscience.»

Conscience! Clyde lui jeta un regard alarmé.

«Tu peux te permettre d'avoir une conscience, Dirk. Tu es un Burnaby. Mais ça ne durera pas éternellement.» Il s'interrompit, réprimant un sourire fraternel malveillant. «Vu la façon dont tes clients te quittent, ça ne durera même pas jusqu'à la fin de l'année.

– Je ne pense pas à ça. Je pense à la justice.»

Justice! Comme «conscience», ce mot lui valut un regard alarmé de Clyde.

Clyde Colborne était en train de devenir la ruine d'un homme séduisant. Il avait encore l'arrogance fanfaronne du gosse de riche, qui n'offensait jamais parce qu'elle vous engageait à participer; il avait encore l'air sociable de l'hôtelier. Mais depuis quelques années le Rainbow Grand attirait chaque saison des clients moins nombreux, et beaucoup moins riches. On voyait et on sentait le changement dans Prospect Street, dans les autres vieux hôtels de luxe, comme si le climat de Niagara Falls se modifiait. Comme si l'air de la ville se modifiait, au lieu des vents frais revigorants des gorges, il y avait maintenant une odeur dominante de produits chimiques, un halo mousseux autour des réverbères et autour de la lune, la nuit. Et à la périphérie de la ville champignon, toujours plus de *motor cabins*, de motels, construits à la va-vite. Des chambres à prix avantageux pour des Américains qui s'entassaient dans voitures et caravanes. Familles avec jeunes enfants, en plus des jeunes mariés en voyage de noces. Touristes en cars. Retraités. Des gens qui se moquaient bien de manger et de boire en gourmets, d'écouter des chanteurs de cabaret de qualité, d'avoir des fleurs fraîchement coupées dans des suites luxueuses, ou des harpistes irlandaises dans le hall. C'étaient eux les vrais Américains du XXe siècle : une vision qui faisait frémir Clyde Colborne.

Qui disait à présent : « Ça, ce que tu fais, Burn. Bon Dieu ! La publi-cité. C'est moche pour notre image. Ça nuit au tourisme. La situation est déjà assez mauvaise comme ça, catastrophique dans certains cas, et toi, tu en rajoutes. Si… » Clyde s'interrompit, rouge d'embarras. Lui qui avait fait trois ans de latin au lycée et traduit, avec l'aide de Dirk Burnaby, Cicéron et Virgile, en train de bégayer comme un personnage de dessin animé débile, de débiter des mots indignes de lui et de son amitié avec Dirk Burnaby, mais du diable s'il parvenait à en trouver d'autres, plus dignes. Il trouvait cela triste, et s'en irritait. « Love Canal. On en entend autant parler que des Chutes, ou davantage. Dans tous les putains de journaux. »

Les deux hommes se turent. Dirk Burnaby, qui avait tant de choses à dire, tant de choses qu'il ne pouvait se résoudre à dire (la longue jour-née épuisante passée à rencontrer des experts, à interroger trois couples de parents de Colvin Heights dont les jeunes enfants étaient morts de leucémie au cours des deux années précédentes), constata qu'il n'avait rien à dire. Et il semblait savoir que ce serait la dernière fois qu'il parle-rait avec Clyde Colborne, son ami.

Un moment dangereux où Dirk eut envie d'envoyer son verre au visage de Clyde. Mais non. On ne cède à ce genre d'impulsion que dans les mélodrames hollywoodiens. Et on n'était pas à Hollywood, et encore moins dans un film. Car, dans les films, il y a des gros plans et des plans éloignés, des «plans d'ensemble», des fondus au noir, des changements de séquence brutaux et bienvenus. Il y a une musique sous-jacente qui indique les émotions que l'on est censé éprouver. Dans ce qu'on appelle la vie, le cours du temps est continu comme celui du fleuve qui se précipite vers les Chutes, et au-delà. Impossible d'échapper à ce fleuve.

Donc Dirk ne jeta pas son verre au visage de Clyde Colborne, et il ne le vida pas non plus. Il le posa sur la petite table à plateau de verre entre ses jambes et celles de Clyde. Il jeta sur cette table un billet de vingt dollars et se leva avant que Clyde pût protester que bon Dieu! c'était lui qui offrait.

«Oui. Love Canal nous fait du mal. Au revoir, Clyde.»

Il devait reconnaître que les soirées de poker lui manquaient. Il avait un trou dans le cœur, bon Dieu, ces salopards lui manquaient.

Il y eut l'un des beaux-frères de Dirk. Celui qui avait épousé Sylvia. Petits yeux rusés et peau huileuse luisante comme celle d'un phoque. Dirk éprouva un instant d'affolement à l'idée que son beau-frère allait insister pour l'inviter à un dîner familial dans l'île, *on ne t'a pas vu depuis longtemps, Dirk, tu nous manques à Sylvia et à moi,* mais ce n'était pas cela du tout, aucune invitation à dîner dans l'esprit de l'onctueux beau-frère, qui l'agrippa par le coude en disant d'un ton pressant: «Love Canal. C'est un quartier nègre, non? À l'est de la ville?»

Poliment Dirk expliqua au beau-frère que non, Love Canal ne se trouvait pas dans un quartier nègre.

«Et quand ce serait le cas?»

Devant l'expression de Dirk Burnaby, généralement cordiale dans les circonstances où les deux hommes se rencontraient, le beau-frère lâcha le coude de Dirk et battit en retraite. Il bafouilla encore quelques mots, et au revoir. Oui il saluerait Sylvia. Oui il raconterait à la famille que Dirk Burnaby était un homme changé, un homme dangereux et furieux, exactement le portrait que tout le monde en faisait. *Un traître à sa classe.*

MARIAGE

La photo de Dirk Burnaby, encadrée, signée, était toujours à sa place, sur le mur des célébrités de chez Mario. Personne n'avait encore suggéré à Mario de l'enlever. Peut-être Mario ne l'enlèverait-il jamais.

Lorsque je gagnerai, ça fera du bruit.
Vous verrez.

Un soir Dirk se rendit dans l'Isle Grand, où il n'avait pas mis les pieds depuis des mois. Fâché avec Claudine. Fâché avec le Country Club. Mais curieux de savoir, s'il y allait, si quelqu'un lui parlerait? Le saluerait? Il dînerait au Club, comme ça, par caprice.

«Monsieur Burnaby. Bonjour.»

Le maître d'hôtel, un sourire grave aux lèvres, regarda par-dessus les larges épaules de M. Burnaby pour voir combien de personnes l'accompagnaient. Personne?

L'élégante salle de restaurant était encore aux trois quarts pleine, à vingt-deux heures et quelques. Des couples, des tables de six ou huit, et personne ne parut reconnaître Dirk Burnaby, ni ne leva les yeux en souriant dans sa direction. Pas un seul visage familier. Flous et indistincts, des empreintes de pouce brouillées, voilà comment étaient ces visages. «Au bar, je crois. Je préfère m'installer au bar.»

C'était le bar à cigares des messieurs. En fait, Dirk dînerait au bar. À titre d'expérience. Pour voir si l'un de ses vieux amis, une de ses connaissances, viendrait s'asseoir près de lui.

Personne ne vint s'asseoir près de lui. Même le service fut lent. Le genre de service que l'on peut qualifier de légèrement ironique.

Ce qui n'est pas le genre de service que l'on attend dans un club où l'on cotise depuis des dizaines d'années.

Dirk commanda aussitôt un scotch, et attendit quelques minutes que le barman le prépare. Il se disait qu'il allait peut-être sauter le dîner. Il se faisait tard pour un T-bone. Ou pour le hamburger de trois cent cinquante grammes sur pain de seigle noir, spécialité du bar à cigares. Il y avait deux jours qu'il n'était pas rentré chez lui. Ariah était trop fière pour le chasser officiellement et cependant: il se savait chassé.

Il aurait voulu empoigner Ariah par les épaules et lui dire *Je ne peux*

270

L'AUTRE MONDE

pas choisir, je ne veux pas choisir, entre ma famille et ma conscience comment pourrais-je choisir!

Naturellement, Dirk pouvait rentrer chez lui quand il le souhaitait. S'il le supportait. Car Ariah avait renoncé à lui. L'avait abandonné, dans son cœur, à l'autre femme.

Bien que cette *autre femme* fût un fantôme de sa fabrication.

(À Nina Olshaker, Dirk essayait de ne pas penser. Son anxiété concernant ses enfants et Love Canal. Son anxiété concernant l'avenir. Dirk Burnaby s'était toujours protégé contre l'anxiété de ses clients, mais pas cette fois-ci. On ne sait pourquoi, pas cette fois-ci. «Que va-t-il nous arriver? Et si nous perdons? Nous ne pouvons pas perdre, n'est-ce pas? N'est-ce pas, monsieur Burnaby?» L'*autre femme* implorant Dirk Burnaby comme on implorerait un sauveur.)

(Mais non. On n'implore jamais un sauveur. N'est-ce pas précisément la promesse d'un sauveur: pas de supplication? Pas d'anxiété abjecte?)

(Impossible de penser à cela. Pas étonnant qu'il ne se sente pas d'appétit pour de la viande rouge. Un autre verre, à la place!)

«Monsieur Burnaby?

– Oui, Roddy?

– Ce monsieur vous offre ce verre. Avec ses compliments.»

Dirk qui contemplait l'eau boueuse et stagnante de Black Creek, alimenté par les cuvettes marécageuses qui coupaient le canal enfoui, leva les yeux, ne sachant trop où il se trouvait. Il était étrangement tard, plus de 11 heures. Il ne pouvait se rappeler s'il avait mangé ou non. Il supposait qu'il avait bu plusieurs verres. Le bar était presque vide, mais chargé de l'odeur stupéfiante de cette fumée de cigare qui le faisait larmoyer parce que plus souvent, depuis Love Canal et les heures passées à Colvin Heights, ses yeux avaient tendance à larmoyer et à le brûler. Et une migraine derrière les yeux, pas un battement de tambour rapide mais un battement andante, celui d'un grand tambour assourdi. Dirk regarda en plissant les yeux à l'autre bout du bar poli en bois de merisier où une haute silhouette levait un verre dans sa direction. Un ami? Un visage familier? Un inconnu? La vue de Dirk n'était plus aussi fiable, depuis quelque temps. Il supposait que l'homme à l'autre bout du bar, costume sombre, chemise blanche, cheveux bruns sculptés

271

MARIAGE

coiffés en arrière, devait être un membre du Country Club de l'Isle Grand et néanmoins quelqu'un qui soutenait Dirk Burnaby dans l'affaire de Love Canal.

Dirk prit maladroitement son verre de scotch et le leva au moment même où l'homme à l'autre bout du bar, imitant un geste en miroir, levait le sien. Les deux hommes burent.

A travers une brume de douleur migraineuse Dirk vit le visage de l'inconnu prendre une expression soudain grimaçante. Les yeux sombres et vides dans le crâne. L'éclat du radium sur son front osseux.

« M'sieur Burn'by ! Bonne chance ! »

Une hémorragie d'argent. Et de temps.

Il était devenu, sans s'en rendre compte, une sorte d'aiguille verticale, avec sa tête (vide) pour chas, par où le Temps s'écoulait en un flot irrégulier mais sans répit. *Passait, passait, sans répit vers le passé.*

«Zarjo»

La veille de l'audience de Love Canal, Dirk Burnaby étonna sa famille en ramenant à la maison un chiot trouvé recueilli par la SPA.

C'était le 28 mai 1962. La veille de l'audience maintes fois reportée du tribunal du comté du Niagara, présidé par le juge Stroughton Howell. La veille aussi du premier anniversaire de Juliet Burnaby.

Si je m'en souvenais ? Bien sûr que je m'en souvenais.

Toute ma vie, je m'en souviens.

Était-ce une coïncidence que papa amène Zarjo à la maison ce soir-là ?

Papa protesta comme s'il était blessé. «"Une coïncidence"?... Sûrement pas. Comme dit Einstein, Dieu ne joue pas aux dés avec l'univers.»

Dirk Burnaby qui était papa dans la maison du 22, Luna Park.

Dirk Burnaby qui n'était papa, et adoré comme papa, nulle part ailleurs qu'au 22, Luna Park.

Comme dans un conte de fées le chiot arriva déjà nommé : «Zarjo».

Qu'il fallait prononcer, papa y tenait : «"Zar-yo". Un nom hongrois.»

Les garçons, Royall et Chandler, avaient voulu un chiot, évidemment. Royall à sa façon bruyante, Chandler à sa façon mélancolique et effacée. Dès que Royall avait vu des chiens appartenant à d'autres enfants, il avait voulu le sien. Dès que Royall avait été capable de prononcer «tou-tou», il avait supplié qu'on lui en donne un.

Ariah, la plus prudente des mères, n'avait pas cédé à ces cajoleries.

MARIAGE

Elle avait su ne pas réagir brutalement *Non, sûrement pas, il n'est pas question que nous ayons un chien dans cette maison.* Elle avait su ne pas rire au nez de ses fils. *Un chiot! Encore un bébé sans défense à rendre propre et à aimer, eh bien, ne comptez pas sur maman ce coup-ci.*

Dans un délire de surexcitation tel Zeus émergeant d'un nuage, voilà que Dirk Burnaby absent depuis deux jours arrive tout à coup chez lui alors que sa famille stupéfaite s'apprête à dîner de bonne heure, 18 heures, un repas préparé par Ariah et Bridget qui s'entendent dans la cuisine comme des sœurs, ou presque, et soudain papa est dans la cuisine avec elles et dans ses bras une petite créature poilue glapissante et pisseuse. Horrifiée, Ariah vit et comprit le pire: c'était vivant.

Vivant! Zarjo était plus que vivant. Zarjo était un feu d'artifice de vie. Zarjo était une bombe atomique de vie. Une fourrure bouclée couleur caramel sale, des cercles noirs autour de ses yeux humides. Un peu beagle, un peu cocker. Et un peu bâtard. Mais «ça ne devrait pas être un gros chien», avait assuré le vétérinaire de la SPA à Dirk Burnaby.

Une de ces impulsions qui gouvernaient de plus en plus la vie de Dirk Burnaby. Une de ces intuitions éclairs où l'on sait-ce-qui-est-bien. Dirk avait quitté son bureau survolté et optimiste concernant l'audience du lendemain matin, il avait eu l'intention de passer chez Mario prendre un verre mais au lieu de cela, comme attiré par un aimant, il avait obliqué vers le refuge de la SPA au coin de la 5e Rue et de Ferry et là, au milieu d'aboiements et de jappements frénétiques, avait choisi l'un des plus petits quadrupèdes à fourrure.

Ariah était abasourdie, quoique s'efforçant de ne pas le montrer. Pour les enfants, Ariah s'efforçait ces derniers temps de ne pas montrer grand-chose de ce qu'elle éprouvait. Presque avec calme, elle demanda: «Pourquoi as-tu fait ça, ch… chéri? Pourquoi maintenant, je veux dire? Est-ce… vraiment le bon moment? Oh! mon Dieu… un chiot. Oh! Dirk.»

Se disant *Superstition. Il pense que s'il fait une bonne action ce soir, Dieu lui fera une faveur demain en statuant pour sa cliente.*

«Pourquoi? Tu ne devrais pas avoir à demander pourquoi, Ariah.»

Royall et Chandler ne demandaient pas pourquoi, Royall et Chandler étaient fous de joie.

274

« ZARJO »

La petite Juliet dans sa chaise haute poussait des cris, des hurlements de joie.

Des guirlandes de Noël qui s'illuminent, voilà à quoi ressemblaient les enfants d'Ariah. Couché sur le sol, Royall étreignait et embrassait le chiot, tandis que, accroupi au-dessus d'eux, Chandler s'arrangeait pour lui caresser la tête. Tous deux criaient: «Ne chasse pas Zarjo, maman! Maman, s'il te plaît! Maman, *non.*»

Ils suppliaient. De longues minutes ils supplièrent avec frénésie! Royall pleura, donna des coups de pied, martela le sol de ses petits poings – qui d'ailleurs n'étaient plus tellement petits – quand Ariah voulut leur prendre Zarjo pour le rendre à papa. «Maman, *non. Maman.*» Déjà maman faiblissait, car qui pouvait résister à Royall et à ses yeux bleus quand il suppliait comme si sa vie en dépendait? Et de façon inattendue, Chandler se montrait sentimental, lui aussi. «Zarjo doit nous être destiné, maman! Si papa ne l'avait pas pris à la SPA, on l'aurait peut-être piqué. Tu sais ce que ça veut dire, hein, maman? Piqué.» Les yeux myopes de Chandler étaient baignés de larmes derrière leurs verres.

Calmé soudain, Royall demanda avec intérêt: «C'est quoi ça "piqué"? Piqué où ça?

– Ça veut dire "tué", dit Chandler d'un air sombre. Et enterré. Comme tout ce qui est mort.»

Royall poussa des hurlements de protestation. «Maman, non. Maman, NON.»

À ce moment-là, Juliet pleurait elle aussi. Quoique trop jeune à un an (du moins Ariah l'espérait) pour comprendre ce qui se passait, le terrorisme, le chantage aux sentiments dont il s'agissait. Le père et mari adultère faisant irruption chez lui après une absence de quarante-huit heures pour jeter sur ses genoux un adorable beagle-cocker de cinq semaines, pisseur, jappeur, gigoteur et larmoyant, puis repartant aussitôt dans l'air embaumé de cette soirée de printemps.

«Dirk? Comment oses-tu! Arrête! Tu ne peux pas sérieusement...»

Mais si, Dirk partait. Il avait laissé sa voiture dans l'allée, moteur allumé. Il avait encore du travail, il ne pouvait pas rester. Il mangerait un morceau plus tard. Il n'avait pas faim. «Bonne nuit tout le monde! Papa vous aime! Soyez gentils avec Zarjo. Je t'appellerai demain, chérie, après... – sa voix courageuse faiblit soudain, de façon perceptible – ... la décision. »

Il était dans une phase maniaque. Cet éclat fluorescent dans ses yeux fauve, sa voix grelottante. Oui, il était en train d'essayer de marchander avec Dieu. Comme si c'était possible ! Oh ! Ariah savait à quoi s'en tenir. Si cet homme ne l'avait pas trompée en lui brisant le cœur, elle aurait pu avoir pitié de lui.

Elle lui lança : « Pas la peine de m'appeler "chérie" ! Je veux divorcer. »

Un asile de fous dans la cuisine. Le gratin de macaronis au thon était fichu. Les garçons braillaient : « Maman, on peut le garder ! Maman, on peut le garder ! » Le bébé criait à pleins poumons, et la nurse échevelée chantonnait frénétiquement en gaélique. Le chiot Zarjo aboyait et jappait sur l'air du « Chœur des forgerons » ou de « La victoire de Wellington », la musique la plus effroyable jamais écrite par l'homme. Un chœur de mendiants pinçant les cordes pincées du cœur d'Ariah. Quel choix avait-elle, c'était sacrément injuste ! Elle avait envie de leur hurler des invectives à tous, au lieu de quoi elle tira une chaise, s'assit et prit Zarjo, deux kilos deux cents, sur ses genoux. Des éclaboussures de pipi de chiot tachaient déjà sa jupe, quelle différence s'il y en avait un peu plus ?

Avec sévérité, Ariah dit : « Pas la peine de me chanter "maman" sur tous les tons. Je refuse d'être la "maman" de cette petite chose. C'est déjà assez pénible comme ça d'être la vôtre. Si nous le gardons...

– Maman ! Oh maman, *oui* !

– ... Toi, Chandler, et toi, Royall, vous occuperez de lui. Vous lui donnerez à manger, vous le sortirez, vous nettoierez ses saletés et pas plus tard que tout de suite, cette flaque par terre. Vous promettez ? »

Quelle question.

« Oui, maman ! On promet !

– On promet, maman ! »

Ariah, qui aurait dû savoir à quoi s'en tenir, poussa un soupir et caressa la tête du chiot. Ses oreilles, sa langue rose pendante. Son petit derrière se trémoussait sur ses genoux comme si Zarjo essayait de danser la samba. « Il est plutôt mignon, je suppose. Si on aime les chiots. Ferme toutes les portes de la cuisine, Chandler. Mets des pages

« ZARJO »

de journal par terre, Royall. Nous allons prendre Zarjo à l'essai pendant quarante-huit heures. Pas une minute de plus. »

Essuyant ses larmes sous ses lunettes, Chandler dit : « Merci, maman. »

Étreignant à la fois maman et le chiot, Royall s'écria : « Maman ! *Je t'aime.* »

Ce fut ainsi que Zarjo vint vivre dans la maison des Burnaby peu avant que Dirk Burnaby, qui était papa, ne la quitte.

La chute

Le funambule commence sa traversée courageuse, condamnée, au-dessus de l'abîme. Bientôt masqué par la brume, le brouillard qui monte. Déséquilibré par une rafale de vent, ou atteint dans le dos par une pierre. Il tombe, si étrangement silencieux.

À moins que couverts par le bruit des Chutes, ses hurlements n'aient pas été entendus.

Dirk Burnaby ne tomberait pas en silence. Ses protestations seraient entendues, et racontées, par plus de soixante témoins.

Le juge statua. La plainte était rejetée. Un brouillard rouge palpita dans le cerveau de Dirk. D'un bond, il fut sur ses jambes. Il renversa la chaise sur laquelle il avait été assis à la table des plaignants, face au juge. Debout, et furieux. Furieux comme un taureau enragé. On l'entendrait « menacer » le juge Stroughton Howell. On l'entendrait prononcer des phrases telles que « salaud de menteur », « prévaricateur », « salaud d'hypocrite », « vendu », « je te dénoncerai », « toi, me faire ça ! » Empoigné par un huissier abasourdi, un homme avec qui Dirk Burnaby avait souvent bavardé, et même plaisanté, il s'en prendrait aveuglément à lui, le frapperait au visage, si fort que le nez, la pommette et l'œil gauches de l'huissier seraient écrasés et que du sang éclabousserait le costume à rayures grises de Dirk Burnaby et sa chemise de coton blanc amidonné.

LA CHUTE

« Pandémonium » dans le tribunal, rapporterait avec empressement la *Niagara Gazette*. Une « lutte courte et violente » avec les shérifs adjoints qui « maîtrisèrent » l'avocat Dirk Burnaby, l'arrêtèrent pour voies de fait et l'entraînèrent de force.

Un brouillard rouge palpitant. Cherchant une issue. Et dans cet instant une carrière professionnelle ruinée. Une vie ruinée. Dans le court espace de temps qu'il faut pour frotter une allumette : pour tirer une petite flamme bleue flamboyante de ce qui n'était que matière inerte.

Si l'on pouvait revivre cet instant.

Je recommencerais, bon Dieu oui. Oui ! Mais je ne frapperais pas l'huissier, j'aurais dû m'en prendre à Howell. Envoyer mon poing dans la figure de ce salopard.

« Fou furieux », « déchaîné », voilà comment les témoins décriraient Dirk Burnaby dans la salle de tribunal du juge Howell. Certains prétendraient l'avoir vu boire dans un restaurant voisin pendant la suspension d'audience de midi. D'autres diraient que c'était faux. On raconterait que, derrière son haut bureau, livide dans sa robe de juge, Stroughton Howell avait tremblé de peur jusqu'à ce que Dirk Burnaby fût emmené.

Après quoi il l'accusa d'outrage à la cour.

Outrage ! C'est leur conduite qui est outrageante. Cette communauté juridique pourrie jusqu'à l'os. Ces juges à la solde de défendeurs criminels. Ce salopard de Howell.

Ce salaud d'hypocrite, un ancien ami à moi.

Tandis que, luttant, jurant, trébuchant, il était entraîné hors du tribunal par une phalange d'hommes portant l'uniforme bleu-gris des shérifs adjoints du comté, Dirk Burnaby entendit la voix de Nina Olshaker. Elle essaya de le suivre, essaya de le toucher ; fut arrêtée par les adjoints ; pleura et cria : « Monsieur Burnaby ! Dirk ! Nous essaierons encore, n'est-ce pas ? Nous ferons appel ? Nous n'abandonnerons pas. *Nous n'abandonnerons pas.* »

279

MARIAGE

Plusieurs témoins affirmèrent que Nina Olshaker avait également crié : « Je vous aime, monsieur Burnaby ! Oh ! Dirk, je t'aime ! »

Jamais. Il n'y avait aucun sentiment personnel entre nous. Ni de mon côté ni de celui de Nina. Nous sommes tous les deux heureusement mariés. Je le jure.

La première des actions collectives dans l'affaire de Love Canal, c'est ainsi qu'elle serait désignée. La première d'une succession décousue d'actions qui ne s'achèverait qu'en 1978. Mais en mai 1962, elle était la seule, et la plainte avait été sommairement rejetée.

Par la décision d'un juge unique, d'un juge manifestement prévenu en faveur de défendeurs puissants, dix mois de travail avaient été jugés sans valeur. Un dossier de près de mille pages – dépositions de plaignants et d'experts, données scientifiques et médicales, photographies et documents. La requête de Dirk Burnaby en faveur d'un procès, composée avec soin, argumentée avec passion.

À présent, il n'y aurait pas de procès. Il n'y avait eu aucune offre de règlement pour les habitants de Colvin Heights qui souffraient de maladies, dont les biens immobiliers avaient perdu de leur valeur. Et l'avocat des plaignants étant inculpé de voies de fait, il n'y aurait pas d'appel.

Bien sûr que j'ai plaidé coupable. Je n'avais pas le choix, j'étais coupable. J'avais frappé ce pauvre huissier, qui n'avait rien fait. Sacrée malchance.

Les personnes qui avaient été témoins de l'accès de colère et de l'arrestation de Dirk Burnaby furent souvent interviewés par les médias locaux, et notamment Brandon Skinner, principal avocat représentant Swann Chemicals et les autres défendeurs. Skinner se décrivait comme « un vieil ami et rival » de Dirk Burnaby. Jamais il n'avait vu Burnaby, un avocat brillant, aussi obsédé – « jusqu'à la morbidité » – par une affaire dont, disait-on, il s'était chargé en acceptant de se rémunérer uniquement sur les dommages et intérêts, c'est-à-dire en réalité, étant donné qu'on la donnait pour ingagnable, de travailler pour rien. En soi, c'était déjà un comportement si imprudent, si téméraire, qu'il était

LA CHUTE

évident que Burnaby avait perdu tout sens des proportions. Il avait perdu son instinct de survie d'avocat.

Oui, déclara Skinner à plusieurs reprises, Burnaby jouissait assurément d'une excellente réputation avant cet «incident».

Il se pouvait, concédait Skinner, qu'il ait eu la réputation d'avoir le sang chaud. Mais jamais dans l'exercice de sa profession. On le savait un joueur de poker habile, par exemple. Mieux valait ne pas parier contre les cartes de Dirk Burnaby. Jusqu'à Love Canal.

Il se pouvait aussi, disait Skinner à contrecœur, que Burnaby eût commencé à acquérir une réputation de buveur. De «gros buveur». C'était assez récent. Quelques mois.

L'aspect public de cette consommation d'alcool, en tout cas, était récent.

Interrogé sur la rumeur voulant que Dirk Burnaby ait eu une «liaison» avec sa cliente Nina Olshaker, et que Mme Olshaker habite dans une maison de Mt. Lucas louée pour elle par Burnaby, Skinner répondait avec raideur qu'il ignorait tout sur le sujet, qu'il détestait les rumeurs, mais que, si celle-là était fondée, elle expliquerait beaucoup de choses.

Qu'un homme fiche en l'air une carrière, pour faire un geste.

Skinner pensait-il que la carrière de Burnaby était terminée?
«Je regrette. Pas de commentaire.»

Le juge Stroughton Howell ne commenterait jamais publiquement l'«incident» qui s'était produit dans son tribunal. Ni la conduite de Dirk Burnaby, son vieil et ex-ami. L'action en justice de Love Canal, il l'avait commentée en détail, en choisissant ses termes avec soin, dans la décision écrite où il rejetait la plainte et déclarait que le procès n'avait pas lieu d'être.

Cette décision avait été «difficile», Howell le reconnaissait. L'affaire, qui concernait tant de parties et présentait tant de preuves contradictoires, était «inhabituellement compliquée». Cela étant, disait Howell, tout se réduisait à deux points principaux: le contrat de 1953, accepté et signé par Swann Chemicals, Inc. et le Conseil de l'éducation du comté du Niagara, était-il juridiquement contraignant lorsqu'il déclarait Swann

281

Chemicals exempté de toute faute en cas de « dommages corporels ou décès » constatés par suite de l'enfouissement de déchets dans Love Canal ; et y avait-il « des preuves absolues et irréfutables » d'un lien entre Love Canal (c'est-à-dire le fait de résider dans le lotissement appelé Colvin Heights) et les nombreux cas signalés de maladies et de morts dans ce quartier de 1955 à 1962.

Le juge Howell déclara le contrat controversé de 1953 « illégal » – c'est-à-dire « non contraignant juridiquement » selon la loi de l'État de New York. Mais il poursuivit en déclarant que le plaignant n'avait pas prouvé ses allégations contre Swann Chemicals, la ville de Niagara Falls, le Conseil de l'éducation, le Service de la santé, etc. Howell en était arrivé à cette décision, expliquait-il, après avoir « étudié avec soin » les preuves présentées par les deux parties, en total désaccord sur la « cause » des maladies et des morts ; il avait finalement statué en accord avec le rapport de 1957 du Service de l'hygiène et de la santé publiques du comté, mis à jour en mars 1962, lequel établissait qu'il n'y avait pas de « preuve irréfutable d'un lien entre les facteurs environnementaux rapportés et des cas isolés de maladies et de morts » à Colvin Heights.

À la suite de cette décision, l'affaire fut classée.

À la suite de cette décision, la carrière de Dirk Burnaby prit fin de façon brutale et inattendue.

J'aurais volontiers sauté à la gorge de ce salopard. Il a trahi la justice et il m'a trahi, moi. Un salopard de juge hypocrite menteur pourri, encore aujourd'hui je pourrais le tuer de mes mains nues.

En fait il n'avait pas été étonné. Il avait eu une prémonition. De nombreuses prémonitions. Dirk Burnaby se berçait peut-être d'illusions, et il s'accrochait peut-être avec désespoir à ses illusions, comme un homme à un amour impossible, mais il savait ce qui risquait de se passer. Il savait que ses adversaires étaient puissants, et que n'importe quel juge de Niagara Falls serait prévenu en leur faveur.

Il s'était demandé pourquoi Stroughton Howell ne s'était pas récusé au motif qu'il était un ami intime de l'avocat des plaignants depuis plus de vingt ans. À présent, il avait la réponse.

LA CHUTE

Dirk n'en avait pas parlé à Nina Olshaker, ni aux autres. Il n'avait fait part de ses doutes à personne. Lorsqu'il s'était progressivement rendu compte, une sensation nauséeuse au ventre, que ses adversaires avaient approché ses experts pour miner son principal argument de « causalité ». Sur les dix-neuf hommes et femmes, médecins, travailleurs médicaux, scientifiques, qui avaient accepté de déposer sous serment en faveur des habitants de Colvin Heights, neuf seulement avaient tenu parole. Et parmi eux, plusieurs s'exprimaient avec circonspection, peu disposés à affirmer les preuves « absolues et incontestables ». Car il existe toujours des facteurs génétiques, des facteurs comportementaux, tels que la boisson, le tabac, la suralimentation, qui peuvent être dits « causer » une maladie chez un individu.

Par contraste, Skinner et son équipe avaient réuni plus de trente experts pour réfuter l'argument de « causalité ». Parmi eux figuraient les médecins les plus respectés de la région. Le médecin-chef de l'hôpital général du Niagara ; un oncologue du Millard Fillmore Health Centrer de Buffalo, spécialiste du cancer chez l'enfant ; un chimiste lauréat du prix Nobel, expert-conseil chez Dow Chemical. Leurs arguments n'en formaient qu'un seul, comme un unique et assourdissant roulement battu par de nombreux tambours : parmi une myriade de facteurs, il est impossible de prouver que certains « causent » des maladies.

Tout comme il n'a jamais été prouvé que fumer « cause » le cancer. Pas par les sciences connues en 1962.

Vendus à Swann. À l'argent de Swann. À ses pots-de-vin. Salopards!

Dirk n'avait pas voulu penser que Howell pourrait accepter un pot-de-vin, lui aussi. En tant qu'avocat Howell avait gagné de l'argent, maintenant qu'il était juge de comté ses revenus avaient considérablement diminué. C'était un fait de la vie publique : juges, hommes politiques, policiers étaient en situation d'accepter les pots-de-vin, et certains d'entre eux allaient même jusqu'à les solliciter. Depuis les années 20 et la Prohibition, à Niagara Falls, comme à Buffalo, le crime organisé exerçait une puissante influence, lui aussi. Tout le monde le savait, mais Dirk Burnaby tâchait de ne pas en savoir trop.

Des années auparavant, alors qu'il était un jeune avocat agressif et séduisant, doté d'un « bon » nom de famille en ce qu'il était impossible à confondre avec un nom italien, Dirk avait été approché par un avocat

MARIAGE

de Buffalo payé par la famille Pallidino, ainsi qu'on appelait cette organisation. Cet homme lui avait proposé une belle somme pour préparer
la défense des Pallidino contre les accusations de l'attorney général de
l'État, en guerre contre le crime, à l'époque grisante de la commission
d'enquête Kefauver sur le crime organisé. Mais Dirk n'avait pas été
tenté une seconde.

Il détestait et craignait les criminels. Les criminels «organisés». Et il
n'avait pas eu besoin de l'argent de ces salopards.

Se disant à présent que, bon Dieu, il aurait dû essayer de soudoyer
quelques témoins clés, lui aussi. Quelques milliers de dollars de plus ou
de moins, alors qu'il avait déjà investi tant d'argent dans l'affaire, quelle
différence? À présent il était trop tard. À présent ses ennemis l'avaient
vaincu. Il aurait dû prendre contact avec les témoins clés de Swann et
surenchérir sur Swann. Il aurait dû prendre davantage de risques pour
soutenir la cause de Nina Olshaker, de sa fille morte et de ses enfants
souffrants, pour qui il avait fini par éprouver une sorte d'amour, oui, et
pour son mari Sam, et pour l'avenir des Olshaker aussi bouché que le
ciel au-dessus d'East Niagara Falls. Mais il avait eu peur de se faire
prendre. Pas de l'immoralité de l'acte mais du fait brut d'être pris,
dénoncé. De manquer aux devoirs de sa profession. De fournir à ses
ennemis un motif pour demander sa radiation de l'ordre des avocats.

Ce que, depuis, il avait fait. Pourquoi?

Pourquoi, pourquoi foutre en l'air ta carrière? Ta vie.
Cela devait arriver. Je ne le regrette pas.

Dans une cellule de la prison du comté du Niagara où il était incar-
céré depuis dix heures pour «outrage à la cour». Dans sa première
cellule, Dirk Burnaby remuait ces pensées. Le sang encore bouillant.
Le brouillard rouge dans son cerveau. Mais Dieu! qu'il était fatigué:
sans le battement accéléré de son pouls, il aurait aimé dormir. Dormir
comme un mort. Il aurait aimé boire un scotch bien tassé. Les jointures de sa main droite étaient écorchées, meurtries et enflées par ce
coup porté à un visage: aux os durs mais friables derrière le visage.

Cela devait arriver. Je ne le regrette pas.
Oh! merde: je le regretterai toujours. Mais cela devait arriver.

11 juin 1962

Devait arriver, devait arriver. Pas le choix.
Vers minuit de ce jour que Dirk Burnaby n'aurait pu nommer, le ciel au-dessus du Niagara commença à s'éclaircir après une violente averse de pluie et une lune pleine apparut soudain, si éclatante qu'il en eut les yeux blessés. Mais Dirk se surprit à sourire à cette vue. Un homme qui souriait rarement sinon dans ce genre de moments inattendus. Seul, comme ça. Seul au volant de sa voiture tard dans la nuit (ou très tôt le matin?) sans notion précise de l'heure, de la date, mais avec le sentiment coupable de prendre du retard.

Pas tout à fait deux semaines après l'humiliation publique de Dirk Burnaby, ses «voies de fait» et son arrestation.

Au volant de sa voiture luxueuse, maintenant éclaboussée de boue, sur la large route trempée de pluie qui relie Buffalo à Niagara Falls. Le long du Niagara. Roulant en direction du nord-ouest vers Niagara Falls. Chez lui! Il avait l'intention de rentrer chez lui. Au-dessus de la ville, un ciel nocturne pommelé comme par une luminosité radioactive.

Il n'était pas ivre. Depuis l'âge de seize ans, il savait tenir l'alcool, de même qu'il savait accepter la responsabilité de ses actes.

Il espérait que ses enfants comprendraient. Il pensait qu'un jour ils le feraient. On ne se rachète peut-être pas en acceptant la responsabilité de ses actes, mais on ne peut se racheter sans le faire.

MARIAGE

Cette nuit-là, Dirk Burnaby roulait dans la direction de Luna Park et on supposerait donc tout naturellement que Dirk Burnaby se rendait chez lui.

Se demandant avec anxiété s'il serait le bienvenu. *Est-ce que je peux parler à maman ?* avait-il dit à Royall, et l'enfant s'était élancé haletant puis était revenu au bout de dix longues secondes haletant et dépité en criant : *Papa ! Maman dit qu'elle n'est pas à la maison. Tu peux me parler à moi, papa !* Et papa parla donc à Royall jusqu'à ce que, à l'autre bout de la ligne, quelqu'un s'approche silencieusement (Dirk tâchait de ne pas imaginer qui, ni l'expression que devait avoir son visage pâle taché de son), retire le combiné des mains de l'enfant de quatre ans et raccroche.

Dirk avait quitté le 22, Luna Park depuis plusieurs jours. Il était allé à Buffalo s'entretenir avec des collègues avocats. Battu dans l'affaire de Love Canal mais seulement de façon temporaire, croyait-il. Il pourrait initier une procédure d'appel et il pourrait aider à collecter de l'argent pour l'Association des propriétaires de Colvin Heights, même s'il lui était interdit d'exercer sa profession. Depuis ce fameux après-midi au tribunal, la vie de Dirk Burnaby lui était devenue mystérieuse, il ne pouvait plus suivre que son instinct. Il était devenu un spécimen dans un bocal. Il sentait le formol. En tant que spécimen, toutefois, il n'était pas tout à fait mort.

Sa radiation était certaine. Il avait décidé de plaider coupable de l'accusation de voies de fait. Il avait déposé une caution de 15 000 dollars et il était «libre» et il serait condamné dans moins d'une semaine et il accepterait la condamnation. Sursis avec mise à l'épreuve ou peine de prison.

Il avait été contraint de plaider coupable parce qu'il l'était. Il aurait pu invoquer la légitime défense, mais ce n'était pas de la légitime défense, juste un coup brutal, un mouvement réflexe. Démolir la figure d'un innocent. Dirk en avait honte, et savait que la honte lui survivrait. Dans la *Niagara Gazette* et dans les journaux de Buffalo, pourtant, Dirk Burnaby était présenté comme une sorte de figure héroïque, quoique impulsif et autodestructeur.

286

11 JUIN 1962

L'AVOCAT DE L'AFFAIRE DE LOVE CANAL
PROTESTE CONTRE LA DÉCISION DU JUGE
Maître Burnaby arrêté pour voies de fait
dans l'enceinte du tribunal.

et

PLAINTE REJETÉE DANS L'AFFAIRE DE LOVE CANAL
MAÎTRE BURNABY INCULPÉ POUR VOIES DE FAIT
DANS L'ENCEINTE DU TRIBUNAL

Depuis ce jour-là, Ariah ne lui avait plus parlé. Dirk comprenait qu'elle ne lui parlerait peut-être jamais plus.

Il roulait à cent kilomètres à l'heure sur la route presque déserte lorsqu'il vit un gros camion dans son rétroviseur, à moins de quatre mètres de son pare-chocs. Un énorme semi-remorque, semblait-il, dont la cabine était anormalement haute. Dirk appuya sur l'accélérateur pour le distancer. Sa lourde voiture fendit les flaques comme un hors-bord, en soulevant des gerbes d'écume aveuglante. Avec un léger sentiment de panique, Dirk actionna ses essuie-glaces. Derrière lui, le véhicule accéléra aussi. Ce n'était sûrement pas une coïncidence, voilà qu'il était de nouveau là, énorme dans le rétroviseur, frôlant presque son pare-chocs. De nouveau, Dirk appuya sur l'accélérateur. Il faisait maintenant du cent dix, cent vingt kilomètres à l'heure. Dangereux, étant donné l'état de la route. Bien entendu, il pouvait distancer le camion si nécessaire ; mais pourquoi était-ce nécessaire ? Quoiqu'il ne puisse identifier l'engin, une pensée glaçante lui traversa l'esprit *Swann Chemicals. Un de leurs semi-remorques.*

La Lincoln fonçait maintenant à cent trente à l'heure. Dirk agrippait le volant des deux mains. À côté de la route, à la gauche de Dirk, le Niagara roulait des eaux furieuses. C'était toujours un choc de le voir si près de la route, là, à la hauteur des rapides. La zone de non-retour. Plus loin, c'était Goat Island, déserte et indistincte dans l'obscurité ; et après Goat Island, les Chutes et les gorges, illuminées de couleurs carnavalesques pour la saison estivale, un kaléidoscope que Dirk trouvait déplaisant et vulgaire. Il n'avait pas eu l'intention de suivre la route jusqu'à Goat Island, il avait eu l'intention de tourner dans la 4e Rue, qui l'aurait conduit à Luna Park.

MARIAGE

« Hé! Qu'est-ce que tu fous, bon Dieu!»

Dirk parvenait à maintenir une distance de sécurité entre sa voiture et le semi-remorque derrière lui, mais la Lincoln s'était mise à vibrer sous l'effort. Ses mains, crispées sur le volant, devinrent soudain moites. Il ne voyait pas comment il allait pouvoir ralentir et tourner à droite avec ce fichu camion qui le collait, il était déjà dans la voie de droite et n'avait nulle part où aller sinon sur le bas-côté. Et ce bas-côté était criblé de flaques profondes, dangereux. Et Dirk semblait savoir que le chauffeur du camion, invisible derrière son haut pare-brise, ne le laisserait pas se ranger sur le bas-côté.

Pendant un kilomètre encore ils roulèrent ainsi, la Lincoln de Dirk et le semi-remorque non identifié, comme attachés l'un à l'autre.

Puis Dirk vit, arrivant à toute allure derrière lui, sur sa droite, aussi silencieux qu'un requin, un deuxième véhicule. Une voiture de police? Pas de gyrophare sur le toit et pas de sirène. Dirk reconnut pourtant une voiture de patrouille de la police de Niagara Falls. Elle arriva à sa hauteur, sur le bas-côté, puis roula à la même vitesse que lui, cent trente à l'heure.

Dirk jeta un regard affolé au conducteur et vit un homme portant des lunettes noires, une casquette à visière enfoncée bas sur le front. Un seul agent de police? Mauvais signe. Dirk avait mis son clignotant à droite, mais ne pouvait tourner. Il ne pouvait pas accélérer suffisamment, ni ralentir, il était coincé entre la voiture à sa droite et le semi-remorque derrière lui. *Ils veulent me tuer. Ils ne me connaissent pas!* Cette pensée lui traversa l'esprit presque calmement et bien qu'elle fût aussi logique que les théorèmes de géométrie qu'il avait appris par cœur au lycée et dans lesquels il avait trouvé un réconfort, il n'y crut pas, un sourire de dérision découvrit ses dents serrées. Impossible! Impossible. Pas comme cela, avec cette soudaineté grossière. *Pas maintenant. Pas alors que j'ai tant à faire. Je suis encore jeune. J'aime ma femme. J'aime ma famille. Si vous me connaissiez!* La voiture de police obliquait peu à peu vers la voie de Dirk. Il klaxonna, hurlant et jurant. Il avait la vessie douloureuse. L'adrénaline courait dans ses veines comme de l'acide au néon. La Lincoln roulait maintenant à cent quarante à l'heure, plus vite que Dirk eût jamais roulé. Elle ne pouvait aller plus vite, mais Dirk appuya tout de même encore sur l'accélérateur. Il essayait de sauver sa

288

11 JUIN 1962

vie, il s'écarta de la voiture de police pour s'engager dans la voie centrale, puis finalement dans celle de gauche, souhaitant de toutes ses forces qu'aucun véhicule ne vienne le heurter de plein fouet en sens inverse. Les pneus de la Lincoln roulèrent dans une flaque large, profonde, l'eau ruissela sur son pare-brise comme une flamme, il vit la glissière de sécurité foncer vers lui, illuminée par ses phares. La voiture vibrait, dérapait. Il vit le fleuve tumultueux et ravagé de vent dans la lueur artificielle du ciel, si étrangement proche de la route qu'on l'aurait dit en crue.

Et ce fut tout ce que vit Dirk Burnaby.

Pauvre idiot. Tu as fichu ta vie en l'air, et pour quoi?

TROISIÈME PARTIE

FAMILLE

Baltic

«La famille est tout ce qu'il y a sur terre. Puisqu'il n'y pas de dieu sur terre.»

Nous allâmes habiter au 1703, Baltic, près de Veterans' Road, une maison délabrée en brique et stuc. Dans un quartier d'habitation qui longeait, à l'est, des terrains appartenant à la compagnie de chemin de fer Buffalo & Chautauqua. Nous étions en deçà de la 50e Rue, à des kilomètres de Love Canal. Notre maison avait été construite en 1928. Une maison d'une «laideur poignante», dirait Ariah.

L'autre maison, celle de Luna Park, avait dû être vendue dès la fin de l'été 1962. Notre mère l'avait vendue, en tout cas.

«Quasi indigents», c'est ainsi qu'elle nous décrivait. Nous grandirions accrochés à cette phrase mystérieuse sans savoir précisément ce qu'elle voulait dire. Sinon que *quasi indigents* était un état permanent, peut-être un état spirituel, qui nous était particulier. À nous, les enfants Burnaby, orphelins de père.

«S'ils vous posent des questions sur lui, dites: "C'est arrivé avant ma naissance."»

C'était toujours *ils, eux.* Toujours *nous.*

Eux Ariah les laissait à la porte. Fermait toutes les fenêtres et tirait les stores. Seuls ses élèves de piano étaient les bienvenus au 1703, Baltic, introduits dans le salon qui fut la salle de musique pendant des années,

jusqu'à ce que la véranda de derrière, aménagée et isolée, devînt la
« nouvelle » salle de musique.

C'est arrivé avant ma naissance. Des mots que nous prononcerions si
souvent qu'ils finiraient par sembler vrais.

« Notre catéchisme, aujourd'hui : A-t-on ce que l'on mérite, ou
mérite-t-on ce que l'on a ? »

Ses yeux vert gazole au bord de l'embrasement et pourtant : on se
souvenait ensuite qu'Ariah souriait.

Des années de sourires. Et l'étreinte de ses bras minces et forts. Et
des baisers ardents brûlants la nuit pour chasser nos terreurs enfantines
de perte, de dissolution, de chaos.

« Maman est là, chéri. Maman est toujours là. »

C'était vrai. Et Zarjo était son compagnon, le poil raide, des yeux
vifs et anxieux de cocker. Poussant contre nous sa tête, sa truffe, nous
caressant gauchement avec des pattes qui semblaient presque humaines.

Si maman ne pouvait pas dormir avec l'un d'entre nous, réveillé par
un cauchemar, Zarjo pouvait. Blotti contre nous, tremblant d'un plaisir
canin. Son nez humide et froid se réchauffant peu à peu, au creux d'un
bras d'enfant.

« Maman est là. » Elle levait les yeux au ciel. (Au plafond, en fait.
C'était un sujet de plaisanterie permanent dans la famille, à la façon
d'un programme de radio permanent : Dieu-le-Père était une présence
grincheuse qui flottait à quelques dizaines de centimètres au-dessus du
toit de bardeaux non étanche.) « Ou peut-être le fantôme de maman,
en fait. Qui tient bon, envers et contre tout. »

Derrière la maison il y avait un jardin marécageux à l'abandon,
quelques cages à poules rouillées, un remblai de voie ferrée haut d'un
mètre. Des trains de marchandises passaient en trombe, avec une
violence sismique, deux ou trois fois par jour et souvent la nuit. *Buffalo
& Chautauqua. Baltimore & Ohio. New York Central. Shenandoah.
Susquehannah.* Aucune beauté dans les locomotives crachant leur
fumée noire ni dans les wagons ferraillants et grondants qui nous tra-

versaient le crâne hormis ces noms *Chautauqua, Shenandoah, Susque-hannah.*

«Ne pleurez jamais. Pas en public, et pas dans cette maison. Si je prends l'un de vous à pleurer, je veillerai personnellement...» Ariah marquait une pause théâtrale. Les yeux gazole étincelaient. Zarjo agitait son moignon de queue avec impatience, les yeux fixés sur sa maîtresse. Nous étions les téléspectateurs d'Ariah: censés remarquer la différence comique entre sa prononciation précise et ses manières distinguées et le langage de bande dessinée qu'elle employait alors. «... À vous casser la gueule. Reçu?»

Parfaitement. Cinq sur cinq.

En fait, nous ne recevions jamais rien, mais nous étions vigilants.

Il y avait Chandler, qui était l'aîné de nous trois et le serait toujours. Il y avait Royall, qui avait sept ans de moins que son frère. Il y avait Juliet, née en 1961. Ce qui était trop tard.

Ces vieilles cages à poules rouillées! Il m'arrive encore d'en rêver.

Nos voisins nous disaient qu'elles avaient contenu des lapins, autre-fois. Ces lapins étaient des bêtes douces à la fourrure soyeuse, aux longues oreilles et aux yeux vitreux, devenus trop gros pour leurs logements exi-gus. Parfois, pressée contre le grillage, leur fourrure voletait doucement au vent. Les lapins étaient solitaires, un par cage. Nous comptions sept cages. Il y en avait d'autres, complètement rouillées et cassées, dans la cave de notre maison. Chandler a demandé à quoi servait d'enfermer des lapins dans des cages aussi petites mais la réponse ne fut pas claire.

Sous les cages, il y avait des crottes calcifiées, pareilles à des pierres semi-précieuses perdues dans les herbes.

C'est arrivé avant ma naissance. Le corps ne fut jamais retrouvé. La voiture fut retirée du Niagara près de la glissière de sécurité enfoncée mais le corps ne fut jamais retrouvé et par conséquent il n'y eut pas d'enterrement, il n'y aurait pas de tombe.

Il n'y aurait pas de deuil. Pas de souvenir.

Jamais Ariah ne parlerait de lui. Jamais Ariah ne nous permettrait de poser de questions sur lui. Non parce que notre père était mort (et mort, comme nous finirions par l'apprendre, dans des circonstances mystérieuses), mais parce qu'il n'y avait pas eu de père. Bien avant sa mort, il avait été mort pour nous, de sa propre volonté.

Il nous avait trahis. Il était sorti de la famille.

La femme en noir

1

Ce cimetière !

Royall se disait que le chaud soleil de la journée n'allait pas dans cet endroit. Impossible de mettre précisément le doigt dessus, mais quelque chose n'allait pas.

Il y avait longtemps qu'il voulait s'y arrêter. Il avait le genre de cerveau labyrinthique où les idées errent longtemps avant d'être mises en pratique. Mais pour finir, si on ne s'impatientait pas, Royall finissait par les mettre en pratique. Peut-être.

C'était un vendredi matin d'octobre 1977. Royall avait dix-neuf ans et serait bientôt un homme marié.

Le cœur lourd, qui sait pourquoi ? Il le gardait pour lui, en général.

Ce cimetière de Portage Road devant lequel il passait depuis plus d'un an et qu'il voulait explorer depuis longtemps. Un vieux cimetière négligé près d'une église abandonnée, qui avait l'air peu fréquenté et en manque de visiteurs. Royall remarquait ces choses-là. Il ne pensait pas que ce soit de la pitié, ni même de la curiosité. *Qui se ressemble s'assemble* aurait dit Ariah.

Ariah aurait été exaspérée de le voir là. Mais Ariah ne saurait pas.

Royall pénétra dans le cimetière par la grille ouverte. Elle était en fer forgé, très rouillée. On n'arrivait pas à lire les lettres qui la surmontaient, tellement elles étaient rouillées. Près de l'entrée, les tombes étaient

FAMILLE

anciennes et usées, elles dataient de… quand? La stèle la plus ancienne qu'il vit était aussi mince qu'une carte à jouer, inclinée comme si elle allait tomber. Les lettres étaient effacées au point d'être quasiment indéchiffrables, mais il lui sembla lire les chiffres 1741-1789. Des dates si éloignées que le calcul du nombre de générations donna le vertige à Royall.

Les Chutes et les gorges avaient des millions d'années, bien sûr, comme la terre, mais ce n'étaient pas des êtres vivants. Ils n'avaient jamais vécu et n'étaient pas morts. C'était une différence capitale.

Royall était bien content de ne pas connaître de morts. De ne jamais aller dans un cimetière pour voir une tombe en particulier.

Est-ce que ce n'est pas inhabituel, demandait sa fiancée. La plupart d'entre nous connaissons des tas de gens qui sont morts.

Royall lui répondait en riant, comme sa mère l'aurait fait, que les Burnaby ne sont pas des tas de gens.

Des herbes hautes, des chardons, des ronces poussaient partout dans le cimetière, envahissaient le mur de pierre délabré et les tombes où le gardien, s'il y en avait un, ne pouvait tondre. Royall, lui, aurait volontiers passé un coup de tondeuse dans le coin. (Il aimait tondre parfois. Pas toujours mais parfois. Son dos, ses épaules, étaient musclés. Il avait les mains si calleuses qu'elles en étaient presque déformées. Des grosses mains, et capables. Avec leur tondeuse mécanique, c'était généralement Royall qui tondait la pelouse, à la maison. S'il traînait trop, il pouvait être sûr que, pour lui faire honte, Ariah sortirait la machine et se mettrait à la pousser elle-même, en ahanant et en râlant, faisant tourner les lames émoussées dans une herbe humide.)

Une chaude journée d'automne dans cet endroit à l'abandon, un bel endroit, et donc Royall trouvait que ça n'allait pas. Parce que les morts ne sentent pas le soleil. Parce que les morts ont la bouche remplie de terre. Et les yeux scellés. Des os radioactifs, phosphorescents dans l'obscurité de la terre.

D'où te viennent ces idées bizarres? demandait sans cesse sa fiancée. En l'embrassant aussitôt sur les lèvres pour qu'il ne se sente pas blessé.

Royall n'avait pas répondu *De mes rêves. De la terre.*

En fait, Royall était sûr d'avoir vu des photos d'os radioactifs quelque part, dans un livre ou une revue. Peut-être étaient-ce des radios. Et il y

LA FEMME EN NOIR

avait cette photo d'une famille japonaise, tout ce qu'il restait d'eux, des silhouettes indistinctes cuites dans un mur de leur maison d'Hiroshima longtemps avant que Royall et Candace soient nés, à l'époque où le président Harry Truman avait ordonné de lâcher la bombe A sur l'ennemi japonais.

Royall ne disait jamais rien à Candace qui puisse la contrarier. Quasiment tout bébé, il avait appris qu'il y a des choses qu'on ne dit pas, et qu'on ne demande pas. Si on faisait une gaffe, maman se raidissait et se reculait comme si on lui avait craché dessus. Si on se conduisait comme il fallait, maman vous étreignait, vous embrassait et vous berçait dans ses bras minces mais forts.

Royall se rendit compte qu'il était en train de siffler. Dans un grand orme, un oiseau au chant liquide, coulé, lui répondait. La fiancée de Royall aimait dire qu'elle n'avait jamais rencontré un garçon au cœur aussi siffloteur que lui.

Sa fiancée! Demain, peu après 11 heures du matin, Candace McCann serait sa femme.

C'était une coutume étrange. Royall n'y avait jamais réfléchi auparavant. Un nouvel individu allait faire son entrée dans le monde: *Mme Royall Burnaby.* Et pourtant, pour l'instant, cet individu n'existait pas.

Dans la maison en brique et stuc de Baltic Street, des lettres arrivaient parfois pour *Mme Dirk Burnaby,* ou *Mme D. Burnaby.* Des lettres aux allures officielles de la ville de Niagara Falls, de l'État de New York. Ariah les faisait vite disparaître. *Ariah Burnaby,* tel était son nom pour qui se préoccupait de le savoir.

Royall se rendait compte que le cimetière était plus vaste qu'on ne l'imaginait de la route, un terrain de près d'un hectare. Des chênes et des ormes de haute taille, en partie morts, branches fendues et pendantes, feuilles recroquevillées. Des ronces et des églantiers envahissants, pareils à des fils barbelés. Cette odeur automnale de feuilles et de végétation pourrissantes. Le cimetière était vallonné sur ses bords, et cela non plus n'allait pas. Sur le flanc d'une colline, on avait l'impression que toutes les pierres tombales dévaleraient la pente à la prochaine grosse averse. À un endroit, un pan de terre rouge s'était effondré sous l'effet de l'érosion, dénudant des racines d'arbres. Ces racines avaient

299

quelque chose d'angoissant ou de menaçant, comme si un mort, prisonnier sous terre, griffait le sol pour se libérer.

Un instant, Royall éprouva une sensation de vertige. Son sifflotement ralentit, puis reprit courage et continua.

Quelqu'un l'observait-il? Il regarda autour de lui, les sourcils froncés. Il se rappelait avoir vu une Ford surbaissée, plus vieille que sa propre voiture, garée près de l'église. Sa propre voiture, une Chevrolet 1971, repeinte de frais (bleu ciel, habillage intérieur ivoire), achetée trois cents dollars à son patron de la Compagnie de croisières du Trou du Diable, était garée devant la grille du cimetière.

Son patron le capitaine Stu, de même que sa mère Ariah, aurait été exaspéré de le voir déambuler dans cet endroit abandonné. En train de siffloter, de patauger sur un sol détrempé. Royall aurait dû être dans sa voiture, évidemment, en route pour son travail. (Royall assistait le pilote du bateau d'excursion, le capitaine Stu. Royall portait une sorte d'uniforme de marin imperméable, il avait le titre de lieutenant-capitaine et, comme il avait vingt ans de moins et nettement plus de charme que le capitaine Stu, c'était lui le plus fréquemment photographié en compagnie de femmes et d'enfants souriants. Avant même la fin de ses études au lycée de Niagara Falls, en 1976, Royall travaillait à la Compagnie du Trou du Diable et gagnait un bon salaire.)

Royall n'était pas du genre à se demander *Pourquoi donc me suis-je arrêté ici?*

Royall n'était pas du genre à calculer chacun de ses mouvements comme un joueur d'échecs. Pas du genre à se demander *Pourquoi, pourquoi maintenant? Alors que je vais me marier demain matin.*

Royall découvrait d'autres tombes, plus récentes. Ces morts-là étaient nés au début du XXᵉ siècle et certains étaient décédés dès les années 40: tués à la guerre. Un ange ailé en ciment, les yeux aveugles et l'oreille écornée, gardait la tombe d'un homme nommé Broemel qui était né en 1898 et n'était mort qu'en 1962, ce qui était tout récent. *Attention, maintenant* avertissait une voix. *Fais attention, petit.* Cette voix, rusée mais bienveillante, Royall l'entendait parfois lorsqu'il risquait de commettre une erreur.

Le plus souvent il n'avait aucune idée de ce que cette voix racontait. S'il essayait d'écouter avec attention, elle s'évanouissait. Mais l'entendre le réconfortait. C'était comme si quelqu'un pensait à lui, Royall Burnaby, même quand le bon sens lui disait que personne ne le faisait. Sa sœur Juliet lui affirmait qu'elle entendait parfois des voix, elle aussi. Qui l'incitaient à faire des choses nuisibles.

Nuisibles! Le mot faisait rire Royall, Juliet était le genre de fille à ne pas faire de mal à une araignée.

Pourquoi une voix te donnerait-elle des conseils pareils? demandait Royall. Et Juliet répondait, comme si c'était la plus prosaïque des affirmations: Parce qu'il y a une malédiction sur nous, sur notre nom.

Une malédiction! Du genre de celle de la momie? De Frankenstein? C'était si ridicule que Royall ne pouvait qu'en rire. Les malédictions, ça n'existe pas. Demande à Chandler. Demande à maman.

À sa façon calme et têtue, Juliet répondait: Je te dis seulement ce que les voix disent, Royall. Je ne peux pas leur dicter ce qu'elles doivent dire.

Eh bien, lui, Royall, ne croyait en aucune bon Dieu de malédiction. Et Chandler, le cerveau de la famille, non plus.

Mais Royall s'était mis à marcher vite, comme s'il avait une destination au lieu d'être simplement en train de rôder. Au-dessus de lui le ciel était délavé. Le soleil brûlait, chauffé à blanc. On aurait dit quelque chose en train de fondre. Sa lumière oblique indiquait l'automne. Près des gorges du Niagara, l'air devait sentir une humidité froide, vaporeuse, mais ici, à l'intérieur, une odeur douceâtre de terre et de décomposition montait de l'herbe. Royall s'immobilisa, ferma les yeux. Cela lui rappelait... une odeur de tabac? Celle des cigares Sweet Corona. Royall ne fumait pas (Ariah se vantait d'avoir enfoncé dans le crâne de ses enfants que fumer était une habitude répugnante aussi nocive que de se piquer à l'héroïne), mais il avait accepté un ou deux cigares offerts par des joueurs plus âgés avec qui il traînait parfois en ville. Il avait toussé et suffoqué, des larmes lui étaient montées aux yeux, il avait décidé que les cigares n'étaient pas faits pour lui mais, malgré tout, leur sombre odeur de terre l'attirait.

Un tressaillement de désir dans son bas-ventre à l'idée d'être marié le lendemain. La première nuit entière de Royall avec Candace McCann dans un vrai lit.

Une étroite allée de gravier menait de la grille au centre du cimetière mais, lorsqu'on la suivait, on s'arrêtait net. L'allée prenait brutalement

FAMILLE

fin. À cet endroit-là, les rangées de tombes appartenaient à des gens nés dans les premières décennies du XXᵉ siècle et morts dans les années 40, 50, 60. Il faisait étrangement chaud pour une journée d'octobre. Du soleil et pas de vent. On ne se serait pas douté que les Chutes étaient à moins de trois kilomètres.

Ce cimetière ressemblait à une ville, jugea Royall. Il perpétuait l'injustice de la ville et de la vie. La plupart des stèles étaient en pierre ordinaire, usée et souillée de glu, alors que certaines étaient plus luxueuses, plus grandes, en granit ou en marbre brillant. C'était un cimetière chrétien, à n'en pas douter. Partout des inscriptions célébraient la joie de la mort et des cieux. *Le Seigneur est mon berger, rien ne me manque. Et Aujourd'hui je serai avec Toi dans le Paradis.*

Les chrétiens croyaient-ils vraiment à la résurrection du corps ? Royall trouvait mystérieux ce que Candace essayait de lui expliquer à sa manière hésitante.

Ariah disait toujours avec mépris qu'il n'y avait pas de Dieu sur terre mais que… « il y avait peut-être un Dieu qui exerçait une surveillance ». La condition humaine n'en était que pire. Car Dieu était retors, imprévisible. En termes de jeu, Il avait en main toutes les bonnes cartes. Dieu possédait le casino. Le casino était Dieu. On ne pouvait espérer connaître Dieu ni Ses desseins mais Il était peut-être tout de même là, et il fallait donc rester vigilant. Lors de ces poussées de fièvre religieuse qui la prenaient à des moments inattendus, comme des accès de grippe, il arrivait qu'Ariah insiste pour que ses enfants l'accompagnent à l'église, mais la plupart du temps c'était un comportement qu'elle jugeait superstitieux et lâche. Royall ne prenait pas la religion au sérieux. Il ne comprenait pas que quelqu'un puisse le faire, surtout en ce qui concernait l'enfer.

À Niagara Falls, une plaisanterie disait : On n'a pas besoin d'enfer, ici, on a Love Canal.

Royall tendit le cou pour regarder un Christ de trois mètres au sommet d'une croix de pierre. Un oiseau avait construit un nid de ficelle et de paille à la section de la croix. Ce Christ avait une belle tête, couronnée d'épines mais triomphante. *Et pourtant je ressusciterai.* Royall frissonna, il y avait là quelque chose d'exaltant. Malgré tout, il était content de ne pas avoir été baptisé. On attend trop de vous ! À

302

LA FEMME EN NOIR

proximité se trouvaient plusieurs anges de pierre. Un ou deux d'entre eux étaient si abîmés qu'on ne pouvait dire s'ils représentaient des hommes ou des femmes. À moins qu'il n'y eût pas de différences sexuelles entre les anges? Celui que Royall préférait était un ange garçon aux ailes musclées de faucon et à la lèvre supérieure pugnace. Un peu comme Royall lui-même. Des fientes vert radium luisaient sur sa tête et ses ailes mais il contemplait le ciel sans se laisser désarçonner. *Que le chant des anges te porte à ton suprême repos*[1]. Royall se demandait quel désir fou avait inspiré l'idée des anges.

« C'est sans doute un rêve que quelqu'un a fait? »

Il parlait tout haut, comme cela lui arrivait souvent lorsqu'il était seul. Une habitude qu'il avait depuis l'enfance comme celle de siffloter, de fredonner tout fort ou même de chanter. En l'entendant, les gens avaient tendance à sourire. Un garçon heureux, sans complication, voilà ce qu'ils pensaient de Royall Burnaby.

Mais pas très mûr, et pas ambitieux. Il était tout juste parvenu à surnager au lycée, non par manque d'intelligence (soutenaient ses professeurs), simplement par paresse. Il passait pour un brave garçon, prêt à se porter volontaire pour n'importe quelle tâche, changer de place les tables et les chaises de la cafétéria, ou monter des cartons de fournitures dans les étages. Il avait changé les pneus crevés de plus d'un professeur, il en avait aidé d'autres à dégager leurs voitures prises dans des congères. Le genre de garçon qui ratait un examen parce que ce jour-là un de ses amis avait besoin d'aide et qu'il se portait volontaire. L'année précédente, il avait failli ne pas avoir son diplôme de fin d'études, lui qui avait été élu « le plus séduisant » des garçons de classes terminales. Si son attention n'avait pas été aussi dispersée, il aurait pu faire partie des dix ou douze élèves du lycée, sur cent onze, à aller à l'université. Il n'avait même pas décroché le diplôme Regents, plus exigeant, délivré par l'État de New York, il n'avait obtenu que le diplôme local.

Tout le contraire de son frère Chandler qui avait été un élève brillant pendant toute sa scolarité, mais qui aurait voulu être Chandler? Le pauvre type, trop intelligent pour son bien. Et finalement, si on y regardait de plus près, peut-être pas assez intelligent. Il avait failli se

---

1. *Hamlet*, Shakespeare, trad. Yves Bonnefoy. (*N.d.T.*)

FAMILLE

faire virer de l'université d'État de Buffalo, en première année, à cause de ses « nerfs ». À présent, il était professeur de collège à Niagara Falls et gagnait sans doute moins d'argent que Royall qui emmenait des touristes hurlants dans les eaux bouillonnantes des gorges du Niagara et les ramenait sains et saufs.

Royall perçut un mouvement à l'autre extrémité du cimetière, près de l'église, où quelqu'un nettoyait une tombe. Une personne solitaire, agenouillée, qui maniait des ciseaux.

De nouveau cet élancement soudain de désir dans le bas-ventre. Venu de nulle part.

Royall gravit en courant une colline au fond du cimetière, où des stèles portaient des dates aussi récentes qu'août 1977. Il n'y en avait pas beaucoup parce que le cimetière était presque plein. Dans ce secteur nu, sans herbe, les concessions étaient disposées de façon plus ordonnée, plus banale qu'ailleurs, et les stèles, de tailles diverses, étaient toutes droites. Elles étaient lisses comme du Formica. Des visiteurs avaient apporté des pots de géraniums et d'hortensias, des fleurs pour la plupart mortes depuis longtemps. Il y avait des lys de Pâques et des couronnes de lierre en plastique. De petits drapeaux américains pendants. Royall parcourut les tombes d'un regard rapide, nerveux, comme s'il cherchait un nom familier, et pourtant si on lui avait demandé de quel nom il s'agissait, il n'aurait pu le dire.

Il s'en serait tiré par une plaisanterie, comme Ariah.

« Je le saurai lorsque je le verrai. »

Et la femme en noir était là qui l'attendait, au pied de la colline.

Royall dévalait en dérapant la pente érodée, s'accrochant à des racines dénudées pour garder l'équilibre. Il lui restait environ cinq minutes pour rejoindre son lieu de travail. Typique ! Royall tout craché ! Il avait complètement perdu la notion du temps. Une excuse facile lui viendrait aux lèvres lorsqu'il arriverait au ponton de la Compagnie de croisières du Trou du Diable, inutile de s'en faire. Il marchait à grandes enjambées entre les rangées de tombes lorsqu'il vit la femme à moins de vingt mètres de lui, en train de l'observer. Elle le fixait avec intensité. Était-ce quelqu'un qu'il connaissait, qu'il devait saluer poliment ? Quelqu'un qui le connaissait, lui ? Elle portait des superpositions de vêtements noirs qui lui tombaient aux chevilles. Ses cheveux noirs décoiffés étaient sillonnés de gris évoquant des lézardes. Un sourire rêveur tremblait sur ses lèvres.

Royall ralentit comme un cerf atteint par une flèche. Pas un coup fatal, mais suffisant pour qu'il marque un temps d'arrêt. Tout en ne voulant pas dévisager grossièrement cette femme, il ne pouvait en détourner son regard. De loin on aurait pu la prendre pour une fille de l'âge de Juliet mais de plus près, dans cette lumière crue et blanche, on voyait qu'elle était beaucoup plus vieille, une quarantaine d'années peut-être. Elle avait cependant l'attitude surexcitée d'une gamine. Sa peau avait la pâleur du papier, et ses yeux étaient un peu enfoncés dans leurs orbites. Un rouge délicat avivait ses joues maigres. Elle avait la séduction anémiée, subtilement ravagée, d'une star des années 40 longtemps après son zénith. Ses cheveux noirs striés de gris, emmêlés et bouclés, lui descendaient plus bas que les épaules. Elle était vêtue de la plus étrange façon qu'un visiteur l'eût jamais été dans un cimetière : un robe noire chatoyante qui tombait en cascade sur son corps mince, comme une chemise de nuit, et, par-dessus, une veste de satin noir ouverte, bordée d'un tissu noir duveteux. Les boutons de la veste étaient des diamants fantaisie à l'éclat sombre. Autour du cou, elle portait une écharpe au crochet, fine comme une toile d'araignée. Ses pieds étaient nus, longs, étroits et très blancs. En voyant ces pieds nus dans l'herbe touffue, et l'air d'attente avec laquelle la femme, appuyée contre le dos d'une stèle tachée par les intempéries, le regardait approcher, Royall sentit sa gorge devenir sèche.

Il se rendit compte qu'elle avait dû le guetter. Elle l'avait vu grimper sur la colline, et elle avait attendu qu'il redescende. Elle avait laissé tomber ses ciseaux près de la tombe dont elle s'était occupée.

« Bonjour. » Sa voix était basse, rauque, haletante.

En rougissant, Royall marmonna : « B'jour.

– Nous nous connaissons, non ?

– Je… je ne crois pas, madame.

– Oh ! je crois que oui. »

La femme sourit et une lueur fauve, farouche, s'alluma dans son regard. Royall se demanda si elle était ivre, droguée ou un peu dérangée. Avec les doigts écartés de sa main droite, elle pressait un bout de son

FAMILLE

écharpe arachnéenne contre son sein droit, suggérant un cœur battant au-dessous. Les genoux de Royall tremblèrent.

Il éprouvait un sentiment de malaise. Une pulsation brûlante battait dans son bas-ventre, ce qu'il savait mal venu. Ce qu'il savait déplacé. Une femme assez vieille pour être sa mère! Et son visage lui disait quelque chose, en fin de compte. Une de ces femmes qui s'étaient liées d'amitié avec Ariah dans l'une ou l'autre des petites églises qu'elle avait fréquentées au cours des ans. Ou une voisine de Baltic Street. Ou la mère d'un ami de lycée de Royall. La mère d'une ex-petite amie, qui allait lui dire dans un instant combien sa fille et elle le regrettaient? Royall était un garçon négligent qui n'avait jamais pris la peine d'apprendre le nom de la plupart des gens qu'il rencontrait, se disant avec une logique d'enfant qu'il les reverrait ou que, s'il ne les revoyait pas, à quoi bon retenir leur nom? Il avait notamment tendance à oublier le nom des personnes plus âgées. Il ne se souvenait pas du nom de ses prétendues tantes qui habitaient l'Isle Grand et, pendant sa scolarité, avait été capable d'oublier le nom de ses professeurs le temps d'un été.

Comme si elle lisait ces pensées décousues au bord de la panique adolescente, la femme s'avança rapidement vers lui et prit sa main dans les deux siennes. Elle l'attira vers elle en souriant. Beaucoup plus petite que Royall, elle leva son visage vers lui avec le désir nu et insouciant d'une fleur cherchant le soleil. Elle murmura : « Je te connais. Oui. Tu es son fils. Oh! c'est tellement… miraculeux. » Tendrement, elle prit le visage de Royal dans ses mains fines, s'appuya hardiment contre lui et posa un baiser léger sur ses lèvres, comme pourrait le faire une mère. Royall fut trop stupéfait pour réagir. Son instinct le poussait à s'écarter, car ce devait être une ruse, un piège, mais il était si habitué à se montrer courtois envers ses aînés, et surtout envers une femme qui semblait avoir besoin de lui, qu'il resta muet, cloué sur place, comme un personnage de bande dessinée pour enfants. Et cette femme, si proche, le contemplait avec tant de chaleur. Ses yeux étaient sombres, légèrement injectés de sang, et cependant Royall les trouvait lumineux et beaux, brillant d'un éclat secret, avec des reflets fauves et noisette. Sa peau semblait translucide, tendue sur les os délicats de son visage ; à ses tempes transparaissaient de pâles veines bleutées. Ses joues étaient légèrement poudrées, ses lèvres rouge foncé, charnues, et belles aux

306

LA FEMME EN NOIR

yeux de Royall. L'encolure de sa robe noire chatoyante laissait voir sa peau pâle, fantomatique, le haut de ses seins nus. Il fut envahi d'une sensation de chaleur, de tendresse. Ses yeux se mouillèrent de larmes, tant il se sentait soudain heureux.

«Mon petit. Je savais que c'était toi. Viens ici. Ici!»

La femme le tira par la main en riant. Elle continuait à lui caresser les joues et à le couvrir de baisers rapides, légers, fugitifs, des phalènes frôlant ses lèvres, mystérieuses et insaisissables. Il n'osait la prendre dans ses bras. Pourtant elle le touchait avec familiarité, comme une mère touche un enfant, affectueuse mais un peu grondeuse. «Vite. Oh! vite.» Dans une cachette telle que pourrait en découvrir un enfant, entre deux hautes tombes, l'une gardée par un ange mélancolique aux ailes décolorées, l'autre décorée d'un drapeau américain effiloché de la taille d'un essuie-mains, la femme saisit Royall par les coudes et rit de son air affolé; elle l'embrassa avec plus de force, ses lèvres impatientes écartèrent les siennes, et Royall sentit sa langue chaude, vive comme un serpent, provocante. À ce moment-là, Royall, qui était un jeune homme excitable, était très excité. Avec son mètre quatre-vingt-huit, il était bourré de sang, et tout ce sang avait afflué dans son sexe qui lui semblait aussi énorme qu'un maillet. Un grondement lui emplit les oreilles. Des abeilles bourdonnaient dans l'air et, pas très loin, à l'autre bout du cimetière, un train de marchandises approcha et passa: celui-là même qui faisait vibrer les vitres de la maison des Burnaby au 1703, Baltic Street, obligeant Ariah à appuyer le bout de ses doigts contre ses tempes dans un geste de douleur et de contrariété. «Mon chéri. Tu as ses cheveux. Ses yeux. Oh! je savais.» La femme se tenait sur la pointe de ses pieds blancs et nus, tremblant sous l'effort. Royall la serrait à présent dans ses bras. Maladroitement d'abord, puis avec plus de force. Si heureux! Un délire de bonheur. Comme dans un rêve qu'il n'aurait pas eu l'imagination de rêver, cette femme dont le nom lui était inconnu ouvrit le haut de sa robe dans un geste qui le transperça comme la lame d'un couteau. Ébloui, pris de vertige, Royall se pencha pour embrasser ses seins, qui étaient doux et pâles, avec des pointes brun-rose qui se plissèrent et durcirent au contact de ses lèvres. La femme se mit à gémir et pressa contre elle la tête de Royall. «Je savais. Je savais que si je venais ce matin. Oh! c'est un miracle. *Toi*.» Ils étaient étendus dans l'herbe drue et humide. Le cerveau de Royall s'était éteint comme une lampe brutalement débranchée. Ses mains couraient sur le corps de la femme, pétrissaient le tissu chatoyant de sa robe, tandis que, allongée dans l'herbe, elle soulevait son bassin, relevait sa longue jupe et retirait son slip. La simplicité avec laquelle elle accomplit ces gestes émut profondément Royall. Il entrevit ses cuisses minces et pâles, et la toison de poils sombres entre ses jambes.

Saisi soudain de timidité, Royall ne put se résoudre à déboutonner son pantalon. Ses mains étaient trop grosses, aussi maladroites que des crochets. La femme le fit pour lui, en souriant et en murmurant : « Mon petit chéri. Chéri. » Le grondement s'amplifia dans les oreilles de Royall. Il était attiré dans les profondeurs bouillonnantes de la gorge. L'eau en folie en aval du Trou du Diable, où le bateau d'excursion ruait et roulait, où les femmes et les enfants hurlaient de peur et où Royall, lorsqu'il pilotait, gardait le cap, suivait précisément la route prescrite et finissait par les ramener au ponton. À présent cette femme inconnue et lui étaient couchés ensemble sur le sol, dans l'intimité soudaine d'individus horizontaux dans les bras l'un de l'autre. Impossible de reculer. Pas d'autre direction qu'en avant. Le monde s'était réduit à la taille approximative d'une tombe, et pas d'autre direction qu'en avant. Royall s'agenouilla gauchement au-dessus de la femme, craignant d'être trop lourd pour elle, le poids de son corps musclé, lourd, brûlant, sur son corps menu, mais elle l'attira contre elle en murmurant *Vite ! vite !*, les tendons du cou saillant comme des cordes. Les genoux de Royall tremblaient. Il aurait pu être un garçon de quatorze ans, inexpérimenté et affolé. Mais la femme l'étreignait, le caressait, comme si le corps tendu et frémissant de Royall lui était confié, qu'il lui fût aussi familier que le sien propre. Elle guida son pénis dans cette toison rude entre ses cuisses, puis en elle, profondément en elle, où elle était étonnamment douce ; si douce que Royall ne pourrait jamais tout à fait y croire ; douce comme une flamme liquide ; et Royall s'anéantit dans cette flamme. La femme se renversa dans l'herbe, cheveux répandus derrière sa tête comme une toile d'araignée soyeuse. « Oh. Oh. *Oh.* » Tout de suite elle avait commencé à éprouver du plaisir. C'était surprenant : Royall était habitué à des filles qui semblaient presque ne rien sentir, ou qui feignaient de sentir ce qu'elles croyaient devoir sentir ;

LA FEMME EN NOIR

mais cette femme, plus âgée, plus sensuelle et plus ardente que toutes les filles avec qui Royall avait fait l'amour, commença à se mouvoir sur un rythme tantôt accéléré, tantôt langoureux, en l'embrassant, en promenant ses mains sur son dos, pressant doucement son pénis jusqu'à ce que cette sensation brûlante le submerge et qu'il déverse sa vie en elle, entre ces jambes minces et fortes qui l'agrippaient si fermement. La femme frissonna, se tordit et s'accrocha à lui, donnant l'impression qu'ils se noyaient ensemble.

Je t'aime. Royall serra les dents pour retenir cette exclamation.

Lorsqu'il revint à lui, il était allongé sur cette femme inconnue comme si tous deux étaient tombés ainsi enlacés d'une grande hauteur. Où se trouvaient-ils, et quelle heure était-il? Royall avait le cerveau hébété, vidé. Depuis sa petite enfance, il dormait avec une intensité inhabituelle et se réveillait souvent ahuri et désorienté, épuisé, encore sous l'emprise de ce qui lui était arrivé pendant son sommeil et dont il ne se souvenait que confusément. Et c'était pareil maintenant, dans le cimetière à côté de l'église de pierre abandonnée de Portage Road. Tandis que la femme murmurait, l'embrassait et le caressait, il demeura quelques instants sans réaction, sans volonté. Lorsque, enfin, il fit mine de se détacher d'elle, la femme referma ses cuisses autour des siennes, appuya fermement ses mains contre son dos et le retint. De sa voix rauque, elle murmura: «Non. Pas encore. Je vais me sentir si seule. Je ne peux pas le supporter. Reste avec moi. Ne me quitte pas encore.» Elle l'embrassa, le caressa, recommença à presser doucement son pénis, sur ce rythme que Royall trouvait si excitant, un battement de cœur géant, aurait-on dit, qui l'enveloppait comme s'il était un bébé dans le ventre de sa mère. «Pas encore. Pas encore. Ne me quitte pas encore.» Jusqu'à ce qu'enfin Royall ait une nouvelle érection.

2

Un garçon au cœur siffloteur. Exactement le genre de garçon à qui une fille ne peut pas se fier.

Cette journée. Cette très longue journée dans la vie de Royall Burnaby. Le premier vendredi d'octobre 1977. La veille du mariage de Royall avec Candace McCann qu'il aimait et à qui il n'aurait fait de mal pour rien au monde.

FAMILLE

Sauf que : comment Royall pouvait-il se marier, à présent ?

La honte lui faisait battre le cœur. Déjà, avant même d'avoir une femme, il lui avait été infidèle.

Comme disait Juliet *Il y a une malédiction sur nous les Burnaby. À la façon dont les gens prononcent notre nom, on l'entend.*

Royall était arrivé au ponton d'embarquement avec une heure vingt de retard. Il avait manqué son excursion, et les deux bateaux étaient partis. Le capitaine Stu était furieux. Royall marmonna des excuses. Il avait l'esprit si ébloui, la gorge si sèche d'amour pour la femme en noir qu'il ne fit aucun effort pour inventer une explication. C'était comme pendant ces épreuves d'examen au lycée où Royall avait l'esprit vide, un tableau noir essuyé d'un coup de chiffon. Pas propre, juste essuyé en vitesse et nébuleux. Hochant la tête, les yeux baissés, il laissa le capitaine Stu l'engueuler tel un père exaspéré, puis l'envoyer mettre son uniforme pour l'excursion de 11 heures.

Cette longue journée que Royall traversa comme un somnambule, souriant, yeux papillotants, poli dans son rôle de « lieutenant-capitaine Royall », le plus jeune des pilotes employés par la Compagnie de croisières du Trou du Diable. Il était le préféré des touristes femmes de tous âges, et des enfants qui réclamaient à grands cris d'être photographiés avec lui. Son large et franc sourire aux lèvres, il fut photographié pour la millième fois à la barre du bateau trempé d'embruns. Et lorsqu'on lui posa l'inévitable question sur la quantité d'eau qui tombait des Chutes, il ne manqua pas de donner la réponse, « 170 millions de litres par minute, un million de baignoires par seconde », comme si c'était la première fois.

Piloter des touristes pour la Compagnie du Trou du Diable était un travail demandant dextérité manuelle, patience, « personnalité » et une ambition limitée, et c'était donc un travail convenant tout à fait à Royall Burnaby qui avait obtenu son bac de justesse. Chandler était déçu par son frère cadet, il s'attendait qu'il s'inscrive au moins dans une université d'État de la région, celle de Buffalo par exemple, mais Royall aimait son travail au Trou du Diable, un travail qui l'occupait et où on n'avait pas besoin de penser beaucoup. *Ça fait trop mal de penser. Il n'y a pas d'avenir là-dedans.* Ariah avait encouragé Royall à prendre cet emploi, à rester près de chez lui. En fait, Ariah encourageait Royall à habiter Baltic Street aussi longtemps qu'il le voulait.

310

Royall et sa future femme, Candace. Jusqu'à ce que le jeune couple puisse se payer un logement « décent ».

Royall monta à bord avec empressement. Là, il avait un objectif, et du pouvoir. « Le lieutenant-capitaine Royall ». À la barre du bateau bondé, il se sentait étrangement libre. Il avait besoin de travailler, besoin d'avoir une responsabilité. Peut-être valait-il mieux avoir la responsabilité d'inconnus que de gens que l'on connaissait et aimait. Les touristes étaient une sous-espèce d'humanité préoccupée d'En-avoir-pour-son-argent. Ils étaient avides et soucieux de Voir-ce-qu'il-y-avait-à-voir. Leur capacité d'attention était de courte durée, ce qui était une bonne chose. Ils étaient faciles à satisfaire, et les Chutes étaient véritablement impressionnantes, de sorte qu'ils n'étaient jamais déçus. Certains, et pas seulement les enfants et les personnes âgées, étaient si intimidés par les Chutes qu'ils manquaient s'évanouir, ce qui était excitant et dramatique, et Quelque-chose-dont-on-se-souviendra. Lorsque quelqu'un qui succombait à la panique devait être réconforté par un membre de l'équipage, les observateurs étaient alors convaincus d'En-avoir-pour-leur-argent.

On demandait régulièrement à Royall : « Vous devez avoir peur, vous aussi, de temps en temps ? Vous avez déjà eu des accidents ? » Souriant pour montrer qu'il prenait ce genre de question au sérieux, Royall répondait toujours :

« Oui et non. Oui, j'ai vraiment la trouille parfois. Non, je n'ai jamais eu d'accident. La Compagnie du Trou du Diable n'a jamais perdu un seul client en vingt-deux ans d'activité dans les gorges du Niagara. »

Ce qui suscitait des petits rires soulagés. Sans compter que c'était vrai.

Personne dans les bateaux d'excursion, pilotés avec compétence, ne courait le moindre danger. Les itinéraires étaient soigneusement étudiés, et aucun pilote n'en changeait jamais. D'une précision d'horloge, et fiables. En dépit de la splendeur et du « cauchemar » des Chutes, le danger était connu et donc navigable, une forme de divertissement. Et un commerce.

Le danger était en haut des Chutes, pas en bas. Si l'on tombait dans le fleuve, en amont, et que l'on soit emporté.

FAMILLE

On demandait régulièrement à Royall si «vraiment beaucoup» de gens se suicidaient dans les Chutes. Comme tous ceux qui travaillaient dans le tourisme à Niagara Falls, Royall avait pour instructions de sourire poliment et de répondre : «Pas du tout. C'est très exagéré par les médias.»

Pour faire l'excursion du Trou du Diable il fallait mettre les cirés et les capuches fournis sur le ponton. Avertis qu'ils se feraient mouiller et qu'ils devaient s'assurer que leurs montres et leurs appareils photo étaient étanches, les passagers se mettaient à pousser des cris perçants dès qu'arrivaient les premiers embruns et que le bateau tanguait, tremblait, dansait et bondissait sur les vagues comme dans une attraction de fête foraine. Ils passaient d'abord devant les American Falls, sur la gauche du bateau, puis venaient les Horseshoe Falls, massives, d'un vert aveuglant de verre en fusion dans le soleil d'automne. Un déluge assourdissant. À ceci près qu'on n'avait pas une impression d'eau. Imaginez que l'on jette en même temps un million de boîtes de conserve, sans arrêt, jamais, aimait dire Royall pour décrire le vacarme. On aurait pu penser qu'il s'y était habitué, depuis le temps, et c'était le cas jusqu'à un certain point. Parfois il pilotait le bateau comme un robot, chaque geste mémorisé. Parfois, comme ce jour-là, il était distrait. Pensait *Cela n'a pas pu arriver. Ce n'était pas moi.* La femme en noir embrassait la bouche molle et rêveuse de Royall. Alors que le bateau s'enfonçait dans la brume, la femme en noir nouait ses bras serpentins autour du cou de Royall. Il se surprit à contempler l'eau qui chutait en cascade. Cette substance dense et puissante qui pouvait tuer en l'espace de quelques secondes. Briser le dos d'un homme comme une brindille. Son propre dos s'était tendu en arc, il avait gémi tout haut comme un animal blessé lorsque la flèche était partie, la flèche partie de son bas-ventre qui en même temps se logeait dans le corps de la femme en noir. Il n'arrivait pas à croire qu'il avait fait ce qu'il avait fait ce matin-là, et ne pouvait que se dire que la femme en noir l'avait hypnotisé. *Ses yeux* avait-elle murmuré. *Oh je savais. Je te connaissais.*

Ce qu'il y avait d'étrange, c'était que l'eau en contrebas des Chutes était aussi profonde que les Chutes elles-mêmes. Si les Chutes avaient une signification, celle-ci était donc à demi cachée. Lorsqu'on les voyait, on ne voyait que la moitié du Niagara.

312

Jamais Royall ne dirait à Candace ce qu'il avait fait. Aimer une femme qu'il ne connaissait pas, une femme assez âgée pour être sa mère. *Et ça t'a plu, hein. Tu meurs d'envie de recommencer, hein.* Jamais Royall n'avouerait à sa jeune épouse qu'il l'avait trahie.

Vingt minutes de promenade, puis demi-tour et retour au ponton exactement à l'heure prévue. Encore et encore cet après-midi-là, avec une précision d'horloge.

Bon Dieu, ça n'a pas pu arriver. Ce devait être un rêve.

Un passager tirait Royall par la manche. «Monsieur? On peut vous photographier? Là, près de la rambarde, d'accord? Ça vous embêterait que Linda soit aussi sur la photo? Merci!»

Après la dernière excursion de la journée, le capitaine Stu insista pour payer quelques bières à Royall. Royall devait partir en voyage de noces le lendemain, et il s'absenterait une semaine; à son retour, la Compagnie du Trou du Diable aurait fermé pour la saison et ne reprendrait ses excursions qu'au mois de mai suivant. «Tu vas me manquer, petit. Tu es un brave gars.» Le capitaine Stu serra la main de Royall avec une cordialité rude, pour montrer qu'il lui avait pardonné son retard du matin. Avec un clin d'œil égrillard, il lui souhaita bonne chance pour sa «traversée». Royall s'essuya les lèvres et lui sourit d'un air dérouté. «Quelle traversée, Stu? – Le mariage, fiston, répondit Stu en riant. Tu vas avoir besoin d'un maximum de chevaux-vapeur.»

Stu Fletcher était un homme corpulent d'une cinquantaine d'années aux cheveux blancs, dont le nez couperosé luisait comme du radium. Il admettait volontiers qu'il buvait trop et qu'il fumait trop de cigares, mais il avait une «sacrée affection» pour Royall – «Tu es comme un fils, sauf que le mien ne veut pas travailler pour moi. Il se trouve beaucoup trop bien pour le cap'taine Stu.» Royall eut un rire gêné. Il avait déduit de précédentes conversations que Stu savait sur lui, Royall, des choses dont lui-même n'avait qu'une vague idée parce que Ariah lui avait interdit ces connaissances-là. *Tu as ta mère. Tu n'as besoin de personne d'autre.* Royall croyait savoir que son père était mort lorsque lui, Royall, était tout petit; avant sa mort, il avait abandonné Ariah et ses enfants. Dirk Burnaby avait trahi sa famille, le péché impardonnable. Par Chandler, Royall avait appris que leur père était mort dans un accident, sa voiture avait enfoncé une glissière de sécurité sur la route de Buffalo

FAMILLE

à Niagara Falls avant de tomber dans le fleuve. Chandler avait recommandé à Royall de ne jamais laisser entendre à Ariah qu'il connaissait ce détail, parce qu'elle serait furieuse. Juliet disait sans cesse qu'une malédiction pesait sur eux, que le nom de «Burnaby» était une malédiction, mais Royall savait à quoi s'en tenir. Il avait eu plein d'amis pendant sa scolarité, et on l'avait élu «garçon le plus séduisant» de la promotion 1976 du lycée de Niagara Falls… où était la malédiction là-dedans?

Royall s'attarda avec le capitaine au bar de l'Old Dutch Inn, une taverne enfumée du centre de la ville qui, ostensiblement, ne recherchait pas ou n'attirait pas les touristes. Le capitaine Stu était d'humeur bavarde, ce qui était parfait parce que ce n'était pas le cas de Royall. Particulièrement ce soir-là. S'il avait une ou deux questions qu'il aurait aimé poser au vieil homme, il les garda pour lui.

Plus tendrement que quiconque avait jamais caressé Royall Burnaby, la femme en noir l'avait caressé. *Nous nous connaissons, non?* Plus tendrement que quiconque avait jamais embrassé Royall, la femme en noir l'avait embrassé. *Tes yeux. Ses yeux.* Il n'avait pas osé demander à la femme en noir de quels yeux elle parlait. D'une certaine façon, il savait.

Il devait passer faire une courte visite à Candace. L'itinéraire lui était familier mais, tandis qu'il roulait, ses pensées ne cessaient de dériver. Un rayon de soleil d'un blanc pur éclaira le visage levé d'un ange de pierre et Royall respira les cheveux humides, un peu malodorants, de la femme en noir, une mèche tombée en travers de sa bouche haletante. Oh, mon Dieu. Le sang battait dans le bas-ventre de Royall tandis que la femme noir l'attirait à côté d'elle dans l'herbe drue. *Joli garçon. Nous nous connaissons, non?* Comme dans un rêve elle avait soudain défait la fermeture de son pantalon, elle le guidait en elle, caressait et tenait son pénis avec une familiarité tendre comme s'ils avaient déjà souvent fait l'amour ensemble. C'était un acte facile, un acte heureux et simple. Et ils pourraient le refaire encore et encore. Royall déglutit. Ses yeux se mouillèrent. Un feu ambre passa au rouge alors qu'il traversait en aveugle une intersection. Quelqu'un klaxonna, et un homme dans une camionnette Mayflower se pencha par la portière pour hurler. Royall murmura : « Nom de Dieu. » Il se rendit compte qu'il était dans Ferry Street, bien au-delà du croisement avec la 5e Rue.

Il continua de rouler. Il se retrouva à la hauteur de la 33e Rue, fit le tour du pâté de maisons sans autre raison que de passer devant le lycée. Pourquoi ? Le lycée ne lui manquait vraiment pas. Il était content d'en être parti. Mais il était jeune à cette époque-là. Il n'avait même pas encore rencontré Candace McCann. (C'était Ariah qui les avait faits se connaître : elle avait rencontré Candace dans l'une des églises du voisinage ; Candace chantait dans la chorale qu'Ariah avait dirigée quelques mois, avant de perdre peu à peu tout intérêt pour l'église.) Royall avait eu d'autres petites amies, et il les avait laissées en plan, sans doute. *Royall Burnaby, un garçon qui vous brisera le cœur.* Cela semblait arriver sans qu'il s'en rende compte. Sans qu'il le veuille. Les filles tombaient amoureuses de son sourire chaleureux et facile, de ses yeux bleus pleins de franchise, de sa douceur. De sa voix qui leur disait ce qu'elles voulaient croire par-dessus tout, même lorsqu'elles n'auraient pas dû le croire. *Je t'aime, Royall. Je t'aime tant. Est-ce que tu m'aimes, Royall ? Juste un peu ?*

Était-ce la faute de Royall, les mots lui montaient aux lèvres. *Oui. Je crois que oui.*

Oh oui ? Tu m'aimes ? Oh ! Royall !

Candace McCann était la fille qui avait fait un homme de Royall Burnaby. Éclatant en sanglots dans ses bras un soir de ce printemps-là, dans cette voiture même, elle lui avait dit qu'elle n'avait « pas eu ses règles »… oh ! elle avait « tellement honte et tellement peur » et elle l'aimait tellement, elle aurait « envie de mourir » si lui ne l'aimait pas. Royall s'était senti frissonner dans le temps même où il rassurait Candace et lui disait qu'il s'occuperait d'elle, ne pleure pas s'il te plaît, il s'occuperait d'elle, bien que se demandant stupéfait comment Candace pouvait être enceinte ; comment, alors que Royall avait vraiment fait attention ; et ils n'avaient même pas fait l'amour souvent, pas d'une façon qui puisse rendre une fille enceinte. Mais si elle l'était, se disait Royall, elle l'était ; profondément, Royall était un fataliste comme sa mère.

Je t'aime, chérie. Tout va s'arranger.

Tu es sûr ? Oh, Royall, tu es sûr que tu m'aimes ? Parce que si…

315

FAMILLE

Bien sûr que je suis sûr, Candace! Tout va s'arranger, je te le promets.

J'ai tellement peur de le dire à ma mère. Je ne peux pas le dire à ma mère. À moins que...

Ne lui dis rien tout de suite. Attends d'être absolument sûre...

Je le suis, Royall. Je suis absolument sûre. Je suis sûre depuis au moins douze jours. Oh, Royall, tu ne m'aimes pas...

Mais si, chérie! Je te l'ai dit.

Mais... est-ce que tu voudrais m'épouser quand même? Même si... je n'étais pas...

Candace s'était mise à sangloter comme si son cœur allait se briser, et que pouvait faire Royall sinon la consoler? Il avait éprouvé un mélange d'excitation, de fierté, d'appréhension mais surtout de profond étonnement à l'idée qu'il serait peut-être père neuf mois plus tard, lui qui, la plupart du temps, ne se sentait pas plus de douze ans. Mais il ne pouvait pas laisser tomber Candace. Il l'aimait vraiment. Elle était la plus jolie fille qu'il eût jamais vue, du moins à Niagara Falls.

Royall acheta donc une bague de fiançailles chez un bijoutier, une monture en argent avec un minuscule diamant qu'il réussit, grâce à des relations, à avoir au rabais pour quatre-vingt-dix dollars. Royall fit donc sa demande en mariage officielle, et Candace McCann accepta en pleurant.

Dans un premier temps, le mariage fut fixé au mois de juin. Puis, lorsque Candace constata qu'en fin de compte elle n'était pas enceinte, il fut reporté au mois d'octobre, date à laquelle se terminait la saison de Royall à la Compagnie du Trou du Diable.

Mais est-ce que tu m'aimes toujours? Royall? Même si...

Bien sûr, chérie. Je t'aime plus que jamais.

Tu es sûr? Parce que si...

Je suis sûr.

Nous aurons des enfants, tout de même. N'est-ce pas?

Autant que tu voudras, Candace. Je te le promets.

Quels étranges crapauds pustuleux sortaient de la bouche de Royall Burnaby!

Mais il voulait sincèrement épouser Candace. Il l'aimait et ne pouvait supporter l'idée de lui faire du mal. Entendre cette fille pleurer comme si son cœur se brisait manquait lui briser le cœur à lui aussi. Un

LA FEMME EN NOIR

cœur qu'il imaginait en plastique, bon marché et facilement fêlé et pourtant indestructible.

Le plus étonnant dans les fiançailles de Royall avait été la réaction d'Ariah. Au lieu de piquer une de ses colères noires et de le flanquer à la porte, comme on aurait pu s'y attendre, Ariah avait pris une profonde inspiration lorsque Royall avait bégayé avec gêne qu'il «voulait se marier, il était temps», et elle lui avait répondu oui. Oui, il était temps. À dix-neuf ans, il était assez vieux. Vu la façon dont les filles et les femmes se jetaient à sa tête, il valait mieux qu'il se range rapidement avec une gentille fille pas compliquée comme Candace McCann avant qu'une catastrophe arrive. (C'est-à-dire avant qu'il mette enceinte une fille qui n'irait pas! Comme si Royall n'avait pas plus d'emprise sur lui-même qu'un chien trottant dans le quartier à la poursuite de n'importe quelle chienne en chaleur.) De même qu'Ariah n'avait pas été déçue mais plutôt soulagée que Royall n'aille pas à l'université, elle avait souri à l'idée de voir son fils cadet se marier. En fait, les nouveaux mariés pourraient même habiter quelque temps au 1703, Baltic Street. Ariah leur laisserait sa chambre du premier et la redécorerait.

Habiter avec Ariah dans cette petite maison exiguë! La perspective faisait frémir Royall. La pauvre Candace serait dévorée toute crue par Ariah, qui en ferait une deuxième fille.

Non. Les nouveaux mariés loueraient un appartement dans la 5e Rue, à quelques minutes de voiture des gorges du Niagara où Royall travaillait de mai à la mi-octobre, et tout près du King's Dairy, le glacier le plus populaire de Niagara Falls, où Candace, employée au comptoir, secondait le gérant. Les nouveaux mariés vivraient seuls!

Ariah était déçue. Il était visible qu'Ariah était très déçue.

Ces yeux vert gazole près de s'enflammer. La peau pâle tirée sur les tempes, et la pulsation des nerfs au-dessous.

Vous économiseriez sur le loyer, Royall. Je ne vous demanderais pas un sou.

Merci, maman. Mais je ne pense pas.

Laisse-moi en parler avec Candace. Elle a la tête sur les épaules.

Non, maman.

Ce que vous économiserez sur le loyer, cela vous fera une mise de fonds pour acheter votre propre maison. Oh! Royall. Laisse-moi en parler à Candace.

317

Je préférerais pas, maman. Tu sais comment est Candace avec toi. Elle t'admire beaucoup, elle a peur de toi, et elle ne sait plus ce qu'elle veut.

Et elle est censée vouloir quoi ? Ce que toi, tu veux ?

Hé ! maman. On ne va pas se disputer, d'accord ? Candace va être ma femme, pas la tienne.

C'est peut-être ça le problème. Cette pauvre fille a besoin d'une famille. Qui ne se compose pas que d'un mari.

La maison est trop petite, maman ! Même sans Chandler, elle est trop petite. Juliet serait mal à l'aise si elle devait partager le premier avec Candace et moi.

C'est ridicule. Tu sais très bien que c'est un crève-cœur pour Juliet de te voir partir, Royall. Elle t'adore. Et elle adore Candace comme un sœur.

Bon Dieu, maman. Je t'en prie.

Tu as peur de me laisser parler à Candace ? C'est ça !

Laisse-la tranquille, maman.

Ma salle de musique est isolée. Vous avez fait un magnifique travail, Chandler et toi. Je descendrai mon lit, et nous vous achèterons un grand lit à deux places. Et je vous laisserai la coiffeuse en acajou, c'est un meuble ancien. Candace pourra choisir le motif du papier peint. C'est elle qui décidera. Et les rideaux ! Des rideaux blancs à volants, je pense. Regarde-moi, Royall. Comment peux-tu être égoïste pour quelque chose d'aussi important ? Candace mérite tout l'amour possible. Il n'y a que la famille sur terre. Puisqu'il n'y a pas de Dieu sur terre.

À la fin de ce discours haletant, Ariah tremblait, et Royall aussi. Il se rappellerait ensuite avec un frisson de peur qu'il avait été bien près de céder. Il était toujours beaucoup plus facile de céder à Ariah que de lui résister.

Mais Royall était têtu, et il refusa l'offre d'Ariah. Non, non ! Si sa mère faisait une deuxième fille de sa femme, alors lui, Royall, coucherait avec sa sœur. Seigneur !

Ariah finit par lâcher prise. Mais, le lendemain matin, elle proposa d'aider à payer la bague de fiançailles de Candace. Et de nouveau Royall serra les dents, remercia poliment sa mère et refusa.

(Par chance, Ariah n'avait pas su, ni deviné, que Candace croyait être enceinte à ce moment-là. Elle ne devait jamais le savoir.)

Royall agitait ces pensées qui faisaient battre le sang dans son crâne.

Assis dans sa Chevrolet arrêtée au bord du parking du lycée, il contemplait le bâtiment qui, avec son toit plat, ses briques brun-jaune, ressemblait à une usine. Un bâtiment ordinaire, et même laid, mais au crépuscule, en début de soirée, lorsque les réverbères s'allumaient, il semblait flotter au-dessus de l'asphalte sale, avec ses fenêtres mystérieusement obscures. Royall regrettait à présent de n'avoir pas fait davantage d'efforts. Il avait été un sportif si populaire : soft-ball, football américain, basket. S'il n'avait pas eu à travailler après les cours, il aurait joué dans toutes les équipes au lieu de ne faire que quelques remplacements de temps à autre, lorsque l'équipe affrontait un adversaire coriace et qu'il pouvait se libérer. Il avait été si apprécié qu'il n'avait peut-être pas eu conscience de pouvoir être autre chose ; comme un rêveur n'a pas conscience qu'il dort avant de se réveiller. Ce n'était pas faute d'avoir été encouragé par ses professeurs, pourtant. S'il était allé à l'université, il ne serait pas sur le point de se marier à l'âge de dix-neuf ans... Mais bon, beaucoup de ses camarades de classe étaient déjà mariés. Les filles surtout. (Secrètement) enceintes avant leur mariage et heureuses d'épouser des types qui avaient un emploi chez Dow Chemical, Parish Plastics, Nabisco, Niagara Hydro. La plupart des amis de Royall travaillaient dans ces usines ou dans d'autres, similaires, les ouvriers les mieux payés de Niagara Falls parce qu'ils étaient syndiqués. Le travail en usine n'avait jamais attiré Royall. Le « vrai » travail, huit heures par jour et cinq jours par semaine, cotisations syndicales, contrats. L'idée de pointer le faisait tiquer. Royall Burnaby, si souvent applaudi pour ses exploits sportifs, et pour ses spectacles de guitare et chansons devant un public local, passer à la pointeuse ! Sa fierté ne le lui permettrait jamais. Ni son bon sens.

S'il était allé à l'université. Mais Ariah n'avait pas voulu que son fils cadet fasse des études. *Viser trop haut. Avoir de l'ambition. À quoi cela mène-t-il un homme ? à la mort.* Ariah avait parlé avec amertume, sans son humour caustique habituel.

Ce qui avait humilié Royall, et qu'il n'avait jamais avoué à âme qui vive, c'était de devoir suivre Chandler dans ses études. Chandler qui avait eu des notes excellentes dans toutes les matières, et notamment en math et en sciences. Chandler qui avait été un élève sérieux toute sa scolarité, avec peu d'amis ou d'activités susceptibles de le distraire. Les

FAMILLE

professeurs avaient apprécié Royall, bien sûr, mais ils n'avaient pu s'empêcher de le comparer constamment à Chandler, et à son désavantage. Pourquoi se donner du mal, alors? Tout ce que Royall faisait sur le plan scolaire, Chandler l'avait déjà réussi mieux que lui. Dans certains cas, beaucoup mieux. Merde! Royall avait pris l'habitude d'oublier ses devoirs, de sécher les examens. Il s'était dit qu'il valait mieux être élu garçon le plus séduisant de sa promotion qu'en être le meilleur élève comme Chandler. Il suffisait de demander aux filles.

«Royall! Tu n'as pas l'air dans ton assiette.»

C'était le plus léger des reproches. Pas une réprimande. Candace avait jeté ses bras autour du cou de Royall et posé un baiser sur sa joue, désagréablement chaude et mal rasée.

Cette longue journée! Il avait une heure de retard, et son haleine sentait la bière. Mais Candace n'allait pas le lui reprocher tout de suite, elle était absorbée par les préparatifs du mariage. Sa sœur Annie était là, ainsi que deux de ses amies, le téléphone sonnait, et Candace était d'une humeur pétillante, un peu comme un astronaute juste avant le décollage, se disait Royall.

Candace l'embrassa de nouveau, un baiser mouillé sur la bouche. Elle avait une façon d'embrasser qui était démonstrative et victorieuse. Royall rougit, parce que les autres regardaient. S'il avait été seul avec Candace, il l'aurait serrée dans ses bras et aurait enfoui son visage dans ses cheveux bouclés, crêpelés. Il ne dit pas un mot. Les mots l'embrouillaient. La femme en noir les lui avait tous volés, et il n'avait jamais eu la parole facile. Lorsque le capitaine Stu lui avait souhaité bonne chance en lui serrant la main à la pulvériser, Royall avait été incapable de répondre par autre chose qu'une grimace.

«Tu ne peux pas rester longtemps, chéri. On s'occupe de la *nourriture*.»

Royall ne voulait pas savoir ce que cela signifiait. Ce que la *nourriture* avait à voir avec leur mariage ni, d'ailleurs, ce que leur mariage avait à voir avec le fait que Candace et lui s'aimaient, ou croyaient s'aimer. Depuis ce soir de printemps où Candace avait pleuré dans ses bras en murmurant qu'elle mourrait si Royall ne l'aimait pas, il était désorienté.

320

LA FEMME EN NOIR

Parfois, lorsqu'il entendait sa fiancée et sa mère discuter avec excitation du Mariage, toujours prononcé avec un «M» majuscule, comme on dirait les Vacances, ou les Chutes, Royall se faisait l'effet d'un intrus. Un mariage à l'église? Il en était question? (Mais Royall n'était pas du tout croyant. Il n'avait assisté à quelques services dans l'église du Christ et des Apôtres, une église brun gris de la 11e Rue aux murs revêtus de bardeaux, que pour faire plaisir à Candace. Il avait vaguement pensé que Candace et lui partiraient tous les deux un week-end? Non?) Eh bien, c'est à l'église qu'ils se marieraient, Royall l'avait appris. Un petit mariage dans l'intimité. Mais il y aurait une demoiselle d'honneur, ou peut-être deux? Il y aurait des invités, une réception ensuite au 1703, Baltic Street? Une vraie surprise: Ariah qui n'invitait jamais personne chez elle si elle pouvait l'éviter, ses élèves de piano exceptés, avait soudain décidé d'ouvrir sa maison à des «invités»; Ariah, qui méprisait les conventions bourgeoises, et qui avait souvent proclamé – devant ses enfants – sa répugnance pour l'«institution démodée» du mariage, avait décidé de jouer de l'orgue au mariage de son fils et s'était aventurée en ville pour acheter une nouvelle robe, la première depuis des années, au dépôt-vente Second Time' Round Fashions. «Ta mère t'a appris la dernière, Royall? demanda Candace, d'une voix frémissante. Ma mère va venir! Et le pire, c'est qu'elle insiste pour amener cet "ami" que personne n'a jamais vu!»

Royall eut un mouvement d'épaules gêné. Il savait qu'il était censé partager l'indignation, ou l'anxiété, de Candace, mais il n'y arrivait pas. «Tu dois être fatigué, mon chéri. Avec ce travail que tu fais!» Candace poussa un soupir, cherchant du regard le soutien de sa sœur et de ses amies, à qui elle s'était sûrement plainte du travail de Royall à la Compagnie du Trou du Diable. «Ces imbéciles de touristes qui hurlent autour de toi. Toutes ces femmes qui se collent à toi pour se faire photographier! Et puis je suis sûre que ce bateau n'est pas fiable. S'aventurer dans les gorges du Niagara, il y a forcément des risques. Et il n'est même pas payé si bien que ça, vu le danger.» Les phrases de Candace montaient comme les notes agressives d'un cri d'oiseau. Le minuscule diamant clignotait à son doigt tandis qu'elle agitait les mains avec émotion, joliment, comme une poupée. Candace était une très jolie fille de vingt ans, mais qui avait l'attitude et les manières affectées d'une gamine de quinze; sa voix voilée de soprano, chacun de ses gestes se voulaient jolis et attendaient d'être reconnus pour tels par les autres, comme un danseur évolue sur une musique familière.

«Cette gentille fille que j'aimerais te faire rencontrer», c'était la description qu'avait faite Ariah de Candace. «Cette fille à l'église qui est si jolie et si… eh bien… si douce.» Comme si Ariah s'était creusé la cervelle sans rien trouver d'autre à dire de Candace.

Royall s'était aperçu qu'il y avait à cette douceur un côté tranchant qu'Ariah ne connaissait pas encore. Un jour, elle serait peut-être étonnée.

Ce que Candace avait de plus saisissant, c'étaient ses cheveux blond vénitien, qui tombaient sur ses épaules en vagues ondulées, maintenus par des barrettes en forme de papillons Elle avait un petit visage en cœur, un petit rire perçant et la manie de joindre les mains dans un geste d'enthousiasme enfantin. Son vernis à ongles était toujours assorti à son rouge à lèvres, rose corail. Elle avait une voix mélodieuse quoique mal assurée et chantait souvent à haute voix, des hymnes, des chansons populaires. Au King's Dairy, qui était le principal glacier de Niagara Falls, Candace McCann était la serveuse la plus recherchée et celle qui recevait les pourboires les plus généreux; dans son uniforme jonquille à manchettes et col blancs, un petit calot blanc coquet sur la tête, elle rappelait aux clients d'un certain âge… qui au juste? Betty Grable, Doris Day? Une autre époque, avant ces années 60 où les femmes avaient commencé à défier les hommes et où la laideur était devenue une façon de s'affirmer. Pas pour Candace McCann!

Lorsqu'ils sortaient ensemble, Candace et Royall formaient un couple séduisant qui attirait le regard admiratif des inconnus. Ce qui mettait Royall mal à l'aise, mais flattait Candace. «Je me dis toujours qu'un jour on sera découverts, tous les deux», disait-elle, avec un petit frisson. «Découverts en train de faire quoi, chérie? Et par qui?» plaisantait Royall. Candace lui donnait une petite tape sur le poignet, comme s'il avait dit quelque chose d'osé.

Le téléphone sonna. Annie décrocha, et Candace lui prit le combiné avec un petit rire nerveux. «Oh! mince alors. Madame Burnaby.»

La voix de Candace perdit de son entrain, c'était Ariah.

Royall surprit le regard qu'elle échangea avec Annie. *Ma future belle-mère. Oh là là!*

LA FEMME EN NOIR

Il profita de cette distraction pour se glisser dans la minuscule cuisine où Candace s'était plainte qu'un robinet fuyait. Il avait apporté des outils de bricolage. Ce genre de tâches domestiques l'apaisait, surtout lorsqu'il se sentait nerveux. Son père avait été avocat, c'est-à-dire un homme de discours qui ne servait sans doute pas de ses mains, et Royall aimait penser qu'il était différent de ce père déconsidéré qu'il n'avait jamais connu.

Après le robinet, Royall examina le réfrigérateur, dont Candace prétendait qu'il faisait des bruits étranges et «sentait bizarre». C'était un Westinghouse à l'émail écaillé dont ils avaient hérité avec l'appartement, comme la plupart des appareils de la cuisine. Royall ne lui trouva rien de particulier, sinon qu'il était vieux et que son moteur ronflait et vibrait comme une créature asthmatique. Il y avait à l'intérieur un pack de bières, acheté pour Royall, mais il préféra la brique de lait King's Dairy, dont il se remplit un grand verre. Du lait blanc ordinaire, il en buvait depuis toujours. Ariah lui en avait administré trois verres par jour pendant sa croissance. Elle avait obligé tous ses enfants à avaler des cuillerées d'huile de foie de morue dans du jus d'orange, au petit-déjeuner. Lorsqu'ils protestaient que le goût de l'huile leur donnait des haut-le-cœur, Ariah disait avec sévérité: «Dents saines, os sains. Le reste suivra.»

Royall tâchait de ne pas écouter la conversation qui se déroulait dans l'autre pièce. Il espérait de tout cœur que Candace ne lui passerait pas sa mère. Sa voix tremblerait et le trahirait. *Je ne peux pas l'épouser. Je ne l'aime pas. Dieu me vienne en aide.*

Naturellement Royall épouserait Candace. Il l'aimait, point final.

Il lui avait offert une bague de fiançailles, le mariage aurait lieu le lendemain matin à 11 heures, ils avaient des projets de voyage de noces. Ariah approuvait. Candace l'adorait. *Point final.*

Début octobre, Candace s'était installée dans ce deux-pièces, dans un immeuble de grès brun de la 5ᵉ Rue, où les nouveaux mariés devaient habiter. Ils avaient versé une caution assez considérable et les trois premiers mois de loyer. Candace et ses amies avaient dégoté l'appartement, et Royall le trouvait bien. Petit, un peu miteux, mais pour le prix, bien. Il était situé dans une rue animée, sur une ligne de bus. À cinq minutes à pied du King's Dairy, à cinq minutes de voiture des

323

FAMILLE

gorges du Niagara. Hors saison, Royall travaillerait sans doute pour l'agence de recouvrement Empire, qui payait à la commission ; ce travail lui avait été proposé par un ami de Stu Fletcher qui connaissait et appréciait Royall. Mais à présent que la date se rapprochait, Royall éprouvait un sentiment de malaise. Était-il dans sa nature d'appeler des inconnus au téléphone, ou d'aller frapper effrontément à leur porte pour leur réclamer des dettes qu'ils ne pouvaient sans doute pas payer ? Royall le pirate flamboyant était-il fait pour « reprendre possession » d'une voiture, d'un bateau, d'une télévision ou d'un manteau de fourrure que leurs malheureux propriétaires tardaient à rembourser ? Il commençait à se le demander. L'année précédente, il avait travaillé au bowling Armory, parfois au bar. Être enfermé toute la journée lui avait été pénible, après le côté exaltant du Trou du Diable. Il pensait à l'hôpital général de Niagara Falls, où il pourrait trouver un emploi d'aide-soignant, un travail qui ne payait pas beaucoup, mais les urgences, les ambulances, l'idée d'aider des gens désespérés lui plaisait. Il y avait aussi l'école de police, être policier lui aurait peut-être convenu, sauf qu'il fallait porter une arme et peut-être s'en servir, ce qui faisait réfléchir. Royall aurait pu prendre contact avec un producteur de disques de Buffalo qui lui avait laissé sa carte après l'avoir entendu chanter et jouer de la guitare au mois d'août à Prospect Park, pendant un festival, mais il sentait que rien de sérieux ne sortirait d'une « audition », et il avait sans doute perdu la carte du producteur. Il aurait pu chercher un emploi dans un hôtel ou un restaurant chic de la région plus opulente de Buffalo, Candace estimait qu'il ferait un séduisant maître d'hôtel, mais elle insistait surtout pour qu'il quitte définitivement la Compagnie du Trou du Diable et trouve un vrai travail, comme la plupart de leurs amis mariés employés dans les usines d'East Niagara Falls, North Tonawanda, Buffalo. « Surtout lorsque nous aurons des enfants, Royall. Je quitterai le King's Dairy. »

Royall avala une grande gorgée de lait. Le froid lui fit mal aux gencives.

Il ferma les yeux et revit un trait de soleil blanc dans le cimetière. Comme une lame de couteau lui transperçant les yeux, le bas-ventre. La femme en noir se renversait dans l'herbe drue et lui ouvrait les bras. *Nous nous connaissons, non ? Nous nous connaissons.*

Si seulement Royall était déjà marié : il n'y aurait pas de marche arrière possible.

(Mais Royall n'aurait pas fait l'amour avec une inconnue dans un cimetière ce matin-là, si ? Si Candace et lui avaient été mariés ?)

Royall se disait qu'il aurait pu déjà habiter là, dans cet appartement ; mais Candace n'avait pas voulu. S'il avait emménagé en même temps qu'elle au début du mois, ils seraient bien habitués l'un à l'autre, maintenant. Mais ils n'étaient pas encore mariés, bien sûr, et Candace se souciait du qu'en dira-t-on. Dans l'univers de Candace, tout le monde connaissait tout le monde et aimait colporter les « nouvelles ». Leurs familles à tous les deux auraient été indignées, scandalisées. Même Ariah qui méprisait les conventions aurait désapprouvé, et même Mme McCann qui passait pour « vivre ouvertement avec » un homme qui n'était pas son mari. Quant à Candace, elle veillait à renvoyer Royall de l'appartement à une heure « décente ». À quoi bon se marier, disait-elle si, de toute manière, on vivait et on couchait ensemble, si on se voyait au petit-déjeuner ?

Royall souriait. Eh bien oui, à quoi bon ?

Candace entra dans la cuisine, se débattant avec ses barrettes-papillons. Elle était agacée, contrariée. Royall percevait dans son joli visage de poupée, dans la mâchoire crispée et la bouche pincée, un visage de bouledogue en train de prendre forme. Elle parlait à toute allure d'Ariah qui avait changé d'avis sur quelque chose, des invités dont elle était absolument, positivement sûre qu'ils viendraient. Royall tâcha d'écouter avec sympathie, mais Candace semblait parler une langue étrangère qu'il n'avait encore jamais entendue, toute en sifflantes et en véhémence. Ses mains voletaient comme des oiseaux effarouchés, le minuscule diamant scintillait à son annulaire. Royall aurait aimé qu'ils soient tous les deux seuls dans l'appartement, qu'ils mettent tous les autres à la porte, coups de téléphone compris. (Le téléphone sonnait de nouveau dans la pièce d'à côté.) Ah ! cette longue journée.

Mais Candace n'était pas d'humeur à se laisser enlacer pour le moment. La conversation avec Ariah l'avait mise en boule.

Royall dit avec son sourire le plus sexy, avec une voix à la Johnny Cash, le chanteur préféré de Candace : « Et si on s'enfuyait tous les deux, ce soir, chérie ? Si on oubliait toute cette connerie de mariage et qu'on fugue ? »

FAMILLE

Les yeux de Candace s'écarquillèrent comme si Royall l'avait pincée. « Connerie de mariage ? Qu'est-ce que tu viens de dire, Royall Burnaby ? »

Il haussa les épaules. Lui, en tout cas, trouvait l'idée sacrément bonne.

Ou alors, s'ils ne pouvaient pas s'enfuir, ils pouvaient peut-être rester seuls ensemble dans l'appartement. C'était leur futur foyer, le grand lit au dossier de pin American Heritage était à eux, cadeau de mariage d'Ariah. Tout le monde dehors ! Le téléphone décroché ! Royall avait terriblement envie de prendre Candace dans ses bras et de s'étendre avec elle comme ils le faisaient parfois, pas pour faire l'amour mais juste pour s'embrasser, se serrer l'un contre l'autre, se réconforter. Peu importaient les bêtises qu'ils se disaient, comme les paroles d'une chanson dont la musique vous est entrée dans la tête.

Sauf que : Royall craignait d'avoir encore dans les cheveux, sur ses habits, l'odeur sombre et terreuse du cimetière. Il craignait que Candace ne perçoive le goût de l'autre femme sur ses lèvres.

La voix de Candace monta d'un cran : « Qu'est-ce qui te prend, Royall ? Dès que tu es entré et que j'ai vu ton visage, j'ai su.

– "Su" ? Su quoi ?

– Je ne sais pas, moi. Un de tes trucs à la Burnaby. Quand tu es bizarre et que tu marmonnes sans regarder personne dans les yeux. »

Un truc à la Burnaby ? C'était la première fois que Royall entendait ça. Et il était en train de regarder Candace dans les yeux, non ?

Candace ajouta, d'un air boudeur : « Toi ! Il y a des moments où je me dis que tu n'as même pas envie de te marier, que tu ne m'aimes même pas. »

Royall avait la tête douloureuse. Le lait froid s'était introduit dans les os de son front, maintenant. Une douleur sourde, et il devait résister à l'envie d'enfouir sa tête dans ses mains.

« Alors ? Tu ne réponds pas ? »

Des larmes brillaient dans les yeux de Candace. Une moue charmante plissait ses lèvres. Dans l'autre pièce, des voix se firent entendre. Des éclats de rire. Le téléphone sonna.

Candace fit mine de quitter la pièce, mais Royall la retint par le bras.

326

«Chérie…, fit-il d'une voix rauque.

– Quoi? *Quoi?*»

Royall déglutit. Maintenant c'était au tour de sa langue d'être froide et engourdie. Il lui fallait aller chercher les mots très loin, comme s'il halait une péniche le long d'un canal. «Je crois que non, chérie. Pas vraiment.

– Tu crois que non, quoi?»

Royall secoua la tête d'un air malheureux.

Les yeux de Candace devinrent durs comme l'acier, deux pics à glace. Son petit nez mutin parut s'aiguiser. À cet instant-là, elle comprit.

Elle prit la brique de lait et renversa ce qui en restait sur la tête de Royall, cria et hurla, lui envoya gifles et coups de pied jusqu'à ce qu'il la maîtrise. «Tu ne peux pas! Tu ne peux pas! Je te déteste, Royall Burnaby, tu ne peux pas!»

Cette longue journée. Elle se terminait enfin.

3

S'ils vous posent des questions sur lui, dites: «C'est arrivé avant ma naissance.»

Royall savait que non. Et pourtant, il n'avait pas de souvenir net de l'homme qui avait été son père.

Il n'avait pas de souvenir de Luna Park mais il savait, par Chandler, qu'ils avaient vécu un jour dans une «grande maison de pierre» donnant sur le parc. Il n'y avait aucune photo de cette maison, aucune photo de cette époque-là. Il n'y avait aucune photo de leur père jamais nommé.

Lorsque Royall essayait de se souvenir, son cerveau semblait se dissiper en vapeur. Comme les embruns projetés par les Chutes, qui s'éparpillaient et se perdaient dans le vent.

Plus jeune, il était allé secrètement à vélo jusqu'à Luna Park, à quelques kilomètres de Baltic Street, pour voir si, en voyant la maison, il se la rappellerait. Mais chaque fois qu'il approchait du parc, bizarrement, il était pris de vertige, ses jambes flageolaient, la roue avant de son vélo tournait brutalement, et il manquait tomber dans la rue. Il avait donc fini par renoncer. *C'était écrit comme ça. Maman est celle qui t'aime.*

327

FAMILLE

Le premier souvenir de Royall remontait à ce jour où, à l'âge de quatre ans, Ariah l'avait plus ou moins porté, endormi et désorienté, dans la « nouvelle » maison. Dans un étroit escalier grinçant, et dans sa « nouvelle » chambre. Il partagerait cette chambre avec son frère pendant dix ans. Il ne poserait jamais de questions, il serait le petit garçon heureux et plein de santé d'Ariah. Dans la maison en brique et stuc du 1703, Baltic Street avec ses odeurs mystérieuses, à moitié agréables, de vieux feu de bois, de graisse et de moisi, où des wagons de marchandises marqués *Buffalo & Chautauqua, Baltimore & Ohio, New York Central, Shenandoah, Susquehannah* leur traversaient le crâne dans un grondement de tonnerre.

Royall revint de l'école primaire de Baltic Street avec des histoires sur les Chutes.

Des fantômes sortaient des gorges, la nuit, raconta-t-il à sa mère avec excitation. Certains étaient indiens et d'autres blancs. Il y avait un Blanc que les Indiens avaient capturé et obligé à nager dans le fleuve et qui avait été emporté dans les Chutes, et il y avait une « jeune mariée rousse » qui l'avait cherché « sept jours et sept nuits » et qui, quand elle l'avait trouvé, noyé et mort, déchiqueté par les rapides, « s'était jetée » dans les Chutes, elle aussi.

Ariah qui était en train de brosser et de natter les longs cheveux de Juliet, blonds comme les blés mais mêlés de mèches roux foncé, demanda sèchement : « Quand tout cela s'est-il passé, mon chou ? »

En cours élémentaire à l'époque, Royall répondit : « Il y a des çontaines et des çontaines d'années, maman. Je crois.

– Pas "çontaines", Royall. *Cen*taines.

– Des "centaines", maman. Et des milliers aussi. »

Un second Zarjo, cet enfant. Adorable et avide de plaire. S'il avait eu un moignon de queue comme le chien, il l'aurait agité presque tout le temps.

Ariah rit et se pencha pour embrasser son fils. Les enfants croyaient de ces choses ! « Si c'était il y a si longtemps que cela, Royall, elle est morte, elle aussi. Les fantômes ne vivent pas éternellement. »

En cours moyen, Royall rentra de l'école avec une histoire différente. Cette fois, Chandler aussi était présent.

LA FEMME EN NOIR

«Maman! Ce fantôme que je t'ai dit?

– Quel fantôme, chéri? Nous ne croyons pas aux fantômes dans cette maison.»

Les yeux écarquillés, Royall dit : «Elle habite dans cette rue! Les gens disent qu'ils la voient, qu'elle est *vraie*.»

Ariah contempla son fils haletant. Elle lui tendait un grand verre de lait «entier» «homogénéisé» King's Dairy, comme elle le faisait toujours à ce moment-là. «Qui t'a dit ça?» demanda-t-elle avec calme.

Royall fronça les sourcils, tâchant de se souvenir. Ce n'était pas un enfant qui se rappelait les choses avec précision. Noms, visages, événements se mélangeaient facilement dans sa tête, comme des dés agités dans un cornet. Rester assis à son pupitre à l'école finissait par l'énerver, tout comme les mots imprimés qui «sautaient dans tous les sens» sous ses yeux. C'étaient peut-être des camarades de classe plus âgés qui lui avaient parlé du fantôme de Baltic Street. C'était peut-être son maître d'école. C'était peut-être la mère de l'un de ses meilleurs amis, qui l'invitait souvent chez elle après l'école, leur donnait à tous les deux du lait et des gâteaux et les laissaient regarder les dessins animés de la télé, interdits par Ariah Burnaby à l'autre bout du pâté de maisons.

Juliet, la plus crédule des enfants, en cours préparatoire à ce moment-là, écoutait son frère avec intensité. C'était une petite fille sombre qui avait le visage «long comme un concombre» et des yeux mélancoliques pareils à des «haricots œil noir», selon la description de sa mère; le risque avec Juliet, c'était que, si elle entendait des histoires de fantômes aperçus dans Baltic Street, elle pouvait se mettre à en voir le soir même. Chandler, un adolescent évanescent, expert à se couler dans et hors des pièces, sensible aux humeurs changeantes d'Ariah, se préparait justement à se glisser hors de la cuisine, sentant venir une scène. Et, dans le coin où on l'avait envoyé pour le punir d'avoir encore une fois pillé les poubelles des voisins, Zarjo était sur le qui-vive. C'était un après-midi froid et venteux de novembre qui n'avait rien de particulier dans l'histoire des Burnaby de Baltic Street, à ceci près que, tandis que Royall s'enferrait en parlant du fantôme, du fantôme qui était «vrai», une «dame fantôme» qui se promenait près des Chutes et faisait si peur aux gens qu'ils sautaient… Ariah l'interrompit pour demander qui pouvait bien raconter à des enfants de telles âneries et

FAMILLE

Royall protesta avec la chaleur d'un enfant de neuf ans : « Mais c'est vrai, maman ! C'est une dame fantôme, on la voit près des Chutes. » Ariah rit. Un rire bref et aigu, un claquement de fouet. Seul un enfant aussi expert que Chandler à deviner les humeurs d'Ariah pouvait interpréter son rire, et remarquer ses poings serrés.

Malgré tout, Chandler ne s'esquiva pas assez vite. C'était Royall qui avait raconté les âneries, mais ce fut Chandler qui s'attira le courroux d'Ariah. Elle se retourna pour foncer sur lui, l'empoigna des deux mains par les cheveux et le ramena dans la cuisine. « Toi ! Qu'est-ce que tu as à me regarder comme ça ! Espèce d'espion. »

Zarjo bondit en aboyant avec excitation. Bousculé par la lutte entre Ariah et Chandler, Royall renversa sur lui presque tout son verre de lait.

À part cela, un après-midi de novembre ordinaire dans l'histoire des Burnaby de Baltic Street.

4

Dix ans plus tard, Royall grimaçait en pensant à ce lait renversé. Le choc, et le verre volant en éclats à ses pieds.

King's Dairy. Du lait froid jeté sur Royall Burnaby. Il sourit à l'idée que cela allait peut-être lui arriver tous les dix ans. Une espèce de motif de patchwork farfelu dans sa vie.

Un jour, Candace avait dit à Royall et Juliet à sa façon surexcitée et haletante : « Oh ! vous avez tellement de chance. Vous avez la mère la plus fascinante du monde. »

Frère et sœur avaient échangé un regard surpris.

Juliet avait répondu, avec un soupir : « Oh, ça. Nous le savons, je crois. »

Dix ans après l'incident dans la cuisine, Royall hésitait devant la porte du 1703, Baltic. Il entendait de la musique à l'intérieur. Quelqu'un jouait du piano avec énergie, un rondo de Mozart apparemment, puis, après un silence pareil à un hoquet, la voix d'Ariah s'éleva, chaude et encourageante. Les enfants d'Ariah avaient appris à entrer et sortir de la maison sans bruit pendant les leçons de piano de leur mère, mais Royall s'attarda sur le seuil, rêveur et distrait. Il portait un pantalon kaki froissé, une chemise de flanelle par-dessus son tee-shirt, une casquette de la Compagnie du Trou du Diable enfoncée bas sur le

330

front. Il avait une barbe de trois jours qui luisait d'un éclat mauvais, de la limaille de fer, et les yeux injectés de sang comme s'il les avait frottés avec ses poings. Depuis vendredi matin, il ne s'était pas changé, ne s'était guère lavé que les mains, les bras et les aisselles. Et on était lundi après-midi.

Honte, honte! « Royall Burnaby » est son nom.

En fait, Royall n'était pas si honteux que cela, et il n'éprouvait pas le moindre repentir. Il était rempli de soulagement comme un ballon d'hélium. Libre! Si libre qu'il aurait pu s'envoler. Pas un homme marié à dix-neuf ans.

Bien sûr, il plaignait Candace. Son visage s'empourprait quand il y pensait. Il lui avait fait du mal, et c'était la dernière chose qu'il souhaitait. Il plaignait presque autant Ariah. Mais pourquoi?

Candace va être ma femme, pas la tienne.

Ariah n'avait pas voulu que Chandler, âgé de vingt-cinq ans, « voie » une amie qui était séparée de son mari et enceinte. Ariah avait déclaré choquante et rebutante l'idée d'une telle « liaison », et fait promettre à Chandler de ne pas se laisser persuader d'épouser la jeune femme; Ariah avait même refusé de la rencontrer. Et pourtant, Ariah avait immédiatement sauté sur Candace McCann en jugeant qu'elle ferait une épouse « parfaite » pour Royall.

C'était étrange. Mais, si l'on connaissait Ariah, peut-être pas si étrange.

Maintenant qu'elle approchait de la soixantaine, moins nerveuse et excitable qu'elle l'était plus jeune, Ariah était aussi moins encline à des accès de colère spectaculaires. (Ou à des « fugues », ainsi qu'elle les baptisait elle-même avec un détachement clinique. Comme si ces crises étaient un état d'esprit dont personne n'était responsable, à la façon dont, frappé par la foudre, on agiterait bras et jambes en blessant sans le vouloir des spectateurs innocents.) Il y avait des jours où elle refusait de parler à Juliet en raison d'une infraction mineure à leur relation mère-fille, ce qui paraissait absurde à Royall, qui, enfant, avait eu beaucoup plus de liberté. Ariah riait des bêtises que Royall commettait par insouciance ou par maladresse, alors que les mêmes bêtises commises par Juliet, ou par ce pauvre Chandler, l'auraient mise en fureur.

(Par bonheur pour lui, Chandler n'habitait plus Baltic Street. Mais il passait souvent, et dormait parfois dans son ancien lit, comme s'il

FAMILLE

avait autant besoin de la présence irritable d'Ariah que, à sa façon, Ariah avait besoin de lui.)

«Hé Royall! Comment va?»

Un voisin d'en face, dont Royall avait souvent nettoyé les gouttières pour une rémunération très modeste, le hélait, et il fut bien obligé de répondre et de le saluer. Royall supposait que tout le voisinage était au courant de l'annulation brutale de son mariage, bien qu'aucun habitant de Baltic Street n'eût été invité.

«Je pensais que tu serais en voyage de noces, cette semaine, hein?

– Eh bien, non.»

Le voisin, un homme d'un certain âge qui boitait, eut un rire mystérieux et rentra chez lui. Royall avait le visage en feu.

Peut-être avait-il été mal inspiré de revenir chez lui aussi vite? Il devait reconnaître qu'il avait peur de revoir Ariah.

Il l'avait appelée dès le vendredi soir, bien sûr. Il lui avait aussitôt annoncé que le mariage était «annulé». Il était 9 heures passées et Ariah n'aimait guère répondre au téléphone lorsqu'il était aussi tard, mais elle avait décroché à la dixième sonnerie, si stupéfaite de ce que lui disait Royall qu'elle lui avait demandé de répéter, et lorsqu'il l'avait fait, en expliquant précipitamment qu'il ne pouvait pas épouser Candace parce qu'il ne l'aimait pas et qu'il ne pensait pas qu'elle l'aimait, Ariah avait gardé le silence si longtemps qu'il avait craint un genre d'attaque. Puis il entendit sa respiration, rauque, pénible, comme si elle essayait de ne pas pleurer. Ariah, qui méprisait les larmes! Très vite, Royall dit: «Maman? Candace va venir te voir. Elle comprend mes raisons. Elle est bouleversée, et furieuse contre moi, mais elle comprend, je crois. Pardonne-moi, maman, je suis désolé. Je suis un salaud, je suppose. Maman...» Mais ce fut Juliet qui lui répondit. «Elle est montée dans sa chambre en courant, Royall. Elle n'a pas voulu me dire ce qui n'allait pas. Tu n'es pas blessé, au moins? Royall? *Tu n'es pas mourant?*»

Le lendemain, samedi, Royall envoya un télégramme à Ariah. Son premier.

CHÈRE MAMAN DÉSOLÉ PAS LE CHOIX
EXPLIQUERAI UN JOUR AFFECTUEUSEMENT ROYALL

332

Tout de suite après sa rupture avec Candace, Royall s'était caché. Il avait vécu trois jours en fugitif. Sans contact avec quiconque. Il n'avait appelé personne d'autre, sachant que la nouvelle se répandrait vite. Tous les amis et les parents de Candace avaient dû être mis au courant dans l'heure. Des égouts qui débordent, disait Ariah à propos de la façon dont circulaient les commérages. On peut compter sur le débordement des égouts à Niagara Falls, comme on peut compter sur les ragots et les « sales nouvelles » en général. Royall préférait ne pas penser à ce que les gens disaient de lui. Choqués, scandalisés, furieux. Même la mère de Candace était sans doute prête à l'étrangler. *Vous vous rendez compte ! Faire une chose pareille ! La veille du mariage !* Royall savait que Candace détesterait avoir à rendre les cadeaux de mariage, préjudice s'ajoutant à l'insulte.

Elle ne lui pardonnerait jamais, il le savait. Ce qu'il avait fait était pire qu'une trahison d'ordre sexuel. S'il lui avait parlé de la femme en noir, elle aurait été blessée, choquée, écœurée, elle aurait pleuré et tempêté, lui aurait dit qu'elle le détestait, qu'elle ne voulait pas l'épouser ; mais, pour finir, et assez vite, elle lui aurait pardonné et l'aurait épousé. En revanche, ce qu'il avait fait là, par honnêteté, en sachant que c'était ce qu'il y avait de mieux pour eux deux, elle ne le lui pardonnerait jamais.

La leçon de piano avait-elle pris fin ? Il était presque 6 heures. Mais Ariah prolongeait parfois la séance. C'était un professeur sérieux, exigeant, qui, au bout de plus de trente ans d'enseignement, avait encore la capacité de s'étonner des fautes de ses élèves. Ariah avait longtemps embarrassé ses enfants, et notamment Juliet, très sensible à ce genre d'affront, en accordant plus d'importance aux leçons de piano de ses élèves qu'ils ne le faisaient eux-mêmes. Elle était toujours blessée, stupéfaite, bouleversée, que des adolescents moyennement doués abandonnent ou que leurs parents décident de ne pas continuer. Cela n'avait rien à voir avec l'argent : Ariah s'occupait parfois d'un élève pendant des mois sans se faire payer. Elle aimait la musique et ne comprenait pas que d'autres puissent la prendre à la légère. *Autant foutre son argent à la poubelle* fut l'expression grossière (mais peut-être appropriée ?) qu'employa le père d'un des élèves d'Ariah lorsqu'il décida d'arrêter les leçons. Ariah adopta l'expression avec son humour macabre habituel. *Foutre son argent à la poubelle, c'est que nous faisons tous. C'est la vie!*

Dans Baltic Street, au milieu de voisins ouvriers ou «assistés sociaux», dont certains vivaient dans des maisons délabrées grouillantes d'enfants, la femme rousse grisonnante du 1703 était considérée comme une veuve qui élevait seule ses trois enfants, digne, polie, plutôt méprisante et distante, très renfermée, «excentrique». On reconnaissait qu'Ariah Burnaby était quelqu'un de particulier, une femme qui avait de l'«éducation», du «talent»; on savait qu'elle redoutait les intrus, que même un coup amical frappé à sa porte pouvait la bouleverser. *On dirait un fantôme. Elle vous regarde sans vous voir. Quand on l'appelle «madame Ariah», à la tête qu'elle fait, on a l'impression qu'on lui plante un poignard dans le cœur.*

Dès qu'il avait été assez grand pour jouer avec les enfants d'à côté, Royall avait été populaire dans la rue, une sorte de demi-orphelin plein d'entrain. Il se faisait des amis partout et était toujours le bienvenu dans les maisons de ses amis, où quelquefois, mine de rien, les mères l'interrogeaient. («Ta mère n'a pas l'air de sortir beaucoup, Royall?», «Tu ne te souviens pas de ton père, j'imagine?») Les gens oscillaient entre un sentiment de rancœur à l'égard d'Ariah pour ses airs supérieurs, et de compassion pour sa situation difficile. Fallait-il éprouver de l'antipathie pour elle ou de la pitié? Elle jouait très bien du piano, mais elle n'avait pas de mari, pas vrai? Elle avait été mariée à Dirk Burnaby, mais maintenant elle habitait Baltic Street, pas vrai? Et où étaient ses parents, sa famille? Pourquoi ses enfants et elle étaient-ils aussi seuls?

Lorsque Royall était enfant, il y avait eu des périodes, de plusieurs mois parfois, où Ariah ne pouvait se résoudre à sortir de la maison même pour faire les commissions – «Je me sens si faible, si oppressée, je sais que je m'évanouirai si je prends ce bus»; dans ces moments-là, les voisins proposaient discrètement leur aide. Ils accompagnaient Chandler et Royall à l'A & P, munis de la liste des courses écrite en lettres capitales par Ariah; ils emmenaient les enfants chez le médecin ou le dentiste, dans les magasins de vêtements et de chaussures. Des services dont Ariah était forcée de leur être reconnaissante, mais qui la contrariaient profondément. «Ne révélez pas les secrets de la famille!» disait-elle aux enfants. (Qui se demandaient alors quels pouvaient bien être ces secrets.) «Les gens ne cherchent qu'à fourrer leur nez dans les affaires des autres. Dès qu'ils sentent une faiblesse, ils en profitent.» Lorsque, peu après son cinquantième anniversaire, Ariah dut être opérée d'urgence de calculs biliaires, les voisins invitèrent les enfants à venir manger chez eux; puis, lorsqu'elle fut sortie de l'hôpital, pendant le temps de sa convalescence, ils passèrent apporter des plats mijotés, des restes de dinde (c'était en novembre, au moment de la fête de Thanksgiving), des gâteaux et des tartes. Chandler était chargé de les remercier poliment, alors même qu'Ariah suffoquait d'indignation. «Quelle bande de chacals! Ils voient que je suis "à terre". Ils se disent que maintenant je suis l'une des leurs.» La peau pâle d'Ariah brillait d'un éclat froid. Ses yeux vert translucide étincelaient de douleur et de triomphe. «Mais ils se trompent, vous savez. Nous leur montrerons.»

Chandler, qui avait dix ans et commençait à manifester un peu d'indépendance, protesta: «Ils cherchent juste à être gentils, maman. Ils nous plaignent.

– "Nous plaindre!" répliqua Ariah d'un ton cinglant. Comment osent-ils? Qu'ils commencent donc par se plaindre eux-mêmes.» Même dans son lit de convalescente, mortellement pâle et la voix fêlée, Ariah parvenait à blesser son fils aîné.

Royall, généralement épargné, était bien obligé de se demander pourquoi.

«C'est toi. Au moins, tu es vivant.»

Royall rit avec gêne. Ariah disait des choses incroyables. L'élève de piano était enfin partie. Lorsqu'elle l'avait raccompagnée à la porte, Ariah n'avait pas montré beaucoup d'émotion en découvrant son fils appuyé contre la balustrade de la véranda, la visière de sa casquette rabattue sur les yeux pour dissimuler son air coupable.

La jeune fille, une lycéenne, rougit en voyant Royall, comme si elle le connaissait. Elle murmura quelque chose comme *S'lut Royall* en passant près de lui.

Ariah le contemplait, le regard blessé et indigné. Peut-être se demandait-elle si elle ne devait pas lui interdire la maison. Refuser de le laisser entrer. Elle aurait pu jeter ses affaires sur le trottoir, comme, des années

FAMILLE

plus tôt, ils avaient vu une femme furieuse jeter celles de son mari à la vue de tout le voisinage, en hurlant : « Connard ! Connard ! »

Zarjo accourut sur la véranda, geignant et jappant avec excitation. Il n'avait pas vu Royall depuis plusieurs jours et avait peut-être supposé, à la tension qui régnait dans la maison, qu'une catastrophe était arrivée. Vieux à présent, le torse épais, le poil décoloré et clairsemé, les yeux moins clairs, Zarjo vouait toujours une adoration de chiot aux Burnaby, et surtout à Royall. Toute sa vie, Royall avait été son compagnon de jeu, et Ariah celle qui lui donnait à manger et le gardait près d'elle lorsque les enfants étaient à l'école. Zarjo poussa son museau contre les mains de Royall, tituba sur ses pattes de derrière en essayant de lécher le visage de Royall. « Zarjo, hé ! Couché. » Royall ne pouvait s'empêcher de sentir que la fidélité frénétique du chien était déplacée.

Ariah se détourna brusquement et rentra dans la maison. Mais elle ne ferma pas la porte au nez de Royall.

« Zarjo, j'ai dit *couché*, bon Dieu. »

On a envie de leur faire mal, parfois. À ceux qui vous aiment trop.

Royall suivit Ariah dans la cuisine en frottant ses joues râpeuses et irritées où lui semblaient pousser des piquants. Ses vêtements étaient froissés et ses aisselles sentaient. Ariah posa une bouilloire sur la cuisinière, comme c'était son habitude après un long après-midi de leçons de piano. Elle se déplaçait avec une lenteur délibérée, comme si ses articulations lui faisaient mal. Dans la lumière du plafonnier, son long visage sévère était celui d'une femme qui n'était plus jeune, mais ne se résignait pas à vieillir. Elle avait une allure farouche et résolue. Ses cheveux, son trait le plus frappant depuis toujours, étaient ramassés en un chignon lâche, tombant, mais néanmoins royal, maintenu par des épingles étincelantes ; ils étaient moitié rouille et moitié argent, scintillants comme du mica. Bien qu'elle fût visiblement tendue et malheureuse, elle avait mis pour ses élèves une longue jupe de tweed, un pull de cachemire noir brodé sur le devant, et un foulard de soie vaillamment rouge vif ; des vêtements achetés pour quelques dollars, et pas tout récemment, au dépôt-vente Second Time' Round Fashions de Veterans' Road. Ariah Burnaby était une femme digne, dos droit et tête haute, dans un quartier où les femmes au foyer sortaient souvent sur le pas de leur porte en chemise de nuit et en peignoir, avec d'énormes

336

LA FEMME EN NOIR

bigoudis dans les cheveux. Royall l'imaginait cependant en train de grincer des dents. *Oui je suis furieuse. Oui cette fois tu es allé trop loin.* Ariah avait prévu une réception de mariage dans cette maison. La première réception qu'elle eût jamais prévue, pour autant que Royall le sache. Et Royall l'en avait privée.

Entre autres.

D'instinct, il se serait avoué coupable et aurait demandé pardon. Mais une partie de lui-même s'y refusait obstinément. Il ne regrettait rien! Il était fichtrement heureux de ne pas être marié à Candace McCann ni à personne d'autre.

Royall remarqua le télégramme de la Western Union, froissée en boule, sur le plan de travail de la cuisine. Il tâchait de trouver des mots qui ne sonnent pas faux, hypocrites ou geignards. Comme si elle lisait dans ses pensées, Ariah dit sèchement: «Un télégramme. Mon premier. *Toutes mes félicitations, Ariah Burnaby, votre fils a eu un comportement honteux.*»

Royall poussa un soupir. Il caressait la tête de Zarjo, plus osseuse que dans son souvenir, et le chien, haletant d'excitation, lui léchait les mains.

Sa longue expérience avait appris à Royall que, s'il ne ripostait pas tout de suite et avec vigueur, s'il ne cherchait pas à se défendre, Ariah intensifierait son attaque. Il n'oublierait jamais ce jour d'été, à la fin de son année de première, il travaillait pour le Service municipal des parcs et des loisirs et jouait dans l'équipe de soft-ball sponsorisée par la municipalité, les cheveux longs et flottants sur les épaules, un bandeau tressé autour du front, et Ariah le traitait avec un mépris cinglant de «sauvage hippie»; et un soir, dans cette même cuisine, elle s'était jetée sur lui avec des ciseaux, lui avait empoigné les cheveux et en avait coupé des mèches épaisses avant qu'il pût l'arrêter. Après cela, elle n'avait cessé de le taquiner sans pitié. Son *sauvage hippie* de fils. Elle dit: «Cela n'aurait pas dû m'étonner, en fin de compte. Vous n'en faites jamais d'autres, vous les gosses.»

Vous les gosses. C'était blessant.

"Vous les gosses"? répéta Royall. Qu'est-ce que tu veux dire?

– Vous savez vous y prendre pour briser le cœur de votre mère.

– Qu'est-ce que Chandler et Juliet viennent faire là-dedans, maman? C'était ma décision.

337

FAMILLE

– "Ma décision". Tu es fier de toi, je suppose? Tu n'es qu'un mâle égoïste, vaniteux et ignorant.»

Royall grimaça. Comment se défend-on lorsqu'on vous accuse d'être un *mâle*?

Ariah dit, la voix tremblante: «Tu es comme lui. Tu as ses gènes. L'instinct de blesser et de détruire. De tout gâcher. De tourner le dos aux gens qui t'aiment, qui t'ont fait confiance. Oh! je te déteste!» Elle s'interrompit, désemparée, comme si elle se rendait compte qu'elle en avait trop dit. Avec brusquerie elle se détourna, retira à l'aveuglette la bouilloire fumante de la cuisinière.

«Comme qui, maman? Mon père?»

Royall attendit avec anxiété. Il savait qu'il ne fallait pas bousculer Ariah.

Elle remplissait la théière, renversant un peu d'eau à côté. Sa main tremblait tellement que Royall craignit qu'elle s'ébouillante. Elle dit: «Je ne pourrai plus jamais te faire confiance. Moi qui t'aimais tant...

– Oh! maman. Par pitié...

– Je t'aimais plus que Juliet, que j'aurais dû aimer plus que personne. Elle était ma petite fille, la fille pour qui je serais morte, mais ça n'a pas tourné comme il fallait entre nous, pas comme avec toi. Oh! dès le début, tu as été mon Royall! Et maintenant je te déteste.

– Bon Dieu, maman. Tu ne parles pas sérieusement.

– Ne jure pas en ma présence! Cette façon argotique de parler, c'est "dans le vent" et tellement vulgaire.»

Royall prit une profonde inspiration. «En quoi est-ce que je ressemble à mon père, maman? Dis-moi.»

Ariah secoua la tête. Son visage s'était fermé comme un store que l'on baisse.

Il avait trahi la famille. Il était sorti de la famille. C'était ça.

Hardiment, Royall insista: «Pourquoi tu ne veux pas me parler de mon père, maman? Je sais qu'il est mort. Il ne peut plus nous faire de mal, maintenant... non?» Mais là, Royall perdit pied. Comme cela lui arrivait parfois, à la barre du bateau du Trou du Diable, lorsque certains passagers avaient des réactions excessives, criaient et hurlaient comme si les eaux tumultueuses mettaient véritablement le bateau en

338

LA FEMME EN NOIR

danger ; leur peur se communiquait instantanément à tous les passagers, et même le cœur de Royall se mettait à battre absurdement. Une expression horrifiée s'était peinte sur le visage d'Ariah.

Royall se tut. Il retira la bouilloire de la main tremblante d'Ariah et la reposa sur la cuisinière. Au moins Ariah ne pourrait-elle ébouillanter ni lui ni elle-même. Cette cuisine avait été témoin d'une longue série d'«accidents» variés, mi-sérieux mi-comiques, attribuables tantôt à Ariah, tantôt à ses enfants distraits.

Royall essaya son sourire-Royall le plus charmeur. Il lui réussissait depuis dix-neuf ans avec cette femme, et il ne pouvait croire qu'il ne lui réussirait pas cette fois-ci encore. D'un ton d'excuse, il dit : «Je sais, maman, c'était dégueulasse de faire ça. Je…

– "Dégueulasse". Qu'est-ce que c'est que cette façon de parler ? Tu as été cruel, tu as été égoïste…» Elle se tut brusquement. Sans doute s'apprêtait-elle à le traiter de nouveau de *mâle*, se dit Royall.

«J'étais désespéré, tu sais. Quelque chose m'est arrivé ce jour-là. Et j'ai su que ce que je faisais n'était pas bien. Que cela ferait du mal à Candace, et à moi. Si nous avions eu des enfants…

– Si j'avais eu des petits-enfants, coupa Ariah avec colère. Ça, ça te dépasse, je suppose.

– Quoi ? Qu'est-ce que tu dis ?

– Encore heureux que Candace ne soit pas enceinte. C'est le seul point positif de cette histoire. Si tu l'avais abandonnée…

– Je ne l'aurais pas "abandonnée", maman, protesta Royall. Jamais je n'aurais fait ça.

– Vraiment ! Je me le demande.» Ariah versa du thé dans une tasse, en tenant la théière à deux mains. «Ne va pas t'imaginer que Candace ne s'en remettra pas, Royall Burnaby. Vendredi soir, elle était bouleversée, elle avait le cœur brisé, mais elle n'était pas hystérique, et sa religion lui sera une consolation. "Royall n'est pas croyant, alors peut-être que c'est mieux comme ça, finalement", voilà ce qu'elle a dit. Elle portera cette belle robe pour quelqu'un d'autre, et très bientôt, tu peux me croire. D'ici un an ou deux.» Ariah se lançait dans un de ses discours compassés. «Dire que tu as laissé partir une fille aussi jolie. Une fille au cœur pur, simple… et si *douce*.

– Pour l'amour du ciel, maman ! fit Royall, écœuré. Si je voulais une

FAMILLE

femme "douce", j'épouserais un lapin en chocolat. Je coucherais avec Fannie Farmer et son livre de cuisine.

– Royall. Surveille ton langage.

– C'est le mien, pas le tien! Je veux une femme avec qui je puisse parler, bon Dieu. Parler et rire. Une femme qui soit plus intelligente que moi, pas plus idiote. Une femme pour quand je serai plus âgé, et prêt. Une femme qui ne voudra pas que je trouve un vrai travail dans une putain d'usine chimique qui bousillera mes putains de cellules grises, les rares que j'aie. Une femme... » Royall prit une profonde inspiration, soudain inspiré. «... Une femme douée. Dans des domaines où je ne le suis pas. »

Ariah le regardait fixement. Une expression horrifiée se peignit de nouveau sur son visage. Ses lèvres remuèrent sans émettre de son, elle sembla sur le point de s'évanouir. Royall eut peur pour elle et dit très vite, battant en retraite: «Je sais juste que c'est mieux comme ça, maman. Candace le savait aussi, je pense, mais une fois que le mariage a été programmé, c'était difficile de tout arrêter, un peu comme si ce mariage avait sa vie à lui, qu'il était le but de tout ce que nous faisions. Je ne voulais pas te décevoir, tu sais. Si peu de choses semblent te rendre heureuse... »

Ces mots flottèrent dans l'air. Pas une accusation, une constatation. Un peu remise de son choc, Ariah parvint à rire avec indignation. «Ah! voilà maintenant qu'il me fait des reproches! Mon fils sans reproche fait des reproches à sa mère. »

Royall se disait pour la première fois que sa mère et son père avaient dû s'aimer, un jour. Longtemps auparavant, lorsqu'ils s'étaient mariés. Et pendant combien d'années ensuite? Puis quelque chose s'était passé. Il voulait savoir quoi! Il fallait qu'il le sache. Mais à l'expression d'Ariah, il savait que ce ne serait pas ce jour-là.

«Je ne te reproche rien, maman. C'est ma faute. Je suis faible, je crois, j'aime donner aux filles l'impression qu'elles sont uniques, les rendre heureuses. Même si c'est un peu irréel, un peu comme une mascarade.

– La vie hors de la famille est une mascarade, dit Ariah d'un ton monocorde. Vous l'apprendrez un jour. »

Mais pas au sein de la famille? Mal à l'aise, Royall remua les épaules. Près de lui, il y avait Zarjo, pour qui n'existait aucune question

340

d'ordre éthique, moral ou métaphysique, rien que la crainte angoissée d'être abandonné par son jeune maître. Doué pour décoder les tensions de la maison, parfois même avant ses occupants, Zarjo léchait les mains de Royall, essayait de monter sur ses genoux pour embrasser son visage empourpré. «Bon Dieu, Zarjo, descends!» Le chien retomba, griffes cliquetantes sur le linoléum, blessé comme si Royall l'avait frappé. Alors Royall fut bien obligé de le câliner et de le caresser, pour lui assurer que oui, il était aimé.

La moitié de la terre prête à tout pour être aimée. La moitié de la terre prête à tout pour être débarrassée de l'amour.

«Ce qui m'est arrivé, maman…

– Oui. Que t'est-il arrivé? On dirait que tu passes tes journées à boire, et que tu dors dans ta voiture.»

C'était cruel et inexact. Royall n'avait pas bu plus de deux ou trois bières ce jour-là. Il n'avait dormi dans sa voiture que le premier soir, le vendredi.

«… Je me suis rendu compte que je ne pouvais pas épouser Candace parce que je… je ne l'aimais pas autant que je peux aimer une femme.» Là, c'était dit. Royall se lécha les lèvres, après avoir proféré cette énormité. Il n'avait jamais été du genre à réfléchir sur lui-même, et encore moins sur les possibilités de ce lui-même; depuis l'enfance, l'avenir baignait pour lui dans le même flou, aimable et amnésique, que le passé. «Ça n'aurait pas été correct vis-à-vis de Candace…»

Ariah répondit sèchement: «Ah bon, et pourquoi? Parce que tu aurais trompé cette pauvre fille?»

Royall sentit son visage s'embraser. Parler d'un tel sujet avec sa mère! «Ce sont des choses qui arrivent, non? Si on se marie trop jeune. Après, on rencontre quelqu'un qu'on aime vraiment, comme on ne peut pas aimer celle qu'on a épousée. Et alors…»

Ariah se redressa de tout son mètre soixante-dix. Assez grande pour une femme de sa génération, elle était beaucoup plus petite que Royall et devait affirmer son autorité en braquant sur lui son fameux regard vert gazole. Oh! on redoutait d'enflammer ce regard. Chandler, Royall, Juliet et sûrement Zarjo tremblaient de peur d'enflammer ce regard. «Es-tu en train de me dire que tu *as* rencontré quelqu'un d'autre, Royall Burnaby?»

Royall hésita. Non. C'était une erreur.

Jamais il ne pourrait parler de la femme en noir à Ariah. À personne.

Ariah dit d'un ton railleur : « On est fier de soi, hein ? Ah ! vous, les hommes. Votre sexe serait amusant sans le venin que vous avez dans les reins ! »

Cette idée fit frissonner Royall. Du venin dans ses reins !

Je veux aimer. J'aimerai. Avec mon corps, et sans mensonge. Jamais plus.

Royall voulait changer de sujet. Il était en nage. Il dit d'un ton hésitant : « Je pourrais peut-être reprendre des cours. Des cours du soir. Je pourrais obtenir le Regents. Et alors… »

Ariah était assise à la table de la cuisine, elle buvait son thé. Un moment de crise semblait être passé, elle pourrait exercer son autorité plus facilement, à présent. Elle dit, avec un rire indulgent : « Toi ! C'est tout juste si tu as réussi à décrocher le diplôme local, Royall.

– … je pourrais aller à l'université, peut-être à Buffalo. Chandler l'a fait.

– Chandler ! Il est bien plus intelligent que toi, mon chéri. Tu le sais.

– Ah bon ? fit Royall avec froideur. On me l'a dit, en tout cas, ça c'est sûr.

– Tu as toujours eu des difficultés à l'école. Tu ne tiens pas en place, tu te lasses vite. Tu es quelqu'un de physique, pas comme ce pauvre Chandler. Même ses yeux sont faibles.

– Les yeux de Chandler ? Oh ! maman.

– Même Juliet est plus douée que toi pour étudier, Royall. Elle est rêveuse et rebelle, mais maligne. Alors que toi… »

Royall rit, en grattant plus fort la tête osseuse de Zarjo. « Tu es vraiment encourageante, maman. Tu as une grande foi en moi.

– J'ai eu foi en tes dons de musicien, Royall. Je ne parle pas de ta maudite guitare, mais du piano. Aucun instrument n'égale le piano ! Tu jouais de façon très prometteuse quand tu avais huit ans. Ensuite, tu n'as plus voulu en faire. Pourquoi ? Et tu avais une belle voix de baryton qui aurait pu être travaillée. Mais ça ne t'intéressait pas, tu étais toujours dehors. Tu n'avais ni la patience ni la discipline nécessaires. Tu crois qu'il y a de quoi être fier de ces chansons "folk" que tu chantais au

LA FEMME EN NOIR

lycée? Maintenant tu as une voix éraillée, aussi lamentable que celle
de ce Tom Dylan.
– Bob Dylan.»
Le visage d'Ariah se plissa de dégoût. «Horrible! Elvis Presley, lui,
avait au moins de la voix.
– Tu détestais aussi Presley, maman.
– Je détestais sa musique. Le "rock and roll". C'est de la barbarie, la
mort de l'Amérique. Dévorée de l'intérieur par ses propres enfants.»
La main d'Ariah trembla lorsqu'elle souleva sa tasse. Son chignon
avait commencé à se défaire. Avec sauvagerie, elle dit: «Et toi!... Cette
envie soudaine d'aller à l'université. Comme tu as eu envie, puis cessé
d'avoir envie d'épouser cette gentille fille innocente. Tu aimes ton travail au Trou du Diable, alors pourquoi?»
Royall savait ce qui allait suivre, mais il était bien incapable d'arrêter
Ariah. Des années auparavant, il l'avait entendue manœuvrer Chandler
pour qu'il renonce à aller à l'université de Pennsylvanie, où on lui avait
accordé une bourse, et qu'il s'inscrive plus près de la maison, à l'université d'État de Buffalo. *Tu sais que tu as les nerfs sensibles. Et si quelque
chose de terrible t'arrivait? Si loin de chez toi.*
Et en effet les nerfs de Chandler avaient été mis à rude épreuve, et
ils l'avaient été pendant ses quatre années de fac, pas à Philadelphie mais
à Buffalo. Il avait dû faire l'aller-retour cinq jours par semaine pour se
rendre à ses cours, habiter Baltic Street avec sa famille, et travailler à
temps partiel pour payer ses frais de scolarité et participer aux dépenses
de la maison. *Université* était devenu synonyme d'*égoïsme*, d'*inutilité*.
C'était le sujet que réenfourchait Ariah, avec une éloquence méprisante. «Où prendrais-tu l'argent pour faire des études? Il n'y a pas
que les frais de scolarité, il y en a d'autres, cachés. Tu serais obligé
d'emprunter, de t'endetter pour des années. Et si tu n'obtenais pas ton
diplôme? Tout cet argent serait perdu: fichu à la poubelle.
À la poubelle! Royall ne put s'empêcher de sourire. Il se passait rarement un jour au 1703, Baltic Street sans que soit évoquée la *poubelle*
redoutée.
«Quoi? Tu trouves ça amusant? Tu es un aristocrate déguisé, peut-
être, ou l'héritier d'une fortune perdue? J'ai de mauvaises nouvelles
à t'apprendre, mon petit.

343

FAMILLE

– Je peux travailler, dit Royall avec contrariété. Je travaille depuis l'âge de treize ans. Je t'en prie, maman !

– Mais tu n'as plus treize ans, aujourd'hui. Ta vie ne sera pas éternellement un lit de roses, monsieur. Tu crois qu'avec l'argent dont tu nous "fais don" tu pourrais te payer le gîte, le couvert et les services d'une bonne à tout faire vingt-quatre heures sur vingt-quatre ? Ça n'est possible que dans ta famille, crois-moi. Ta sœur te cire tes chaussures, et pourquoi ça ? Ta sœur, qui ne fait rien de ce que sa mère lui demande, passe de longues heures à cirer tes ridicules bottes de motard, tes bottes de cow-boy, et pourquoi ? Ne me le demande pas. Elle t'adore, apparemment. Tu vois bien que nous vivons à l'étroit. La grande dépense de ta mère, c'est de faire accorder son piano deux fois par an, sans quoi nous serions tous à la rue, en train de mendier l'aide sociale. Mais vous les enfants, vous êtes tous pareils : vous vous conduisez comme s'il y avait de l'argent caché quelque part. » Ariah s'interrompit, haletante. Cela aussi, c'était un des thèmes d'Ariah : le trésor *caché*. D'aussi loin que Royall s'en souvienne, Ariah avait toujours fait allusion à ces richesses comme à quelque chose d'obscène, mais d'excitant ; d'excitant, mais d'obscène. Royall savait toutefois qu'il était inutile de relever, car Ariah ne parlerait que de ce dont elle voulait parler. Elle était un chien qui, les crocs solidement plantés dans sa propre laisse, tournait, feintait, gambadait. « Les gorges, le Trou du Diable, le tourisme, c'est idéal pour toi, disait-elle d'un ton ferme. Les touristes sont des enfants qui veulent être divertis, et tu as ce don, Royall. Et ce capitaine Stu a visiblement un faible pour toi. Et habiter ici avec ta sœur et moi, et avec Zarjo qui t'adore, si finalement tu ne te maries pas, c'est la solution raisonnable, Royall. » Ariah embrayait maintenant sur des reproches plus maternels. « Nous avons été heureux, Royall, tu ne trouves pas ? Toi, Chandler, Juliet, Zarjo et moi ? Tu n'aurais pas dû dire que "peu de choses me rendent heureuse". Tout me rend heureuse, Royall, quand ma famille est en sécurité. » Ariah s'essuya les yeux, pour plus d'effet.

Le plafond craqua au-dessus de leurs têtes. Des bruits de pas hésitants. Juliet ? Sa chambre était juste au-dessus de la cuisine. Royall supposait qu'Ariah l'avait expédiée au premier pour ne pas être dérangée.

Juliet l'adorait-elle ? Royall sentit sa gorge se serrer. La nouvelle de la rupture avait bouleversé sa sœur. Pour une raison quelconque, elle avait

344

LA FEMME EN NOIR

attendu avec impatience le mariage de Royall. D'abord, comme à son habitude, elle avait déclaré qu'elle n'irait pas : elle avait horreur de ces cérémonies «artificielles, chichiteuses». Personne ne voulait d'elle, de toute façon. Elle détestait «s'habiller», «se coiffer». Elle était «tellement laide, de toute façon». Mais Ariah l'avait entreprise sur le sujet, et elle avait fini par changer d'avis, au point d'attendre le mariage avec presque trop de surexcitation. Au lieu d'une «abominable corvée», c'était devenu une source de profond bonheur. Une «nouvelle sœur» était précisément ce que Juliet désirait. Il s'avéra soudain qu'elle avait «toujours désiré» une sœur. «Et j'aurai peut-être bientôt une nièce, je parie!» disait-elle pour taquiner Royall, qui rougissait furieusement.

Mais maintenant, Juliet était au trente-sixième dessous. Lorsque Royall lui avait parlé, la veille, elle avait fini par se mettre à hurler et lui avait raccroché au nez.

Comment as-tu pu faire une chose pareille! Oh! Royall! Puisses-tu rôtir en enfer.

Ils étaient tous si résolus à ne pas se perdre les uns les autres, pensa Royall. À ne pas céder un pouce.

Ariah observait son fils avec attention. Elle s'était penchée pour caresser le dos de Zarjo, tandis que Royall continuait à lui caresser la tête. Rassuré par les deux personnes qu'il aimait par-dessus tout, Zarjo s'apaisait peu à peu. Ariah dit : «J'ai fait un pain de viande pour ce soir, avec des oignons et des poivrons. Et de la purée, bien sûr.»

Le repas préféré de Royall. Il était bien obligé de se demander si c'était un hasard.

«Okay, maman. Impeccable.

– À moins que tu aies d'autres projets.»

Royall ne dit rien. De nouveau, il entendit craquer les lattes du plancher au premier. Juliet lui pardonnerait, elle aussi. Avec le temps. Royall, qui était revenu à la maison. Royall, qui n'était jamais parti.

«J'ai laissé un message au collège de Chandler en lui demandant de venir dîner avec nous. Il a des tas d'occupations mystérieuses, et il y a des jours que nous ne l'avons pas vu. Il fréquente toujours cette "amie"? Celle qui...»

La jeune femme s'appelait Melinda. Elle était mariée, mais pas avec Chandler qui était amoureux d'elle. Royall plaignait Chandler qui

345

FAMILLE

semblait toujours s'occuper des autres, Royall compris. *Pourquoi supportes-tu les conneries de maman?* lui avait-il demandé un jour, et Chandler l'avait regardé avec stupéfaction. « *Des conneries? Quoi? Quoi, Royall?*» Il n'avait pas la moindre idée de ce que Royall voulait dire.

« Dis-moi, Royall : Chandler était au courant pour Candace et toi ?
– Au courant de quoi ?
– Il savait que tu allais rompre tes fiançailles ?
– Non.
– Mais tu te confies à lui, non ?
– Quelquefois. Pas cette fois-ci. »

Le menton d'Ariah tremblait. « Si j'apprends que Chandler savait ! Que Chandler t'a conseillé…

– Il ne l'a pas fait. » Royall avait envie d'ajouter : *Ce n'est sûrement pas à Chandler que je demanderais des conseils sur l'amour, le mariage, le sexe.* Il était presque sûr que Chandler n'avait jamais fait l'amour avec une femme. Le pauvre type était davantage le fils de sa mère que, lui, Royall, ne l'avait jamais été.

Ariah avait terminé son thé. Ses joues pâles avaient rosi. Avec un enthousiasme de petite fille, elle dit : « Eh bien, nous allons dîner gentiment ensemble tous les quatre. J'ai eu la prémonition que tu reviendrais peut-être. J'ai préparé le pain de viande ce matin, avant l'arrivée de mon premier élève… Mais si tu manges avec nous, Royall, va prendre un bain, s'il te plaît ! On dirait que tu as couché dehors, et avec des cochons, à en juger par ton odeur. »

Royall rit. Être taquiné ainsi ne le dérangeait pas, il était habitué aux changements d'humeur soudains de sa mère.

Mais Ariah ne pouvait pas sentir l'odeur de la femme en noir sur lui, c'était arrivé des jours plus tôt.

En fait, Royall avait fui Niagara Falls pour aller chez un ami de lycée qui habitait Lackawana. En disgrâce chez lui, il s'était réfugié dans cette ville industrielle enfumée, au sud de Buffalo, où personne ne le connaissait à l'exception de son ami. Le samedi soir, ils étaient allés boire ensemble. Le dimanche après-midi, ils étaient allés à l'hippodrome de Fort Erie pour distraire Royall de ses remords. Là, Royall avait eu la chance de gagner 62 dollars dès son premier pari, qui était aussi le premier pari de sa vie ; puis il perdit 78 dollars à son deuxième

LA FEMME EN NOIR

pari; gagna 230 dollars au troisième; et, en misant l'essentiel de ses gains, contre l'avis de son ami, sur un cheval nommé Black Beauty II, un tocard coté 8 contre 1, il gagna 1312 dollars. Mille trois cent douze dollars! La chance des débutants, s'était exclamé son ami. La première aventure de Royall sur un champ de courses.

« Pas avec des cochons, maman, dit-il. Avec des chevaux. » À l'étonnement d'Ariah, il sortit son portefeuille, bourré de billets, et se mit à compter l'argent sur la table de la cuisine. D'un seul coup, il avait pris une attitude avantageuse, fanfaronne. Il se sentait déraper, comme une voiture sur une chaussée verglacée. Six cents, sept cents, huit cents dollars...

Ariah était abasourdie. « Royall! D'où sors-tu tout cet argent?

– Je te l'ai dit, maman. Les chevaux.

– Les chevaux? Les courses? »

Elle le dévisageait tout à coup comme si elle ne l'avait jamais vu.

« Après ce qui s'est passé dans ta vie, Royall, comment as-tu pu faire ça? Aller aux courses. Dans un moment pareil... »

Royall changea d'avis et reprit l'un des billets de cent dollars. Comme cela, il lui restait six cents dollars pour Candace dans son portefeuille. Et le loyer de l'appartement était payé pour trois mois, Candace y resterait. Elle reprendrait son travail chez King's Dairy, où elle était la serveuse la plus appréciée. Comme Ariah l'avait prédit, d'ici un an ou deux, elle serait de nouveau fiancée et, cette fois, elle se marierait.

Ariah disait d'un ton pressant: « Tu ne m'entends pas, Royall? Qu'est-ce qui t'arrive, tout à coup? Est-ce qu'en plus tu aurais bu? »

– Non, madame. » Royall poussa les billets vers Ariah, les sourcils froncés. Il se sentait effectivement ivre. Il avait du mal à choisir les mots qu'il fallait. Petit, il avait souvent été dérouté par les mots imprimés, la logique de leur position sur la page, que les autres enfants semblaient accepter sans poser de questions. (Mais peut-être leurs yeux étaient-ils différents de ceux de Royall?) Il lui était arrivé de mettre un livre à l'envers, ou d'essayer de lire les phrases de côté, verticalement. Les autres enfants, et sa maîtresse, avaient cru qu'il faisait le pitre pour les amuser. Un enfant gai et aimable, avec ces cheveux blond filasse, ces yeux bleu vif et ce sourire radieux? Pas étonnant que tout le monde ait adoré le petit Royall Burnaby.

FAMILLE

«Ariah, je peux te demander quelque chose?»

Il était rare que Royall appelle sa mère «Ariah». Elle se raidit.

«Je n'ose imaginer quoi. Il est évident que tu as bu.

— Pourquoi m'as-tu appelé "Royall"?»

La question prit visiblement sa mère au dépourvu. Elle ne s'y attendait pas.

«Royall…» Ariah passa la main sur ses yeux, cherchant, semblait-il, à se souvenir. Elle prit une profonde inspiration, comme si elle attendait cette question depuis très longtemps et qu'elle eût préparé la réponse. «Je crois… ça doit être parce que… tu avais quelque chose de "royal" pour moi. Tu étais mon premier-né "royal".

— C'est Chandler le premier-né, maman.

— Bien sûr. Ce n'est pas ce que je voulais dire. Toi, mon chéri, tu me paraissais "royal". Ton père…» Ariah s'interrompit, désemparée. Mais tel était son sang-froid que sa main ne trembla pas lorsqu'elle l'écarta de son visage. Son regard assombri ne vacilla pas, fixé sur le visage de Royall.

Il dit d'un ton détaché: «À Fort Erie, on m'a dit qu'il y avait eu un jour un "Royall Mansion", un cheval célèbre. Dans les années 50.»

Ariah eut un rire nerveux. «Ça, je n'en ai aucune idée. Je ne connais rien aux chevaux ni aux courses.

— Oh, ça me serait égal de porter le nom d'un cheval, s'il était exceptionnel. Il y a pire.»

Royall se comportait maintenant comme s'il s'apprêtait à partir. C'était étrange parce qu'il venait juste d'arriver. Il dit:

«Cet argent est pour toi, maman. Pour les frais du mariage. Tu as beaucoup dépensé.

— Non, dit aussitôt Ariah. Je ne peux pas accepter ton argent. Pas celui que tu as gagné aux courses.

— Celui que j'ai gagné en travaillant, alors. J'ai une dette envers toi. D'accord?

— Non, Royall.»

Ariah était debout. Son autorité avait été mise en question, sa souveraineté était en jeu. Elle observait son adversaire comme quelqu'un qui a été attaqué dans son sommeil, à l'improviste. Elle repoussa les billets de cent dollars, et Royall s'écarta. L'un des billets tomba à terre

348

en voletant. Royall veillait à garder la table entre sa mère et lui. Zarjo les regardait tous les deux, tremblant.

«C'est de l'argent souillé. Je ne peux pas y toucher.

– C'est juste de l'argent, maman. Et j'ai une grosse dette envers toi.»

Ariah économisait depuis des années dollars, *quarters* et *dimes* sur ses leçons de piano. S'il y avait un fonds secret, c'était celui qu'elle avait laborieusement amassé, déposé sur un compte pour le maigre intérêt rapporté chaque trimestre, ou plutôt, d'après Royall, caché dans un tiroir de la commode de sa chambre à coucher. Une conviction l'envahit avec la force d'une attaque de grippe : il aimait cette femme, sa mère, et ne pouvait plus vivre avec elle.

Royall gratta de nouveau le crâne de Zarjo, en guise d'adieu. Le chien leva vers lui un regard mélancolique.

«Dis à Juliet que je ne pouvais pas rester, maman. Je t'appellerai.»

Ariah dit avec calme : «Si tu quittes cette maison, Royall Burnaby, tu n'y seras plus le bienvenu. Jamais.

– D'accord, maman.»

Bizarre que Royall s'en aille sans dîner, alors qu'il avait très faim. Bizarre qu'il n'eût pas su avant cet instant qu'il s'en irait aussi soudainement, alors qu'une partie de lui, le Royall rêveur, le Royall enfant, avait une si grande envie de rester. Il partirait sans prendre ce bain dont il avait besoin et que sa mère avait ordonné. Il partirait sans rien prendre dans sa chambre ; et lorsqu'il reviendrait le lendemain matin, il trouverait ses affaires en tas sur la véranda et jusque sur le trottoir – vêtements, chaussures, bottes, sa guitare à la corde cassée, l'annuaire 1976 du lycée de Niagara Falls, une radio, un tourne-disque et des dizaines de disques dans leurs pochettes usées. Dans l'une de ses bottes de cow-boy éraflées, Royall découvrirait, à sa consternation, sept billets de cent dollars, soigneusement attachés avec un élastique.

Et cette fois même Zarjo ne sortirait pas pour le saluer. Porte d'entrée verrouillée, et tous les stores tirés.

5

Parle-moi de lui ? De notre père ?
Je ne peux pas, Royall.
Si, tu peux. Je t'en prie, Chandler !

FAMILLE

J'ai promis. Je lui ai donné ma parole.

Quand ça? Quand on était gosses? On n'est plus des gosses maintenant. Royall, je…

C'est mon père à moi aussi. Pas seulement le tien. Tu te souviens de lui, moi pas. Juliet non plus.

J'ai promis à maman, Royall. Quand il est mort. La police est venue, tous les journaux en ont parlé. J'avais onze ans. Tu en avais quatre, et Juliet était un bébé. Maman m'a fait promettre et…

Comment est-il mort? Un accident de voiture, hein? Dans le fleuve? Il pleuvait, la voiture a dérapé… et on n'a jamais retrouvé son corps… c'est ça? Dis-le-moi!

Je ne peux pas! Elle m'a fait promettre que je ne parlerais jamais de lui. Ni à toi ni à Juliet. Aux autres, nous étions censés dire que c'était arrivé avant notre naissance.

Mais c'est faux! Tu l'as connu! Dis-moi comment il était.

Elle ne me pardonnerait jamais si…

Je ne te pardonnerai jamais, Chandler! Bon Dieu.

Je lui ai donné ma parole. Je ne peux pas revenir dessus.

Elle a profité de ce que tu étais tout jeune. C'est pour ça que nous sommes si seuls. Toute notre enfance, les gens nous ont regardés comme si nous étions des monstres. Des infirmes capables de danser et d'avoir l'air heureux. Ça plaît aux gens que nous soyons comme ça, ils n'ont pas à nous plaindre. Putains de salopards! Ça a été pareil toute ma vie.

Maman ne voulait que notre bien, Royall. Tu sais comment elle est. Elle nous aime, elle veut nous protéger…

Je ne veux pas être protégé! Je veux savoir.

Personne ne peut t'empêcher de savoir ce que tu réussiras à apprendre. Mais je ne peux pas être celui qui te dira.

Pourquoi haïssait-elle autant notre père? Pourquoi avait-elle si peur de lui? Quel genre d'homme était-ce? Je veux savoir.

Nous pourrions en discuter face à face, Royall. Au téléphone, c'est pénible.

Non! Si tu ne veux rien me dire sur lui, je ne veux pas te voir. Ça ne fera que me foutre en l'air davantage de savoir que tu sais des choses que je ne sais pas.

Royall? D'où appelles-tu?

Qu'est-ce que ça peut te faire ? D'un téléphone.

Maman m'a dit que tu avais quitté la maison. Tu as annulé le mariage et tu as quitté la maison ? S'il te faut un endroit où...

Va te faire voir.

Furieux, Royall raccrocha.

6

C'est... au sous-sol ?

– Techniquement, oui. »

C'était surprenant, d'une certaine façon. Royall associait la bibliothèque publique à ses colonnes et à sa rotonde doriques, à l'espace ouvert du bureau de prêt. Le sous-sol ne cadrait pas. Mais c'étaient de « vieux journaux » que Royall cherchait, et ils étaient conservés dans l'« annexe des périodiques », niveau C.

Le bibliothécaire contemplait Royall d'un air sceptique mais néanmoins poli. Sans doute avait-il l'air d'un jeune homme qui, avant ce jour, avait passé aussi peu de temps qu'il l'avait pu dans les bibliothèques. « Que cherchez-vous au juste ? » Royall marmonna une réponse et s'esquiva.

Dès qu'il eut quitté le rez-de-chaussée bien éclairé de la vieille bibliothèque, Royall se retrouva seul. Ses chaussures de randonnée sonnaient bizarrement dans l'escalier métallique en spirale, comme des sabots, et une odeur suffocante, moitié sciure, moitié canalisations bouchées, lui montait aux narines. Il éprouva son premier moment de panique. Que cherchait-il au juste ? La pluie tombait sans interruption depuis l'aube. Ce mois d'octobre de rêve, doux et ensoleillé, avait cédé la place à une fraîcheur automnale et à une odeur de papier journal détrempé. Au loin, sur le lac Ontario, un tonnerre menaçant grondait, à la façon d'un immense train de marchandises prenant de la vitesse. Royall espéra que l'orage attendrait qu'il ait fini ce qu'il avait à faire à la bibliothèque.

Comme s'il n'en avait que pour une demi-heure, ou moins.

Être furieux contre son frère était nouveau pour Royall. Être « en colère » contre qui ce soit, en fait. Et chassé de chez lui. Chassé de chez lui ! Peut-être s'engagerait-il dans les marines. Ils recrutaient des types comme lui. Peut-être changerait-il de nom : « Roy » convenait mieux que «Royall» lorsqu'on était seul dans la vie à dix-neuf ans, fils de personne. Quand on s'appelait «Roy», on ne souriait pas aussi facilement et aussi aimablement. On n'était pas toujours en train de siffloter et de fredonner, les pouces passés dans la ceinture, comme une version édulcorée de James Dean. On regardait les adultes – les autres adultes – dans les yeux et on leur disait ce qu'on voulait.

Peut-être.

Au niveau C, Royall eut l'impression de se retrouver dans un sous-marin. L'annexe des périodiques était une caverne ténébreuse où les visiteurs devaient allumer eux-mêmes les lumières. Royall craignait que quelqu'un passe, un bibliothécaire ou un gardien, et éteigne l'escalier en le laissant en plan dans le sous-sol. Seigneur! Pas étonnant qu'il ait évité les bibliothèques toute sa vie.

Il chercha l'interrupteur à tâtons. Une fluorescence incertaine, vacillante, sembla émaner de toutes les surfaces à la fois. L'odeur d'égout s'était intensifiée. Et cette odeur mélancolique qui rappelait à Royall l'époque où il livrait la *Gazette* à domicile, une odeur de papier journal mouillé. Il avait oublié à quel point il la détestait, à quel point elle était liée à sa détresse enfantine et imprimée profondément dans son âme.

«C'est pour ça que je te déteste. Une des raisons. Tu es parti, et tu m'as abandonné à cette odeur.»

Il dépassa des cartons de livres et de périodiques entassés en piles impressionnantes. Certaines lui arrivaient aux épaules, d'autres atteignaient le plafond. Sans doute des exemplaires mis au rebut, imprégnés d'eau à cause de fuites et oubliés depuis des dizaines d'années. Un béton terne et sale revêtait le sol. Çà et là des livres et des revues gisaient, grands ouverts, comme si on leur avait donné un coup de pied. Royall pensa au cimetière de Portage Road. L'annexe était presque entièrement occupée par des rangées d'étagères métalliques, montant jusqu'au plafond, séparées par d'étroites allées. Les étagères portaient des indications alphabétiques, mais il ne semblait pas y avoir beaucoup d'ordre. Des numéros de *Life* des années 50, cornés, tachés d'humidité, voisinaient avec des exemplaires plus récents du *Buffalo Financial News*; la *Niagara Falls Gazette*, que cherchait Royall, avait été rangée en différents endroits avec des journaux de Cheektowaga, Lackawana, Lockport, Newfane. Quelqu'un avait éparpillé sur le sol des pages du

Lockport Union Sun & Journal. Partout les dates étaient mélangées, comme si le vent avait soufflé en tempête. C'était l'année 1962 dont Royall croyait avoir besoin, mais où commencer?

La femme en noir l'avait conduit dans cet endroit. Il éprouva un frisson de répulsion en pensant à elle. À la façon dont elle l'avait caressé.

Il lui fallut près d'une demi-heure pour repérer un numéro de la *Gazette* datant de 1962; et il constata alors avec déception que le numéro en question était de décembre. Une édition du dimanche, des gros titres qui n'avaient rien à voir avec son père ni avec Love Canal. Royall laissa retomber le journal, s'accroupit sur les talons.

«Merde. J'ai soif.»

Il n'avait pas bu une seule bière de la journée. On était au début de l'après-midi. Il patienterait. Jusqu'à ce qu'il ait accompli quelque chose.

Royall savait que son père – «Dirk Burnaby» – s'était occupé de la première action en justice dans l'affaire de Love Canal, mais il ignorait les détails. Cette première action s'étant terminée par un échec, «Love Canal» était devenu une plaisanterie dans la région, mais plus tard, dans les années 70, à l'époque où Royall était au collège, l'affaire était revenue sur le tapis. D'autres gens, sans doute. D'autres avocats. D'autres plaignants. Il y avait eu de nouvelles actions en justice, certaines dirigées contre des industries chimiques autres que Swann. Royall n'avait été que vaguement au courant. Ses amis et ses camarades de classe en discutaient parfois parce que leurs familles étaient concernées, mais leurs connaissances étaient aussi décousues et fragmentaires que les siennes. Royall, qui lisait rarement le journal, qui rêvait et somnolait pendant les cours de sciences sociales, n'avait pas suivi les événements de près. Chandler disait qu'ils «ne risquaient rien» dans Baltic Street; du moins l'espérait-il. Ariah ne parlait jamais de ce genre de sujets. Si le vent soufflait de l'est, elle fermait les fenêtres. Si la suie noircissait les vitres et les rebords de fenêtre, on les nettoyait avec des serviettes en papier. Ariah tenait les journaux à distance, littéralement; elle parcourait les gros titres, bras tendus, avec une expression d'appréhension et de mépris. Elle s'attendait au pire de la part de l'humanité, ce qui lui permettait d'être agréablement surprise, assez souvent, lorsque le pire n'arrivait pas.

C'est toi. Au moins, tu es vivant.

FAMILLE

Il y avait peut-être une certaine sagesse dans cette attitude. Royall apprenait.

Il fourragea dans des piles branlantes de la *Gazette*. Chercha aussi parmi les numéros du *Buffalo Evening News* et du *Buffalo Courier Express*, qui avaient sûrement couvert l'affaire de Love Canal. Ses mains étaient tachées d'encre d'imprimerie. Il trouvait des crottes de souris, de minuscules boulettes noires grosses comme des graines de cumin. Et des carapaces desséchées d'insectes. De temps à autre un poisson d'argent vivant, qui détalait. *Le destin des morts. Mais je ne suis pas mort.*

Des numéros de journaux de 1973, 1971, 1968... Il avait été bien naïf de croire qu'en faisant un saut à la bibliothèque, il pourrait lire des articles concernant son père, apprendre certains faits intéressants et partir. La tâche n'était pas aussi facile, en fin de compte. Étrangement, le passé n'était pas *là*.

Non loin de lui, quelque chose gouttait sans interruption. Toutes les quatre secondes. Mais lorsque Royall tendait l'oreille, les quatre secondes en devenaient cinq, ou davantage. Ou alors, au contraire, les gouttes tombaient plus rapidement. Royall se boucha les oreilles. «Bon Dieu. Salaud.» Son travail à la Compagnie du Trou du Diable lui manquait déjà, et il y avait à peine une semaine qu'il avait arrêté. L'uniforme imperméable, sa casquette à visière, les passagers qui s'en remettaient au lieutenant capitaine Royall. C'était un dessin animé de Walt Disney et pourtant : l'eau tonnante des Chutes était réelle.

Quelquefois, cependant, Royall se sentait irréel. Au milieu des embruns, des cris des passagers, sur le bateau ballotté. Ses pensées dérivaient, il glissait dans un rêve éveillé où il agitait bras et jambes au fond de l'eau. L'eau magnifique, vert translucide, des Horseshoe Falls. Les longs cheveux de Royall ondulaient comme des algues. Il était nu, et ses yeux étaient grands ouverts, comme ceux d'un cadavre.

Oui, Royall avait vu des cadavres retirés du Niagara. Il avait vu son premier «flotteur» à l'âge de douze ans. Maman n'avait jamais su. Pas question qu'il raconte ça à quelqu'un de sa famille ni même à des voisins de Baltic Street. Un flotteur est un cadavre englouti qui, gonflé de pourriture comme un ballon de chair, remonte à la surface.

Non, Royall n'y avait jamais beaucoup pensé. Au fait que son propre père était mort dans ce fleuve. Il n'était pas du genre morbide.

354

Il frotta ses yeux douloureux. Détourna le regard des colonnes floues de lettres imprimées. Le flic-flic-flic lui était entré dans le sang. Quelqu'un se coulait silencieusement derrière une rangée de rayonnages. Il respirait l'odeur de la femme en noir! Une sensation de chaleur naquit dans son bas-ventre, un espoir. Quoique son vrai bras fût trop lourd pour qu'il pût le lever, Royall vit sa main suppliante tendue vers la femme.

«Réveille-toi. Allez!»

Royall secoua la tête pour s'arracher à sa transe. Il redoubla d'efforts. Il avait peur d'échouer. De renoncer, de retourner à Baltic Street. Il était haletant et résolu. Il retourna aux étagères, progressa laborieusement à croupetons en examinant tous les journaux de la rangée du bas. Une douleur lancinante dans les cuisses. Néanmoins, par chance, il finit par tomber sur des numéros de la *Gazette* datant de 1961-1962. Certaines pages manquaient mais le gros des journaux semblait intact. Royall en transporta des brassées jusqu'à une table en bois, au centre de la pièce. Il commença à chercher, méthodiquement.

Là! Le premier gros titre sur Love Canal. Septembre 1961.

«Tu étais encore en vie. Alors.»

Pendant deux heures et quarante minutes, Royall lut et relut. Il était au-delà de l'épuisement. Il n'aurait su dire s'il était en pleine euphorie, ou effrayé. Il découvrait tellement plus qu'il n'avait su, tellement plus qu'il n'avait été capable d'imaginer. Il avait l'impression qu'une porte s'était brusquement ouverte dans le ciel, là où l'on ne soupçonnait pas qu'il pût y en avoir une. Une ouverture énorme par laquelle brillait une lumière. Comme brillait souvent une lumière entre les nuages d'orage, à peine quelques minutes parfois, dans le ciel au-dessus des Grands Lacs. C'était une lumière aveuglante, blessante, pas encore éclairante. Mais c'était une lumière.

7

Un jour il roula jusqu'à Portage Road, et l'église de pierre abandonnée était là. Et le cimetière, qui avait l'air abandonné mais ne l'était pas, pas entièrement. Il gara sa voiture et entra, comme il l'avait fait plus tôt dans le mois, un matin tiède d'octobre. La saison était plus avancée, à

FAMILLE

présent, une fraîcheur humide dans l'air et un ciel couvert. Il y avait moins de feuilles sur les arbres. Le vent les avait emportées. Le vent avait brisé des branches d'arbres, renversé des pots de fleurs, entortillé les petits drapeaux américains plantés à côté des tombes des anciens combattants au point qu'il était difficile d'y reconnaître des drapeaux. Royall avait appris dans les journaux que Dirk Burnaby était un ancien combattant. De la Seconde Guerre mondiale. Dirk Burnaby n'avait pas de tombe. S'il en avait eu une, elle aurait pu être signalée par un drapeau.

Ce cimetière! Il attirait l'œil, il fascinait, mais à la façon d'un rêve où les détails individuels miroitent et s'effacent lorsqu'on les regarde de près. Royall avait l'impression que le cimetière était plus miteux qu'avant, comme si des mois et même des années s'étaient écoulés, et non moins de trois semaines.

Il passa un certain temps à chercher l'endroit où la femme en noir avait coupé l'herbe sur une tombe: aucune ne semblait avoir été récemment entretenue. Il y avait partout des branches brisées. Des pots de terre cassés, des géraniums morts, des fleurs en plastique. Il ne réussit pas non plus à trouver l'endroit secret où la femme l'avait attiré, et où ils s'étaient étendus ensemble. Sur les stèles, aucun nom ne lui disait rien. Kirk, Reilly, Sanderson. Olds. C'étaient les noms d'inconnus qui avaient vécu des dizaines d'années plus tôt, l'enterrement le plus récent avait eu lieu en 1943.

Pour autant, Royall ne voulait pas abandonner. Il n'était pas prêt à partir. On était samedi matin, quelqu'un viendrait peut-être au cimetière pour se recueillir sur une tombe, pour nettoyer une tombe, la femme en noir reviendrait peut-être, Royall avait tant de choses à lui dire.

Pèlerins

« La folie du vent nous excite. Mais nous savons rentrer en vitesse la lessive qui claque au vent. »

C'était de l'autre maison qu'il nous arrivait de rêver. Les coups frappés à la porte, la voix aiguë de notre mère, les voix indistinctes des agents de police que nous savions ne pas confondre avec celle de notre père. Le cri étranglé de notre mère.

Non. Partez. Sortez !

Nous étions deux à être réveillés et tapis en haut de l'escalier. Dans la cuisine où il passait la nuit dans son panier d'osier matelassé, le chiot Zarjo poussait des aboiements et des gémissements anxieux.

Nous avons désobéi à notre mère, nous ne sommes pas retournés dans nos chambres. Quand les agents de police ont fini par partir, nous pleurions avec désespoir.

Dans la nursery, où Bridget s'était réveillée, le bébé s'est mis à pleurer.

Il y avait deux frères. Chandler qui avait onze ans, Royall qui en avait quatre.

Ils ne pouvaient pas savoir que leur père était mort. Ce matin où les agents de police étaient venus au 22, Luna Park, il n'avait pas encore été établi que Dirk Burnaby était mort. Seulement qu'une voiture lui appartenant avait été retirée du Niagara, où elle avait plongé après avoir

FAMILLE

dérapé et enfoncé la glissière de sécurité de la route Buffalo-Niagara Falls au petit matin du 11 juin 1962. Seulement que l'on n'avait pas retrouvé de corps.

Personne n'avait été témoin de l'accident supposé. Personne ne se présenterait jamais comme témoin.

On conclurait à l'«accident». Car qui pouvait prouver autre chose?

Et en dépit du fait que le corps de Dirk Burnaby ne serait jamais retrouvé, le comté finirait par délivrer un «certificat de décès».

C'était de cette autre maison qu'il nous arrivait de rêver. Nous nous rappelions la façon dont notre mère s'était jetée sur la serrure dès que les agents de police étaient partis. Avant même qu'ils fussent remontés dans leur voiture, elle avait fermé la porte à clé. Elle haletait. Nous avions couru vers elle, terrorisés. Ses yeux tournoyaient follement dans son visage et elle avait les lèvres blanches et ravagées comme une bouche de poisson déchirée par l'hameçon. Nous n'étions pas encore dressés à ne pas pleurer, cela viendrait plus tard, et donc notre mère nous laissa pleurer, elle essaya de nous serrer tous les deux dans ses bras, bizarrement penchée, comme si sa colonne vertébrale avait été brisée. Sa voix résonna, pleine de défi. *Cette porte est-elle fermée? Cette porte est-elle verrouillée? N'ouvrez plus jamais cette porte.*

Et il en fut ainsi: aucun d'entre nous n'ouvrit plus jamais cette porte.

Le corps de Dirk Burnaby ne fut jamais retrouvé dans le Niagara.

Et pourtant: vers 8 heures du matin, le 11 juin 1962, un groupe de pèlerins qui se rendait à Notre-Dame-des-Chutes, une basilique catholique située à cinq kilomètres au nord de Niagara Falls, raconterait avoir vu «un homme qui nageait dans le fleuve, dans le sens du courant». Les pèlerins, membres d'une paroisse catholique de Washington, avaient fait ce voyage à la basilique dans un car affrété; ils étaient quarante, âgés de trente-neuf à quatre-vingt-six ans, pour la plupart infirmes ou malades. Ils prétendirent n'avoir absolument rien su de l'«accident de la route» survenu sur la route de Buffalo de bonne heure ce matin-là, ni des recherches menées sur le fleuve par la Coast Guard et par d'autres sauveteurs.

358

PÈLERINS

Ce qu'ils avaient vu, ou jurèrent avoir vu, c'était un homme qui descendait le fleuve à la nage, porté par le courant, et parallèlement à la rive. Le nageur ne faisait aucun effort pour rejoindre le bord. Certains des pèlerins les plus valides le hélèrent, lui firent des signes, coururent le long de la rive jusqu'à ce que la végétation leur bloque le passage. Le nageur ne leur prêta aucune attention. Selon certains, il donnait l'impression de nager «comme si c'était une question de vie ou de mort». «Surgi de nulle part», il disparaîtrait de même, sous le regard consterné des pèlerins.

L'homme ne fut jamais identifié, naturellement. Personne n'avait vu son visage, il était trop loin de la rive. Impossible d'affirmer – et c'était un point crucial – s'il était torse nu ou habillé. Les descriptions restèrent vagues : il n'était «pas jeune», «mais pas vieux»; il avait des «cheveux blond foncé», «couleur chamois», «clairs, presque blancs». Tous les témoins convinrent que c'était un «très bon nageur».

Les sauveteurs de la Coast Guard furent contactés par radio, mais le «nageur» ne fut jamais retrouvé.

Je grandis, je quittai la maison de Baltic Street et, à l'âge de vingt-trois ans, je devins bénévole au Centre d'intervention d'urgence du comté du Niagara. Je devins sauveteur à la Croix-Rouge, et membre des Samaritains, une association pour la prévention du suicide. J'apprendrais que des récits comme ceux de ces pèlerins ne sont pas rares.

Des témoins jureront – avec sincérité, avec conviction, et parfois avec véhémence! – avoir vu un nageur, alors que (en réalité) ils ont vu un cadavre, emporté par le courant rapide et tumultueux du Niagara. Ces témoins affirmeront souvent avoir vu un homme, alors que ce qu'ils ont vu (ainsi qu'il sera prouvé) est le cadavre d'un chien ou d'un mouton noyé. Cela parce que l'agitation rythmique des membres du cadavre, due aux vagues, imite les mouvements de la nage.

Invariablement, ces «nageurs» – «excellents nageurs» – descendent le fleuve, parallèlement aux rives. Jamais ils ne font demi-tour, ne changent leur façon de nager ni ne se dirigent vers le bord. Jamais ils ne répondent aux cris des observateurs. Avec une énergie et une résolution infatigables, ils «nagent»… et disparaissent à la vue.

Pourquoi? Un sauveteur de la Coast Guard avait une explication.

FAMILLE

« Les gens veulent voir un "nageur". Ils n'ont surtout pas envie de voir un cadavre. Là, dans le fleuve, quelqu'un comme eux, ils vont vouloir voir qu'il est en vie et en train de nager. Quoi que leur cerveau leur dise, leurs yeux ne *voient* pas. »

Aucun corps ne fut jamais retrouvé, identifié comme celui de Dirk Burnaby. Les années passèrent.

Otages

1

Pourquoi ? Parce qu'il me faut aider les autres.
Parce qu'il me faut aider. Et qu'il y a les autres. Parce qu'il faut. Il faut.
Pourquoi ?

2

ÉROSION   TEMPS   ÉROSION   TEMPS

Il avait vingt-sept ans, on était en mars 1978. Il écrivait ces mots en majuscules sur le tableau noir pour ses élèves de troisième du collège La Salle. Dans cette classe, dans cet établissement public du centre de Niagara Falls, Chandler ne se sentait généralement d'aucun temps ni d'aucun âge particuliers.

Il s'apprêtait à indiquer à ses élèves le rapport entre ces termes et le devoir à faire chez eux quand on l'appela : « Excusez-moi, monsieur. Pourriez-vous appeler le Centre d'intervention, s'il vous plaît ? C'est urgent, je crois. »

La jeune assistante du proviseur était haletante, soucieuse, se sentant porteuse d'un message important.

Ce n'était pas la première fois que le Centre d'intervention appelait Chandler à La Salle mais, le plus souvent, ces urgences survenaient à des heures extrêmes. Tard la nuit, tôt le matin. Le week-end et les jours fériés, lorsque la volonté humaine s'effiloche. Chandler murmura :

361

FAMILLE

« Merci, Janet! » Montrant aux vingt-huit élèves de la classe avec quel prosaïsme leur M. Burnaby affrontait les situations d'« urgence », il posa son bâton de craie sur la gouttière du tableau et leur dit de son ton habituel, calme et légèrement ironique, qu'il allait leur fendre le cœur, bien sûr, mais qu'il devait partir avant la fin du cours, il avait une obligation. « J'espère pouvoir vous faire confiance? Il reste huit minutes de cours. J'aimerais que vous restiez à vos places jusqu'à la sonnerie. Vous pouvez mettre ce temps à profit pour commencer votre devoir et, si Dieu le veut, nous nous reverrons demain. D'accord? » Ils sourirent avec sérieux, ils hochèrent la tête. C'était une urgence, il pouvait leur faire confiance. Au moins pendant huit minutes.

Si Dieu le veut. Pourquoi Chandler avait-il dit une chose pareille? Ce n'était pas son genre de dramatiser le danger ou sa personne. Sans compter qu'il ne croyait pas en Dieu ni n'enseignait sa matière d'une façon qui pût être interprétée comme fondée sur une croyance en Dieu.

Pas même le dieu d'Ariah, celui au sens de l'humour cruel.

« Monsieur Burn'by? Est-ce que c'est quelqu'un qui va sauter dans les Chutes?

– Je ne crois pas, Peter. Pas cette fois. »

Au rez-de-chaussée, dans le bureau du proviseur, Chandler téléphona au Centre d'intervention qui lui donna des informations sur la situation – homme armé / prise d'otage – et sur le lieu où il devait se rendre. Quelques minutes plus tard, il roulait dans Falls Street en direction de l'est, dépassait la 10ᵉ Rue, Memorial Drive, Acheson Drive. Il avait tous les sens en éveil comme si on l'avait plongé dans une eau glacée. L'impression d'être une flèche volant – avec force, précision, comme Chandler lui-même ne pourrait jamais tirer une flèche – vers sa cible.

Si Dieu le veut. Ce fatalisme mélancolique, qui était aussi celui d'Ariah. Car vous ne saviez jamais, lorsque le Centre d'intervention vous appelait, si ce ne serait pas l'urgence dont vous, le bénévole énergique, ne reviendriez pas.

Une sorte de pénitence, c'est ça? Cette vie que tu mènes. Mais si tu m'aimes, pourquoi ferais-tu pénitence?

362

OTAGES

Il aimait Melinda. Il aimait la petite fille de Melinda pour qui il espérait être un père, un jour. Mais il ne pouvait répondre à sa question. Ariah avait renoncé à la poser. Quand Chandler avait commencé à s'impliquer activement dans le Centre d'intervention, pendant sa première année d'enseignement à Niagara Falls, elle avait exprimé sa vive désapprobation, reproché à son fils aîné ce travail bénévole «imprudent et dangereux», mais elle n'était pas du genre à s'entêter lorsqu'elle savait ne pouvoir avoir gain de cause.

À présent, Chandler réglait le problème en ne disant rien à Melinda lorsqu'il pouvait l'éviter. Et en ne disant jamais rien à Ariah.

«Homme armé/prise d'otage». Chandler n'était encore intervenu qu'une seule fois dans ce genre de situation : un dément qui retenait en otages deux de ses propres enfants chez lui, et l'histoire ne s'était pas bien terminée. Et elle avait duré une bonne partie de la nuit.

Chandler avait commencé à travailler comme bénévole pendant ses années de faculté, au début des années 70. Il avait manifesté contre la guerre au Viêtnam et contre les bombardements au Cambodge. Avec d'autres jeunes gens, militants et idéalistes, il avait fait du porte à porte pour inciter les habitants des quartiers pauvres de Buffalo à s'inscrire sur les listes électorales, et il avait aidé la Croix-Rouge à installer divers points de collecte de sang à Buffalo, à Niagara Falls et dans leurs banlieues aisées. Il avait participé à l'organisation de pétitions pour un meilleur financement de l'éducation, une «eau propre», un «air propre». (C'était en travaillant pour la Croix-Rouge qu'il avait fait la connaissance de Melinda Aitkins, une infirmière.) Puis il avait été attiré par les situations de crise. Croix-Rouge, Centre d'intervention d'urgence, Samaritains. C'était un groupe restreint de personnes passionnées qui finissaient vite par se connaître. La plupart étaient célibataires, sans enfant. Ou alors leurs enfants, adultes, les avaient quittés. Ou les avaient déçus. Dans certains cas, ils étaient morts.

La plupart des bénévoles que Chandler connaissait étaient chrétiens et prenaient leur religion au sérieux. Un chrétien est quelqu'un qui «fait le bien» à son prochain. Jésus-Christ s'était porté volontaire pour sauver l'humanité, non? Jésus-Christ était intervenu sans peur dans les crises spirituelles de l'humanité. La crucifixion était la pénitence

363

FAMILLE

terrestre qu'il avait dû payer pour avoir contesté le fatalisme cyclique de l'humanité, mais la résurrection était sa récompense, et un emblème pour tous… non? Chandler écoutait avec recueillement ces idées, exprimées par l'ancien jésuite qui dirigeait le bureau local des Samaritains, mais il écoutait en silence.

Il disait à Melinda: «J'aimerais pouvoir croire. Tout serait tellement plus facile.»

Melinda répondait: «Tu ne veux pas que les choses soient plus faciles, Chandler. Tu les veux exactement aussi difficiles qu'elles sont.»

Du vivant de Chandler, Niagara Falls était devenu une ville industrielle tentaculaire, «prospère», en constante expansion. On disait avec fierté que sa population avait doublé depuis les années 40. La région comptait à présent plus de cinquante mille emplois industriels et – fait qui était souvent souligné, comme si c'était un signe de mérite particulier – la plus importante concentration d'usines chimiques de tous les États-Unis. Le Niagara Falls que Chandler avait connu – dans une certaine mesure – avait changé au point d'être quasi méconnaissable. Luna Park était le seul quartier d'habitation «historique» qui eût survécu, mais lui aussi commençait à se détériorer; les gens fortunés habitaient sur l'Isle Grand, ou plus loin, dans les banlieues résidentielles de Buffalo, Amherst et Williamsville. Les gorges du Niagara ainsi que les terrains en bordure du fleuve et à proximité des Chutes bénéficiaient de la protection de l'État, car c'était une zone touristique sacro-sainte sur laquelle on pouvait compter pour rapporter des millions de dollars par an.

Dans ce nouveau Niagara Falls où, quand le vent tournait, le ciel prenait une couleur sépia, les yeux vous cuisaient et la respiration se faisait difficile, les «crises» étaient devenues monnaie courante, de même que les actes criminels. Elles concernaient rarement des individus venant en pèlerinage aux Chutes pour s'y suicider de façon spectaculaire, mais plutôt des natifs de la ville, presque toujours des hommes. Ils agissaient impulsivement et, dans un accès de rage, de désespoir ou de folie, alimenté par l'alcool ou la drogue, commettaient des actes de violence sans préméditation, souvent au sein de leur famille. Ils utilisaient des fusils, des couteaux, des marteaux ou leurs poings. Ils se suicidaient souvent lorsque leur fureur retombait, ou essayaient.

364

«Homme armé / prise d'otage». Le coordinateur du Centre avait dit à Chandler qu'il ne s'agissait apparemment ni de vol ni de cambriolage. Le mobile était sans doute purement émotionnel, le plus dangereux qui fût.

Depuis qu'il était sorti de l'adolescence, Chandler était devenu un jeune homme dégingandé, mince et musclé, l'air perpétuellement aux aguets. Il se déplaçait avec vivacité, comme un joueur de tennis opposé à un adversaire supérieur, mais peu disposé à concéder la partie. Son visage était resté enfantin, un peu indéfini. Il était facile (il savait!) de l'oublier. Son front avait commencé à se dégarnir alors qu'il avait à peine plus de vingt ans, et ses cheveux brun argenté, duveteux, semblaient plus légers que l'air. Il avait des yeux sensibles, souvent humides. À l'université, une fille lui avait dit que c'étaient des «yeux de fantôme», des «yeux de sage, à la fois jeunes et vieux». (Pensait-elle lui faire un compliment?) Chandler portait des lunettes aux verres teintés qui lui donnaient un air anticonformiste désinvolte et sexy, mais ses héros anticonformistes avaient été les frères Berrigan[1], et il n'y avait jamais rien eu de révolutionnaire dans sa façon de s'habiller. Si ses cheveux poussaient et bouclaient sur le col de sa chemise, c'était par négligence, non par effet de mode. Jamais Chandler n'aurait laissé flotter ses cheveux sur ses épaules ni noué un bandeau tressé autour de son front, comme l'avait fait Royall; l'aisance physique de son frère cadet était un mystère pour lui, tout comme sa conviction que les autres devaient être, et étaient naturellement, attirés par lui. Ce n'était pas de la vanité de sa part. Mais si des filles ou des femmes tombaient amoureuses de lui, en quoi était-ce sa faute? *Je n'y suis pour rien. Ce n'est pas moi, c'est elles.* À l'opposé, Chandler était stupéfait lorsqu'une femme semblait éprouver de l'attirance pour lui; il ne pouvait s'empêcher de douter de sa sincérité, ou de son goût. Il gardait de lui-même l'image d'un gringalet de treize ans aux yeux larmoyants, à la peau abîmée et au nez bouché, à qui sa mère exaspérée ne cessait de répéter de se tenir droit, d'écarter les cheveux qui lui tombaient dans les yeux, de boutonner sa chemise correctement et – *s'il te plaît!* – de se moucher.

---

1. Prêtres jésuites très engagés dans les actions contre la guerre au Viêtnam dans les années 60 / 70. (*N.d.T.*)

FAMILLE

« Chandler est devenu presque séduisant », avait dit Ariah, peu de temps auparavant, en le regardant avec étonnement. Comme si elle voyait son fils aîné d'un œil neuf et que ce qu'elle voyait ne lui plût qu'à moitié. « Il ne faudrait pas que ça te monte à la tête, Chandler ! » Elle avait ri, avec cet air qu'elle avait, à la fois taquin et réprobateur, qui vous tirait une grimace alors même que vous compreniez que l'intention était affectueuse.

Pourquoi ? Parce qu'il faut.
Il faut que je rende service. D'une façon ou d'une autre.
Cela lui semblait toujours un privilège. Un souhait inconnu, qui lui était accordé.

Ce jour-là, on l'envoyait dans une usine des quartiers est, dans Swann Road. Une partie de la ville que Chandler ne connaissait pas très bien, mais lorsqu'il verrait le bâtiment des Humidificateurs et Filtres électroniques Niagara, sans doute le reconnaîtrait-il. Chandler Burnaby avait parcouru l'échiquier lugubre des rues de Niagara Falls toute sa vie d'adulte. Parfois il avait l'impression d'y avoir également vécu une vie précédente.

Ariah lui avait dit d'un air mystérieux, au moment où elle avait été hospitalisée pour ses calculs biliaires et avait des inquiétudes sur son sort : « Je t'aime, tu sais, mon chéri ! Parfois je me dis que c'est toi que j'aime le plus. Pardonne-moi. »

Chandler avait eu un rire nerveux. Qu'y avait-il à pardonner ?

C'était un jour de fin d'hiver glacé, un jour comme un mouchoir mouillé qui se désagrège. Un vent d'est, cette odeur chimique métallique qui vous tapissait l'intérieur de la bouche. Un ciel couleur d'amiante, des jardinets enneigés, des trottoirs et des caniveaux crasseux. Une neige couverte de suie, des amoncellements de neige qui mordaient sur la chaussée. De la neige fondue, de la neige gelée. Le cœur de Chandler s'était mis à battre plus vite à l'idée de ce qui l'attendait.

Il avait oublié d'appeler Melinda pour lui dire qu'il serait peut-être en retard, ce soir-là.

Non. Il n'avait pas oublié. Il n'avait pas eu le temps.

Non. Il n'avait pas eu le temps, il aurait pu demander à l'un de ses collègues, un ami, d'appeler à sa place. Mais il ne l'avait pas fait.

366

Parfois, en arrivant à proximité du lieu d'une urgence, Chandler sentait sa vue s'assombrir sur les bords. Un phénomène optique très étrange, la vision télescopique. Comme si, à la périphérie de ce qui était visible, le monde lui-même disparaissait, aspiré dans les ténèbres. C'était un phénomène souvent observé chez les pompiers. Le travail de Chandler était pourtant rarement physique, presque toujours verbal ; une assistance psychologique, des conseils, du réconfort. Souvent juste une écoute compatissante. Lorsqu'on s'efforce de dissuader un homme ou une femme de se suicider, on sent vite que l'âme de l'autre est de votre côté, qu'elle veut être sauvée et non mourir. C'est l'individu, aveuglé par le désespoir, qu'il faut convaincre de continuer à vivre.

Il nous arrive à tous d'avoir envie de mourir lorsque l'effort de vivre nous épuise, mais cela ne dure pas. Comme le temps. Nous sommes comme le temps. Vous voyez le ciel ? Ces nuages ? Ils passent. Entre deux lacs, comme ici, tout finit par passer. Non ?

C'était l'optimisme le plus banal qui soit. On aurait pu lire ça sur des boîtes de corn-flakes. Ariah aurait ri avec commisération. Pourtant Chandler croyait à ces mots, il avait misé sa vie sur eux.

Ce nom de Burnaby. C'est un nom de Niagara Falls ?

Les adultes se souvenaient peut-être. Mais pas ses élèves de troisième. Des enfants nés en 1963 ou plus tard, que pouvaient-ils savoir d'un scandale à demi oublié survenu en 1962 ?

Chandler lui-même n'y pensait que rarement.

Il avait eu sa chance, il aurait pu quitter Niagara Falls. Il aurait pu vivre dans un endroit où *Burnaby* n'était qu'un nom. Il aurait pu aller faire ses études à Philadelphie. D'autres universités lui avaient également offert des bourses. Mais il n'avait pas voulu bouleverser Ariah à un moment difficile de sa vie. (Quelle était la crise que traversait alors Ariah, il ne s'en souvenait plus.) Et il n'avait pas voulu abandonner Royall et Juliet à leur mère et à ses sautes d'humeur. Eux aussi avaient besoin de Chandler, même si cette idée ne leur serait sans doute jamais venue à l'esprit.

Va te faire voir lui avait hurlé Royall avant de raccrocher.

Les deux frères étaient fâchés depuis près de six mois. Chandler avait vainement essayé de reprendre contact avec Royall. Cette querelle entre eux était absurde, la famille était tout ce qu'ils avaient. Jamais

FAMILLE

encore Royall ne lui avait parlé ainsi, et leur conversation avait laissé Chandler abasourdi.

C'était injuste. Au moment de la mort de leur père, Chandler avait promis à Ariah de «protéger» Royall et Juliet, et il l'avait fait. Il avait essayé. Des années durant, il avait essayé. Et maintenant Royall s'était retourné contre lui, refusait de comprendre. Royall avait quitté Baltic Street, travaillait en ville pour un homme d'affaires; il vivait seul et prenait des cours du soir à l'université de Niagara Falls. Royall, retourner à l'école! C'était ce qu'il y avait de plus stupéfiant. Chandler avait parfois de ses nouvelles par Juliet, mais seulement en cachette, parce que Ariah refusait évidemment de parler de son fils «têtu et autodestructeur».

Chandler avait eu envie de demander à sa mère: combien de temps pouvais-tu espérer que Royall ne s'intéresse pas à son père? Et Juliet? N'importe quelle mère raisonnable aurait compris que ce n'était qu'une question de temps.

«Raisonnable». Chandler rit tout haut.

Avec ces pensées en tête, il s'étais mis à rouler plus vite. La vitesse était limitée à 55 à l'heure, il frisait les 80. Pas le moment d'avoir un accident. On avait besoin de lui dans Swann Road.

Je ne veux pas être protégé! Je veux savoir.

Chandler se demanda ce que Royall avait appris sur leur père, à présent. Ce qu'il lui faudrait apprendre avant de ne plus vouloir en savoir davantage.

Honte, honte! Burnaby est son nom.

Des enfants avaient scandé ces mots en chœur dans le dos de Chandler. Longtemps auparavant, au collège. Il avait fait semblant de ne pas entendre. Il n'avait pas été un enfant que l'on poussait facilement à la colère ni aux larmes.

Tout comme il n'était pas un adulte que l'on poussait à exprimer ses émotions. Pas facilement.

Melinda l'avait interrogé un jour sur son père parce que, naturellement, étant née et ayant grandi à Niagara Falls, elle savait, ou savait quelque chose. Elle connaissait le nom de Burnaby. Et Chandler lui avait répondu avec franchise qu'il pensait rarement à son père défunt et que, par respect pour sa mère, il ne parlait jamais de lui. Mais il se confierait à Melinda parce qu'il l'aimait et pensait pouvoir lui faire confiance.

« Ah oui ! Tu m'aimes ?

– Oui. Je t'aime. »

Mais les mots étaient hésitants, prononcés avec étonnement ou appréhension.

Chandler lui raconta ce qu'il savait : Dirk Burnaby était mort ce fameux jour dans le Niagara. Même si son corps n'avait jamais été retrouvé, même si le bruit avait couru pendant des années qu'il en avait réchappé, qu'il avait réussi à rejoindre la rive à la nage. « Quiconque connaît le Niagara à cet endroit-là sait que c'est impossible, dit Chandler. C'est une plaisanterie cruelle de le suggérer. »

Melinda écoutait. Si elle éprouva l'envie de demander à Chandler s'il était allé voir le lieu de l'accident, elle s'abstint de le faire.

Elle avait une formation d'infirmière. Elle comprenait la douleur, même fantôme. Elle comprenait que la douleur n'est pas thérapeutique, cathartique, rédemptrice. Pas dans la vraie vie.

Le corps de Dirk Burnaby n'avait jamais été retrouvé, mais il était certainement mort, et un acte de décès officiel avait fini par être délivré. Après une enquête très médiatisée, la police avait conclu à l'« accident » ; un euphémisme, selon Chandler. Traditionnellement, le bureau du coroner évitait de conclure au « suicide » chaque fois qu'il le pouvait. Les morts étaient généralement jugées *accidentelles* par désir de ne pas bouleverser davantage les survivants, et par désir de minimiser l'importance des suicides dans ce haut lieu touristique. Même lorsque le suicidé laissait un mot, il ne figurait pas toujours dans le rapport de police officiel.

Le péché le plus grave. S'ôter la vie par désespoir.

Chandler dit à Melinda que, d'après lui, la plupart des gens qui connaissaient Dirk Burnaby pensaient qu'il s'était suicidé. Il roulait très vite (le compteur, bloqué, indiquait cent quarante-deux kilomètres à l'heure) un soir de violente tempête. Il venait de perdre une affaire importante, et il était au bord de la faillite. « Il n'y avait pas que cela. Je l'ai appris en lisant les journaux. Ariah n'avait jamais de journaux à la maison, à cette époque-là, mais je m'arrangeais pour me les procurer. J'ai lu tout ce que je pouvais, mais j'en ai oublié la majeure partie. Ou alors, je n'ai pas envie d'en parler maintenant. D'accord, Melinda ? »

Melinda l'avait embrassé sans rien dire.

FAMILLE

Honte, honte! Burnaby est son nom.

Chandler se demandait si *Burnaby* était un nom qui, finalement, dissuaderait Melinda de l'épouser. Il lui faudrait courir ce risque, il n'avait pas le choix.

Le coordinateur du Centre d'intervention lui avait donné comme adresse le 3884, Swann Road. C'était après les croisements de Veterans' et de Portage Road, un bout de Swann Road interdit à la circulation par la police. Chandler montra ses papiers à un agent de police qui le laissa passer. Les Humidificateurs et Filtres électroniques Niagara se trouvaient quatre cents mètres plus loin, un bâtiment en parpaings, bas et trapu, au milieu d'un parking. Dans l'allée qui menait à l'entrée il y avait au moins une dizaine de véhicules des polices de la ville et du comté et des services médicaux d'urgence. Chandler se gara dans Swann Road et s'avança aussi discrètement que possible, guidé par un jeune agent de police. Derrière leurs véhicules et les camions de l'usine, des policiers étaient accroupis comme dans une scène de film à suspense.

À ceci près qu'il n'y avait pas de musique d'ambiance. Il n'y avait pas de personnages principaux, pas de scénario. Chandler Burnaby, qui avait été appelé par la police, n'interviendrait peut-être pas. C'était l'officier responsable qui prendrait cette décision, mais il était impossible de savoir quand. Chandler était à leur disposition. Il était arrivé, et il fut salué. Sa main fut serrée, puis relâchée.

L'homme armé était entré dans l'usine environ quarante minutes plus tôt et il avait tiré ses premiers coups de feu à peu près au même moment. Le 911 n'avait été composé que quelques minutes plus tard, par des personnes qu'il avait autorisées à quitter le bâtiment. Chandler voyait à quelques mètres de lui la porte d'entrée entrebâillée et une fenêtre fracassée. Cette fenêtre avait une forme étrange, un mètre cinquante de haut environ et pas plus de trente centimètres de large. Le forcené avait tiré par là, dit-on à Chandler, mais semblait s'être calmé depuis. «Restez tout de même à couvert, OK? Ne prenez aucun risque.» Chandler répondit: «Je sais, monsieur. Comptez sur moi.»

Comme si on le blâmait d'avance. Un civil sur le théâtre des opérations.

Une voix au mégaphone faisait vibrer l'air. Si forte que Chandler avait du mal à distinguer les mots. *Monsieur Mayweather, vous m'enten-*

370

OTAGES

dez? Relâchez immédiatement Mlle Carpenter. Je répète, relâchez immédiatement Mlle Carpenter. Avancez jusqu'à la porte sans vos armes, les mains en l'air, et il ne vous sera fait aucun mal, monsieur Mayweather. Nous sommes la police de Niagara Falls. Nous cernons l'usine. Sortez les mains en l'air et sans armes, monsieur Mayweather. Je répète, sans... Un capitaine de police parlait au mégaphone, en s'efforçant de donner une impression d'autorité et de calme.

Chandler fut reconnu par plusieurs agents de la police de Niagara Falls, pour qui il était « M. Burnaby » du Centre d'intervention. Un policier en civil du nom de Rodwell, dont Chandler avait eu la fille pour élève deux ans auparavant, s'accroupit à côté de lui pour le mettre rapidement au courant. On savait que le forcené avait au moins un revolver et une carabine, et on le pensait « affolé, peut-être ivre et / ou drogué ». Après une première exigence extravagante – qu'on lui fasse quitter le pays « sain et sauf » –, il avait refusé de communiquer avec la police et n'avait poussé que quelques braillements incohérents ; il n'avait pas décroché le téléphone dans le bureau du directeur général, où on le pensait barricadé avec son otage, une jeune réceptionniste. *Monsieur Mayweather, vous m'entendez ? Monsieur Mayweather, nous vous demandons de déposer vos armes et de vous avancer vers la porte. Nous vous demandons de relâcher immédiatement Mlle Carpenter et de la laisser partir. Vous m'entendez, monsieur Mayweather ?*

L'homme armé, blanc, âgé d'une trentaine d'années, de taille moyenne et pesant dans les quatre-vingt-dix kilos, avait été identifié comme un employé de l'usine, récemment licencié. Mayweather ? Il y avait des Mayweather dans le quartier de Baltic Street, et il y avait eu des Mayweather au lycée de Chandler. Celui-là avait tiré sur et gravement blessé un contremaître ; fait feu au hasard dans la direction d'employés qui s'enfuyaient, et qu'il avait injuriés sans les poursuivre ; il avait d'abord pris deux jeunes femmes en otages, mais il avait relâché l'une d'elles, enceinte, au bout de vingt minutes, en la chargeant de dire à la police qu'il voulait qu'on lui fasse quitter le pays « sain et sauf », en jet, pour le conduire à Cuba.

Cuba ! Mauvais signe.

Comme si Fidel Castro allait accorder l'asile politique à un type qui avait tiré sur ses camarades travailleurs.

FAMILLE

Chandler demanda à Rodwell son avis sur la situation, et le policier lui répondit qu'il faisait des vœux pour que la fille ne soit pas déjà morte.

Si la police avait la certitude qu'elle était morte, elle donnerait l'assaut sur-le-champ. Elle lancerait des gaz lacrymogènes, forcerait l'homme à sortir. Si Mayweather résistait, il serait abattu. C'était un scénario très simple, une tragédie grecque dans ses grandes lignes. Chandler savait par expérience qu'un forcené barricadé avait peu d'options, et qu'aucune d'entre elles n'était en sa faveur.

Sauf si le suicide était le but recherché.

L'histoire, reconstituée, était que, renvoyé de l'usine la semaine précédente, Mayweather était revenu cet après-midi-là avec une carabine ; il avait fait irruption dans les bureaux, où il avait exigé de voir le directeur qui, par chance pour lui, n'était pas encore rentré de déjeuner ; il s'était alors rabattu sur le contremaître, avec qui il avait eu des mots, mais après lui avoir tiré dessus, sa fureur était retombé et il avait permis que l'homme, qui perdait beaucoup de sang, soit transporté hors du bâtiment et emmené par une ambulance. Mayweather ne semblait plus savoir ce qu'il voulait, ce qui n'était pas inhabituel dans ce genre de situation désespérée.

Chandler demanda pourquoi Mayweather avait été renvoyé, et on lui répondit que la police ne le savait pas encore exactement. Il avait été question d'un problème d'alcool au travail. D'insubordination ? Les collègues de Mayweather le disaient «très silencieux», «maussade», «susceptible». La jeune femme enceinte qu'il avait libérée, en état de choc, n'avait pas pu dire grand-chose à la police, et elle recevait des soins dans un hôpital.

La voix au mégaphone continuait, infatigable : *Monsieur Mayweather ? Je répète : Monsieur Mayweather, le bâtiment est encerclé...*

Chandler se demanda quand on lui ferait signe d'intervenir. Si on le ferait.

C'était le suspense des tranchées pendant une accalmie. Il y avait plus de vingt minutes que le tireur invisible n'avait pas tiré un coup de feu.

L'air était si âcre dans cette partie de la ville que Chandler avait du mal à respirer. Ses yeux sensibles le piquaient. L'odeur dominante

OTAGES

émanait de l'usine Dow Chemical, toute proche, ex-productrice de napalm. Sur le Peace Bridge menant au Canada, des années auparavant, Chandler avait participé à une manifestation contre Dow Chemical. La police avait arrêté certains des manifestants les plus agressifs, mais pas Chandler Burnaby, qui n'avait jamais été du nombre. On avait envie de penser que les actions individuelles comptaient, que les décisions d'ordre éthique avaient des conséquences sur la réalité, et c'était peut-être le cas. L'ignoble guerre avait pris fin, les troupes américaines étaient rentrées au pays. Le napalm avait connu le sort des gaz neurotoxiques. Dow avait toutefois récupéré du coup désastreux porté à son image et prospérait de nouveau, comme la plupart des industries de Niagara Falls.

Swann Chemicals avait été rachetée par Dow à la fin des années 60. Une vente de plusieurs millions de dollars, extrêmement profitable à cette société de Niagara Falls qui avait été la cible de ce que l'on appelait à présent un procès «écologique avant l'heure». Swann avait gagné l'affaire de Love Canal, mais les temps changeaient.

La voix au mégaphone poursuivait, d'un ton plus pressant : *Monsieur Mayweather ? Nous cernons le bâtiment. Il nous faut savoir si Mlle Carpenter est indemne. Déposez vos armes, avancez-vous vers la porte.*

Bon Dieu, pourvu que quelque chose se passe, pensa Chandler.

Non : il n'était pas impatient. De l'impatience, pour quoi faire ? La raison d'être de sa présence était la patience. Il était l'homme des «crises» ; il avait été formé à traiter les «crises» ; il n'était pas un professionnel, il fallait donc que ce fût une vocation. Il devait reconnaître qu'il aimait être anonyme. S'il était M. Burnaby, son nom n'était pas *lui*. Pas ici, pas maintenant. C'était une sorte de grâce pour quelqu'un qui ne pouvait croire en Dieu. Ariah ne savait pas où se trouvait son fils et ne pouvait donc pas encore éprouver anxiété et fureur le concernant. Royall ne pouvait pas savoir, et ne se préparait pas à se sentir coupable et sur la défensive s'il lui arrivait quelque chose. Juliet ne pouvait pas savoir, mais si on parlait de l'incident à la télé et qu'elle fût en train de regarder le journal du soir, elle devinerait peut-être que son frère aîné était sur les lieux.

Et il y avait Melinda.

Chandler grimaça en pensant à elle. Il aurait dû demander à un ami de la prévenir.

373

FAMILLE

Elle l'attendait chez elle, dans l'ouest de la ville, entre 6 heures et demie et 7 heures. Elle lui téléphonerait s'il était en retard, et personne ne décrocherait. Ils devaient préparer le dîner ensemble (un *chili con carne*, ce soir-là), comme ils le faisaient souvent. Chandler jouerait avec la petite fille, tournerait les pages d'un livre d'images, aiderait même à lui donner son bain. Chandler resterait passer la nuit, si Melinda l'y invitait ; si elle sentait que Chandler voulait y être invité. Leurs étreintes étaient tendres, hésitantes. Ils s'engageaient lentement dans une relation plus définie, à la façon dont des patineurs, excités, pleins d'appréhension, s'aventurent sur une glace dont ils ne sont pas sûrs qu'elle les supportera.

Rendez-vous ! Rendez vos armes.

Monsieur Mayweather, le bâtiment est encerclé.

Espérant que personne ne le remarquerait, Chandler risqua une tête sur le côté de la camionnette. Il semblait peu probable que le forcené fût aux aguets et tirât à ce moment-là. Chandler sentit pourtant ses cheveux se hérisser sur nuque.

Royall soutenait toujours que son travail au Trou du Diable ne comportait aucun risque. Que conduire un bateau dans les gorges n'était dangereux qu'en apparence.

Chandler remonta ses lunettes sur son nez, les yeux plissés. Son cœur s'était mis à battre plus vite, bien qu'il ne fût pas vraiment en danger, il le savait. Et donc il ne l'était pas. La façade lugubre du bâtiment n'avait pas changé. La porte était toujours entrebâillée, son embrasure toujours vide. Aucun mouvement, ni là ni derrière la fenêtre fracassée. On entendait le bourdonnement d'un hélicoptère de la police. Le temps semblait suspendu, mais ce n'était évidemment pas le cas. Policiers, auxiliaires médicaux, personnel des services de secours, journalistes attendaient que quelque chose se produise, mais où était le tireur ? Il avait mis tout cela en branle et s'était barricadé avec son otage. Il ne répondait pas au mégaphone assourdissant, et il ne répondait pas au téléphone. Chandler ne voulait pas penser que Mayweather et sa jeune otage étaient peut-être tous les deux morts.

Si Mayweather avait un couteau, il avait pu tuer la jeune femme assez silencieusement. La police n'avait pas entendu de coups de feu. Peut-être s'était-il tranché les veines. *Mayweather ? Ce bâtiment est encerclé. Si vous m'entendez…*

374

Comment ne pas plaindre un homme pour qui travailler pour les Humidificateurs et Filtres électroniques Niagara était si important? Une usine peu prospère qui employait moins de trois cents personnes.

Chandler entendit certains flics faire des paris. Le type allait-il sortir vivant du bâtiment, ou sur une civière? Allait-il se tuer, ou être tué?

Chandler avait assisté à des interventions où la police avait abattu ou blessé des hommes. Cela n'avait rien d'agréable. Le bruit terrible de la fusillade, qui durait plusieurs secondes, se logeait profondément dans votre cerveau. C'était plus qu'un bruit, une agression métaphysique. Un bruit de machette sectionnant des os. *J'aimerais que tu ne le fasses pas, mais j'aimerais plus encore que tu n'en éprouves pas le besoin.* Melinda l'embrassait, Melinda le serrait, tremblant, dans ses bras. Il ne lui appartenait pas de le tenir tout à fait de cette façon-là, elle semblait sentir; il le souhaitait, pourtant, et elle sentait cela aussi. Il ne lui en avait pas dit plus qu'elle n'avait besoin de savoir. Mais bien entendu, elle était infirmière, elle avait travaillé aux urgences.

À deux reprises au cours des trois années précédentes, Chandler avait été présent lorsque des hommes s'étaient suicidés. Le premier s'était servi d'un revolver, coincé par la police dans un HLM de la ville, un jour de l'an, et l'autre avait plongé dans les American Falls de la pointe de Goat Island, sous les yeux d'un groupe de spectateurs abasourdis. (Ce suicidé, étudiant en mathématiques à l'université du Niagara, âgé de dix-huit ans, sans problèmes affectifs «connus», était resté penché par-dessus le garde-fou, le visage impassible, pendant près d'une heure avant de lâcher prise. On avait désigné Chandler pour tenter de le raisonner, de le faire parler et changer d'avis, mais Chandler avait échoué et s'était éclipsé piteusement. La mort dans les Chutes. De toutes les morts, c'était celle qui ressemblait le plus à une vengeance.)

En fait, la plupart du temps, Chandler intervenait dans des situations de crise qui n'aboutissaient à aucun dénouement dramatique, mais qui prenaient simplement fin, sans conclusion, par épuisement. Un homme ivre barricadé dans son appartement avec son plus jeune enfant, qui hurle, pleure, fracasse les fenêtres et les meubles mais n'oppose aucune résistance lorsque la police enfonce la porte et l'arrête. Une hippie quinquagénaire shootée au LSD qui menace de se faire brûler sur une place publique mais qui, après avoir attiré des dizaines

FAMILLE

de spectateurs et s'être théâtralement arrosée de kérosène, n'arrive pas à frotter une allumette et est emmenée, en proie à une crise de fou rire, par la police. Des hommes mal rasés en maillot de corps qui foncent sur des agents de police en hurlant des obscénités, avec l'intention de se battre jusqu'à la mort, mais qui sont aussitôt maîtrisés, jetés à terre et adroitement menottés dans le dos.

Voilà comment cela se passait. Plusieurs fois, Chandler était arrivé trop tard, alors que le drame était terminé et que tout le monde rentrait chez soi.

Cette sensation d'angoisse au creux du ventre. *Tu n'as servi à rien, quel imbécile tu fais. Quelle vanité.*

Il y avait tout de même eu cette nuit de juillet où il avait conduit Melinda à l'hôpital, pour son accouchement. Ils n'étaient pas amants, alors, juste amis. Et Melinda lui avait demandé de rester auprès d'elle parce qu'elle avait peur et il l'avait fait bien qu'il eût peur lui-même et lorsque les contractions avaient commencé, il l'avait aidée, il l'avait accompagnée à l'hôpital et ne l'avait pas quittée pendant les sept heures qu'avait duré cette épreuve. C'était l'expérience la plus remarquable de sa vie. Il n'oublierait jamais qu'il avait servi à quelque chose, cette fois-là.

Monsieur Mayweather? Décrochez le téléphone. Il faut que nous vous parlions, monsieur Mayweather. Nous voulons nous assurer du bien-être de Mlle Carpenter…

Pas de réponse du tireur.

Chandler entendit des flics discuter à voix basse, avec colère et nervosité. On ne pensait pas que Mayweather eût été blessé lors de l'échange de coups de feu, mais Chandler se demandait tout de même s'il ne l'était pas. Son otage et lui se vidaient peut-être de leur sang en cet instant même? «Bien-être»… quel mot bizarre et inattendu, beuglé par le mégaphone.

Monsieur Mayweather, nous sommes en train de vous téléphoner et nous vous demandons de décrocher. Il nous faut savoir ce que vous voulez. Quelles sont vos attentes. Monsieur Mayweather? Vous m'entendez? Ce bâtiment est encerclé. Relâchez immédiatement Mlle Carpenter et il ne vous sera fait aucun mal.

Cette fois, alors que tout le monde tendait l'oreille, une obscénité retentit à l'intérieur du bâtiment. La voix, tendue, ne portait pas.

Le silence retomba. (Un grondement de train de marchandises, au loin.) On se disait qu'un coup de feu allait peut-être éclater, mais rien ne se produisit.

Ce fut à ce moment-là que Chandler apprit le prénom du tireur : «Albert». Est-ce qu'il n'avait pas connu Albert Mayweather? Au lycée? C'était un nom qu'il n'avait pas entendu depuis des années.

En fait, Chandler avait eu son bac en même temps qu'un autre Mayweather, un frère cadet ou un cousin d'Albert. Mais il se souvenait d'Albert Mayweather, comme un jeune garçon peut se souvenir d'un élève plus grand qu'il craint et déteste tout en l'admirant, à la façon indescriptible de l'adolescence.

Des Mayweather habitaient dans le quartier de Baltic Street, mais aucun dans le voisinage immédiat des Burnaby. Ils étaient nombreux, presque un clan. Chandler se rappelait néanmoins très bien Al. Un garçon robuste et massif au corps de lutteur, aux cheveux blond sale, épais comme des fibres de tapis. Il suivait les cours de la filière technique comme un grand nombre des garçons du lycée de Niagara Falls. Son humeur passait du silence menaçant à l'exubérance clownesque. Un de ces garçons qui trouvaient drôle de faire craquer leurs phalanges ou de péter bruyamment. Al ne faisait partie d'aucune équipe sportive mais pratiquait le basket de rue avec ses copains derrière le lycée, la cigarette au bec. «Allez-hop», c'était le surnom que lui donnaient ses copains. «Allez-hop», comme si c'était un terme d'affection. Chandler comprenait à contrecœur que les filles, même les filles «bien», étaient parfois attirées par des garçons comme Al Mayweather. Au moins dans un premier temps.

Étrange, et indescriptible : vous aviez envie que des types comme ça aient de la sympathie pour vous. Qu'ils vous pardonnent vos bonnes notes, vos yeux myopes et votre démarche hésitante, votre bégaiement dans les moments de peur. Vous aviez envie qu'un garçon comme Al Mayweather reconnaisse votre nom, un nom à qui le scandale avait donné une importance perverse ; un nom criminel. *Burnaby? C'est toi?*

Chandler se rappelait vaguement qu'un membre de la famille d'Al Mayweather, ou de la famille d'un Mayweather de sa promotion, avait fait partie de ces nombreux ouvriers d'OxyChem déclarés invalides très jeunes, à trente ou quarante ans ; une action collective avait été intentée

377

FAMILLE

contre la société dans les années 75, l'affaire avait soulevé controverses et colère dans la région. Chandler se rappelait les mots «trahison», «mensonge», «droits des travailleurs», «maladies professionnelles», dans les gros titres des journaux. Le procès ne s'était pas conclu favorablement pour les ouvriers, lorsqu'on en connaissait les détails. Un jury avait certes accordé des sommes importantes à des hommes mourants, ou aux familles qui leur survivaient, mais ces décisions avaient souvent été annulées par les cours d'appel, à un moment où les médias avaient perdu tout intérêt pour l'affaire.

Monsieur Mayweather? Avancez-vous vers la porte les mains en l'air.

Sortez sans armes, monsieur Mayweather.

Monsieur Mayweather, le téléphone sonne. Décrochez-le.

Les policiers avaient essayé de prendre contact avec la femme de Mayweather, dont il était séparé, mais ils ne l'avaient trouvée ni chez elle ni à son travail. Leurs enfants habitaient chez leurs grands-parents à North Tonawanda. Étaient-ils sains et saufs? Chandler savait que dans ce genre de situation les forcenés commençaient parfois par s'en prendre à leur famille.

Chandler se demandait si le père de Mayweather était encore en vie : probablement pas. Ni lui ni aucun des hommes concernés par l'action collective, probablement. Cancer des poumons, cancer du pancréas, cancer du cerveau, cancer du foie et de la peau. Cancers fulgurants. Cancers avec métastases. L'action en justice avait été intentée dans ce but-là : exiger des réparations pour des vies accélérées, des morts prématurées.

«Love Canal» avait souvent été évoqué.

Mais pas le nom déconsidéré de *Burnaby*.

Melinda avait dit *Je t'en prie, Chandler. Tu n'es pas ton père.*

Chandler compta plus de vingt agents de police sur les lieux. Certains portaient des équipements de protection et tous étaient armés. Ailleurs, de l'autre côté du bâtiment, il y en avait d'autres, pareillement armés. Mayweather n'avait pas la moindre chance. S'il essayait de s'échapper en faisant usage de son arme, il serait instantanément criblé de balles. Chandler se demanda, une question qu'il s'était déjà posée dans ce genre de circonstances, comment il pouvait arriver qu'un homme se retrouve un jour dans cette situation. Un rat acculé. Aucune issue.

378

OTAGES

Depuis le lycée, Chandler n'avait jamais repensé aux Mayweather. Il supposait qu'ils habitaient toujours dans le quartier de Baltic Street. La jeune génération avait atteint l'âge adulte, comme Al, et elle travaillait à son tour en usine ; ils s'étaient mariés, avaient des enfants, leurs vies étaient faites. Al était sans doute passé directement des classes professionnelles du lycée à son emploi aux Humidificateurs Niagara. Il y avait été un ouvrier qualifié, à distinguer d'un ouvrier non qualifié. Les dessinateurs industriels et les ajusteurs-outilleurs étaient les mieux payés, encore que dans les usines où il n'y avait pas de syndicat, comme c'était sans doute le cas de celle-ci, les salaires n'étaient pas très élevés. Pareil pour les retraites, la couverture médicale, l'assurance. Et les ouvriers non syndiqués pouvaient être renvoyés. Au gré de l'employeur.

Deux heures et quarante-cinq minutes depuis que Mayweather avait pénétré dans le bâtiment et commencé à tirer. Après que le blessé avait été transporté à l'hôpital, il ne s'était pas passé grand-chose. Chandler avait demandé à plusieurs reprises s'il pouvait parler à Mayweather, en expliquant qu'il était allé au lycée avec lui, mais le capitaine n'était pas encore convaincu que cela fût une bonne idée. La police cherchait toujours à contacter l'épouse ou les frères de Mayweather. Un de ses proches. Chandler dit : « Je me sens proche d'Al Mayweather. Je crois que je pourrai l'amener à décrocher le téléphone. »

(Était-ce le cas ? Chandler n'en était pas sûr. En s'entendant prononcer ces paroles d'un ton confiant, pressant, il avait l'impression que c'était possible.)

De même que les autres, il commençait à se sentir nerveux et angoissé. Le flot d'adrénaline refluait. Comme à marée basse les vagues se retirent en laissant le sable jonché de débris. Chandler craignait d'avoir une migraine. C'était sa faiblesse, ou l'une de ses faiblesses... ces élancements douloureux derrière les yeux, accompagnés d'un sentiment croissant de désarroi, de désespoir. *Pourquoi est-il mort. Mon père. Pourquoi, comme un rat pris au piège. Je l'aimais ! Il me manque.*

Il avait laissé tomber Royall. Royall qui lui avait téléphoné, qui avait fait appel à lui en lui parlant comme il ne l'avait jamais fait auparavant.

Royall et Juliet. Il était leur protecteur. Ariah l'avait supplié, quinze ans auparavant. Il avait promis, bien entendu. Mieux vaut trahir les morts que les vivants.

379

FAMILLE

Chandler pensa à Melinda, qui ne plaisait pas à Ariah; et au bébé de Melinda, dont Ariah ne savait pas grand-chose. L'animosité de sa mère envers une femme qu'elle ne connaissait pas l'étonnait. Était-ce parce que l'enfant de cette femme ne serait pas sa petite-fille? Peut-être. Un enfant que Chandler pourrait aimer, qui ne descendait pas de Chandler, ni d'Ariah.

La famille est tout. Tout ce qu'il y a sur terre.

Les camionnettes de télévision ne cessaient d'arriver, et leur file s'allongeait dans Swann Road. Derrière le barrage de police, les journalistes tournaient en rond, frustrés par l'inaction et l'obligation de rester à distance. C'étaient des professionnels bien différents de ceux qui se trouvaient déjà sur les lieux: des journalistes pour qui cette situation de crise était une occasion, une «nouvelle» à exploiter. Eux aussi étaient nerveux, mais pleins d'impatience, d'espoir. *Nous sommes là! Maintenant, il peut se passer quelque chose de palpitant.* Les plus importuns étaient ceux qui étaient venus dans la camionnette marquée NFWW-TV «ACTION NEWS», la filiale locale de la chaîne NBC. Leur équipe comportait un cameraman armé d'un instrument en forme de bazooka, qu'il pointait sur des cibles en mouvement. Rapidement, avec la tombée de la nuit, on éclairait la zone dangereuse. Des lumières aveuglantes qui répandaient une sinistre clarté bleuâtre. On s'attendait à entendre les accords puissants, trépidants, d'un groupe de rock. Cet éclairage donnait une netteté cinématographique aux objets, aux textures, aux couleurs, qui, dans la lumière ordinaire d'un après-midi de mars nuageux, avaient paru flous et insignifiants.

Une jeune journaliste glamour de NFWW-TV, trench-coat ceinturé, bouche carmin et yeux à la Cléopâtre, usait de son charme pour tenter de persuader policiers et urgentistes de parler dans son micro et devant la caméra, mais elle n'avait guère de succès. Chandler savait: le but des médias étaient d'accumuler le plus de pellicule possible, qui serait ensuite adroitement coupée, collée, déformée, pour produire un effet dramatique. «Monsieur Chandler? Vous êtes le "Monsieur Crise"? Pourrais-je vous parler?» La voix de la jeune femme flotta jusqu'à Chandler, qui battit en retraite avec un sourire poli: «Je regrette, je ne suis pas "M. Chandler". Et non, désolé, je n'ai pas envie de vous parler pour l'instant, cela ne me paraît pas indiqué.

380

OTAGES

– Mais pourquoi ?
– Parce que.
– Parce que le forcené est toujours dans le bâtiment, et l'otage aussi, et... »
Chandler se détourna, espérant la décourager. Elle poursuivit son chemin.

Comme les professionnels, Chandler s'était mis à considérer les gens des médias comme des intrus, des exploiteurs. Ils étaient tous les clichés qui circulaient sur leur compte, et s'il était possible d'éprouver une certaine sympathie pour eux, on ne pouvait pas leur faire confiance, jamais. Au tout début, Chandler avait naïvement cru que la couverture médiatique de ces incidents dramatiques pouvait être utile, voire instructive, mais il avait changé d'avis depuis. L'année précédente, NFWW-TV l'avait interviewé pour son journal télévisé du soir, et il n'avait pas aimé ce qu'il avait vu. Être présenté comme «Chandler Burnaby», professeur de sciences au collège La Salle, bénévole par vocation dans les situations de crise, lui avait paru consternant, un genre d'autopromotion. Il avait détesté sa voix, son sourire, ses tics nerveux, la vanité visible qu'il tirait d'avoir vu ses efforts aboutir, cette fois-là. Pis encore, Melinda l'avait vu à la télévision avant qu'il ait eu le temps de l'appeler, et elle avait été contrariée, beaucoup plus qu'il ne s'y serait attendu.

Chandler se sentait sincèrement humble, pourtant. Il redoutait d'être encensé par les médias, puis d'échouer publiquement, ignominieusement. Il savait ce qu'il y aurait d'ironie et de pathos à deux sous à ce qu'il se fasse tuer en «sauvant» quelqu'un d'autre.

Il se sentait particulièrement humble en compagnie des Samaritains. Leur organisation était profondément chrétienne, une association pour la prévention du suicide, née en Angleterre des dizaines d'années auparavant. Les Samaritains pouvaient être professionnels ou non, mais tous étaient bénévoles ; il fallait être formé, et la formation était rigoureuse. Rien que pour la ligne d'écoute, il fallait suivre un cours de cinq semaines ; ce n'était pas fait pour les retraités ni pour les femmes au foyer en quête d'une activité pour occuper leurs heures de désœuvrement.

«Monsieur Burnaby ?» La journaliste avait maintenant le nom de Chandler et semblait pleine d'une assurance nouvelle. D'un seul coup, elle fut devant lui, micro brandi comme un sceptre, la voix étouffée

381

FAMILLE

et déférente. «Est-il vrai que vous connaissez Albert Mayweather, le forcené qui a pris Cynthia Carpenter en otage, et gravement blessé un contremaître ici, à l'usine des Humidificateurs Niagara…» Contrarié, rougissant, Chandler se détourna, lui fit signe de le laisser tranquille.

«Cynthia Carpenter». L'otage, dont Chandler n'avait pas su le nom jusque-là.

Connaissait-il des Carpenter? se demanda-t-il.

Plusieurs membres de la famille Carpenter étaient présents, à distance du bâtiment, en sécurité. Chandler avait remarqué un couple de cinquante, soixante ans, hébété, accablé. (Mais aucun Mayweather?) Il se disait que, face à face, il serait capable de raisonner le forcené. Al Mayweather qu'il avait (presque) connu. Un de ces «grands» que l'on évitait, si on le pouvait. Encore qu'Al ne se serait pas donné la peine de tourmenter Chandler Burnaby, qui avait des années de moins que lui. Mayweather et ses copains faisant du raffut dans les couloirs, les escaliers, la cafétéria du collège. Mayweather, ou des garçons lui ressemblant beaucoup, dans les vestiaires après la gymnastique, se déshabillant pour passer à la douche, beuglant de rire, braillant, échangeant des coups de poing, pénis ballottant comme des saucisses.

Si Mayweather se rendait maintenant, en relâchant Cynthia Carpenter, il bénéficierait sûrement de circonstances atténuantes. Il avait laissé partir la femme enceinte. Si le contremaître ne mourait pas, s'il ne restait pas invalide à vie… Chandler se demandait ce qu'Al Mayweather, âgé à présent de trente ans, pouvait bien penser. Qu'il était pris au piège? Qu'il était maître de la situation? Pris au piège, mais maître (pour l'instant) de la situation? Chandler ne parvenait pas à imaginer ce qu'un homme dans une situation aussi désespérée pouvait se dire. Ou faire. À mesure que passaient les minutes, les heures. Il doit y avoir un moment où il lui faut absolument uriner. Un moment où la tête lui tourne de faim, et d'épuisement. Un moment où il regrette amèrement l'erreur qu'il a commise et ce qu'il a fait de sa vie.

On demandait à Chandler s'il avait bien connu Mayweather au lycée, et il répondit, après un silence: «Pas très bien. Mais je pense qu'il se souviendrait de moi, qu'il me ferait confiance. J'arriverais peut-être à le convaincre de négocier au téléphone.»

Quelle assurance! Chandler se demandait d'où elle venait.

OTAGES

Il était près de 18 heures lorsqu'on passa le mégaphone à Chandler. Il tâcha d'empêcher ses mains de trembler. Un agent de police lui disait de parler lentement et clairement, et de rester hors de portée d'un éventuel coup de feu. Ne vous emballez pas si Mayweather décroche le téléphone et vous parle, ne vous montrez pas. Essayez de le convaincre de répondre au téléphone. Il refuse de décrocher. Obtenez qu'il fasse parler la fille. Nous avons besoin de savoir comment elle va.
– Oui. Je sais. Je le ferai. Merci, monsieur l'agent. »
Chandler avait la gorge serrée. Il avait déjà utilisé un mégaphone, mais la vibration, le volume sonore le prirent au dépourvu. Comme un rêve de puissance démesurée, improbable. Il approcha sa bouche de l'embouchure et fut stupéfait de la façon dont sa voix était amplifiée et de l'autorité que donnait cette amplification.
Al? Al Mayweather? Je m'appelle Chandler Burnaby, nous sommes allés au lycée ensemble. Je suis de ton quartier, Baltic Street. Je ne suis pas de la police, Al, je suis un simple citoyen, un bénévole. On m'a demandé mon aide parce que je te connais. Je me demande si tu te souviens de moi? Décroche le téléphone, Al, s'il te plaît, que l'on puisse parler. J'ai besoin d'entendre ta voix. Chandler s'interrompit. Son cœur battait d'excitation. Il voulait penser qu'Al Mayweather était surpris par cette voix nouvelle, inattendue. La voix d'un ami, un ami d'autrefois. Une voix qui l'appelait par son prénom et disait *s'il te plaît*.
Dix ans. Peut-être onze depuis la dernière fois que Chandler avait vu Albert Mayweather. Mayweather ne se souviendrait sûrement pas de lui, mais ils avaient fréquenté le même établissement scolaire au même moment. Ils avaient grandi dans le même quartier, été réveillés dans leur sommeil par le grondement de tonnerre des mêmes wagons, le sifflement des mêmes locomotives.
Chandler espérait que Mayweather ne se demandait pas pourquoi, lui, Chandler Burnaby, s'intéressait brusquement à lui, alors qu'ils avaient vécu des années dans la même ville sans avoir le moindre contact.
Al, tu veux bien décrocher? Je suis en train de faire le numéro.
En fait, on le composait pour lui. Plusieurs policiers étaient avec lui dans la camionnette, pour coordonner cette action. Chandler entendit le téléphone sonner, sonner encore, à l'autre bout de la ligne.

383

FAMILLE

Il espérait que Cynthia Carpenter était en vie. Il souhaitait ardemment se sentir un lien fraternel avec Al Mayweather mais pas s'il avait blessé son otage.

Al ? Il faut que nous te parlions. D'accord ?

Le numéro fut composé, recomposé. Chandler répéta sa supplication avec ferveur. Il avait connu Al à l'école – Al se souvenait-il de lui ? – et il voulait l'aider, il voulait l'aider à communiquer avec la police pour résoudre la situation au mieux pour tout le monde, pour qu'il n'arrive de mal à personne, Al l'écoutait-il ? Al voulait-il bien décrocher le téléphone, il recomposait le numéro…

Une dizaine de sonneries et puis, de façon inattendue, le combiné fut décroché.

Une voix d'homme soupçonneuse à l'oreille de Chandler : « Oui ?

– Al ? Bonjour. »

La communication serait écoutée par la police, et enregistrée. Chandler se comporterait néanmoins comme s'il avait une conversation privée avec Mayweather.

Il se présenta comme un bénévole du Centre d'intervention. Il dit avoir été appelé par la police pour trouver des « pistes de communication ». Pour découvrir comment aider Al dans la situation où il s'était mis. Mais la voix résonna, discordante comme un crissement de gravier contre son oreille : « Personne ne peut m'aider, je suis foutu. » Chandler protesta, dit qu'Al n'avait tué personne, puis se tut pour laisser la remarque faire son effet. (Était-ce vrai ? Pour ce que Chandler en savait, le contremaître était toujours en vie.) Chandler dit : « Tu as laissé partir une femme, une femme enceinte, et cela joue en ta faveur, Al. C'est ce que les gens disent. Et Cynthia Carpenter, la jeune femme qui est encore avec toi, elle va bien, non ? »

Un silence. Puis une réponse marmonnée, inaudible. Chandler dit : « Al ? Je n'ai pas entendu… »

Il attendit un instant, puis se mit à parler comme si de rien n'était. Il avait des informations capitales à communiquer, et il ferait comme si Mayweather, à l'autre bout de la ligne, était à l'écoute et assez lucide pour comprendre ce qu'on lui disait. Il lui dit donc que les parents de la jeune femme étaient là, qu'ils étaient bouleversés, est-ce qu'Al voudrait bien laisser parler Cynthia au téléphone ? Il ajouta, de sa voix

OTAGES

calme, sincère, la voix d'un ami en qui on peut avoir confiance : « Cela changera beaucoup de choses, Al, je t'assure, si tu coopères. Les gens disent que c'était vraiment bien, vraiment généreux de ta part de laisser partir l'autre femme, tu as tenu compte du fait qu'elle était enceinte, tu n'es pas du genre à faire du mal à une femme... » Mayweather intervint avec véhémence, d'un ton blessé : « Bien sûr que non ! Jamais je ne ferais de mal à une femme. Est-ce que la mienne est là ? »

Sa femme. À n'en pas douter, l'épouse (absente, séparée) était au centre de ce drame. En définitive, tous les drames sont familiaux.

Chandler dit : « Ta femme n'est pas encore ici, Al. On essaie de la contacter. Tu sais où elle se trouve ? » Mayweather répondit d'un ton railleur : « Comment je saurais où est Gloria, non, je n'en sais rien. Demandez à ses parents. Demandez à son petit ami. » Il poursuivit un moment sur ce ton, récriminateur et larmoyant, et Chandler considéra que c'était bon signe, Mayweather n'avait sûrement pas tué sa femme avant de venir faire sa descente à l'usine. Chandler dit : « En attendant, Al, il y a Cynthia Carpenter, elle doit avoir très peur, elle a peut-être besoin de conseils médicaux, tu ne crois pas que ce serait une bonne idée de lui passer le téléphone ? Cela rassurerait ses parents... » Chandler attendit et répéta sa demande. Il savait par expérience que raisonner avec un homme excité ou dérangé revient à essayer de faire du canoë avec quelqu'un qui ne sait pas, ou ne veut pas, se servir correctement de sa pagaie. Le canoë file tantôt dans une direction, tantôt dans l'autre, on ne le maintient vaguement sur sa trajectoire que par un pur effort de volonté, une foi résolue dans l'issue « heureuse » à venir ; pas d'hésitation, pas de moments de doute ni d'inquiétude. Chandler savait à quel point c'était important. Si quelque chose était arrivé à Cynthia Carpenter, Mayweather n'avait plus rien à négocier. Il fallait que l'otage soit en vie. « Al ? Écoute. On se fait du souci pour Cynthia Carpenter, comme je te l'ai déjà dit. Tu peux le comprendre, hein ? Alors, si tu pouvais lui passer le combiné, juste une minute... » Chandler se sentait étourdi mais euphorique, comme s'il se trouvait sur une corde raide. Très haut au-dessus des Chutes. Très haut au-dessus d'une foule d'inconnus ébahis. Ils souhaitaient qu'il réussisse, mais souhaitaient aussi son échec. Un numéro de corde raide où il risquait de trébucher, de glisser. Un faux mouvement, et ce serait la chute. Et Mayweather

385

FAMILLE

tomberait avec lui. «Al? Tu m'écoutes? Si tu pouvais…» Il entendit Mayweather parler à quelqu'un, et n'entendit pas la réponse.

Il n'y avait pas de chauffage dans la camionnette, mais Chandler s'était mis à transpirer.

Il attendrait, il réessaierait. Et réessaierait encore. Tant que la police le lui permettrait. C'était sa mission.

Et puis, brusquement, après des minutes de frustration, Mayweather hurla quelque chose comme: «La voilà!» et une voix faible, apeurée, se fit entendre à l'autre bout de la ligne. «A… Allô?» C'était Cynthia Carpenter. Haletante, quasi inaudible, elle dit à Chandler qu'elle allait «bien», qu'elle était «fatiguée, effrayée»… qu'elle «espérait que la police n'allait pas entrer dans le bâtiment en tirant». Chandler la rassura. La police ne tirerait pas, sa sécurité passait avant tout. Cynthia Carpenter dit, avec désespoir: «Cet homme ne m'a fait aucun mal, je le jure. Il m'a laissée aller aux t… toilettes. Il ne m'a pas fait de mal, je le *jure*. Mais il dit…» Elle fondit en larmes. Chandler se refusait à penser que Mayweather lui appuyait peut-être une arme contre la tempe.

Pour la première fois, il sentait l'horreur viscérale de la situation. Il ne s'agissait pas d'Al Mayweather qu'il avait connu au lycée, il s'agissait de l'otage Cynthia Carpenter qu'il ne connaissait pas mais pour qui maintenant, après avoir entendu sa voix, il éprouvait une immense sympathie. Elle tremblait pour sa vie. Mayweather l'avait sans doute bousculée, frappée. Il l'avait sûrement terrorisée. Il avait menacé de la tuer. Et elle ne pouvait savoir, en cet instant, s'il allait lui être permis de vivre. Chandler pensa à sa sœur Juliet et éprouva une bouffée de rage et de haine contre Mayweather.

Quoi que la police lui fasse, ce salopard le mérite.

Mais non. Mayweather était une victime, lui aussi. Chandler devait aussi éprouver de la compassion pour lui.

Il tâcha de garder Cynthia Carpenter au téléphone plus longtemps. Elle pleurait, hoquetait. Chandler fut le plus réconfortant possible, étant donné les circonstances. Les parents de la jeune femme étaient là, et très soulagés de savoir qu'elle allait «bien»; non, les policiers ne donneraient pas l'assaut, car sa sécurité passait avant tout; ils feraient l'impossible pour qu'elle soit relâchée. Mais il fallait qu'ils sachent ce que

OTAGES

Mayweather souhaitait en échange. « M. Mayweather n'est pas très clair sur le sujet, mademoiselle Carpenter. Peut-être que si… »

Le combiné fut retiré des mains de Cynthia Carpenter, et Mayweather se mit à parler avec excitation. Il dit à Chandler qu'il laisserait partir la fille… si sa femme venait prendre sa place ; il « voulait juste parler » à Gloria. Chandler lui répéta que Gloria n'était pas là, pas encore ; la police essayait de la contacter, et dès qu'elle l'aurait fait, Al pourrait lui parler au téléphone. Mayweather répondit que le téléphone, cela ne suffisait pas, elle lui raccrocherait au nez, et il la voulait près de lui, il fallait qu'il lui parle, ce qui se passait était sa faute, parce qu'il l'aimait mais qu'elle ne l'aimait pas, c'était sa faute et elle le savait. Chandler écoutait avec sympathie. Puis, brusquement, Mayweather changea d'avis et dit qu'il laisserait partir la fille si on éteignait toutes les lumières, dehors, si la police promettait de le laisser prendre sa voiture et quitter la ville « sain et sauf ». Pas d'armes, pas de barrage routier, pas d'hélicoptère. « La fille sera avec moi, d'accord ? Mais je la relâcherai dès que je pourrai. Au Canada, peut-être.

– Au Canada ! » Chandler essuya son visage en sueur avec une serviette en papier. « Cela sera peut-être un peu difficile à arranger. Le pont, la frontière… »

Mayweather n'écoutait pas. Il avait encore changé d'avis. Ses propos ne tenaient pas debout, en dépit de la véhémence enfantine de son ton. Avait-il des problèmes mentaux ? Il n'avait pas l'air ivre, mais il pouvait être drogué. Chandler jeta un coup d'œil aux policiers qui l'observaient. Que dire ? Que faire ? Mayweather délirait, divaguait. Sur Gloria et sur ses gosses. Sur Gloria qui savait que c'était sa faute. On pouvait sans doute considérer comme un signe de dérangement mental le fait que Mayweather ne semblait plus se rappeler pourquoi il était venu à l'usine ; pourquoi il avait tiré sur un homme et eu l'intention d'en tuer un autre. Chandler le laissa parler. De même qu'un boxeur cogne parfois sur son adversaire jusqu'à tomber d'épuisement, Mayweather s'épuiserait peut-être sur « Monsieur Crise ». Lorsque ses silences devinrent plus fréquents et qu'il commença à se répéter, Chandler reprit la conversation. Une conversation de plus en plus intime et privée.

Chandler répéta que la police essayait de contacter Mme Mayweather. Mais, dans l'intervalle, il fallait qu'Al se souvienne qu'il était

387

aussi un père. C'était peut-être même ce qu'il y avait de plus important. Al devait penser à ses enfants. À sa famille. Aux gens qui l'aimaient et qui avaient peur qu'il lui arrive malheur ; la situation n'en était pas arrivée au point qu'on ne puisse pas faire marche arrière, et Al aurait un avocat pour protéger ses droits, un avocat commis d'office s'il n'avait pas de quoi payer, Chandler y veillerait personnellement. Chandler parlait vite, avec inspiration, sans trop bien savoir ce qu'il disait, sinon que ses mots sonnaient justes, plausibles, et que Mayweather avait l'air d'écouter ; on sentait qu'il serrait le combiné de toutes ses forces et qu'il écoutait. « Il faut que tu restes en vie pour tes enfants et en souvenir de ton père, Al. Voilà ce qu'il faut que tu fasses. En souvenir de ton père, Al. Moi, je me souviens de ton père. »

En cet instant précis, Chandler avait l'impression que c'était le cas. Peut-être avait-il parlé au père d'Al Mayweather. Dans leur quartier. À l'époque du procès d'OxyChem. Les photos des ouvriers dans les journaux. Pas un cancer mais… quoi donc ? De l'emphysème. Et peut-être un cancer aussi. Une leucémie ? Chandler se rappelait : Mayweather lui avait paru très vieux, chauve, le visage ravagé, mais sans doute n'avait-il pas plus de cinquante ans, un homme empoisonné qui était mort jeune.

« Que dirait ton père, Al ? Il voudrait que tu agisses bien, que tu laisses partir la fille, tu ne crois pas ? C'est ça que voudrait ton père. »

Chandler parlait à l'aveuglette, des larmes lui piquaient les yeux, mais il dut être persuasif parce que, peu après, Mayweather marmonna quelque chose comme « okay ». C'était le déclic, le tournant. À présent tout irait très vite, comme généralement dans ces cas-là, aussi vite que fond la glace.

Sur le seuil violemment éclairé du bâtiment apparut une petite silhouette hésitante. Un murmure monta de la foule des spectateurs mais fut aussitôt réprimé. La femme, qui paraissait très jeune, leva les deux mains pour protéger ses yeux de la lumière. Elle se mit à marcher avec lenteur, en vacillant, comme si le sol bougeait sous ses pieds. (Elle était en collant, sans chaussures. Ce détail curieux, Chandler se le rappellerait longtemps en confondant avec lui-même, comme les éléments d'un rêve se confondent. Avait-il perdu ses chaussures quelque part ? Dans la camionnette de la police ?) Les policiers braquaient leurs

OTAGES

carabines sur le bâtiment, prêts à tirer derrière la fille terrifiée. C'était le moment que tout le monde avait attendu, mais un moment auquel on ne pouvait se fier. Un moment de télévision ou de cinéma, mais sans scénario. Tandis que Cynthia Carpenter s'avançait pieds nus sur le carré de pelouse sans herbe, il y avait l'attente collective, la crainte aiguë, que là, en cet instant périlleux, sous les yeux de tous, le forcené se mît à tirer; à tirer sur ses ennemis, ou à tirer dans le dos de la fille. Elle poursuivit pourtant son chemin, sans regarder ni à droite ni à gauche, se dirigeant d'un pas hésitant vers la zone de pénombre, en lisière de la lumière, où elle fut saisie par des policiers accroupis en gilets pare-balles, entraînée à l'abri et enlacée par ses parents en larmes.

Ainsi finit le drame de l'otage.

Ainsi finit heureusement ce qui aurait pu finir si différemment.

Un coup de dés, se dit Chandler. En définitive, il y était pour si peu.

Il garderait longtemps en mémoire l'image de Cynthia Carpenter! Une fille d'une vingtaine d'années, tremblante, traversant un champ de forces de fusillade et de mort imminentes; le visage pâle et mou comme quelque chose de fondu, les yeux barbouillés de rimmel et le rouge à lèvres mangé, les cheveux en bataille, mais elle y était arrivée, elle était triomphante, car elle s'en était sortie vivante et sa vie lui serait à jamais précieuse, un miracle accordé à elle seule. Et ce miracle serait à jamais conservé sur pellicule. Si les mots trébuchaient et manquaient, l'image de Cynthia Carpenter, elle, perdurerait. Maigre compensation pour ce qu'elle avait subi à la merci d'un fou mais tout de même, elle serait à jamais «Cynthia Carpenter», une légende locale.

À présent, on attendait du forcené qu'il se rende.

Qu'il renonce… à sa résistance, ou à sa vie.

Qu'il se rende, ou qu'il se tue.

Dans l'euphorie de la libération de l'otage, Chandler avait perdu tout contact avec Mayweather. La ligne avait été coupée. Lorsqu'on rappela, personne ne répondit. Affolé à l'idée de ce qui risquait d'arriver à Mayweather, Chandler chercha le mégaphone à tâtons.

Il transpirait à grosses gouttes. Sa chemise blanche, mise pour aller au lycée ce matin-là, était mouillée sous les bras et sur le torse. Il avait retiré sa cravate depuis longtemps et pensait l'avoir fourrée dans une poche, mais elle était perdue, envolée. Un ruisselet de sueur coulait sur sa joue comme une larme huileuse. *Al? C'est Chandler. Merci, Al. Merci d'avoir relâché cette jeune fille…* C'était absurde de dire une chose pareille, mais il fallait qu'il le dise. Il complimenterait le forcené qui avait retenu une jeune femme pendant des heures en la menaçant de son arme, il le remercierait de l'avoir relâchée, et il serait sincère. *Al? Maintenant, c'est ton tour. Voudrais-tu décrocher le téléphone? Il sonne…* Le téléphone ne fut pas décroché. Le numéro fut recomposé, sans plus de succès. *Al, parle-moi! Tout va bien se terminer maintenant que tu as relâché la fille et que les gens ont vu que tes intentions étaient bonnes. Mais il faut que tu rendes tes armes, Al, d'accord? Pour qu'il ne t'arrive aucun mal. Tu peux sortir, on t'arrêtera mais on ne te fera pas de mal. Pense à ta famille, Al? À tes enfants, à tes parents. À ton père. C'était un homme courageux, je me souviens de lui. Il n'aurait pas dû mourir aussi jeune. Il voudrait que tu vives, Al. Je veux que tu vives. Ça ne sert à rien de tenir plus longtemps. Tu es intelligent, tu le sais. La police veut que tu déposes tes armes, que tu les laisses par terre dans le bâtiment, et que tu t'avances lentement vers la porte. Il faut qu'on te voie, Al. Je suis là, je regarde. Il faut qu'on puisse voir tes mains. Tout va bien se passer, Al, tu as laissé partir la fille et ça change tout, personne n'a été tué ni gravement blessé, la fille dit que tu l'as bien traitée…* Chandler parlait avec chaleur, avec un désespoir croissant; mais il n'y eut pas de réponse.

Le numéro fut composé de nouveau, et cette fois sonna occupé.

Al? S'il te plaît. Raccroche le combiné, parle-moi… j'ai tellement besoin de te parler.

À la vitesse de la glace qui fond, la crise évoluait, mais Chandler ne semblait plus aux commandes. Il sentait qu'il perdait l'étrange pouvoir fugace qu'il avait eu. L'espace de quelques minutes de transe. Un pouvoir comme une petite flamme verticale. Mais à présent la flamme vacillait, tremblotait. Chandler se mit à supplier. *Al? Tu peux me faire confiance, Al. Ils promettent de ne te faire aucun mal… ils promettent… si…* Chandler savait que la police lui accorderait encore quelques minutes, puis qu'elle mettrait fin à la tentative de négociation. L'homme barricadé n'avait plus rien de précieux à négocier à part sa vie et, après ces heures de tension, de fatigue, de colère et de dégoût professionnellement contenus, peut-être la vie d'Al Mayweather ne valait-elle plus grand-chose. La police passerait à l'attaque, jetterait des bombes lacrymogènes pour déloger l'homme condamné. Combien de dizaines d'hommes armés face au seul Mayweather. Chandler se sentait désespéré, il ne pouvait pas échouer, pas maintenant.

Un coup de dés. Pourquoi pas, il y était pour si peu.

Protégé, dans la camionnette, par les lumières aveuglantes ainsi que par des vitres à l'épreuve des balles, Chandler tendit le cou pour examiner la façade nue du bâtiment. Laideur des parpaings rongés par la pluie. Dans la vive lumière bleuâtre, on aurait dit un décor de théâtre en deux dimensions. Avec l'aspect miteux de quelque chose qui va bientôt être démonté, mis au rebut. Si Chandler n'agissait pas très vite et de façon décisive, tout son pouvoir lui serait ôté, il serait renvoyé à sa petite vie médiocre.

Il se demandait où était Mayweather : s'était-il glissé hors de la pièce où il était resté barricadé pendant des heures, avait-il suivi Cynthia Carpenter jusqu'à la porte d'entrée ? Était-il, en cet instant même, derrière la vitre brisée, en train de pointer son arme ? Chandler contempla la fenêtre à la forme bizarre, les éclats de verre sur le châssis, pareils à des dents. L'intensité du drame avait chargé de sens cette scène qui, autrement, n'en avait aucun. *La vie médiocre. La vie inévitable. La vie qui attend.* Alors qu'il regardait le bâtiment, Chandler se rendit compte que sa vision périphérique s'était rétrécie. Dans le temps même où sa vue s'aiguisait au centre, il devenait aveugle sur les côtés. Et pourtant… il était devenu un canal d'énergie concentrée. Il savait… il savait !… que c'était son rôle de parler à Mayweather face à face.

De le sauver. Comme il avait sauvé l'otage.

Pendant les longues minutes épuisantes qui s'étaient écoulées depuis qu'on lui avait tendu le mégaphone, Chandler avait parlé à l'intérieur d'un véhicule de police, dans la pénombre. Avant que quiconque pût l'arrêter, il en descendit.

De sa voix humaine, faible, rauque, il cria : «Al ? C'est moi, Chandler.»

Hardiment il s'avança dans la zone éclairée devant le bâtiment. Personne n'avait été assez rapide pour le retenir. Il entendait de tous côtés des cris et des protestations. Mais il continua d'avancer, les bras levés dans un geste de supplication. Lui n'avait pas d'arme… évidemment. Lui se montrerait à Al Mayweather sans protection. Il savait qu'il faisait ce qu'il fallait faire. *Son cœur était pur, il faisait forcément ce qu'il fallait.* Même si la police lui hurlait de se mettre à couvert, l'injuriait. Même si les caméras de télévision étaient braquées sur lui. Il cria: «Al? Est-ce que je peux entrer te parler? J'ai tellement besoin de te parler…» À moins de trois mètres de la porte entrouverte, Chandler crut voir bouger à l'intérieur, mais sans certitude. Son champ de vision s'était si radicalement rétréci qu'on aurait dit qu'il regardait par le petit bout d'un télescope. Ce qu'il voyait était un cercle minuscule d'une intensité extraordinaire, il semblait pourtant ne pas savoir ce qu'il voyait, il n'aurait pu le nommer. Le grondement enflait dans ses oreilles. Il était entré dans la zone de non-retour, il filait vers les Chutes. Cela avait quelque chose de réconfortant. Son cœur battait à grands coups. En lisière de sa conscience, des voix criaient *Mettez-vous à l'abri!* mais elles étaient lointaines, les cris d'inconnus, il devait montrer à Al May-weather qu'il n'avait rien à voir avec ces inconnus; que tous deux étaient liés comme des frères, par leur passé commun.

Un claquement retentit alors, sec, unique, un coup de feu.

À la télévision ce soir-là. *Cet homme a fait un miracle, il a sauvé la vie de notre fille. Nous avons prié, prié de toutes nos forces, et il l'a sauvée.* Voilà ce que les Carpenter diraient de Chandler Burnaby. Mais Chandler ne verrait pas cet interview, ni les autres. Ni les images diffusées par les trois chaînes de télévision.

Et à présent que l'adrénaline avait reflué, les débris boueux, banals, d'une vie médiocre étaient à découvert.

Une averse de neige fondue fouettait le pare-brise de la voiture. Il lui aurait fallu conduire lentement de toute façon, avec cette douleur lancinante derrière les yeux. Il avait une heure et demie de retard et n'avait pas téléphoné. Pour téléphoner à une femme que l'on aime, ou que l'on aime presque, ou que l'on souhaite aimer, il faut imaginer ce qu'on va lui dire, et Chandler était vide de mots. Le mégaphone l'avait épuisé. Comme un énorme phallus ridicule. On prenait cet instrument avec émerveillement, on le reposait avec accablement.

Il roulait vers Alcott Street, au nord-ouest de la ville, la rue où Melinda louait un appartement au troisième étage d'une ancienne

OTAGES

maison individuelle, à cinq minutes de voiture du Grace Memorial Hospital où elle travaillait. Il était 20 heures passées. La journée avait commencé tôt pour Chandler, peu après 6 heures du matin. Dans cette autre phase de son existence où il était l'aimable, le fiable «M. Burnaby», professeur de sciences de troisième au collège La Salle. Payé moins que le concierge en chef de l'établissement mais il comprenait que cela n'avait rien de personnel. *M. Burnaby, voilà qui tu es. Joue les cartes qu'on te distribue et ferme-la.*

On dirait de Chandler Burnaby qu'il avait été un héros, qu'il avait sauvé la vie d'une jeune femme. Mais Chandler savait à quoi s'en tenir.

Il n'avait pas allumé son autoradio et ne le ferait pas. Il n'avait aucune envie d'entendre les nouvelles régionales. Le lendemain matin, il lui faudrait lire la une de la *Gazette*, c'était inévitable.

Il se sentait malade, nauséeux. Ses yeux le brûlaient. C'était sa punition pour avoir marché sur la corde raide, cet échec.

Et donc il essaya de penser au bébé.

Au bébé de Melinda, qui n'était pas celui de Chandler. Un autre homme l'avait engendré puis était parti. Avant la naissance du bébé, au début de la grossesse, il était parti. Chandler ne parvenait pas à comprendre cette conduite, mais savait pourtant qu'elle n'était pas rare. Le mari de Melinda, dont elle avait récemment divorcé, était alors étudiant en médecine à l'université de Buffalo, et il était maintenant interne dans un hôpital de la région. Il n'avait aucun droit de garde sur l'enfant, il n'en avait pas voulu. Melinda disait seulement que le mariage n'avait pas marché, qu'elle avait commis une erreur.

C'est toi? Toi qui as commis l'erreur?

Une erreur de jugement.

On comprenait à sa mâchoire inflexible qu'elle n'en commettrait pas une seconde.

Le bébé, Danya. Dont (ridicule mais vrai) Ariah était jalouse, au point que Chandler n'osait plus parler de l'enfant, ni de Melinda, à sa mère.

«Hé. Je t'aime. Tu sais qui je suis?»

Elle ne le savait pas, bien sûr. Qui était au juste Chandler Burnaby dans la vie de Danya?

Il se sentait un peu mieux, moins désespéré, en pensant à elle. À son

393

FAMILLE

corps chaud et intense. Si brûlant, parfois. Et lourd. Comme si une vie entière y était déjà condensée.

Les yeux, ouverts, conscients, vifs et curieux, insatiables.

Lorsqu'il tenait Danya dans ses bras, il la sentait presque enregistrer des informations, avide d'absorber le monde entier.

Elle pourrait être ma fille. Elle pourrait m'aimer comme un père. Je n'ai pas à justifier ma vie.

Mais lorsque Chandler arriva à l'appartement de Melinda, il en alla différemment. Si, il avait à justifier sa vie.

Peut-être avait-il su, avait-il prévu une scène de ce genre, et c'était pour cela qu'il n'avait pas téléphoné.

Melinda lui fit face sur le seuil, le visage fermé, furieuse. C'était une jeune femme robuste, en chair, qui avait deux ans de plus que Chandler, un visage franc séduisant, des cheveux sans couleur distincte, vaguement châtains, coupés court pour tenir sous sa coiffe d'infirmière. Elle était d'une taille tout juste moyenne, un mètre soixante environ, mais dégageait une impression d'autorité qui la faisait paraître plus grande; de même, quoique chaleureuse et sensible, elle pouvait se détacher, avec une rapidité alarmante, d'une scène où les autres laissaient libre cours à leurs émotions. Chandler avait fait sa connaissance de la façon la plus romantique qui soit: à l'Armory, où il était allé donner son sang lors de la campagne de collecte annuelle de la Croix-Rouge, dans un état second qui lui ressemblait peu, il avait souri rêveusement à la jeune infirmière séduisante, et tâché de lui faire la conversation depuis le lit à roulettes où on l'avait engagé à s'étendre. *Promettez que vous ne me prendrez pas tout mon sang? Ma vie est entre vos mains.*

Melinda disait qu'elle l'avait vu à la télé. Elle avait vu ce qu'il avait fait, et elle avait été terrifiée pour lui. Mais après coup, en y réfléchissant, elle était furieuse. Elle était écœurée. « Tu as risqué ta vie pour... quoi? Pour qui? Cet inconnu? Quelqu'un de ton lycée... foutaises! Un perdant minable, voilà ce qu'il était. Voilà tout ce qu'il était. Il s'est tué, il aurait pu te tuer. Pour quoi? Pour quoi exactement, Chandler? Tu peux me le dire? »

Chandler ne s'était pas attendu à cet accueil. Oh! au fond de son cœur, il était un idiot romantique, un rêveur, il avait espéré quelque chose de très différent tout en sachant (car Chandler savait toujours:

394

Chandler était un scientifique, et impitoyable) qu'il ne le méritait pas.

Sortir de la famille. Trahir.

Foutaises.

Chandler essaya de s'expliquer, mais il n'avait pas l'intention de s'excuser. Melinda l'interrompit, Melinda connaissait le fond de son cœur. «C'est en rapport avec ton père, non? Mais je me fiche de ton père. Je ne peux pas me lier à un homme qui ne se soucie pas davantage de moi, de mon enfant et de notre vie commune qu'il ne se soucie d'un inconnu. Je ne peux pas me lier à un homme qui se moque de vivre ou de mourir! Qui est prêt à jouer aux dés avec sa vie, comme si elle n'avait aucune valeur. Bonne nuit, Chandler. Au revoir.»

Et elle le repoussa, et lui ferma la porte au nez.

3

Coup forcé. Il se jura à ce moment-là, au printemps de sa vingt-huitième année, de prendre sa vie en main.

Il s'était laissé aller passivement au fil du courant. Comme quelqu'un d'hypnotisé par les Chutes. Melinda l'avait forcé à voir. Elle lui avait tendu une surface réfléchissante dont il n'avait pu protéger son regard, comme on doit protéger son regard du terrible visage de Méduse, pétrifié par une vérité à la fois évidente et insaisissable. *Jouer aux dés avec ta vie, comme si elle n'avait aucune valeur.* C'était stupéfiant, Melinda devait l'aimer. Elle avait sondé les profondeurs de son âme.

Quand cela avait-il commencé, cette étrange passivité, un peu pareille à une transe, cette dérive qu'il avait prise pour de la loyauté, ou pour une pénitence. Lorsque son père avait disparu de sa vie, peut-être. (Chandler n'avait jamais vu le cadavre de son père. Il n'y avait pas eu de cadavre. Comment alors pouvait-il «croire» à la mort de son père?) Il s'était pourtant flatté d'être un individu rationnel. De loin le plus rationnel de sa famille. Il s'était cru parfaitement maître des choses, responsable, mûr. Depuis l'âge précoce de onze ans, il avait été loyal envers sa mère (veuve, difficile). Il avait été un frère aîné aimant, patient et protecteur pour son frère et sa sœur (orphelins de père, immatures).

Promets! avait murmuré Ariah, en serrant ses deux mains dans les siennes.

FAMILLE

Donne-moi ton cœur! Donne-moi ta vie!

Dès le collège, Chandler avait été un joueur d'échecs prometteur, quoique irrégulier. Il avait appris ce jeu à Juliet et, les jours d'hiver misérables où même son frère cadet remuant était obligé de rester à la maison, il l'avait également appris à Royall. (Ariah jouait rarement à des jeux de société avec ses enfants. Peut-être par peur de perdre face à eux.) Ni Juliet ni Royall ne s'intéressaient assez aux échecs pour jouer avec habileté ou patience, mais ils avaient de l'intuition et parfois de la chance. Chandler n'était pas du genre à se fier à la chance. Il se retrouvait dans des situations où, pour prévenir un coup fatal de son adversaire, il devait sacrifier une pièce importante. C'était cela le *coup forcé*: un sacrifice à court terme pour un gain à long terme.

Il prendrait sa vie en main. Il n'aurait plus honte de qui il était, de celui qui lui avait donné le jour.

Pendant le printemps 1978, il mena son enquête sur la vie de Dirk Burnaby et sur sa mort. Pour comprendre l'une, il lui fallait comprendre l'autre. Il écrivit de courtes lettres sérieuses aux anciens collègues avocats et aux amis de son père qui, pour lui, étaient de simples noms lus dans les journaux. *Pourrais-je vous voir? Vous parler? Ce serait si important pour moi, le fils de Dirk Burnaby.* Il essaya de retrouver le couple qui avait joué un rôle central dans la dernière année de la vie de Dirk Burnaby, Nina et Sam Olshaker, et fut peiné d'apprendre qu'ils avaient divorcé en 1963, après l'épreuve de l'action en justice; Nina Olshaker avait apparemment emmené ses enfants dans le nord de l'État, dans la banlieue de Plattsburgh, et son numéro de téléphone ne figurait pas dans l'annuaire. Il essaya de prendre contact avec plusieurs des experts qui avaient accepté de témoigner pour Dirk Burnaby dans l'affaire de Love Canal, et s'entendit répondre que ces personnes, soumises à des pressions considérables au moment de l'action en justice et fréquemment interrogées sur leurs relations avec Dirk Burnaby après sa mort, ne souhaitaient plus discuter du sujet. Il essaya de parler au médecin qui dirigeait le Service de la santé publique du comté en 1961, mais fut informé que ce monsieur fortuné avait pris sa retraite à Palm Beach et n'était pas «joignable». Quant aux autres médecins membres de ce service à l'époque et qui avaient soutenu Swann Chemicals, ceux qui n'étaient pas trop âgés ou morts refusèrent également de parler à

Chandler. Pareil pour les avocats des défendeurs, qui pour la plupart exerçaient toujours à Niagara Falls, avec un grand succès. Pareil pour l'ex-maire « Spooky » Wenn, à présent responsable du parti républicain local ; et pour l'ex-juge Stroughton Howell, à présent juge de la cour d'appel du New York à Albany. Chandler prit rendez-vous avec un professeur émérite de biochimie de l'université d'État de New York à Buffalo, et avec l'ancienne secrétaire de Dirk Burnaby, Madelyn Seidman, et avec l'huissier, à présent à la retraite, que Dirk Burnaby s'était reconnu coupable d'avoir agressé le jour de l'audience préliminaire dans la salle de tribunal du juge Howell. Il essaya de prendre rendez-vous avec le directeur de police, Fitch, qui avait été un ami de Dirk Burnaby, ainsi qu'avec le shérif du comté et avec les policiers chargés de l'enquête sur l'accident supposé de Dirk Burnaby, mais aucun de ces hommes n'accepta de le voir.

Évidemment, qu'avait-il espéré ? Il était adulte, il savait comment marchait le monde. Le monde masculin du pouvoir, de l'intrigue, des menaces.

Et pourtant : après avoir refusé les appels téléphoniques de Chandler pendant des semaines, le directeur de la police lui téléphona directement pour lui apprendre que l'enquête de 1962 avait révélé « des tas de choses que vous n'aimeriez pas entendre, mais nous avons épargné votre famille, hein ? Nous avons conclu à l'"accident", et l'assurance a dû payer. » Avant que Chandler ait pu répondre un mot, Fitch avait raccroché.

Accident. Chandler était censé être reconnaissant que l'on n'ait pas conclu au suicide, c'était ça ?

« Vous l'avez peut-être assassiné. Vous tous. Salopards. »

C'était ce qu'il avait pensé, enfant. Pendant quelque temps. Puis cela s'était effacé, comme s'effacent les fantasmes de l'adolescence, par nécessité.

Seize ans. Amnésie.

À présent un flot de souvenirs lui revenait, le faisant grimacer de douleur. Comme au retour de la sensibilité dans des parties gelées du corps.

Ne pleurez jamais. Pas de larmes. Personne ne mérite vos larmes.

Votre mère est celle qui vous aime.

FAMILLE

Il avait l'esprit scientifique, et donc il savait : il avait les gènes de ses deux parents, à égalité. Il devait allégeance non à un mais à deux. Pas un mais deux s'affrontaient dans son âme.

Pourtant cet affrontement avait toujours profité à Ariah. L'autre, le père, était mort, vaincu. La mère avait survécu et régnait en maître. Et son opinion comptait étrangement pour Chandler, encore maintenant, à l'âge adulte ; souvent, il avait l'impression d'être sous un charme, comme s'il y avait quelque chose de non résolu entre eux, de non dit.

Longtemps auparavant, elle lui avait chanté des chansons, elle l'avait bercé, adoré.

Mon fils premier-né ! Ariah avait toujours parlé avec l'exagération d'un personnage tragique de Wagner. *Il n'y a que le premier-né, personne ne parle jamais de deuxième ou de troisième-né.* Chandler était néanmoins assez lucide pour savoir que bien évidemment, de ses deux fils, Ariah préférait Royall ; elle essayait, essayait très fort, de préférer Juliet, sa fille, à ses deux fils. Chandler, le premier-né, avait été très vite rétrogradé. Il savait, il ne s'épargnait pas. Mais il n'en aimait pas moins Ariah, et il l'aimerait toujours. Il était assez le fils de sa mère pour être reconnaissant du simple accident de sa naissance.

Ariah avait observé sèchement : « Einstein a dit qu'il ne pouvait pas croire à un Dieu qui joue aux dés avec l'univers. Moi, je dis que Dieu ne fait rien d'autre que jouer aux dés. Que ça vous plaise ou non, les gars. »

Elle avait été furieuse contre Chandler en apprenant l'incident de la prise d'otage. Par chance, elle n'avait pas vu le reportage en direct sur la chaîne de télévision locale, mais des voisins s'étaient empressés de tout lui raconter. Et il y avait eu la *Gazette* du lendemain. Chandler Burnaby, professeur de collège, un « héros ». Ariah avait son idée à elle sur ce qu'était Chandler pour avoir risqué sa vie pour ce bon à rien de Mayweather, mais elle lui avait pardonné, contrairement à Melinda. Ariah avait haussé les épaules, s'était essuyé les yeux avec ce geste qui indiquait à la fois sa faiblesse maternelle et son mépris pour ce genre de faiblesse, et elle avait ri.

« Bon. Du moment que tu es en vie pour dîner avec nous ce soir. On peut déjà s'estimer heureux de ça. »

Mais Chandler commençait à se demander si c'était le cas.

398

OTAGES

Les morts n'ont personne qui puissent parler pour eux à part les vivants.
Je suis le fils de Dirk Burnaby, et je suis vivant.

Un jour, sur une impulsion, Chandler alla à l'Isle Grand rendre
visite aux sœurs de son père qu'il n'avait pas vues depuis plus de seize
ans. Ses tantes âgées, Clarice et Sylvia, qu'Ariah méprisait. Elles étaient
veuves toutes les deux. Des veuves fortunées. Chandler les vit séparément mais comprit que ces deux vieilles femmes soupçonneuses s'étaient
concertées au téléphone, car elles lui tinrent des propos très similaires.
Clarice dit avec raideur : « Notre frère Dirk était un homme irresponsable. Il est mort comme il a vécu, sans se soucier des autres. » Sylvia
dit avec raideur : « Notre frère Dirk était un enfant irresponsable et gâté,
et il est mort irresponsable et gâté. » Clarice dit : « Nous aimions notre
petit frère. Nous essayions de ne pas nous froisser de ce qu'il soit le préféré de tout le monde. Il s'est engagé, il s'est battu pour son pays, tout
cela était très noble, il a été un avocat brillant, mais après… » Sylvia
dit : « Nous aimions notre petit frère, mais il s'est passé quelque chose
de tragique dans sa vie. Une malédiction. »
Chandler supposa qu'elles faisaient allusion à l'affaire de Love Canal
mais, lorsqu'il posa la question, Sylvia dit avec circonspection, en respi-
rant un mouchoir parfumé : « Je préfère ne pas répondre. »
Clarice parla elle aussi d'une « malédiction » mystérieuse. Lorsque
Chandler demanda en quoi elle consistait, sa tante répondit, après une
hésitation : « Dirk était tombé amoureux de la femme rousse, vous
comprenez. Il aurait dû se marier et vivre sur l'île avec sa famille ;
il aurait dû s'occuper de nous, de nos biens, de nos investissements, de
Burnaby, Inc. Au lieu de quoi, il a brisé le cœur de sa mère, il lui a volé
une partie de son âme, et plus rien n'a jamais été pareil dans notre
famille depuis, nos enfants, vos cousins, ont grandi et sont partis aux
quatre vents, aucun d'entre eux n'a voulu rester sur l'île avec nous,
et pourquoi ?… Parce que la femme rousse a ensorcelé notre frère. Son
premier mari s'était jeté dans les Chutes. Et donc son second mari
était condamné à mourir dans les Chutes. C'était écrit. Maman l'avait
prédit, et c'est arrivé. »
Premier mari ? Jeté dans les Chutes ?

399

FAMILLE

Chandler quitta l'Isle Grand, bouleversé et épuisé, se jurant de ne plus jamais y retourner.

Il savait : Claudine Burnaby, sa grand-mère, était morte plusieurs années auparavant, âgée et malade. Il avait su, non par Ariah (qui ne parlait jamais des Burnaby) mais par une notice nécrologique dans la *Gazette*. Claudine Burnaby avait légué le domaine familial de Shalott à l'Église épiscopalienne afin qu'elle en fasse une école ou une maison de retraite. La majeure partie de son argent avait également été léguée à l'Église, et non à ses enfants et petits-enfants, pour qui cela avait sûrement été un choc, et une insulte.

Chandler ne pouvait s'empêcher de sourire. Grand-mère Burnaby : qui avait refusé d'être *grand-maman Burnaby*.

Il y avait bien longtemps que grand-mère Burnaby n'avait plus le pouvoir de perturber sa belle-fille Ariah. Chandler se rappelait le jour où cette femme hautaine avait fondu sur lui dans leur première maison de Luna Park, enveloppée d'un parfum puissant. Des lunettes noires pareilles à des yeux de scarabée, brillants et opaques, et une bouche luisante très rouge ; des cheveux d'un blond argenté irréel, qui sentaient une âcre odeur chimique. Chandler, en train de jouer avec son village Tinkertoy, avait levé des yeux papillotants pour découvrir au-dessus de lui ce visage remarquable, féroce et menaçant comme un masque. Sur la tête de sa grand-mère était perché quelque chose de trapu et de noir velouté évoquant une araignée, et il avait eu peur que cette chose lui saute dessus. La bouche rouge vif remuait avec raideur, prononçant des mots que Chandler se rappellerait toute sa vie sans les comprendre. *Il verra le XXIᵉ siècle. Vous ne trouvez pas étrange qu'on puisse être aussi jeune, et tout de même humain ?*

Il n'avait pas non plus compris pourquoi sa grand-mère avait dit qu'il n'était pas son petit-fils. (Il avait entendu ou cru entendre ces mots. À moins qu'il les eût imaginés ?) Grand-mère Burnaby lui avait laissé des cadeaux qu'il n'avait pas eu très envie d'ouvrir et, après son départ, maman avait déchiré le papier cadeau, et déchiré les vêtements, arraché les manches des petites chemises, les jambes des pyjamas, déchiqueté et jeté et marmonné et ri tout haut. Elle l'avait serré si fort qu'il pouvait à peine respirer mais quand elle avait pris une bouteille

400

dans le bar de papa et couru au premier étage elle avait verrouillé la porte de la chambre et donc Chandler était descendu retrouver la sécurité de son village Tinkertoy qui devint le plus complexe qu'il eût jamais construit et qui ne s'effondrerait en mille morceaux que lorsque Chandler déclarerait «Tremblement de terre!» et ferait rire papa.

4

Preuve. Il était formé à l'enseignement des sciences, et il aurait également dû être formé au droit. Car (il commençait à s'en rendre compte) le monde est un procès permanent, des arguments entre adversaires en quête de justice (insaisissable, désirable).

«Bon Dieu, que cela a été pénible. Le juge était manifestement partial, et votre père s'impliquait trop dans cette affaire, il a fait ce qu'aucun avocat ne peut se permettre : perdre son sang-froid dans la salle d'audience. Il ne s'en est pas relevé.

«Nous avions des soupçons, bien sûr. Mais personne n'était en mesure de savoir, à l'époque. Après que Howell a rejeté la plainte, Love Canal a été discrédité pendant des années. Les avocats en faisaient des gorges chaudes. Il y avait des variations sur le mot *love*, c'est devenu une blague salace dans certains milieux. Mais depuis, on a découvert certains faits... officieusement, disons. Skinner et ses assistants ont exercé des pressions sur les témoins de votre père pour qu'ils ne témoignent pas. Il se peut même qu'ils aient été menacés. (La mafia était-elle impliquée? À Niagara Falls et Buffalo? Autant demander si les oiseaux ont des ailes. Depuis les années 50, la mafia règne dans la région, mon garçon.) Alors, oui, sans aucun doute, ils ont été menacés. Le Service de la santé publique et le Conseil de l'éducation ont refusé leur coopération. La défense a payé des "experts" pour biseauter les cartes en sa faveur. Tout le monde savait que Howell se coucherait comme il l'a fait, sauf peut-être Dirk Burnaby. Et votre pauvre père, quel dommage, bon Dieu, je connaissais Dirk depuis la fac de droit et c'était terrible de voir la façon dont ça le minait. Il m'a dit – je ne l'oublierai jamais, c'était la veille du jour où Howell a jeté son dossier aux chiottes : "C'est la mesquinerie de tout ça qui me brise le cœur, Hal." Il buvait, il faut le dire. On le sentait à son haleine. Alors, en fin de compte, ils se sont arran-

FAMILLE

gés pour qu'il perde son sang-froid en plein tribunal. Et ça a été terminé pour Dirk Burnaby.

« C'était scandaleux. Howell en a profité, regardez où il en est aujourd'hui : cour d'appel de l'État. Alors que votre père est mort depuis... combien de temps déjà ?... quinze ans. »

« Votre père ! Je n'arrive toujours pas à croire qu'il est parti... C'était le plus gentil, le plus attentionné des employeurs. Jamais je n'ai travaillé pour un homme aussi courtois et aussi bon. Il ne voulait pas que l'on sache combien d'argent il dépensait pour cette terrible affaire, il s'y consacrait corps et âme, et la fin était prévisible, comme un accident de train au ralenti, mais personne ne pouvait le faire changer d'avis. Quand j'avais l'air inquiète, il me disait : "Voyons, Madelyn, Dirk Burnaby ne sait pas ce que c'est que perdre." Et c'était bien ça le drame : il ne savait pas. Il avait toujours tout réussi dans sa vie, et cela l'a aveuglé sur certains faits, sur la nature des gens qui l'entouraient, par exemple, des hommes avec qui il était allé au lycée et qu'il croyait connaître. Il n'écoutait même pas ses amis avocats, pourquoi m'aurait-il écoutée ? Je n'abordais jamais ces sujets-là avec votre père, bien entendu, ce n'était pas mon rôle. J'avais essayé de renvoyer cette femme, Mme Olshaker, mais elle a tout de même réussi à rencontrer votre père et à lui mettre le grappin dessus. C'était un gentleman, vous comprenez, et les autres... les autres étaient des politiciens. L'ancien maire, Wenn ! Il a été acquitté il y a quelques années dans une affaire de pot-de-vin, mais tout le monde sait ce qu'il vaut, et les autres aussi. Les avocats et ce juge hypocrite que votre père croyait son ami. Je n'ai jamais pensé que votre père s'était suicidé, pas un instant. Je ne suis pas la seule. Ce n'était pas le genre de M. Burnaby de désespérer et d'aggraver les choses. M. Burnaby souhaitait aider les autres, améliorer les choses. Vous savez, Chandler, j'ai déjà raconté tout cela à votre frère. Il est venu me voir il y a quelques mois. Il se fait appeler "Roy" ? C'est votre frère cadet, je crois ? Un beau jeune homme, qui est étudiant à l'université du Niagara. »

« Ouais, la plus grosse surprise de ma vie : votre père qui prend son élan et qui me frappe ! En plein dans la figure. Il a failli tout me casser. Ça m'a fait l'effet du droit de Walcott sur le nez de Marciano quand il

402

le lui a écrasé en faisant gicler du sang partout. Il y a d'autres types qui ont essayé de me taper dessus dans le tribunal, bien sûr, mais d'habitude un huissier se méfie, tandis que là, non... un avocat, pensez donc! D'habitude, les prévenus coléreux ou imprévisibles, les shérifs adjoints les menottent. On est prêts. Mais là, c'est un avocat qui m'a sauté dessus en m'envoyant son poing dans la figure! M. Burnaby s'est excusé, ensuite. Il m'a téléphoné pour me dire qu'il était désolé et il m'a envoyé un chèque de deux mille dollars, daté de la veille même de sa mort, et pas question que je l'encaisse, mais après je me suis dit, qu'est-ce que ça peut bien fiche, et je l'ai encaissé... À ce moment-là, Dirk Burnaby avait disparu depuis six mois. Je ne sais pas pourquoi, je n'arrivais pas à croire qu'il était mort. Mais personne ne peut survivre à un plongeon dans les Chutes, alors je suppose qu'il a dû... qu'il doit être mort. Ce que je regrette, vous voyez, c'est de ne jamais lui avoir dit que je lui pardonnais, j'étais furax qu'il m'ait tapé dessus parce que je faisais mon boulot, alors que c'était Howell qu'il voulait démolir, et du coup ça me faisait de la peine de ne pas lui avoir dit que c'était oublié, que je comprenais.»

«Que veux-tu que je te dise, mon garçon? Ton père était mon plus vieil ami dans cette ville, tu sais. Et dans le monde... sans doute. On est allés ensemble au lycée, on s'est engagés ensemble, on est nés le même mois, ce mois-ci, à quelques jours de distance, même si ce n'était pas la même année, alors évidemment à cette période de l'année il me manque terriblement, c'est douloureux... Mais je ne pouvais rien faire pour l'aider. On aurait dit un de ces beaux papillons de nuit qui se prend dans une toile d'araignée, dont non seulement il n'a pas compris qu'elle est solide, et dangereuse, mais qu'il n'a carrément pas vue. On avait l'impression que ton père volait à l'aveugle, ces dernières semaines de sa vie. Et il buvait, il en était arrivé à ce stade où on finit tous, tu ressembles à un sol trempé, saturé, et si tu avales une goutte de plus, le poison te va droit dans le sang parce que le foie ne peut plus rien filtrer. On l'avait averti, mais il ne voulait rien écouter. C'était une espèce de pionnier dans cette branche du droit, vu avec le recul. À l'époque, ça semblait juste cinglé. Tout le monde disait la même chose, que ce n'était pas possible de déterminer si un homme était malade à cause

FAMILLE

de l'endroit où il vivait et travaillait ou simplement parce qu'il fumait. (Tout le monde fumait.) Ou parce qu'il buvait. Ou à cause de son hérédité ou de la malchance. Tu comprends ? À l'époque c'étaient ce que les gens disaient, c'était ce qu'ils pensaient, c'était ce que l'archevêque disait à la télé, et les médecins, et tous les hommes politiques étaient arrosés pour parler comme ça, quel que soit leur parti, et les juges aussi bien sûr, alors il ne fallait pas beaucoup d'imagination pour voir que Dirk allait se faire flinguer, mais quand c'est arrivé, ça nous a fait un choc, tu peux me croire. Il s'était mis à dos la plupart de ses amis, de nos amis. Nos amis communs. Et moi aussi, pour tout dire. Tout ce boucan sur "l'air pollué, le sol et l'eau pollués", c'était très mauvais pour les affaires. Très mauvais pour le tourisme… Je n'aimais pas ce qu'était en train de devenir la ville, bien sûr, l'air qui sentait la fosse d'aisances, certains jours, et des couples de jeunes mariés venus de tout le pays qui arrivaient dans mon hôtel en s'attendant à un genre de paradis, plus des touristes allemands, japonais, qui venaient voir les Chutes sans savoir comment était la ville. Nous avions des plaintes, c'est sûr. Dans les années 70, ça n'a pas cessé d'empirer. Les gens comme moi, ma famille, nous étions dans l'"hôtellerie de luxe", comme on disait, depuis longtemps. Maintenant, il s'agit plutôt de "tourisme". Dieu merci, je me suis extirpé du Rainbow Grand juste à temps, il aurait sombré comme le *Titanic* en 1965, quand le pays courait à la catastrophe. (C'est toujours le cas mais au moins ils n'ont plus personne à assassiner ni à napalmiser.) Aujourd'hui, Colborne, Inc., notre affaire familiale, est diversifiée à mort, comme notre grand pays. Nous avons les motels Journeez End et U-R-Here dans Buffalo Avenue et Prospect. Nous avons trois glaciers Tastee-Freeze et le restaurant The-Leaning-Tower-of-Pizza. Plus des bowlings, et le Top Hat Disco & Shore Café au bord du lac. Nous avons quelques concessions sur la plage d'Alcott, et une salle de bingo. Nous réfléchissons à un contrat de franchisage avec Banana Royale. Et les golfs miniatures ! Un "sport" idiot, d'accord, mais vu que les touristes en sont fous, que les Japonais adorent ça (pas étonnant, hein ?), nous en construisons quelques-uns. Nous envisageons de reprendre deux restaurants Peking-Village dans la région, et cette discothèque, Hollywood Haven, où la police a fait une descente. L'an dernier, nous avons acheté le musée de cire de Niagara Falls,

OTAGES

"héros et victimes des Chutes", et nous sommes en train de le rénover, et puis il y a la Traversée-des-gorges, une attraction où l'on "marche" sur un fil au-dessus d'une cascade sauvage en tenant un balancier pendant qu'un vent produit par des souffleries essaie de vous faire tomber, une idée géniale, qui rapportera sûrement beaucoup d'argent... Oh! désolé. Tu vois le tableau, hein? J'étais chez Mario hier soir, et je me rappelais combien ton père aimait ce restaurant. Il avait un faible pour le risotto au salami, comme moi, et pour la pâte fine de leurs pizzas, et il serait sacrément content de savoir que pas grand-chose n'a changé chez Mario. À part que nous sommes plus vieux et que certains d'entre nous sont morts, rien n'a changé du tout.»

«Votre père a commis une erreur qu'un avocat ne peut se permettre: sous-estimer la pourriture morale de l'adversaire. Il était de la même caste, et il n'a pas compris à quel point ils étaient corrompus parce qu'en les regardant il voyait des hommes comme lui. Et c'était le cas, jusqu'à un certain point. Mais ils étaient – ils sont – malfaisants. Ils ont payé des avocats, des médecins, des "chercheurs", des inspecteurs de la santé, pour faire le mal à leur place. Dire à une mère que son enfant souffre de "leucémie congénitale" et non d'une maladie provoquée par le benzène, alors que ce benzène remontait à la surface dans son propre jardin. Dire à des hommes et des femmes de trente ans qu'ils sont nés avec des foies, des reins "pathogènes", alors que c'était dû aux produits cultivés dans leurs propres jardins, empoisonnés par Love Canal. Des tumeurs au cerveau, presque certainement causées par le tétrachloro-éthylène, attribuées à des "radiations cathodiques de troisième degré". L'asthme, les problèmes pulmonaires et les infections de la vessie dont souffraient les enfants, qualifiés d'"insuffisances congénitales". (La définition de *congénital* dans le dictionnaire: "présent à la naissance".) Les fausses couches, les bébés nés avec des problèmes cardiaques, des bouts de côlon en moins, encore des "insuffisances congénitales". Lorsque, en 1971, l'État a fini par exiger que l'on fasse des analyses de sang aux habitants de Love Canal, à l'Armory, on a demandé aux gens de venir à 8 heures du matin. Ils ont attendu toute la journée et, à 17 heures, la moitié attendait toujours. Il y avait "pénurie d'aiguilles". "Pénurie d'infirmières". Trois cents prélèvements ont été "contaminés". Les résultats

405

FAMILLE

ont été jugés "peu probants", quand ils n'ont pas été "égarés". On a critiqué certains d'entre nous pour avoir laissé entendre que ces médecins ne différaient pas beaucoup des médecins nazis qui faisaient des expériences sur des êtres humains, mais je maintiens l'accusation. Le dossier présenté par la Coalition repose sur celui de votre père, mais, naturellement, il a plus d'envergure. Vous avez sans doute lu des articles sur nous? Nous avons cinq avocats à plein temps, dont moi. Nous avons des enquêteurs et une équipe d'assistants. Nous n'avons pas les finances de nos adversaires, mais nous ne sommes pas sans moyens. Nous avons les nouvelles conclusions du Service de l'hygiène et de la santé publiques... enfin!... et en notre faveur. Cette action collective représente cent vingt personnes. L'Association des propriétaires de Love Canal, c'est ainsi qu'ils se nomment, aujourd'hui. Love Canal... cela revient à agiter un drapeau rouge. Nous exigeons deux cents millions de dollars de dommages-intérêts, au minimum. Le système judiciaire est bien plus compréhensif pour ce genre de litige, aujourd'hui, en 1978. On fait pression sur Carter pour qu'il déclare Love Canal "zone sinistrée"... le gouvernement fédéral rachèterait alors les maisons des propriétaires et contribuerait à leur dédommagement. Cela se fera, c'est une simple question de temps. Dirk Burnaby est un héros pour nous, malgré... eh bien, malgré ses erreurs. Lorsque ce sera fini et que nous aurons gagné, je veux organiser une cérémonie à sa mémoire, un homme comme lui ne devrait pas être oublié... D'après moi, il a commencé à s'effondrer lorsqu'il s'est rendu compte de l'étendue de la corruption. Je n'étais qu'un gamin à l'époque, et j'ai grandi dans les quartiers est. Mon père et mes oncles travaillaient dans les usines chimiques, dont Swann et Dow. "Une vie meilleure grâce à la chimie". J'ai toujours pris ces salopards pour ce qu'ils sont. Je ne suis pas dupe de leur tactique de communication. Ils fabriqueraient encore du napalm si quelqu'un les payait pour et, à quelques kilomètres de ce bureau, leurs "chercheurs" travaillent en cet instant même à la mise au point d'armes biologiques. Vous enseignez cela à La Salle, Chandler? Eh bien, ce serait peut-être une bonne idée, puisque les sciences sont votre matière... Si je crois que Dirk Burnaby s'est suicidé? Non. Qu'il est mort dans un "accident"? Non. Ces salopards l'ont tué. Mais vous ne le prouverez jamais.»

OTAGES

5

Une lettre agréablement parfumée fut adressée à Chandler Burnaby au collège La Salle. Écrite à la main, encre violette sur papier lavande.

> Cher Chandler Burnaby,
> Je vous dois la vie. J'aimerais tellement vous voir et vous remercier en personne. Je suis venue au collège et je vous ai attendu mais je suis repartie par timidité. J'espère que vous ne comprendrez pas mal! Je veux seulement voir votre visage, la bonté sur votre visage. Pas en photo mais en vrai. Puis-je?
> Je ne suis fiancée avec personne. Je l'étais il n'y a pas longtemps, mais je ne le suis plus.
> Votre amie pour l'éternité,
> Cynthia Carpenter

Chandler imaginait: une rencontre embarrassée, émotive. Une jeune femme impressionnable prête à tomber amoureuse de lui. Une jeune femme très séduisante prête à l'adorer comme un héros.

Contrairement à Melinda qui le connaissait intimement. Melinda qui lui avait fermé la porte au nez.

Chandler rangea la lettre parfumée de Cynthia Carpenter, en souvenir.

En souvenir de cette étrange période de sa vie où il était à la fois un sauveur et un imbécile, respecté et réprouvé, adoré et méprisé, à peu près dans les mêmes proportions.

6

Vint un jour, une heure, de cette période, où la solitude de Chandler se fit si aiguë qu'il désira parler à Royall. Brusquement, plus personne n'existait que Royall. Il avait le cœur gonflé à éclater.

Mais Royall ne voulait pas le voir, si? Royall le détestait.

Et Royall, qui habitait dans le centre, n'avait pas le téléphone. Juliet lui donna un conseil: Va le voir, frappe à sa porte, il te laissera entrer. Tu connais Royall.

Chandler n'en était plus si sûr. Connaissait-il Royall?

407

FAMILLE

Juliet dit en riant : « Il demande aux gens dont il fait la connaissance de l'appeler "Roy". Et s'il nous le demandait à nous aussi ? Je ne pourrais jamais ! Il sera toujours Royall pour moi. »

Chandler suivit le conseil de Juliet, il se rendit dans la 4e Rue, frappa fermement à la porte de l'appartement de son frère. Lorsque Royall ouvrit, ils se regardèrent un moment avec surprise, sans parler. Puis Royall dit, en essayant de sourire : « Ça alors. C'est toi. » Chandler dit : « Royall, ou "Roy" peut-être ? Je peux entrer ? » Le visage de Royall s'empourpra. « Bien sûr. Entre ! Je n'attendais pas vraiment de visite. »

Il était en train d'étudier sur la table de la cuisine, de prendre des notes dans un cahier à spirale. Son écriture était enfantine, grande et appliquée. Le livre qu'il était en train de lire était une édition de poche de *Hamlet*. Il repoussa le tout et tira une chaise pour Chandler.

Royall, lire *Hamlet* ! Chandler sourit.

C'était une cuisine minuscule, pas tellement plus grande que la table. Des verres, des assiettes et des couverts en inox, lavés, étaient rangés sur le plan de travail, prêts pour le prochain repas de Royall. Il flottait des odeurs de cuisine, dont celle, dominante, de quelque chose de mou, de farineux, ayant tendance à attraper... bouillie d'avoine ? Par la porte entrouverte d'un placard, Chandler aperçut des boîtes de soupe, une bouteille de jus de tomate, une boîte de Quaker Oats. Il éprouva un élan de tendresse pour son frère, comme pour un enfant qui joue à la dînette après s'être enfui de chez lui. De son côté, Royall constata avec étonnement que son professeur de frère avait les yeux rougis, l'air incertain, préoccupé ; ses joues étaient mal rasées, et sa veste boutonnée de travers. Il respirait par la bouche, essoufflé pour avoir monté précipitamment les deux étages. Sans un mot, Royall sortit deux bières d'un réfrigérateur nain, à côté d'un réchaud à gaz à deux feux, et les deux frères s'assirent genou contre genou à la vieille table en Formica, que Royall se vanta d'avoir achetée cinq dollars.

Il resteraient assis à cette table, se parleraient avec passion, pendant plusieurs heures. La nuit serait alors tombée, et il ne resterait pas grandchose du pack de bières de Royall.

D'une voix basse, chevrotante, Chandler raconta à Royall tout ce qu'il avait appris sur leur père. Au cours des quelques semaines écoulées.

408

OTAGES

Royall lui raconta ensuite tout ce que, lui, avait appris. Au cours des quelques mois écoulés.

Chandler dit : « Bon sang ! J'ai parfois l'impression qu'il vient juste de disparaître. C'est encore tellement à vif, tellement... » (Mais quel était le mot que cherchait Chandler ? Il secoua la tête, perdu.)

Royall dit : « Non. C'était il y a longtemps. Comme maman a essayé de nous le faire croire, j'ai l'impression que ça s'est passé avant ma naissance.

– Ce n'est pas ta faute, Royall. Tu n'avais que quatre ans.

– C'est assez pour se rappeler quelque chose. Mais je n'y arrive pas. J'ai beau essayer, je n'y arrive pas.

– C'est peut-être mieux.

– Ne dis pas ça ! Merde. »

Royall se passa les mains dans les cheveux avec brusquerie. On voyait qu'il ne cessait d'y penser, de se tourmenter. Il parlait avec lenteur, effort, d'une façon qui rappelait plus Chandler que Royall. « Tout l'hiver, j'ai fait des rêves bizarres sur lui. Mais je ne me les rappelle même pas au réveil. Je sens ce qu'ils sont, ça me retourne l'estomac, mais je n'ai pas de souvenir. »

Chandler se disait que oui, lui aussi avait été bombardé de rêves. Et aucun souvenir, juste des émotions. De la colère et du désespoir.

Royall dit, d'une voix tremblante : « Papa n'aurait pas dû mourir. Il ne méritait pas de mourir comme ça. Il y a des gens qui disent qu'il a été tué. »

Chandler se leva avec raideur, le cœur battant à grands coups.

Il avait répété ce qu'il dirait lorsqu'ils en arriveraient là. Il savait qu'ils en arriveraient là.

Royall le regarda, les yeux plissés comme s'il fixait une lumière trop vive. Il finit sa bière tiède et s'essuya la bouche sur sa manche. « J'essaie de me réveiller, malgré tout. De ce rêve. Ma vie entière, un rêve. Ou autre chose. Le "Royall" que j'étais, que maman aimait. Que des tas de gens aimaient. Je ne pensais pas être assez fort, mais je le suis. » Royall quitta la cuisine, puis y revint avec un objet qu'il montra à Chandler. « Je ne m'en servirai jamais », dit-il. Chandler regarda avec incrédulité. Un revolver ? Royall avait un revolver ? Un canon court à l'éclat bleuâtre, huileux, une crosse usée en bois de noyer, long d'une vingtaine de cen-

409

FAMILLE

timètres. Royall disait : « Il est à mon patron. Il possède plusieurs armes à feu, et il m'a prêté celle-ci. J'ai un permis, ne t'en fais pas. Il m'a emmené lui-même au commissariat. Mais... je ne l'utiliserai jamais, Chandler. »

Chandler se sentait mal. « Bon Dieu, Royall, il est chargé ?

– Bien sûr. Mais la sûreté est toujours mise. Tu vois ? »

Il fit jouer le mécanisme. Plusieurs fois. Lui aussi était mal rasé. Des poils de barbe scintillaient comme du mica sur ses joues.

Chandler pensa, avec un frisson *Mon frère tient la mort dans sa main.*

Royall disait : « Dans ce cours de littérature que je suis, le professeur a dit que, si une arme faisait son apparition dans une pièce, il fallait que quelqu'un s'en serve, à un moment ou un autre. On ne peut pas tromper l'attente du spectateur. Mais dans la vie, c'est différent.

– Oui, c'est différent.

– On peut tenir un pistolet, comme si c'était un objet pratique... un marteau, des pinces. L'outil d'une profession. Mais on n'est pas obligé de s'en servir. »

Chandler écarta sa main avec douceur. « Range ça, Royall, s'il te plaît. Assure-toi que la sûreté est mise et range-le.

– C'est juste pour te montrer, Chandler. Ce que je serais capable de faire si j'étais désespéré. Si apprendre certaines choses sur notre père me désespérait. Si, eh bien... si toi, tu pensais que je devrais me sentir désespéré. » Comme Chandler ne disait rien, il ajouta : « Mais je ne suis pas désespéré, hein ? C'est purement théorique. »

Chandler ne disait toujours rien. Il prit une profonde inspiration.

Royall dit, en l'observant avec attention : « De toute façon, je ne saurais pas quelle cible choisir. Qui.

– Qui ? Howell.

– *Qui ?* »

Chandler sourit. « On a l'air de deux coqs mexicains. Ki... ki... rikiki ! Je suis ivre, je crois.

– Après trois canettes de bière ? Personne ne se soûle avec si peu.

– Quand on a l'estomac vide, c'est possible.

– Je t'ai expliqué pourquoi j'avais une arme, hein ? J'en ai besoin pour mon travail, pour ma protection.

— Quel travail?

— Je travaille à mi-temps pour l'agence de recouvrement Empire. Je roule beaucoup, je rends visite à des gens sans prévenir. Parfois je reprends des voitures, des motos. Pour les télévisions, les machines à laver, il y a une équipe de deux. Mon patron est un sacré bonhomme, ex-marine et ex-poids moyen. Il dit être monté sur le ring contre Joey Maxim. Et il a connu notre père "dans le temps". Pas très bien, de loin. "Un gentleman entouré de porcs".»

Chandler était distrait par l'arme que tenait Royall. Plus il la regardait, plus elle devenait laide. Malgré tout, il souriait. «Mon petit frère. Mon petit frère avec une arme.

— C'est un .38 Smith & Wesson, un six coups. Pas un joujou. Mon patron dit que, quitte à être armé, on doit à sa santé de l'être correctement.» Il tenait le revolver dans sa paume, comme s'il le soupesait. «Des types qui travaillaient pour lui ont été tabassés, poignardés, pris en chasse et éjectés de leurs voitures; on leur a tiré des balles dans la tête, les rotules et le cul. Mais ça ne m'arrivera pas parce que je ne cherche pas la bagarre. Nulle part.

— Mais Royall… une arme? Tu es étudiant à l'université.

— Et comment! Pas à plein temps, mais peut-être l'an prochain. Ce boulot chez Empire est temporaire. Je me sens le devoir d'envoyer ce que je peux à maman et à Juliet, je les ai quittées un peu brutalement. J'avais l'impression que ma vie en dépendait.» Voyant que Chandler continuait à fixer le revolver avec un air angoissé, hébété, il l'emporta et, à son retour, il avait le sourire aux lèvres, passait un peigne dans ses cheveux. «Fichons le camp d'ici, d'accord?»

Ils quittèrent le bâtiment miteux de Royall et marchèrent d'un pas rapide dans la 4e Rue. Chandler eut l'impression d'émerger d'un sous-marin après des heures de captivité. Il inspira profondément, avec euphorie. Royall et lui étaient de nouveau amis, réconciliés! Il aimait Royall, il essaierait d'oublier le revolver et ce qu'il pouvait signifier. Le vent de l'Ontario apportait des nappes de brume des gorges du Niagara, distantes de quelques centaines de mètres, et mouillait leurs visages brûlants.

Ils mangèrent au *diner* du Duke's Bar & Grill, dans un éclairage fluorescent, au son d'une musique rock des années 60 qui trouait les

FAMILLE

tympans de Chandler. Royall, qui ne semblait pas entendre le bruit, marquait pourtant le rythme de tout son corps, inconsciemment. Ils parlaient maintenant de sujets moins sensibles. Ils souriaient souvent, riaient comme de vieux amis. Il leur semblerait ensuite que c'était quelque chose de nouveau, de rare : être tous les deux ensemble ailleurs que dans la maison de Baltic Street. Ailleurs que sur le territoire de leur mère. Chandler interrogea Royall sur ses cours à l'université de Niagara, lui demanda si vivre seul n'était pas trop dur, et Royall, apparemment embarrassé, dit oui, et non, il se sentait un peu seul parfois, bien sûr, mais franchement il aimait ça, il avait l'impression d'être enfin adulte, au début de la partie sérieuse de son existence. «Apprendre la vérité sur papa. Tu sais ? Voilà le début.»

Chandler hocha la tête, souhaitant le croire.

Royall dit : «Candace me manque, quelquefois, et maman et Juliet... Mais le mariage, ça, vraiment pas.

– Tu n'as pas été marié, Royall. Ça ne peut pas te manquer.

– L'idée du mariage. Être obligé d'aimer quelqu'un vingt-quatre heures sur vingt-quatre et d'être Dieu pour elle. La contrainte.»

Chandler pensait l'inverse. Cette contrainte lui plaisait. Il essayait de l'imaginer.

Royall dit, avec délicatesse : «Juliet m'a raconté que Melinda et toi aviez rompu. Elle te manque, j'imagine ?

– Beaucoup, répondit Chandler avec une grimace. Et le bébé aussi.»

Royall hocha la tête d'un air perplexe, comme si *bébé* le dépassait.

«En tout cas, Melinda est une fille bien. C'est toujours sympa d'avoir une infirmière dans la famille, d'après maman.

– *D'après maman ?*»

C'était trop drôle. Chandler se frotta les joues, s'étonna de les trouver râpeuses. Quel jour était-on ? Ne s'était-il pas rasé le matin même, pour aller au collège ?

Comme des amis qui répugnent à se quitter, ils parlèrent de choses et d'autres. Bien qu'on fût mercredi soir et que Chandler eût des cours à préparer pour le lendemain. (Comme il était fatigué de son travail de professeur de sciences ! Dirk Burnaby aurait attendu bien davantage de son fils.) Et un appel du Centre d'intervention ou des Samaritains

OTAGES

n'était pas à exclure, puisque Chandler s'était porté volontaire pour le week-end. Il ne supportait pas d'être seul avec ses pensées! Il craignait d'appeler Melinda et qu'elle ne lui raccroche au nez sans lui parler.

Je ne peux pas me lier à un homme qui se moque de vivre ou de mourir. Ce n'était pas vrai. Ce ne serait plus vrai.

En dépit de l'heure tardive, plus de 11 heures, le *diner* était presque plein, bruyant et enfumé. Une porte battante le reliait au bar, que fréquentaient des agents de police et le personnel de l'hôpital de Niagara Falls. Derrière le comptoir, devant le gril éclaboussé de graisse, se tenait un jeune type costaud au crâne rasé dont le visage raboteux disait quelque chose à Chandler. (Un Mayweather? Quelqu'un de leur quartier, en tout cas.) Il lançait de fréquents coups d'œil vers le box où mangeaient les deux frères; mais lorsque Chandler chercha à croiser son regard, il se renfrogna et se détourna. Ce jeune homme devait mesurer un bon mètre quatre-vingt-dix et peser dans les cent kilos. Ses mouvements étaient cependant adroits et coordonnés. Curieux, Chandler voulut savoir qui c'était, et Royall le lui dit: Bud Stonecrop.

«Son père était brigadier de police. Il s'est fait démolir le portrait et a été obligé de prendre sa retraite il y a quelques années. Ils habitent Garrison Street. Bud était une ou deux classes au-dessus de moi au lycée. Il a laissé tomber avant le bac, et il est plus ou moins cuisinier ici.

– C'est *lui* le cuisinier?

– Tu aimes ton chili? C'est Bud qui le prépare.»

Chandler avait dévoré un gros bol de chili con carne très épicé dans lequel il avait émietté des crackers. Affamé au début, au point que ses mains en tremblaient, il avait seulement remarqué que le chili était inhabituellement bon. Royall le poussa du coude. «Si ça t'a plu, dis-le à Bud. Le resto appartient à son oncle, et il lui en fait baver.» Chandler indiqua d'un geste au jeune costaud au tablier blanc taché qu'il avait aimé le chili; mais Stonecrop, rougissant, le visage fermé, quitta brusquement le gril et disparut dans la cuisine. «Stonecrop est timide, dit Royall en riant. Il te briserait le crâne d'un coup de poing, mais il aurait un mal de chien à te parler.»

Dans la rue, les deux frères hésitèrent avant de se séparer. La voiture de Chandler était garée dans une direction, l'appartement de Royall se trouvait dans l'autre. La brume était plus épaisse. Le ciel était bouché,

413

FAMILLE

invisible. Ils avaient évité le sujet essentiel et lorsque Royall baissa la voix, une voix qui tremblait un peu, Chandler sut ce qu'il allait demander. « Hé ! Chandler, tu crois qu'il y a du vrai dans ce que certaines personnes disent… que papa a été tué ? »

Chandler prit une profonde inspiration. « Non.

– Non ? Tu n'y crois pas ? » Royall avait l'air surpris.

« Non, Royall. Tu m'as posé la question, et je te réponds. Non. »

Chandler ne dirait rien d'autre sur le sujet. Il n'avait préparé que ces mots-là.

Royall le dévisagea, l'air songeur.

Ils se serrèrent la main. Chose qu'ils avaient rarement faite auparavant. (S'étaient-ils jamais serré la main, d'ailleurs ? Chandler en doutait.) Impulsivement, il prit Royall dans ses bras. « Appelle-moi quand tu veux, Royall, n'importe quand. Il faut qu'on mange ensemble au moins une fois par semaine, d'accord ? »

Royall se recula en souriant. Il avait les yeux humides, fuyants.

« Bien sûr, Chandler. D'accord. »

7

Chandler écrivait à Melinda des lettres qu'il n'envoyait jamais. Ce soir-là, il écrivit à Royall.

Cher Royall,

Non pas question.

Je ne nous engagerai pas dans une obsession commune.

Je ne nous engagerai pas dans cette entreprise malsaine.

Découvrir le ou les assassins de notre père.

(S'ils existent. S'ils sont encore vivants.)

Je ne te demanderai pas une chose pareille, et je ne me la demanderai pas à moi-même.

Je t'aime, Royall. Ton frère,

Chandler.

Une lettre jamais envoyée, un souvenir. Comme la lettre parfumée de la jeune otage, à laquelle il n'avait jamais répondu.

8

Il prit une résolution : il affronterait Ariah et exigerait qu'elle lui dise tout ce qu'elle savait sur la mort de son père. Depuis seize ans il brûlait de prononcer ce nom interdit devant elle : *Dirk Burnaby*. Il voulait entendre sa mère parler de son père avec tendresse, avec amour. Il prépara ce qu'il lui dirait :

« Tu l'as aimé un jour, Ariah. Tu ne peux pas le haïr. C'était ton mari. Notre père ! »

Mais lorsque Chandler se rendit à la maison de Baltic Street et attendit sur la véranda que la leçon de piano d'Ariah se termine, sa résolution faiblit. Ou son courage, peut-être. C'était un samedi soir de la fin avril. Le temps avait été anormalement doux pour Niagara Falls. Chandler s'assit sur les marches, il caressa Zarjo qui était tout excité de le voir, gratta le vieux chien derrière les oreilles. Au fond de la maison, dans la salle de musique d'Ariah, quelqu'un jouait « Au matin », une partie du *Peer Gynt* de Grieg. Chandler écouta avec fascination. Pas Ariah, un élève. Qui jouait avec une énergie impétueuse. Un jeune pianiste doué mais indiscipliné. La plupart des élèves d'Ariah étaient des adolescents ; Chandler entendait parfois sa mère parler et rire avec l'un d'eux, et il en éprouvait une pointe de jalousie. Quand Ariah avait-elle été flirteuse et détendue avec lui ? Elle semblait toujours sur le point de faire la grimace en le voyant. Comme par réflexe, sa main se tendait pour arranger son col, reboutonner sa chemise. Elle avait ébouriffé et lissé ses cheveux coiffés au râteau de la même façon qu'elle ébouriffait et lissait le pelage bouclé de Zarjo. Elle disait en soupirant : « Que vais-je faire de toi, Chandler ? »

Chandler avait toujours cru qu'Ariah ne l'aimait pas. Depuis quelque temps, il en était moins sûr : il était évident qu'elle aimait Zarjo.

Zarjo, le chiot que Dirk Burnaby avait amené à sa famille la veille de sa mort.

Zarjo, qui haletait et se trémoussait de plaisir sous les caresses distraites de Chandler. Ses yeux de cocker étaient d'un beau marron mélancolique, débordants d'émotion. « Tu nous aimes tous, Zarjo, hein ? Sans jamais te poser de question. » Chandler passa un bras autour du chien frissonnant et enfouit le visage dans son pelage. Le cœur de Zarjo battait très vite, sa respiration était précipitée. Chandler se sentait fragile, déstabilisé, c'était ainsi depuis le suicide de Mayweather : ce coup de feu unique, et le silence qui avait suivi.

Chandler avait (presque) pensé *Suis-je blessé ?*

Dans la confusion du moment, il avait dû s'examiner rapidement. Se toucher la tête, les cheveux. C'était un réflexe, flics et secouristes le faisaient sans y penser. *Non. Pas moi. Pas cette fois.*

S'était-il attendu qu'Al Mayweather tire sur lui par la vitre brisée ? Une façon de conclure, de finir. Plus de question.

Le morceau de Grieg, joué en accéléré, s'interrompit brusquement. Il y eut une courte pause, puis un autre pianiste recommença du début. C'était le professeur, montrant à l'élève comment le morceau pouvait être joué. Les notes étaient frappées avec force et précision, coulaient, s'enflaient, d'une façon qui touchait le cœur. Mais Chandler trouvait la musique dérangeante.

Tu as pleuré Dirk Burnaby en secret, n'est-ce pas ? Mais tu as interdit à ses enfants de le pleurer. Tu nous as privés de notre chagrin.

Ce devait être Juliet qui avait mis des jardinières de géraniums sur la balustrade de la véranda. Juliet qui avait repeint couleur gris acier les vieilles chaises en bois inconfortables. Il y avait des coussins tachés par la pluie sur ces chaises où il était rare que quelqu'un s'assoie. Baltic Street était une rue où les habitants s'installaient sur leur véranda quand il faisait chaud pour y manger et y boire, parfois jusque tard le soir, tous sauf Ariah Burnaby, naturellement. Pour elle, un tel comportement était « commun », « vulgaire ».

Rien n'inquiétait plus Ariah que d'être exposée à la « curiosité des inconnus ».

Rien n'était plus écœurant que de « jeter ses perles aux cochons ».

Ironiquement pour quelqu'un qui vivait en recluse parmi ses voisins, qui tenait si fort à préserver sa vie privée, Ariah attirait l'attention sur elle comme peu d'habitants de Baltic Street. Chandler supposait que tous les gens d'un certain âge savaient de qui elle était la veuve ; tout le monde avait son opinion sur Dirk Burnaby. Il y avait néanmoins quelque chose de touchant (d'après Chandler) dans la fierté de sa mère. Dans son refus d'être humble, « ordinaire ». En seize ans, elle avait rarement rendu visite à des voisins, même pour les remercier de s'être occupés de ses enfants pendant son hospitalisation ; elle rédigeait en revanche des mots de remerciement cérémonieux sur du papier crème coûteux, et envoyait Juliet les remettre. Elle avait rarement accepté les invitations des parents de ses élèves les plus doués, et avait désapprouvé que ses enfants mangent ou, pire encore, dorment chez des amis. La voix tremblante, elle déclarait : « Nous sommes peut-être quasi indigents, mais nous n'avons pas besoin de la charité d'autrui. » Et, d'un ton outragé que tous ses enfants savaient imiter à la perfection : « J'ai subvenu à mes besoins longtemps avant mon mariage, et longtemps après. »

Tu nous as privés de notre chagrin. Pourquoi ?

Chandler se rappelait que sa grand-mère Littrell et plusieurs autres parentes, qu'il n'avait jamais vues auparavant et ne reverrait jamais plus, étaient venues à Niagara Falls soutenir Ariah dans les premiers temps terribles de son veuvage. Ces femmes secourables avaient espéré convaincre Ariah de revenir avec elles à Troy, où elles pensaient qu'était « sa place ». Pour quelle raison Ariah serait-elle restée à Niagara Falls ? Elle n'aimait pas sa riche belle-famille qui, apparemment, le lui rendait bien. Elle n'avait quasiment aucun ami dans cette ville, et aucune notoriété comme professeur de piano. Ses enfants ne pourraient qu'être hantés par leur histoire s'ils grandissaient près des Chutes… La place d'Ariah était à Troy, avec sa famille.

Mais Ariah avait répondu avec calme : « Non. Ma place et celle de mes enfants sont ici. »

Ariah jouait du piano comme elle avait joué sa vie : avec une fluidité forcée, brillante, fragile, impeccable. *Allegretto, molto vivace…* des notes joyeuses jaillissaient sur commande de ses doigts. Elle pouvait jouer *maestoso*, ou *tranquillo*, avec la même dextérité. Lorsqu'elle faisait une fausse note, ses doigts se mouvaient si rapidement qu'on ne pouvait être certain de l'avoir entendue.

Zarjo se dégagea soudain de l'étreinte de Chandler et descendit sur le trottoir pour saluer un chien que tenait en laisse un homme à la démarche raide, les yeux comme deux œufs crus dans un visage en ruine plein de dignité. « Zarjo ! Bonsoir », dit l'homme avec un accent étranger. Manifestement, les chiens se connaissaient, ils se reniflaient et se poussaient de la truffe avec excitation. Zarjo alla même jusqu'à

FAMILLE

aboyer, ce qu'il faisait rarement. Malgré son âge, c'était un chien optimiste, toujours prêt à avoir la meilleure opinion des autres chiens. Sa queue de beagle battait comme un pendule, et ses yeux de cocker étaient humides d'émotion. Ariah disait de Zarjo qu'il était sa part d'ombre – tout ce qu'il y avait en elle de bon, de sentimental et de compatissant était incarné dans Zarjo.

Le chien visiteur, un bâtard de setter au poil rude, couleur cirage sang de bœuf, avait les yeux chassieux, une patte arrière apparemment inerte, mais lui aussi agitait la queue avec optimisme. « Vous connaissez Zarjo ? » demanda Chandler à l'inconnu aux yeux tragiques, et l'homme acquiesça avec solennité et une certaine timidité. « Oui. Très bien. Nous le connaissons, Hugo et moi. Et la maîtresse de Zarjo aussi. Votre mère, je pense ? »

Chandler dressa l'oreille. Maîtresse ? Mère ?

C'était bien la première fois, à sa connaissance, que sa mère se liait d'amitié avec quelqu'un dans le quartier.

Dans la maison, les notes de piano voltigeaient comme des oiseaux euphoriques.

D'un ton hésitant, avec un fort accent, l'homme dit : « Je m'appelle Joseph Pankowski. Chandler, n'est-ce pas ? Oui. Vous êtes professeur de sciences, m'a dit Ariah. Quelquefois, je reste ici et j'écoute, les soirs où il fait bon, quand les fenêtres sont ouvertes. Votre mère est une pianiste accomplie, c'est un vrai bonheur de l'entendre. Si vivante... »

Pankowski était vêtu avec goût, une veste de serge un peu large pour ses épaules voûtées, un pantalon de couleur sombre, trop grand mais repassé ; ses chaussures de cuir noir, bien cirées, étaient d'une qualité inhabituelle. Âgé d'une petite soixantaine, de taille et de poids moyens, il donnait l'impression d'avoir été plus gros. Chandler remarqua avec gêne que son visage avait l'air recousu ; son crâne dessinait des arêtes et des bosses sous son cuir chevelu. Il avait la respiration bruyante, râpeuse. Ses yeux humides et flottants se mouvaient sans cesse, exprimant une anxiété qui déconcerta Chandler sur le moment. Il comprendrait ensuite que Joseph tenait beaucoup à lui faire bonne impression, à lui, le fils d'Ariah.

C'était un Juif polonais, né dans le ghetto de Varsovie, qui avait émigré aux États-Unis en 1946. Lui aussi avait été musicien, violoniste.

418

OTAGES

Mais il ne jouait plus depuis des années. Ses doigts et ses nerfs ne le lui permettaient plus. Pankowski contempla ses doigts, essayant de les plier. Le setter Hugo tira sur sa laisse et manqua lui échapper. Chandler fut tenté de demander ce qui s'était passé : 1946 ? Mais il s'abstint. On devinait à quoi cet homme avait survécu.

«La première chose que j'ai entendue votre mère jouer, sur ce trottoir, au mois de juin dernier, c'était une mazurka de Chopin. Hugo et moi passions dans la rue, et nous nous sommes arrêtés. Nous ne pouvions pas continuer. Plus tard, pas ce soir-là mais un autre jour, nous avons entendu votre sœur chanter, deux petites mélodies des *Myrten* de Schumann. Naturellement, nous ne savions pas qui étaient ces gens si doués. "Juliet", un nom tout droit sorti de Shakespeare! Une jeune fille timide, qui a une ravissante voix de contralto. Mais vous le savez, évidemment. Vous êtes son frère.»

Chandler fronça les sourcils. En fait, il ne le savait pas vraiment.

Des années plus tôt, quand Juliet était encore une enfant, Ariah avait essayé de lui faire «travailler» sa voix, comme elle avait essayé de le faire avec Royall. Mais Ariah était trop exigeante, les leçons se terminaient dans les larmes et les fâcheries. Chandler savait que Juliet chantait dans la chorale de son lycée, et qu'elle chantait souvent en solo ; mais il ignorait que Juliet chantait pour Ariah.

Par politesse, il demanda à Pankowski s'il habitait à côté, et l'homme répondit avec embarras : «Pas vraiment à côté! Mais pas loin.» Son visage recousu s'empourpra. Le piano d'Ariah se tut soudain, et Pankowski sembla alors pressé de s'en aller. Il bégaya : «Transmettez mes chaleureuses salutations à votre mère, je vous en prie, monsieur... Chandler. Merci. Bonne nuit!»

Il s'éloigna, la démarche raide, en tirant sur la laisse de Hugo. Le vieux setter le suivit à contrecœur, en tournant la tête vers Zarjo, qui poussa plusieurs aboiements brefs, comme un chien mécanique.

Chandler pensa *Il est amoureux d'elle. Dieu lui vienne en aide.*

Lorsque Chandler interrogea Ariah sur Joseph Pankowski, elle aussi parut embarrassée. «Oh! lui. Le cordonnier.» Elle tenta de prendre un air légèrement méprisant, en évitant le regard de Chandler. «Nous allons parfois écouter des concerts ensemble, dans le parc. Il est veuf.

FAMILLE

Ses enfants sont adultes et l'ont quitté.» Ariah marqua une pause, comme pour dire *Les miens aussi*. «Il m'a l'air d'un homme très bien, en tout cas, dit Chandler. Un homme cultivé. Il jouait du violon, et il admire ton jeu au piano.» Ariah eut un rire dédaigneux. «Il t'a raconté son histoire, je vois. Les gens trop seuls parlent trop.» L'air sombre, elle fixa un coin de la pièce comme si elle contemplait l'infini. «Il était à Birkenau. Il y sera toujours. Il a un numéro tatoué sur le poignet gauche. Il porte des chemises à manches longues, mais on le voit quand même.» Elle se tut un instant, frottant son propre poignet mince. «Je pense qu'on pourrait se faire enlever un tatouage aussi laid, si on s'en donnait la peine.

— C'est douloureux, Ariah, objecta Chandler. Et peut-être n'est-ce pas toujours possible.

— Moi, je le ferais», dit sa mère, avec virulence.

Leur respiration à tous deux s'était accélérée, comme s'ils se querellaient. Mais à quel propos? Pourquoi? Chandler se rappela l'espace d'un instant ce jour, des années plus tôt, où Ariah avait foncé sur lui dans un brusque accès de fureur parce qu'il se glissait furtivement hors de la cuisine. Elle l'avait traité d'espion.

Espion?

Ariah riposta aux questions de Chandler sur Joseph Pankowski en l'interrogeant sur son «amie mariée». Chandler répondit qu'il n'avait pas eu de nouvelles de Melinda depuis vingt-deux jours.

Ariah fut impressionnée. «Vingt-deux! Tu les comptes.

— Pas volontairement, maman.»

Ariah réfléchit à ce qu'elle pourrait dire. D'ordinaire elle ne parlait jamais de Melinda, excepté de façon elliptique, comme on mentionnerait quelque chose de vaguement menaçant, un fléchissement de l'économie, la prévision d'une épidémie de grippe asiatique. Elle dit: «Je suis sûre que c'est une femme de valeur. Une infirmière. C'est toujours bien d'avoir une infirmière dans la famille! Mais elle est plus vieille que toi, non? Et déjà divorcée. Et dans des circonstances vraiment déplaisantes, quittée par son mari avant même la naissance de leur enfant!»

Chandler savait qu'il était inutile de prendre la défense de Melinda devant sa mère. Combien de fois avait-il dit *Oui mais ils se sont mariés*

420

trop jeunes. Oui c'était une erreur. Alors qu'il voulait dire *Oui je l'aime,*
pourquoi y vois-tu une menace?

Ariah poursuivit, les sourcils froncés : « Si elle souhaite mettre un
terme à votre amitié, je respecterai son jugement. Elle est plus mûre que
toi. Je comprends qu'elle puisse être jalouse de ton travail au Centre
d'intervention. Et il y a quelque chose d'anormal dans un couple où la
femme est plus âgée que l'homme. Les hommes sont déjà si immatures,
au départ. Royall et Candace... ils étaient mal assortis, c'est évident. »

Chandler éclata de rire. « Mal assortis ? C'est toi qui les as mis en relation, Ariah. Tu les as quasiment demandés en mariage l'un et l'autre. »

Ariah sourit. Elle rougit de plaisir. Elle adorait être taquinée par
ses fils ; maintenant que Royall était parti, il fallait se contenter de
Chandler.

« Ma foi, ta mère commet des erreurs, elle aussi. Ce n'est qu'un être
humain. »

Première nouvelle ! se dit Chandler.

Plus tard, alors que sa visite tirait à sa fin, comme Ariah semblait
de bonne humeur, il osa lui dire qu'il s'était rendu à l'Isle Grand. « J'ai
parlé à mes tantes. Clarice et Sylvia.

– "Mes tantes" ! C'est-y pas mignon. Depuis quand ces abominables
snobs sont-elles "tes" tantes ? » Ariah parlait avec calme, d'un ton
perplexe.

« Tante Clarice m'a dit quelque chose de très étrange.

– Ça, je n'en doute pas.

– Elle m'a dit... »

Ariah se boucha les oreilles. « Ne mets pas ma crédulité à l'épreuve,
Chandler. Je suis toute prête à croire que cette vieille harpie vindicative,
qui m'en veut, t'a dit quelque chose de *très étrange.* »

Ariah riait, ou essayait. Chandler hésita. Comment pouvait-il
demander à sa mère si elle avait été mariée deux fois ? Et si son premier
mari s'était « jeté » dans les Chutes ? C'était tellement improbable. Plus
qu'improbable, fantastique. Comme ces histoires sensationnelles d'amour
et de mort que l'on racontait sur les Chutes, au siècle précédent.

Impulsivement, Chandler dit : « Maman ? Est-ce que je suis... est-ce
que j'étais ton fils, à papa et toi ? Ce que je veux dire, c'est... je n'ai pas
été adopté, si ?

FAMILLE

– Adopté! Quelle idée!»

Chandler n'avait pas voulu dire *adopté*. Dans sa confusion, il ne savait pas ce qu'il voulait dire.

Ariah effleura gauchement le poignet de Chandler pour le consoler. Vert fureur un instant auparavant, ses yeux s'adoucirent. Elle dit à voix basse, de son ton sincère: «Évidemment que tu n'as pas été adopté, chéri. Tu es né ici, à Niagara Falls, à l'hôpital. Tu as dû voir ton acte de naissance, je suis sûre que tu en as déjà eu besoin. Quelle idée de poser cette question, Chandler! Et maintenant! Tu es un adulte, tu as vingt-sept ans. Tu n'es pas né facilement, tu sais, mon chéri. L'accouchement a duré onze heures et douze minutes et je me le rappelle très bien, c'est faux de dire qu'une mère oublie ces choses-là, surtout quand c'est la première fois, et tu étais – tu es – mon premier-né.» Ariah parlait avec emphase, en tirant sur le bras de Chandler, comme s'il s'apprêtait à la contredire. «Ça, ça ne changera jamais.

– Et mon père…

– Nous ne parlons pas de lui. Il est *parti*.

– Mon père était Dirk Burnaby.»

Ariah ferma les yeux, en se raidissant. Sa bouche s'était rétrécie, pincée, comme un escargot. Une de ses nattes s'était défaite, s'embrouillait sur sa nuque. Chandler prit une inspiration presque triomphale. Dans cette maison, en présence de sa mère, il avait enfin prononcé le nom de Dirk Burnaby.

«Quand il est mort, c'était un accident, n'est-ce pas? On a conclu à l'accident?»

Face au silence d'Ariah, il osa demander: «Si c'était un accident, qu'est devenue l'assurance-vie de papa? Et son testament? Il y avait sûrement de l'argent?»

Ariah appuya le bout de ses doigts contre ses paupières. Chandler perçut son agitation avant même qu'elle parle.

«Je ne pouvais pas l'accepter. De l'argent sale. De l'argent souillé. Je ne pouvais pas.»

Chandler dut réfléchir, prendre le temps d'absorber. Que lui disait donc Ariah?

Tandis qu'elle parlait, vite et avec nervosité, comme si elle répétait

422

des mots préparés, Chandler sentit les bords de son champ de vision s'assombrir, rétrécir. «Ils ont essayé de m'y obliger. Ses avocats. Et même sa famille. Mais j'ai refusé. Je devais refuser. Ce n'était pas de l'orgueil, je ne suis pas un être orgueilleux. Lorsqu'il nous a quittés, je lui ai fermé mon cœur, à lui et à tous les Burnaby.»

Chandler n'en croyait pas ses oreilles. Bien qu'une partie de son esprit pensât avec calme *Bien sûr. Je savais. C'était forcément quelque chose de ce genre.* «Que dis-tu, maman? Quelle somme d'argent as-tu "refusée"?

– J'ai vendu la maison. Cette maison ridicule, cette habitation vaniteuse, il fallait la vendre. Et nous sommes donc venus nous installer ici. Et nous avons été heureux, n'est-ce pas? Tous les quatre. Avec Zarjo. Notre petite famille.

– Oh! maman.

– Pourquoi? Ce n'est pas vrai? Nous avons mené des vies intègres. Des vies d'Américains...» Ariah chercha le mot juste. «... Qui ont le respect d'eux-mêmes. Oh! j'ai "utilisé" une partie de cet argent sale, celui rapporté par la vente de la maison. Il y a toujours eu de l'argent à la banque. Juste un peu, en prévision d'une catastrophe terrible, Dieu sait ce que Dieu peut vous réserver quand vous avez trois enfants et que vous êtes sans protection en ce monde. Je voulais vous épargner cette autre vie, la vie des Burnaby. Quelles qu'aient été nos vies, elles nous appartiennent. Et nous avons été heureux, Chandler? ajouta-t-elle d'un ton implorant. N'est-ce pas?

– Combien d'argent as-tu refusé?

– Je n'en ai aucune idée. Je n'ai pas voulu le savoir. Je n'ai pas voulu être tentée, Chandler. À ma place, j'espère que tu aurais fait la même chose.»

Des années de Baltic Street. De *quasi-indigence.* Chandler eut un rire incrédule. Aurait-il fait la même chose?

«Non.

– Oh! Chandler. Bien sûr que si. Même avant le scandale de Love Canal, je savais que l'argent des Burnaby était souillé.

– "Souillé"! Tu parles comme un personnage d'opéra, Ariah. Nous vivons à Niagara Falls, dans la réalité. L'argent est toujours sale, bon Dieu!

– Ce n'est pas vrai. Toi, un professeur de l'enseignement public, tu as plus de sens moral que cela.

– La vérité, c'est que tu voulais le punir. Dirk Burnaby. En rejetant son argent. En nous punissant, nous. Comme si, outre-tombe, il avait pu nous voir et regretter.

– Non. C'était une question de principe. À ma place, tu aurais fait pareil. Dis-moi que oui, Chandler. »

Le sang martelait le crâne de Chandler. Il notait avec une sorte de détachement clinique que son champ de vision s'était considérablement rétréci, comme s'il était sur les lieux d'une de ses missions d'urgence. Vision télescopique. Un symptôme de panique, mais de panique maîtrisée.

« Je m'en vais, maman. »

Au même instant, Juliet rentra d'une séance de baby-sitting dans le quartier. Aussi leste et furtive qu'un chat sauvage, la sœur de Chandler murmura un bonjour et monta rapidement l'escalier, comme si elle savait qu'Ariah l'aurait renvoyée d'un geste, qu'elle ne voulait pas d'interruption dans la conversation intense qu'elle avait avec son fils.

Chandler se mit gauchement debout. Tâchant de penser *De toute façon, je suis son fils. Le reste ne compte pas.* Il serra Ariah dans ses bras, sentit à quel point elle était mince, mince et nerveuse, tendue. Lorsqu'il l'embrassa, sa peau lui brûla la joue. Il essaya de dire qu'il appellerait, qu'il passerait le lendemain après le collège, mais les mots lui restèrent dans la gorge. Il avait littéralement les jambes flageolantes. Ariah le suivit jusqu'à la porte et, de la véranda, lui lança, d'une voix basse et excitée de jeune fille : « Chéri, dis-moi que oui, tu l'aurais fait. »

D'un ton léger, Chandler lança par-dessus son épaule, en montant dans sa voiture, comme s'il s'agissait d'une question sans importance et non de centaines de milliers de dollars, une somme qui le mettrait au bord de l'évanouissement s'il y pensait : « Oh! bien sûr, maman. Tu me connais. »

Il ne comprendrait jamais sa mère. Et il faudrait donc qu'il l'aime, sans comprendre.

Maman était en train de frotter fort le poignet de papa avec une brosse métallique. Au premier étage de la vieille maison de Luna Park, la première maison. Où Chandler était le seul enfant. Maman était agitée, anxieuse. Le visage de papa était flou mais on voyait qu'il avait été recousu, réparé. Chandler, tout petit, était accroupi sur le seuil, puis il se rapprochait en rampant, caché à la vue des adultes par l'extrémité du lit. Ce grand lit en bois d'acajou sculpté. La pièce était inondée d'une lumière aveuglante mais sombre en même temps, on avait du mal à voir. Impossible de distinguer le visage de l'homme, mais il savait que c'était papa. Maman frottait la brosse contre le poignet ensanglanté, parce qu'il y avait quelque chose dans la peau qui la contrariait. Des gouttes de sang pareilles à des gouttes de pluie volaient dans les airs et certaines tombaient sur Chandler. Il sanglotait, essayait d'arracher la brosse métallique des doigts forts de maman et au cours de cette lutte se réveilla, hébété et exténué.

9

« Aujourd'hui nous allons parler des Chutes. Et de l'érosion. »

Sur le tableau noir de la salle de classe de troisième de M. Burnaby, une carte simplifiée mais exacte du Niagara, dessinée à coups de craie rapides par M. Burnaby (qui doit avoir cette carte, à l'échelle, gravée dans l'esprit). Datant de la semaine précédente, ces mots :

ÉROSION TEMPS ÉROSION TEMPS

M. Burnaby dit, en les indiquant avec son bâton de craie : « Les Chutes se trouvent aujourd'hui ici, à Niagara Falls. Notre ville. À un peu plus de trois kilomètres de cette salle. Mais elles n'ont pas toujours été là, et elles n'y resteront pas. Les Chutes bougent. »

À l'origine, il y a environ douze mille ans, elles se trouvaient en aval, au nord de la ville de Lewiston. Une période assez courte, en termes géologiques, mais l'érosion terrestre progresse rapidement.

« Trois centimètres par siècle ? Oui, c'est rapide. »

Chandler Burnaby, détenteur de connaissances mystérieuses qui impressionnent certains de ses élèves les plus intelligents. M. Burnaby, professeur de sciences dans le système scolaire public de Niagara Falls, enjambant bravement des gouffres de temps géologique, un bâton de craie à la main en guise de talisman.

FAMILLE

M. Burnaby, pour lequel certaines des filles de troisième (tout le monde sait qui) ont le béguin.

M. Burnaby, portant son visage M. Burnaby. Parlant avec sa voix M. Burnaby.

Disant à ces jeunes adolescents, dont certains ont l'air d'enfants, des vérités profondes, terribles, déchirantes, sur le temps, la mortalité, l'isolement de l'homme dans un univers sans Dieu. Des vérités sur la perte, l'annihilation. Tandis que l'aiguille rouge des minutes de la pendule murale avance placidement, une roue en éternel mouvement.

M. Burnaby trace une ligne de trois centimètres. Si courte sur le tableau, presque invisible. «Oui. À peine trois centimètres par siècle. Mais c'est une usure lente, inexorable, qui ronge le lit du fleuve sur une soixantaine de kilomètres. Lorsque les dispositifs que nous inventons pour ralentir l'érosion feront défaut, les Chutes reprendront leur mouvement. Un jour, elles auront reculé au-delà de l'Isle Grand, de Tonawanda, de Buffalo ; un jour, dans très longtemps, les Chutes seront à l'entrée du détroit (car en fait le Niagara n'est pas un fleuve, mais un détroit reliant les deux lacs), au niveau du lac Érié.»

Chandler veut croire que plusieurs de ses élèves enregistrent ce qu'il dit. Le ressentent profondément. Les Chutes, qu'ils ont appris à trouver toutes naturelles, et même à mépriser, ne sont pas *permanentes*?

Un garçon dégourdi agite la main. Demande comment on appellera la ville quand il n'y aura plus de chutes. «Juste "Niagara"?

– Elle n'aura sans doute plus de nom du tout, dit Chandler. Il n'y aura plus personne ici pour s'en rendre compte. À ce moment-là, il est probable que notre ville et les autres seront en ruine, englouties par la végétation, inhabitées depuis longtemps. Vous avez vu assez de science-fiction pour connaître le scénario. Les choses s'usent, les civilisations s'épuisent, les espèces disparaissent. Qui sait où?»

Ses élèves le regardent fixement. Un silence pesant s'installe. *Qui sait où?* semble flotter dans l'air. Il a effrayé ces adolescents quelques courtes secondes, le temps que la sonnerie hurle et les libère, et il semble s'être effrayé lui-même. Il pose son bout de craie dans la gouttière sous le tableau mais si maladroitement qu'elle glisse et se fracasse à ses pieds.

426

10

Il n'avait pas téléphoné à Melinda.

Il pouvait au moins tirer fierté de cette retenue.

Mais il avait écrit à Melinda. Il en était arrivé à la connaître, et à se connaître, intimement, en écrivant ces lettres, même s'il les rangeait dans un tiroir sans les poster.

Ce n'était qu'après sa rencontre avec Joseph Pankowski qu'il s'était décidé à envoyer quelques lignes à Melinda. Laconiques comme un poème :

> *Je suis désolé.*
> *Je pense constamment à toi.*
> *Oui j'avais tort d'accorder si peu de prix à ma vie.*
> *J'espère que tu pourras me pardonner.*

Comment signer autrement que par ces mots *Avec amour, Chandler?* Il ne semblait pas y avoir d'autre possibilité.

Il détestait les nombreux « je » de sa lettre. Il était fatigué de son ego, de son moi pris au piège comme une mouche dans une bouteille.

Il fallait pourtant qu'il envoie ce message. Il en avait écrit et réécrit chaque ligne d'innombrables fois, il lui était apparemment impossible de l'améliorer.

Melinda ne répondit pas, ne téléphona pas. Pourtant, sans savoir pourquoi, il se sentit encouragé.

Il ne la harcèlerait pas. Il ne passerait pas en voiture devant son immeuble d'Alcott Street. Il ne composerait pas son numéro et n'écouterait pas sonner, ne raccrocherait pas sans bruit si quelqu'un soulevait le combiné.

Il n'irait pas à l'hôpital voir si… juste voir.

Il n'enverrait pas de fleurs, avec une carte qui dirait seulement *Je t'aime, C.* Il pensait que, pour une femme, l'envoi de fleurs par un homme pouvait être perçu comme agressif.

À la place, il lui envoya des cartes choisies avec soin, des vues des Chutes et des gorges du Niagara. Censées suggérer une beauté surnaturelle. Et le danger d'une telle beauté.

FAMILLE

Je peux changer, je crois.
Je t'aime, et j'aime Danya.
Veux-tu me donner une seconde chance ?

Début mai, il chercha une carte gentiment comique représentant des infirmières et leurs patients, mais il n'en trouva aucune qui ne fût pas vulgaire. Il dessina sa propre carte, un homme allongé sur un lit d'hôpital, une infirmière qui lui faisait un prélèvement de sang.

Melinda ! Mon sort est entre tes mains.
Aie pitié.

Il attendait.

Notre-Dame-des-Chutes

« Pourquoi cela ne peut-il pas être vrai ? Pourquoi ne pouvons-nous pas y croire ? Certaines des choses auxquelles nous ne croyons pas doivent être vraies... »

Au printemps 1891 vivait à Niagara Falls une jeune laitière de quinze ans, installée depuis peu dans la région avec sa famille qui venait du County de Cork, en Irlande. On disait cette jeune fille « neutre » sur le plan religieux : elle croyait dans la Sainte Église catholique et romaine et dans ses sacrements, mais ne faisait pas partie de ces croyants passionnés qui assistent à la messe et communient d'autres jours que le dimanche.

Un an après son arrivée à Niagara Falls, la jeune laitière était profondément perturbée, pâle et égarée, elle ne dormait plus. Subitement, elle se mit à éviter la compagnie bruyante de sa famille. Elle fut attirée vers les Chutes pour expier son péché qui était un péché charnel commis sur elle par le fils du propriétaire de la laiterie. Ce jeune homme dans les premiers temps de leur relation avait juré qu'il aimait la jeune laitière ; plus tard, il jura qu'il l'étranglerait de ses mains endurcies à force de traire les pis glissants de vaches qui meuglaient et beuglaient du désir d'être traites comme (croyait grossièrement le jeune homme) la jeune laitière avait désiré être « traite » par son amant : recevoir en elle son sperme crémeux tandis qu'elle gémissait et sanglotait de douleur, se

429

FAMILLE

débattait avec violence, se mordait la lèvre assez fort pour la faire saigner.

Cette jeune fille, vierge avant d'être ainsi séduite et engrossée, n'était pas la cause de ce péché ; elle en portait pourtant la conséquence dans son ventre, dure comme une noix impossible à déloger. (À sa grande honte, la jeune fille essaya pourtant de se débarrasser de ce bébé indésirable. Oh ! elle essaya, elle essaya ! Elle frappa le sol de ses talons, se martela le ventre de ses poings, courut jusqu'à s'effondrer haletante comme une biche poursuivie. Et pour cela elle se savait doublement pécheresse, et justement méprisée par Dieu.) À bout de tristesse, de dégoût d'elle-même, mal nourrie, au troisième mois de sa grossesse, alors que tous ceux qui la connaissaient l'évitaient et que le propriétaire de la laiterie lui interdisait sa propriété, la jeune fille honteuse alla à pied jusqu'au Niagara et jusqu'aux Chutes, dont elle avait entendu dire que c'était un endroit où les pécheurs pouvaient se purifier en débarrassant le monde de leur personne. Elle ôta ses chaussures pour marcher comme une pénitente à travers les herbes hautes, sur la terre, les pierres coupantes, jusqu'au bord du fleuve tumultueux, qui exerça sur elle l'effet d'un charme. Jamais elle n'avait contemplé un tel spectacle, les rapides, les Chutes, la brume tourbillonnant dans les gorges comme des nuages de vapeur qui dans son état d'égarement lui semblaient « bouillants, sortis des entrailles de l'enfer ».

La jeune laitière avait pris sa décision et agissait avec calme. Elle se livrerait au fleuve comme, avait-elle entendu dire, beaucoup d'autres l'avaient fait, et serait précipitée dans les Chutes. De la sorte elle épargnerait à sa famille le fardeau de honte qu'elle leur apporterait nécessairement, et l'enfant bâtard indésirable que personne (sauf peut-être la jeune laitière) ne pourrait aimer. Pourtant, alors qu'elle contemplait les nuages de brume, la jeune laitière sourit en apercevant de petits arcs-en-ciel chatoyants dans les minces rayons de soleil qui filtraient du ciel couvert. Et cet innocent sourire aux lèvres, elle sentit son « cœur bondir » et il lui fut accordé la vision d'une silhouette féminine rayonnante qui s'éleva au-dessus de la grande gorge à une dizaine de mètres devant elle et flotta dans les airs. Les pieds de cette femme disparaissaient dans la brume qui montait des Horseshoe Falls, et sa tête auréolée touchait le ciel. La jeune laitière, frappée au cœur, tomba à genoux en s'exclamant

NOTRE-DAME-DES CHUTES

Sainte Marie, Mère de Dieu, car elle avait aussitôt reconnu la Vierge à son beau visage serein et à sa robe bleu roi qui tombait en plis gracieux autour de son corps mince. Comme on le lui avait enseigné dans son enfance dans la grande église de son baptême, la jeune laitière s'abandonna à cette vision sans un instant d'hésitation ni de doute, et pria d'une voix forte, en extase, *Sainte Marie, Mère de Dieu! Prie pour nous pauvres pécheurs maintenant et à l'heure de notre mort, amen.*

La jeune laitière supplia ensuite la Vierge Marie de lui pardonner, et la Vierge lui sourit avec douceur et lui parla si bas que le grondement des Chutes couvrit ses paroles mais leur sens fut transmis à la jeune laitière aussi nettement que si la Vierge lui avait murmuré à l'oreille *Il n'y a rien à pardonner, mon enfant. Aime, et tu fais la volonté de Dieu.*

À ces mots, la jeune laitière tomba en pâmoison et perdit connaissance et ne fut découverte sur la rive du fleuve que bien des heures plus tard ; puis elle délira, en proie à une forte fièvre, pendant des jours. Transportée dans une maison voisine de Prospect Avenue, elle fut soignée par un médecin et se réveilla en pleurant de joie ; elle raconta à ses sauveteurs la vision de la Vierge qui lui avait été accordée, et répéta maintes fois son histoire à tous ceux qui voulaient l'écouter, ainsi qu'aux prêtres de l'Église catholique qui avaient été appelés sur-le-champ. La jeune laitière irlandaise était sans instruction et illettrée, et, assuraient cependant les témoins, elle parlait avec tant de certitude, le visage rayonnant, qu'il était impossible de croire qu'elle ne disait pas la vérité. On voyait presque la Vierge par ses yeux, tant elle communiquait remarquablement la vision miraculeuse qui lui avait été accordée et son message pour les croyants. *Il n'y a rien à pardonner. Aime, et tu fais la volonté de Dieu.*

Sur une colline, à cinq kilomètres au nord des Chutes, on édifia une chapelle pour commémorer la vision de la jeune laitière : la basilique de Notre-Dame-des-Chutes. Peu à peu, en raison des nombreuses «guérisons» miraculeuses et des «révélations» qui s'y produisaient, la basilique prit de l'importance et, en 1949, une nouvelle statue de la Vierge Marie, haute de neuf mètres, en marbre du Vermont et passant pour peser plus de vingt tonnes, fut érigée en un lieu où elle était visible à des kilomètres à la ronde, un peu comme une vision, le visage tourné

FAMILLE

vers la ville de Niagara Falls et vers le fleuve. *Tu as vu, et tu voulais croire. Tu as vu, et tu as détourné la tête, tu as ri, et un acide brûlant a coulé au fond de ta bouche, tu étais écœurée et honteuse et pourtant : tu voulais croire. Guéris-moi.*

Les voix

1

Une malédiction pèse sur notre nom.
Non. Notre nom est une malédiction.

Les voix ! Les voix dans les Chutes… En hiver les Chutes sont gainées de glace et des arcs-en-ciel de glace scintillent au-dessus des gorges et la brume est gelée comme du verre filé sur les arbres et un frêle pont de glace se forme sur le fleuve entre Luna Island et les Bridal Veil Falls et tu as envie de croire qu'on peut traverser ce pont et les voix sont assourdies, presque inaudibles, il faut retenir sa respiration pour les entendre. Mais fin mars, début avril, avec le dégel, les voix reviennent, plus fortes, plus stridentes, et cependant attirantes, et en juin quand le jour anniversaire de sa mort approche les voix se font tonitruantes et impatientes et tu les entends dans ton sommeil loin du fleuve tumultueux. *Juliet ! Juliet ! Burn-a-by ! Honte, honte sur ce nom. Tu connais ton nom. Viens rejoindre ton père dans les Chutes.*

« Non, Zarjo. Tu restes. »
Juliet murmure au revoir à Zarjo, réveillé de son chaud sommeil inerte au pied de son lit. Enfouit son visage dans le pelage rude du chien et permet qu'il lui lèche le visage et les mains, haletant sans bruit, frissonnant d'enthousiasme canin à la perspective qu'elle l'emmène… où cela ?

433

FAMILLE

Dans le silence qui précède l'aube. Dans un crépuscule de pluie qui s'éclaircit peu à peu en brume, en brouillard.

Elle doit partir vite avant qu'Ariah sache. Avant qu'Ariah puisse l'en empêcher. Car dans son lit pendant la nuit, alors qu'elle essayait de dormir, les voix se sont rapprochées, moqueuses, railleuses *Burn-a-by! Burn-a-by!* et parmi elles sa voix à lui, elle en est convaincue, la seule qui soit calme, douce… *Juliet! Il est temps.*

(Est-ce sa voix? Juliet le croit.)

(Bien qu'elle soit née trop tard. Le souvenir qu'elle a de lui est transparent comme une eau qui tombe en cascade.)

Pourtant quand elle chante, Juliet chante pour lui. En secret, pour lui.

Pendant les récitals, elle l'imagine quelque part dans la salle. Pas dans les premiers rangs avec les parents et les camarades de classe, mais quelque part dans l'obscurité. Il est assis seul, et il écoute avec attention. Lorsqu'elle chante bien, c'est parce qu'il écoute si attentivement.

Son solo dans *Le Messie*. À la salle de concert. Pour lequel on l'avait félicitée. Et ces applaudissements. Pour lui!

Une fille timide, les yeux embués d'émotion. S'essuyant les yeux en le voyant sourire, un air de fierté paternelle.

À d'autres moments, de façon imprévisible, sa voix tremble et perd sa force, une sensation de panique, sa gorge menace de se fermer: elle sait qu'il est futile de chanter pour un homme dont elle ne se souvient pas, qui est mort il y a seize ans.

Nous sommes heureux, mais seulement tant que dure la musique.

Voilà ce qu'a admis Ariah. Et donc ce doit être vrai.

(C'était après le solo de Juliet dans *Le Messie* que Mme Ehrenreich lui avait proposé d'étudier au conservatoire de Buffalo, où elle enseigne. Une bourse pour l'étude de la voix. Une bourse pour Juliet Burnaby qui n'avait que seize ans. Juliet n'aurait pas à s'inscrire dans un autre lycée, elle pourrait se rendre à Buffalo deux fois par semaine après ses cours, le trajet en bus n'était pas long, le conservatoire paierait ses frais. *Une occasion en or!* avaient dit ses professeurs. Souriant à Juliet Burnaby comme s'ils attendaient que la jeune fille effrayée leur rende leur sourire.

LES VOIX

Est-ce que cette maison avait un papa demanderait-elle à maman,
et maman répondrait *Non.*

Est-ce que cette maison avait un papa demanderait-elle à ses frères
quand elle serait juste assez grande pour souhaiter désespérément savoir
et Chandler avait dit *Oui mais il est parti.* Elle avait demandé *Pourquoi? Est-ce qu'il nous détestait?* et Chandler avait répondu évasivement
*C'est juste quelque chose qui est arrivé, je pense. Comme le temps qu'il fait.
Maman ne veut pas qu'on en parle, tu comprends, Juliet?* Et Royall était
arrivé, le visage tout rouge, petits poings d'enfant serrés, n'en sachant
pas beaucoup plus que Juliet mais s'étant formé son avis de garçon *Je le
HAIS! Il ne me manque pas! Je suis content qu'il soit parti.*

Zarjo la suit jusqu'au bas de l'escalier, griffes cliquetant avec une
précision mélancolique, un vieux chien, la respiration rauque, avec une
économie de mouvement de vieux chien, l'intuition que ses pattes de
derrière n'ont peut-être pas la force de lui conserver son équilibre dans
une pente aussi raide, et Juliet s'éloigne de lui avec décision, elle est
résolue à ne pas l'emmener et il ne veut pas, ne peut pas, aboyer dans
la maison : c'est un chien très obéissant, dressé à ne pas aboyer pour des
riens.

« J'ai dit non, Zarjo. Tu restes. »

Juliet sort par la porte de devant, celle qui est le plus éloignée de
la chambre d'Ariah, au premier et sur le derrière de la maison.

Le dernier des enfants d'Ariah à partir. À s'enfuir.

Le dernier des enfants d'Ariah à l'aimer, trop pour que ce soit sup-
portable. Je ne suis pas toi, maman. Laisse-moi partir!

Pieds nus, elle court. Ses pieds engourdis sentent à peine l'asphalte. Ni
l'herbe fraîche, humide de rosée, ni la terre dure. Comme si ce qu'elle
éprouvait n'était plus de la peur mais de l'euphorie. La décision ayant
été prise, et pas par elle. Et précipitamment : elle porte sa chemise de
nuit ajourée en coton blanc qu'imprègne l'odeur de mauvais rêves, son
trench-coat élimé par-dessus, ceinture nouée serrée.

Honte, honte. Connais ton nom.

Commets l'Acte & finis-en.

Dans le silence qui précède l'aube. Des murs mouvants de brume

FAMILLE

avant l'aube. Lorsque le monde ressemble à un rêve et qu'en le traversant on est à la fois le rêveur et le rêve. Il y a très longtemps les dieux guerriers des Ongiaras et des Tuscaroras rôdaient dans cette région, c'étaient de grands dieux cruels, plus puissants que n'importe quel humain, mais maintenant ces dieux ont disparu et seuls leurs fantômes demeurent, des formes brumeuses qui flottent et se défont au coin d'un œil. Chandler dit que le paysage change sans cesse, que les Chutes changent sans cesse. Temps, érosion. Les dieux indiens ont disparu, mais aucun autre dieu ne les a remplacés.

Sauf : les bus de la ville de Niagara Falls, éclairés de l'intérieur tels des organismes vivants, qui glissent comme sous la surface de l'eau et passent avec des exhalations pneumatiques et rauques. Des bus marqués *Ferry St., Prospect Ave., Tenth St., Parkway & Hyde.* Furtive, craignant d'être vue, Juliet traverse Baltic Street pour s'enfoncer dans le parc qui est désert à cette heure, enveloppé de brouillard. Elle court, court ! Une fille solide, les poumons solides grâce au chant. Une fille gracile, qui paraît toujours plus jeune que son âge. On lui a déconseillé de se rendre seule dans Baltic Park, son frère Royall l'a grondée, mais à cette heure-là il n'y a personne, elle traverse en courant un champ d'herbe mouillée, à la lisière d'un terrain de soft-ball qui paraît petit dans la lumière brumeuse, tronqué comme le plateau d'un jeu de société pour enfants. *Si on ne trouve pas son corps. Personne ne saura. Disparue, comme son père. Ariah dira : elle a disparu et ne reviendra pas, et donc nous ne penserons plus à elle, nous l'oublierons.* À un pâté de maisons de là, un train de marchandises passe. Le ferraillement familier des wagons. Un bruit familier qui réconforte. *Honte sur ce nom, connais ton nom.* En rêve, Juliet est transportée jusqu'aux Chutes dans un wagon. À cause de quelque chose qu'a dit M. Pankowski. Le bruit des trains dans cette ville, le bruit des wagons est un cauchemar pour lui, il n'attendait pas des Américains qu'ils puissent comprendre, mais Juliet a dit que si, elle comprenait, c'est dans des wagons, si on devait être emmené, comme du bétail à l'abattoir, qu'on vous emmènerait. Et le train roulerait tellement vite qu'on ne pourrait pas sauter.

Le ciel au-dessus du Niagara, à un kilomètre, est un grand gouffre strié d'éclairs soudains de lumière. Des flammes, des filaments de lumière jaillis du soleil, à l'horizon. *Non. Pas peur !*

2

Les voix! Les voix dans les Chutes que j'entendais quand j'étais petite fille et que maman m'amenait dans la poussette près du bord où les embruns froids nous mouillaient le visage, les cils et les lèvres et nous nous léchions les lèvres en riant d'excitation.

Oh! délicieux!

Tu vois, Juliet chérie? C'est ça le bonheur.

C'était moi qu'elle aimait le mieux, disait maman. J'étais sa fille, son bébé, et mes frères étaient des garçons. J'étais une fille comme maman, et mes frères ne pourraient jamais être des filles. *Cette fois, je ferai ça bien. Cette fois, conçue sans péché.*

Maman chantait pour moi. Maman jouait du piano et chantait pour moi. Et maman m'asseyait sur ses genoux au piano, et me tenait serrée dans ses bras, et posait mes petits doigts boudinés de bébé sur les touches, et nous jouions ensemble; et maman me faisait chanter, maman me récompensait par des baisers quand je chantais de ma voix voilée de bébé.

C'étaient des moments magiques. Il n'y avait personne d'autre que maman.

Nous chantions *Girls and boys come out to play. The moon doth shine as bright as day.*[1] Nous chantions *Lavender blue, dilly-dilly! Lavender green. When I am King, dilly-dilly! You shall be Queen.* Et la préférée de maman qu'elle chantait au piano, mais aussi quand j'étais couchée et que je m'endormais *Hush-a-bye baby in the tree-top! When the wind blows, the cradle will rock. When the bough breaks, the cradle will fall. Down will come baby, cradle and all!* Maman riait et me montrait comment elle me rattraperait si je tombais.

---

1. *Garçons et filles sortent jouer. La lune brille, claire comme le jour.*
   Lavande bleue, dilly-dilly! Lavande verte. Quand je serai roi, dilly-dilly! Tu seras reine.
   Dors, mon bébé, au sommet de l'arbre! Quand le vent soufflera, le berceau balancera. Quand la branche cassera, le berceau tombera. Boum feront bébé, berceau et cetera!
   Chansons enfantines. (*N.d.T.*)

FAMILLE

Mais plus tard. Quand j'ai été plus grande. Quand les voix entraient dans la chambre. Maman disait *Il n'y a rien. Arrête!* Et elle pressait ses mains contre mes oreilles, et contre les siennes. Et le lendemain matin si je disais que les voix étaient entrées dans ma chambre, maman me grondait ; ou elle se levait brusquement et s'en allait. Et c'était un de mes frères qui s'occupait de moi.

Car maman a cessé de m'aimer quand je n'ai plus été un bébé. Trop grande pour être portée comme une poupée, et trop grande pour tenir sur ses genoux devant le piano. Je crois que c'est à ce moment-là. La nuit j'appelais *Maman!* Et maman ne voulait pas entendre. Et j'ai fini par apprendre à cacher ces cris dans l'oreiller. Mais cela tachait la taie d'oreiller ce que maman n'aimait pas et qui la dégoûtait, comme d'autres taches que je ne pouvais éviter. Et je rampais me cacher. Et quand on m'appelait, je ne répondais pas. Les voix étaient des murmures parfois, je pressais mon oreille contre le mur pour entendre, ou contre la vitre, ou le plancher. Royall essayait d'entendre mais ne pouvait pas. Royall disait qu'il n'y avait rien, qu'il ne fallait pas avoir peur. Une fois je suis allée là où maman disait de ne pas aller, dans la cave, dans le noir, et je suis tombée dans l'escalier pentu en bois, je me suis coupé la lèvre et j'ai rampé pour me cacher des voix mêlées au vent et aux trains de marchandises et c'est Zarjo qui m'a trouvée ; mais Zarjo ne savait pas que je ne voulais pas être trouvée, pour Zarjo tout était un jeu. Alors il a poussé son museau humide contre moi, il m'a embrassée et chatouillée avec sa langue glissante. Il a aboyé, ce qu'il faisait rarement dans la maison et c'est comme ça qu'ils m'ont trouvée recroquevillée par terre derrière une pile de vieilles cages à lapins. Mes frères criaient *Ju-li-ette!* Et maman a dévalé l'escalier en braquant la torche sur mon visage, mes yeux qui étaient aveugles. Maman a hurlé quand elle a vu ma bouche en sang *Juliet, qu'est-ce que tu t'es fait, oh vilaine fille tu l'as fait exprès hein!* Dans ses yeux verts écarquillés, j'ai vu que maman avait envie de me secouer, maman avait envie de me faire mal parce que je n'étais plus son bébé, je l'avais déçue pas seulement une fois mais plusieurs, mais malgré tout elle était Ariah et pas une femme du quartier qui criait après ses enfants, les giflait et les fessait, elle était Ariah Burnaby le professeur de piano et elle ne frappait pas les enfants et donc ses mains m'ont soulevée avec douceur, sa voix était basse et

438

LES VOIX

mesurée quand elle m'a dit que je ne devais plus jamais lui désobéir, plus jamais descendre dans cet endroit dégoûtant, sinon maman me donnerait.

Maman a été contrariée que je rie. Ou que je fasse un bruit comme un rire. Et j'étais sale, j'avais mouillé ma culotte. Et il y aurait une cicatrice comme une étoile au-dessus de ma lèvre qui ne partirait jamais, si bien que les yeux des gens se poseraient toujours dessus et je sentirais qu'ils avaient envie de l'enlever d'une pichenette, comme une poussière, qu'ils avaient envie de l'enlever pour faire de moi une jolie fille et pas une fille bizarre avec quelque chose de pâle et de brillant sur la lèvre. Et plus tard, à l'école primaire de Baltic Street, Ronnie Herron m'a poussée trop haut sur la balançoire, et il n'a pas voulu s'arrêter quand je l'ai supplié, et je suis tombée, et le siège de la balançoire m'a frappé si fort le côté gauche du front que j'ai perdu connaissance et il m'a coupée si profond que je serais couverte de sang, transportée aux urgences de l'hôpital général de Niagara Falls en ambulance et ma blessure suturée et après il y aurait toujours un petit croissant de lune sur mon front, pâle et brillant lui aussi. Et maman a fini par avoir peur de moi pensant que j'étais folle, une enfant qui se faisait mal délibérément pour faire mal à maman ; une enfant qui s'était cachée d'elle vautrée dans la crasse dans la cave que maman avait en horreur, son odeur, le sol de terre battue trempé quand il pleuvait, et les saletés qui suintaient des murs de pierre mal jointoyés et les piles de cages à lapins cassées, rouillées, qui puaient les crottes de lapin.

Ce n'est pas ma fille, parfois je me dis que ce n'est pas ma fille disait maman et mes frères lui répondaient que ce n'était pas juste, que Juliet était leur sœur et qu'elle était à maman exactement comme eux.

Ariah aussi souffre d'insomnie depuis longtemps. Et en ce printemps pluvieux de 1978, alors que l'anniversaire de sa mort approche et que ses fils ont quitté la maison, son insomnie fait rage comme un feu malveillant. Une faiblesse qu'Ariah n'avouerait jamais, même à un médecin. Toute faiblesse lui inspire du dégoût, et la sienne le dégoût d'elle-même. Ses enfants se rappelleront avoir entendu ses pas furtifs dans l'escalier au petit matin, avant l'aube ; l'avoir entendue dans la cuisine mettre la bouilloire à chauffer pour son thé. Et dans la pièce

FAMILLE

sombre et glacée au fond de la maison, en attendant que l'eau bouille, elle s'assoit au piano et effleure légèrement les touches, appuie sur les touches comme pourrait le faire un fervent catholique, ce n'est pas seulement la musique qui rend Ariah heureuse mais la simple possibilité, la promesse, de la musique. *La musique peut faire ton salut, Juliet. Tu t'élèveras au-dessus de ce qu'il y a de pire en toi. Aie confiance!* Mais à 9 heures du soir, Ariah est souvent si épuisée qu'elle s'endort sur le canapé de la salle de séjour, Zarjo assoupi en travers de ses genoux, alors même qu'elle écoute à la radio la retransmission tant attendue d'un concert du New York Philharmonic. Et ses enfants échangent des regards nerveux en se demandant : Faut-il réveiller maman ou la laisser dormir ?... Dans les deux cas elle sera fâchée contre nous, et embarrassée.

Est-ce que cette maison avait un papa? ai-je demandé quand j'ai été assez grande pour savoir que les maisons comme la nôtre avaient des papas. Et maman m'a dit *Non.* Et je voyais dans les yeux de maman qu'il ne fallait pas insister mais je demandais *Où est parti papa?* et maman appuyait un index contre mes lèvres et disait *Chut!* Et si je continuais à insister maman fronçait les sourcils et disait *Papa nous a quittés avant ta naissance, il est parti et ne reviendra pas.*

Et une sensation froide et lourde d'angoisse s'insinuait en moi comme l'eau sale suintant des murs de la cave et je pensais *Maintenant tu sais. Tu as demandé, et maintenant tu sais.*

3

Honte, honte. Ton nom!

Déjà au cours préparatoire les autres semblaient savoir. (Mais que savaient-ils?) On aurait presque dit qu'ils savaient d'instinct. Leurs yeux suivant d'abord Juliet avec curiosité. Plus tard, avec méfiance. Plus tard, avec raillerie. Puis Royall alla au collège, dans un autre établissement, et Juliet resta à l'école primaire. Et seule. Une enfant étrange, rêveuse et bégayante, qui n'avait pas une mais deux cicatrices sur son petit visage pâle. Deux cicatrices! Ses maîtres ne savaient que penser d'elle. *Burnaby? Est-elle apparentée à...?* Car elle faisait partie de ces enfants qui, parfois, bégayaient en classe; à d'autres moments, elle parlait normalement, et de façon intelligente; à d'autres encore, sans

440

que ce fût prévisible, il leur semblait qu'elle marmottait avec maussaderie. *Une petite fille déplaisante. Désagréable.* Mais lorsqu'elle chantait, elle ne bégayait jamais. Lorsqu'elle chantait, sa voix était remarquablement pure, une voix ravissante quoique mal assurée, incertaine. *Burn-a-by. Burn-a-by. Hé!*

Dans la cour de récréation, dans le quartier, il n'y avait pas de protocole concernant les enfants «bizarres». Il n'y avait aucune sympathie, aucune pitié. *Celle-là. Burn-a-by. Honte!*

On lui parlait, elle n'entendait pas. On était à côté d'elle, elle ne voyait pas. Son regard vous passait au travers, comme si elle écoutait quelque chose de lointain. Pour qu'elle fasse attention à vous, il fallait frapper dans ses mains tout près de son visage, la pincer, la pousser, lui tirer les cheveux à la faire crier. *Burn-a-by. Ton père s'est jeté en voiture dans le fleuve, ton père devait aller en prison. Burn-a-by, honte-honte!* Des frères et des sœurs aînés devaient leur avoir parlé. Des adultes devaient avoir parlé à ces frères et ces sœurs aînés. (Mais en leur disant quoi?)

Ainsi fut endurée l'enfance. Rétrospectivement elle se rappellerait ces années-là comme si elles avaient été vécues par quelqu'un d'autre, une petite fille courageuse, têtue, qu'elle ne connaissait pas.

4

Une enfant de l'ombre dit Ariah. *Qui traîne une part d'ombre.*

Parlant de sa fille adolescente sévèrement mais avec un air de sympathie perverse comme si elle comprenait une telle affliction chez une jeune fille et ne pouvait totalement la condamner. Assise au piano où elle joue une de ses compositions musicales préférées, poignante et mystérieuse, *La Cathédrale engloutie* de Debussy. Ah! la beauté de *La Cathédrale engloutie.* Une beauté assourdie et suspendue comme celle des Chutes lorsque l'hiver étouffe le rugissement de l'eau et que tout se voile de brume. Des accords sonores qui semblent frissonner de vie sous les doigts minces et adroits d'Ariah. *Profondément calme.* Est-il étrange, se demandera un jour Juliet, qu'une mère lance à sa fille de quatorze ans, qui vient de rentrer de l'école: «Juliet! Tu entends? C'est ta musique. Ton âme. Tu es la cathédrale engloutie, personne ne peut t'atteindre. Voilà la musique que tu es née pour chanter.» Avec

FAMILLE

un air blessé et stoïque qui laisse entendre *Je n'attends plus rien de toi. Va-t'en !*

Juliet s'en va furtivement, mais seulement pour monter au premier. Elle et Zarjo, serrés l'un contre l'autre et se parlant tout bas.

Tandis qu'Ariah continue à jouer Debussy, en bas.

(Pourquoi Ariah fait-elle ces remarques blessantes à Juliet, qu'en réalité elle aime ? Mère d'une adolescente séduisante, lui imagine-t-elle une vie sexuelle secrète ; soupire-t-elle après cette vie sexuelle secrète qu'elle a perdue depuis longtemps, arrachée d'elle-même comme une mauvaise herbe incommode, disgracieuse ? Est-elle franchement jalouse de sa fille ? De cette voix chaude de contralto qu'elle souhaitait tant lui faire « travailler » ?)

Royall a vu. Le *moi fantôme* de Juliet.

Reconnaissable surtout dans une lumière oblique. La suivant de près, comme un reflet d'eau frissonnante, une apparition qui se meut avec la grâce inconsciente, un peu gauche, de la jeune fille elle-même.

Une somnambule, voilà à quoi ressemble souvent Juliet lorsqu'elle est dehors. Ses yeux aux paupières lourdes, ses cheveux bouclés qui lui tombent dans le dos comme une crinière broussailleuse. Des cheveux qui dégagent une odeur romantique et mélancolique de feuilles d'automne mouillées, ou de violettes battues et ravagées par la pluie ; un parfum qui attire les garçons plus âgés et les hommes. Royall a vu, et n'a pas aimé ce qu'il a vu : cette expression accablée sur les visages masculins en présence de Juliet, comme si elle leur rappelait quelque chose de crucial qu'ils avaient perdu.

Royall, presque sorti de l'adolescence, sexuellement actif, et pourtant exaspéré par sa sœur. Parfois !

Par hasard, Royall a vu Juliet dans la rue, quelquefois avec des filles de son école, mais le plus souvent seule. Rentrant chez elle avec cet air rêveur, absent, qui la caractérise. En la voyant, on se demande où elle a la tête ; Royall suppose qu'elle entend de la musique, forme des notes dans sa gorge. Mais tout de même : seule dans Baltic Park, observée à la dérobée par des hommes. Ou faisant un détour inexplicable, pervers, par Garrison Street (où habitent les Mayweather, les Stonecrop et les Herron), ou par un terrain vague de hautes herbes et de ronces, contigu

LES VOIX

au dépôt ferroviaire de Buffalo & Chautauqua. Un autre jour, il suit
Juliet qui longe nonchalamment un fossé d'eau stagnante, puante,
à côté de la clôture à maille losangée de la voie ferrée, une silhouette
solitaire, attirante, aussi peu consciente d'elle-même qu'un chat, mais
qui marche d'un pas posé, délicatement, en s'arrêtant pour examiner…
quoi? (Les fleurs bleues des chicorées? Quelque chose d'incroyablement vivant qui file à la surface de l'eau croupie? Ou est-ce son propre
reflet que Juliet contemple, sans le reconnaître?) Royall jurerait qu'il
voit la *Juliet fantôme* flotter juste derrière sa sœur.

Ce n'est pas un effet de son imagination. C'est comme Ariah l'a dit :
il y a quelque chose d'englouti, de mystérieux, chez Juliet. Quelque
chose de sauvage à quoi on ne peut pas se fier. Royall éprouve un pincement de gêne à observer sa sœur dans un moment aussi intime. Il ne
peut pas s'éloigner, pourtant, il est son frère et il l'aime ; il sait combien
elle est vulnérable dans ce quartier difficile, où il n'y a personne d'autre
que lui pour la protéger.

Les orphelins Burnaby.

Honte, honte. Nous savons ton nom !

(Curieux : personne n'a jamais osé taquiner ni tourmenter Royall
Burnaby à propos de son nom. Il sait pourtant que Chandler a été
harcelé un temps, et que Juliet l'est à son tour, quelquefois.)

Royall est offensé quand il y pense. Son nom *à lui*?)

Il suit Juliet de si près qu'il est étonné qu'elle ne se soit pas encore
retournée, qu'elle ne l'ait pas remarqué. N'importe qui pourrait l'aborder : n'importe quel prédateur ! Elle traverse un champ, traverse des
voies ferrées, descend en glissant un talus de gravier, et débouche dans
la 48ᵉ Rue qui est occupée pour moitié par des maisons miteuses en
brique et grès, et pour moitié par des commerces – petits magasins,
bars, station-service. Il voit, ou croit voir, la *Juliet fantôme* flotter à
côté d'elle. Et il voit des types la regarder. Des types de son âge, et des
hommes. Certains assez vieux pour être leur père. Peut-être même plus
vieux. Les salauds ! Juliet marche sans hâte, rêveuse, distraite, en écoutant la musique qui joue dans sa tête. Ses lèvres sont humides et légèrement entrouvertes, et il y a la petite cicatrice sur sa lèvre supérieure
et une autre, à peine visible, sur sa tempe gauche. Ses seins sont moulés
par son pull de coton violet, qui est trop petit pour elle, comme est

trop petite sa jupe de flanelle noire, faite pour une fille plus jeune d'un ou deux ans au moins. Royall est indigné : sa mère ne remarque donc pas l'allure qu'a Juliet quand elle sort de la maison ? N'y a-t-il que lui qui *voie* ?

Juliet passe devant la station-service où traînent deux types d'une vingtaine d'années, des types que Royall connaît, Juliet ne se rend pas compte qu'ils la lorgnent ouvertement, en s'envoyant des coups de coude. *Juli-ette Burn-a-by. Oh baby!* Royall n'en peut plus, il rattrape sa sœur, dont il cogne l'épaule. « Oh ! Royall. Tu viens d'où ? » Juliet sourit, un peu étonnée, comme un chat pourrait cligner les yeux, touché par une main familière dans un endroit qui ne l'est pas.

Royall respire son parfum, feuilles mouillées, ou fleurs meurtries. Ça aussi, c'est exaspérant ! Il y a probablement plusieurs jours que Juliet n'a pas lavé ses cheveux, lourds, emmêlés, plusieurs jours qu'elle n'a pas pris de bain. Une flamme de protestation, d'indignation, flambe dans le cerveau de Royall. Il ne peut supporter que sa sœur, sexuellement attirante, ait si peu conscience d'elle-même dans la 48ᵉ Rue. Elle ne sait donc pas comment sont les hommes ? Elle n'a donc pas la moindre idée de ce qu'est la *sexualité* ?

« Juliet. Où vas-tu, bon Dieu ?

– Je rentre à la maison.

– Par le chemin des écoliers ? »

Juliet a un sourire incertain. « Tu crois ? »

Royall essaie de garder un ton léger, il adore sa petite sœur et il s'exagère peut-être un peu le danger qu'elle court, il ne veut pas l'offenser ni l'inquiéter, mais il dit : « Hé ! je suis sérieux : il faut que tu te réveilles un peu, que tu te rendes compte de la façon dont les types te regardent. Tu ne sais donc pas où tu es ? » Et Juliet répond, blessée : « Ne me gronde pas, Royall. Je sais où je suis : dans la 48ᵉ Rue. Et toi, tu es où ? »

Parmi les types qui observent Juliet Burnaby, il y a le garçon au crâne rasé. Qui se fraie un chemin à travers les broussailles dans le terrain vague, à côté du dépôt ferroviaire, qui suit Juliet de loin, si discrètement que même Royall, son frère jaloux, ne l'a pas vu.

5

Honte, honte!

À la fin de l'hiver 1977 quand le dégel commença. Quand les voix-singes commencèrent à jacasser et railler. Quand Juliet était mécontente de ses cours, et d'une mélodie de Robert Schumann qu'elle essayait d'apprendre («*An den Sonnenschein*»), et donc sans prévenir elle quitta le collège, alors qu'elle avait encore deux cours et sa chorale qui était ce qu'il y avait de plus important dans sa vie (dont elle osât parler) et elle fit de l'auto-stop pour se rendre au bord du fleuve (faire du stop était-il dangereux pour une fille de quinze ans à Niagara Falls au déclin des années 70, la décennie de la drogue, monter en voiture avec un inconnu qui vous coule un sourire en biais comme un chat lorgnant un plat de crème?) et longea la berge abrupte, le souffle coupé par le vent, derrière la glissière de sécurité (haute d'une cinquantaine de centimètres) que l'on avait dû remplacer (où exactement?) lorsque la voiture de Dirk Burnaby avait dérapé sous une pluie torrentielle quinze ans auparavant et enfoncé la glissière pour plonger dans le fleuve.

«J'y suis. C'est là.»

Jamais elle n'était venue à cet endroit. Un endroit interdit. L'exaltation faisait battre son cœur avec violence. Ariah rôdait près d'elle, furieuse.

«Si je t'aime, faut-il que je le haïsse? Je ne le ferai pas.»

Voilà, c'était dit.

Sur l'autoroute qui reliait Niagara Falls à Buffalo, via l'Isle Grand, roulait un flot continu de véhicules. C'était le milieu de l'après-midi, et il ne pleuvait pas. Sur la voie extérieure de droite, les véhicules passaient tout près du Niagara, dont les séparaient un accotement de gravier, la glissière et quelques mètres de terre amoncelée en une banquette abrupte.

Juliet ne savait pas où la voiture de son père avait dérapé et quitté la route. Quelque part par là, sans doute. La glissière semblait abîmée et rouillée de façon uniforme, comme si aucun segment n'était plus récent que les autres. Mais l'accident avait eu lieu longtemps auparavant.

La voiture s'était abîmée dans le fleuve dans la zone de non-retour, là où le courant s'accélérait, où l'eau bouillonnait en rapides écumeux.

445

FAMILLE

Et ce jour-là, avec le dégel, le fleuve était haut. Juliet se retrouva en train de le contempler avec fascination. On avait l'impression qu'à tout moment, par malveillance ou par pure exubérance, il pouvait passer par-dessus la banquette et inonder la route.

On pouvait presque croire, comme les Indiens autrefois, que le Niagara était un être vivant, un esprit. Il y avait un dieu du fleuve, et un dieu des Chutes. Il y avait des dieux partout, invisibles. Chandler disait que les anciens dieux étaient les appétits et les passions humaines, et qu'ils n'étaient jamais vaincus, mais seulement re-nommés. Le fleuve n'avait pas besoin de nom, pourtant. «Nommer» était idiot, ridicule. Inutile. Si le fleuve s'animait, on saurait seulement que sa nature n'avait rien d'humain, et qu'aucun être humain ne pouvait y survivre plus de quelques minutes, ou quelques secondes.

Une mort terrible, dans un endroit pareil. Et seul.

Juliet se sentit faible, tout à coup. La force de défi, d'arrogance, qui l'avait poussée à quitter le lycée et à faire du stop en se moquant de qui la verrait, déclinait. Elle comprenait pour la première fois ce que cela avait d'horrible. *C'est vraiment arrivé. Ici. Un homme est mort. Mon père.*

Quel soulagement de penser ces mots! Même la douleur des mots, qui la laissait chancelante, désemparée, était un soulagement.

Pendant les minutes qui suivirent, Juliet perdit la notion du temps, du lieu. Elle glissa dans un de ces états seconds qui accompagnaient souvent sa musique. Quand elle chantait, quand elle respirait, d'une façon particulière. Dans un rêve quoique les yeux ouverts. Inconsciemment elle se balançait de droite à gauche, suivant un rythme lent. *Si j'aime ma mère, je peux aussi aimer mon père. Et il a besoin de moi.*

Le bruit de l'eau tumultueuse pénétrait dans sa transe. Juliet y percevait un rythme subtil, secret. Consolation, réconfort. *Juliet! Burn-a-by! Viens rejoindre ton père dans le fleuve.* Elle n'avait encore jamais entendu cette voix aussi distinctement. Avec ce ton à la fois pressant et neutre. Le soleil glissait dans le ciel. Un soleil devenu pâle, maussade, effacé. Sur l'autoroute, les chauffeurs de camion ralentissaient pour mieux voir cette fille aux cheveux fouettés par le vent, immobile et solitaire au bord du fleuve; mais la fille n'avait pas conscience de leur présence. Attentive, farouchement concentrée sur quelque chose qu'elle entendait, la fille n'avait pas conscience de ce qui l'entourait.

446

LES VOIX

Une voix masculine résonna avec dureté : « Mademoiselle ? Qu'est-ce que vous faites là ? »

Une voiture de la police de Niagara Falls freina et s'arrêta brusquement sur l'accotement, et l'un des agents interpella Juliet qui ne parut pas entendre. Car le vent soufflait, le vent incessant, et les cheveux de Juliet claquaient dans le vent. « Mademoiselle ? Restez où vous êtes. »

Une voix masculine, forte. Une voix habituée à donner des ordres et à être obéie sans discussion.

Si Juliet avait commencé à entendre, elle ne le montra pas. Une adolescente maussade. Se refusant avec entêtement à entendre un flic qui hurlait à quelques mètres d'elle, et à se tourner vers lui ; quoique voyant maintenant la silhouette en uniforme au coin de son œil. Il s'approchait de sa proie avec précaution, comme il avait été formé à le faire. Il ne voulait pas l'effrayer et la pousser à sauter dans le fleuve.

« Mademoiselle ? Je vous parle. Regardez par ici. »

Le charme était rompu. Déjà les voix s'étaient estompées, éloignées. Juliet se retourna et descendit de la berge comme si elle avait enfin entendu la voix dure et autoritaire. Mais elle avait les paupières lourdes, les yeux baissés. Elle refusait de regarder le policier. Sa bouche remuait sans émettre de son. L'homme se tenait devant elle, massif dans son uniforme gris acier. Elle voyait avec dédain ses pieds chaussés de bottes. Elle voyait sa ceinture brillante, son holster. Le pistolet dans le holster. Elle voyait son insigne ridicule, aussi ostensiblement astiqué qu'une étoile de shérif dans un film hollywoodien. Mais elle refusait de regarder son visage, ses yeux fixés sur elle. Pas encore.

Il lui posait des questions d'un ton sévère : pourquoi n'était-elle pas en classe ? que faisait-elle dans cet endroit dangereux ? est-ce qu'elle n'avait pas vu les panneaux avertisseurs ? comment s'appelait-elle ?

Juliet se taisait, les yeux rivés sur le sol. Elle était prise au piège, elle ne pouvait s'enfuir. On ne peut pas échapper à un flic. Il allait l'emmener en prison, il incarnait l'autorité de l'État.

Juliet s'essuya les yeux d'un geste enfantin. Et au même instant, elle devint une enfant, la bouche tremblante. Elle murmura qu'elle était juste venue là pour être seule… « Pour réfléchir à des choses.

– Vous n'avez pas vu les panneaux, mademoiselle ? "Attention :

FAMILLE

Interdit aux piétons". "Zone dangereuse". Il ne faut pas s'approcher trop près de ce fleuve, mademoiselle. Vous devriez le savoir. »

Juliet acquiesça de la tête en tâchant de ne pas pleurer. Oh non ! elle ne pleurerait pas. Et si seulement elle pouvait ne pas dire son nom à ces inconnus hostiles.

À l'arrière de la voiture de police, séparée des agents par un grillage grossier, elle eut envie de demander *Est-ce que je suis en état d'arrestation ?* Mais l'atmosphère était lourde, une plaisanterie serait mal interprétée.

Et les policiers se montraient d'une gentillesse inattendue avec Juliet. Maintenant qu'elle avait obéi, cédé à leur autorité. Celui qui l'avait abordée sur la berge lui disait qu'il avait une fille de son âge, au lycée de St. Mary ; le chauffeur, plus jeune, la regarda dans le rétroviseur et lui dit que ce n'était pas sûr « à cent pour cent » pour une fille comme elle, jeune, jolie et seule, de se balader dans ce genre d'endroit, même en plein jour. « Vous comprenez ce que je veux dire, mademoiselle ? »

On aurait dit Royall ! Juliet murmura : « Oui, monsieur. »

Ils la raccompagnèrent chez elle, à Baltic Street. Elle avait été obligée de leur donner son adresse et son nom. Elle avait vu une lueur de reconnaissance dans leurs yeux quand elle avait dit *Burnaby.*

6

Soudain, pendant l'été humide et infesté de moucherons de 1977, apparut dans leur vie Joseph Pankowski, qu'Ariah appellerait avec une dérision affectueuse le « cordonnier », le « Juif qui aime la musique ». Parfois aussi, le « Juif polonais au setter irlandais ».

Il était difficile de cerner les sentiments d'Ariah concernant M. Pankowski. Elle ordonna à Juliet de ne pas en « souffler mot » à Chandler ni à Royall. Chandler ruminerait et accorderait trop d'importance à une amitié insignifiante entre deux « laissés-pour-compte » ; Royall la taquinerait. Et, avertissait Ariah, elle n'était pas d'humeur à être *taquinée.*

Juliet, qui était plus à l'aise avec les adultes qu'avec les gens de son âge, n'avait jamais rencontré personne qui ressemblât à Joseph Pankowski. Il la fascinait comme aurait pu le faire un être d'une autre

448

LES VOIX

planète. On ne souhaitait rien dire sur soi à un tel être, parce que ce «soi» ne pouvait avoir aucune importance; tout ce qui comptait, c'était lui, mystérieux et insaisissable; on n'osait pourtant pas être impoli et poser des questions. Et il y avait son visage blessé, recousu, qui attirait les regards étonnés des inconnus, et ceux insistants des enfants.

Et le tatouage sur son poignet gauche. Sur lui, jamais Juliet ne poserait de question.

Pourtant Joseph Pankowski n'était pas renfermé. Il parlait facilement, avec plaisir, de certains sujets. Il était nerveux, ardent, bégayait d'enthousiasme. Il avait un faible pour les films hollywoodiens des années 30 et 40, qu'il regardait à la télé, tard le soir. Il se considérait comme un «fan» de base-ball. Il soutenait avec véhémence qu'Eisenhower s'avérerait le «dernier grand» président des États-Unis. (Des années après la mort du sénateur, il critiquait âprement Joseph McCarthy, «le visage hideux de la Gestapo américaine».) Avec son accent prononcé, il embarrassait Juliet en lui disant que sa façon de chanter, surtout les lieder allemands, lui donnait beaucoup de joie. Que le jeu «courageux» d'Ariah au piano lui donnait beaucoup de joie. Que les rencontrer avait «mis de l'espoir» dans sa vie.

M. Pankowski était veuf depuis plusieurs années. Il habitait seul au-dessus de sa cordonnerie de South Quay. (Un quartier «mélangé» à l'est de la ville.) Ses enfants, deux fils, étaient adultes et avaient depuis longtemps quitté la région. Et pas de petits-enfants, quoique tous deux fussent mariés. «Ces jeunes gens pleurnichent, ils disent qu'ils ne veulent pas faire naître des enfants dans un monde aussi mauvais. Comme s'ils étaient nous et qu'ils aient vécu la vie de leurs parents en Europe. Ils nous brisent le cœur.» Ariah, que ces révélations personnelles mettaient mal à l'aise, disait: «Est-ce que ce n'est pas le rôle des enfants de briser le cœur de leurs parents?»

Mais M. Pankowski voulait parler sérieusement. C'était son défaut, aux yeux d'Ariah: il ne pouvait pas ou ne voulait pas plaisanter lorsque les plaisanteries s'imposaient.

Dans Prospect Park, où ils allaient assister à des concerts en plein air, Ariah avançait d'un pas rapide, impatiente de retenir trois sièges. Juliet s'attardait auprès de M. Pankowski, qui marchait avec difficulté, les jambes raides, en se frottant pensivement la nuque. Il dit: «Le "mal",

449

le "bien"… quel est ce vocabulaire ? Dieu permet le mal pour la simple raison qu'Il ne fait aucune distinction entre le mal et le bien. Comme Il n'en fait aucune entre le prédateur et la proie. Ce n'est pas le mal qui m'a fait perdre ma première famille, mais les actes des hommes et – imagine un peu ! une merveille dans son genre, abominable ! – les actes de la vermine qui les dévorait vivants dans le camp de la mort. Et donc il faut rendre à Dieu ce qui est à Dieu et ne pas essayer de penser à ce qu'on a perdu, car c'est la voie de la folie. »

Juliet feignit de ne pas avoir entendu.

Non, elle n'avait pas entendu. Les discours de M. Pankowski étaient peu fiables, surtout quand il parlait avec passion.

Pas ce soir-là dans Prospect Park, mais un autre soir où Ariah était trop loin pour entendre, Juliet demanda hardiment à voir le tatouage sur le poignet de M. Pankowski qui avait seulement l'air d'un peu d'encre sombre en train de s'effacer. Il ne s'effacerait jamais, pourtant, parce qu'il était inscrit dans sa peau même.

B6115

Envie de demander *Pourquoi vivre alors ? C'est Dieu qui est fou.*

7

Pourtant, secrètement, Juliet souhaite croire. Avec désespoir, Juliet souhaite croire.

Une vision ! Comme il en venait parfois à des chrétiens exceptionnels, «dévots».

Ariah avait emmené Juliet dans une dizaine d'églises de Niagara Falls avant ses douze ans, et dans chacune de ces églises Juliet avait observé les autres, les «fidèles», à travers ses doigts entrecroisés levés devant son visage, en se demandant *Sont-ils sérieux ? Est-ce vrai ? Pourquoi est-ce que je ne peux pas éprouver ce qu'ils éprouvent ?* Elle était notamment déroutée par les fidèles qui sanglotaient de joie, le visage déformé et ruisselant de larmes. Et Ariah essayait de croire, elle aussi. Elle proposait souvent ses services bénévoles comme organiste ou directrice de chorale. Mais au bout de quelques mois, ou de quelques

LES VOIX

semaines, elle s'impatientait, l'ennui la gagnait. *Des gens vraiment idiots. Impossible de les respecter.*

Pour avoir grandi à Niagara Falls, Juliet connaissait depuis long-temps la légende locale de Notre-Dame-des-Chutes. L'histoire de la petite laitière irlandaise et de la Vierge Marie qui lui était apparue dans les brumes des Horseshoe Falls. En classe de troisième, elle avait fait à pied un pèlerinage (secret) à la chapelle, située à cinq kilomètres au nord de la ville ; elle a souvent pensé au sort de la petite laitière, recueillie par des catholiques fortunés qui avaient pris soin d'elle pen-dant sa grossesse, avaient adopté son bébé à sa naissance et lui avaient trouvé du travail dans une conserverie familiale. D'un côté Juliet est sceptique mais de l'autre elle s'identifie à la jeune fille de quinze ans méprisée de tous, y compris de ses parents ; la jeune fille attirée par le fleuve où elle espérait nettoyer le monde de sa personne mais à qui a été accordée une vision miraculeuse.

Ariah a dit que Dieu n'est pas et que nombreux sont Ses prophètes.

Juliet est trop la fille d'Ariah pour croire aux superstitions catho-liques, et pourtant : dans sa solitude elle a imaginé qu'une vision pour-rait lui être accordée si elle était complètement sincère dans son désir, son besoin, son intention de mourir.

Je n'aurais pas besoin d'être sauvée si j'avais cette vision. La vision suffirait.

Elle s'est demandé si, au moment de sa mort, alors que sa voiture dérapait, enfonçait la glissière de sécurité et plongeait dans le fleuve, son père, Dirk Burnaby, avait eu une vision.

Et ce que cette vision avait pu être.

Elle s'est demandé *La Mort elle-même est-elle une vision ?*

Par chance, Ariah n'a jamais su que Juliet avait fait un pèlerinage à la chapelle de Notre-Dame-des-Chutes. Ni Chandler, ni Royall qui l'aurait taquinée.

La chapelle avait été une terrible déception. Juliet s'était naïvement attendue à quelque chose de très différent, de plus intérieur, de plus spirituel. Mais Notre-Dame-des-Chutes grouillait de touristes. Il y avait des cars, d'immenses parkings, le restaurant des Pèlerins avec sa boutique de souvenirs ; des curieux trimballant des appareils photo, des

451

FAMILLE

individus malades aux âges et aux infirmités variées, poussés bravement dans leur fauteuil roulant en haut des rampes d'accès, et des fidèles à genoux récitant leur rosaire la tête courbée, ostensiblement humbles et en adoration devant la Vierge colossale, haute de neuf mètres, plantée sur le dôme de la basilique. La statue était en marbre blanc, visible à des kilomètres à la ronde, aussi grotesque qu'un mannequin dans le paysage vallonné ; les brochures promotionnelles assuraient qu'elle pesait plus de vingt tonnes. Juliet avait contemplé le visage féminin insipide de la Vierge, ses yeux aveugles et son sourire aussi mièvre que celui d'une femme dans une publicité télévisée. « Non ! Ce n'est pas toi. »

Quelle trahison de la vision qu'avait eue la petite laitière en 1891 ! Juliet était furieuse pour elle, une jeune fille qui lui ressemblait tant, ardente et désarmée. La petite Irlandaise avait eu sa vision, et on la lui avait volée, on l'avait avilie dans le temps même où on la magnifiait, tout comme on lui avait pris le bébé qu'elle avait eu.

Rien à pardonner. Aime, et tu fais la volonté de Dieu.

Ce matin de juin enseveli de brume où elle se dirige pieds nus comme une pénitente vers le fleuve, Juliet ne pense pas à la chapelle, aux touristes ni à l'énorme statue hideuse, mais à la petite laitière, sa sœur perdue ; et à la vision promise. *Viens ! Viens rejoindre ton père dans les Chutes.*

8

« Qui… ? »

Ariah se réveille en sursaut, croyant qu'il y a quelqu'un dans sa chambre. Ou dans son lit. Dans les draps entortillés. (Quel mari ? En quelle année est-on ?)

Son cœur ridicule cogne. Comme la plupart des insomniaques chroniques, Ariah reste souvent éveillée de longues heures, éprouvantes et interminables, avant de sombrer pendant une heure ou deux dans un sommeil comateux dont elle sort épuisée, le cœur battant, et la bouche desséchée comme si des chevaux de cauchemar l'avaient traînée à travers une plaine âcre et pierreuse.

Ce jour de juin. Ces jours-là. Infamie. Oh ! si seulement elle avait pu dormir de son sommeil comateux tout un mois !

LES VOIX

Un train de marchandises l'a réveillée, ces damnés wagons *Baltimore & Ohio* qui passent en ferraillant dans son crâne. Et un grattement à la porte de sa chambre, timide et insistant. Zarjo?

Ariah crierait bien : « Vilain chien ! » Mais elle sait que cet animal intelligent et sensible qui vit avec elle depuis seize ans, qu'elle a dressé elle-même, n'oserait pas la réveiller pour une broutille.

Quelle heure est-il ? Un peu plus de 6 heures. Un matin couvert. Quelques oiseaux lancent des appels hésitants dans la jungle du jardin de derrière. Un moment, hébétée, Ariah n'arrive pas à se rappeler si l'on est dans une saison de temps chaud ou froid ; si ses deux fils l'ont quittée, ou seulement Chandler.

Non. Royall est parti, lui aussi.

Mais il y a Juliet : sa fille.

Et il y a Zarjo, son meilleur ami, qui, sentant qu'elle est réveillée, gratte plus énergiquement à la porte et se met à gémir.

9

Entre nous il y a un secret.

Il y a des années qu'il l'observe. Pas tout le temps, pas tous les jours. Mais souvent. Juliet ne l'a jamais cherché consciemment, elle sent qu'il ne faut pas. Ariah lui a recommandé de ne pas « regarder dans les yeux » les inconnus ni tous ceux « qui risquent de faire du mal à une jeune fille ». Et donc Juliet a timidement détourné le regard, Juliet a délibérément détourné la tête, en apprenant à ne pas savoir, à ne pas avoir conscience. De plus en plus elle vit dans la musique. Dans sa tête, il y a continuellement de la musique, venue d'une source mystérieuse comme la lumière vient d'une source mystérieuse appelée « soleil »… « le soleil ».

N'empêche qu'il est là. Le garçon au crâne rasé. Il attend.

Juliet a pris conscience de sa présence, de ce qu'elle avait d'étrange, de particulier, quand elle était en fin d'école primaire. Se rendant compte lentement, aussi progressivement que changent les saisons, qu'elle le voyait juste un petit peu trop souvent, toujours à peu près à la même distance, en train de l'observer en silence : dans Baltic Street, dans la 48ᵉ Rue, dans Ferry Street. Dans Garrison (où il habite une maison de bardeaux, grande comme une grange, au coin de Veterans' Road). Elle le voit quelquefois lorsqu'elle attend à l'arrêt du bus pour aller dans

453

FAMILLE

le centre. Et devant la bibliothèque publique. Peut-être est-ce lorsqu'elle flâne en rêvant dans Baltic Park, à son retour du lycée, qu'elle l'aperçoit le plus souvent.

Elle a rarement vu le garçon au crâne rasé l'observer quand elle est avec d'autres gens. Jamais, en fait. Seulement quand elle est seule.

Un garçon costaud, impassible, laid. Qui ne sourit pas. Elle lève les yeux pour saisir, à une dizaine de mètres ou davantage, quelque chose de fixe et de fanatique dans son regard.

Entre nous il y a un secret.

Un jour tu sauras.

Pourquoi Juliet n'a-t-elle parlé à personne, pas même à Ariah, à Chandler, à son frère Royall, du garçon au crâne rasé ? Elle aurait pu en parler à un professeur. Elle aurait pu en parler à un camarade de classe, à une amie.

Pourquoi, Juliet préfère ne pas y penser.

Depuis l'enfance elle sait apparemment que parler du garçon au crâne rasé à quelqu'un d'autre ne servirait à rien.

Il ne l'a jamais abordée. Il n'a jamais prononcé son nom avec dérision, comme les autres garçons. Il ne l'a jamais tourmentée, menacée.

Un jour tu sauras.

Depuis un an, Juliet voit le garçon, qui est maintenant un jeune homme massif, aux concerts de la chorale du lycée et ailleurs. Elle l'a même vu (ce qui est plus alarmant, bien sûr) dans la salle de spectacle du lycée, pendant les répétitions. Stonecrop s'assoit toujours seul au dernier rang, dans l'ombre. Il est grand mais peut encore passer pour un lycéen. Juliet veut croire qu'il ne la déteste pas, ne souhaite pas la tourmenter ou la tourner en ridicule. Alors que d'autres garçons murmurent *Juli-ette! Burn-a-by!* en faisant des bruits de succion obscènes, le garçon au crâne rasé ne dit rien. Il attend.

Ceci aussi est un secret : il y a plusieurs années de cela, quand Juliet avait douze ans, Stonecrop est intervenu lorsqu'une bande de garçons s'est mise à tourmenter Juliet sur le chemin de l'école.

C'étaient des élèves de troisième qui s'appelaient Mayweather, Herron, D'Amato, Sheehan. Ils asticotaient et harcelaient d'autres filles, pas seulement Juliet, mais Juliet était devenue leur cible favorite.

454

LES VOIX

Pourquoi me détestent-ils, est-ce que c'est mon visage? Mon nom? Ces garçons étaient bruyants, grégaires, et ils en voulaient à Juliet de son apparente indifférence. Son air distrait et rêveur les exaspérait. Sa manie de regarder par terre, ou au loin. (D'entendre de la musique dans sa tête?) Les cicatrices sur sa lèvre et son front semblaient les intriguer. C'étaient des garçons qui avaient leurs propres cicatrices. Ils la frôlaient, la bousculaient. Comme une bande de chiens. *Juli-ette. Hé! qui t'a mordu la figure?* Sans savoir si c'était une fille défigurée, un monstre, ou si elle était attirante, sexy. Ils se mettaient au défi de l'embrasser. *Burn-a-by! Ba-lafrée!* Quand aucun adulte n'était présent, leurs jeux se faisaient plus brutaux. Leurs visages s'empourpraient, une faim vorace brillait dans leurs yeux. Cet après-midi-là, Juliet n'avait pas réussi à les éviter et ils l'avaient poussée dans une ruelle perpendiculaire à Baltic Street, à deux pâtés de maisons à peine de chez elle. Mayweather tira les cheveux de Juliet, Herron tira sur le col de son pull neuf. Si jusque-là elle avait entendu de la musique dans sa tête, imaginé sa voix en train de chanter, c'était un réveil brutal, ces garçons railleurs autour d'elle. Pourquoi ne pouvait-elle pas crier, pourquoi l'affolement lui nouait-il la gorge? Elle voulait désespérément s'échapper mais n'arrivait qu'à les pousser, à frapper faiblement leurs mains affairées. Lorsqu'elle tenta de s'enfuir, ils lui barrèrent le passage, l'encerclèrent. En riant fort, en ricanant, en s'excitant l'un l'autre. *Juli-ette! Juli-ette! Burn-a-by! Qui t'a mordu la figure?* Le pull de Juliet fut déchiré, ses livres de classe jetés à terre et piétinés. Jamais leurs attaques n'avaient duré aussi longtemps, Juliet commençait à s'affoler. Elle savait ce que les garçons peuvent faire aux filles: si les filles sont seules et sans défense. Elle n'avait pas de connaissance précise mais elle savait.

Elle s'efforçait pourtant de ne pas pleurer. Ne jamais donner cette satisfaction à ses ennemis, enseignait Ariah. Ne jamais leur montrer ses larmes.

« Hé! Petits merdeux! »

Arriva dans l'allée, au pas de course, poings en avant, Bud Stonecrop, le fils du flic, qui fonça sur la bande comme un pit-bull. Il agit vite et sans avertissement. Il prit la tête de Clyde Mayweather dans une de ses grosses mains, comme on empoignerait un ballon de basket, et il l'écrasa contre celle de Ron Herron. Il frappa le petit D'Amato de son poing, en lui mettant le nez en sang. Il envoya son genou dans l'entre-

455

FAMILLE

jambe souffreteux de Sheehan, et enchaîna avec un coup de pied dans le ventre. Les garçons reculèrent en titubant, stupéfaits par cette attaque, et par sa férocité. Ceux qui pouvaient encore courir s'enfuirent en braillant. Stonecrop faisait quinze bons kilos de plus que le plus costaud des garçons de troisième. Haletant et silencieux, il attendit près de Juliet qui, recroquevillée sur elle-même, se protégeait encore la tête contre ses assaillants. Son pull, un cardigan rose brodé qu'elle avait acheté avec l'argent gagné à faire du baby-sitting, était déchiré au cou, et des boutons manquaient. Stonecrop marmonna quelque chose comme : « Putains de salopards. J'aurais dû les tuer. » Il se baissa pour ramasser un des boutons de Juliet. Puis un autre. C'étaient des boutons de nacre rose, minuscules dans sa paume énorme. Voyant que Juliet avait du mal à maintenir fermé son pull déchiré, il ôta son tee-shirt et le lui tendit en grognant quelque chose comme : « Tiens. »

Juliet le prit et l'enfila, les gestes gourds. Un tee-shirt de coton gris, pas propre, humide sous les bras, aussi volumineux qu'une tente sur Juliet. La manche droite lui pendait au milieu du bras. Avec embarras, Juliet murmura : « Merci. » Le garçon au crâne rasé était un peu plus âgé que Royall, dix-huit ans tout au plus, mais avec le torse large et musclé d'un adulte. Juliet eut l'impression fugitive (elle détournait la tête, ne le regardait pas) qu'il était couvert d'une sorte de fourrure, comme un ours. Sur elle, le tee-shirt sentait la sueur salée et l'oignon frit. Juliet le porterait jusqu'au 1703, Baltic Street et rentrerait chez elle sans se faire repérer par sa mère d'ordinaire vigilante (Ariah était au fond, avec un élève) et plus tard ce soir-là elle le laverait tendrement à la main et le ferait sécher dans sa chambre et l'emporterait le lendemain dans un sac en papier marqué BUD STONECROP et le déposerait sur la balustrade de la véranda délabrée du 522, Garrison Street.

Il n'y aurait pas d'autre contact entre le garçon au crâne rasé et Juliet Burnaby, aucun mot échangé, pendant plus de quatre ans.

10

Stonecrop ! Dans le quartier de Baltic Street, à la fin des années 60, il avait commencé à se faire une réputation dès le collège. Il était *Stonecrop le fils du flic.* Parfois, pour ceux qui connaissaient sa famille, et son père, le brigadier de police, il était *Bud, Jr.*

LES VOIX

Mais on n'appelait jamais Stonecrop de ce nom-là. On ne l'appelait jamais d'aucun nom. On évitait Stonecrop, et même de le regarder. On n'avait pas davantage envie que Stonecrop vous regarde, enregistre votre présence dans sa conscience apparemment vacillante mais vigilante, que l'on aurait souhaité qu'un prédateur de n'importe quelle espèce, un requin par exemple, n'enregistre votre existence. Dans l'enfance, cet instinct précoce qui apprend à survivre en devenant invisible.

À douze ans, Stonecrop mesurait un mètre quatre-vingts et pesait quatre-vingts kilos, et il continuerait à grandir toute son adolescence. Même parmi les costauds de sa famille, il se distinguait. Il avait la carrure d'un boudin vertical dilaté à faire éclater son enveloppe, et son visage en avait la teinte, dur et brûlant. Son sourire naturel était une grimace. Sa tête semblait avoir la densité et la durabilité d'un bloc de béton. Ses cheveux, couleur pierre, étaient rasés grossièrement sur le derrière et les côtés (par un coiffeur qui se trouvait être un oncle) et coupés court sur le dessus, rudes et raides comme des chaumes de maïs en hiver. Il avait de petits yeux, gris acier, alertes comme des billes de flipper. Ses dents décolorées ressemblaient à des pelles, et aucun coup ne pouvait briser ou faire saigner son nez, aplati à la naissance. On racontait que, dès l'école primaire, des poils rudes d'une épaisseur inquiétante avaient commencé à pousser sur son corps trapu. Sa bite grossissait de semaine en semaine. Dans les vestiaires, il fut noté qu'elle était toujours à moitié en érection ; les autres garçons apprirent vite à éviter de le regarder avec la terreur instinctive d'un individu armé d'un canif de six centimètres opposé à un adversaire muni d'une machette. Pourtant, en présence des filles, Stonecrop était réservé, distant ou indifférent. Les filles disaient de lui qu'il leur donnait *la chair de poule.*

Stonecrop était le plus jeune fils du brigadier Bud Stonecrop, un policier controversé, connu dans la région, qui avait pris sa retraite jeune. Les Stonecrop formaient un clan important à Niagara Falls, alliés par mariage aux Mayweather et aux O'Ryan, mais les alliances entre familles, et notamment entre cousins, étaient inconstantes. Les Stonecrop de Garrison Street n'étaient pas invariablement en bons termes avec les Stonecrop de la 53e Rue ni avec leurs voisins Mayweather. Bud Junior n'était un ami sûr que lorsqu'il avait envie de l'être ; mais on pouvait toujours compter sur lui pour être un ennemi

457

FAMILLE

sûr et dangereux. Pendant sa scolarité, il fréquenta une petite bande de garçons plus ou moins de sa taille, de son milieu et de son tempérament, mais le plus souvent Stonecrop était seul, un garçon renfermé. Il manquait souvent les cours mais n'avait jamais de notes inférieures à C moins. Aucun professeur n'aurait souhaité le recaler et avoir à lui «enseigner» deux ans de suite. Pourtant il était souvent sérieux, et même sombre, en classe. Il contemplait ses manuels d'un air renfrogné comme s'ils étaient écrits dans une langue étrangère où il repérait de temps à autre des mots familiers. Il quitta brusquement le lycée après son seizième anniversaire, en classe de première, mais avant cela, il avait insisté pour qu'on l'autorise à suivre un cours pour filles dont tout le monde se moquait, le cours d'«économie domestique»; là, à l'étonnement et au ravissement de ses camarades de classe et de leur professeur, Stonecrop se révéla un excellent cuisinier.

Cuisinier! Mais personne ne riait.

On racontait que Stonecrop avait eu la trachée abîmée pendant une bagarre et que c'était pour cela qu'il n'émettait que des marmonnements et des grognements; en fait, Stonecrop avait une voix grave et rauque mais tendance à bégayer par timidité. C'était Bud Senior, son père, qui avait été gravement blessé à la gorge et ailleurs: on lui avait tendu une embuscade sur le parking de chez Mario, des «nègres cocaïnomanes» qui, par représailles, l'avaient battu quasiment à mort à coups de démonte-pneus. (C'était ce que disait le rapport de police officiel. Au commissariat de quartier du premier arrondissement où il avait été affecté presque toute sa carrière, et dans la famille Stonecrop, on connaissait d'autres faits sur le tabassage et sur l'état physique et mental du brigadier.) Il avait pris sa retraite, avec les honneurs et une pension d'invalidité à cent pour cent, à l'âge de quarante-deux ans.

On s'attendait que Bud Junior entre dans la police, comme son père. Il y avait des agents de police, des contrôleurs judiciaires et des gardiens de prison dans la famille. Mais dès l'âge de onze ans Stonecrop avait été attiré par le Bar & Grill que possédait son oncle Duke dans la 4e Rue; après avoir quitté le lycée, il y travailla à plein temps. Le Duke's Bar & Grill se trouvait à proximité du commissariat du premier arrondissement et de l'hôtel de ville et était depuis longtemps un lieu de rendez-vous apprécié des agents et des fonctionnaires de la police de

458

LES VOIX

Niagara Falls ainsi que des vétérans surmenés du bureau du procureur. Il y avait toujours un contingent changeant de femmes chez Duke, dont beaucoup de divorcées esseulées. Dès le début de la soirée, dans le bar comme dans le restaurant, l'atmosphère était bruyante, enfumée et conviviale. Les juke-box de l'un et de l'autre passaient à plein volume du rock brut des années 50 et de la country. La télé, toujours allumée au-dessus du bar, diffusait des émissions sportives, bien que personne ne pût l'entendre. Dans la cuisine du restaurant, Stonecrop et ses collègues écoutaient un rock assourdissant des années 70 sur un transistor. Les anciens de la cuisine semblaient avoir de l'affection pour Stonecrop, le neveu du propriétaire; il était prêt à faire ce qu'ils appelaient le sale boulot, vider les assiettes, sortir les poubelles, récurer la graisse et faire la vaisselle. Pour le récompenser, le cuisinier lui laissait parfois préparer des plats, sous sa supervision.

Naturellement, personne chez les Stonecrop n'approuvait que Bud Junior travaille en cuisine. Un garçon de ce gabarit, et qui n'était pas idiot? (Pas si idiot que ça, en tout cas. Il était au moins aussi intelligent que son vieux qui était sorti avec son diplôme de l'école de police et avait mené une carrière plutôt lucrative de flic à «contacts».) Ils faisaient continuellement pression sur Stonecrop pour qu'il se trouve un «vrai» boulot, un boulot «sérieux», «digne d'un homme». Grâce à des parents, il travailla un temps pour le Service des parcs et des loisirs mais faillit se trancher le pied droit avec une tronçonneuse. Pendant tout un épouvantable hiver, embauché comme sauveteur par le comté du Niagara, il partit à bord de chasse-neiges effectuer des missions d'urgence de dix heures. Il avait obtenu l'un de ses emplois les mieux payés dans un abattoir de la région, mais il avait détesté ce travail de zombi au point de finir par boire avec des types plus âgés, bien que mineur à l'époque, et de rentrer chez lui ivre, ou de ne pas rentrer du tout. À l'âge de dix-sept ans, Stonecrop frisait le mètre quatre-vingt-dix et pesait cent kilos. Sa famille envisagea donc de le former à la boxe. Son invalide de père, Bud Senior, rêva bientôt d'en faire le prochain champion du monde des poids lourds, celui qui rendrait enfin la couronne à la race blanche. (Il n'y avait pas eu un seul champion américain blanc depuis que Rocky Marciano avait pris sa retraite, invaincu, en 1956.) Mais Stonecrop s'avéra un boxeur peu convaincu. Il s'était battu dans la rue à l'instinct,

459

FAMILLE

avec une tendance à lancer des droites puissantes de l'épaule ; il n'avait donc aucune patience, et encore moins de talent, pour les stratégies plus sournoises du direct, de l'esquive ou du jeu de jambes. Stonecrop pouvait intimider un adversaire par son gabarit, uniquement si cet adversaire n'était pas aussi ou plus costaud que lui. Au club de Front Street où il s'entraînait sans conviction pour les Golden Gloves, son premier tournoi de boxe amateur (qui devait se dérouler à Buffalo), Stonecrop devint boudeur, maussade. Ses petits yeux s'injectèrent de sang, ses lèvres enflèrent et se craquelèrent. Il avait du mal à respirer par le nez, qu'il avait tout en cartilage, plus plat que jamais ; au bout de quelques rounds, il haletait comme un bœuf. Son entraîneur octogénaire le morigénait comme un jeune bœuf : « La boxe, ça n'est pas se faire cogner, petit. C'est cogner le type d'en face. Tu piges ? » Stonecrop n'avait pas les mots pour protester. Maladroit et muet sur le ring, il laissait pleuvoir les coups sur sa tête, son visage et son torse non protégés. Son corps massif et blanc, couvert d'une fourrure humide, dégageait un air de dignité stoïque et blessée, semblait ruminer sur son sort étrange. *Je ne veux pas frapper les autres. Je veux les nourrir.*

Lors de son premier combat des Golden Gloves, à l'Armory de Buffalo, Stonecrop s'écroula au bout de cinquante secondes, assommé pour le compte par un poids lourd noir de seize ans, et déclaré KO par un arbitre consterné.

C'est ainsi que Stonecrop fut autorisé à quitter définitivement le club de boxe et à retourner au Duke's Bar & Grill, où il travailla davantage. (Ce qui n'empêchait pas son oncle de le payer à peine plus que le salaire minimum.) Le père de Stonecrop, de plus en plus malade, souvent à demi paralysé, ne lui pardonna pas et ne lui posa jamais de question sur son travail au restaurant. Lorsque le cuisinier donna sa démission, Stonecrop le remplaça. Il apprit à exécuter les commandes rapidement et avec une assurance croissante. Mais au bout de quelques mois, le menu du gril l'ennuya, hamburgers et cheeseburgers bien gras, saucisses, œufs frits, bacon, toasts, le tout frit dans une graisse miroitante. Dès l'âge de dix ans, il avait fait la cuisine chez lui en l'absence de sa mère, et il avait des idées bien à lui sur la gastronomie, quoi qu'en dise son oncle. Le visage renfrogné à force de concentration, en tablier taché de graisse et toque de cuisinier, épaules voûtées et tête baissée sur

LES VOIX

le billot à découper, Stonecrop se risqua à introduire des oignons des Bermudes, des poivrons et des piments dans la viande hachée; il expérimenta même de nouvelles façons de préparer le bacon canadien, le poisson surgelé Bird's Eye, les ailes de poulet et le poulet frit, les frites. Stonecrop contraria son oncle en utilisant de nouvelles sortes de pickles, de chips et de coleslaw. Il mit au point sa propre version épicée du vclouté de tomate Campbell's, un classique du menu, en y ajoutant épices et morceaux de tomates fraîches. Il mit au point ses propres plats italiens, spaghetti et boulettes de viande, principalement. Son *corned-beef hash* et son chili du chef trouvèrent peu à peu des amateurs. Petit à petit, Stonecrop s'intéresserait à des «salades» autres que la laitue iceberg, et aux légumes frais plutôt que congelés ou en conserve. Avec perversité, il en vint à préférer le cheddar au fromage fondu en tranches pour les hamburgers, ce qui réduisait la marge bénéficiaire de Duke's. Il avait des idées bien à lui sur la côte de bœuf, le steak *chicken-fried*, la bavette marinée et les côtes de porc. Le porc aux haricots, le flétan pané, les croquettes de cabillaud, et même la purée. Lorsque des clients commencèrent à faire des remarques sur, ou à se plaindre du goût exotique des hamburgers de Stonecrop, son oncle Duke lui tomba dessus. «Espèce de petit branleur, qu'est-ce que c'est que ça? Qu'est-ce que c'est que cette merde?» Nettement plus petit que Stonecrop et pesant bien quinze kilos de moins que lui, Duke éventra un hamburger pour mettre au jour des rondelles d'oignons compromettantes, des morceaux de poivron et de piment. Il en prit une bouchée, mâcha d'un air soupçonneux, prit une autre bouchée, arrosa de ketchup ce qui restait et goûta de nouveau. «Ma foi, ce n'est pas mauvais, concéda-t-il. C'est différent, on dirait un peu de la bouffe de métèque. Mais on mettra ça sur la carte comme une spécialité: le Burger de Bud. Et la prochaine fois que tu fais des expériences dans ma cuisine, petit, parle-m'en d'abord ou je te casse la gueule.» Le visage empourpré, maussade, Stonecrop essuya son visage en sueur sur son tablier et articula en silence *Je t'emmerde*, ce qui fit rire la cuisine aux éclats.

Les mois passant, Stonecrop commença à avoir des clients qui aimaient sa cuisine. Les procureurs adjoints épuisés et les divorcées esseulées furent parmi les premiers.

Plus la santé de Bud Senior se détériorait, moins Bud Junior passait

FAMILLE

de temps de chez lui. Lorsqu'il ne travaillait pas au restaurant, il roulait à travers la ville, suivait le fleuve jusqu'à Buffalo, puis revenait, en décrivant une boucle pleine de méandres. Il avait une Thunderbird d'occasion qu'il avait achetée avec l'intention de la réparer mais qu'il n'entretenait pas. Il rôdait parfois à pied dans le quartier. Il n'invitait jamais de filles, ne manifestait aucun intérêt pour les filles. (En apparence. On supposait qu'il avait peut-être une vie secrète.) Avec sa carrure, son visage renfrogné, aplati, abîmé, ses yeux couleur d'eau de vaisselle et ce crâne brutalement rasé, Stonecrop exerçait un attrait pervers sur certaines des clientes du Duke's Bar & Grill, que l'on voyait parfois attendre (dans le bar) la fermeture de la cuisine à 23 heures pour emmener Stonecrop chez elles. Bien que la mère du garçon au crâne rasé eût disparu depuis plus de dix ans, ces femmes parlaient souvent de lui en l'appelant « ce pauvre garçon sans mère », « ce pauvre orphelin ».

Le père de Stonecrop, invalide, était surtout soigné par une sœur aînée célibataire. Lorsqu'il avait été en meilleure santé, Bud Senior avait fait signer à tous les membres de sa famille un document où ils promettaient de ne jamais le mettre dans une maison de retraite. Chez les Stonecrop, comme dans la plupart des familles du quartier de Baltic Street, on prenait rarement une mesure aussi désespérée. *Mieux vaut mourir chez soi, près des siens.*

Mieux pour qui, on ne se posait pas la question. Certaines choses ne se faisaient pas, tout simplement, par devoir et par sentiment de culpabilité.

Il fut observé que la détérioration de l'état de son père rendait Stonecrop de plus en plus tendu et irritable. Il s'était opposé à Bud Senior pendant des années mais peut-être l'aimait-il, en fin de compte ? Stonecrop était un garçon mystérieux, qui devenait un jeune homme mystérieux. Il avait laissé tomber ses vieux amis. Il lui arrivait de prendre son week-end et de disparaître. Chez Duke, où ses plats étaient de plus en plus appréciés et où de nouveaux clients rejoignaient les habitués, il claquait la porte de la cuisine quand son oncle le froissait. Duke le renvoyait, et le réembauchait ; et le renvoyait de nouveau. Mais de nombreux restaurants des environs ne demandaient qu'à l'engager, à un

LES VOIX

bon salaire, si bien que Duke se dépêchait de le réembaucher, en l'augmentant à contrecœur. Stonecrop devait avoir un grand sentiment de ses obligations familiales parce qu'il revenait toujours chez Duke, comme un gros chien battu revient avec méfiance chez son maître apparemment repentant. «Ce petit salopard sait ce qu'il veut, disait Duke, approbateur malgré lui. Mais le restaurant est à moi.» Les Stonecrop n'avaient pas coutume de s'exprimer avec tact, surtout en affaires. Lorsque Duke traitait son robuste neveu de «trou du cul», «petit merdeux», «raclure», «branleur», Stonecrop réagissait avec indifférence, sachant qu'il s'agissait de termes d'affection indirects; mais lorsque son oncle le traitait d'«idiot», de «taré» ou de «sourd-muet» en présence de témoins, Stonecrop réagissait avec violence. Il pouvait arracher son tablier, le jeter par terre et quitter le restaurant. Il pouvait casser des assiettes, renverser des plats fumants ou des assiettes pleines de déchets. Un jour, on le vit empoigner un énorme poêlon brûlant et marcher sur son oncle avec l'intention apparente de le tuer. Des agents de police qui se trouvaient dîner dans le restaurant durent se mettre à plusieurs pour l'immobiliser. «Si on ne l'avait pas retenu, ce cinglé brisait le crâne de Duke.» Cet incident entra aussitôt dans la légende familiale des Stonecrop, qui le racontèrent souvent, dans l'hilarité générale.

Un soir, Royall Burnaby et sa sœur Juliet dînaient chez Duke, dans un box contre le mur de façade, et Stonecrop était planté sur le seuil de la cuisine, le visage sombre et impassible. C'était un soir de novembre 1977, plusieurs semaines après que Royall avait quitté sa famille; Juliet était venue lui rendre visite dans son nouvel appartement de la 4ᵉ Rue. Le frère et la sœur parlaient ensemble à voix basse. «Tu manques à maman, dit Juliet. Elle n'arrête pas de soupirer comme si elle avait le cœur brisé.» Royall haussa les épaules. Il tapotait la table en Formica de son couteau et de sa fourchette, marquant le rythme du rock qui passait sur le juke-box, le classique de Bill Haley, «Shake, Rattle and Roll». Depuis qu'il avait quitté Baltic Street, Royall faisait plus âgé; même lui se trouvait plus indépendant et plus secret. Il se sentait beaucoup moins seul qu'il l'avait craint. «Je crois que tu me manques à moi aussi», dit Juliet, baissant la tête comme si elle était gênée.

Le disque prit brusquement fin, laissant Royall exposé. «Ça ne signifie pas qu'on aime moins quelqu'un, qu'on ne vive pas avec,

463

FAMILLE

dit-il avec maladresse. Cela veut juste dire…» Sa voix s'éteignit, hésitante.

Royall avait commandé un grand bol de chili, dans lequel il avait
émietté des crackers, et Juliet avait commandé une omelette espagnole.
Le bol de Royall comme l'assiette de Juliet avaient été préchauffés.
Dans l'assiette de Juliet, en plus de l'omelette, il y avait une garniture
de jeunes carottes et de persil, et de minces tranches de melon disposées
comme des pétales. L'omelette était assaisonnée d'épices exotiques,
garnie de tomates, d'oignons, de poivrons verts et rouges sautés, si
copieuse que Juliet avait du mal à la finir. Quel énorme repas! C'était
un peu comme si l'on ouvrait un tiroir familier et qu'il en sorte quelque
chose de magique qu'on ne reconnaissait pas tout à fait. Et le cuisinier
leur avait envoyé une grosse corbeille de petits pains tout chauds. La
serveuse avait expliqué: «Il dit que c'est pour vous, en supplément.
Gratuit.» Royall jeta un regard sceptique sur l'assiette de Juliet. À voix
basse, il dit: «Ça a l'air plutôt baveux. C'est bon?» Juliet répondit:
«Je crois qu'une omelette doit être moelleuse à l'intérieur. Repliée et
moelleuse à l'intérieur.» En cuisinière pressée, Ariah avait toujours préparé les omelettes familiales en se contentant de battre les œufs, de les
verser dans une poêle et de laisser le tout gonfler, blanchir et se figer
jusqu'à ressembler à une sorte de crêpe; ses omelettes avaient souvent
un goût de brûlé. Royall avait grandi avec des goûts simples et gros-
siers; il ne faisait confiance qu'aux œufs à la consistance ferme, voire
caoutchouteuse. Juliet dit: «C'est l'omelette la plus délicieuse que j'aie
jamais mangée. Tu veux goûter?
    – Non merci! Je te crois sur parole.»
    Ils virent que Stonecrop, le cuisinier au crâne rasé qui n'avait qu'un
an ou deux de plus que Royall, était sorti de la cuisine et se tenait à
présent derrière le comptoir, où il s'apprêtait à nettoyer le gril. Il avait
observé Royall et Juliet à la dérobée mais à présent il semblait ne faire
aucune attention à eux. Voulant se montrer poli, Royall lui lança: «Hé!
Bud. C'est extra. Nos deux plats. C'est toi qui les as faits?» Royall
avait les meilleures intentions du monde, mais le visage empourpré
de Stonecrop s'assombrit comme si on l'avait insulté. Il rentra avec
brusquerie dans la cuisine, dont les battants claquèrent derrière lui.
Royall le suivit des yeux, frappé par le regard dur, angoissé, qu'il lui

avait jeté avant de se détourner. Juliet pliait sa serviette en silence. Elle avait mangé environ les deux tiers de l'omelette, un petit pain presque entier et toute la garniture disposée avec amour dans son assiette.

Royall marmotta : «Merde. Il faut croire que je n'ai pas dit ce qu'il fallait.»

Lorsqu'il raccompagna Juliet, il ajouta : «Ce type, Bud Stonecrop. Il me regarde bizarrement des fois. Toi aussi, Juliet?» Juliet murmura qu'elle ne savait pas trop. «Comme s'il y avait quelque chose entre nous, continua Royall. Mais... quoi?» Royall n'avait pas trop envie de penser que Stonecrop, dont le bruit courait qu'il était bâti comme un cheval, en pinçait pour sa sœur de quarante kilos, âgée de quinze ans.

11

Honte, honte sur ce nom. Tu connais ton nom.
Viens rejoindre ton père dans les Chutes.

C'est l'anniversaire de sa mort. Les voix sont plus nettes, à présent. Moins confuses, et moins réprobatrices. Comme si ce que Juliet allait faire, elle l'avait déjà accompli. Comme la petite Irlandaise de quinze ans. Pénitente, haletante, pieds nus engourdis dans l'herbe mouillée.

Juliet! Burn-a-by! Viens à nous.

Le garde-fou au-dessus des Chutes. Ses mains qui agrippent le fer mouillé. Son visage mouillé par les embruns. La course des rapides écumeux comme les muscles d'une énorme bête roulant sous la peau. Combien de fois Juliet a-t-elle vu le Niagara de près, et pourtant il est différent à cette heure incertaine qui précède le matin, un ciel à l'est où s'amoncellent des nuages couleur de béton sale mais teintés d'une faible lumière bronze doré, il est différent, ou Juliet est différente, exaltée et pourtant sombre, et pourtant souriante. Regrettant seulement de ne pas avoir laissé de mot à sa famille, et maintenant il est trop tard.

Pas question de revenir en arrière.

Burn-a-by! Burn-a-by! Viens.

Les voix sont plus sympathiques, de près. Juliet a moins peur, maintenant. Elle n'est pas malheureuse. Ce n'est pas le malheur ni même la tristesse ou le chagrin qui l'ont attirée ici. C'est la certitude que c'est bien, que c'est le bon endroit, et le bon moment. Les voix des Chutes

FAMILLE

ne menacent pas, et ne réprimandent pas. Elle les entend maintenant comme une musique. Comme *My country 'tis-of-thee*[1] qu'elle avait chanté avec d'autres enfants à l'école primaire de Baltic Street, et qui lui avait valu les compliments de la maîtresse de musique bien que Juliet n'eût pas compris ce que voulait dire *'tis-of-thee*. Comme *Douce nuit sainte nuit dans les cieux l'astreluit veille seul le couple sacré doux enfant* qui était le plus beau des chants de Noël qu'elle eût chantés mais sans avoir aucune idée ce que signifiait l'*astreluit* ni même *couple sacré doux enfant*, parce qu'elle l'avait entendu comme une seule phrase, et il y avait *anges avertis* et *alleluia* entièrement mystérieux pour elle, codifiés, comme le vaste monde lui-même, dans le langage adulte. Aie foi en ce vaste monde, fie-toi à lui pour te réconforter et te protéger, Juliet avait essayé, elle avait essayé d'avoir foi, mais elle avait échoué. Mais maintenant elle allait se racheter, comme d'autres l'avaient fait, dans les Chutes.

Il n'est pas encore 6 heures et demie. Si le ciel n'était pas couvert, ce serait l'aube. La berge du fleuve, face à Goat Island, qui grouillera de touristes dans quelques heures, est encore déserte. Un épais brouillard jaunâtre se dissipe lentement mais le vent souffle des nuages tourbillonnants vers l'ouest et sous le regard de Juliet une faille se creuse soudain à l'est dans la masse des nuages et une lueur phosphorescente s'allume sur le fleuve et hypnotisée et exaltée comme elle l'est Juliet souhaite croire que c'est un signe ; que c'est la vision destinée à elle seule, comme la petite laitière irlandaise a eu sa vision, autrefois ; un éclair de soleil et, montant des gorges, une silhouette géante, imprécise, des colonnes de brume presque opaques qui se forment, se dissolvent et se reforment continuellement. Dans le grondement assourdissant des Chutes le murmure presque inaudible mais reconnaissable entre tous *Juliet ! Juliet ! Viens viens me rejoindre il est temps.*

Juliet sourit. Il est temps !

À l'aveuglette, elle longe le garde-fou, en l'agrippant de ses deux mains. Instinctivement, comme un animal pris au piège cherchant l'issue la plus pratique. Comme s'il pouvait y avoir une petite porte comme dans un conte de fées, qu'elle pourrait ouvrir et franchir. Mais le garde-fou lui arrive à la taille et il n'y a pas de petite porte et elle va

1. Chant patriotique américain. Voir note p. 482. (*N.d.T.*)

466

LES VOIX

donc devoir se hisser par-dessus et ses jeunes muscles ardents se tendent pour accomplir cet exploit comme elle a tenu son corps prêt en prenant son inspiration pour chanter et elle a chanté de tout son cœur et été rachetée par le chant, toute honte abolie, même la malédiction de son nom oubliée. Il est temps !

Et à ce moment-là, quelqu'un s'approche d'elle. Si vite que Juliet ne l'a pas vu avant cet instant. Il dit des mots qu'elle ne déchiffre pas. Il empoigne sa main, détache ses doigts du garde-fou. Ce doit être... Royall ? Son frère qui la saisit avec cette familiarité, comme s'il avait le droit ? Juliet se débat avec la frénésie d'un chat pris au piège, ce n'est pas Royall mais le garçon au crâne rasé, Stonecrop, énorme, deux fois grand comme elle, et qui grogne quelque chose comme : « Non ! Viens. » Quelques secondes lui suffisent pour écarter Juliet du gardefou. L'entraîner loin de la berge, dans l'herbe. Stonecrop est si fort et utilise sa force avec si peu d'hésitation que Juliet a l'impression d'avoir été soulevée par une force élémentaire, le vent ou un tremblement de terre, sa volonté individuelle annulée, aussi peu importante qu'un moineau blessé. Elle proteste : « Lâche-moi ! Tu n'es pas mon frère. » Elle est furieuse, ce jeune homme n'a pas le droit d'intervenir, pas le droit même de la toucher. Il halète comme un animal essoufflé. Il ne s'est pas rasé depuis un moment, le bas de son visage brille d'un éclat bleu acier brouillé. Il a un air embarrassé, consterné, stoïque et résolu. Il ne la lâchera pas, bien qu'elle se débatte, lui décoche gifles et coups de pied, essaie de griffer ses mains. « Lâche-moi ! Laisse-moi tranquille ! Tu n'as pas le droit ! Je te déteste ! »

Mais il est trop tôt. Prospect Park est désert. Personne ne voit, et personne n'empêchera Stonecrop de soulever Juliet de terre comme on pourrait soulever un petit enfant qui résiste, de l'emporter malgré les coups de pied et de coude qu'elle essaie de lui donner, bras massifs refermés autour d'elle, et de lui faire traverser un bout de parc pour la conduire jusqu'à sa Thunderbird et à la sécurité.

12

« Maman ? Où est Zarjo ?

– Dans le jardin de derrière.

– Non, il n'y est pas.

FAMILLE

– Bien sûr que si, chéri. Ne dis pas de bêtises.

– Il n'est pas là, maman ! Il a disparu. »

Ces jours terribles. Ces jours de tourment et d'angoisse. Jamais les Burnaby n'oublieront. Ils criaient *Zarjo ! Zarjo !* s'imaginant que le chien allait réapparaître d'un instant à l'autre haletant et repentant et impatient d'être caressé. Dans le quartier, dans le parc et le dépôt ferroviaire et le long du fossé de drainage malodorant, dans les rues et les ruelles regardant avec désespoir dans les jardins des voisins, osant sonner aux portes, arrêter des inconnus sur les trottoirs, demander, supplier *Avez-vous vu notre chien, il s'appelle Zarjo, c'est un mélange de cocker et de beagle, un petit chien de quatre ans, un chien gentil mais timide avec les inconnus, non il ne mord pas, il aboie quelquefois quand il est nerveux, il s'est détaché et s'est enfui et nous pensons qu'il s'est perdu* montrant des photos de Zarjo, un si beau chien à nos yeux mais pour les autres juste un petit chien brun-jaune banal, oublié sur-le-champ *Il s'appelle Zarjo, nous l'aimons, nous voulons le retrouver, si vous le voyez voilà notre numéro de téléphone.* Nous avions la gorge rauque, les yeux rougis à force de pleurer.

Même Ariah pleurait, terrifiée à l'idée d'avoir perdu Zarjo. En ces circonstances terribles, Ariah semblait autoriser les larmes.

Ariah, affolée et pâle d'émotion ! Chagrin, choc, une expression égarée sur le visage de maman, et ses cheveux roux terne dénattés, emmêlés. Au téléphone, sa voix bouleversée, implorante. Nous n'avions jamais vu notre mère dans un tel état et elle nous effrayait et notre peur d'elle et pour elle se mêlait à la peur de ne plus jamais revoir Zarjo. Nous n'avions pas su que nous aimions ce petit chien énergique et maintenant notre amour nous faisait mal comme de l'acide rongeant notre chair.

Les élèves de piano sonnaient à la porte et l'un de nous allait répondre, expliquait que notre mère ne se sentait pas bien, qu'elle avait une violente migraine et se reposait, qu'ils devaient faire les mêmes exercices que la semaine précédente et revenir la semaine d'après, qu'elle était désolée.

Ces jours terribles. D'abord Zarjo n'avait disparu que depuis quelques heures et puis Zarjo avait disparu depuis un jour entier et puis depuis un jour et une nuit (sauf qu'aucun de nous ne put dormir, nous

LES VOIX

veillâmes sur la véranda en pensant qu'il reviendrait peut-être dans
la nuit mourant de faim) et finalement Zarjo avait disparu depuis
quarante-huit heures et nos larmes étaient taries, ou presque. Nous
nous éloignâmes encore davantage de la maison, décrivant des cercles
concentriques qui nous menèrent plus loin que Veterans' Road, plus
loin que le lycée, l'hôpital, et jusque de l'autre côté de la 60ᵉ Rue, dans
une zone où de violentes odeurs citriques nous piquaient les yeux plus
cruellement que l'avaient fait nos larmes salées. *Zarjo! Zarjo! Où es-tu,
que t'est-il arrivé, reviens s'il te plaît.*
      Aucun de nous ne pensant de qui Zarjo avait été le chiot. Qui avait
introduit Zarjo dans nos vies. Aucun de nous n'énonçant ce fait à voix
haute.
      Sans honte nous sonnions aux portes. Nous montrions nos photos
froissées. Dérangions des femmes en train de passer l'aspirateur, d'allaiter leurs bébés, de regarder la télé. Des chiens d'inconnus trottaient
avec allégresse jusqu'à nous, reniflaient nos mains tendues. *Zarjo!
Emmenez-nous jusqu'à Zarjo.*
      Des trois enfants, Juliet était celle qui pleurait le plus. Sans retenue,
sans espoir, son petit cœur brisé.
      «Ne pleure pas, mon chou. Ça n'avance à rien. Ça nous fait mal,
c'est tout. Si pleurer servait à quelque chose, Zarjo serait revenu depuis
longtemps.»
      Ariah, tâchant bravement de garder un semblant de calme. Ariah,
la mère. Le chef responsable de cette famille à la dérive, abandonnée,
quasi indigente, qui habitait une maison délabrée de Baltic Street. Oh!
Ariah voulait être forte, stoïque, un modèle pour ses enfants dans ce
moment d'angoisse.
      L'un de nous la trouva étendue à demi vêtue sur son lit. Minces bras
blancs protégeant son visage. Disant d'une voix faible entrecoupée
qu'elle ne savait pas ce qui lui arrivait, elle était si fatiguée, à peine si
elle pouvait lever la tête. *Si Zarjo ne revient pas, je ne veux pas vivre.*
      Plus tard, Ariah nierait avoir prononcé ces paroles.
      Plus tard, Ariah nierait l'hystérie de ces heures.
      Ses enfants découvraient la remarquable gentillesse de certains
de leurs voisins. De la plupart de leurs voisins, en fait. Et aussi des
inconnus.

FAMILLE

Entrez, asseyez-vous, vous ne nous dérangez pas du tout, nous savons ce que c'est de perdre un animal qu'on aime. C'est ce chien-là? Il est mignon. Zar-jo? C'est un nom inhabituel, un nom étranger? Nous ne l'avons pas vu malheureusement mais nous allons ouvrir l'œil, je vais mettre votre numéro de téléphone ici, vous êtes sûrs que vous ne voulez rien? Non?

Une femme âgée de Ferry Street nous emmena dans son jardin herbeux où parmi une jungle de ronces et de pois de senteur sauvages se trouvait le cimetière de ses bébés perdus. Bobo, Tacheté, Boule-de-neige, Bichette. Chacun avait une petite stèle en bois de bouleau où son nom avait été gravé avec le pyrographe de son fils. Quand Bichette était morte, une belle chatte écaille de tortue à poils longs qui avait vécu jusqu'à l'âge de dix-sept ans, elle avait décidé qu'elle ne supporterait plus d'avoir un autre animal, c'est trop douloureux quand ils nous quittent. *Mais c'est mon endroit tranquille. Ici, nous sommes tous en paix.*

Nous rentrâmes chez nous en courant. Zarjo n'était toujours pas là.

Ariah était encore étendue sur son lit. Ses yeux étaient ouverts, vides.

Chandler commençait à avoir peur. Ce serait lui qui devrait composer le numéro d'urgence. *A... Allô? Ma m... mère ne va pas bien je crois. Ma m... mère a besoin d'aide je crois?*

Juliet se blottit contre Ariah dont la respiration était rauque, la bouche ouverte. Juliet, quatre ans, était encore un bébé qui avait envie de se presser contre maman, en mettant le bras inerte de maman autour elle. Les yeux fermés et le pouce dans la bouche faisant semblant que maman et elle faisaient la sieste ensemble comme avant, il y avait très longtemps.

Et il y avait Royall, pourquoi Royall dévala-t-il l'escalier et claqua-t-il une porte, en écrasant le petit doigt de sa main gauche dans la porte, ce qui le fit crier de douleur, geindre et gémir de douleur, pourquoi Royall avait-il l'impression que c'était sa faute si Zarjo avait disparu, l'avait-il mal attaché à la corde à linge dans le jardin de derrière? Ariah lui avait-elle crié *C'est ta faute, tu es le dernier à l'avoir vu, je ne te pardonnerai jamais, je te chasserai et ne te reverrai jamais.*

Le lendemain matin, Zarjo revint.

LES VOIX

Disparu près de trois jours, mais nous ne saurions jamais où. Nous défaillions de bonheur. En entendant Zarjo aboyer avec nervosité, un aboiement staccato discordant qu'on ne lui connaissait pas, et quand l'un de nous lui caressa les oreilles il se retourna et fit mine de mordre ce qu'il n'avait jamais fait auparavant si bien qu'on pouvait presque se dire *Ce n'est pas Zarjo, c'est un chien inconnu*. Mais un instant plus tard Zarjo était redevenu lui-même, il gémissait d'amour et nous léchait désespérément les mains et le visage. À tour de rôle nous le prîmes dans nos bras tout gigotant et nous embrassâmes sa truffe chaude et même Ariah qui était hébétée et apathique reprit vie et essaya d'ouvrir une conserve pour chiens mais ses mains tremblaient tellement que Chandler dut le faire à sa place. Et de l'eau fraîche dans l'écuelle en plastique rouge de Zarjo. Sa fourrure était emmêlée et crottée et sa queue toute raide de bardanes et il sentait une mauvaise odeur d'égout et de goudron comme s'il s'était roulé dans des saletés, Ariah insista pour que nous le lavions, il fallait le laver tout de suite pour le débarrasser de cette puanteur de mort, et donc nous l'avons fait, dans un grand baquet remonté de la cave dans la cuisine, et en le shampouinant nous avons découvert que les coussinets de ses pattes, bien que durs comme du cartilage, semblaient brûlés, comme s'il avait traîné dans des déchets chimiques, Zarjo gémit et chercha d'abord à s'échapper si bien que nous avions peur qu'il nous morde, mais ensuite il se calma, les pattes dans l'eau tiède savonneuse, nous le rinçâmes, nous le sortîmes doucement tout mouillé du baquet pour le poser sur des feuilles de journaux étalées par terre, nous nous accroupîmes près de lui en l'enveloppant dans une grande serviette de plage et plein de gratitude Zarjo nous lécha de nouveau les mains, surtout celles d'Ariah, et quelques secondes après il sombrait d'un coup dans le sommeil, un sommeil pénible, un sommeil d'épuisement; couché sur le côté, la fourrure mouillée et luisante, il paraissait squelettique, grelottait et gémissait dans son sommeil, profondément inconscient, comme plongé dans le coma.

C'est ainsi que Zarjo nous fut rendu. Ariah prétendrait qu'elle ne s'était jamais sérieusement inquiétée. Elle se moqua de nous, nous gronda. «Espèces de bébés! Je vous avais dit que ce maudit chien reviendrait. Il est parti et il est revenu. Et s'il ne l'avait pas fait, ce ne serait pas une grande perte. Ce n'est qu'un bâtard. Il ne vivra pas éternellement.

471

FAMILLE

Avoir de l'affection pour un animal, c'est jeter son argent à la poubelle, vous feriez bien de vous y faire, la vie vous brise le cœur, la prochaine fois ce sera pour de bon, il se fera écraser par une voiture ou il s'empoisonnera ou se noiera dans un marécage et je ne veux pas que vous vous mettiez à brailler, à renifler et à vous accrocher à votre mère, il n'en est pas question, *je vous avertis.* »

13
Ce couple mal assorti !

Brusquement pendant l'été 1978 on commença à les voir ensemble : Bud Stonecrop, avec son mètre quatre-vingt-dix et son crâne rasé, ex-lycéen et cuisinier au Duke's Bar & Grill, et Juliet Burnaby, la fille de seize ans du défunt Dirk Burnaby. Le jeune homme renfermé et silencieux et la lycéenne rêveuse à la belle voix de contralto. On les vit rouler ensemble dans la Thunderbird noire cabossée de Stonecrop, et on les vit se promener ensemble (sans se tenir par la main et sans se parler beaucoup) sur la falaise ventée dominant le Niagara, et sur la plage de sable d'Olcott, à une cinquantaine de kilomètres de Niagara Falls, sur le lac Ontario. On les vit de temps en temps au cinéma, souvent en milieu d'après-midi. On les vit dans les centres commerciaux, improbablement occupés à faire leurs courses ensemble. (De nouveaux vêtements pour Stonecrop ? Il se mit soudain à porter des chemises sport au lieu de ses éternels tee-shirts. Dans la chaleur impitoyable de l'été, il consentit à porter des shorts kaki et des sandales au lieu de ses habituels pantalons longs et baskets montantes.)

Les voisines d'Ariah Burnaby furent quelques-unes à oser aller frapper à sa porter pour l'informer que sa fille fréquentait « le jeune Stonecrop, le fils de ces Stonecrop de Garrison Street ». Les lèvres blanches, Ariah écoutait poliment ses informatrices et murmurait « merci ! » sans les inviter à entrer.

(Ariah en parla-t-elle à Juliet ? Non, elle n'osa pas. Apprendre que sa fille voyait un garçon, n'importe quel garçon, sans parler de ce Stonecrop dangereusement costaud, la remplissait de terreur, mais elle était assez fine pour se rappeler les sentiments de rébellion de sa propre adolescence ; elle savait qu'un parent bien intentionné pouvait exacerber ces sentiments en faisant la mauvaise remarque au mauvais moment.

472

LES VOIX

Et selon toute probabilité, comme se le disait Ariah pour se consoler, *Ce qu'il y a entre eux, quoi que ce soit, ne durera pas longtemps. Ça ne dure jamais.*)

Melinda Aitkins, infirmière au Grace Memorial Hospital, avec qui Chandler était maintenant réconcilié, et dont il était profondément amoureux, lui signala avec hésitation qu'elle avait vu une fille ressemblant beaucoup à sa sœur Juliet en compagnie d'«un type aux airs de brute qui fait deux fois sa taille». Elle avait vu ce couple mal assorti dans le centre commercial Niagara devant la vitrine d'une animalerie où cabriolaient des chatons; ils ne se parlaient pas, ils se tenaient juste là, pas vraiment côte à côte mais ensemble. Chandler dit aussitôt que ce n'était sûrement pas sa sœur, Juliet était trop immature et trop timide pour sortir avec un garçon.

Des amis de Royall lui signalèrent avoir vu le couple mal assorti, ce qui éveilla son inquiétude et sa désapprobation. Stonecrop! Le fils du policier de Niagara Falls mis à la retraite dans ce même sale climat de soupçon qui avait accompagné Dirk Burnaby jusqu'à sa mort et au-delà. Lorsque Royall interrogea Juliet sur Stonecrop, elle rougit d'un air coupable, détourna le regard et dit d'une petite voix butée: «Bud est mon ami.» Royall était livide. «Tu l'appelles "Bud"? Bud? Bud est ton ami? Depuis quand? Bon Dieu, Juliet, Bud Stonecrop est...» Royall chercha le mot précis qui le définirait mais ne réussit pas à le trouver, comme si Stonecrop se tenait devant lui, la mâchoire en avant et le regard noir. «... Un Stonecrop. Tu connais cette famille.»

Juliet dit, en évitant toujours le regard de Royall: «La famille de Bud n'est pas mon amie. Seulement Bud.»

Seulement Bud. En dépit de son état d'excitation et d'appréhension, Royall décela une note de tendresse dans ces mots.

Juliet dit: «Bud n'est pas comme les gens croient. Il est timide. Il est réservé. C'est quand il fait la cuisine pour des gens assez intelligents pour l'apprécier qu'il est le plus heureux. Et il a du respect pour moi, pour notre famille. Pas comme les gens qui nous méprisent.

– Notre famille? Qu'est-ce que Stonecrop peut bien savoir de notre famille?

– Demande-le-lui.»

C'était une réponse remarquable de la part de Juliet. Royall perçut

473

l'alliance qui liait sa sœur à l'autre, Stonecrop. « Il est trop vieux pour toi, dit-il avec véhémence. Tu es trop jeune pour lui. Il couche avec des femmes plus âgées que lui, des femmes qu'il ramasse dans le bar de son oncle. » La respiration de Royall s'était accélérée, il se sentait étouffer. Les enfants d'Ariah ne parlaient pas facilement de sexe entre eux, quoique vivant la décennie de libération sexuelle la plus effrénée de l'histoire des États-Unis – du moins le croyait-on. Une violente rougeur monta aux joues de Juliet. Elle dit en bégayant : « Bud ne me demande rien... il n'est pas comme les autres... il n'est pas comme *toi*.

– Ce qui veut dire ? » fit Royall, blessé.

Couche avec une fille, offre-lui une bague, romps les fiançailles et brise-lui le cœur.

« On parle de toi, Juliet. Pas de moi. Allez !

– Tu veux en savoir plus sur Bud, eh bien... tu ne peux pas le connaître. Il n'est pas ce dont il a l'air. Et s'il ne veut pas que tu le connaisses, tu ne peux pas.

– N'importe quoi. »

Mais Royall n'en était pas si sûr. Cela l'inquiétait d'être aussi peu sûr de lui. Et si émotif : comme Ariah, des années plus tôt, quand dans ses mystérieux états de « fugue » elle s'en prenait à ses enfants.

Juliet dit, de sa voix calme butée : « Bud est comme quelqu'un que j'ai connu toute ma vie. Quelqu'un en qui je peux avoir confiance. Il est... mon seul ami. »

Voilà qui était blessant pour Royall, et déroutant. Il protesta : « Bud n'est pas ton seul ami ! Je suis ton ami, Juliet, et je suis ton *frère*. »

14

Entre nous il y a un secret.

Nous avons quelque chose en commun, toi et moi. Cela ne changera jamais.

Stonecrop ne parlait jamais aussi directement. Mais Juliet comprenait.

Le jeune homme au crâne rasé communiquait autant par le silence que par la parole. Par des marmonnements, des grimaces, des haussements d'épaule, des grognements. Il soupirait, il grattait son crâne rasé. Il était toujours en train de tirer sur le col effiloché d'un tee-shirt,

LES VOIX

comme si ses vêtements informes étaient trop étroits. Il souriait de
biais, avec l'air de douter qu'un sourire de lui fût le bienvenu. Il y avait
de l'éloquence chez Stonecrop si on savait le déchiffrer. Il y avait de la
subtilité dans son être, si gauche, si muet et menaçant qu'il pût paraître
aux autres.

Faisant comprendre à Juliet ce premier matin où ils s'étaient rencontrés, quand il l'avait emportée dans ses bras loin des Chutes et dans
sa Thunderbird filant en direction du nord et hors de la ville *Nous
avons quelque chose en commun toi et moi. Cela a toujours été et sera
toujours. Cela ne changera jamais.*

Plus tard dans l'été, Stonecrop commença à inviter Juliet dans sa
maison de bardeaux gris de Garrison Street. Dans un quartier de maisons en brique et stuc défraîchies, toutes identiques, celle des Stonecrop
se détachait, tel un paquebot échoué. La large pelouse de devant était
pelée et jonchée de détritus. Stonecrop avait tâché de la maintenir
propre... mais avait vite renoncé, comme il avait renoncé à entretenir le
jardin de derrière, envahi de mauvaises herbes. La véranda était encombrée de meubles et d'objets indésirables dans la maison, ainsi que
de vélos, de trottinettes et de luges d'enfants. Plusieurs des fenêtres de
la façade étaient fêlées et rafistolées avec du ruban adhésif. Le toit avait
l'aspect éternellement humide, pourri, d'un toit qui prend l'eau à la
plus légère averse ; si près des Chutes, les plus légères averses pouvaient
être torrentielles. En passant devant cette maison, Juliet s'était souvent
demandé qui y habitait. Elle semblait avoir toujours su que c'était une
famille très différente de celle qui habitait la maison exiguë toute
proche du 1703, Baltic.

La mère de Stonecrop, qu'il appelait, à sa façon embarrassée et mar-
monnante, « maman », était « partie quelque part dans le Sud » – « peut-
être en Floride » – bien longtemps auparavant. Lorsque Juliet s'exclama
qu'elle devait lui manquer, Stonecrop haussa les épaules et s'écarta.

Après tout, c'était sans doute une remarque maladroite. Et idiote.

Plus tard, pas quelques minutes ni quelques heures mais des jours
plus tard, Stonecrop revint sur le sujet de sa mère, comme s'il n'avait
pas cessé d'y penser depuis, en continuant la conversation avec Juliet
dans sa tête, et il dit, en s'essuyant violemment le nez : « ... C'est mieux

475

FAMILLE

que si elle était morte. Qu'elle soit partie. Comme elle a fait. Avant...»
Stonecrop chercha le reste de la phrase mais ne trouva rien. Juliet se
demanda s'il avait voulu dire *Avant qu'il lui arrive quelque chose.*

La grande maison de bardeaux gris appartenait au père de Stonecrop que, sur place, on appelait le Brigadier. Seules sa sœur aînée et
sa mère l'appelaient Bud Senior ; Stonecrop disait «papa» ou «mon
vieux», «le vieux». Stonecrop ne parlait jamais de son père sans grimacer, se renfrogner ou s'agiter. Il tirait sur le col sale de son tee-shirt,
il grattait les croûtes et les brûlures sur ses mains abîmées de cuisinier.
Juliet était incapable de déterminer s'il aimait son père ou s'il le plaignait. S'il était bouleversé par son état, ou furieux. Stonecrop avait
souvent l'air honteux et en colère ; peut-être était-il en colère parce
qu'il avait honte, ou avait-il honte parce qu'il était en colère. Juliet se
demandait avec appréhension quand elle rencontrerait le Brigadier.
Mais elle se gardait bien de poser la question.

Une population fluctuante de Stonecrop habitait la grande maison
de bardeaux, dont une demi-douzaine d'enfants pleins de vitalité qui
devaient être les jeunes nièces et neveux de Stonecrop. Il y avait aussi
des jeunes gens de l'âge de Stonecrop, bourrus, mal rasés, qui faisaient
leur apparition au rez-de-chaussée en bâillant et en se grattant les aisselles,
une bouteille de bière à la main, puis qui disparaissaient en traînant
les pieds. Stonecrop ne se donnait pas la peine de les présenter à Juliet
et elle apprit vite à sourire gaiement en disant, avec un enthousiasme
apparemment sincère de pom-pom girl : «Bonjour ! Je suis Juliet. Une
amie de Bud.» La première fois que Stonecrop l'emmena chez lui, il la
présenta à sa tante Ava, la sœur aînée de son père, qui était infirmière
diplômée et s'occupait du Brigadier ; à sa deuxième visite, il la présenta
à sa grand-mère, la mère de son père, âgée de quatre-vingts ans ; finalement, après beaucoup d'hésitation, pas mal de soupirs, de grimaces et
de reniflements, à sa troisième visite, il l'emmena voir son père. Juliet
éprouva alors une certaine anxiété.

C'était une chaude journée de juillet, en fin d'après-midi. Juliet
portait un short blanc, une chemise rose à fleurs, et ses longs cheveux
indisciplinés étaient ramassés en une queue de cheval. Elle espérait
que ses cicatrices ne brillaient pas, comme cela arrivait parfois lorsqu'il
faisait humide.

LES VOIX

Le Brigadier se trouvait dans le jardin de derrière, il somnolait dans la lumière déclinante du soleil, près d'un transistor en plastique qui beuglait une musique pop primitive. Dans l'herbe, à côté de sa chaise longue, il y avait une pile de bandes dessinées, avec sur le dessus Captain Marvel et Spiderman. Et des pages éparpillées de publicités pour des automobiles et des bateaux. L'odeur sauta au nez sensible de Juliet : bacon, cigarette, chair fatiguée mal lavée, urine séchée. Oh! elle essayait de ne pas se laisser distraire par la musique tonitruante, abrutissante. (Ce n'était même pas du rock. Une musique pop poisseuse pour adolescents, avec des airs répétitifs et des rythmes volés aux Beatles.) Le Brigadier était à moitié couché dans une chaise longue sale, tête chauve affaissée sur la poitrine. Il était effrayant à voir, on aurait dit un bébé boursouflé. Le visage flasque et graisseux, les yeux ternes et vides, un cuir chevelu qui semblait avoir été brûlé et fumé. Il y avait des croûtes, des nœuds et des boules curieuses sur les veines de ses jambes et de ses avant-bras nus. Il avait les bras et les jambes grêles mais son torse était bombé comme s'il avait avalé quelque chose d'énorme et d'impossible à digérer. Il portait un short crasseux et un maillot de corps miteux et resta parfaitement immobile, la respiration rauque, jusqu'à ce que Stonecrop s'approche. Lorsque l'ombre massive de son fils tomba sur le Brigadier, il remua avec inquiétude, le regarda en plissant les yeux. Une lueur de peur passa dans son regard vide.

Stonecrop marmonna un salut. « Papa. Hé! T'es bien ici? »

Le Brigadier cligna les yeux et eut un sourire hésitant. Ses lèvres découvrirent de grandes dents tachées, humides de salive. Il fallut que Stonecrop répète sa question plusieurs fois, plus fort, en se penchant vers son père, pour qu'il paraisse entendre.

« Hé! papa? Tu dormais, hein? »

Juliet vit une rougeur sourde envahir lentement le cou de bouledogue de Stonecrop, comme quelquefois au restaurant quand son oncle irascible lui cherchait querelle. Elle éprouva un élan d'affection pour lui, pour les efforts qu'il faisait. Toujours, semblait-il, Stonecrop faisait des efforts.

Courbé sur l'oreille veinée de rouge de son père, il était en train de dire : « Hé, tu vois? Tu as de la visite, papa. » Il se racla la gorge avec bruit.

477

FAMILLE

Comme une chanteuse qui redoute de se produire devant un public difficile, terrifiée à l'idée d'échouer et néanmoins résolue à ne pas échouer, Juliet s'avança en souriant bêtement, en léchant ses lèvres qui lui semblaient desséchées et gercées. Elle ignorait pourquoi Stonecrop l'avait amenée là, mais elle y était. Elle tâcherait de ne pas laisser tomber son ami. Élevant la voix pour se faire entendre malgré le vacarme de la radio, elle dit : « B... bonjour, monsieur Stonecrop. Je suis... Juliet. »

Quel nom optimiste et prétentieux ! L'optimisme et la prétention d'Ariah.

(Pourtant : est-ce que Juliet ne s'était pas suicidée, une jeune adolescente écervelée ?)

Le Brigadier n'accorda aucune attention à Juliet, cette fille minuscule à queue de cheval qu'il prenait peut-être pour l'un des enfants de la maison, une parente quelconque. Ses yeux papillotèrent, il grimaça, la regarda comme si elle avait parlé une langue étrangère. Juliet se demanda ce que le pauvre homme voyait en la regardant : ses yeux avaient l'air si mal en point qu'il devait voir tout de travers. Et il avait été brutalement tiré d'un sommeil confortable, ses pensées éparpillées comme des bouts de papier dans le vent. Juliet imaginait presque le père de Stonecrop en train de courir frénétiquement après ces bouts de papier, de s'efforcer de les réarranger avec un peu de cohérence.

Et il y avait la pop music assourdissante de la radio. Des mélodies aussi simples et répétitives que des berceuses auxquels on donnait un rythme érotique artificiel. Stonecrop dit avec écœurement : « C'est le genre de trucs merdeux que papa aime. Parce qu'il arrive à les entendre, je suppose. »

Comme le Brigadier continuait à la dévisager en silence, Juliet n'eut d'autre solution que de sourire de nouveau, plus largement, ce sourire d'Américaine heureuse qui lui faisait mal au visage, et de tendre une main hésitante : « Monsieur Stonecrop ? B... Brigadier ? Je suis c... contente de vous rencontrer. »

Le Brigadier ne répondit pas. Déroutée, Juliet coula un regard vers Stonecrop.

Le jeune homme poussa un grognement et baissa le son de la radio. Il chercha le bouton à tâtons et éteignit. Le Brigadier eut la réaction d'un enfant blessé, insulté ; il envoya de faibles coups de poing à Stone-

478

LES VOIX

crop, qui les ignora avec un tel sang-froid que, un moment plus tard, Juliet, témoin de cet incident, aurait pu douter qu'il se fût jamais produit. Stonecrop se racla de nouveau la gorge, s'approcha de son père et dit, têtu : « C'est Juliet, papa. Mon amie Juli-ette. »

Le Brigadier eut un air soupçonneux, puis intrigué. Ses lèvres humides remuèrent comme s'il formait un son mystérieux. *Juli-ette?*

Stonecrop était acharné. On l'imaginait pousser un rocher faisant le double de sa taille, le pousser au sommet d'une colline. Plus haut, encore plus haut, haletant, la respiration sifflante, avec acharnement. « Mon amie Juliet. De Baltic Street.

– Juli-ette? » Le Brigadier avait un ton sceptique, une voix pareille à des roseaux desséchés agités par le vent. Juliet se rappela que, selon les histoires qui couraient sur le brigadier Bud Stonecrop, il avait été frappé avec un démonte-pneu, que sa trachée avait été écrasée. « Baltic? »

Stonecrop dit patiemment : « C'est là qu'elle habite, papa. Tu sais où ça se trouve. » Mais il n'était pas du tout évident qu'il le savait. « Elle s'appelle Juli-ette Burn-a-by, papa. »

Encore un silence embarrassant. Le Brigadier semblait à présent accommoder sur Juliet, avec un effort qui avait l'air musculaire.

Stonecrop répéta « Juli-ette Burn-a-by » en psalmodiant les mots sur un ton agressif qui agaçait les nerfs de Juliet comme des cordes de piano mal frappées. Puis il ajouta, à sa consternation : « La fille de Dirk Burnaby, papa. »

D'un seul coup le Brigadier fut attentif, vigilant. À la façon d'un aveugle tiré du sommeil. Bouche bée et les yeux clignotants, il regarda l'amie de son fils comme s'il avait très envie de parler mais n'y parvenait pas ; il y avait quelque chose de mouillé et de bloqué dans sa gorge. D'une voix inhabituellement ferme et claire, Stonecrop répéta « Dirk Burnaby », « la fille de Dirk Burnaby », tandis que Juliet attendait là, rougissante et perplexe.

Cela ne ressemblait pas à Stonecrop de la mettre dans une situation embarrassante. Il se passait quelque chose qu'elle ne comprenait pas, et qui ne lui plaisait pas.

« Nous ferions peut-être mieux de partir, Bud ? Ton père est... n'est pas... d'humeur à... »

479

FAMILLE

Mais le Brigadier s'efforçait à présent de répondre à Juliet, qu'il fixait de ses yeux clignotants, larmoyants. Il leva une main tremblante que Juliet se força à toucher, en réprimant un petit frisson, et il découvrit de nouveau ses lèvres dans un sourire. Au prix d'un immense effort, il réussit à dire, détachant chaque syllabe comme un homme qui ramasse des grains de sable avec une pince à épiler : « Burn-a-by. »

Juliet demanda avec une candeur enfantine : « Vous... connaissiez mon père ? Je crois que... beaucoup de gens le connaissaient ? »

Mais le Brigadier retomba, épuisé, dans sa chaise longue. Il soufflait comme s'il avait monté une pente au pas de course, et une légère écume blanchissait ses lèvres. Sa tête de bébé chauve dodelinait sur ses épaules osseuses. Stonecrop se retourna et cria par-dessus son épaule un mot unique, ou un nom, que Juliet ne comprit pas mais qui devait être « Ava » ou « Tant'Ava » parce que sa tante apparut, une cigarette allumée à la main, et leur conseilla de s'en aller. Le Brigadier était suffisamment resté dans le jardin comme cela. Il allait falloir l'aider à rentrer. C'était l'heure de son dîner. Et, manifestement, il fallait le « changer ».

Tandis qu'elle suivait Stonecrop jusqu'à sa voiture, garée dans l'allée, Juliet demanda : « Changer ? Qu'est-ce que ça veut dire ? »

Stonecrop marmonna : « Couches. »

Cette première visite au Brigadier qui, selon les estimations de Juliet, avait duré au moins une heure, n'avait en fait pas dépassé dix minutes. Elle était épuisée !

Ils s'en allèrent. Juliet remarqua que son ami était profondément agité. Des ruisselets de sueur coulaient sur son visage et il dégageait une odeur nauséabonde et mouillée. Il semblait à peine conscient de sa présence. Il roulait vite, freinait si brutalement aux intersections que la voiture se recroquevillait et tanguait. Avec tact, Juliet tamponna son propre visage moite avant de passer des mouchoirs à Stonecrop qui les prit sans un mot.

Au bout d'un moment, Juliet dit, car il ne semblait impossible de ne pas dire quelque chose de ce genre : « Ton pauvre père, Bud ! Je ne me doutais pas qu'il était... aussi malade. »

Stonecrop ne répondit rien.

480

LES VOIX

«Mais il n'est pas vieux, n'est-ce pas? Je veux dire…» Dans sa détresse et son embarras, Juliet faillit dire *pas comme ta grand-mère*. C'était un fait bizarre: ces deux Stonecrop, le Brigadier et sa mère de quatre-vingts ans, auraient pu avoir le même âge.

15
Les voix! Les voix des Chutes avaient presque disparu. Lointaines comme des stations de radio qu'on capte mal. On se rend compte un jour qu'on n'a pas entendu ces stations depuis un moment, on cesse de les chercher sur la bande des fréquences.

16
Tu n'es pas obligée, si tu ne veux pas.
Oui mais Juliet voulait. Si cela avait autant d'importance pour lui.
Ce regard plein d'espoir qu'il lui jetait de biais. Le front plissé d'inquiétude et d'attente. Si bien que Juliet ne pouvait se résoudre à dire *Pourquoi fais-tu ça, à quoi cela sert-il?*
Elle pensait un peu qu'il voulait qu'elle rencontre son père, de façon à mieux le connaître. Et qu'il fallait peut-être qu'elle, de son côté, le présente à Ariah.
Juliet souriait en imaginant cette rencontre. Elle en frémissait d'avance!
En tout, Stonecrop n'emmènerait Juliet que trois fois dans la maison de bardeaux délabrée de Garrison Street, cet été-là. Et Juliet finirait par savoir pourquoi il l'y emmenait. Et elle ne reverrait jamais plus le Brigadier.

La deuxième fois, dix jours après la première visite, le Brigadier se trouvait aussi dans le jardin de derrière, immobile dans sa chaise longue avec un linge mouillé sur la tête, en train d'écouter la radio. Elle jouait fort, cette fois encore. Mais, heureusement, elle était réglée sur une autre station. Pas de la pop music pour teenager mais de la country. Lorsque le jeune couple s'approcha, le Brigadier ne fit pas attention à eux. Les yeux fermés, il souriait et fredonnait d'une voix aiguë et chevrotante. Stonecrop présenta de nouveau Juliet à son père qui n'eut pas l'air de se rappeler qui elle était et cette fois il dit à son père que Juliet

481

était une chanteuse, aussi bonne que toutes celles qui chantaient à la radio, et on ne sait comment Juliet se retrouva en train de chanter pour le Brigadier. Sans doute était-ce une suggestion de Stonecrop. Jamais elle n'oublierait la bouche béante d'étonnement de l'invalide et ses yeux chassieux fixés avidement sur elle lorsque, mains jointes comme une choriste, elle chanta un chant qu'elle avait chanté pour la première fois dans la salle d'assemblée de l'école, au cours moyen.

D'après Stonecrop, c'était le chant préféré de son père.

> *My country 'tis of thee*
> *Sweet land of liberty!*
> *Of thee I sing.*

Et ensuite? Quelles étaient les paroles? Juliet était troublée par le regard péniblement intense du vieil homme et par celui, adorateur, de Stonecrop. Que Juliet n'osait jamais affronter, et encore moins reconnaître. Elle n'était pas sûre des paroles mais comme tout musicien professionnel elle glissa par-dessus la ligne de faille si habilement, avec tant d'assurance, que l'on n'aurait pu déceler une erreur ni même une hésitation.

> *Land of the pilgrim's pride!*
> *Land where our fathers died!*
> *From every mountain-side*
> *Let freedom ring*[1]*!*

Plus tard ce soir-là, Juliet aborda le sujet du père de Stonecrop, car il semblait anormal de ne pas parler de lui. Elle demanda à Stonecrop de quoi exactement il souffrait, si c'était à cause des coups qu'il avait reçus, si violents qu'ils lui avaient endommagé le cerveau; mais Stonecrop n'était pas encore prêt à parler de son père. Il remua les épaules, renifla

---

1. Mon pays c'est toi, / Douce terre de liberté, / C'est toi que je chante. / Pays où reposent nos pères! / Orgueil du pèlerin! / Au flanc de chaque montagne / Que sonne la cloche de la liberté». Chant patriotique américain. Juliet intervertit l'ordre de deux vers. (*N.d.T.*)

LES VOIX

et se frotta le nez d'un air si malheureux que Juliet abandonna vite le sujet. Quelques jours plus tard, cependant, Stonecrop lui dit à sa façon oblique et butée : « "Démence". Mon père. Ça s'appelle.

– Démence ? Ah. » Juliet avait entendu parler de cette maladie. Mais elle n'en savait quasiment rien. Était-ce de la sénilité ou quelque chose de pire ? Elle frissonnait en y pensant : *démence*. Le mot devait avoir la même racine que *démon*.

Elle éprouva un élan de compassion pour Stonecrop. Avec douceur, elle effleura son avant-bras musclé. Mais elle ne dit rien, car il lui semblait qu'aucun mot ne convenait à cette situation pénible.

La troisième visite de Juliet chez les Stonecrop, la dernière, eut lieu la semaine suivante, un dimanche. Cette fois il pleuvait et le Brigadier était à l'intérieur de la maison, où ses odeurs étaient plus concentrées, où son corps ravagé mais volumineux semblait occuper davantage d'espace. Il somnolait les yeux ouverts sur un canapé miteux en tissu écossais dont les coussins avaient été prudemment recouverts de toile cirée ; son visage flasque, comme bouilli, avait été récemment lavé par la tante Ava, et ses joues à peu près rasées. Une petite télé noir et blanc, réglée sur un match de base-ball, beuglait dans un coin de la pièce et lorsque Stonecrop entra, il alla aussitôt l'éteindre. Tiré de sa somnolence, le Brigadier ne protesta pas. Il parut à peine étonné de voir son fils dans la pièce, en compagnie d'une fille en robe jaune à imprimé qu'il dévisagea, tâchant de se souvenir. Stonecrop grimaça et grogna : « Salut papa. Ça va. » Le Brigadier grogna une vague réponse, le regard toujours fixé sur Juliet, et Stonecrop ajouta : « Tu te rappelles Juliet, mon amie ? » Juliet sourit mais ne dit rien. Avec une loquacité qui ne lui ressemblait pas, Stonecrop répéta à son père que Juliet était une chanteuse, qu'elle avait une belle voix, aussi belle que celle de n'importe qui à la radio ou à la télé, qu'elle habitait tout près, dans Baltic Street, et qu'elle s'appelait *Juli-ette Burn-a-by*. Stonecrop se tut, haletant. Le Brigadier dévisageait toujours Juliet comme s'il n'avait jamais vu quelqu'un comme elle, remuait la bouche comme s'il mâchait et remâchait quelque chose de dur et de cartilagineux qu'il n'arrivait pas à avaler.

Rougissante, Juliet murmura un bonjour et essaya de sourire comme s'il s'agissait d'une visite ordinaire à un invalide ordinaire. Un malade en convalescence qui allait guérir. Elle était résolue à supporter la visite

483

FAMILLE

pour faire plaisir à Stonecrop, puisque cela semblait avoir une si grande importance pour lui. Elle supposait qu'il devait beaucoup aimer son père ; cela lui rappelait le sien, qu'elle n'avait pas connu mais auquel elle pensait presque constamment. *Il pourrait être en vie, aujourd'hui. Après cet accident. Il pourrait être en vie comme ça, une vie pire que la mort.*

Cette idée lui faisait tourner la tête ; la chaleur, le manque d'air et la puanteur la mettaient au bord du malaise.

Stonecrop avait apporté des boissons fraîches pour l'occasion. Une boîte de soda à la cerise pour Juliet et des bières pour son père et lui. Mais le Brigadier ne pouvait plus boire à la bouteille et même boire dans une tasse était un exploit, si bien que Stonecrop finit par être obligé de l'aider et de lui essuyer la bouche quand la bière coulait à côté. Juliet trouvait écœurant le goût chimique de son soda. Son malaise s'accentuait. Oh ! elle espérait que Bud n'allait pas lui demander de chanter !

« Burn-a-by. » Le ton du Brigadier exprimait l'étonnement, la crainte. Quelque chose flamba dans ses yeux injectés de sang. Il envoya voler la tasse que tenait son fils, se mit à hurler en direction de Juliet, tremblant et grelottant sur le canapé comme un nourrisson géant en colère. Sa peau marbrée s'embrasa, ses dents étincelèrent comme celles d'un brochet. Juliet fit instinctivement un bond en arrière pour se mettre hors de portée de ses mains. Jamais elle n'avait vu une telle terreur brute, une telle haine, sur le visage de quelqu'un.

Stonecrop réagit sans hésitation : du plat de la main, il repoussa son père, l'aplatit contre le dossier du canapé comme il aurait pu écraser une mouche. Il grommela quelque chose comme « Vieux fumier ». Quelques secondes plus tard, Juliet et lui étaient dehors, dans la voiture de Stonecrop.

Ils quittèrent Niagara Falls, roulèrent vers le nord, dépassèrent Lewiston et Fort Niagara. À Four Mile Creek, ils marchèrent sur la falaise au-dessus du lac Ontario.

« …C'est la syphilis. Ce qu'il a. Sa "démence". Les gens croient que c'est cette raclée qu'il a prise – pas par des nègres, en fait, mais par des collègues flics qui lui en voulaient –, mais c'est autre chose, le dernier stade de la syphilis quand on n'a pas fait de piqûres, le cerveau pourrit,

484

tu comprends? Il ne se rappelle pas les trucs nouveaux. Il ne se rappellera pas ce qui s'est passé aujourd'hui. Tu ne le reverras pas mais, autrement, il ne se rappellerait de rien. Les vieux souvenirs, peut-être. Un petit moment. Mais pour les trucs nouveaux, c'est comme si l'aiguille d'une montre tournait et qu'il n'y ait pas d'heures sur la montre, juste l'aiguille qui tourne, tu comprends?... et rien qui s'ajoute.

« Le médecin dit qu'il a tout bêtement oublié comment aller aux toilettes. Il a oublié. Ça finira qu'il oubliera comment manger. Ce qu'on lui mettra dans la bouche, sur la langue, il ne saura pas ce que c'est, il recrachera. Le médecin a dit qu'il ne fallait pas s'étonner.

« Je m'en fous, ça ne me dérange pas. Ça n'a jamais été quelqu'un de sympathique, tu comprends. Un type bien. C'est ce qu'il est au fond de lui, que tu as vu, que je voulais que tu voies. Je voulais que tu le connaisses. J'ai une raison pour ça. Il nous battait quand on était petits. Ça n'était pas vraiment rare dans la famille ni dans le quartier, tu le sais sûrement, mais lui c'était un vrai salaud. Il battait ma mère. Elle était jolie, il lui a démoli la figure avec la batte de base-ball de mon frère. Un autre jour, il l'aurait étranglée si on ne l'avait pas empêché. Comme c'était un flic, on lui a foutu la paix. Et pas seulement pour ça.

« Il a eu de la promotion dans la police parce qu'il était futé, il savait fermer les yeux. Ça valait pour des tas de gradés. Il paraît que le service est plus propre maintenant. Mais c'est toujours le même salopard qui dirige la police. Il est payé par la mafia, la famille Pallidino de Buffalo. Ce n'est pas un secret. Tout le monde le sait.

« Ses potes et lui tabassaient des nègres à coups de crosse de pistolet, comme ça, pour s'amuser. Un gosse de quatorze ans a failli y passer. Ils ont dit que c'était un règlement de comptes entre bandes. Il aurait pu y avoir une émeute, c'était au moment où Martin Luther King a été tué, mais ça s'est tassé, par ici. La famille du gosse a disparu de la région. Ils savaient qu'on ne déconne pas avec les flics. Mon père se vantait de ce genre de truc. C'était ce qu'on faisait quand on était flic.

« Il m'a battu jusqu'à ce que je sois trop grand. Je ne le dis à personne, mais je suis presque aveugle de l'œil gauche à cause de ses peignées. "Décollement de la rétine". Maintenant ça va, je m'en aperçois à peine. Je suis bien content de ne pas être aveugle. Si j'étais aveugle, je ne pour-

FAMILLE

rais pas cuisiner. Je n'arrête pas de me couper, de toute façon. De me brûler. Je m'en fous, ça ne me dérange pas.

«Un jour, il a tiré sur un chien du quartier qui aboyait trop. Il a raconté que le chien l'avait attaqué. Que c'était pour ça qu'il avait dû l'abattre. C'est à peu près à ce moment-là qu'il a tué ton père.

«Lui, et un autre type qui conduisait un camion. Mon père était au volant d'une voiture de police. Ils l'ont pourchassé jusqu'à l'obliger à quitter la route et à plonger dans le fleuve. C'est comme ça que ton père est mort, dans le fleuve. Ça, je suppose que tu le sais. Quelqu'un voulait la mort de ton père, tu comprends? Mon père a été contacté et il a accepté le boulot.

«Les gens disent "les Stonecrop". Je sais la grimace qu'ils font. Ils n'ont pas tort, en fait. Et ils ne connaissent pas la moitié des choses.

«J'ai toujours su. Je savais quelque chose, je veux dire. Quand on habitait dans la même maison que lui, on pigeait. Je l'entendais au téléphone. Il n'a jamais eu peur d'être arrêté. Par qui? Avec quelles preuves? Il a fait d'autres boulots de ce genre, probablement. Et puis il a commencé à devenir bizarre. Plus bizarre que la police ne pouvait le gérer. Personne ne savait que c'était la syphilis. Il n'allait jamais chez le médecin, il avait une trouille terrible des médecins, des hôpitaux. C'est pareil maintenant. On est presque obligés de l'attacher pour l'emmener chez le médecin.

«Il est devenu bizarre et il a fait chier des mecs du service. Alors ils l'ont tabassé. Ils auraient dû le tuer mais ils ne l'ont pas fait. Il y a eu un article dans le journal quand mon vieux a pris sa retraite. Le maire, le directeur de la police, tous ces types-là ont fait son éloge. C'est comique! Je vais le tuer pour toi, Juliet.

«J'y pense depuis longtemps, tu comprends. Ma tante Ava et moi, nous en avons parlé. Plus ou moins. Il pourrait mourir "accidentellement". Ou parce que son cœur s'arrêterait dans son sommeil. Tout le monde s'en foutrait. J'ai failli l'étrangler une ou deux fois, quand il se met à hurler et à casser des trucs comme aujourd'hui. Mais je ne le ferai pas, mes mains laisseraient des marques. Je me servirai d'un coussin. Il n'est pas fort, je suis beaucoup plus fort. Un coussin appuyé quelques minutes sur sa figure, et il serait mort. Et personne ne saurait.

«Si je suis sûr pour ton père, c'est qu'il me l'a dit. Ma tante Ava est

486

venue me chercher en me disant qu'il braillait qu'il avait fait quelque chose de mal. Quand je lui ai demandé ce que c'était, il a secoué la tête comme s'il ne se rappelait pas. Alors je l'ai interrogé sur ton père, et il a craqué, il a dit que oui, c'était lui. Il braillait, il était comme fou. Ma tante a dit qu'il fallait peut-être appeler un prêtre pour qu'il se confesse mais j'ai dit non, pas question qu'un putain de prêtre entre dans la maison. Et elle a été d'accord. Il n'y a qu'à moi qu'il en a parlé.

« L'autre type, celui qui conduisait le camion, il est mort. Je n'ai pas vraiment réussi à comprendre ce que mon père a dit. Peut-être qu'il a tué cet autre type pour le faire taire. Ou peut-être que quelqu'un d'autre a ordonné le meurtre. Ce n'est pas quelqu'un dont je connais le nom. Je ne connais que mon père. Je veux le tuer pour toi. »

Stonecrop cessa de parler. Le lac était bleu cobalt au-dessous d'eux, des vagues moutonneuses se brisaient sur la plage de galets. Juliet avait écouté son ami avec stupéfaction. Elle ne l'avait jamais entendu prononcer plus d'un ou deux mots, en marmonnant, et voilà qu'il avait vidé son cœur. Il était sérieux et anxieux. Juliet comprenait qu'il lui faisait présent de la vie de son père, ou souhaitait lui faire ce présent. Ce serait le présent le plus extraordinaire qu'on lui offrirait jamais. Elle comprenait que Bud Stonecrop l'aimait et que c'était une déclaration d'amour. Non seulement il était amoureux d'elle, comme n'importe qui aurait pu tomber amoureux d'elle, mais il l'aimait. Comme un frère aurait pu l'aimer, parce qu'il la connaissait depuis longtemps, intimement. Comme s'ils avaient grandi ensemble dans la même maison. La même famille.

Juliet dit : « Non, Bud.

– Non ? Tu es sûre ? »

Juliet prit les mains de Bud. Elles faisaient deux fois la taille des siennes, des mains aux articulations énormes, aux ongles décolorés, abîmées par des croûtes récentes, des cicatrices plus anciennes, les brûlures d'années passées en cuisine. Elle sourit, jamais elle n'avait vu d'aussi belles mains.

« Je suis sûre. »

ÉPILOGUE

IN MEMORIAM :
DIRK BURNABY
21 SEPTEMBRE 1978

1

«Je ne peux pas y prendre part. Ne m'y oblige pas.»

Cela ne ressemble pas à Ariah de supplier. Son fils Chandler la contemple avec incrédulité. Plus tard, il se sentira coupable. (La culpabilité semble si naturelle à un fils aîné dévoué d'Ariah Burnaby.) Lorsqu'il lui parle pour la première fois de la cérémonie que l'on prévoit d'organiser en l'honneur de Dirk Burnaby. Car, se dit Chandler, il faut bien que quelqu'un lui en parle : et vite.

Pauvre Ariah. Elle regarde Chandler comme s'il avait prononcé des mots incompréhensibles mais néanmoins terrifiants. Le visage d'une pâleur mortelle, elle cherche une chaise à tâtons. Les yeux hagards, vert vitreux, fixes.

«Je ne peux pas, Chandler. Je ne peux pas y prendre part.»

Et plus tard : «Si un seul d'entre vous m'aime, ne m'y obligez pas!»

Pendant les semaines intermédiaires, alors que septembre approche, que les projets pour la cérémonie à la mémoire de Dirk Burnaby deviennent plus ambitieux et font l'objet d'articles dans la *Niagara Gazette*, Ariah ne veut pas en parler. Elle appréhende de parler du futur, de l'automne imminent.

Le téléphone sonne-t-il plus souvent au 1703, Baltic? Ariah refuse de décrocher. Seuls ses élèves de piano retiennent son attention entière, intense et constante. Et son piano : sur lequel elle joue pendant de longues heures les morceaux, certains lugubres, certains vigoureux et passionnés, que ses doigts connaissent par cœur depuis longtemps. *Tu es parti. Tu m'as abandonnée. Je ne suis pas ta femme. Je ne suis pas ta veuve. Personne ne peut m'y obliger. Jamais!*

2

Jamais Royall n'oubliera : ce doux après-midi du 21 septembre où, lorsqu'il gare sa voiture le long du trottoir délabré, devant le 1703, Baltic, il voit Ariah qui attend avec Juliet sur la véranda. Comme le lycéen qu'il croit, qu'il sait ne plus être, Royall s'exclame tout haut : « Nom de Dieu. »

Plus tard, il demandera à Juliet pourquoi elle ne l'a pas prévenu. Pourquoi elle ne lui a pas téléphoné. Et Juliet répondra : Mais je ne savais pas, en fait. Jusqu'au dernier moment je ne savais pas que maman allait venir. Je t'assure.

Ariah Burnaby, qui n'est pas vêtue de noir, ni même de bleu foncé ou de gris sombre, mais porte une robe-chemisier de coton blanc, brodée de boutons de rose et ceinturée d'un ruban de soie rose, un modèle à la mode dans les années 50, et un large chapeau de paille, des gants de dentelle blanche, des chaussures vernies blanches. On a beau être officiellement en automne d'après le calendrier, il fait chaud ce jour-là à Niagara Falls, un temps ensoleillé, estival, si bien que la tenue excentrique d'Ariah n'est pas inappropriée. (La robe a-t-elle été achetée au dépôt-vente Second Time Round, ou trouvée au fond de l'armoire encombrée d'Ariah ?) Et Ariah a si bien maquillé son visage de petite fille d'âge mûr, avec ses pâles taches de rousseur, qu'elle paraît presque robuste, et glamour ; et Ariah a fait couper par un coiffeur professionnel ses cheveux roux fané, honteusement négligés, une coupe au carré sophistiquée qui stupéfie ses enfants.

Trop étonné pour faire preuve de tact ou pour se soucier de ce que les voisins risquent d'entendre, Royall s'écrie : « Maman ? Tu viens avec nous ? »

Dans la voiture, assise à côté de lui, Ariah dit sèchement, avec dignité : « Bien sûr que je viens avec vous. Le contraire ferait vraiment trop excentrique. »

3

Elle a cinquante-sept ans. Elle l'a perdu il y a si longtemps. Cinquante-sept ans! Et il a péri, disparu, dans sa quarante-sixième année. Pour une femme qui accepte le fait qu'elle est damnée, sinon condamnée, Ariah a mené une vie obstinément autonome en élevant trois enfants dans la ville même qui a vu son humiliation, son chagrin et sa honte; et, pour autant qu'elle l'ait laissé savoir, sans jamais souhaiter revenir sur le passé.

Elle dit à Chandler: «J'en ai parlé à Joseph. Tu sais: Pankowski, l'homme au chien. Il est deux fois veuf, grand bien lui fasse. Mais moi, je ne suis pas une veuve. Je refuse ce statut. Je trouve que les "veuves" autodéclarées devraient s'immoler sur le bûcher funéraire de leur mari et ficher la paix au reste du monde.» Une inspiration, un sourire espiègle. «Si tu avais vu sa tête!»

(Chandler s'interroge: Quels rapports entretiennent Ariah et Joseph Pankowski? Il a posé la question à Juliet, qui doit le savoir, mais Juliet soutient que non. Elle doute qu'Ariah elle-même le sache.)

Chandler craignait que sa mère ne lui reproche la cérémonie, étant donné qu'il connaît l'organisateur; non seulement la commémoration en soi, mais son côté très public, médiatisé. Pourtant, curieusement, Ariah n'a pas parlé de lui faire de reproche, ne l'a pas accusé d'avoir trahi sa confiance. Qu'elle réagisse si mollement à cette nouvelle nous a tous surpris. Nous en avons d'abord éprouvé du soulagement, puis de l'inquiétude.

«Ce n'est pas normal de la part de maman.»

«Ce n'est pas naturel de la part de maman.»

«Cela veut peut-être dire…

Quoi? Nous n'en avions aucune idée.

Nous n'en avions aucune idée.

Même Chandler, qui s'était cru informé des développements de l'action en justice intentée par l'Association des propriétaires de Love Canal.

Il lut en première page du *Buffalo Evening News*, en juillet 1978, l'étonnante interview de Neil Lattimore, le jeune avocat agressif qui

IN MEMORIAM

avait fait la une des journaux nationaux lorsqu'un jury du comté du Niagara s'était prononcé en faveur de ses clients dans la reprise de l'action en justice de Love Canal ; et vit, à côté de la photo de Lattimore, une photo de Dirk Burnaby datée de 1960.

« Papa. »

Le mot lui échappa des lèvres. Des larmes lui piquèrent les yeux.

On parla souvent de la « reprise » de l'action en justice de Love Canal mais, en fait, quoique basée sur celle de 1962, l'affaire de 1978 était beaucoup plus complexe. L'Association des propriétaires de Love Canal regroupait beaucoup plus de plaignants que celle de Colvin Heights, et leur organisation était bien meilleure, ils avaient des liens politiques étroits avec le parti démocrate local et accès aux médias. Davantage d'industries avaient été citées, dont Parish Plastics, gros pollueur de Niagara Falls depuis longtemps, et le nombre d'avocats et d'assistants était bien plus considérable des deux côtés. Les deux cents millions de dollars de dommages-intérêts accordés par le juge, après un procès avec jury de quatorze semaines, très médiatisé, étaient une somme qui aurait stupéfait Dirk Burnaby.

Et cependant la photo de Burnaby était en première page. Chandler la contempla, le regard brouillé par les larmes.

Elle montrait un homme jeune et séduisant de quarante-trois ans, qui avait le visage large, un sourire assuré, un regard bienveillant un peu sombre. On voyait que c'était un homme habitué à être traité avec un certain respect ; on devinait qu'il avait bonne opinion de lui-même, et que les autres avaient bonne opinion de lui. Sa tenue était décontractée, une chemise blanche aux manches retroussées au-dessus des coudes. Il ne portait pas de cravate, et ses cheveux semblaient ébouriffés. Chandler trouvait étrange que cet homme ait eu la réputation d'être un avocat plaidant belliqueux ; que cet homme ait eu des ennemis qui avaient souhaité sa mort. Neil Lattimore déclarait avec emphase que c'était un « héros », « tragiquement en avance sur son temps », un « idéaliste militant », un avocat d'un calibre moral et intellectuel tel qu'il avait été « persécuté, mis au pilori, poussé à la mort » par l'alliance impie des intérêts de l'industrie chimique, et de la corruption politique et judiciaire, et par l'« aveuglement écologique » de la décennie précédente.

Chandler parcourut avec anxiété le reste de l'interview. Mais il n'y était plus question de Dirk Burnaby. À son immense soulagement, Lattimore ne disait pas que Burnaby avait été lui-même aveugle à la « pourriture morale » de sa classe. Lattimore ne disait rien de son « effondrement » pendant le procès, rien de la possibilité, ou de la probabilité, que Dirk Burnaby eût été assassiné.

4

Royall. Ce n'est pas toi, hein.
Pas moi quoi ?
Je sais bien sûr que ce n'est pas toi. Tu n'as pas pu.
Pu quoi, Chandler ?
Je ne te demande rien. Ce n'est pas une question. Je n'ai aucun droit de te poser une question pareille. Et aucune raison.
Est-ce que tu poses une question ?
Non, pas du tout.
Mais si c'était le cas, quelle est la question ?

Cette conversation énigmatique, Chandler ne l'a jamais eue avec Royall. Il ne veut pas l'avoir. Après avoir lu dans les journaux la nouvelle choquante de la disparition, cet été-là, du président de cour d'appel Stroughton Howell. Ancien habitant de Niagara Falls, récemment installé dans la région d'Albany, Howell, ainsi que le signala son épouse, s'était « volatilisé » quelque part entre le parking privé réservé aux juges du Capitole de l'État de New York, et son domicile d'Averill Park ; on avait trouvé sa voiture abandonnée, clé sur le contact, sur une voie de service de la New York State Thruway. Le 21 septembre, le juge Howell avait disparu depuis sept semaines.

Sans avoir à le demander à Royall, Chandler sait ceci : Royall ne travaille plus pour l'agence de recouvrement Empire. Il est étudiant à temps plein à l'université du Niagara, et il y a trouvé un emploi d'assistant à temps partiel dans le département de géologie. Pendant l'été, Royall n'a pas travaillé pour la Compagnie du Trou du Diable mais pour l'université ; il compte se spécialiser en géologie. Il ne porte plus d'arme. Il n'a plus besoin de porter une arme. Depuis cette fameuse soirée dans son appartement de la 4e Rue, où les deux frères se sont parlé avec franchise, Royall n'a plus jamais fait allusion à une arme, et Chandler ne l'a plus jamais interrogé sur le sujet. Chandler pourrait

IN MEMORIAM

presque se dire *Y a-t-il jamais eu un revolver? Était-il réel?* Il avait bu ce soir-là, et ses souvenirs étaient confus.

5

Comme l'a dit Stonecrop *Ils ne vivent pas éternellement.*

Une remarque qui se voulait optimiste : le Brigadier, ce vieux salopard malade, ne vivra pas éternellement. Mais Juliet l'interprète comme un avertissement concernant Ariah, qui ne vivra pas éternellement non plus. Elle doit essayer d'aimer Ariah tant qu'Ariah est encore en vie.

« Oh ! maman. Tu es superbe. »

Ariah ne répond rien. Ne semble pas avoir entendu. Depuis sa remarque courageuse, lorsqu'elle s'est installée à côté de Royall dans la voiture, Ariah est silencieuse. À l'arrière de la voiture cahotante qui se dirige vers Prospect Point, Juliet observe le dos de la tête de sa mère avec un sentiment de malaise. Elle éprouve à la fois de l'exaspération et de la tendresse pour Ariah. Depuis le début de l'année scolaire au lycée de Niagara Falls et depuis qu'elle a commencé à prendre des cours de chant au conservatoire de Buffalo, Juliet se sent à la fois détachée de sa mère et plus affectueuse à son égard ; moins intimidée et plus indulgente. *Je ne suis pas toi. Je ne serai plus jamais toi.*

« Ce doit être ma tête de Burnaby. Pas besoin de papier d'identité. »

Il suffit à Royall de prononcer son nom – « Burnaby » – à l'entrée du parking pour qu'on lui fasse signe de passer et qu'on le dirige vers la section réservée aux invités d'honneur.

En traversant Prospect Park en direction du kiosque victorien où doit avoir lieu la cérémonie, Royall et Juliet s'aperçoivent à quel point Ariah est anxieuse et crispée. Une foule presque entièrement composée d'inconnus, des chaises pliantes disposées en demi-cercle dans l'herbe. Une herbe tondue de frais, comme pour un événement exceptionnel. Ariah s'accroche à ses deux enfants, soudain suppliante : « Il n'y aura pas de photographe, n'est-ce pas ? S'il vous plaît, je ne le supporterai pas une seconde fois. »

Royall la rassure : Chandler a promis, pas de photos. Il a arraché cette promesse aux organisateurs, pas de photos sans la permission d'Ariah.

496

DIRK BURNABY, 21 SEPTEMBRE 1978

Quoique Royall ait un doute : comment quelqu'un peut-il faire une telle promesse ? Est-il raisonnable de la part de la famille Burnaby de vouloir préserver son intimité dans une cérémonie publique ? Une cérémonie qui sera forcément controversée, car, dans la région, les esprits sont échauffés, des deux côtés, sur la question de Love Canal, des actions en justice et des lois sur l'environnement en général. Le nouveau maire de Niagara Falls (qui a remporté les élections sur la liste du parti réformateur, en battant les anciens candidats républicains et démocrates) doit prendre la parole pendant la cérémonie, ainsi que des membres du Groupe de travail du comté sur la rénovation urbaine, le président du Service de la santé publique et un responsable de l'Association des propriétaires de Love Canal. Des amis avocats de Dirk Burnaby, dont un vétéran de la Seconde Guerre mondiale, prononceront des discours. Le professeur de latin de Dirk Burnaby au lycée privé de Mount St. Joseph, un jésuite âgé de quatre-vingt-neuf ans, évoquera avec affection l'élève Dirk, que l'on surnommait le « Conciliateur ». Clyde Colborne, le vieil ami de Dirk, qui est aujourd'hui un entrepreneur prospère et un responsable local enthousiaste, évoquera ses souvenirs et annoncera qu'il fonde une chaire au nom de Dirk Burnaby à l'université du Niagara, dans le domaine nouveau des études écologiques. Les organisateurs n'ont pas réussi à retrouver Nina Olshaker, mais un ou deux des plaignants de la première action en justice interviendront, eux aussi. La cérémonie sera présidée par Neil Lattimore, le fougueux radical. Il est même possible, ainsi que l'ont signalé avec gourmandise les médias locaux, que Ralph Nader, le champion de la défense des consommateurs, fasse une apparition pour parler de l'« héritage » de Dirk Burnaby, si son emploi du temps le lui permet.

Nader ! Qui n'a jamais connu Dirk Burnaby. Le cœur de Royall se serre. Ce sera davantage un meeting politique qu'une cérémonie à la mémoire de son père.

Mais c'est tout de même la reconnaissance de son action, et c'est cela qui compte, non ?

Royall dit : « Incline le bord de ton chapeau, maman. C'est pour ça que tu portes ce chapeau absurde, non ? »

Juliet proteste : « Le chapeau de maman n'est pas absurde ! Il est beau et élégant. On se croirait dans un tableau de Renoir.

IN MEMORIAM

– Un tableau de Renoir! Ça fait chic. Est-ce qu'on y est tous dans ce tableau, ou juste le chapeau?»

Ariah rit mollement. D'ordinaire, être taquinée par Royall lui remonte le moral, mais pas cet après-midi.

On avait proposé à la veuve et aux trois enfants de Dirk Burnaby de prendre la parole lors de cette cérémonie, bien entendu. Ariah avait refusé sur-le-champ mais ses enfants avaient tenté d'imaginer ce qu'ils pourraient dire ou faire; Juliet avait même envisagé de chanter. (Mais quoi? Bach, Schubert, Schumann? Ou quelque chose de plus américain et de plus contemporain? Elle n'avait pas la moindre idée du genre de musique qu'aimait son père: cela avait-il de l'importance? Et une intervention de ce genre conviendrait-elle dans ces circonstances? Et quel accompagnateur aurait Juliet, en plein air? Les spectateurs se sentiraient obligés d'applaudir un numéro aussi sentimental, mais convenait-il qu'on applaudisse lors d'une cérémonie du souvenir?) Finalement, ils avaient poliment refusé.

«Là! dit Ariah d'un air sombre, le doigt pointé. Les vautours à l'affût.»

Quelques photographes autour du kiosque, pas plus de cinq ou six. Et deux équipes de prise de vues des télévisions locales. Juliet se dit qu'ils n'ont vraiment pas l'air de vautours, juste de gens ordinaires.

6

Chandler se rend à Prospect Park pour rejoindre sa famille. Il n'est pour rien dans l'organisation de cette cérémonie mais il se sent responsable.

Ces regards blessés, accablés, qu'Ariah lui jette depuis des semaines. *Je ne peux pas y prendre part. Ne m'y oblige pas. Si tu m'aimes.*

La douleur l'a marquée si profondément. Chandler s'en rend compte à présent. Amoureux de Melinda, aimant Danya comme sa propre fille, Chandler commence à comprendre le chagrin qu'a éprouvé sa mère il y a seize ans. Elle n'a jamais détesté Dirk Burnaby, seulement sa perte.

Impossible de parler d'une perte aussi douloureuse, impossible de reconnaître son existence, on est paralysé, et pourtant il faut vivre.

DIRK BURNABY, 21 SEPTEMBRE 1978

Parking réservé! Chandler sourit à l'idée que son nom de Burnaby lui vaille un tel honneur, pour la première et sans doute la dernière fois. Melinda est descendue de la voiture, elle prendra place parmi les spectateurs, à côté d'amis. Lui, un Burnaby, est un VIP pour l'occasion. Il se gare parmi d'autres VIP et prend la cravate qu'il a emportée : un cadeau de Melinda. Bleu argenté, ornée de motifs géométriques subtils, une élégante cravate italienne en soie qui lui a fait tellement plaisir qu'il a manqué pleurer.

« Comment savais-tu pour les trilobites, chérie?

– Les trilo... quoi?

– Mes fossiles préférés. Ces formes, là.» L'expression de Melinda, quand elle avait compris qu'il plaisantait, l'avait fait rire. «Je disais juste que la cravate me plaisait beaucoup, chérie. Merci.»

Il la noue à la hâte, sur une chemise bleu pâle fraîchement repassée. C'est une belle cravate, et il l'adore. En regardant avec étonnement son front plissé dans le rétroviseur. Ses yeux écailles de poisson derrière des lunettes sales. Pourtant Melinda l'aime : elle lui a pardonné.

Peut-être l'amour est-il toujours pardon, jusqu'à un certain point.

Melinda avait eu le temps de réfléchir sur son compte, sur l'énigme qu'il représente. Son âme Burnaby. Et peut-être que les cartes postales qu'il lui avait envoyées l'avaient-elle convaincue. Le dessin grossier de l'infirmière faisant un prélèvement de sang à un homme prostré l'avait fait rire. *Aie pitié!*

Chandler a juré de changer. Il a l'intention d'épouser Melinda dans l'année et d'adopter Danya, et il a l'intention de démissionner de son poste de professeur et de s'inscrire à la faculté de droit, et il a le sentiment que oui, il fera tout cela et que sa vie changera, il deviendra le fils que Dirk Burnaby mérite. Aujourd'hui, après la cérémonie, lorsqu'il sera seul avec sa famille, il le leur dira.

Tandis qu'il traverse le parc, qu'il commence à entendre la musique, Chandler se sent à la fois euphorique et plein d'appréhension. Il n'aurait jamais imaginé qu'un jour pareil arrive : jamais, quand il était enfant, et que la désinvolture avec lequel on prononçait le nom de Burnaby l'emplissait de ressentiment. Eh bien, à l'avenir, finis, les *Honte honte à lui, il s'appelle Burnaby.*

Oui, c'est une bonne chose. Ariah sera bouleversée, mais cette

IN MEMORIAM

cérémonie est une bonne chose, et importante. Dirk Burnaby va être réhabilité dans sa ville natale. Enfin.

Salauds. Assassins. Vous lui avez pris jusqu'à sa dignité.

Il se pose des questions sur Stroughton Howell. L'honorable juge. Mais il semble savoir qu'il ne saura jamais.

Cette musique! Un quintette de cuivres joue un morceau solennel et enlevé de Purcell. Le kiosque de Prospect Park sert aux concerts en plein air et à d'autres événements publics. Chandler est soulagé, la musique lui semble bonne. Majestueuse sans emphase. Une beauté teintée de mélancolie. Chandler a toujours aimé le kiosque victorien, qui semble sorti d'un livre de contes pour enfants avec son toit à pignons et son bois travaillé peints de différentes teintes lavande et violette. Il y a bien longtemps, Dirk Burnaby avait amené sa petite famille ici pour un concert en plein air. Ils s'étaient assis dans l'herbe, sur une couverture, Ariah avait été la seule à être piquée par les moustiques... n'était-ce pas leur famille, les Burnaby?

Un autre jour, encore plus lointain, si lointain que Chandler s'en souvient à peine, comme une scène regardée par le mauvais bout d'un télescope, maman avait chargé Chandler de promener Royall dans sa poussette. Cela se passait dans Prospect Park, cette fois-là aussi. Plus près des Chutes. Chandler se rappelle les embruns froids comme des crachats, la docilité du petit Royall. Et maman qui était si belle avec ses cheveux roux étincelants dans le soleil, allongée sur un banc, paresseuse et nonchalante comme un gros chat endormi. *Fais ce que dit maman! Va-t'en.*

Chandler s'arrête net. Tâche de penser. Quoi?

Il voit des drapeaux américains, une matière synthétique brillante, qui dépassent des huit coins du toit et volettent dans le vent. Son cœur se serre un peu. L'atmosphère patriotique ici, à Prospect Park. Des feux d'artifice de 4 Juillet près des Chutes.

«Chandler? Hé!»

C'est Royall. Qui empoigne Chandler par le bras, en souriant.

Sur le visage séduisant de Royall, une expression pleine d'appréhension. Derrière son sourire, son gentil sourire crispé. Comme si les deux frères se saluaient sur un banc de glace flottante dans un endroit étrangement public. Sans oser baisser les yeux pour regarder si la glace n'a pas commencé à se fendiller.

« Devine qui est ici. »

Chandler a le cerveau vide. Il n'arrive même pas à se rappeler le nom de l'activiste célèbre, du champion de la défense des consommateurs, qui a vaguement promis sa présence à la cérémonie.

Puis Chandler voit : Ariah.

Il est si stupéfait qu'il ne trouve rien à dire. Il bégaie : « Maman! Tu es... » (Mais comment est-elle, en fait? Fiévreuse, égarée. Un rouge à lèvres écarlate fait ressortir sa bouche d'ordinaire petite et pâle. Une nouvelle coiffure. Et cette robe tarabiscotée, si féminine, est-ce une tenue de mariée?) Chandler serre sa mère dans ses bras, grimace parce que le bord de son chapeau manque lui rentrer dans l'œil, la sent se raidir très légèrement contre lui. (Oui, maman lui en veut. Il sait.) Il dit d'un ton pressant : « Tout ira bien, maman. Nous prendrons soin de toi. »

Ariah repousse Chandler, comme si, même dans son état d'hébétude, il lui fallait le réprimander. « Et qui va prendre soin de toi, gros malin? »

Et il y a Juliet : la belle Juliet.

Chandler est soulagé de la voir aussi jolie. La petite fille timide et renfermée qui avait dégringolé tête la première dans l'escalier de la cave et heurté une cage à lapins rouillée et saigné, saigné, et à peine pleuré. La fille timide et renfermée au visage marqué de cicatrices que les enfants du quartier dévisageaient avec curiosité. Juliet a seize ans et, avec ces élégants souliers à talons, elle est plus grande que Chandler ne l'a jamais vue. Ses cheveux d'ordinaire ébouriffés sont retenus par des barrettes et elle aussi porte du rouge à lèvres, ce qui lui va bien. Ses yeux aux paupières rêveuses le regardent avec une expression implorante. Mais elle ne semble pas mal à l'aise. Sa robe, moulante, est faite d'un tissu vert irisé si sombre qu'il paraît noir; chic et sexy, par contraste avec la robe-chemisier à fleurs d'Ariah. À son cou scintillent de mystérieuses perles de verre fumé que Chandler ne lui a jamais vues mais qu'il suppose offertes par un ami. (Chandler n'a jamais parlé à Stonecrop. Mais il sait qui il est. En fait, il pense l'avoir vu à l'instant dans le parc, qui faisait les cent pas en lisière de la foule, trop nerveux pour s'asseoir. Chandler sait par Royall que Stonecrop a démissionné du restaurant

IN MEMORIAM

de son oncle pour la dernière fois et qu'il fait désormais la cuisine chez Mario.)

Chandler presse la main de Juliet pour la rassurer. Non, il ne s'agit pas d'une terrible erreur. Les Burnaby de Baltic Street dans cet endroit public, nus et exposés.

Juliet adresse un sourire espiègle à Chandler, en se mordant la lèvre. « Trop tard.

– Trop tard… ?

– Pour refuser de venir. »

La cérémonie doit commencer à 16 heures. On y est presque, mais des gens arrivent encore ; des inconnus pour la plupart, avec ici et là un visage connu, surprenant. S'il pleut, on se réfugiera dans une salle voisine, mais le ciel est raisonnablement dégagé, il n'y a qu'au nord, au-dessus du lac Ontario, que s'amassent des nuages sombres. Chandler se rend compte qu'il enfonce ses ongles dans ses paumes, il redoutait que personne ne vienne à cette cérémonie en souvenir de Dirk Burnaby mais apparemment, Dieu merci, le nombre des spectateurs est honnête. Son cerveau rapide de scientifique compte seize rangées de chaises pliantes, vingt-cinq chaises par rangée, quatre cents en tout.

Quatre cents ! Chandler est pris d'un nouvel accès de panique, jamais tous ces sièges ne seront occupés.

Neil Lattimore, débordant d'énergie, bourré d'adrénaline, la quintessence de l'avocat activiste, vient serrer la main de Chandler, lui brise pratiquement les doigts, veut être présenté aux Burnaby. Mais Ariah, renfrognée et distraite, écoute avec une attention revêche le quintette de cuivres : Est-ce Ives qu'ils jouent à présent ? Copland ? Une marche lente un peu trop optimiste et américaine pour le goût raffiné d'Ariah. On distribue des programmes : DIRK BURNABY 1917-1962. De jeunes bénévoles d'une association appelée la Niagara Frontier Coalition recueillent des signatures pour une pétition. VOTEZ OUI À L'AMENDEMENT « EAU PURE » intiment des badges jaune criard, soudain très visibles dans l'assistance. Lattimore a une requête à présenter, murmurée à l'oreille de Chandler, d'accord, Chandler n'a guère le choix, il demande à Ariah de consentir à être photographiée, c'est inévitable, autant céder avec grâce. À son grand étonnement, Ariah accepte. Mais

502

DIRK BURNABY, 21 SEPTEMBRE 1978

elle ne parlera pas à la demi-douzaine de journalistes qui tournent autour d'eux, et elle ne posera pas seule. «Royall! Juliet! Chandler! Venez.» C'est un des rares privilèges de la maternité, pouvoir appeler sa progéniture dans un endroit public comme une poule ses poussins, et être certaine d'être obéie.

À côté du kiosque enguirlandé de fleurs, Ariah pose entre ses deux grands fils séduisants, qu'elle tient par le bras; Juliet, la plus jeune de la famille, est devant Royall, le plus grand. Flashes, caméras de télévision. Les Burnaby de Baltic Street, incroyablement exposés. Ariah évitera ces images dans les médias, à une exception près : il est impossible d'éviter la photo flatteuse à la une de la *Gazette* du lendemain où ses enfants et elle apparaîtront, le visage solennel et souriant, au-dessus de la légende :

La famille de Dirk Burnaby assiste à la cérémonie de Prospect Park.

Cette assertion simple sera lue et relue par chacun des Burnaby comme un poème d'une beauté incomparable, recelant une signification cachée.

7

Le champagne a des effets étranges sur moi.
C'est-à-dire ?
Des effets pervers.

En conséquence de quoi, Ariah est assise avec trois enfants, qui semblent les siens, au premier rang et au centre de l'assistance, lors de la cérémonie organisée à la mémoire de Dirk Burnaby 1917-1962. Doit-elle sourire? Rire aux éclats? Un rire hurlement, ou un hurlement de rire? Ou doit-elle rester tranquillement assise, son chapeau encombrant sur les genoux, entre Chandler et Juliet, en serrant leurs mains dans les siennes?

Le quintette achève son dernier morceau. La marche lente s'est terminée par un mouvement enlevé et indéniablement américain, comme Ariah l'avait prévu.

On ajuste le micro. Il est 16 h 12. À des kilomètres de là, sur le lac, le roulement de tambour du tonnerre. À moins que ce ne soit un train de marchandises, plus près du parc. Les enfants Burnaby se rappellent le sens de l'humour légendaire de leur père, peut-être est-ce en fait un éclat de rire lointain ? Comment ne pas rire ? Reconnaissance, réhabilitation, rédemption, etc. Seize ans trop tard.

Chandler entend Juliet murmurer à Ariah : « Tout ira bien, maman. Nous veillerons sur toi. » Chandler attend la réplique cinglante d'Ariah et, comme elle ne vient pas, il se sent blessé. *Elle les a toujours aimés davantage que moi.*

Avant de s'asseoir à côté de Juliet, Royall se retourne et la cherche du regard dans l'assistance : la femme en noir. La femme qu'il a rencontrée, à qui il a fait l'amour, dans le cimetière de Portage Road. Depuis ce matin-là, Royall ne l'a plus revue, même s'il a cru souvent l'apercevoir, l'espace d'un instant. Il pourrait presque penser que la rencontre, leur étreinte passionnée, était un rêve. Un rêve de ce cimetière, de ce moment-là. Si réel pourtant qu'il est sexuellement excité, ému jusqu'à la douleur en se le rappelant. Dans des endroits publics comme celui-ci, il a l'habitude de la chercher, bien qu'il se doute, près d'un an après leur rencontre, qu'il ne la retrouvera jamais. Il s'assoit, jambes tendues, et fourre ses poings dans les poches de son pantalon. Son cœur bat, dur et morose, mais pourquoi ? Il sait que c'est un jour heureux. Ses yeux bleu pâle, sceptiques mais avides de croire, se lèvent. Ces inconnus sur l'estrade du kiosque, qui vont parler cet après-midi de l'« héritage » de Dirk Burnaby. Il devrait leur être reconnaissant de leur présence, il le sait. Voilà Lattimore (dont Royall a veillé à écraser la main encore plus vigoureusement qu'il n'écrasait la sienne), et voilà le maire « réformateur » de Niagara Falls qui règle le micro, demande s'il est branché ? Oui, oui ! Ce maudit machin est branché.

Des drapeaux qui claquent dans des rafales d'air humide. L'odeur des Chutes.

Eau, terre, pierre. Dotées d'une *vie* mystérieuse bien qu'elles paraissent inanimées à un observateur superficiel. Un matin Royall s'est réveillé tout excité en sachant qu'il étudierait ces phénomènes ; qu'il les préférait au monde des humains. Le droit, la politique. La lutte futile des hommes pour dominer les hommes. Si étrange pour Royall Burnaby qui est, mais surtout n'est pas, le fils de son père.

Et qui pendant une courte période hallucinée n'avait pas non plus été Royall, mais Roy. Roy, employé par l'agence de recouvrement Empire. Il avait eu un permis de port d'arme mais il ne s'était jamais

DIRK BURNABY, 21 SEPTEMBRE 1978

servi de cette arme... si ? Et aujourd'hui l'arme a été rendue à son employeur et Roy a cessé d'exister.

Royall se souvient, avec un léger sourire. Il est étudiant maintenant, bien mieux loti. Il a un avenir, et pas seulement un passé. Il n'est pas un jeune homme désespéré. Mais parfois dans des moments comme celui-ci, silencieux, méditatif, un peu agité, il regrette le poids de ce revolver dans sa main. Et il regrette Roy.

C'est un fait : ailleurs à Niagara Falls l'air de ce 21 septembre 1978 est lourd, à peine respirable ; une texture de tissu pourri traversé par un soleil moutarde corrosif. Mais ici à Prospect Park, près des gorges du Niagara, l'air est si revigorant qu'il semble électrique. On a envie de vivre : on a envie de vivre éternellement. Les musiciens, qui se retirent en secouant la salive de leurs instruments luisants, sont porteurs de merveilles. Sur l'estrade du kiosque, tandis que parle le premier orateur, un vase rempli d'eau glacée scintille en reflets de lumière. Des particules d'humidité, apportées des Chutes par le vent, frissonnent elles aussi de lumière. De temps en temps pendant les quatre-vingt-dix minutes de la cérémonie en mémoire de Dirk Burnaby 1917-1962, au gré des disparitions et des réapparitions du soleil entre des bandes de nuages effilochés, des arcs-en-ciel deviennent visibles au-dessus des gorges. Si pâles, si frêles, à peine plus que des illusions d'optique, semble-t-il. Regardez encore, ils ont disparu.

Table

Remerciements	9
Note de l'auteur	13

PREMIÈRE PARTIE
VOYAGE DE NOCES 15

Le témoignage du gardien 12 juin 1950	17
La mariée	21
Le chercheur de fossiles	40
La Veuve blanche des Chutes Les recherches	54
La Veuve blanche des Chutes La veille	88
La demande en mariage	101
7 juillet 1950	126

DEUXIÈME PARTIE
MARIAGE 129

Ils se marièrent... 131
Premier-né 156
La petite famille 180
Avant. 204
... Et après. 212
L'autre monde. 227
« Zarjo » 273
La chute. 278
11 juin 1962. 285

TROISIÈME PARTIE
FAMILLE. 291

Baltic. 293
La femme en noir 297
Pèlerins 357
Otages 361
Notre-Dame-des-Chutes 429
Les voix 433

ÉPILOGUE
IN MEMORIAM :
DIRK BURNABY
21 SEPTEMBRE 1978 489

Cet ouvrage
a été mis en pages par PAO Éditions du Seuil
reproduit et achevé d'imprimer
en novembre 2005
dans les ateliers de Normandie Roto Impression s.a.s.
61250 Lonrai

N° d'imprimeur : 05-2911
Dépôt légal : novembre 2005
ISBN : 2-84876-034-6

Imprimé en France